太阳部落两万年

苏湲 著

作家出版社

自序

　　几年前，应一位著名考古学家朋友的邀请，去参观他的实验室，我在那里看到了一颗完整的人头骨化石——距今两万年之久。考古学家说，他把人头骨从探方中捧起时，感觉周围似乎有一层流动的薄雾，全身的能量都调动了起来。我久久凝视人头骨那深邃空洞的眼窝，似乎有一股幽暗的原始力量在我的脑海中拉伸，把我带回到一个崇高的时刻——两万年前的更新世晚期。那时属于冰河时期，其严峻气候非常人能存活下来的。但是我们的祖先硬是战胜了一切灾难生存下来，并且创造出一个辉煌的史前文明。

　　考古学家说，他们曾经挖到过一座史前墓葬，两具白骨做相拥状，很难将其分离开来。我问："他们生前是夫妻吗？"他幽幽地说："是情人。"一万多年前的一对情人，他们究竟经历了什么？一个凄美伤怀的故事，一个在最古老意义上讲述的浪漫，考量着我的想象力。我渴望把他们写成一部关乎人类起源性质的小说。因为深奥莫测的人类起源，一直以来是困惑人们的最大谜题。此后主人公的身影在我的脑海中浮起，如同种子破土而出，并生根发芽长成大树。

　　《太阳部落两万年》是一部科幻考古小说，题材宏大，视角新颖，以人类成长史为线索，也是一部带有科幻色彩的人类成长史。男主人公太阳是人类始祖，月亮是其倾注一生热爱的女人，她死于一场部落间的械斗。从此，悲痛欲绝的太阳带着侄子玛瑙，开始了漂泊不定的野外生活，历尽人类初始阶段所经受过的一切灾难。他用毕生的时间去寻找月亮，九死一生而无怨无悔。太阳活到两百岁，或许三百多岁，不遗余力地向大地传播着文明的火种。太阳和月亮经过轮回转世，一个是考古学家尹良博士，一个是《绿色前线》杂志社的女记者戴亦西，前世姻缘今世情，他们共同演绎了一场旷世悲情的绝唱。

　　我伏案三年，怀着紧张亢奋的心情穿越在两万年之间，在前世与今生之中互换角色，乐此不疲，有时又是泪流满面。我努力想尝试的是，以引人入胜的故事把读者带到历史的纵深处，让他们和我一同去感受人类成长的顽强与艰辛、时空转换的漫长与宽广、未来人类的不可估测性等等。《太阳部落两万年》是人类文明毁灭与重建的传奇，在小说构架时，我破天荒地把各种手法加以尝试，但那只是为了"阅读"的快感，我更在意的却是忠于纯粹的考古学和纯文学性。该书也是对考古学的累累硕果的赞誉，更是一部人类文明成长史的颂歌。同时它也是一个关乎过去、现在和未来的故事。

之所以能殚精竭虑、全心投入写作，也是一种自我挑战的方式。当一个个鲜活的人物被创造出来、一个个离奇的故事被编排得天衣无缝时，那是一种极度的满足。创作是我一生的夙愿，也许是因为我的体内流淌着诗人的热血。父亲是伟大的诗人，他倾注毕生精力于诗作，也亲身验证了一个残酷的法则：真正的爱和一切美好的夙愿，是需要付出沉重代价去换取的。

为了这部小说的出版，我付出了十年的努力和探索。碰巧哪位学者同人读到这本书，如果提出异议，认为过于荒诞不切合实际的话，我可以负责任地告诉他，我是一位严肃的作家，已出版过三百万字的考古纪实报告，并且被中央电视台《探索·发现》栏目拍成了三十集大型纪录片《中原大发现》。就在势头正劲时我却猛踩刹车，退隐江湖近十年。我试图创作出一部题材宏大、思想深刻的作品，用以表现我的创作实力和超凡的想象力。尽管这个过程是漫长的，但希望始终贯穿我的信念，优美与崇高终会突显它的光芒。

2017 年 5 月 30 日

第一章

　　天还没亮，考古学家尹良博士就起身了。他听到了远处的丛林中传来野狼阴森、凄楚的哀号声，不觉惊惧交集。他披上外套，推开房门，眼前的一幕让他不禁倒抽一口冷气。透过黑漆漆的夜色，他看到不远处正在发掘的南地新新遗址上空，似乎有一片片银白色的亮光在闪烁，忽明忽暗，飘忽不定，犹如众生灵在起舞。

　　此起彼伏的、骇人的叫声令人魂飞魄散。尹良博士揉揉惺忪的眼睛，鬼使神差地追了出去。那白金一般的亮光似乎受到了惊扰，嗖嗖地飞走了，沿着一望无际的黄土塬向东，从河边斜飞入山，隐入狭窄幽暗的山谷口。

　　这里位于豫、晋、陕交界处，由复杂的山地、土塬和河谷阶梯组成。其海拔自南向北一路下降，呈现出中山、低山、黄土丘陵塬，以及河谷阶地和平原等不同的地貌。

　　阻碍目光的是正南方的西部小秦岭——南尾山和凤凰山，它们连绵不绝，宛若一道横绝天界的屏障。这里的山脚下，散落着一些小村庄，单从它们古老的名字即知道它们与人类起源休戚相关，犹如不可磨灭的地球符号。

　　尹良博士看着那些嗖嗖飞动的灵魂，只想大声喊叫，声音却冻结在了喉管里。他想或许是错觉，或许是惊鸟，或许是月光反射。不，一切都不是！他追随着那些亮光，沿着谷底疲惫的小溪逆流而上，试图一探究竟。

　　夜空是凝滞的，怀着不祥的预感。

　　尹良博士穿过一片栎树、云杉和白杨构成的开阔次生林，登上一片小高地。这时一阵撕心裂肺的嚎叫声传来，把他原有的那点自信震得七零八落，像疾风落叶不见了踪影。狼嗥声中传递出一种神秘莫测的力量，硬是将他从现实剥离出来，弃置于一片广寒的远古野生世界里。他转身向山脚下跑去，三步并作两步地向前冲，犹如在恶狼追逐下的亡命奔逃。突然一群惊鸟，随着呼啦啦的响声，振翅飞过迷宫般的树冠和荆棘丛，吓得他一跤跌落进溪水里。

南地新新遗址曾经是一片人迹罕至，方圆几十里的碧绿大盆地。它依山傍水，背风向阳，除北面耸立的山体之外就是厚厚的黄土塬，海拔高度达一千多米。黄土塬中分布着许多大冲沟，地形奇特，沟壑犬牙交错、阴森悚骨。在不少冲沟的沟底，有泉水溢出，形成冲沟小溪。涓涓小溪弯弯曲曲顺着阶地一路奔流，最终汇聚成奔腾的西柳河，注入黄河，全长五十多公里。

尹良博士初来南地村时，黛色的枣树尚未发芽，仍休眠在冬日的襁褓中。平静而清澈的西柳河里时有鱼虾游动，引来成群的水鸟进食。一只只河蚌在河滩淤泥上犁出长长的交错的沟线，远远看去犹如一幅巨大的原始沙画。傍晚迎着残阳落日，尹良博士常在河岸边凝神眺望，眼前总是会幻化出一幅幅人类祖先劳动创造时的画面，既生动又富有戏剧性。这里是一片宁静的水湾，可以暂且休憩，用来抚慰他受伤的灵魂。

直至考古队进驻南地村那天，很少有人听说过这个小村落。几百名村民日出而作，日落而息，安于平静的生活，从来没有遇到过任何戏剧性的事件。然而，随着考古队的进驻和一把把探铲的掘地深入，这片本不受关注的穷乡僻壤，像是被点燃了一团团炽烈的火花。

现在的南地村相当贫瘠落后，但是在距今两万年的更新世晚期，这里却拥有一片宽阔的湖区，东西长二百公里，平均宽度六公里，新新小盆地正是它的湖湾，是一个极其富饶的地方。站在遗址高处的岗脊，自东向西极目远眺，遗址由高向低跌落而下，经过一片慢坡和水势汹涌的西柳河接临。据考古学家分析，当初的地貌应该与现在有所不同，水源可能更接近遗址边缘，便于原始人类饮水和农用。

又是一声狼嗥，树上受惊的鸟群腾空而起，漫无目的地在黑色深渊似的林间冲撞，发出扑扑棱棱的诡异声响。尹良博士恼羞成怒，正不知所措时，突然被一道奇异的光晕罩住了，像是一道落下的天幕——一道散发着热能的天幕。周围安静下来，一声虫鸣也没有，连风都凝结了。一双手臂从远处伸过来，把他轻轻托起送回到岸边。女人的气息拂过他的脸颊，他触摸到了她光滑柔软的手指，像透明的幻影凉冰冰的。

"谁？"尹良博士压低声音问道。他脑神经中的警觉因子奋力站了出来，让他比先前更加紧张。四周鸦雀无声，也没有见到那双手的主人，但是可以感觉得到呼出的气息。洒满月光的溪流,仿佛在诉说着含混不清的历史承诺。月亮在行将退去的夜色中穿梭,预示着黎明的到来。

尹良博士跺跺脚向山下走去,保持着镇定,克制着自己不要突然跑起来。身后传来一阵豪放的笑声,像是鬣狗享用大餐时发出的狂笑。他听南地村的村民说,这里的荒山野岭上有土狼,但是它们不会轻易攻击人类,除非是受到威胁才会决死一战。

今夜究竟发生了什么呢?

尹良博士自带队到南地遗址发掘已经是第三年了,像这样被狼彻夜困扰还是第一次。南地是一处远古人类遗存,坐落在西柳河北岸台地的沙砾层中,距河面大约七八十米,面积近三万平方米。

这片遗址发现于二十世纪五十年代的淘金运动,因而没有引起考古界的重视。据当年参与西柳河淘金的老人回忆,他们虽没淘到金子,但是却挖到大批古化石。其中有完整的人骨架和带洞的骨头,它们相互叠压在一起,有可能是被山洪冲下来的。还有人挖到过一些黑曜石片,大的有如本书,上面刻有清晰的纹路,但是没人能看懂什么意思。当时老人们认为晦气,不吉祥,可能有灾难。后来果然爆发了大饥荒,两年不到村里人饿死了半数以上。

尹良博士初来南地村时,县文管会主任巴山告诉他,当地流传着一个古老的传说:很久很久以前,有人在凤凰山的山洞里发现了一个人头骨,和现代人类的头骨一样大小,下巴可以活动,能说话,还能唱古老的歌。

"是吗?"尹良博士心不在焉地问。他满脑子都是下一步的发掘任务和进度。

他们一次性开挖七八十个探方,并进行了统一编号。这次是在前一年发掘基础上开展工作的。第一次发掘最主要的收获是一批属于两万年前的灰坑和两座地穴式房屋地基,并出土了大量的骨化石、细石器、骨器、陶片等,时代距今约两万年,有五百多件,令人惊叹不已。

这些细石器类型主要有细石核、细石叶、端刮器、尖状器等,石器的原料有燧石、玛瑙和蛋白石。这批细石器的发现及出土层位的确定,对于研究细石器文化的起源与传播、末次冰期对人类生存环境的影响等,均具有十分重要的意义。而已发掘的资料表明,这里的地下隐藏着重要遗迹。

"你说,都说了什么?"尹良博士故作惊讶地问巴山,不想驳了他的面子。

"人头骨说，这里是人类发源地，两万年前这里就有人类居住，它和自己的族人就生活在这里……"

"呵呵，无稽之谈，但是挺有意思。"尹良博士轻描淡写地说。

"是，无稽之谈。"巴山见尹良博士对此并不感兴趣，便打住了话头。

尹良博士是一位受到过良好教育的科学家，正值学术造诣的顶峰期，同时还是一个抱有极度热情的小说家。他曾经出版过两部科幻小说，一部关乎人类的起源，一部关乎人类的未来。他文笔轻快风趣，漫不经心，不拘一格。他年富力强却已白发盈鬓，这是生活的重创和接连不断的打击留下的印记。但其儒雅博学的气质，给他学者的身份贴上了标签。

三个月后，尹良博士带队在最北部的探方中挖掘到第一个头骨化石，它由完整的顶骨、额骨和枕骨等组成，唯缺左颞骨和下颌骨。头骨出土时恰好嵌于探方隔梁中，若隐若现，很像一团混有黄土的石块。当时天色已晚，当手电光照过去的时候，它立即把电光吸了进去，然后释放出一层流动似的薄雾，并逐渐生成为一团金光，如同正午的太阳光。

尹良博士不禁打了个冷战，这种反常的现象究竟什么意思？显然它在暗示自己不同凡响的存在和神性。他小心翼翼地用手铲剥去头骨周围的泥土，露出一片额骨和一只眼窝，眼窝中似乎有动感，像是转动的眼珠子。他心怀敬畏再次下手时，突然从眼窝中爬出一条白色米蛇，伸着头和他对视，不时吐吐芯子。它非常美丽，萌态可掬，长约二十厘米。

这个惊吓来得太突然，尹良博士只感觉眼前一黑跌坐在地上，陷入一种错综复杂的遐想中。正蹲在一旁观摩的陆泽，伸手拽出小蛇放在探方中。"这种蛇没有毒性，蛇在这里做窝了，可见千思万虑还是考虑不周……"他正说着，另一只眼窝中又爬出一条，同样怀着好奇的目光窥探着外面的世界。围绕在他们身边的诡异气息未免浓重得离了谱。

石化眼窝中一连爬出三条小蛇，可见这里早已成了死亡蛇道。

尹良博士拿着手铲的手颤抖着，浑身都是鸡皮疙瘩。他亲自把人头骨化石从泥土里剥离出来，所有的人都紧张地等待着，预测着是否会有更奇异的事情发生。他怅然若失地把头骨捧在手中，立刻感到全身的能量在运转，心脏的跳动像低音伴奏一样怦怦响。渐渐地，好像有某种东西触摸他的颈项……

在强烈的动机驱动下，他开始转换角色，回到史前两万年前的原始部落……

他正在经历一场战争，周围发出震慑人心的吼声。他举起石斧，杀气腾腾，勇猛地扑向凶悍的敌人。一条条闪动着光芒的生命，随着他高高举起的石斧向外脱落，落地便成为和他一样的年轻勇士。虽然他精疲力竭，双手不住地颤抖，但是他觉得自己非常顽强，势不可当。他已经不再是个软弱怯懦的少年，而是一个真正的好汉。

敌人从四面八方涌来，地面扬起道道尘烟，笼罩起整个山谷。一片死寂中陨石雨纷飞，像是天崩地裂。他们的队伍奋勇迎敌，挟风带雨般飞冲过去，顿时碎石崩塌，天幕敞开，隐隐出现了月亮的身影。

"太阳哥哥，一定要保重呀，我和虎子等你归来……"月亮双手合十向着东方，那里是太阳升起的地方。他抬头仰望月亮，浑身热血沸腾，充满力量。忽然落下一阵闷雨，在地面上扬起一团团尘雾。月亮隐在了云层中，天空变成了绛红色。

"等着瞧！"太阳轻蔑一笑，一边呐喊，一边大步向前逼近，把整整一生的时间都压缩在这短短的几天里。他的呼吸开始急促，呼出来的空气在傍晚的林间蒸腾。敌首领蟒骑着三首双尾蛇迎面扑来，手里拿着虎骨叉和野兽的腿胫骨。太阳带领兄弟们勇往直前，所向披靡。他只为了向月亮证明，自己比任何人都强大，战无不胜。只消几分钟，他便风驰电掣般冲到了敌首领眼前，挥斧猛劈过去。

蟒的手中只剩下一把残破的胫骨，全身血光闪烁。太阳尝到了血腥味，眼睛里放射出一道道电光，缠住敌人的三首蛇头猛然发力，"啦、啦、啦"几声，它便身首异处了。太阳像一个袋鼠弹跳着冲将过来，对准蟒的头颅"咔嚓"一下……头不知了去向。无首身躯一动不动地站在那里，突然蹒跚了几步，"扑通"一声倒下了。

从黑暗的地层下破土而出的白色头骨，短短几分钟里，竟然让尹良博士一下穿越了两万年的时光。他不明白为什么自己会看到那种残酷的血腥杀戮场面。那是一幅强烈的、令人惊心动魄的画面，在发掘以后的很长时间里，他还会不断地想起它。

"尹博士，你看这头骨有多处伤痕，像是被重器击中头部而殒命的，并缺失颧骨和下颌骨，绝对不是自然死亡……"尹良博士正陷入冥想时，陆泽的话一下把他带回到现实中。他想，刚才那一幕，或许是一种暗示，包含着丰富的信息，而且每一个细节都可以解读出不同的含义。

那么，人头骨传递出来的重要信息是什么？那场血腥杀戮又是怎么一回事？

此后，尹良博士亲自以头骨出土地为基点，在方圆数米内耐心寻找，终于找到了那块颞骨和下颌骨。这两块难兄难弟相距不远，被泥土所裹挟，如果不是精心寻找很难发现它们的踪迹。经研究而知，头骨骨折的时间与他死亡的时间十分接近，所以毫无疑问，头骨受伤是他死亡的原因。他可能死于钝器打击造成的伤害。这很可能是发生在两万年前的一宗谋杀案留下来的证据。

但是在寻找过程中，考古人员偶然间发现了十多个古老的足迹。这些足迹保存得十分完好，从脚趾缝渗出的稀泥印迹清晰可见。随后的一个月中，他们又发现了更多的更新世晚期的人类脚印。那时候，随着一系列的气候变化，现代人开始出现。他们为争夺自然资源和领土，部族间开始出现摩擦，并且矛盾逐步升级。这些脚印发现在干涸湖泊的岸边，应该是两万年前暴露在外，后经过几个星期或几个月形成的。这些脚印杂乱无章，匆忙而紧张，从男性到女性、从未成年人到成人都有。他们看起来似乎正在为某一突发事件而奔走呼喊。

尹良博士确认这里就是一处两万年前的古战场。这一种群是生活在距今两万年前的现代智人，并且发现大量鹿类动物与其共生。那些奔走的脚印正是在这场战争中留下的——脚印的主人们在战斗。但是更多的东西，他却不得而知。他多么渴望那颗破损的人头骨能开口说话，讲一讲曾经发生在这里的致其死亡的血腥故事。

他想起那个耸人听闻的传说。这颗出土的头骨化石和传说中的头骨会有必然联系吗？难道是巧合？

东方，漆黑的夜空下面，隐约浮现出一缕缕微弱的亮光，黎明即将来临。

尹良博士回到驻地，在经过陆泽的房门时，随手敲了几下。这是一座孤零零的两层小楼，耸立在考古工地的东侧，距工地约五百米。它是一座就地取材建造的砖石结构的平顶建筑，靠南朝北。这些房间的天花板很高，房间方方正正的，像个坚固的大盒子。小楼被四周的院墙围了起来，更像是被套进一个没有顶的长方形大盒子里。

尹良博士和陆泽各住在二层楼的东西两头，中间设有一所大型实验室。另有两间为临时住房，但一般都没有人住，堆放着乱七八糟的发掘工具。一楼共有八间，被用作临时库房，存放有部分出土文物和发掘工具。那颗极具研究价值的人头骨化石就存放在二楼实验室里，经过修复已还其原貌。因为发掘时，它金光闪烁，大伙为它取名"金星"。金星头盖骨的发现，对于研究东亚古人类演化和中国现代人的起源，具有重大学术价值。

尹良博士在陆泽门外站了片刻，感到房内静得有些异样，并没有往日那山呼海啸般的鼾声。他急于告诉陆泽夜里发生的灵异怪事，尤其那些不可思议的狼嗥，令他有种莫名的不安。因没能叫醒陆泽，他遂决定去实验室看看金星头骨。他睡意全无，那双莫名的冰冷的女人手更是让他难以平静，给他一种似曾相识的感觉。他想起妻子梅艳和儿子尹虎。他们死于六年前那场惨烈的高铁事故中，死在了去湖州探望梅艳父母的途中。

当时，他一个人留在京城批改试卷。噩耗传来时，他昏厥了一天，在去与留的边缘徘徊。梅艳不算漂亮，但是性情温柔开朗，是个贤妻良母型的女人。出事那一年，梅艳三十三岁，小虎三岁。他们去世的日子是三月十三号。从此，他们再也没能回来，孤零零地把他一个人留在了空荡荡的家中。他原计划等到假期一同回去的，但梅艳的母亲突发脑溢血住进医院，所以她带孩子先回去了。

他恨死了数字三，三是他命中劫数。随后，他辞去大学考古系的工作，受聘到京都考古研究所任研究员，专攻古人类学和史前考古学。这样可以让他远离现实生活，游离于梦幻与现实之中。他从此不再锋芒毕露，变得更加沉默和郁郁寡欢了。随着时间的流逝，往事模糊了，淡化了，但深深的痛楚还在，并没有平复。他总是对往事缄口不言，像是被记忆断流了。

他不曾想过弥补梅艳离世在他心里造成的空白。他已经习惯一个人的孤独生活，补上反而会感觉不习惯。他全身心地投入到工作中，不给自己留下更多的时间去想其他的。他关上了感情的闸门，并在自己周围设立了高高的壁垒，隔断与外界的往来，禁绝七情六欲。

尹良博士打开实验室房门，回头看了一眼肃杀寂静的旷野。他进入黑洞洞的房间，从里面把门反锁上。他拉严窗帘，然后开了一盏节能灯。房间里映入眼帘的第一件东西，便是挂在架子上的真人大小的骨骼模型。房间四周靠墙摆放的木架上，堆满各种各样的人体器官。其实，房间里大部分的骨骼和人体器官，都不过是高仿蜡塑模型。但是手和胳膊看上去好像是刚从人体上肢解下来的一样。房间中央有一个大案子，放了五六个大小不一的头骨，有些上面还挂有正在腐烂分解的肉，松弛地下垂着。这些腐烂分解的肉，实际上是用来复原头骨主人原貌的红棕色高仿泥。有人问尹良博士，当他身处死亡的包围中时会做何感想，他说自己把这些看成是身处生命的元件之中，没有想过其他的。

尹良博士从口袋里掏出一大串钥匙，拿出其中一把，谨慎地打开了保险柜。他把金星头骨化石取出来，摆在铺着墨绿色天鹅绒的工作台上。它那曲线优美的颅骨表明，他可能十九或二十岁，最多不超过二十五岁。它很完美，完好无缺的牙齿似雕刻出来的。它所有的臼齿都带有天然凹槽，这使它们高低不平，更适于咀嚼。它那空洞的眼窝中没有爱也没有恨，嘴边挂着一丝不易觉察的微笑。

他看着头骨，陷入一种静穆的沉默中，好像站在一座纪念碑前。

自人头骨化石被发现以来，尹良博士曾花了大量的时间研究它，希望能"突然从中发现些什么"，也许某个有意义的细节会不期而遇，让他灵光一现，犹如那些乱七八糟的拼图，让你从中找出隐藏的魔兽什么的。从某方面来说，找出其中的隐秘，正是考古工作者需要做的工作，而且意义重大。经过数千次的测试，尹良博士研究小组终于从南地新新人类骨骼中提取到了DNA，并使用ACP技术进行了扩增。

经测定，这个年轻人身高一米七五，生前非常健壮，肌肉很发达，颅骨容量和现代人基本相同。他很可能在短暂的时光里，经历了一场痛苦的战争和缠绵的爱情故事，那是关于女人和战争的亘古不变的话题。

尹良博士又打开另一个保险柜，从里面拿出一个红色箱子，里面是一个高分子塑料板包裹的调频磁引仪，也叫梅林法可磁谱仪。它实际上是一台高科技的时空转换器。它有着彩色鲜艳的屏幕，看起来像是一台设计精良的游戏机。仪器是尹良博士用LD蓝光仪改造成的，利用了超波传送技术，并为其植入了软件系统。改装后的仪器对头骨有骨质感应，并可通过心灵传导。梅林法可磁谱仪是一架庞大的网络机器，上面有透光仪和存储体，及一个直径二十厘米的镜头，可以接收到人类觉察不到的电磁射线。

尹良博士把设备放置在金星头骨的脑部，调节好波长转换器，译解系统开始运行，却不断发出失败的信息。他再做一些细微的调整，机器又开始运行，但运行了十分钟后突然停了。尹良博士不厌其烦地重新鼓捣起来，最后又增设了一个电磁波放大器，用以增强遥远的电磁辐射电波。

研究表明，人们一直被"压电波的海洋"所包围，被觉察不到的电磁射线撞击。而梅林法可磁谱仪具有接收这些电磁波，再将其传递到人脑内的细胞表面的功能。在那里，借助与人体思维之间深层次的交流，可以生成一些有意义的信号，那就是图像，或者画面。这些信号的来源，或许非常复杂，但简单地说，它来自超意识源。

"金星，我们聊聊好吗？老朋友了，我为你煞费苦心……"尹良博士开了个玩笑给自己听，脸上露出一丝嘲弄的表情。他希望能从新新人留下的考古痕迹中寻找到更多的东西，并能破解人头骨之谜。以前，他看过英国科学家关于水晶头骨的著作，他们认为水晶头骨里储存着大量的原始信息，可通晓古今。更为神奇的是，它还能够用不同的语言与人类交流，告诉你一些令人震惊的故事。

那么，人头骨化石呢？它会不会具有更强大的功能？他预感到一定会有海量信息隐藏其中——是连接过去、现在和未来的最好渠道。

蓦然，仪器咔咔地运转起来，显示器上出现异常波动，而这条起伏线像是有了灵魂和生命。尹良博士的视线凝固了，头晕目眩地紧盯着眼前的机器。这时金星头骨的眼窝泛起微红色，而且像是经过了智能调制。尹良博士感到胃里有点轻微的搅动，直往上翻涌。他已经无法冷静思考了，使劲摇摇头让自己高度集中精力，以迎接更大的挑战。

第二章

窗户吱呀开了，一条蟒蛇溜进房间，盘踞在床上。它咝咝叫着在讲故事。它滔滔不绝地说："我经历的战争和运动不计其数，但是我没有亲手杀过一个人，也没有设计陷害过谁——如果手上沾满了血，你就不得好死，你会在自己的满肚子坏水中受煎熬……"

巴荷惊叫着醒来，原来是陆泽的胳膊压住了她胸口。"我做了个噩梦……梦见一条蟒蛇！"她趴在他赤裸的胸脯上，一边体味着他呼吸的韵律，一边用手指搓捻着他的脖颈。因为受到她的撩拨，他猛地翻身把她压在身下，放肆地抚摸她每一寸肌肤。她开始呻吟，痉挛似的扭动着身体，释放出肌肉的紧张感。

"我爱你，荷，只爱你！"他脸贴脸地轻声说。

"真的吗？不许骗我！"她欣喜地摸着近在咫尺既熟悉又陌生的脸，充分感受着那双手细腻抚摸所产生的每一丝最微妙的快感。

"我发誓，宝贝，我想一个猛子扎进去，永远不要浮出来。"一滴汗从他的脸上流下来，顺着他的下巴滴在她的脸上。"我第一天见到你，就想和你做……来，宝贝……"他撩人心魄地说着向她发起新一轮的攻势，试图再次进入她的体内。

陆泽三十岁，是尹良博士的助手，比尹良小整整十岁。他个性爽朗，北大考古系硕士，和巴山是大学同学。作为一名考古专业学者，在同行眼中，他非常擅长结交朋友，是一个不同寻常的另类，而且不失汩汩喷涌的幽默感。他正在和美国某大学联手建立一个生命基因库，用来研究人类起源的奥秘。

巴荷是巴山的妹妹，某大学考古专业的在校生。他们的父亲是县父母官，负责全县的农业和科教文化。她暑期来发掘工地实习，不过一周时间便拿下了陆泽，并彻头彻尾改变了他的人生轨迹。巴荷平时住在坡下的南地村考古驻地。昨晚吃罢饭，她实在是闲得无聊，便给陆泽发信息，请教狼和狗在远古时期的区分。陆泽回信息说，你来吧，我演示给你看。她果然就来了，也许她正好需要一个男人填补内心的空虚。

他们一见面便原形毕露，变成了两头禽兽，如此彻底地不加掩饰。陆泽始终没弄明白，那令人耳热心跳的一幕是怎么发生的，究竟谁是主谋。他并没有因为自己无法控制的性冲动和明知故犯而感到羞耻。他甚至为自己无论在哪里都能"冲上云霄"而感到自豪，其中也夹杂着背叛的快感。他一向自称是一个逻辑思维超强的人，是一个彻底的理性主义者。但是在年轻女孩子面前，尤其是漂亮女孩子面前，他不但显得非理性，还有些天真和幼稚。

陆泽灿烂地笑着，不疾不徐、一丝不苟地在女人的身体里刺戳。她就像一条泥鳅扭动着滑溜的身躯，在他的躯体里钻进钻出，在狂吻和指尖的抚摸下发出无法抑制的快乐呻吟。

"你真美，美极了！"陆泽完全陶醉了，情感不能自拔。"舒服吗？"他在她的耳边说。

"嗯。"她把头抵在他的颈窝下，羞涩地说，"我喜欢你的味道，喜欢你的力量。"她的鼓舞使他信心十足、豪情满怀。

"看着我，直直地看着我。"他边说边把她的头扳正，让她和自己对视。他看到一股喷涌的火焰，仿佛要把自己吞噬了。他拼尽全身的能量，不容自己有半点懈怠。她随着他的起伏而起伏，呼吸和心率在加快，一种骤然而至的快感在她的体内奔涌着。他长时间控制自己，预感到女人高潮的来临，紧搂着她一起攀登上令人心驰神往的快乐高峰。

尽情燃烧中的两个人，忘乎所以，模糊了时间和地点，忘记了自己是谁，对方又是谁。

"我厉害吗？"高潮过后，他在飘飘欲仙的状态中轻声地问。

"嗯，战绩辉煌……"她伸出纤纤手指，帮他擦去额上的汗水。从窗外射入的微弱光线，越来越清晰地映出了他们交缠在一起、起伏不停的肉体。巴荷想起她的大学导师来，那个一脸络腮胡子的教授。他也问过同样的话，她也说过战绩辉煌的话。后来他却坚持让她堕胎，他说不想冒颜面扫地的风险，不想让一个私生子毁了自己的前程。她一个人躲在宿舍大哭一场，直到愤怒被磨蚀殆尽。

一只壁虎，不，是两只壁虎在墙壁上移动。一只雄性，一只雌性。它们的舌头像电光一样闪烁，和着黎明的微光在相互慰藉。

突然响起的急促叩门声，像疾雷轰进了房间。巴荷一个激灵坐了起来，把被子拉到胸口上。陆泽伸出手臂把她按倒在床上，用手捂住她的嘴，示意不要出声。她贴近他的脸颊问："谁？"他撩开她的一缕秀发，趴在她耳边说："尹博士……发神经呢……"他呼出的热气，在她的皮肤上腾起烈焰，让她心里发痒发紧，还有些发慌发热。

又是两声叩门声，充满了威胁和震慑。"我怕！"巴荷伸出双臂搂住他结实的脖颈，眼睛紧张地盯着门口的那团黑暗。窗外传来狼群凄厉的哀嚎声，在肃杀寂静的旷野中回荡。"有狼群。"她滚进他的怀里，恨不能嵌入他的身体内。

"不怕，宝贝。"他的手指扫过她的胸脯，滑向她的小腹，"你也很棒，我们是超棒组合。"他把头埋在她的胸前，在那块富于弹性的小高地上小憩。在大山的腹地，在一片狂野的梦境里，在狼群出没的旷野中，他们结束了一夜的饕餮盛宴。

透过窗帘的缝隙，从窗外射进一缕微光，天就要亮了。远远的村子里响起此起彼伏的鸡鸣狗叫声。一夜的云雨销魂，让他们精疲力竭。

"我得回去，不然会被尹博士发现的……"巴荷欠身去摸自己的内衣，却被陆泽捉住了双手。"早呢，陪我躺会儿！"他舍不得她走，仿佛有什么压倒一切的东西要留下她，什么都无所顾忌。她顺势躺在他臂弯里，仿佛他身上有股强大的引力。她发现自己无比荒唐，竟然会为了一个男人倾倒。

"你是不是有女朋友？"巴荷在黑暗中直勾勾地看着他。她的心不安分地翻腾起来，贪婪、热情、野心交织在一起，周围的一切都不存在了。

一种地底水潭般的死寂过后，陆泽坦言："哦，有过，不过已经……我和她是一种非常自由的关系，不算是……"他吞吐起来，大喉结一伸一缩地挣扎着。他想否认自己有女朋友的事实，但是又担心因此会陷得太深，有站在突然出现的十字路口的困窘。他需要一种混沌状态的发生、弥漫，在这种状态中，理智屈从于情欲，人性的光辉在肉体的热情中幻灭。

"她是谁？"她的神经啪的一声，像小提琴弦一样断掉了。

"她是一名记者，为《绿色前线》工作……"他认为没有隐瞒的必要，因为事情迟早会暴露。

"她叫什么名字？你们一起多久了？"她满怀妒忌地追问道。她挥挥拳头，恨不能把假想中的情敌碾碎了。

"没有多久，半年多吧……她叫戴亦西，是那种冷艳、矜持的女人，所以……她不一定适合我……我喜欢随性，不拘小节。她却不善应变，把事业看作了人生的最高境界……"他撒了谎，艰难地挑选着合适的字眼。他想起和戴亦西的种种往事来，耳边传来深邃缥缈的歌声，那是戴亦西的歌声。

"可是你……为什么还和我睡？免费的午餐？"她翻过身去背对着他，声音哽咽地说。她虽然预感到了另一个女人的存在，但还是不愿意接受这个残酷的现实。"流氓！"她想到了那个"叫兽"，便骂出了口。

那一次，她独自去医院做掉了"叫兽"的孩子——她害怕做手术，但是更害怕被抛弃、害怕被暴尸窨井的下场。尽管如此，她还是难逃被抛弃的悲哀。后来她同寝室的女孩搬走了，室友临走时告诉她，教授答应推荐她留校任教。她没有愤怒，也没有哭泣。她已经认清了局势，识时务者为俊杰。

"流氓！"她嗔怒道，奋力摆脱他搂着她的手，"欺负人。"她的声音有些颤抖，新仇旧恨相继袭来。

"我对你是认真的，我欣赏你的热情和单纯……那都是以前的事了，不必为此烦心……"他把她的身子翻转过来，"相信我……你摸摸我这里，为你而跳动！"他把她的手放在自己的胸口上，紧紧按着。为了哄她开心，他使出了浑身解数。

"你会和她断吗？不然代价将是超出你想象的疼痛与懊悔。"她咬牙切齿说，怒目圆睁。

"当然，我心里只能容下你，不会有第二个人。"他用力攥着她圆圆的乳房，信誓旦旦地说。"你呢，和我是第一次？不会一不留神踏进别人的属地吧？"他不怀好意地笑着，故意挑衅道。

"没有别人，我的属地归我个人，我现在是自由身，你的也属于我，我绝不允许别人碰它！"她不屑地说，用手沿着他的腹部向下探索着。

"不会的，有你就够了，你很温柔，像一轮朝阳，我会永远以你为世界中心，放心吧。"翻云覆雨后，他搂着余韵未尽的女人缠绵地说。

太阳从地球的腹部缓缓升起，带来令人振奋的温暖。从窗外照射进来的第一缕光线，恰好从金星头骨空洞的眼窝里穿过，散发着冷冷的两缕寒光。这让尹良博士十分震惊，他目不转睛地和它对视，像被催眠了一般。他下意识地用手摸摸自己的脸颊，这才真正体会到活着的滋味，那是温暖和感知的世界。

这冷酷的光芒究竟代表着什么？死亡或超生？他一动不动地定在原地，感觉有股电流通过周身，让他血脉偾张，和那天发掘出金星头骨时的感觉一样。突然，他听到灵魂被弹出躯壳的声音，那是一种轻微的共振声响，啪啪啪啪的，如静电的爆击声。接着他的思维被激活了，瞬间与人头骨产生了交流。那声音遥远而清晰，像是来自另一个星球。

"你是谁？从哪里来？"尹良博士虔诚地问。他感觉自己像是金蝉脱壳，灵魂和身体脱离了，灵魂飞入了空中，身体部分却钻入了地下。此刻，他和它是平等的，仅剩灵魂而已，都没了躯体。

他的想象中，这个头盖骨应该附着血肉，深邃的眼窝让人联想到它拥有一对澄澈的大眼睛，再配上高挺的鼻子，还有耳朵和长长的头发。刹那间，头盖骨带着忧愁的眼睛眨了两三下，试图甩落沾在头发上的尘土，但由于颈部被卡在托架上，它只能无趣地扭曲着脸。接着，那年轻的脸庞竟对着尹良博士笑了，瞬间又像在调整焦距般眯起眼睛。

"你好，金星！"此刻，他仿佛幽游在另一个空间，怀着做梦般的心情，眼睛紧紧盯着头盖骨的眼窝一眨不眨。

"我叫木叶，请不要叫我金星，等你等了很久了……"它深邃的声音仿佛来自地底，"我来自两万年前的新新部落。我们部落的老人说，自打太古时期，我们的祖先就在这片土地上繁衍生息了……"它的下颌微微抖动，声音极其微弱，如同在一道光速上奔跑，但清晰可辨。

"木叶，两万年？"说话间，尹良博士感觉自己似乎进入到一个网络隧道一样的众多记忆中。网络通往网络，隧道通往隧道，一下子打通了他所有的脑神经细胞，"我好像对木叶有点印象……但是模糊不清，忘记在哪里见过，或听说过……"他努力搜索着不断向前延伸的记忆，里面有些地方灯火通明、彩灯高挂、明亮如昼，有些地方风雨如晦、气氛阴森似地下墓窟，有些地方残灯如豆、烟雾弥漫、昏暗不清。

记忆昂首阔步，拨云见日，兵来将挡水来土掩，一路向前探索，终于有了些洞见。

"我想起来了……"尹良博士兴奋地说，激动无比。但是当他要突破一道墙体时，记忆像弹拨中的琴弦啪地断了，发出不和谐的杂乱声响。一股怀疑的浪潮在胸中回荡，他失望地向后一仰靠在了椅子背上。他的意识被拘禁在一种清醒的状态中，因此而备受折磨，"想不起来了……"他的声音里透出浓浓的挫折感，仿佛陷入了半休眠状态。

"想不起来了？再想想！"木叶迫不及待地渴盼着某种东西——一种语言无法表达的东西。"你原来是北部落的继承人，两万年前叫太阳，确切地说太阳是你的前世，是你最初的身份，好好想想……"木叶一语道出了天机。一开始，它那梦呓般的声音急促而低沉，但是几分钟后变得平缓而清晰了。

"不，不，这不可能！"尹良博士惊呼道，将潮湿的手掌在上衣上擦了擦。"我祖籍在云南大理，我出生在苍山脚下，洱海之滨，我叫尹良，我父亲是一位地道的农民，不，他是乡村教师……"尹良感觉一阵恐慌，就像被一只魔掌揪住了心房。

"我是说你最初生活在这里，属于新新部落成员，几经轮回最后你才转生到了大理。"木叶解释说。尹良博士陷入沉默中，这是他意料之外的，彻底颠覆了他先前的一些思想。木叶继续说："你注定要回来完成你的使命，这是两万年前的约定……不过这仅仅是开始……"它的下颌停止了颤动，声音戛然而止。

"两万年前的约定？"尹良镇定一下问。他感到眩晕，快支撑不住了。"我和你的约定吗？"他勉强从胸腔里挤出一股气流来。

"不，是新新部落以及这一地区所有成员的约定，大家相约要帮助人们恢复历史的记忆，拯救世界。"木叶高深莫测地说，"那是一段空白的记忆，我们也对两万年以后的人类充满好奇，并预测到人类会发生基因突变，变得更加聪明智慧，而且会走向一个更广阔的世界……因此，我们也有责任帮助现在的人们去重建历史的桥梁，找回人类文明缺失的那一环……"木叶头骨话说到一半停顿下来，陷入遐想中。

"所言极是，太不可思议了！"尹良博士略显瘦削的脸颊有些苍白，一双乌黑的眼睛里闪动着被震撼的目光。

"两万年前，你们北部落和我们新新部落唇齿相依，共同抗击了南部落入侵。我们经历了可怕的战斗，死伤惨重，我们相约两万年以后来这里团聚，重建家园……

这里曾经是一片温厚、丰裕的土地，迤逦起伏，草地郁郁葱葱，开满一片片艳丽的红、黄、紫色的花……"

"我、我不明白，请说清楚些……"尹良博士结结巴巴说不出话来，"靠我们重建家园？我是考古学者，出点建议还可以，其他的实在帮不上忙。"他的嘴角露出嘲讽的表情，因为这种想法实在是可笑。

"两万年前属于冰河时期，其严峻气候是非常人能生存的。新新部落与北部落为友邦近邻，有着共同的始祖和信仰，往来密切，共御外敌……北部落地势优越，坐落于四周低中间高的龟背之上，三面环山，一面临水，因此被南部落所觊觎，常常受到侵害……南部落是蟒的后裔……你是北部落族长的长子，继承人，叫太阳……"

"你等等，我还是不明白……你是说我前世叫太阳，是北部落的继承人，我们认识在两万年前？南部落和新新部落联合抗击南部落，是这样吗？"尹良博士这才如梦方醒，灵魂仿佛回到了本原状态。

时间冻结了。他听见门外走廊上有动静，像是有人蹑手蹑脚走动时发出的窸窣声。他抑制住呼吸，侧耳倾听，然而并没有觉察到可疑的动静。他的心跳慢慢平缓下来，那种急迫的压抑感也渐渐消失了。

"是的，你是我妹妹月亮的配偶。"木叶的说话声，打破了屋子里的宁静，"她年轻貌美，有着一双乌黑的大眼睛……你受邀来参加新新部落一年一度的祭祀活动，那是一个神圣的时刻……当然你也很杰出，属人中翘楚。你们相互爱慕，妹妹月亮便不顾一切地跟你回到北部落。她怀了你的孩子，但是她死了，死得很惨。"

"啊！哦，不、不大可能！"尹良博士再次被吓住了，头发都竖了起来，刚刚平静下来的心又狂跳起来，脚下的地面如流沙般在滑动。

"请相信我，我以妹妹月亮的名义发誓，我的话千真万确！"由于激动，木叶那经过修复的下颌有些错位，发出吱吱呀呀的摩擦声。"你站到窗口去，看看外面。"木叶提醒他说。

尹良博士急忙走到窗前，撩开窗帘一角向外眺望。他绷紧神经，准备接受最初穿越的冲击。在黎明的清冷中，天空变成了清亮的翡翠色。这时从极其遥远的地方传来的天体按照轨迹运转时的节拍声，就像是轰鸣的和弦落进他的灵魂。黎明前的夜空中，浮现出远山和山外山的模糊轮廓，仿佛天地鸿蒙，宇宙初生。

一轮超级月亮挂在远处的山脊线上，占据其三分之一的位置，一片美丽而宁静的星海围绕着它。月亮像个轻薄透亮的圆球，其表面的细节清晰可见。隐隐约约里面有人影在晃动，是一幅完整的神秘画面，更像是动漫世界里的场景：一个虚拟现实场景与附加效果相结合的产物。

一个体形健硕的史前女孩儿在捕猎，追逐着一头羚羊。她曲线优美的脖子上佩戴着华丽的宝石，腰间围着羽毛编织的七彩裙。她在奔跑，步履轻快，犹如一头机警的小母鹿。她手里拿着一把弓箭，身后跟着三条金毛猎犬。她跑出了月亮，冷艳地微笑着，熠熠生辉，就像一个幽灵女孩，或者是一个摩登原始人。他推开窗户，伸出手去接应她，仿佛和她有着神秘的心灵感应。她也向他伸出一只手臂，洁白透明，如同一条温柔流淌的溪流……他握住她的手，化为绕指柔。他的心开始融化，似波涛滚滚，向四面八方奔涌……

"啊，啊！我仿佛有些记忆，月亮，是的，她身材火辣，擅长捕猎，锁骨下面……"他突然被一种奇异的感觉所淹没，有如大水冲刷他记忆中那难以穿越的墙体，呼呼啦啦地响个不停。他感觉自己一下穿越了两万年的时光，记忆在他的脑海中苏醒了。这次穿越充满力度，像灵魂一样哗哗地前行，势如破竹。

记忆的墙体裂开了一道缝隙，从中透过一片光亮。如蚕丝一般细微、脆弱的感受从记忆深处浮起，里面有如胶似漆的甜蜜，有深痛巨创的悲伤，也有浮云流水的平淡，但都是暖色调的。

"可是，可是……锁骨下面……"尹良博士沿着记忆的隧道往前追索。

"是的，锁骨下面，有什么？"木叶大喜过望，眼窝里射出凌厉的光芒。

"哦、哦，见鬼！记不起来更多的了……"尹良博士眼睛里露出窘态和失望的神情。记忆落荒而逃了，终没有穿透那冻黄油似的墙体。他停顿很久，令自己平静下来，然后说："你的下颌骨变形了，有些噪音，我会请国际顶级专家帮你修复。"尹良博士把手放在自己的胸口前，试图压迫住暴跳的心脏。

"我妹妹月亮是你的女人，一个不幸的女人……"木叶的声音低沉而忧郁，让人心生敬畏。"下颌能用就很好……我尽量言简意赅，想说的话很多……"

"你说，我不再打扰你。"尹良用手指捏着木叶的下颌轻轻晃动着，"说吧，试试看。"他松开手，凝神检验调试的结果。他看了表，时间显示凌晨四点二十分。他感叹时间飞逝，在黑暗中奔跑着冲向黎明。

"我父亲是新新部落的首领，我哥哥是继承人，未来的首领，他叫木松。"木叶下颌紧凑了许多，声音更清晰了。"木松擅长狩猎和驯化野生动物，他把狼驯化成猎犬为人类服务。我父亲发明烧制陶器，他用动物的血在陶器身上绘制出图案。我们生活得很知足。直到有一天，受到南部落的攻击，我们原有的生活秩序被破坏了……"它的眼眶中充盈着泪水，呼呼啦啦落在了台子上，立刻变成了剔透的玛瑙碎石。

"你死在那次交战中？"尹良博士看着台面上的玛瑙碎石，开始怀疑自己是不是精神出了问题。"冷静点，我能帮你吗？"他把案子上的玛瑙碎石一颗颗收起来，放在一个玻璃烧杯中。

"对不起，我太激动了。"它的眼窝由于感伤而变红了，微微泛着泪光，"提起不堪回首的往事，仍心有余悸，太残酷了。"

"是的，我知道，你慢慢说。"尹良博士简短地说，尽可能把时间留给木叶。他的紧张感在逐渐消退，心脏也不再狂跳了。

"我死于那次战乱，在反击南部落入侵中受重伤而死，死前的情景历历在目。你看到了，石块击中了我的头部，我的下颌骨断裂了，后来被山洪冲到了新新湖边，现在的西柳湖，所幸没有掉进深水中。"它平复一下情绪，"你修复技术不错，不过还有待改进，缺乏精准度。"它咔咔、咔咔地发出笑声，就像是鸡蛋的磕碰声。

"南部落的领地在哪里？"他们像朋友之间聊天那样，谈话变得随意轻松了。

"新新部落、南部落和北部落在地理位置上呈三足鼎立之势。从东部的山谷翻过三座大山，就是南部落的地界，与新新部落通过山脉相隔。大约需要从太阳升起一直走到天黑，才能到达那里。"木叶头骨把几个部落的方位描述很清楚，就像是在尹良博士的脑海中画出了一幅地图。

"中间有广阔茂密的丛林和沟壑，还有奔腾的山涧。南部落人喜欢住在地狱般昏暗的洞穴里，以蛇为图腾，信奉血亲交媾……南部落的女人不能跨出山洞一步，与蛇同穴而居。南部落首领蟒，飞扬跋扈，嗜血成性，霸占了部落中所有的女人，因此遭到族人的反对。他们认为血可以增加神力，所以喜欢杀戮和酷刑……与之相反，新新部落喜爱和平，认为无论让谁流血都将销毁自己的神力和肉体。"木叶一口气说了很多，气氛也更加凝重了。

"可是你们为什么要参与战乱，大开杀戒呢？"尹良博士责问道。他不明白一个喜爱和平、反对杀戮的族群为什么会引火上身，遭受灭顶之灾。

"唉，为了女人，部落需要女人。为了南部落首领的妹妹音美，她是木松哥的女人。我们也是被逼无奈，那是一场迫在眉睫的正义的战事，没有第二条路可走，就是南部落也明白这一点。你想象一下，一头受伤的角马在满是鳄鱼的浅滩里拼命挣扎的情形，为生存而背水一战。"木叶的话振聋发聩，使尹良博士陷入长久的思考中。

第三章

晨辉清冷，带着一丝寂寥，暗示夏季将尽。

一早起来，戴亦西就犯了一个不可饶恕的错误——睡过点了。作为《绿色前线》的首席记者，上午她原本要去旁听天龙集团涉黑案的庭审，已经和龙子吟社长约过时间，但现在已经来不及了。《绿色前线》是一份拥有广大读者群的新锐杂志，销量数十万份。她是一个雄心勃勃、兢兢业业的有志向的女记者，因此每一次行动前，她都会花大量的时间翻阅背景材料，并且研究一些繁杂而枯燥的相关条文。由于勤奋和认真的工作态度，她已经从默默无闻之辈中脱颖而出，一跃而成为新闻界的一颗新星。

这次能够参加天龙集团的庭审，对戴亦西而言压力不小，它绝非一般意义上的刑事案件。资本大鳄屠天龙，被指控运营黑社会性质组织，涉嫌窝藏枪支和谋杀等多项刑事犯罪。资料显示，屠天龙在原始积累阶段，完全靠肆无忌惮的血腥和残暴，确立了他的江湖地位，因此也犯下重重罪恶。

戴亦西是被电话吵醒的，打电话的正是社长龙子吟。他们本来约好六点半在二中院见面，现在已经快六点了。她猛然从床上坐了起来，一边伸手拿起衣服，一边跳下了床。

"怎么没看到你，你在哪里？"龙子吟压低声音问，"我在二中院对面的西京大厦前，这里聚集很多记者，你到这边来找我。"他想当然地认为她早已经到了，而且正在焦急地找他。

"抱歉，抱歉！我堵在路上了。"她撒了一个谎。这是唯一可以搪塞过去的理由。她睡前便把要穿的衣服找好，摆在了床头柜上，又把手机闹铃定在五点。但是手机闹铃跟她玩起了哑谜，关键时刻它失灵了。她恨不能把手机摔了。在慌乱中，她光着脚在屋里跑来跑去，终于收拾好头发，换上职业套裙，最后蹬上平底短靴。临走，她站在镜子前照了照，愤愤然地松开脑后的发髻，然后用一只发卡一扎了事，这样看起来更随意些。

身材颀长而丰润的她，一双黑亮的大眼睛流光溢彩，锐利而清澈。她的脸庞虽然说不上娇艳，却别具一种引人注目的魅力，眉宇间不时流露出高傲和无所畏惧的坚定神情。她的确很美，符合现代美女的几大要素。一个美人一定要个儿高，她亭亭玉立，身高一米七〇。由于常年在外奔波，她的皮肤略深，呈浅棕色，处处给人一种捕获人心的魅力。与那些只注重外表的时尚美女相比，她更有一种不加粉饰的健康美，浑身散发出惊人的自信。

去年秋天，她在朋友婚礼上认识了陆泽，两人一见倾心，有种相见恨晚的感觉。坦率地说，自第一次见他，她便遭到了爱神的当胸一箭。他也是，被一箭中的。陆泽说自己是搞考古的，正在筹备发掘一处史前遗址，很可能会改写人类起源的历史。戴亦西说自己是记者，对于神秘的考古极有兴趣，尤其是对史前环境的研究。陆泽微微一笑说，有什么事只管打电话来，随时奉陪。他眼镜后面的那双眼睛里闪耀着诚实和温暖。

第二天，当陆泽打电话请她吃西餐时，她的心理反应就更加强烈了，兴奋得像一只天真的兔子。陆泽表白说，她朗若晨星的眼睛和扑面而至的青春气息，以及言谈思维，都是他所欣赏的。她沸腾的感情汩汩外流，按也按不住。之后，他发起了猛烈的追求，两个人一拍即合，关系急剧升温。不久，他们租了一套房子搬到一起，俨然是一对新婚夫妇的样子。但是她对他的品行却不甚了解，而对一个女人来说，一个男人的品行至关重要。

终于可以出门了。她摸了摸口袋里的旁听证，砰的一声关上了房门。她正要去按电梯按钮，却发现手机忘带了。她只得掏出钥匙，匆匆去开门。而越是心急，手越是不听使唤，甚至连钥匙都插不进锁孔里。当她拿着手机再次出门时，已经六点半了。她乘上电梯，不料刚下一层就停了，此后几乎每一层都要停下接人，慢慢腾腾的像上世纪初的老爷车。她心如火燎，似乎正在历经她最后一次转世。

报道说，两年前春季的一个下午，京都城郊扬子河畔的露天茶社，突然响起激烈的枪声，惊破宁静的午后。人们在惊慌中看到几个浑身是血的人，正无声无息地从椅子上滑落在地。死者正是屠氏兄弟的冤家对头缪虎和他的幼子，及其手下。缪虎曾扬言要血洗天龙集团，殊不知，他的狂妄为他招来了杀身之祸。他的儿子年仅五岁。很快案情大白，两名犯罪嫌疑人被抓获归案。据交代，命案的幕后主使正是屠天龙的弟弟屠鸣龙。然而令人惊异的是，两名嫌疑人一周后，竟在同一天夜里蹊跷死亡，永远被封口了。更令人感到蹊跷的是，警方虽然不断接到群众举报屠鸣龙藏身的线索，但每次抓捕行动都以失败告终，不是与其失之毫厘，便是擦身而过。

电梯载着奔波的人群，终于下到底层。戴亦西跑出电梯，如同一只脱茧而出的新生命，四处寻找它的宿主。她找准目标，拉开车门，刚跨进自己的雪佛兰车，龙社长的电话又来了。

龙子吟是新闻界名人，具有一定的影响力，且被誉为反腐英雄。他早在十二年前，任《中国财经报》首席记者时，因实名举报某央企集团董事长宋慎，而进入公众视野。几年间，龙子吟曾多次接到威胁电话，声称五千万买他的人头。那些在宋慎利益链上的分食者，恨透了他，想要他的命。他两次险些命丧车轮下，一次遭遇追杀，可谓九死一生。戴亦西之所以选择为《绿色前线》效力，完全是因为对龙子吟的崇拜。

十年前，龙子吟参与筹办了《绿色前线》，任常务副总编，全面主持编采业务。杂志坚持追求客观性、前瞻性，本着"对读者负责、对历史负责"的态度。三年后，他正式成为杂志社总编辑，时年三十三岁。在龙子吟的主导下，《绿色前线》在中国新闻界创立了冷峻的新闻文风，因而聚集了一批富有新闻理想和社会责任感的青年人。他也成为杂志社的一位不可或缺的灵魂人物。

"喂，走到哪里了？"龙子吟焦急的声音像一把火，恨不能烧穿她的耳膜。

"快到了，马上，对不起……"戴亦西好不容易缓过劲来，愧疚地说。

"知道堵车早干吗了？"龙子吟气急败坏地问。他倒不是一个疾言厉色、横眉怒目的上司，从不做强人所难的事，今天大概真急了。

戴亦西窘迫得满脸通红："快了，开庭前一准能赶到。"她边说边发动引擎，缓速将车开出小区大门，来到主干道上。她冲上快车道，再向右猛打方向盘，然后加速、超车，一路狂奔而去。好在不是上班高峰期，道路还算畅通。她向西行驶两公里后，向右拐进一条僻静的小巷。

"天呀，千万别堵车！千万……"她在心里一遍遍祈祷着。她先左后右，七钻八拐冲出小巷，向右返回到宽阔的友谊大道上。风驰电掣，车身几乎在漂移，自动避开了挡道的各类车辆。快些，再快些，车身像被巨大的磁铁牵引着，不顾一切地向前冲去。

据粗略估计，这次前来采访的有近百家媒体的数百名记者，其中只有二三十人可以领到旁听证，不足十分之一。戴亦西跟随各路记者，像个吊线的木偶一样沿着法院高高的台阶，上上下下跑了不知多少趟，直到昨晚才取回两张旁听证。戴亦西回到家便开始打开天龙集团的相关资料整理笔记。事态超乎想象的复杂性，远不是她这等智商的人所能理解的。报道称，屠天龙与几十起故意伤害罪以及谋杀案件有牵连，可是警方却抓不到任何确凿的证据。

直到深夜两点，眼睛实在睁不开了，戴亦西才上床睡觉，却翻来覆去睡不着。屠天龙被捕后，她曾在狱中采访过他。他和妻子准备外逃时，在首都机场被控制。入狱进行采访，是戴亦西记者生涯的第一次。她调整一下情绪，认真地打量着采访对象，试图捕捉他那复杂多变的性格特征。他已被打回了原形，脸颊瘪瘪的，太阳穴上青筋裸露。但是他精神尚在，眼睛里仍隐含着威仪。他们面对面坐着，屠天龙的脸上始终挂着一丝不易觉察的微笑。从外表看，他并不像一个背负多条人命的极恶分子。她一下轻松了，思维也活跃起来。她缓缓地说，你在商业界大名鼎鼎，却没想到会在这里采访你。他一字一顿地说，命该如此，以前算过命，有牢狱之灾，只是没想到会应验。他外表很平静，眼睛里却蕴含着绝望的空洞。

戴亦西问，你是以什么手段控制自己金字塔似的商业帝国的？他说对手下无须多么严格，机制是约束的绳索。她问他今后有什么打算，他说没有多想，会静下心来多看些书，调整知识结构，让自己的内心更强大。她问他，你内心还不够强大吗？他说是的，正因为软弱才会做出愚蠢的事，像外界说的那样"不择手段""杀伐江湖"。

她问他为什么会对竞争对手采取极端手段，非置他们于死地不可。他沉思后，嘴角微微一动说：当初，急需稳定局势和扩大经营规模，当甜蜜的幻想遭到暗算后，或者说是自身受到威胁时，那些都是情急之下采取的自保手段。

她说："你这是饮鸩止渴？"

他保持沉默，没有做出回应。最后她问他，可以用一句话来形容你的前半生吗？他说如同坐过山车，刺激、惊险，被吓得魂不附体，却还想再来一次。他沉默很久后，咂咂嘴说，重来一次的可能恐怕没了。他的笑容一点点化为灰烬，眼睛里充满不可知的变数。

戴亦西开车走到北四环时，龙社长又打来了电话。她压住他的话头，抢先说："社长大人，实在是抱歉了，昨天夜里，我……"她想取得他的谅解，却被他噎了回来。

"你什么你，抱歉有用吗？"

"我回去好了，早晚会被你清算的！"她的心顿时往下一沉，委屈地说。

"你敢，马上过来……法院门前正在清场，没有证件一律走人，你以为是来参加派对吗？"他提高嗓音，震得她耳膜嗡嗡作响。"你真令人失望，不想干辞职算啦！"他吼了一声。

"我错了，让我专心开车，行吗？！"她狠狠踩下油门，碾轧着周围惊奇的目光前行。唏嘘声中有人大喊，喝多了吧，快报警。有人拨打报警电话。也有人招手示意危险。她不管不顾，再踩油门，再提速，车轮发出沙沙的摩擦地面的声响。

不过，危险的程度还可以接受，这样的事情她经历过多次。车身游离了地面，嗖嗖地越过前面的一辆劳斯莱斯，追上了一辆红色宝马。一架军用飞机引导她飞越拥堵的大街，跳过一座座烂尾楼，沿着高架桥狂飙……眼看要追尾了，她急打方向盘从一辆宾利车旁蹭了过去。

她想：听天由命呗，生死一步之遥。自六年前那次震惊中外的高铁事故后，她便有了宿命论的思想。

那一次，随着一声巨响，两列车碰撞后，她所乘坐的五号车厢之前的几节车厢，相继坠下了高架桥。五号车厢却悬在了半空中，车厢里的人和行李都飞了起来，在车厢内肆意翻转。每个人都在尖叫和流血，发出恐怖的死亡和声。空中掀起一股巨大的气流，像是抛出的一道符咒把车厢抬了起来。几分钟后，车厢稳稳当当地挂在了高架桥的护栏上，全车厢的人在翻滚号叫，发出呼天喊地的声音。她就像是一个轻浮的提线木偶，被悬挂在车厢内。

刹那间，所有的尖叫声和哭号声一同响起，把宇宙间所有的尘埃都震得抖落下来，在她面前翻飞。所有声音都汇合在一起，像是震耳欲聋的暴风雨，像是大海汹涌的波涛声，又像是子弹呼啸而来的声音。

她的意识飘走了，飘到了一个既熟悉又陌生的地方。她曾经非常喜爱那里，那里有她爱的人和山山水水。现在只剩下一个个片段的、残破的场面。什么森林呀、河流呀、黑黝黝的影子呀、大朵云团的天空呀、停泊在岸边正在腐烂的舢板呀……由于日晒雨淋而变黑的跳板，一头搭在岸边，一头搁在舢板上。一棵棵树东倒西歪在缓缓流动的沼泽地里，正在变成泥浆回归自然。

河岸两边是丛林，一个危机四伏、神秘莫测、充满死亡的危险之地。<u>丛林里暗藏着盘绕的蟒蛇，潜伏着凶险的狼群，游荡着面孔上闪烁着人类智慧的猎豹和尖声叫着在树冠间翻筋斗的长臂猿</u>……

这些镜头显然不是她从电影或者书上看到的，应该是记忆深处固有的，久远到无处考证的年代。她清晰地看到自己跑上那块腐烂的跳板，踏上颤巍巍的倾斜的舢板，快活地向送别的人们挥着手。船起航了，平稳地顺流而下，在<u>丛林中穿行</u>。下游的某个地方住着她的亲人——父母、兄弟和族人。

"我不要死！"她眼泪汪汪地抽搐成一团。她不再出声了，毫不费力地在黑暗中沉沦，最后她像一块石头那样坠入深邃的生命底层。她完全摆脱了对人生的一切关心，所有血肉的联系和七情六欲都从她身上渐渐消失，化为乌有，只剩下一粒微小而强烈的生命火星，在她的潜意识里执着地燃烧。

这时有一双柔和的手，触摸着她战战兢兢的神经说："孩子，听我说，天堂没你的位置，回去，快回去。"那声音似乎是来自地层下或天空中，仿佛一个鸟类的精灵，一个把她置于自己羽翼之下的守护神，温柔而无可置疑。她时而清醒，时而糊涂，直到被附近赶来的村民救下车后，她才明白自己是大难不死，误入了鬼门关。尽管宽慰之感涌遍全身，她仍然剧烈地颤抖着，吓得语无伦次、结结巴巴。事情发生得太突然，让她难以分辨自己的处境。

那次高铁撞车事故，释放出集束炸弹般的社会影响。戴亦西发表博文，讲述了自己死里逃生的奇遇。她忧郁地说："有一颗微小而强烈的生命的火星，在孤立无援的情况下全力相助，抵抗着毁灭，狂热地追求着生存。那颗顽强不灭的火星鼓励我说：'决不要放弃，我坚持着。'生命于我们是何等珍贵，和那些失去生命的人相比，还有什么不能放弃？谢谢上苍的眷顾！"她的这篇博文，被转发了上千万次。

后来，她认识了陆泽，便把自己的遭遇讲给他听。他以惊奇的目光上下打量她说，超人，外星人，如定海神针，我注定要效忠在你的麾下。他把她逗得大笑不止，眼泪汪汪的。想到这里，她拿起手机开始呼叫陆泽。她想跟他聊几句，女人毕竟是女人，心情不佳时总想借男人的肩膀靠一靠。想到陆泽，她的笑容回来了，而且有了一些温度。他是她最亲密的伙伴，她唯一能敞开心扉、能无条件相信和依赖的人。但是，昨天夜里，她两次给他打电话，他的手机均处于无法接通的状态。她哪里会知道，自己的白马王子，正漂浮在高潮过后的欲火情海之上，在另一个女人的身体上，探索着永恒青春的源泉。

陆泽的电话仍无法接通，这让戴亦西的自尊心颇受伤害，一个不祥的预感在她心头一闪而过。她认为自己的直觉一向出奇地准。陆泽常年在外，好在繁忙的工作可以帮她排除寂寞和孤独。偶有几次，她跟年轻的男同事约会，一同共进晚餐，或K歌时，她总会情不自禁地将他们跟陆泽相比较，结论是谁也比不上他帅气，更重要的是，他们缺乏他的热情和魅力。

她也发现了他身上的致命弱点，就是那份坚不可摧的自大和傲慢，其实骨子里很世俗，缺乏信仰。她觉得自己不羁的性情被他给过滤掉了，而且他肆无忌惮地粉碎了她的自信心。她也曾经怀疑过自己想嫁的人是不是他，她也知道这不是自己想要的。想到这里，她懊恼地扔下电话，专心开车。

尹良和木叶谈话后，大脑一直处于半迷糊的状态中，仿佛被梦魇摄取了灵魂。意外的敲门声把他从恍惚迷离中唤醒，他觉着自己出窍的灵魂正在回归脑壳。他忙起身把头骨化石锁进保险柜中，这才慢慢腾腾地去开门。

尹良打开房门，无声无息地倚在门框上，忽然睁大眼睛问："有事吗？"他未能一下清醒过来，听到一个微弱的声音说："那是你我之间的秘密，千万要严守，不然一夜间全世界都知道了我的存在……我的安全将受到威胁……"

"我明白，你受到威胁，我也不安全……"他在心里回答说。

"半夜三更敲我的门，什么事呀？"陆泽精神抖擞地站在门外，热情洋溢地问。他有着高高的身材、运动员的体魄和富含贵族气息的容貌。

"听见了怎么不开门？"尹良博士深深吸了一口气，胸口似乎透出一道缝隙。

虽然眼下已近秋天，但是四周的山野依然绿色湛然、青翠欲流。春天的时候，房山头那一棵棵与这座房子竣工同时栽下的藤蔓和爬墙虎，熙熙攘攘地爬满了外墙和游廊，开满密不透风的黄色花簇，十分耀眼和醒目。

这时，一个光鲜的脸庞出现在陆泽身后。她健康的肤色里透出红润，一双动人的大眼睛勾魂摄魄，带有一种天生的风尘味。尹良博士一下什么都明白了，反而有些自责，显然自己打搅了他们的好事。他已经猜到陆泽有情况，但是万没想到会和女孩子深夜幽会。巴荷原本给人的印象是野性十足、古灵精怪却不失现代气息的那种女孩，但是现在他不得不重新审视她，这种开放让他感到心有余悸，同时也为陆泽的女友戴亦西感到不平。

"你听到狼嗥了吗？"尹良博士反身把房门带上。"天亮前，发掘工地上有一片片白光在闪动，我一直追到东面的谷口，一下子不见了，挺瘆人。"

"白光……什么白光？"陆泽不解地问，"倒是听到狼叫了，附近好像有狼群。"他发现尹良博士的脸色苍白，像是被毒蛇咬了。"你的脸色不好，哪里不舒服？"他习惯性地推了推架在鼻梁上的眼镜，关切地问。

"没有，一场梦而已。"他回过神来问，"你以为我被狼吓到了？我从小可是在山区长大的，五六岁时就跟狼交过手，八岁那年跟我叔叔掏过狼窝。两只刚出生的小狼养了半年，最后放生了，野性十足，不好驯服。"尹良博士极力压抑住内心的波动，表现出一副淡然自若的神情。

"哇，你还掏过狼窝？看不出来……"陆泽故作敬佩的样子，嘻嘻哈哈地说，眼睛不时去瞟身后的巴荷。他显然还沉浸在昨夜的欢愉中。巴荷若无其事地低头看手机，根本没有注意到他们的谈话。她身后渐渐升起的太阳，好似把她的头发点燃了，散发出火焰般的光泽。

"小狼回来看过你吗？"陆泽饶有兴致地追问道。他显得有些孩子气，大概恋爱中的男人都这样。尹良博士没有回答，眼前浮现出月亮上的史前女孩儿。她多情缠绵，有着近乎完美的身材，一双眼睛清澈如弯月。她在奔跑，步履轻快，手里拿着一把弓箭，身后跟着三条金毛猎犬。

"陆泽，弄两条狗来看家护院吧。"尹良博士提议说，把谈话拉回到现实中。

"我邻居威子家的狼狗刚生过小崽，我去弄两条来吧。"巴荷把手机放进口袋中，走过来插话说，脸上洋溢着幸福感。她那梅花鹿般美丽的大眼睛，不时看着陆泽，毫不掩饰内心的爱慕之情。

"好吧，让陆泽和你一起去……"尹良博士说着，转身向远处的探方走去。

G8 发掘于三个月前，它和之前发掘的那些探方，共同呈现出一个全新的史前文化形态。那里发现了一些奇怪的现象：一串奔跑的狼足印，却另有一串赤足人脚印贯穿其间。这些踩在泥上而硬化后的人脚和狼足印，保留下一幅远古时期的完整画面和时间特征。其脚印深深地留在泥地里，因奔跑脚趾比脚跟陷得更深，脚趾间冒出的泥痕清晰可见。赤足者为直立行走者，脚掌宽厚平展，脚趾较分散，与长期习惯于不穿鞋走路的脚印相近。

以此推测：一个雨过天晴的夏日，有一头巨狼从这里跑过，其后有一个赤足狩猎者紧追不舍、死死相逼。为什么说雨过天晴呢？因为当时虽满地泥泞，却很快在强烈的光照下固化了，所以才能完好无损地留下这些印痕。这些脚印的发现，一经报道便在学术界及公众间引起反响。人们既充满好奇，又满怀疑问。

尹良博士亲自指挥提取了这些脚印，对它们进行了各种测试后，得出了截然不同的结论：所谓狼足印，不过是被驯养的猎犬爪痕。它正在辅佐赤足者追捕前面的猎物。问题是，被追赶的是什么猎物？为了证实这一结论，尹良博士决定扩大发掘面积，沿着这串足迹一路向前追踪。而令人振奋的是，果然在数十米以外发现了一片杂乱的羚羊足印和一些不明迹象。这些重要发现，让他们兴趣盎然，一连几天趴在地上比量脚印，再试着模仿原始人类的步伐反复奔跑，企图从中获取感性认知。

尹良博士面对接踵而来的新发现，更是如痴如醉。他采取一系列颠覆性举措，一步步迈出了古典史籍的范畴，踏入一个生动真实的史前时期。但是他难免受到一些权威学者的不满和质疑，认为他并非一个不折不扣的学者，有沽名钓誉的嫌疑。尹良博士并没有因此而苦恼不堪，或者是灰心丧气，因为纵观考古发掘的历史，总会遇到一些所谓大牌学者的质疑。

"尹博士，你有心事？"陆泽追过来问。他总觉得尹博士怪怪的，像有什么事情瞒着他。尽管尹良博士故作轻松状，但陆泽还是能观察到一些细枝末节，认为他神情有些紧张，身体僵硬不自然。

"没，没有。"尹良博士果断地说。他是一位少言寡语的男人，给人一种随时陷入沉思状的神情。正是他的沉默寡言以及不动声色的面部表情，让他更富于男人魅力。"以后你会知道的。"尹良博士接着又补充了一句，便更加激起了陆泽的好奇心。尽管陆泽一再追问，尹良博士却没有透露出与木叶的谈话信息，尤其是关于月亮的事。在潜意识里，那段关于前世的隐情是圣洁的、庄严的，必须深埋在内心，否则将是对自己前世的亵渎。

尹良博士沉默片刻后说："新新遗址包含太多的远古信息，只看我们能不能接通所有的信息片段，因为这个运作结构会相当复杂而精密。"

"当今国际头骨化石研究机构，已经将其列入科学发展的最前沿领域，说不定一两年之中，只要为其输入正确程序，我们就能够和几百年、几千年甚至几万年前的人类进行交流对话。"陆泽兴致勃勃地展望未来，勾勒出了宏伟的前景。

"那就太好了，免得我们考古人殚精竭虑、上下求证了，或者像电影里那样握有一两件原始信物就可以了。"尹良博士心头震撼不已。他相信自己正在获得这一机缘。

陆泽看着不远处的巴荷，略显激动地说："对了，分析报告出来了，发掘到的人足印和现代人区别不很大，只是脚趾略大于现代人，脚掌比现代人宽厚一些。放射性碳测试，人脚印的年龄为两万年，而脚印的主人不足二十岁，身高一米七五左右。他是一个强壮的青年，但是左脚有伤，奔跑起来有些跛……"

尹良博士又是一惊，心想：会不会是木叶留下的脚印？他会是跛脚吗？尹博士陷入沉思状。二十岁的年轻生命，从血肉之躯到一把白骨，然后又经历了两万年的风雨变幻——人类初始阶段所经历的一切灾难和恐怖、残暴的岁月。他随手捡起一块厚实的碎陶片，它的过去还是温热的，并非如石头般冰冷。

"这样吧，我们暂停发掘，让巴山带路沿东面的峡谷进行一次考察，说不定能有更大的发现。"他所说的东部山谷，正是木叶所说的史前古战场，也是昨夜灵魂隐去的地方。

"为什么改变发掘计划？"陆泽质疑道，"这么做会功亏一篑的！"其实他有自己的考虑，不过是想有更多和巴荷单独接触的机会。

"怎么会？任何重要时刻的到来都绝非偶然，所以不必着急。"尹良博士坚持道。他显得疲惫不堪，声音也略显嘶哑。他总是认为只要时机成熟，某个特殊事件在某个特殊时间里发生是一定的，早一刻、晚一刻都不行。

陆泽刚要走，尹良博士又叫住他问："你这次该是认真的吧？"

陆泽以不屑的口吻说："你OUT了，我们都是成年人，是完全行为能力的人……

不过呢，这种事嘛……最好不要让戴亦西知道。"他难以启口似的说。尹良博士郑重地看着他，发现他厚重的镜片里有一团火光，火光中若隐若现似有一幅杂乱的画面。尹良博士感觉画面里寓意不祥，似乎隐藏着一个正在被设计的陷阱。不过他想，陆泽是一个聪明的人，应该能看清什么是陷阱、什么是机遇。

太阳越升越高，不远的山坡上有几棵枫树，在温暖的晨光中闪闪发光。它那开始变红的茂密枝叶奋力张扬着，像是腾空欲飞的鸟群，又像是仙女撒下的花锦。

第四章

　　戴亦西全力以赴开车，越开越快，恨不能一鼓作气驶离这尘世凡间。本来需要一个多小时的车程，她只用了四十分钟。这时手机嘟嘟地又响了。她还以为是陆泽打来的，慌忙一看，竟然是《消费时报》的欧阳图，一个喜欢把自己收拾得一尘不染的男人。他们是大学校友，他在学校时就追求她。但是她说，以学业为重，任何情感不予考虑。

　　不甘寂寞的欧阳图，便把满腔热血喷向戴亦西的室友樊翎羽。他一举拿下她，不费一刀一枪。事后，樊翎羽喜形于色地说，谢谢你没看上我家欧阳，其实他很优秀，是个真男人，尤其是那方面，很棒的……戴亦西用手背碰碰她的脸颊说，那你就天天享用好了，别跟我这儿炫耀，不稀罕。樊翎羽说，你知道吗，欧阳图追求你的时候，我恨死了。戴亦西被她弄得哭笑不得，拍打着她说，我是怕被投毒才拱手相让的，谢谢室友不杀之恩！不过玩笑归玩笑，她们至今都是好朋友，相处很融洽，来往也密切。

　　来电自动打开蓝牙，接通蓝牙耳机。欧阳图急切地问，亦西，你在哪里，怎么没见到你？戴亦西哭诉说，路上呢，起晚了，刚被老板喷了一头狗血。欧阳图不解地问，天塌了你还能睡踏实？戴亦西没好气地说，我也是人！欧阳图说，庭审现场戒备森严，周围布满警察，不知是否有新情况。他故作神秘地说，你猜猜天龙集团背后的靠山是谁？

　　"这两年你可是新闻界的霸宠，还有看不明白的事？"她揶揄说。

　　"少安毋躁，我不是和你闲聊嘛！"他豪放地笑了，声音像波浪哗哗地向耳鼓推进，"听说检察院吸取以往的教训，对屠天龙一案的关键性人物，也是这次庭审中的重要人证，采取了更加严密的保护措施。在开庭之前，人证每晚换一个住处，并由四名武装警卫担任警戒，谁也不许接近……看来这屠天龙真不是等闲之辈，够让警方费心的。"欧阳图的话里，透露出自己对另一个男人的钦佩。

"嗨，这次大概逃脱不了惩罚了。"戴亦西话说一半使劲吸了一口气，空气里仿佛灌了胶似的。"你说，不会发生什么事吧？"她紧盯着前方的路，身上的肌肉绷得紧紧的。她看到一双双晶莹的猫眼在空中穿越，忽近忽远，像是在暗示着什么。她下意识地想起陆泽，非常受伤。她发誓不再想他，以便淡化自己的困惑。

"倒是期待能整出点新鲜玩意来。"欧阳图说，一种残忍的冲动闪过他的脑海。

"好了，不说了，我马上就到了。"戴亦西已经进入了法院路中段，再有几分钟即到目的地。突然，前方出现几辆警车，斜插在路口上，四周站满严阵以待的警察。她心里一阵慌乱，猛踩刹车，伴着一阵轮胎摩擦地面的尖锐声响，车速降了下来。一位警察朝她摆摆手，示意她绕行，并没有找麻烦的意思。原来前面封路了，任何车辆不得通行。

"我是记者，参加二中院的庭审。"她把头探出车窗招呼警察，并递上自己的旁听证。并没人理会她，他们的头正用对讲机接受指令，或者在发号施令。戴亦西把车向前挪了挪，试图靠近警车，跟他们进行交涉。不轻易受摆布，是她个性的特点，也是职业习惯。

"停车，停车！"荷枪实弹的警察一边大声喝道，一边示意她绕行。

戴亦西把车停在路边，等待他们前来处理，伸出车窗的手里举着自己的证件。"我到二中院参加庭审，这边是唯一的路！"她也失去了镇定，一股火气从胸腔里喷出。

"请绕行，不得妨碍公务。"一个微微挺着肚腩的警察，靠近她的车窗厉声说。他像鹰观察猎物那样盯着她。

"好的。"戴亦西不慌不忙，一边向后倒车，一边从副驾驶座上拿起照相机。她用臂肘夹住相机，用手指快速拧开镜头盖。咔嚓、咔嚓……她以记者特殊的敏感性捕捉到了一些重要信息。可别小看这庭外花絮，很值得花力气去研究。一个优秀的记者，根据表面现象，便能够抓到隐藏在事物内部的重要信息。

戴亦西的故事，就从屠天龙出庭受审的这天早晨开始了。

这时，有三辆警车排成一行，呼啸着闯入戴亦西的后视镜，前后相距不过五六米，中间是一辆奔驰警用面包车。戴亦西推测，这些警车押送的不是人证就是屠天龙本人，否则戒备不会如临大敌般森严。她举着相机刚要按下快门，对面巷子里风驰电掣般冲出一辆越野车，如同一个被击中的怪兽，直奔目标而来。不是好兆头，只怕要出事。她来不及多想，急忙按下快门。只见火龙怪兽扭动着身躯撞向了第二辆警车，发出轰隆一声巨响，警用面包车被击中爆炸了。

瞬间一道火光冲向前，引爆了前方开路的警车。腾起的滚滚气浪，差点掀翻戴亦西的雪佛兰轿车。她还没反应过来，一阵激烈的枪战爆发了。子弹嗖嗖地响起，被流弹击中的雪佛兰轿车颤抖着就像是一头发怒的野兽。她还看到了车窗上三滴深红色的斑点，不知是不是血。

人行道上，不知所措的人们像炸窝的黄蜂四处乱跑。戴亦西的第一个念头是，暴徒冲着人证来的。她看到使用对讲机的警察，发狂似的下命令，请求警力前来增援。戴亦西多少能保持冷静，趴在车窗边，浑身颤抖不止。但是在疯狂面前，理智是软弱无力的。她克制住颤抖的手指，咔嚓、咔嚓地按动快门，一直没有间断。她把听到的断断续续的句子连接起来，基本可以断定与人证有关，而且他们已经被灭口了。四周脚步声响成一片，持枪的警察向被炸飞的车辆蜂拥而去，抢救车上的受伤人员。远处传来警车和救护车的喧嚣声，声音越来越响，最后变得一团混乱。

戴亦西趁乱推开车门，夺路而逃，藏身在一棵巨大的梧桐树后。她取出相机里的储存卡，又换上一张空卡。她像是一位身经百战的战士，或者是训练有素的特工。她刚要把取出的卡放进相机包，却转念一想，藏在了袖口的暗袋内。那是她用生命换来的东西，必须确保万无一失。对她而言，每一次采访不啻是一场硬仗，只有严格遵守各种规则行事，才能出奇制胜、百战不殆。正是她超强的应变能力和机敏的思维，使她最终成为一名出色的记者。

一瞬间，武装警察带着防暴枪，占领了周围的各处要道，开始搜捕嫌犯。戴亦西看了一眼腕表，恰好八点整。十几分钟后，局势基本得到控制，十多辆救护车相继赶到，呼呼啦啦下来一群白衣天使。他们在警察的配合下，从警车和嫌疑车辆上，抬下了七八具血迹斑斑、奄奄一息的伤者。这种恐怖血腥的场面让戴亦西惊恐万状。

戴亦西从口袋里摸出手机，拨通了龙子吟的电话，抽动着嘴角说："龙社长，警匪交战了，如同美国大片。子弹嗖嗖地飞过，爆炸的车辆火光冲天。我就在事发现场，我的车被击中，死里逃生呀……哦，我记录下了枪战全过程。"她这才开始感到后怕，心里阵阵发紧发寒。

良久，电话里寂静无声，是一种令人心惊肉跳的平静。龙子吟听到这震惊的消息后，像是被施了魔咒一般石化了。"局势已经得到控制……我本来想逃离这恐怖的地方，但是我身负重任！"她很想大声痛哭，尽情地发泄。

几秒钟后，龙子吟钦佩地说："你真能干，干得漂亮，回去嘉奖你……给你换一辆新车。"他显得有些压抑不住的兴奋，"明天发表独家报道！"

"不挨骂就行，我简直受不了……"她想狂喊，感到自己的气喘病快要发作了。

"我说庭审怎么宣布推迟了，大家都在猜测，议论纷纷，没想到会出这种事。"他在脑海中推测着将会引起怎样的连锁反应。"放你一周假，去散散心。"他说了一句暖心窝子的话。"看到伤亡人员了吗？伤亡人数能确定吗？"他忙不迭地追问道。

"我被堵在法院街口，随后开过来三辆警车，中间的一辆遭到袭击发生爆炸，殃及前后车辆，具体伤亡情况不明。"她颤抖的声音根本无法控制。

"赶快回社里，不要让自己卷进危险中去，要注意安全。"龙子吟忧虑地说。"把储存卡取出来保存好，我要看照片……对了，我另派人去医院了解死伤状况，你回来赶写报道，明天见报。"龙子吟做出了一系列的战略部署，犹如大战前的总指挥。

戴亦西按龙社长指令，跳上自己那被子弹穿透的雪佛兰，向后倒了一下车，转了个弯，急打方向盘，将车头掉转过来。当她踩下油门准备驶离时，一个年轻的警察拦下了她，让她回公安局配合调查。

"为什么？我是记者，去参加屠天龙的庭审，被你们堵在了这里。"她一边出示自己的证件，一边徒劳地挣扎着。

"我奉命行事，请你走一趟。"看着他带有敌意的眼睛，她自觉放弃了顽抗。

戴亦西说我给社长打个电话，可以吗？警察没有说话，默许了。她恍惚了几秒钟，乖乖地下了车。她拨通了龙子吟的电话，说我被带回警局接受调查，你尽快赶到协助处理。龙社长交代说，不该说的话，一句不要说，保持沉默，我马上到。一路上，她的肠子纠缠着，拧绞着，只想呕吐。她开始有些后怕，不知为什么倒霉的事总来麻烦她，也不知还有多少不可预测的危险在等着她。

尹良博士避开陆泽，匆忙溜回到实验室。他仍然处于被惊吓的余震中。他细细地品味着、思索着黎明前发生的一切，确定那不是梦。而隐藏在头骨中的那些恐怖的故事，事实上就是人类成长史。人类生长初期，生存环境极为恶劣，因此死亡率很高，尤其是儿童的成活率不足三成。当时死亡是常见的形态，并不可怕，或者说生存本身就是死亡的过程。换言之，头骨不仅是死亡的象征，还是生命的象征，同时也是生命之神留下来的物质载体，充满可能性以及知识的源泉，其中所蕴含的奥妙只看考古学家怎样去破解和认知了。

尹良博士取出木叶头骨放在实验台上，仔细观察它的下颌，希望找出问题所在。经过精确测量仪检测，得知木叶的下颌有一丝精度的误差，因此造成了它的咔咔声。尹良博士经过反复调试，又降低了一些误差，但是始终无法达到完全吻合。

"凑合着吧，木叶兄，我会尽快请国际顶级专家来帮你调试，这里不具备条件，技术还达不到。"尹良博士一边解释说，一边打开所有的机器开关，并调节好转换器。"试试看，应该好一些。"他紧盯着木叶的眼窝，静静等待着，期待奇迹再次发生。机器开始运转，显示屏上出现了波动。紧接着，木叶的眼窝里泛起了微微红光。

"很好，谢谢！"木叶的声音清晰了许多，且富有磁性，"我们上次讲到哪里了？"它显得比较轻松，声音仿佛来自地心深处。

尹良博士听到木叶的问话，仿佛精神意识一下被唤醒了。"上次你讲到音美，说她是南部落首领的妹妹，是你的嫂嫂。月亮是太阳的配偶，我的前世是太阳……她们都是人类文明的传播者，是大地之母。"尹良博士感觉心脏骤然加快了。他想得到更多关于月亮的信息，她唤醒了他麻木的情感。梅艳和儿子小虎的突然离世，带给他的是深痛巨创，虽然事情已经过去多年，但他却变得越发孤独了。他不再相信自己还会燃起爱情的火焰，但是月亮，那个史前女孩却给他带来了无限生机和热情。

"对，那是一次偶然的机会，我哥哥木松外出狩猎时和音美在大森林里相遇，他们共同射中了一头斑鹿……哦，音美是南部落首领蟒的异母妹妹，也是蟒的女人。木松用石刀片把鹿肉分成两半，但是音美坚持说是自己射中了鹿的心脏，因此不可以分享她的猎物。木松没有力争，便把整只鹿送给了音美。为了表示感谢，音美请我们喝鹿血，温热的血流进胃里，让我们感觉精神饱满，身手敏捷。但是鹿肉对我们很珍贵，它至少可以让孩子和老人们饱餐一顿。"

"那是一个严寒冬季，我们的孩子已经断了食物，只能拿蛇和蜥蜴充饥，或者围猎困于洼地的小型动物，如兔子、狐狸，有时连仓鼠也不放过。烤熟的仓鼠也是美味，或者吃狼群的残羹剩饭，因为狼的捕猎能力要胜于人……什么都没有的时候，也会挖些昆虫的幼虫和植物的根茎吃，为了维持生命。"木叶说到这里，陷入短暂的停顿中，像是在等待接收来自遥远的信息输入。

尹良博士怀疑木叶头骨在远古时期已经被编好程序，它选择恰当的时间和地点来到人间，就是为了帮助人类获取历史信息和预测未来的。想到这里，尹良博士冷静下来，已经不再紧张了，他庆幸自己能成为第一个接收远古信息的考古人。

"为什么音美可以走出山洞，可以和男人一起到森林里狩猎？"尹良博士问。

"音美有特殊的捕猎技能，箭法比男人更高一筹。我说过，南部落信奉血亲交媾，部落里所有女人都归部落首领所有，如同猴群一样，她们生出的孩子非傻即残，生性残忍……唯有音美敢于反抗，誓死不从。你知道动物界都不允许近亲繁殖……"

"我知道，那是动物的本能，人类应该自觉规避。"尹良博士迎合道。

"蟒曾经把音美赤身裸体地绑在树上折磨她，用藤条抽打她洁白的身体，把她打得皮开肉绽。音美的勇敢和坚强，为自己赢得了一定的自由空间。她被破例允许外出狩猎……她注定要成为木松哥的女人，他们是天生的一对，命中注定的……"木叶反复强调音美命中注定是木松的女人。

窗外有团团乌云飞过，木叶头骨浮现在幽暗里。尹博士感觉整个身体都在痛，每个骨缝都发酸发麻，仿佛有小虫进进出出正在里面忙活。这种感觉他从没有经历过，即便是梅艳和小虎出事的时候也未曾有过。

"音美，这名字多好听。"尹良博士阴郁地笑了，一股莫名的痛楚涌上心头。他和梅艳是经同事介绍认识的，她的名字先入为主，引起他的好感。梅艳虽算不上是漂亮，却十分温柔，如一汪静水。久而久之，与其说他越来越爱她，倒不如说是越来越尊重她了。他知道自己心灵中最幽静的角落永远属于她，她将在那里陪伴他到终老。

虽然梅艳和小虎从他的梦境中渐行渐远了，但是他能看到他们所属的世界，那是一片宁静的雪国。雪不停地下，仿佛可以听到冰封雪冻的地壳深处响起的冰裂声。他们就住在雪山之巅的小冰屋里，屋子里有古老的壁炉，地上堆满各类书籍。有这些就够了，他们不再有烦恼，不再有各种奢求，不再有危险，心静如止水……

"名如其人哪。"尹良博士若有所思地说。他感觉时光在倒流，木叶头骨所说的一切都似曾相识。他恍惚看到了月亮中的原始女孩，把他的感觉更深地拉回到过去。

"是呀，音美非常漂亮、聪慧，走起路来就像跳跃的梅花鹿那样敏捷、轻盈、高傲……第二年，小草发绿时，山上的积雪汇聚成汹涌的山洪，冲向平原，毁了我们有限的田地。木松带人疏通河道时，在新新湖再次遇到了音美，她当时在湖中捕鱼。她正和一条巨鳄搏斗，差点被拖进深水中。在万分危急时刻，木松救了音美……后来，他们疯狂地相爱了，音美不顾一切地跟木松哥回到了新新部落。音美善于捕猎和用兽皮缝制衣服，还会给人们治病……我们为她举行了篝火仪式，杀生庆贺，欢迎她加入新新部落，并用三色石为她修建了新房，非常坚固舒适，那就是新新宫殿。"

"随后引来一场战争……为了音美，南部落人骑着飞蛇铺天盖地而来，顷刻间地动山摇、飞沙走石。新新部落的男人为了保护音美，或受伤，或死亡。我父亲率领的精壮队伍被围困在隘口中，腹背受敌，最终全部战死。但是我们九死一生、无怨无悔……我们又回到了来时的地方，那个群体聚集的地方。我父亲临终时说，我们还会回来的，来世我们还是父子或兄弟……"木叶头骨说说停停，意思却表达得十分清晰，就像是讲述刚刚发生的故事。

"哦！"尹良震惊不已，这次他的下巴差点错位了。"这次战争的主战场在哪里？"他用拇指和食指推了推自己的下巴，无力地叹了口气。

"在东面的峡谷里，那里原是茂密的森林，生长着各类珍稀树木，遮天蔽日。现在已经遭到毁灭性破坏，面目全非……嗨，人类永不知餍足！"它的声调中充满苍凉和老到。

"哦，哦！"尹良博士的话被卡在了喉咙里，一句也说不出来。

"当时南部落以巨蛇和蝎子为坐骑，摆成弓形阵列，由南往北攀岩而来，双方在山梁的背脊、天山交界线上拉开战场。经过九九八十一天的恶战，双方的主力均消耗殆尽，死伤惨重，应该留下有大量的石化残骸，它们正等待着轮回……如果能找到音美送我的那枚项坠最好，我受伤后发现它不见了，那是白水晶石磨制成的一只圣甲虫项坠……如果找到它，还能得到那个时代更多的信息……"

"圣甲虫项坠？说仔细一点，什么样子？"尹良博士在笔记本上记下了南部落和新新部落的交战地点，又画了一个甲虫图案。这是他下一步工作的重点。他决心不惜代价找到那枚水晶石圣甲虫项坠。木叶说那是族徽，是瓢虫状的宝石，肚子上刻有音美的咒语。木叶进一步解释说，自己生活的时代，这种虫被视为吉祥物，所以被称为圣甲虫，后来又被当作护身符。

"好的，我会尽力而为。告诉我，后来音美怎么样了？"他意识到在这个远古故事中，音美是一个关键人物，值得花工夫去探讨。

"音美因为怀有身孕，被藏在了大山底下一个山洞里，洞前是一面水瀑，非常隐蔽。我和父亲战死以后，木松成了新新部落的新首领，音美成了族母。同年秋天，音美诞下五胞胎兄弟，兄弟五人共同成为新新部落的继承人。音美是世界上最不幸和最幸运的人。她活了几百年，或许几千年，守护着后世子孙，帮助生病的老人和孩子摆脱病魔的困扰。当新新部落善良的人去世后，她会把他们的灵魂带到繁星汇聚的天空去，那里是天堂，没有饥饿和疾病……"木叶的鼻孔里发出簌簌的响声，是气流进出的声音。谈话该结束了，木叶头骨显得很累，眼窝里的光线渐渐暗淡了。

"可以想见早期人类……贫病交加、缺医少食的艰难成长历程，但是远古文明得到了传承……"尹良博士因敬畏而战栗，强烈地意识到这代表着死亡含义的人头骨的确蕴藏着来自祖先的丰富信息。"木叶兄，谢谢了，改日再聊。"尹良博士关掉了所有的仪器，把木叶头骨锁进保险柜中。他闭上双眼，放松一下自己的意识，试图从半休眠的状态下醒来。

他浓密眉毛下的眼睛更加黑了，让他看起来显得有些神情沉郁、目光冷漠。等恢复了精神，他出门朝楼下走去。木叶的圣甲虫项坠在眼前熠熠生辉，就像是一颗海上明珠。他们必须在这片史前遗址中找出相应的信息，来印证木叶的话，否则木叶的故事只能是传闻，或者是杜撰。他一边梳理木叶的话，一边思考着新的发掘思路。木叶头骨讲述的传奇故事，真的是历史的核心内容吗？他渴望找到圣甲虫项坠，或者找出更有说服力的证据，引领人们走出这纷乱杂陈的历史迷宫。

第五章

戴亦西在经过严厉的询问和调查后，一直到中午才在龙子吟的陪同下走出了公安局。清晨的枪战声仍不绝于耳，惊慌的人群跑马灯似的在她的眼前晃动。龙子吟面无表情地问，相机储存卡呢？戴亦西低声说，在，放心。她感到了一丝带有血腥味的轻松。相机里的储存卡被暂扣了，说是为了配合调查，幸好她保存了最重要的部分。在这种关乎生死存亡的游戏中，作为记者唯一的责任是揭示真相，不管过程如何残酷和艰辛，结局如何不尽如人意。

"估计外面有媒体，这可是大新闻。记住，什么都不要说，我们抢到了新闻的首发先机！"龙子吟提醒道。他五短身材，骨架粗壮，夹杂着白发的平头，却显得深沉和睿智。他年轻时那飞扬的神采已经消失得无影无踪，一双总是眯着的眼睛在度过了无数个寒暑后，越变越冷峻了。戴亦西沉默着，神色凝重地跟着龙子吟疾步走出公安局。她一向都很谨慎，从不闲言碎语，不该说的话一句不会说。龙子吟经常提醒她，讲真话有时候会让你万劫不复。

经过半天的发酵，一场带有浓重政治色彩的警匪大战的新闻报道，已经登上各大网站的头条，并在社会上产生强烈反响。而戴亦西的冒险经历，可能会给杂志社带来勃勃生机，也可能带来毁灭性的灾难。就看怎么把握了，把握好时机就把握住了一切。

当戴亦西出现在公安局大门口时，果然各路记者向她涌来。面前架满"长枪短炮"，后面是熟悉的或不熟悉的面孔，他们迫不及待地想听到戴亦西爆出的猛料。戴亦西不敢停留，恨不得从他们密不透风的包围中逃走。

二十六岁的她，已是《绿色前线》的社长助理。之前的那位助理因对某上市公司的负面报道，被人打成重伤，至今住在医院里。尽管她明白自己从事的是高危职业，但她还是义无反顾地来了，这就是她的性格。如果在这个行业的摸爬滚打中能"幸存"下来，以后她的事业天地就更广阔了。她的快速升迁，不可避免地引起了诸多热议和猜测，当然不乏对她和龙子吟关系的议论。但她工作的绝对高效率和干练，无疑让很多持怀疑者闭上了嘴，她甚至还与其中的一些人成了朋友。

"戴记者，你怎么知道人证会遭到袭击？未卜先知？"一名记者先发制人，给她来了一个出其不意。他很年轻，热情奔放，两眼炯炯放光。

"说这话可是要负责任的！"戴亦西愤慨道，显然是被冒犯了。对于这些问题，她神经过敏。"你有没有狂想症？"她以嘲弄的口吻说。她再也无法承受任何压力了，哪怕是一根稻草。

"一点儿也不懂得幽默！"那位年轻记者说。他的身后流动着刺眼的阳光，戴亦西不得不眯起眼睛看他。他身躯笔直，神采飞扬，在人群中格外引人注目。

"你是落井下石！"她丝毫不掩饰自己的不耐烦。这是狂躁而烦闷的一天，她早就把风度和矜持抛诸脑后了。她花了整整一上午时间跟警察解释，说自己只是在错误的时间、错误的地点，遇到了不该遇到的麻烦事。但是她仍然难以摆脱质疑，简直太郁闷了。她跟在龙子吟身后，正要挤出人群，四周又涌来一群人把他们包围起来。

"来，让一让，等警方新闻发布会……无可奉告……"龙子吟边说，边推开人群向外突围。他的嘴角露出一丝笑容，但这笑容远在达到眼角前就已经消失了。

"出庭人证被袭身亡了吗？"又有人不管不顾地追问道。现在流言四起，众说纷纭，因此人们都想从她口中得到证实。戴亦西的眼前浮现出一具具被鲜血染红的尸体。他们向她伸出手来，就像是章鱼的触角飘来飘去，缠住她的脖子。她不由得闪身避让一下，仿佛迎面飞来一把尖刀。她觉着眼前这群人只想把她的生命榨干吸尽而已。

龙子吟小声对戴亦西说，快走，从容对待。他也算是新闻界一个久经沙场的老兵了，知道如何应对任何复杂的情况，但是今天的事却把他打了一个措手不及。

"你以前认识屠天龙吗？"

"今天的恐怖事件怎么发生的？"

人群中不断有人喊着各种问题。戴亦西除了"无可奉告"以外，一概不做任何答复。"听说你很早就和屠天龙认识，对吗？"有一个声音大声说。戴亦西停下来，找到那个问话的男人，平静而镇定地说："你会把我送进监狱的！"她仰起头看着天空，不想让人们看到自己眼睛中的泪水。现场非常安静，几乎能听到树叶落地的声音。

"我们走。"龙子吟借机推开人群,把戴亦西带出了重围。她只觉得一阵头晕目眩,鼻孔里突然流出血来。"人来到这个世上,注定要接受磨难的,要经得起考核。"她听出来那柔和的音质和上次高铁事故中听到的一样。她感到有一只手在抚摸她的头发,非常温柔,像记忆中父亲的手,充满爱怜和力量。

"孩子,任重道远,你有使命在身。"

"什么使命?"她仰起头让鼻血往鼻腔里倒流,"谁赋予的使命?"电光石火之间,她有点明白,一切好像渐渐清晰了起来。她在一片荒凉的旷野间奔跑,身后跟着金毛猎犬……

"亦西,上车吧!"欧阳图开车挡在了她前面,把头伸出车窗说。车刚停稳,樊翎羽从车上跳下来,用一只手去拉车门,另一只手稳住她的身体。戴亦西看到樊翎羽,泪水一下涌了出来,只觉得心里隐隐作痛。

"走,快!"龙子吟催促道。他从后面把戴亦西推上车,自己也跟着钻了进去。欧阳图从后视镜中看到固执地跟上来的人群,猛踩油门将车驶出现场。戴亦西坐在车里,靠着樊翎羽的肩头,好像自己是星球上最孤独的女人。到了饭店,为了避开追踪,欧阳图特意要了一个僻静的包间。他发自肺腑说,一个女孩子能临危不惧,给男人做了表率,自愧不如。

戴亦西说,当时的情况,根本不容你去想,突然就那么发生了。可是现在特别后怕,如果我死了,恐怕最难受的是我父亲。

她九岁那年,父母亲离婚了。母亲有了外遇,恋上了一个比她小的男人。从那时起,父亲的心就悄悄死去了,整日闷闷不乐,像是遭遇了霜打一般。她能理解父亲,他也是个自尊心很强的男人,人们的同情反倒使他难堪。她回忆起九岁前的生活,心里总是涨满甜蜜的春潮。她似乎闻到了母亲身上的香水味,是那种茉莉花的香味。她的家乡有的是雄伟壮观的山峦、冰川和国家公园。在那里可以滑雪,可以坐雪橇,冬天里可以吃冻柿子。等她稍微长大以后,父亲曾经带她攀登过冰川,还曾经带她去南方旅行,在大海上坐游轮,吃海鲜,真是冰火两重天。

此后,父亲把心思都用在了对她的培养上。她没有辜负父亲对她的期望,学习非常努力。她从小就博览群书、能写善画,满脑子对艺术、政治和文学的见解,并从不隐瞒自己的观点。

"你简直就是伟大，作为新闻记者，挖空心思、四处奔走，为的什么呀，不就是为了找寻具有轰动性的独家新闻嘛，你是幸运的……"欧阳图向她竖起了拇指，赞赏道。

"看你，我还活着呢，像是在宣读悼词。"戴亦西揶揄道。她遂陷入沉思中，默不作声地看着窗外。她希望回家睡一觉，最好睡上三天三夜不要醒转来。

窗外茂盛的法桐树沐浴在阳光下，在院子里投下斑驳的影子。午后的阳光在对面楼房的门玻璃上，洒下一层淡淡的光辉。从楼上垂下的蔓生植物，为那层光辉镶上了一圈花边。没有任何声响，一切都显得如此安静，和混乱的街区相比，这里真是难得的世外桃源。

"亦西，吃点鱼，味道不错。"樊翎羽夹了一块鱼放在她面前的盘子里，然后对欧阳图温柔一笑。他们夫妻感情一直很好，很少发生争执，即便是拌嘴也从来不超过几分钟。

"来，喝点酒！"龙社长端起酒杯，"很快就没事了，早晨我态度不好，别介意啊。社里大胆起用你，就是用来体现它高品质的一面……不过守株待兔的事，不会常发生……"他端起酒杯，若有所思地看着戴亦西说。

"我守株待兔？千载难逢的事都凑在了一起，只怕是另有原因吧？"她哽咽了，"我的车被打得几乎报废，我九死一生……难道是我错了？"她说着泪水又涌上了眼眶，喉咙像被什么东西堵住了。她浓密的头发是深褐色的，和她母亲的一样。她继承了母亲美丽的外表，但是母亲却抛弃了她，使她儿时的生活陷入一片黑暗。她很少提起自己的母亲，包括在陆泽面前。她羞于启齿，这是她人生的痛点，是深刻在记忆里的痛。

"别说了，让亦西冷静一下。"樊翎羽紧紧攥着戴亦西的手说。她和戴亦西从大学开始，一直感情很深，发生这样的事令她心疼。

"来，干了！"戴亦西端起酒杯一饮而尽，然后又给自己的杯子满上。"来，干！"她毫无顾忌地又喝下一杯。她几乎什么也没吃，因为精神恍惚而心慌。她需要一些时间从上午的惊吓和打击中恢复过来。她恨陆泽，因为危难之时，他却远在天边，没能实现患难与共的承诺。她把头靠在桌子上，闭上双眼，全力克制着内心的阵阵恐惧。此后，这种沉甸甸的恐惧感，始终伴随在她的记忆中。

"我和亦西一直在通话，哪知刚挂电话就出事了，让你受到惊吓。"欧阳图为了调节氛围，起身把戴亦西的酒杯斟满酒。

戴亦西没有推却，端起酒杯一饮而尽。房间里很静，静得怪异。几杯酒下肚，她感觉自己开始飘飘然了。"为什么偏偏今天，我的手机出故障了？"她恐惧的心结越拉越紧了，"如果我早起一点，或者车开慢一点，或者遇上堵车什么的，就不会撞上这种触霉头的事……"她的脑袋里突然响起爆炸声和枪击声，她不由得捂住了耳朵。

"来，斟满。"酒劲一下上来了，她感觉脑子里有一群小鬼在打闹，你一拳我一脚，打得你死我活。她端起酒杯一下泼了出去，泼在龙子吟的身上。她的思绪又飘到了爆炸、枪击和人群四处逃散的街头。随着酒精麻醉的作用，那种攫取整个心灵的沮丧和恐惧蔓延开来，把她浸润在其中。

"喂，喂！"欧阳图攥着她拿杯子的手，"你干吗？"他还以为她真的失常了。

她挣脱欧阳图的手说："我把死神赶跑了！"她大笑起来，笑得前仰后合。她突然止住笑说："龙社长，我真的看到了死神，它身披黑色大袍，脸被帽子遮住了……"她有种孤立隔绝之感，仿佛自己被排斥在了世界之外。

龙子吟的双手紧握，脸从脖子红到了耳根。他逐渐控制住情绪，宽慰地一笑说："冷静点，你真的被吓到了？今天的事注定要发生，作为一名记者，这可是千载难逢的时机。"他拿起餐巾把自己面前的一团糟清理干净，然后为她斟上酒，"来，为你庆功！"他知道此刻说什么都多余，只有酒精能让她安静下来。

戴亦西被呛得猛咳起来。炽烈的酒精灌进了胸膛里，拼命燃烧着她的理智。她在酒杯里看到了血淋淋的场面：一个食人魔拦腰抱住她，她徒劳地挣扎着，喘息着，情急之中咬住了食人魔的肩膀。但是感到疼痛的是她自己，仿佛置身于深海，肺部竭尽全力想吸入新鲜空气，却无能为力。

"来，我还要喝！"随着神经系统的一声轰鸣，她呼出了一口气。职业的本能逐渐回到她身上。她告诫自己一定要撑住，人生大戏才刚刚开幕。

"不要再喝了，走，到我家去，我家有你爱喝的百利甜。"樊翎羽制止了手拿酒壶的欧阳图，示意他不要再劝亦西酒了。

戴亦西举起空酒杯放在唇边，透过晶莹剔透的杯沿向外看，陆泽那颇有男人味的眼睛出现在面前。她想到他们的第一次接吻，在电影院里，当着观众的面。那是一种纯情的、毫无顾忌的、青春期般的放肆。她定定神，突然站起来说："欧阳，送我回家……"她感觉前一刻还头痛欲裂，转眼间疼痛消失了，就像从噩梦中突然惊醒过来。

单调的色彩是黄土色。极目所见全是黄色。陆泽双手紧握方向盘，沿着狭窄的、坑坑洼洼的路面奔驰。他带巴荷到县城采购物资，一路上两个人相谈甚欢。当巴荷热情洋溢的年轻生命突然闯入他的生活时，他感受到了从未有过的幸福感。但是他不知道自己是在一场悲剧中，还是在一场闹剧中。

他们聊了很多话题，关于家庭的、社会的、灵魂的。巴荷问起尹良博士的妻子和孩子。尹博士身上的种种神秘色彩，让她感到好奇。陆泽告诉她，尹良博士的妻子和儿子，几年前在那次高铁事故中身亡了。他至今未走出丧妻丧子的阴影，但他属于那种沉默而强大的类型。他还告诉巴荷，当时戴亦西也在那趟车上，仅相隔一个车厢，但是她却毫发无损。

巴荷被他的话吓到了，久久没有说出话来。她缓过一口气，伤感地说："我从未见过幽灵，我不相信死后的生活，所以还是活着好。"诡异的氛围始终笼罩着他们，这个陆泽也有觉察。巴荷突然说："戴亦西她是正常人吗？"她的表情僵硬，耳朵内轰鸣着。

"你看天上的云，一片片像什么？"陆泽及时调节着谈话氛围。他隐隐有些内疚，但是他必须切断与过去的联系，否则腹背受敌会很难过的。

"你看，头顶的云像一只巨型绵羊，周围都是羊宝宝。你看那边，像一架飞机……"巴荷兴奋地说个不停，淡忘了刚才的话题。

陆泽的手机不识时务地响了，同时把他的心脏也拽紧了。戴亦西的电话，他看了一眼便掐断了。他会找一个借口，向她解释的。他的脑海中不由自主地浮起，自己和戴亦西打着一把伞，走过雨中小巷的情景。

她轻声唱着歌：我们俩打着一把小雨伞，雨蒙蒙……他记起在歌厅里，他向戴亦西献歌时，她被感动得泪流满面、幸福得要死的样子。他记起躺在郊外的田野里，微风掀起的落叶从他们身上飞过时，她翻身趴在他身上躲避尘土的样子。一切的一切都历历在目。戴亦西说最喜欢樱花，它令天空中充满纯洁和高贵，如烟如雾、宛若花仙，而它最美的时刻不在怒放时，而在它飘落的时候，飘落的樱花达到了一种极致，是绝对完美的谢幕。

他实在说不出戴亦西的短处来，他的确死心塌地爱过她。她是一位令人尊重的女性，虽不如巴荷朝气和讨巧，但是另有一种知识女性的特殊气质，优雅、矜持、智慧和大气，是极漂亮的女人，也是极聪明的女人。相比之下，巴荷倒是显得有些稚嫩和轻浮，不够稳重。现在回想起来，他认为自己对戴亦西的爱或许是精神超过情欲的。但如果和她分手的话，他却是极不情愿的，就像是提刀自残，割去身上的一块肉。

他深究自己，并没有放弃戴亦西的打算，他想徘徊在两个女人之间，等到时机成熟时再做决断。并且他相信如果哪一天，他溺水要死的时候，戴亦西也许会在最后一刻现身把他拉出水面，然而巴荷却一定做不到。尽管如此，他还是一意孤行，必须先经过眼前这一关再说。

"怎么不接电话？"巴荷诧异地问，已经猜出了原委，"戴亦西吗？"她不无妒忌地追问道，"哼，就是她的电话，你不敢接！"她咬牙切齿道，露出蛮横的神态。

"嗯？陌生电话一概不接！"陆泽踩了一下油门，爬上前面的一个陡坡。公路夹道两侧种满了"风流成性"的红高粱。细高的高粱一节节探向秋的深处，里面传出妹妹淫荡的呻吟声、呢喃声。

"你不诚实，骗人。"她把手伸向他的大腿，卖弄风情地看着他。"你想让我和她分享你？做不到！"她刻薄地说，五官拧在了一起，好似被谁打了一拳似的，"我可是很厉害的！"

陆泽扑哧一声笑了，伸出右手抚摸着她的头发说："小傻瓜，你有多厉害，说说看。"

"你才是傻瓜！"她愤怒地推了他一把。他猛一踩刹车，险些让她撞到前挡板上。他突然看到满是车辙和水坑的路中央卧着一条杂毛狗。"看看危险不？"他一边说着，一边把车停在了路边。

瘸腿流浪狗呜呜地叫着逃离了，逃进一片玉米地。庄稼地里腾起一群麻雀，落在附近的电线上。它们正兢兢业业地捕捉害虫，却受了瘸腿狗的惊吓。

"你愿意结婚吗？"她突然问道，眼睛直勾勾看着他的眼睛，嘴角露出一抹坏坏的笑容。

"和谁？"他被她搞晕了，东南西北转了向。她把手放在他的大腿上，展露出宽慰人心的温暖笑容。

"和我呀，我愿意陪同你步入神圣的婚姻殿堂。"她调皮的目光在他的脸上扫来扫去。

"当然，出乎意料呀……我受宠若惊。"陆泽故作惊讶地看着她的脸，打探着虚实。他把她的五官拆开，从眼睛、鼻子到嘴唇，一一研究后再组装起来。她的眼睛很大，但是靠得太近。下巴有点宽，不够秀美，鼻梁高挺但不精致。但它们组装在一起却非常和谐耐看，绝对的明星范儿。尤其她的凝视里隐隐闪现出顽皮、活泼的光亮和勃勃生机最具诱惑力。

"我是人类观察者，我有一双训练有素的眼睛，可以明察秋毫……"他炫耀说。

"你看到了什么？"她略显紧张地问，把他的话当真了。

"告诉我，你的生命中有没有……某个特殊的人？"他一丝不苟地看着她，等待她的答复。

"你的意思是……女朋友？或者一个男朋友？"她狡黠地看着他，温情一笑。"你设下陷阱让我跳？"她的脸颊汗津津的，内心七上八下地敲着小鼓。

"你知道的，我指男人。"

"没有，"她果断地说，"男人没好人，都是实用主义者。"她鄙夷地撇撇嘴。

陆泽被她楚楚动人的表情逗乐了，小腹里有一丝悸动，霎时传遍了全身。他跳下车绕过车头，拉开副驾驶车门把她拽下来。他完全失去了理智，明知有愧于戴亦西，仍旧屈服于肉体的诱惑自甘堕落。

"你要干吗？"她诧异地问，哈哈大笑起来。他默不作声，迫不及待地拉起她跑向高粱地……冲着太阳高声喊："我想干你！"她挣扎着不肯走，回应说："不要，我不要！"他不由分说地抱起她，不料刚走几步，两人便一起滚落在地上……

一只鹰很拉风地盘旋在空中，伸展双翼，时刻准备发动机会主义袭击，为自己争取一份免费午餐。陆泽捡起一块石头抛向空中，鹰化作一道烟雾融入刺眼的阳光里，渐渐变成了一粒太阳黑子。

第六章

尹良博士在距离赤足者脚印不到三百米处的同一地层中果然发现了一群杂乱的羚羊蹄印，它们翻过一道梁子径直冲向沟底，那里是一个天然陷阱。看着那片蹄印，他的脑海中勾勒出一幅完整的画面：在两万年前的一个夏季里，大雨过后，有一个年轻猎人带着他的猎犬，在追逐四处逃散的羚羊群。他体态强劲，赤身裸体，手握弓箭，只是因为受伤，他的左脚有些跛。夺路而逃的羚羊群，惊恐万分，慌不择路，逃往一条狭窄的山谷。谷底清泉淙淙，百草丰茂，渲染着世外桃源的静谧和诡异。

天空湛蓝湛蓝，浮动着大朵大朵的白云。猎手们四面包抄过来，捕杀即将开始。激昂的喧闹声和欢乐声此起彼伏，打破了原始山谷的宁静。人们在猎场燃起火堆，用石刀把被猎狗咬死的羚羊剥去皮，架在篝火上。石刀片像拉链一样拉开羊肚子，拉出一条血肉模糊的裂口，然后掏净内脏。这是一次激动人心的捕猎，收获颇丰，人与犬共享一顿丰盛的美味大餐。

十几条猎狗喷着热气，急匆匆地享用着主人丢下的内脏和肉骨，吃得满嘴血水横流、淋漓痛快。争食大自然是永久的话题，它创造出了层出不穷的传奇故事。山鹰在空中兜了一个圈又一个圈……试探着人们的耐心和警觉。高度的兴奋使人们放松了警惕，而不可松懈的警惕对于人类生存却至关重要。

只见山鹰一个俯冲，如同一个坠落的天使驾驶着一股气流降临人间。它那两只锐利冷酷的眼睛瞄准了它的仇敌——一个向它投掷石头的男孩儿。他正全神贯注地享用着手中的美食，一块烤得半生半熟的羊前腿。山鹰垂直俯冲下来，抓住孩子手中的羊腿，以迅雷不及掩耳之势，驾驶着气流又返回到天堂，给男孩留下满脸的血迹。孩子的父亲手疾眼快，搭弓射箭，瞄准胆大妄为的不速客……只听嗖的一声，箭追踪着目标飞向天空。

山鹰中箭了吗？问题不在于山鹰是否中箭，而是关乎这一时期，人类是否已学会了烹制食物。经过发掘而知，这里为古人类在泉水边屠宰动物、制作石器、煮烤食物的工作营地。

尹良博士在清理谷底的猎场残留时，发现了被煮过的羚羊腿骨化石，或有被火烤的痕迹，种种迹象表明新新部落已经走出了茹毛饮血的蛮荒时代。火是自然能源，一旦被人类利用，注定会引起人类历史上的激变，而激变的结果是人类文明跨越式的进步。譬如御寒、照明，或烤炙和烹煮食物等等，处处都离不开火的帮助。它是远古人类所掌握的最重要的物质力量。

一丛丛矮树点缀着低洼、闷热的山谷，周遭尽是难以翻越的黄土塬，处处弥漫着虚幻缥缈的气氛。这个深达数十米的山坳，是远古时代一场场大洪水，裹挟着大量石块和泥沙冲刷而形成的，也是动物们的天然狩猎场。

尹良博士正在给那些脚印拍照时，负责发掘F170的技工彭煜急匆匆跑过来。他告诉尹良博士，探方中发现一些奇怪的迹象，让他过去看看。彭煜显得有些兴奋，他的情绪感染了尹良博士，尹良博士猜想一定有重要发现。

F170为一处裴李岗文化早期房基址，已经发掘到了三面房基址，主室地穴部分低于原地表近一米。它们无论从布局结构，或者建造工序等方面看，均显示出十分成熟的建造水平。该文化层分布范围较小，仅限于房址周围一带，其中包含极少量的裴李岗陶片和烧土颗粒。正当小彭发掘北面第三面墙时，发现了叠压在其下的文化层，时代更早，但是早到什么时代，一时还无法判断。

裴李岗文化是距今七千年前的新石器时期早期文化，它以最早发现地河南新郑裴李岗命名。裴李岗文化出土的主要遗物为石磨盘、石磨棒、石铲、石斧、陶器等。它在中国古文明的发展进程中，无论是在科学、农业，或者是文化、艺术等诸多方面都做出了巨大贡献。裴李岗文化和仰韶文化各具独特的精神面貌，虽然具有传承性，但文化面貌迥然不同，大异其趣。

尹良博士仔细观察新发现，从裴李岗房基址F170的剖面上，他看到了另一座房子的居住面，它经过夯打和多层铺垫，其上有类似朱红色的辰砂清晰可见。叠压在F170之下的房基址时代更早，编号为F175。铲除该层充填物后，发现F175之上除了叠压着F170之外，周围还分布着层层打破房址的灰坑和几个不同时期的墓葬，早到裴李岗和仰韶时期，晚到近代墓葬。这些神秘复杂的相互打破关系，构成了一幅毁灭与重建、兴盛与衰亡的密码拼图。

近些年的考古调查表明，南地遗址周围分布着丰富的仰韶文化观象，早中晚各个时期都有，包含物质之丰富令人惊异。这一带的沟壁上裸露的灰坑和经多层白灰处理过的房基随处可见。蜚声中外的仰韶文化是新石器中期文化，距今七千年至五千年。它以最早发现地河南省渑池县仰韶村而命名。

自来到南地考古工地后，尹良博士已经观察到这种复杂的文化面貌，并对这跨越数千年，甚至两万年的文化遗存进行了梳理，很快便判别出中国古老文明在这一地区的几个重大转折时期的不同面貌。

叠压在F170之下的房基址，编号F175。大家在一起分析认为，F175应该属于更新世晚期，或许和那些奔跑的脚印属于同一时期。那么这些房屋和脚印主人有无联系？尹良博士嘱咐小彭继续向下发掘，他另抽调一些人到北面的坡地上布探方，寻找可相互佐证的遗迹。

尹良博士布置完工作起身要走时，脚下的土如流沙般突然陷落，他也被陷落到了F175之中。这所房屋同属人类初始阶段使用过的半地穴房屋，只是比F170更大、更原始、更简陋。房屋没有窗户，人在其中有种压抑的静寂，如同置身于一个星际空间站。房屋里的黑暗和户外的明亮构成鲜明对比，是截然分明的两个世界。他的突然造访，使这所大房子的灵魂一下复活了，火塘噗的一声燃起火焰，破碎的陶罐自动恢复了原样，挂在灶火上，里面滚着热汤，散发出浓烈的香味。

在这所房屋的使用期，内部长年累月应该生有明火，为了照明、取暖和做饭用。灶火旁随处可见石化的动物骨头，千疮百孔——房主人食用的抛弃物，经过两万年大自然蚕食后的遗物。屋内散落着碎陶片，其中有一些红陶片上呈现出不规则的梅花状图案。他捡起一片查看着，稍一用力便碎成了粉末。他猜测那些图案应该是血渍，被溅上了祭祀用牲的血，或者是人血，或者是动物血。

房屋很大，坍塌的矮墙把它分隔成三部分，地上有草铺，铺上有兽皮。尹良博士四处走动，寻找着更具价值的迹象。靠墙角有一把双刃石斧，斧刃已残破，上面有黑色物质，像是石头纹路，又像是一种滋生在石头中的渗透物——血渍。他凭借多年的考古知识，断定这便是新新地层，也是木叶、太阳和月亮生活的地层。

他在房屋角落看到一具已经石化的尸骸，它应该是这所房屋的建造者。然而它和太阳、音美以及木叶有无关系呢？似有大水冲刷着他的记忆继续前行，他似曾有印象，感觉很亲切，他属于这里的一部分。纵观全局，房屋的设计者和建造者，绝非一群茹毛饮血的野蛮人，而是一个精于计算、善于营造的群体。

尹良博士想：这些伟大的建筑，让我们看到了远古文明的曙光，虽然建筑它们的人早已长眠地下，他们的尸骸亦已化为灰烬，但是他们所创造的远古文明却连绵不断延续至今。那么，他们具体的生存状态又是怎样的呢？

他正思考着，大地突然摇晃起来。那些房屋开始颤抖，然后无声无息、不快不慢地倒塌下去，成为一堆废墟。他在这片诡异阴森的地层中，在坍塌的房屋和一片水塘之间，看到有人影在移动，一个、两个、三个，一共五个。影子身形透明，独立行走，不依附任何物体。它们动作很轻，潜行起来像猫一样悄无声息。看身形，它们是五口之家，父亲母亲和孩子们。又有几个影子顺着溪流走出深邃的黑暗，和五个影子会合，形成一个队列。

然后又有一些影子从四面八方聚合起来，加入到队列中来。影子队伍越来越庞大，它们大概是属于不同时期的亡魂，但是尹良博士发现它们的脖子上都佩戴着项坠，形状犹如甲虫状。他确定它们是来自同一个部落的灵魂。一阵风吹来，刚才还晴朗的天空中飘来几朵阴云。风卷着影子飞了起来，像一群鸟四下盘旋、遨游在空中。

尹良博士起身追赶着那些影子，想看看究竟，结果回到了地面上，走进明亮的白天。他就像处在一种无意识的状态中，深一脚浅一脚地向后山走去。发掘工老毕一把抓住了他问："尹博士，你这是去哪儿？"

尹良博士回过神来说："刚才看到一些影子人，透明的人影，鱼贯而行，走，咱们看看去。"一道黄中带绿的阳光照耀着他，他感觉好像沐浴在一种特别的光芒中。

老毕神秘兮兮地说："这些影子住在东边的凤凰山上，我爹说在那里看到过，它们经常在天亮前出来游走，好像在寻找什么。"

"真的吗？来、来，说说看！"尹良博士在草地中的一块石头上坐下。自从和木叶头骨谈话之后，他感到自己和这片土地，和这里的群众建立起了某种联系、某种纽带。他不再是一个游离在外的考古工作者，他有了归属感，有了更加强烈的责任感。这种感觉让他激动不已，让他热泪盈眶。

老毕不过四十来岁，年富力强，在村子里也算个文化人。他父亲毕老爹是一名接骨先生，方圆十里八乡都很有名气。毕老爹另有一个绝活儿，会算命，能够通灵，可以看到过去的人和事。据说，在特定的时刻，他的意念力可以自由地游离，追踪到他想要找到的那个目标，而且往往会出奇不意，让人大吃一惊。

最初，尹良博士听到此种说法时，心想不过是愚昧的乡村文化而已，但是现在他不敢妄下结论了。他曾经和毕老爹探讨过一些相关话题，毕老爹说人生就是要不断接受磨难，从而为来世做好准备。诚实、正直、勇敢的人，都会在人生弥留之际受到考核，达到标准的可以投胎转世，相反则永远不能再生。

老毕显然没有毕老爹的本事大，但也非普通农民。老毕个子很高，背微微有点驼，一头浓密的乱发像一个毡帽扣在头上。他总是眉开眼笑、兴高采烈的样子，像是从没遇到过烦心事。他喜欢吹笛子，而且吹得很好。如果遇到连阴雨，无法下地干活时，他就坐在村口鱼塘边的鸭棚子里吹笛子，能一连吹上两天，脸上总是洋溢着满足和幸福感。当年从县高中毕业后，他因为母亲病重而放弃了考大学，但是按他的成绩考大学绝不成问题。不过提起往事，他从不后悔，因为母亲临去世的日子，有他的悉心照料，走得很安详。

看到尹良博士和老毕坐下休息，十几名发掘工一起凑过来。全村的青壮年都外出打工了，考古工地雇来的发掘工多数为中老年人，因此进度比预期的要缓慢。来人打断了他们的谈话，尹良博士借机向群众进行了考古知识普及教育。

他说在人类的童年，原始人类还没有学会种植粮食，生存保障只能来自大自然，在大自然中求生存，靠捕猎和采摘生活。但是在人类繁衍不断增多的情况下，仅限于人们居住区附近采集和捕猎就远远不够了。人们为了生存，便不得不到处迁徙，或者长途跋涉到很远的地方去采集食物。因此人们的生活很不稳定，只能是疲于奔命，温饱不能保证。而当时的情况是人烟稀少，蟒兽肆虐，尤其在四季更换的季节，人们用以果腹的食物很难保证。

为了改变人类的生存状况，人们尝试着用绳子结网，用网到河里捕鱼，再把网改造后用于捕捉鸟兽，大大提高了生产力，扩大了食物的来源。由于有了足够的食物，又学会了使用火，人们逐渐脱离了"茹毛饮血"的蛮荒时代。人类在改变了饮食方法之后，迅速繁衍，因而长期住山洞，已经无法满足他们的需要。大约在距今一两万年的时候，人类逐步走出山洞，选择在有山有水的地方居住下来，开始学着建造房屋。

老毕抢过话头说："我们这里的凤凰山、凤凰谷都有传说故事。传说远古时期，这里有一对孪生姐妹叫'凤'和'凰'，她们经常在山谷里飞来飞去，拯救受苦受难的人们，帮助他们脱离苦海。翻过凤凰谷，凤凰山的西边有一个因山体滑塌而被掩埋的山洞，我们叫它鬼石窟。据说里面住着先人的灵魂。看洞口的是千年白狐精……村里人都不敢接近，出了很多事……"

"什么鬼石窟？"尹良博士一惊，禁不住反问道。他不敢再轻视这些传闻了，看来流传在当地群众中的灵异事件，可能正是他四处寻找的奇妙线索。老毕说，因为那里怪事频发，近三十年来一直没人敢靠近过，所以凤凰山的自然风光基本没遭到破坏，道路险峻，树木茂盛，风光很美。

老毕看尹博士对他的话感兴趣，干脆起身靠近尹博士身边席地坐下。他故弄玄虚地说："以前听老人们说，凡去过那里的人，回家后都会浑身抽搐，口吐白沫，有的精神失常了。"

张强叔说："上世纪四十年代，我大叔十八岁时，听人家说鬼石窟附近藏了一个什么黄金摇篮，有取不完的钱。他带了一把锄头和我小叔一起去了，结果三天后，小叔血淋淋地回到家。他说在鬼石窟前，看到了一个全身长着白毛的怪物，跳过来就把哥哥推下了悬崖。哥哥拽了他一把，把他也带下了崖，但是他被一棵带钩的树杈挂住了。我爷立即带人去找，找了两天两夜，生不见人死不见尸。后来我小叔也中邪了，一天到晚喊鬼、鬼……最后也死了。"

"凤凰山离这里有多远？"尹良博士立刻来了兴趣。老毕说有二十里山路，不算远，但是以你的体力，怎么也得走五六个小时。尹良博士当即让老毕带路去看看，老毕却不肯，支支吾吾地说不出话来。尹良博士从身上摸出一张百元钞票递给他说，我们这次只在周边勘察，如果有考古价值当会再奖励。

老毕接过钞票，凑近尹良博士耳边说："还有更奇怪的事，山洞口经常会喷出滚滚的白色气体。"他不由得想到了电影里的镜头，"有时半面山都是白的，就像是火山口。"他把钞票认真地叠成四折，装进贴身口袋里，笑着说："不过呢，人混到剩下一堆白骨的时候，大概就省心了，吹吹山风，晒晒太阳……就那么一回事了，也没什么可怕的。"他话虽这么说，心里却明白如果跑一趟的话，那是需要足够勇气的。

"走，我们现在就去。"尹良迅速收拾好照相器材，将相机包背在身上。他也无法解释为什么，或许是一时的冲动，而且很强烈。老毕连说，不行、不行，今天不行，过两天吧，说起来就令人厌恶。尹良博士无奈，拨通了巴山的电话，问他听没听说过那些骇人听闻的传说。巴山说小时候听说过，自己就是南地人嘛。几年前，他曾经带人勘察过，没发现什么异常现象。

"凤凰山有山洞吗？"尹良博士问。

"有，但是已经被落石掩埋了，可能是地震造成的，也可能是泥石流。"巴山不确定地说，"我们在周边做过调查，发现一些黑石片，没什么考古价值，随后处理了。"他停顿片刻，突然想起什么似的说："对了，你们刚来的时候，我告诉你的会说话的人头骨，传说就是在凤凰山山洞里发现的，不过听起来有些荒诞，不大可信。"

尹良博士表示想去看看。巴山犹豫一下说，可以，过两天我陪你去，早点出发，正好我也计划去一趟。说罢，他笑了笑，笑声听起来却有些虚假、不得已，尹良博士只好暂且压下自己澎湃的心潮。

尹良博士回到考古驻地后，查阅了明清及民国三种版本的县志，却没有发现关于鬼石窟的记载。但是有一段关于大洪水的记载，引起他的关注。记载大意说：太古时期，这里曾经是水乡泽国，穆（或"有木氏"）率众疏通河道，途经大秦岭北，娶殷氏为妻。育有五子二女。其后裔视狼为崇拜偶像。记载还说：殷商时代，南地叫大新，这里曾是强悍而独立的游牧部落聚居地，他们就在这片形似骷髅的偏远地带活动，过着简朴的原始生活。他们把蛇和蜈蚣视为不祥物，却与狼和平共处，经常驯养野狼，让其看家护院，充当牧羊犬。

尹良博士反复推敲这些文字，对这段历史有了一点粗浅的认识。尽管内容简练，真实性无从考证，甚至还笼罩着浓郁的神话色彩，但是从中也能看出一些端倪，他认为这些传说应该与木松、音美以及新新部落有关。不过书本知识永远无法替代亲身体验，只有等考察后再说。

一夜之间，戴亦西成了名噪一时的新闻界明星。她的大型报道《火与血的较量》

在社会上引起广泛关注，同时连续多天的报纸、互联网上都有戴亦西的名字出现。爆炸、枪击、血洗、对峙、女记者戴亦西等等，互联网上这样写道。许多读者希望阅读有关戴亦西的文章，报界欣然满足了他们的要求。但是戴亦西却深感暗淡、悲伤和困惑。她的万千情绪仍然停留在那场警匪枪战中。她清楚地记得那天的日期和那天所发生的一切，它们已经牢牢地刻在了她的脑子里。

她电话不停，各种邀请和请求纷至沓来，让她应接不暇。其中有熟人，有陌生人，也有朋友的熟人，或者亲戚的朋友。范围不仅局限在新闻界和文化界，还涉及司法界和政商界。他们找她各有不同的目的。总之，很多人都想亲自读一读，或亲耳听一听发生在她身上的故事。她无法适应自己骤然成名的快乐，因为往昔的安宁生活被打破了，时间越来越不够用了。在这最困难的时刻，她总是不由自主地想到陆泽，想和他取得联系。

陆泽失联后，一连三天夜里，她都梦见了他。她还梦见自己骑马在大草原上奔驰，突然马失前蹄，把她甩下悬崖。在滚落的过程中，她拼命想抓住悬崖边的树杈、树根什么的，哪怕是一棵草也行，却什么也没有抓到。她大声喊陆泽，他竟然站在悬崖边冷漠地看着她。他们中间隔着另外一个女人，她怎么也无法靠近他。后来他钻过一道铁丝网，消失在旷野里。

她越来越感到，陆泽并不是可共度一生的伴侣，她的孤独和忧伤都是他造成的。但是如果跟他断绝往来，这种结果恐怕她一时很难接受，如同从自己身上剜去一块肉。

她从噩梦中醒来时，窗户上已出现薄薄的晨曦。她惊恐万状地坐了起来，很久才逐渐缓过神来。迎接她的是阴郁的清冷。卫生间里有一根管子在滴答作响，更加重了这份阴郁的清冷。蓦然回神，咔溜一声，卧室的门被推开了一道缝。睡觉前门原本是锁上的，这个毫无疑问，只有拿钥匙才能从外面打开。

她屏息敛气，摸出枕边的手机，思考着启动"应急预案"。耳畔传来自己怦怦的心跳声，像一面上了发条的小鼓。她最先想到的是小偷。她摸到了床头柜上的水果刀，紧紧握在手中。她又想到了陆泽，也许为了给自己一个惊喜，他偷偷摸摸地回来了？但是这猜测仅一闪念，因为他不是一个会制造如此低级玩笑的男人。他懂得什么叫浪漫和温情，不会让自己感到恐惧的。

空气沉淀凝滞了。黑暗的房间变成了时空转换器，她被某种不可抗拒的力量攫取了。晨曦爬行在窗帘边缘，就像是刺破黑暗的一道咒语。少顷，门缝中伸进一个细长的头来，向屋内窥视、探寻。她侧耳倾听，后背一阵阵发冷，体温在黑暗中逃遁、遁逃。

咝咝、咝咝……一条血红的芯子在黑暗中狂飙，一双恶毒的眼睛慢慢向床边靠近。它像蛇那样蠕动扭曲着，伸出冰冷的舌头，贪婪地舔食着地毯。它蜿蜒潜入到她的床边，猛然抬头来准备进攻。她抓住时机，箭一般从床上弹起来，毫不犹豫地举刀刺去……黏糊糊的液体喷在她脸上和床上，散发出一股令人窒息的腥气。

"别杀我……"那东西狂野地打滚，咝咝叫着，鼓凸的眼睛里流露出愤怒。她这才看清原来是摆放在客厅的泥塑蛇。它复活了，长大了。那是她不久前从一家陶器店买的，它的造型非常可爱，让人爱不释手。"怎么是你？"她从严重的惊吓中回过神来，胆战心惊地问，"为什么不待在窗台上？"

"我受人之托，"它被砍断的尾巴像壁虎那样自动连接起来，"让我来告诉你，陆泽那家伙不靠谱，他和一个姑娘正在寻欢作乐……"它通体发着幽幽的蓝光。"他们有失体统……怎么，难道你不相信？"它因受到质疑而难过，大嘴一张一合像是离水的鱼。

"为什么来告诉我？"她的两臂上起了一层鸡皮疙瘩，倒是不再害怕了。她使劲在枕头上捶了个窝，又躺了下去，把脸深埋在其中。过去两天对于她简直是凶残，被各路记者围追堵截，狂轰滥炸，并且被一个又一个截稿日期搞得焦头烂额。

"没什么深刻的含意，男人都不可靠。你属于另一个男人，这是历史原因，属于两万年……信不信由你！"它抖动着尾巴尖，样子非常温顺可爱。

它的话如同一根带钩的刺，深深刺进她的心里。一次次神秘的痛苦经历，仿佛厚重的铁块叠压在她的记忆中。"我怎么听不懂？"她努力想冲破记忆的关卡，但是失败了，她被锁定在一个时空的圈套里。

"到时候你会懂的，时机还不成熟。"它卖萌似的吐吐嘴里的芯子。

"谁派你来的？"她想看看它的真面目，连忙打开了床头灯。刺眼的光芒让她睁不开眼睛，湿津津的被子紧贴在身上，极不舒服。房间里什么也没有，一如昨晚睡前的样子。她深深呼了口气，镇定一下情绪，起身走到门口。门果真虚掩着。客厅窗台上摆放的泥塑蛇，原封不动地盘踞那里，但是尾巴上有明显的一道裂纹。她忙回卧室仔细查看，发现被子上、床单上似有星星点点散落着的泥点。匪夷所思啊，这绝不是一场梦！

她利落地把被罩、床单一股脑地扯下来，塞进了洗衣机。她再也睡不着了，她发誓不再留恋陆泽，他不是她可以托付终身的男人。在这个竞争残酷、以男性为主导的世界里，她想成为最出色的政坛记者，为此她付出了很多，现在她唯一需要超越的是自己。她曾经兴奋地渴望在自己眼前能打开一扇机遇之门，现在大门朝她洞开，却像一个无底深渊。

戴亦西在《绿色前线》已经干了三年，虽然在破格提拔为社长助理时备受争议，但是她的能力已经逐渐得到赏识。再这样奋斗两三年，她就能迈上更高的台阶。她不是一个野心勃勃的女孩儿，但也不是平庸之辈，不是一个容易满足现状的人。她的目标明确，内心强大，强大到足以抵抗外在的任何压力。

她狠狠地推开浴室门，然后脱去衣服，打开淋浴。浴室的镜子里映出她的胴体，丰润的颈部，一对坚挺完美的乳房和光滑上翘的臀部，以及曲线诱人腰肢。她用干毛巾擦去镜子上的雾气，锁骨下那块胎记越发清晰了。奇怪的是，这样的胎记母亲身上也有一块，位置基本一致。它的形状像金斑喙凤蝶，翅上闪烁着幽幽绿光，美丽耀目。母亲曾说，和她们一样的胎记，自己的母亲也有一块，它可以看作是家族标志。从浴室出来，她套上一件毛巾浴衣，坐下来上网浏览新闻，这是她的职业习惯。她刚打开电脑，电话响了，倏然响起的铃声吓她一跳。

"亦西，感觉如何，还好吗？"从电话那头传来欧阳图熟悉的声音。他经常会很晚，或者天一亮就打电话来。她每次问到翎羽，他总是说她在忙，不是这事便是那事，好像家务活都是她的事。

她为翎羽鸣不平，对欧阳图说："女人娶回家是要宠着的，不是当保姆的！"她对樊翎羽说："你真会惯着男人，他是佛呀？有什么了不起的？"樊翎羽都会笑着说，"男人以事业为重，不能为家务所累。"樊翎羽是富裕家庭中长大的孩子，从小被娇惯大的，没想到婚后竟变了一个人，变成了顺从男人意志的女性典范。

戴亦西说，你不可理喻，等着瞧吧，倒霉的时候别抱怨。樊翎羽却说，结也好离也罢，都是命里注定的，前世修来的姻缘，听天由命呗。这以后，戴亦西就不再管他们的事了，那是人家的私生活，愿打愿挨。

"我还好，感谢神灵佑护，既然两次都不死，以后再遇到什么我也能活下去。"她幽默地说。在经历过人生的波折后，她只能以坚韧和勇敢来抵抗痛苦和孤独。

"祝贺你，一不留神名声大振，新闻界会为此轰动至少一周。你真是个幸运儿，一夜间在传媒星空熠熠生辉……都说你给《绿色前线》创造了轰动性的卖点，缓解了资金压力，这话不假吧？"他说话有些放纵，尽管听起来不太靠谱，但却给人以真实感。

"你不懂，这些真不是我想要的。"她忧郁地说，"我只想保持没有纠结的心情，我已经伤不起了……"她欲言又止，好像被某种毁灭性的情绪击中了。然而在这所有的情绪当中，最为强烈的不外乎是对陆泽的思念。

她知道这次枪击事件已被各大报纸刊登，互联网上更是占据头条。她却不想看报纸，也不愿打开电脑看新闻。关于这件事，她经受得太多了。在噩梦中重温枪战已经足够刺激了。

"好了，你已经让很多男人都佩服了。"他由衷地说。

"你伪善，你根本不了解我。"她嚷嚷道。她想说："我想要一个完美的婚姻，和他一起过平凡的生活，我别无他求。"但是她没有把话说出口。以前她也这么说过，他却说你当初为什么拒绝我，你想要的我都能给你呀。她无话可说，只能笑笑了事。

"陆泽回来了吗？"在他心目中，她具有顽强坚韧的性格，而且心智成熟有智慧，是不会被击倒的。而陆泽给他留下的印象并不很好，风流倜傥、纨绔子弟，不是一个能靠得住的男人。

"没有，没消息。"她淡淡地说，"哦，我好像患上了恐慌症，总有幻觉。"她深吸一口气，"不过，也没那么糟，都很忙嘛，像赶场子似的。"她欺骗自己说，心里却五味杂陈。

"对不起，惹你不高兴了。"欧阳图道歉说，"上网了吗？屠案是热门话题，各种猜测不断，背景人物也逐步浮出水面，直指中央高层，商人的政治手腕真不可小觑，无坚不摧、所向披靡呀。"他换了一个话题，不想在她的情感问题上频频出手，惹她难受。

"嗨，现实状况是政治家充当商人的马前卒，而演员却扮演政治家，出现在各种重大的政治集会上，这是时尚，政治时尚。"她叹了一口气，让自己的身体深深地陷入松软的沙发里，"奇怪吗？"她像是问他，也像是在问自己。

突然之间，戴亦西有了一个决定，准备第二次入狱采访屠天龙。她很想亲耳听听他此时的心情，或许他此时一定是肝肠寸断、百感交集吧。她一时冲动，抓起电话想打给龙社长，想请他搞一张入狱采访证。她知道会有很多人希望采访屠天龙，因此能否获得警方的批准，需要过硬的关系。她正要拨号时，瞄了一眼墙上的小鸟报时钟，六点五十分。她想也太心急了，便搁下了电话。她同时想到了白浪，采访屠天龙，恐怕只有他才能帮上这个忙。

第七章

夜已深了，尹良博士感觉头脑有些浑浊，睡意压上他的眼皮。他梦见自己一个人在旷野里走，来到一座小木屋中。月亮来了，不，是梅艳。她穿过玻璃来到他身边。自梅艳和小虎死后，这种感觉一直如影随形。她身上的创伤已经愈合，一如从前，一言不发，默默地看着他。

"艳，有事吗？小虎呢？"他伸手拉住她的胳膊，她靠过来贴近他的胸口。有很长时间，她就那么静静地依偎着他。她穿着一身白色的内衣，系着腰带，头发高高绾在脑后，脸上没有忧伤。她的香消玉殒给他带来的无疑是刻骨铭心的哀伤和痛苦。泪水涌上来，模糊了他的视线。他很少会这样，因为随着眼泪的溢出，哀伤的情绪反而会更加浓烈，会绵绵不断地涌上心头。女人楚楚动人地微笑着，忽闪着眼睛，似池中绽放的睡莲。她用双手托起他的脸，好像在说：没事了，一切都过去了，我会把小虎养大成人，放心。她为他擦去泪水，帮他整理蓬乱的头发。她的手像孩子一样柔若无骨、温润如玉。

漆黑的夜空下面，浮现出一缕微光，黎明在即。梅艳做出告别的姿势，她穿墙而过，迎着晨光融入高悬在山崖上的月亮中。尹良博士站在窗口，长时间地望着与太阳背道而驰即将隐退的月亮。他不能确定依偎在自己怀里的是梅艳还是月亮，她们有着同样温馨丰润的肉体和修长优美的长腿。她奔跑的姿势和速度与月亮中的原始女孩一模一样。

她们架起了他和另一个时空的特殊联系，给他带来同样的感受，手心手背不分彼此。

尹良博士从肃穆悲伤中缓过神来，换上一套柔和的棉质运动衣，出门来到实验室。他惦记着木叶头骨，想和它聊聊，不知它是否知道凤凰山鬼石窟的情况。他打开保险柜，把木叶头骨拿出来放在工作台上，再把 LD 蓝光仪的光线调至适度。他在木叶的对面坐下来，注视着它空洞的眼窝，一副明察秋毫的样子。桌子上的闹钟嘀嗒嘀嗒地响着，一秒一秒过去了。他嗅到一种紧张的气息，连忙换了一个姿势，让自己松弛下来。

从头骨的眼窝内反射出微微红光。尹良博士感觉自己沉睡的脑细胞一下惊醒了，犹如大水泛滥穿过记忆中的那堵墙体，势如破竹、水到渠成，进入到生动鲜活的史前世界里。

他恍惚看到一组组画面，像是梦境一样。他看到的景象中有一组是正在烧制陶器的原始人，他们赤身裸体忙得不亦乐乎。也有钻木取火，烧烤和煮饭的场景；也有开垦土地种植农作物的场景。原始人挥刀猛砍层层叠叠交织在树木间的藤蔓，再把砍断的藤蔓拉扯到一边，就像拉开了舞台的帷幕。然后，他们把地面清理干净，撒下种子。他们的神情庄严而神圣，又充满期待，似乎在等待着后世子孙对自己作品的检阅。

烧陶人利用一个坡地，在上面挖了一个袋形坑，并且在坑体中部留出一个二层台面，以便放置加工过的陶坯。二层台以下是火塘，二层台壁下又挖出一个坑，再开一个洞口为火门。通过火门可以清楚地看到火红而透亮的陶器。这样烧上两天两夜，再焙上两天三夜，让它们凉透即可出窑了。这已经是他们第一千零一次试验了，成功在此一举。

同时被火光吸引的还有一群硕大的飞蛾。它们舞动着梦幻般透明的鞘翅，宛如急于叩响天门的精灵。它们已经在附近的林子里蛰伏了一天，只等着夜幕降临了。刚刚入夜的冷冽空气，令飞蛾浑身发紧，它们不由自主地靠近那片熊熊的火光。飞蛾的身躯扑向火光，明亮的闪光一晃而过，冒出一缕青烟。成群的飞蛾成为火光吞噬的第一批牺牲品，一秒钟内就气化升腾了。这火光的力量曾经超越它们的一切梦想，令它们不管不顾地扑将过去，连一点绝望的挣扎都没有。

火光照亮了一位长者，他身材魁伟，容貌威严，留着白发长须。他是陶器制作的总设计师和发明者。这次共烧制了十件陶器，除去在烧制中变形的和火候不匀烧黑的，还有六件完好的上乘品，件件都是抢眼的红褐陶。人们手捧余热未尽的陶钵、陶壶和陶罐，欢呼雀跃、手舞足蹈。

天上忽然飘来一片沉沉的黑云，雷声隆隆响彻天空。如注的暴雨灌进陶窑里，随着天崩地裂的一声巨响，窑炉崩塌了。烧红的陶片和飞鸟一起在半空旋转、倾泻，如泥牛入海一般，落入附近的林子里和河水里。一块鲜红的陶片恰好击中了长者的胸部，他应声倒在血泊中，转眼间他的躯体化为雄伟壮阔的山脉。他的血液变为奔腾不息的江河。他手中的陶钵碎成了粉末，和他胸口处的血凝聚在一起，转化成一片鲜艳的花草和树木。他的眼睛变成了两股清泉，奔流不息，似乎在悄声讲述着远古的秘密。

尹良博士看得目瞪口呆，震撼不已。原来历史上任何一项发明创造，都要付出沉重的代价，绝非一蹴而就的成果。太伟大了！陶器的发明为人类战胜严寒、适应冰河时期的严峻气候发挥了重要作用。

"看到些什么？"木叶说话了，嚅动着下颌。他说话利索多了，修复过的下颌基本吻合。尹良博士深深呼出一口气，回过神来说："奇观，奇观……我看到很多东西，看到了华夏文明的源头，看到了先祖们为推动物质文化的发展而付出的伟大努力。还看到很多行走中的灵魂，看到了半地穴房屋，里面有陶器和火塘，还有石斧等等。"尹良博士由于激动而有些词不达意。

"当时，它们都是些必备物品，来之不易，经住了历史的考量。"木叶感叹说。

"是呀，现在更珍贵，华夏文明的伟大遗产。"尹良博士附和道。

"可惜我还没来得及……假如我能活到六十岁，或者更久一些，人生的价值就不一样了，一定会像木松哥、太阳那样做出伟大的贡献。"木叶的声音中充满悔恨和遗憾，深邃的眼眶中充盈着泪水。

"人类社会进步不是某个人的力量，你们能住在一个伊甸园里，真是羡慕呀，一片自由的沃土。"不料他打趣的话，却戳到了木叶的痛处。

"你只看到了事物的表面现象，事实上我们的生存环境，处处险象环生，生命没有保障的，随时都有丧生的危险。最常见的灾害有冰川、洪水、干旱、森林大火和疟疾、寄生虫等等。不说大型动物，仅鼠、蛇、蜈蚣、蝎子就让人受不了。蚂蚁成灾时，在食物里、衣服里和皮肤上到处都是。你睡觉的时候，蜈蚣、蟑螂会在你的脸上乱爬，试图在你的鼻孔里、嘴巴里找吃的。但是你要想以暴制暴，它们永远占据优势，这是因为它们阵容庞大，消灭不完。"木叶的话匣子打开了，喋喋不休地说，"为此，族里的长老们开过很多次会议，有人提议说养老鼠、养蛇去吃蜈蚣和蟑螂，但是老鼠和蛇泛滥成灾更危险。又有人说养猫和獾来对付吃蜈蚣、蟑螂的老鼠和蛇，然后再养狗和狼对付吃老鼠的猫……呵呵，总之工程庞大而复杂，一条完整的生物链自然形成了。"

"哈，真幽默！人是战无不胜的物种，最终战胜险恶生存下来。尤其是建造房屋、火的使用和掌握种植技术，以及陶器的发明，都是史前文明中最伟大的发明，这些科学发明使人类处在了食物链的最高端。"尹良博士总结道。

"我告诉你一个好消息，月亮转世后的宿主很漂亮，你们很快会重逢的，等找到我的项坠，算是我送你们的订婚礼物，至少它有两万年的历史，算个真正的老物件了。"

"哦！很高兴能收到你的礼物，能不能说得具体一些，我怎么才能找得到它？"尹良博士表现出少有的兴奋来。

"我收到音美的项坠后，一直把它戴在颈上，它是一片用白水晶磨制的圣甲虫状的项坠，却有种神奇的力量，总能帮我化险为夷。那天战斗的时候我戴着它，因为形势紧张，我没留意它什么时候失落了。当我被击倒的一瞬间，它大概已经不在了，否则我不会被击中的，它是我生命的一部分。"他不无遗憾地说，眼窝里有泪光闪动。

"好的，我会竭尽全力，但是会有困难。"尹良博士表态说。他还想问问鬼石窟的情况，但是木叶眼窝中的红光一下暗淡了，恢复到它原有的石化状态。他正纳闷时，忽听门外有人喊：尹博士，起床没？来人是老毕。他大声咳嗽着，大概清晨的山风灌进了嗓子里。他如约来给尹良博士带路，前往凤凰山鬼石窟去考察。

电话响起的时候，戴亦西刚喝完两杯浓咖啡，先前那种攫取整个心灵的沮丧和烦恼正慢慢消散开来。电话不是陆泽打来的，是白浪。戴亦西此时并不想被打扰，只想一个人静静地待会儿。电话固执地响着，初衷不改。她接通电话时，墙上的小鸟报时钟恰好八点整。她望向窗外，天空雾蒙蒙的，要下雨的样子。

她站在阳台上，高楼下闪着微光的人工引河奔流不息。夹河两岸的垂柳和青杨把一半绿意给了路人，另一半却在不经意间漫向河水。一群喜鹊在树枝间喳喳欢唱、发出百鸟和鸣的愉悦声。

她和陆泽选择在这里租住时，也是因为喜欢这里开阔的视野。陆泽说，站在这里放眼望去，有种称霸天下的豪迈，让人胸臆荡漾。

"戴记者，今天是周日，打算干些什么？"白浪热情似火，声音中有压抑不住的兴奋。"走，带你吃早茶去，我知道一家店很不错，正宗粤菜。"他的语气不容商量，好像他就是她的男友。

"谢谢，我哪有休息日，站在风口浪尖上，想消停都不成。"戴亦西婉转地回绝了。她实在没有心情，也不想浪费时间。在很多女孩子看来，他外向开朗、英俊潇洒、举手投足充满魅力，是一个绝对的帅哥。但是在戴亦西看来，他不过是个初出茅庐、没什么城府的大男孩，在不动声色之间就把他给看透了。

"今天一定要听我安排，相信我！"白浪将宝马车开进戴亦西居住的 AT 花园，停在三号楼和二号楼之间的人行道上。"我在你家楼下，住几层？"他大声问道。他从后视镜里检查一下自己的发型，整理一下领带，打开车门下来，仰起头在楼群之间搜索着目标。他根据朋友提供的信息，顺利找到了戴亦西居住的小区。他不知道她家的门牌号，否则直接就敲门了。

"你怎么知道我住哪里？"戴亦西追问道。她不觉抽了口冷气，心想这真是一个信息大泄密的时代。她和陆泽之所以选择在 AT 居住，只因为这里环境私密幽静，远离闹市区，不容易被搅扰到。而且除了她最亲密的几个朋友，如欧阳夫妇等人之外，并没有其他人知道她的住处。

他们像夫妻一样同出入。她居然肯起早给他做早餐，然后一起去上班。陆泽也经常开车带她去一些高档餐馆就餐。回到家他们就坐在小客厅里看电视，或者听音乐。有时他们一进门即上床做爱，百般缠绵和恩爱。过后，她就那么赤裸裸地躺在他怀里，她已经习惯在他面前全裸，也不在乎看到他的裸体。有时既不做爱，也不听唱片，而是很严肃地聊天，针砭时弊，或者是规划他们的前途。节假日他们也经常去爬山、上健身房或者去游泳，总之生活充沛饱满。

一天，陆泽说发现一处史前遗址，大约在两万年前，埋藏丰富，非常罕见。他说以后会常驻考古工地，一年也就回来两三次，在一起的机会就少了。她说你常年在外，想跟女人做怎么办？他说你别怕，什么女人我都不要，只跟你做。

她一下从床上跳下来，坐到椅子上去，讥讽道："我怕什么，自作多情吧，男人的话决不可全信。"她觉得心里不是滋味，有种诀别的酸楚。他过来挤进她坐的椅子里，椅子太窄了，他干脆抱起她坐在自己的腿上。她俯下身去，将脸放在他的颈间，"我们结婚吧，迟早的事呀。"

"明年吧，等考古工地暂告一段落。"他用手捧着她的脸，看着她的眼睛，"我们已经在一起了，不是吗？"她倒是有点犹豫了，不知所措地看着他说："暂归入档案吧，等等也好，工作为重。"她抱着他的脖颈默默地坐着，心里忐忑不安，好像有个空洞似的。她的预感如今已成为现实，他真的几乎就消失了。

"在八楼A，上来吧。"戴亦西走上阳台向楼下望去，恰好与白浪向上张望的目光相遇。他眯起眼睛，任丝丝细雨飘落在脸上，感受着肉眼可见的湿气形态——轻薄的阴霾。

"上来吧，正好有事找你。"戴亦西迟疑片刻，对电话里的白浪说。她第一次邀请异性朋友单独来家里，而且陆泽不在家，心里难免有些惴惴不安。

"好嘞，不谋而合嘛，正好我也有事找你。"他可不是一个善于遮遮掩掩的男人，内心世界一览无余。他挂了电话跑进楼去，心里却为自己的计谋得逞而沾沾自喜。他的手机忙乱地响起，他看也没看就挂了，然后走向电梯口。

上次，戴亦西途遇爆炸和枪击案后，屠天龙被延迟一周受审。接受前一次的教训，她提前三个小时就出了门。法院门前的记者更多，黑压压的一片人海。毫无疑问，因为出庭证人遇袭后，有更多人关注证人的生死与否，以及是否还有新证人出庭。

戴亦西刚下车，立刻有人认出她来，随即被团团围住。她再次咬了咬自己面颊的内侧，生怕节外生枝再生出什么事情来。"嗨，美女，能预测到审判结果吗？"挤在最前面的年轻记者，调皮地眨了眨眼睛问。她认出了他，正是上一次被她抢白过的年轻人。"很高兴你能来！"他表现出一种莫名其妙的超越感。她想你是救世主转世吗，还在这干吗，去拯救世界呗！

"难道你心里没数？"戴亦西回敬道，"你真是麻烦。"她鄙视地凝视着他，等待着他的进一步挑衅。他却上前友善地自我介绍说，我叫白浪，认识一下呗。他神态从容，浑身都流露出一种青春的骄傲。她瞟了他一眼，一张完美男人的脸，有着雕塑一般坚毅的轮廓，显得精力充沛、身材挺拔。

她这才露出一丝微笑，落落大方地递上名片说，给我打电话。白浪欣喜地接过名片，认真地说："我是《每日晨星报》记者，今天庭审结束后，我请你吃饭怎么样？"

她说，抱歉，今天有事，改日再说。她拒绝了他，但并不是反感，他倒是给她留下了深刻的记忆。

庭审还没结束，戴亦西便对白浪有了大致的了解。他当过特种兵，服兵役期间考入军事院校，京都市委办公厅白秘书长白岩峰的公子。他表面看似放纵不羁，但是与人相处却一向温和谦让、克制和宽容，并无衙内那种狂妄自大的混世特征。

旁听席上座无虚席，井然有序。其中有受害者亲属和各界人士。记者席上坐有二三十人。戴亦西注视着审判长。他不怒自威，一头银发，五十开外年纪，一看就是一位强有力的审问者。她瞟了被告人屠天龙一眼。他坐着纹丝不动，只有暗淡的眼神反映出他内心的烦乱。

公诉人宣读公诉书后，进入质证程序，控辩双方围绕黑社会性质组织罪是否成立、屠天龙是否为涉黑组织的领导者等展开了辩论。此后，公诉人出示了一系列被告人组织黑社会性质组织、滥杀无辜的犯罪事实，并当庭展示了从天龙集团军械库中缴获的枪支弹药和多枚手榴弹。这让旁听人员无不感到震惊，连辩护律师也表现出压制不住的惊讶。

一名证人被两名武装法警带上法庭。如果拿动物来比喻，他酷似一只黄鼠狼。他狭长的脸又瘪又瘦，一对薄薄的嘴唇，两排黄黄的龅牙，两眼贼溜溜地东张西望。不过他外表上的缺陷无关大局，重要的是他在法庭上的证言。他供述了扬子河畔枪击案的全过程。他说话时，颈部一直颤抖不止。虽坐在旁听席上，戴亦西仍然看得一清二楚。

审判长问：“枪击案发生时，你在现场吗，承担怎样的角色？”

他回答说：“我在现场，我驾驶路虎揽胜，带着张胜、张强二兄弟，赶到扬子河畔露天茶社执行任务，他们是训练有素的狙击手……屠天龙事前接到消息说，缪虎和他的手下正在那里休闲，还带着他的宝贝儿子缪小龙……当找准目标后，我把车停靠在茶社东北出口处，没有熄火，他们两人跳下车，立即举枪猛扫了一阵，前后不足一分钟。”

庭审现场所有人的脸上都露出惊诧的神色，并发出嗡嗡的议论声。

“你撒谎，纯属捏造，我并不认识缪虎，你是为自己开脱罪责。”屠天龙怒斥道。审判庭里再次响起一阵喧闹声，人们议论纷纷。

戴亦西把目光朝屠天龙望去，只见他满脸怒气，脸部肌肉在抖动。她恰好与白浪的目光相遇时，他冲她温柔一笑。她感觉一股热浪迎面扑来。等庭审现场恢复安静之后，审判长敲了一下小木槌，宣布休庭，下午继续开庭。

戴亦西随着人群鱼贯走出法庭时，白浪等在那里。他挺直腰板让自己显得更伟岸一些。他说上次多有冒犯，所以想请她吃个便饭，希望能赏光。戴亦西正犹豫不决时，欧阳图擅自答应说："当然要去，犹豫什么？白记者是新闻界的新秀，前途无量。"于是一群记者，男男女女跟随白浪，一同来到法院街饭店。因为是同行，大家饭局间敞开心扉，畅所欲言，谈得非常愉快。

那天戴亦西刚回到家，就收到白浪的微信，说你让我怦然心动，我爱上你了。她没有回复，认为那不过是儿戏的话，大可不必当真。她听说，他身边很多女孩子，随随便便就换掉一个。他被认为对女孩子有着魔术般的诱惑力，她可不想成为他的又一个牺牲品。

门铃响了。白浪站在门口。还是那种随时重建新世界的表情。他很年轻，脸上闪耀着青春的快乐。"请进。"戴亦西正要转身，忽闻一股花香。白浪突然从背后拿出一束鲜花说："生日快乐！"她被惊得目瞪口呆，比刚才得知他突然出现在楼下时更为吃惊。

"你怎么知道我的生日？"她在他的眼睛里看到一股灼热。

"这很简单呀，难吗？"白浪说着闯进客厅，一屁股坐在红色单人沙发上。他身穿一件巧克力色的皮夹克，打着浅棕色的领带。他敏锐的目光四处搜寻着，试图发现些什么。

不大的客厅布置得很别致：原木色的地板，手织地毯，淡雅的棉布窗帘，还有崭新如初的红色沙发。风格简洁沉稳的椅子配有织锦的靠垫，颜色鲜艳的玻璃花瓶以及窗台上的那条泥塑蛇等等，一切都显得那样自然美观。

在短短的几分钟内，他判断出这房子里雄性荷尔蒙气味并不浓烈，也就是说阴柔之气占上风。

"一个人住？"他的直觉做出了判断，然后等待她的反应。

"嗯，"她撇了撇嘴，"包打听！"她嫣然一笑走开了。她装着去找花瓶，回避了他的目光。"这花真漂亮。"她把花瓶拿到洗漱间装上水，把花一枝枝慢慢插进去，然后把花瓶摆放在桌子上。

"怎么不回我信息？"他敛起笑容，严肃地问。由于肾上腺素的激增，他的眼睛因兴奋而变得灼热，瞳孔闪闪发光。

"喝杯咖啡吧，我去煮。"当她看到他那么热切地盯着自己时，她转身钻进了厨房，磨磨蹭蹭很久没出来。她想暂时回避一下，等他的情绪平静下来再说。他突如其来的表白，让她措手不及，也无法接受。

"我是认真的！"白浪靠在厨房门框上，看着她的背影说。他自第一次见到她，就莫名地喜欢上了，并且牢牢地记住了她。她就像夏日雨后的睡莲，让他一见倾心。她的眼睛犹如夜空一般幽深迷离，高挺的鼻梁使她的脸部层次分明，富于感召力。而且他喜欢她眼中流露出的沉思般独立自主的眼神。总之，她的肌肤、她的姿态、她的眼神都焕发出一种与众不同的诱惑力，让他忍不住要去想她。

"你了解我吗？"她说话时背对着他，却感到了他那具有穿透力的凝视。她对他这种直接的、毫无掩饰的爱的表白感到恐惧，有种本能的抵触情绪。

"你单身，对吧，这就够了，其他还用了解吗？"他笃定地说，目光落在她白皙的脖颈上。他也弄不明白，为什么会导致自己这种感情的突变，而且来得那么强烈，像是突发的一场地震。

她转过身来和他对视，心里不得不承认他魅力十足。他和陆泽分属不同的类型，毫无疑问他们都是英俊潇洒、充满魅力的男人，而最大的不同是，前者还是一个精力充沛、青涩稚嫩的大男孩，后者却显得成熟庄重，更具绅士风度。

"你与众不同，知性、成熟、独立自主，这些就够了！"他嘴角泛起一丝小小的狡诈的微笑。

"怎见得，不过一面之交。"她面红耳赤地说，脸上露出讥讽的神情。

"你身上有种无形的吸引力，吸引了我，其他都是次要的。"他紧攥着拳头，用来控制自己的情绪。

"可是，我有男朋友了。"她残酷地说，试图掐断他的想法。

"我不在乎。"白浪对她的话并不感到吃惊，好像一切都在意料之中。他把目光落在窗前一盆吊兰中插的卡片上，娟秀的钢笔字写着"幸福生活从此开始"几个字。他知道这张卡片是出自戴亦西的手。他笑了笑。

她朝他回以微笑："怕你会失望的，也许会受到伤害。"她正说着笑容一下在脸上冻结了。她想到了自己的处境，难免有种孤独的凄凉感。

"其实相互太了解时，也就失去了诱惑力。"白浪火热的目光意味深长地盯着她。她的世界瞬间分裂成了两半，一半停留在当下，一半向着未来飞奔而去。

"不说这些了，尝尝我煮的咖啡，走。"她踌躇了一下，从厨房出来，把咖啡和一碟牛舌酥端进客厅，放在鸡翅木的矮几上。"你坐。"白浪坐下后，她说，"我叫你来，是想让你帮我一个忙。"她强行克制着自己的慌乱。她不能否认他很出色，并且给她带来了快乐和震动。

"你说，什么事，很荣幸能为你效力。"他把右手五指并拢放在太阳穴上，敬了一个标准的军礼。他长久地凝视着她，在短短的一瞬间，宇宙在他眼睛里变得清澈透明了。

"我想采访屠天龙，他是死因犯，恐怕采访手续有难度，因此想让你帮忙……"她帮他续上咖啡，这才发现咖啡已经凉透了。"凉了，热一下？"她有些抱歉地说。

"不用。"他端起杯子三两口喝完了，"没问题，公安上有咱哥们，都不是事。"他随即掏出手机打电话，一连打了三个。收起电话，他胸有成竹地说："放心吧，他们让我周一去办理采访证。"

她垂下眼帘，将目光集中在地面的光点上。她的思绪一下飘走了，飘到了另一个地方，那个她在发生高铁事故时看到的场景——她曾经生活过的遥远的地方。现在她看到的仅是一个个片段的、残破的场面。

"你怎么了？"白浪望着突然失神的她问，把她的思绪拉回到现实中。她却想不明白为什么能看到那些场面，而且像是自己生命中根深蒂固的一部分。

"屠案是一个敏感话题，如果去采访，一定要做好案头工作。"戴亦西讷讷地说，脑海中仍回荡着那一幅幅的原始画面。此后他们讨论了采访计划，并且简单列出一个采访大纲。他们正说着，白浪突然站起来，冷不防拉住她的手，把她拉向自己的怀抱。她奋力地挣脱了他的手，恨恨地说："请你尊重我！"她重重地坐回到沙发上，脸冲着窗外，执意不回头来看他。

平时，她喜欢坐在这里看书，无论是雨天，还是漆黑的夜晚，或者是日落的黄昏。一个人捧着一本书静静地待着，那是一种孤独的享受。这时雨下大了，淅淅沥沥倾泻而下的灰色雨水，像是天上挂着的一根根破麻线。

白浪把目光落在窗台那条泥塑蛇上，然后把它拿起来仔细端详着。

"你先走吧，我写完采访大纲告诉你。"她下了逐客令，打破房间里尴尬的沉默，"明天等你消息。"说罢她又把目光投向窗外。雨小了，雨在阳光和微风中稀稀拉拉地斜落下来。天和地重新分开，泾渭分明地呈现出各自的模样。

白浪临走时，用坚定的、干涩的声调说："没关系，我等，我有大把的时间！"她没有起身送他，模模糊糊地看着面前的咖啡杯，眼睛里仿佛起了一层潮雾。白浪走后，她犹豫着是否给陆泽打电话，但终究没有打。当陆泽把她的电话挂断时，她猛然感到心里有一样东西崩断了，再也无法弥合了。她考虑着尽快搬离这所房子，搬回自己的公寓去住。她那套房子虽然小一些，离上班的地方远一点，但是它能阻断一些悲伤、愤慨的记忆。

第八章

太阳刚刚跃出山梁，尹良博士和巴山在老毕的带领下出发了，目的地凤凰山鬼石窟。他们沿着一条狭窄的山路向上攀登，周围的树木笼罩在清晨刺眼的光亮中。清晨有雾，但从明媚的光线看，很快就会散去。一座座远山缥缈在晨雾中，周围的景色十分壮美。西面有大团大团的乌云，正掠过山谷的上空，向东缓缓飘来。

老毕走在前面开路，手里拿着一把砍刀，吹着口哨。巴山手里挥舞一根木棍，形似行侠仗义的堂吉诃德。林中响起叽叽喳喳的鸟鸣声，给人带来欢快的心情。尹良博士走在中间，受到他们两个人的特殊关照。他们兴致勃勃地爬上一座山峰，沿着蜿蜒的山路一直向前。山路追随着西柳河一条缓缓的支流，陡然下降，进入一座幽深的峡谷，让人惊心动魄。这里没有路，尽是些河底巨石，迹象表明这里曾经水系发达，深谷中的河水恣肆汪洋。

老毕边走边随意说着，想到哪儿就说到哪儿。他说有一对父母把他们生的一个毛孩扔到了山里，大概就在这一带。结果孩子被狼群养活了。他长成健壮的狼孩，后来成为头狼的参谋长，他可以和狼切磋和交流，围猎时他骑在狼背上指挥作战。狡猾凶猛的头狼在狼孩的辅佐下，更是如虎添翼、百战不殆。一次狼孩的父亲在山里遇到群狼，狼孩冲开包围圈，放走了父亲。他目送着失魂落魄的父亲远去的身影，眼里流出两行清泪。不久，受到惊吓的父亲得了一种莫名其妙的病，总在夜深人静时号叫，和狼的声音一样恐怖。他临死前，嘱咐狼孩的兄弟姐妹们，在他死后要经常上山给狼孩送去衣物和食品。

"这故事挺让人伤感，最终狼孩的命运如何？"尹良博士感觉心脏狂跳不止，太多的巧合无法解释。

"不知道，我听父亲讲的，他也是听他父亲讲的。"老毕俏皮地咧咧嘴，露出一口由于抽烟而发黄的牙齿。

"尽管听起来不着边际,但我却深有感触。"尹良博士感慨地说。他双手拄着登山杖,双腿僵硬地站住,举目眺望,隐隐约约中凤凰山巍然耸立,笼罩在团团乌云和灰雾之中。他揣摸着县志记载中"穆""南地"和"大新"的关系,以及木叶头骨的话,陷入久久的沉思中。当他转身对着河面时,眼睛瞧着河里的什么东西一下被吸住了。

一只蓝色的大鸟立在河中央。它原本就很高,加上视角的影响,使它显得如同人一般高。它长长的影子在水面上铺出老远。它翅膀尖及腿的颜色和水里露出来的黑色石头一样深。它如同绸缎般的蓝宝石羽毛,在阳光下折射出柔和的光彩。大鸟全神贯注地盯着水面,每隔几十秒才极小心地移动一下位置。它每从水里抬起一条腿,都会等上很久才再次落入水中。它每换一个地点,显然都经过了深思熟虑和苦思冥想。

"它在找鱼,或者青蛙和蚌类。"巴山解释说,目不转睛地盯着眼前的画面。

这时大鸟也发现了他们,傲慢地转过身来和他们对视。它脖颈微弯,圆睁着眼珠子,一点不畏惧地看着他们,仿佛它天生是位遗世独立的神秘客,是一个孤独的漫游者,不受任何群居鸟类的规则与惯例的约束和限制。

"吘……嗤……"老毕吆喝一声,顺手向水中投去一块石头,在蓝鸟近旁溅起一片水花。蓝鸟这才缓缓张开翅膀,向前一步,扇动着羽翼将身体从地面腾起,越过他们的头顶,从林木的伞盖间冲出。

"它预示着什么呢?"尹良博士看着它蓝色的影子,疑惑不解地想,"一个警告信号?抑或是一位来自灵界的先遣兵?"他们沿河继续上行,走到一个河湾形成的水潭附近。这里的水量相对丰沛,对岸的石壁上留下一道道水势下跌后的痕迹。"看样子,这里曾经水系发达,水源充沛……"尹良博士环顾四周,怀着敬畏的心情说。

"我小的时候,河谷里水势还不小,每当山洪暴发时,大水以摧枯拉朽之势滚滚而下,把一抱粗的大树都冲走了。"巴山边说边走,"如今地下水像是漏到外星球了。"

"我小的时候,一次下暴雨冲走几个孩子,"老毕接过话头说,"由于水流急,人们眼睁睁地看着孩子被卷走了,没得救。"老毕证实了巴山的说法。他俩议论说,也就是近三十年来,山水逐渐干涸了,山上的大树差不多被伐光了,水土流失严重,才造成这种局面的，还时常发生山体滑坡事故。

三个人在巨石阵中间攀爬，一只突然出现的响尾蛇挡住了去路。大蛇有两三米长，脑袋大如拳头，它抬起头，用细如刀割的小眼睛打量着他们。它十分醒目，斑斓的皮色和周围灰色的河谷地形成鲜明的对比。"快看！"走在前面的老毕，惊呼一声。尹良博士连忙跳上一块青石板，冷眼观望着。

老毕走近一步，对蛇说："嗨，别挡住去路，小心我割下你的响尾环。"蛇不为所动，半盘起身躯，表示宁可一战，决不屈服。大蛇摆动一会儿尾巴热热身，然后震动骤然加剧，发出惊心夺魄的尖响声。老毕向后退了一步，用刀砍下一根分杈的树枝，又回身去找那蛇。蛇在原处没有动，继续抖动着尾巴。

"走开！"老毕挥舞着手中的树杈，"一边去，看见这玩意就恶心。"他像击剑运动员那样，上前一步戳到了大蛇头部。受到惊扰的大蛇向巴山冲来，像袋鼠一样弹跳着，愤怒地吐着芯子。

"哇哇，可不要伤及无辜！"巴山边喊边跳上尹良博士站着的青石板，和他并肩而立。

尹良博士拿起相机，"咔嗒、咔嗒"按动快门，不料脚下的苔藓一滑，险些让他跌入蛇口。他们僵持了几分钟后，大蛇突然灵巧地掉头走了，像一只受惊的猫。它大摇大摆地游动着身躯，消失在巨石阵中。这时，空中飞来一只翅膀透明的蓝鸟，盘旋着在寻找可供解饥的目标。原来大蛇遇到了克星，并非惧怕他们三人。

过了不多久，那条响尾蛇又出现了，显然没了先前的嚣张劲头。老毕舞动着手中的棍子说："去、去，滚开。"响尾蛇却没有轻易离开，非常固执地跟着他们同行。

尹良博士感觉此中一定有玄机，便沿着蛇道跟了过去。老毕瓮声瓮气地说："我们还有很长一段路要走呢，小心中了埋伏。"巴山也劝说不能耽搁太久，不然天黑前回不去了。尹良博士却鬼使神差、身不由己地跟了过去。路越来越崎岖，杂乱的寄生藤四处蔓延，小型爬行动物在脚下发出窸窣的响声。

他们钻进山藤密布的丛林，前面已经没有了去路。四周参天的大树和藤蔓，好像从远古时代就有了，而且从没遭到过刀斧的砍伐和火烧。阳光穿过大树的枝叶，在地面上投下浓淡分明的影子。果然在丛林低洼处盘踞着一条雌响尾蛇，应该是雄蛇的夫人。它一动不动，盘绕在厚厚的散发出腐败气味的树叶上，毫不惊奇地看着来人，不时吐吐芯子，眼睛里流出硫黄色的汁液。

"去看看，看怎么回事。"尹良博士心里不觉一惊，对走在前面的老毕说。"可能受伤了。"老毕说着蹲下来，近距离地观察蛇夫人，发现它正在生蛋，"有蛇蛋！"他大呼小叫道。尹良博士和巴山也围了过来，蛇夫人恰好生完最后一枚蛋，一共三枚银蛋。老毕用木棍去戳雌蛇的颈部，小心翼翼地生怕受到意外攻击。雄蛇在一边吐着芯子，露出求助的神情，意思是放心，不会喷你毒液的。老毕伸手抓住雌蛇的七寸，把它拿起来，果然是一条受伤的蛇。它尾部靠近腹部处有一条明显的伤口，里面渗出的绿色液体，正凝固成一颗拇指大小的祖母绿宝石。

"可能是与猛禽搏命时被抓伤的，说不定就是那只蓝鸟，战斗场面一定激烈，只可惜没看到。"老毕不无遗憾地说着，把雌蛇放回到原处。

尹良博士拿起一只银色蛇蛋，放在手心里仔细看着。一缕阳光从背后照着他，他的头发闪闪发光，脸像是一团阴影。这是他第一次触碰蛇蛋，蛋皮软软的像张牛皮纸，里面颤悠悠的似有生命。他的眼睛紧盯着手中的蛋，一眨也不眨，仿佛进入一个梦幻时刻。蛇蛋忽然飘浮起来，化作一道金光，再折射出宁静的火球体，然后慢慢扩大，最后形成一个光点。

光点的中心渐渐幻化出一个项坠——一个白水晶磨制的圣甲虫项坠。项坠在他眼前飘过来飘过去，上面密密的纹路清晰可见，像是一幅有待解密的远古地图。"圣甲虫项坠……"尹良博士惊奇地伸出手去接，当他就要接住时，金光突然缩回到蛇蛋中，项坠不见了。"还不是时候，等你拿到项坠，故事就进入尾声了。"他清晰地听到一个声音说，仿佛来自幽深的地壳中。他小声嘀咕说，我明白，故事总得有个结局，只是不要等太久。

他回味着刚才那声音，有点熟悉但不完全，而那嗞嗞的回音像是木叶头骨的。"木叶，是你吗？"他喊出声来，把自己吓了一跳。"稳着点，博士！"耳边又响起刚才那声音。这次他听清楚了，就是木叶头骨。"是的，我有些激动。"他默默地把蛇蛋放回到蛇夫人身边。

这时，躲在茂密的树冠中窥视的蓝鸟，狂野地叫着从他们的头顶掠过。老毕突然感到一股从天而降的灰白色黏液浇在了头上，顺着脸颊往下流，恶臭呛鼻。还没有等老毕反应过来，巴山就毫无顾忌地大笑起来，笑声在山间回荡，久久不绝于耳。

老毕暴跳如雷，起身冲着蓝鸟飞去的身影，假装手中有一支猎枪，扣动扳机，"砰！砰！砰！"一阵乱枪扫射，"恶鸟，小心让我逮着，一根根拔光你的毛！"他恶狠狠地骂道。

尹良博士忍不住笑道："要忍耐，忍耐是一种品格。"

巴山幸灾乐祸道："悲哀，小心禽流感。"他话没说完，蓝鸟又出现在视野中，毫不吝惜地把一股粪便抖落到巴山身上，然后嗷嗷叫着飞走了。老毕终于有了报复的机会，他狂笑不止，笑得眼泪都出来了。

尹良博士没有理会他们，用矿泉水把手洗干净，拿出急救包，取出手术刀和碘酒，为蛇夫人清理了伤口，再敷上消炎药。他们返回的时候，雄蛇依依不舍一直把他们送出荆棘林。它卷着舌头仿佛说："圣甲虫项坠会有的，到木叶长眠的地方去找，那里有一块蘑菇形的岩石，岩石背面有个洞穴，里面有陶片，在陶片下面找找看。"

尹良博士竟然听懂了，冲破压在他身上的沉默，惊讶道："为什么藏得那么深？"

"不然早就被盗墓贼拿去了。"它吐露机密似的压低声音说。说罢它逶迤而去，大概照顾蛇夫人去了。

彭煜遵照尹良博士的嘱托，围绕着裴李岗时期的F170房基址，向四周扩方进行探索，寻找F175的迹象。F175距地表一米五左右，开口在更新世晚期文化层。F175规模很大，远远超出了叠压在其上的F170。彭煜几经周折就是找不到房屋的边缘，这使发掘工作陷入了困境。他们只得沿着房基中部慢慢向外寻找，打算找到墙基后，再顺藤摸瓜找出房子的轮廓。可是一直找到探方边缘，也没有发现F175的墙基。彭煜决定向四周再扩方。探方被一扩再扩，问题却接连不断。彭煜实在有些力不从心，只能循着交错叠压的遗迹耐心向周围寻找。

这时F175北部又被一座经过严重盗扰的晋墓阻断了。墓葬长达十米的斜坡墓道恰好横切在东西向的墙基上，要寻找墙基址必须先清理大墓。正当彭煜清理墓壁时，他竟然在更新世地层中发现了一层艳绿的树叶。叶子油光发亮，叶脉清晰可见，仿佛刚从树上飘落下来的。他被眼前的一幕惊呆了，不知该如何下手。

不料几分钟后，等他缓过神拿起相机拍照时，那些树叶瞬间变黄了，黄灿灿的像是一枚枚金树叶。他迟疑不决地拿起一片来，不料手刚碰触到树叶即刻变成了灰褐色，仿佛过火一般。他闭上眼睛，竭力否认眼前发生的一切。肯定是幻觉，那些树叶应该还是绿色的。可是当他睁开眼睛时，那些灰褐的叶子竟然成了灰烬。他不敢再耽搁，忙按动快门留下这残败、枯萎的景象。

他小心翼翼刮去叶形灰烬，地层中出其不意地露出一只灰色陶瓮，看情况个头还不小。它离墓道仅有一二十厘米，如果当时筑墓时稍稍偏离一点，这只陶瓮的命运就另当别论了。彭煜用手铲轻轻刮探几下，墓道壁上露出陶瓮的一侧，上面隐约有画面。让他料想不到的是，若干年后这幅陶画竟然在中国艺术史的研究上占据了非常重要的地位。

彭煜用毛刷慢慢碰触陶瓮壁，打算让画面露出真容来。但奇怪的事发生了，把他吓得魂不附体。他听到陶瓮里面有咝咝的声响，"谁呀，干吗？"传来一个小儿的声音。他以为是幻觉，用手指试着叩叩瓮壁。"谁呀？"还是刚才那小儿，仍然是惊奇的口气，惊奇之下隐藏着厌恶的情绪。

彭煜大吃一惊，叮当一声手铲掉在地上。罐子里会藏着什么？这个太考验人们的想象力了。他想大喊一声，却说不出话来，像是被摄取了魂魄。他想尽快离开，但腿很沉，像是被钉在了地上。而且责任重大，他不能丢下文物擅自离开。他站在那里一动不动，后背一阵阵发凉，脖颈上起了一层鸡皮疙瘩。正当此时，南地村民孙二圣带着一个陌生人走来。他个头不低，体魄强壮，两臂很长，就像一头类人猿。感觉他能够抓起一样东西，立刻把它撕成碎片。

二圣常年在工地上干活，和考古队的人都比较熟悉。二圣介绍说来人叫秦虎威，是县公安局局长的儿子，想参观发掘工地。彭煜像是没听见，呆若木鸡，还没有从恐惧中缓过神来。他的胃里一胀一缩，像有一只手在那里捣腾。

"不懂什么考古，纯属业余爱好。"威子把叼在那厚嘴唇上的香烟扔掉，嬉笑着跳进了探方，顺手捡起地上的手铲，在陶瓮出露的部位刮了两下。彭煜缓缓转过身来，想制止他，却身不由己。不料威子用力过猛，一下碰到了陶瓮壁，随之瓮口部出现一道裂纹。同时陶瓮里面发出一阵响动，"谁呀？"那孩子不耐烦地又问一声，带着一丝怒气。威子顿时惊得全身僵硬，心脏加速狂跳起来。

突然醒悟过来的彭煜，愤怒地夺去威子手中的探铲，把耳朵贴在陶瓮壁上，侧耳细听里面的动静。一切都安静下来，万籁俱寂，什么声音也没有。"你干什么？

简直是破坏！"他冲威子呵斥道，"如果尹博士知道了，非气疯不可！"他把卡在胸腔的愤怒发泄出来。

"里面有声音，我听得清清楚楚。"威子瞪圆眼睛说，并没有理会彭煜的情绪。他用手摸着自己的半边脸，以证明不是幻觉。"法老的咒语。"他显出若无其事的态度，拍打着他那沾满泥土的头发。他万万没想到自己一语成谶，很快便陷入惊悚的游戏中，向着死亡的边缘一步步滑落。

"你来之前，我听到一个声音，像是孩子的。"彭煜根本没多想，脱口而出，只为了证实声音的存在。他忘记对象是一个素不相识的陌生人，更不知道他是一个心怀不轨的闯入者。

"对、对，是孩子的声音！"威子为自己的惊人发现而激动不已。

近两三年来，威子突然迷恋上风水和古董之类，并且有点走火入魔。他跑遍了各地的文物市场，北京潘家园更是常来常往，乐此不疲。但是能淘到真货的可能性微乎其微，赝品充斥整个市场，民间文物交易不过是你骗我、我骗你的游戏。因而唯有盗挖古墓来得最真实、最可靠、最便捷。当这种念头在他的思想里活跃起来时，机会就送上门了。

去年冬天，威子在朋友那里认识了一个叫军爷的中年男人，他其实是一个盗墓团伙的军师。军爷黑瘦，个不高，花白头发，穿着一身皱巴巴的中式服装。据说军爷博览考古书籍，在确定古墓葬、遗址位置方面经验十分丰富，可以脱离罗盘仪的辅助，直接根据山脉河流走势和日月星辰位置，就可以进行目测定位。其他团伙成员也都是盗墓高手，下手必有所得。他们在军爷的指挥下，曾盗掘过一些重要的商周古墓，获取了不菲的回报。

军爷告诉威子，距离A县县城五六十公里的一个山坳里，遍布商代和战国墓葬群，其中有不少大墓。考古队正在发掘的都是附属墓，出土有大量的青铜器和玉器，价值连城。威子问他有何打算。他说先前探到了两座商代墓，正准备下手呢，考古队来了。好在墓葬区比较散，考古队鞭长莫及，而且那两座墓地处隐蔽，可以赌一把。

威子问自己可以做些什么，表示愿意尽一份力。军爷说不用你舟车劳顿亲自出马，提供一个落脚的地方就行，以便得手后暂避风头。威子感到了隐隐约约的刺激和挑战，当即答应说，他家城外有一套别墅，远离附近的村庄，地处僻静，绝对不会出事。因为这房子自建造时就已被贴上了森严和等级的标签。威子随后把别墅钥匙给了军爷一套，作为他们盗墓的据点。

秦家别墅是一座碉堡式砖石建筑，坐北朝南、背山面水，实为一风水宝地。其布局封闭，戒备森严，具有很强的防御性质。威子自认识军爷那一刻起，他铁定自己会被绑缚在他们的战车上。他们一伙人在秦家别墅里密谋了两天，反复讨论了每一个盗墓细节。包括使用车辆、盗墓设备、行走路线、埋放炸药的位置，以及可能出现的意外情况等等，当然起取宝物是终极目标，军爷一一做了详细的部署。军爷侃侃而谈，就像是在作学术报告。他看似和善谦虚，实则是一个心思缜密、阴狠毒辣、狡诈奸猾之人。

动手那天夜里，军爷出动一辆切诺基，一辆面包车，兵分两路向目的地进发。他们实施了挤压式爆破法。即先用铁锹挖出洞穴，到深处时使用炸药雷管引爆，利用爆破力挤出一条洞穴，而且在盗洞周围少见泥土，也不易坍塌。他们迅速将里面的文物洗劫一空。两座墓共出土青铜器三十多件和一批小件玉器及骨器等遗物，件件堪称国宝。威子留在别墅做接应，帮助把物品藏匿在地下室。事后公安部门在周围几个村子进行了大规模搜索也没有发现任何蛛丝马迹，因为谁也不会料到东西就藏匿在公安局长家里。

秦局长倒是觉察到了，他觉得威子案发时情绪有些反常，而且一连四五天守在别墅里没有出门。对于父亲严厉的询问，威子被激怒了，以豁出去的口吻说："你让我说真话还是假话？你不问最好，否则你能脱了干系？"秦局长一拳打在儿子的脸上，骂了一声"混蛋"，随即摔门而去，以后再也没有提起这件事。

一月后，这批青铜器全部被卖往了美国。其中几件有铭文，是断代的依据。有两件青铜器被海关查获，根据文物专家对铜器铭文的释读，警方得知它们的出处，但是线索追踪到一半就断了，最终也没能把犯罪分子缉拿归案。威子轻而易举获得了丰厚的回报，他脖子里佩戴的鸟形玉佩正是那一次的战利品。鸟形玉佩由青玉雕刻，双翅展开作滑翔之势，十分精美。每当有人问起，他都说在潘家园淘的，人们也就信以为真了。

此时，彭煜也注意到了威子脖颈上的鸟形玉佩，一眼便认出那是件货真价实的商代文物，脑海中同时冒出一团疑问。"这玉佩可是商代典型器物，哪儿来的？"

他直截了当地问。

"潘家园淘的。"威子搪塞说，表情有些不自然。他竭力掩饰的情绪却被彭煜看得一清二楚，猜想一定有隐情。他郑重地说："你淘到真货了，有眼力。"

气压很低，空气里弥漫着暴风雨来临前的气息。威子走后，彭煜开始起取陶瓮，心情一直惶惶不安。下雨之前，他完成起取工作，把陶瓮装车运回了仓库。看着那道裂缝，他有种说不出的愧疚和莫名的烦躁。他踌躇不决，不知是否该把真相和盘托出，告诉尹良博士。

第九章

山路开始上升，越过一个又一个山脊，谷底的小溪已被甩在身后。他们穿过一片幽暗的密林，如盖的树冠连阳光都无法穿透。正午时分，尹良博士一行终于爬上了凤凰山，来到阴气森森的鬼石窟附近。山坡上巉岩嵯峨、道路险要，有土壤的地方星罗棋布地生长着灌木丛。在这种地方攀爬，让尹良博士甚为忧虑。

老毕在相距鬼石窟几十米的谷底，说什么也不肯走了，说自己缺乏免疫力，刚才被大鸟算计了，是种凶兆。他用手在脖颈上啪地拍死一只飞虫，仔细研究着它的尸体说，我得去溪水里洗洗晦气，一身腥臭味。他穿过布满荆棘的灌木丛，踏着乱石堆向下坡走去，那边有水声传来。这里基本没有路，到处散落着垮塌的山体滚落下的石块。

巴山望着老毕走远的背影问尹良博士："你一个人可以吗？"显然他也没有陪同登顶的意思。"我可以，你们就在下面等吧。"尹良博士善解人意地说。"来，来，不必要的东西给我。"巴山接过了他身上的一个背包，如释重负地喘了一口气。

尹良博士默默地抬头向山上张望，高处赫然耸现出一个石洞，因为被伸出的半圆形山体挡着，所以只能看到洞口的上半部，看不到全貌。巴山嘱咐他在不清楚状况时，千万别莽撞，慎重一些好。尹良博士从谷底登上一级级不规则的石阶，石阶间的缝隙处早已因为年复一年的幼芽萌起，新茎抽枝而被顶出了空隙。石阶从浓密的刺灌丛中拔地而起，在高达枝叶疏散的灌木梢时方迎来第一缕阳光。

尹良博士一步步清理着面前的道路，已经松动了的石块十分危险。他也无法说清楚自己的行动是源自科学家的本能，还是出于心里预测。他小心翼翼地往上爬，心里充满期待。他并不知道这道阶梯可以一直延伸到古远时期——古远到现代人类无法想象的地步。他凭借多年的考古经验，断定这便是新新地层，正是两万年前木叶生活过的地层。但是这一时期怎么会有石质建筑呢？他清除出一段路基后，发现石阶上面隐约绘制有几何图形。这些到底是怎么形成的呢？他心中涌起一种难以言喻的诡异感觉。他奋力向上攀登，台阶越往上越宽阔。当石阶越过落叶松的顶梢时，终于延伸到一处平台，此处距离地面的高度不少于二十米。站在上面，他不由感觉阵阵眩晕。

就在这时，他发现石缝里有一个闪闪发亮的黑色物体。他清除了周围的杂物和石块，原来是一块手掌大小不规则的黑曜石片，厚约三厘米，拿在手里沉甸甸的，十分光亮平滑，在阳光下让他目眩神迷。他隐约感觉上面似乎有线画，那是一种神秘的、令人费解的画面，虽线条粗陋，却刀工纯熟。但在阳光反射下，他什么也看不清。他忙用毛巾将其裹起来放进挎包中。随后他又找到了一块，只是较之第一块小了许多。他意识到它们很可能是揭开历史之谜的关键证据，或者是启动历史之门的钥匙。他不由自主地为自己肩负的伟大任务感到激动与不安。一时间，成千上万的疑问涌上心头，他却一个也无法解答。他向洞口纵目望去，看到灰暗的洞口泛着依稀微光。

他终于爬上了山洞前的小型广场，一堵巨大的石壁赫然耸立在面前。他仔细观察，发现石壁上有一个宽阔的洞口，只是被坍塌的滚石填塞了。这座残破的石洞修筑在山半腰，洞门有三米多高，呈半圆形，门庭由巨大的石柱托起，充满神秘的魔力。门庭前的广场大约有二百平方米，上面杂草丛生，散布着一堆堆乱石，犹如被打翻的一盒火柴，横七竖八、杂乱无章。其周围是层峦叠嶂、起伏连绵的山峰，给人一种大气磅礴、巍峨壮丽的震撼。

尹良博士并没看到洞口喷出的白色气体，但它的确是一座曾经的宏伟建筑物。它的墙体呈环形，依山势向后延伸。尽管洞门因山体坍塌和崩裂，已经基本损毁，但仍可看出曾经修筑过的痕迹。那是一座以天然山洞和外部建筑相结合而修筑的庞大的石房子。

尹良博士初步断定，这里曾经是一座人类使用过的洞穴，被两万年前的一场天灾所摧毁。这场灾难，或许是大地震，或是陨星撞击，它使宫殿坍塌为废墟。因为他发现地表散落着一层厚厚的灰色物质，像是山体崩塌时的残留物，抑或陨石撞击山体的爆炸物。大地震引发了可怕的山洪，并在地势较高的河谷地形成堰塞湖。接着连绵数日的大暴雨使堰塞湖溃决，大量湖水犹如万马奔腾一般冲向不堪一击的原始宫殿，从而彻底结束了它的使命。

为了弄清内部结构，尹良博士趴在湿漉漉、黏糊糊的岩缝上往里看，却什么也看不到，里面黑黢黢的，就像是沉沉的夜幕一般。他摘下帽子遮住强烈的光线，突然发现眼前的石壁上刻有几组图案。他退后两步仔细观察，发现是鸟、太阳和月亮图像，还有一些形态诡异、寓意深刻的图像。他拿出本子先临摹，再用相机拍摄下来。他认为图案表现的是古老的世系、爱情、战争和杀戮。

这时已经过晌午，他试图搬动洞口的碎石，让石缝大一些，但是它们就像是用水泥砌在一起，牢不可破。等眼睛稍稍适应后，他看到里面似乎有一缕缕极其细微的光线，说明山洞的顶部可能有可供出入的缝隙。他突然看到山洞里有一个绿鳞魔兽正在和他对视，它饥渴的眼睛里充满狞笑，嘴里发出吱吱的声音。怪兽缓慢地朝他靠近，一缕光线照在它闪闪的绿鳞上，就像是科幻片中的雷德王。它站稳前腿，后身瑟瑟一抖，荡起一层尘雾。大概它发现了陌生人，开始发怒了，丧心病狂地用它的獠牙撞击墙壁，发出嘭嘭、嘭嘭的声音。

尹良博士不甘心，把眼睛贴近光洞，想再看得清楚些，不料啪的一声眼睛上挨了一掌。他感到一阵虚脱，不得不靠在石壁上，以防自己瘫倒。一股山风吹来差点掀掉他的帽子。他感到迎面而来的风沙，却无法辨别那到底是真的风，还是幻觉。

他毫无征兆地陷落到黑暗中，经过长时间的穿越，他终于重见光明。阳光斜照出一个黎明，原野上白杨萧萧、草木葱茏。夹在一排排杨树和柳树中间低矮的茅屋飘出缕缕炊烟。一条蜿蜒的溪流穿越丛林注入奔腾的大河。羽毛鲜艳的大鸟在蓊郁的树丛里忽隐忽现，发出苍老而奇异的叫声。一条蟒蛇拖着沉重而疲惫的身躯，像一截腐烂的木头滑动着潜伏到草丛中。田野的尽头是一片原始大森林，一群鬣狗跟踪着一头受伤的角马，向它发出死亡通知。

尹良博士被吓傻了，等回过神来，他本能地从身上摸出一把弹簧刀握在手中。好在接下来没有发生什么可怕的事，一切又恢复了平静。后来他意识到，那便是一幅他自身死亡的写照，一幅失落灵魂的肖像。

尹良博士在冲积层中发现一些沼泽植物、人骨及动物骨骼。这些东西经过一番剧烈的动荡，乱七八糟地缠绕在一起，共同见证了大自然的威力。毫无疑问，这里曾经有过高度发达的人类文明，远比人们所看到的地坑似的草房子要发达和进步。

这一发现足以影响到人们对东亚文明的重新认知。

他考虑到这里曾经是活跃的地震带，正是突然发生的地震释放出的威力吞噬了一切，致使这座曾经的天然宫殿毁于一旦。他小时候在老家，也经历过在劫难逃的大地震，惊心动魄、死里逃生的恐怖他有过。

尹良博士正思考着，忽然有什么东西捕捉到阳光中的一缕光线，把它反射到他的眼睛里。他磕磕绊绊地攀上山洞口的乱石堆，发现那反光的物体竟然是一块嵌在石缝中的类似钻石的东西。他搬开压在上面的碎石块，把它捡起来捧在手心中，它和阳光相互辉映，发出炫目的光彩。这又是什么东西呢？他反复看了又看，而不得其解。

尹良博士在废墟中，另外捡到了两根断裂的约三十厘米长的象牙化石，他认为是古菱齿象牙齿。古菱齿象是生活在更新世晚期的大型哺乳动物。直至夕阳西下，尹良博士才收拾好东西离去。一路上，他非常严肃，一句话没说。他计划向文物主管部门打一份报告，尽快申请发掘新新宫殿遗址，最好将其纳入近期发掘任务中。

浓云密布，天空变成了铅灰色。太阳穿云破雾，透出诡异光照。笼罩在大峡谷上的天空暗下来。雷鸣闪电中，他们一行三人匆匆加快了下山步伐。

巴山问尹良博士有没有看到什么。尹良博士说，那是一座陷落的残破石洞，应该毁于天灾，估计在更新世晚期。他挖的那条探沟证明了他的推测。但是关于他拾到的那些宝贝和那双狰狞的眼睛，他只字未提，为了避免引起不必要的麻烦和惊慌。

尹良博士调笑说，总算是全身而退了，如果有什么事，可不好交代，恐怕整座县城都会天塌地陷了。巴山自嘲说，可见邪不压正，我们是科学工作者嘛，怕什么妖魔鬼怪！巴山话没说完，尹良博士脚下一滑，扑通趴在了地上。他顺势抓住手边的枯草，岂料他脚下的悬崖正在坍塌。同行者还没来得及反应，他"啊"的一声飞了起来，像是一个装满糟糠的口袋被抛下了山崖，在空中翻了一个滚，继续下跌……枝杈和尖利的石头，摩擦着他的手和脸，比刀砍斧劈还疼。他绝望地想，这下完蛋了，一定是血肉模糊，只等着喂狼了。

那只蓝鸟尖叫道："祝贺你，你就要和相爱的人团聚了！""小心别让我抓到你，我把你的毛……一根根拔下来！"他冲它喊，但是声音却凝固在了嗓子里。"没事了，一个崭新的世界等着你！"蓝鸟高声叫喊着飞走了。他恶狠狠地骂了句娘，仍然没能骂出声来。不然的话，那将是他留下的人间绝句。

然而奇迹发生了，尹良博士的夹克衫被挂在了树上。那支伸出的树杈，紧紧扯住了他身上的背包带。他停止了坠落，和树杈缠在了一起。他的一只手碰到了拉住他的树，他本能地用力抓住它。但不幸仍在继续，他的头部撞击到了坚实的山壁，使他失去了知觉。最后，他听到了微弱的"砰砰"声，像是弹拨金属丝条的震颤声——那是灵魂出窍的声音。

巴荷睁开眼睛时，一轮太阳正在窗外的树梢上旋转。她看着枕边睡熟的男人，轻轻往他脸上吹了口气。陆泽精疲力竭地哼了一声，像一头睡狮趴在床上，整个人都虚脱了。他正在碧波荡漾的水中浮浮沉沉，忽然与一个赤裸的身躯相遇、相缠绕——那是戴亦西的身体。他感到恐惧和畏缩，急忙潜入水底的阴暗处，将身体靠在一块石壁上，看着她消失在一片海藻中。

他和戴亦西的过往恍若就在眼前。他清晰地记得她在自己腿上的分量，她柔软的肌肤中隐藏着骨头的硬度。那感觉至今难忘，可能这辈子也忘不了。他的脑子已经分裂成两个，分属于两个爱他的女人。遗忘并不那么容易，那是一个永远在原地旋转的灰色旋涡，在内心深处不离不弃。

巴荷伸手推推他说："醒醒，今天我感觉很奇怪，是不是发生了什么事情呀？"她扳起他的脸，想把他翻转过来，却一点使不上劲儿。他拉过她的手来，放在嘴边偎了偎说："乖，别捣乱，我快累死了，你就像架抽油机。"他趴在床上仍没动窝，沉沉地压在床板上。

"你呢？地沟油作坊！"巴荷捏着他的鼻子调笑说。陆泽翻过身去不理她。他很想一个人静静地睡一觉，随即又扯起了鼾声。

房间里看上去像是一场灾难片中的场景，几乎所有的东西都错了位。桌子上和地上散落着他们放浪形骸的见证物——残羹剩菜、酒瓶和卫生纸。巴荷看着眼前的混乱，确实感到焦虑不安，好像丢了什么东西似的，或许是灵与肉吧，她也闹不清楚。昨夜，他们住进了县宾馆的"总统套间"。巴荷是以父亲的名义登记入住的，并且打电话到新月酒楼叫来了饭菜和啤酒。巴荷说自己喜欢在宿醉中做爱，感受癫狂的状态——那是一种性幻觉，欲生欲死、痛彻心扉的快感。

陆泽在啧啧有声中，喝下一杯啤酒，然后又斟满一杯。他想说我也是，但话到嘴边却觉得不对劲，便恶狠狠地问："你跟谁做？你敢！"

"你别管，不关你的事！"她断然回答道。记忆却是割不断的，她难免会想起种种往事来，特别是和"叫兽"的第一次，现在回想起来，她还会浑身发麻，深恶痛绝。

"来，感情深，一口闷。"陆泽举起酒杯，两人把杯子碰得叮当作响。巴荷毫不示弱，端起酒杯一饮而尽，好似在洗刷自己过去的污点。两个人就这么一杯接一杯地喝起来。

"我去冲个澡，浑身发热。"酒喝到一半时，巴荷起身进了浴室。她穿着晨衣从浴室出来时，陆泽扑过去像路面粉碎机似的碾轧了上去。"我快被压成纸片人了。"她几乎能够听到自己骨头的吱嘎声。翻云覆雨过后，陆泽搂着余韵未尽的女孩儿，沉沉地睡去。巴荷睡不着，以胎儿的蜷曲姿势躺卧在他怀里，脑海里却走马灯似的胡思乱想着。房间里一片沉寂。

蓦地，风声雨声席卷而来。闪电照亮了暴风雨的夜晚，却很难穿过窗户，驱散房间里的黑暗。巴荷推开陆泽的胳膊，起身想去打电话，不料惊醒了他。"去哪儿？"他睡眼惺忪地问。

巴荷却挑衅说："可以去的地方很多，我的父母在这里，我的初恋也在这里，我从小的记忆在这里。"她瞥了一眼床头的手表，凌晨三点二十分。

"好呀，脚踩两只船。"陆泽伸手把她按在床上，开始了新一轮的鏖战。令人十分沮丧的是，当她刚好达到高潮时，避孕套却被搞破个洞。"糟糕，搞破了。"陆泽上气不接下气地说。

巴荷惊恐地问："如果怀孕了怎么办？"她像一只神经质的蟋蟀，愤怒地表达着好战的情绪。

"那又怎么样？"陆泽憋住笑意，皱着眉头问。他根本没考虑过这个问题，这在以前似乎还很遥远，但此刻却迫在眉睫，不得不正视了，他还没有做好心理准备。

"我不会去堕胎，也不想做一个单亲妈妈。"她嘟着嘴撒娇邀宠说，似乎猜透了他的心思，"你必须发誓谨守一夫一妻制。"

"我发誓，最好生双胞胎，不过……怕命中率不会那么高。再说了，一个生命的降生是前世决定的，你我都掌控不了。"他的声音里有一种空洞的疲乏。说罢，他不怀好意地偷着乐了。

"你真坏，推卸责任！"她翻身撤出"敌占区"，和他"划清界限"。她的确喜欢身边这个男人，至少这一刻她是喜欢的，但不敢确保今后直到永远。完事以后，他很想静静地躺着，或者睡上一觉，但是巴荷总是不停地说话。她说自己同寝室的女生曾经是校园里两个大人物的情妇，大学还没毕业就生了孩子。两位大人物为验证孩子的生父，争相去做亲子鉴定，结果孩子是老一的。

陆泽听着听着昏昏欲睡了。听着陆泽沉沉的鼾声，巴荷起身进了洗漱间。她打电话和妈妈闲聊了一会儿，并没有说自己在哪里。她刚挂断电话，便接到高中同学威子的电话。在她眼里，威子就是一个浪子，放浪形骸、不务正业的主。威子上高中时就追求巴荷，算是她的初恋情人。但是两人终没有把爱情进行到底，因为都是任性和放纵的主，所以散伙是必然结果。

"你在考古队实习呀，怎么不告诉一声？"威子因为与巴荷太过熟悉，所以从来都是无障碍沟通，无须寒暄和客套。

"你算哪根葱，干吗告诉你？"巴荷挖苦道。

"挖到值钱的东西了？"威子嘻嘻笑着问。

巴荷不假思索地说："当然有值钱东西，发掘到的人头骨化石极具研究价值，两万年什么概念，懂吗？还有一批史前陶器、石器、骨器什么的，价值不可估量。"其实，巴荷并无什么用意，只是为了炫耀一下。

威子却说："那好，搞一两件玩玩呗，你随便开价。"巴荷说："做梦吧？"威子说："做什么梦，这个嘛，要看我想不想，你懂的。"听他这么一说，巴荷反倒有些害怕了，骂了一声"你个烂人"，忙挂断了电话。她突然感到一阵空虚，心里像是被烧了一个洞。她不知道接下来会发生什么事情。

巴荷从浴室轻手轻脚地出来，看到陆泽坐在床边，正看着自己的手臂发愣。他的小臂上有一条墨水笔绘制的蜥蜴，活灵活现十分可爱。"你干的？"他抬起头来问她。

"是呀，你就像一条蜥蜴，滑溜溜的，但是你逃不出我的手心。"她闪动着促狭的目光说。"傻样，想什么好事呢？"她不怀好意地笑着问。

"想你了，过来，陪我躺会儿。"他说着一把拽过她，让她躺在自己的身边。"刚才跟谁打电话？"陆泽懒懒地问。

"同学，高中同学。"巴荷不以为意地说。

"初恋情人？"

"怎么会，威子，他就是一个烂人，他唯一的长处就是始终如一地坚持做一个烂人，在这一点上，他从来没让他父母失望过。"巴荷随便说着，陆泽心不在焉地听。两个人不着边际地闲扯起来，口无遮拦、无拘无束。当男人撞开了一个女人的身体后，她那装着秘密的黑匣子也随之被启封了，所有内藏一览无遗。

陆泽问，此刻你最想干什么？他说自己很想去航海，驾驶一艘漂亮的游艇，半年，或者一年、两年待在海上，船上只有他们两个人。巴荷说，我晕船，想象一下坐翻滚过山车就可以了，不想亲身去尝试。

"呵呵，不去算啦，干脆在床上翻滚吧！"

巴荷说，她想要登上一架飞机，和心爱的男人一起飞往一个空旷而遥远的地方。陆泽问，想去哪里？她说越远越好，最好渺无人烟，或者人迹罕至的地方。陆泽说你那是自虐吗？我可不去。巴荷认真地说，把我留到实验室工作吧，给你当助手，二十四小时陪在你身边，不离不弃。陆泽说，这个我做不了主，没有人事权。巴荷问，谁能做主？陆泽说，当然是所长说了算。巴荷说，那就去京都，你引荐我认识所长，行吗？

"不行！"陆泽断然拒绝道。

"你想干吗？"他警惕地问。

"我想买件衣服，不见所长也行！"巴荷央求道。

"不去。"

"就去！"

陆泽掏出一块硬币，握在手中说："正面去，反面不去。"他把硬币抛在桌子上，它开始疯狂地旋转……最后滚落在地板上，消失在柜子下面。

"反面，哈哈……"陆泽发出得意的笑声，睡意全无。

"你耍赖，是正面！"巴荷飞身扑到他怀里，扳起他的头说，"起来嘛，快点。"她把他从床上拖起来，拿来衬衣披在他身上，然后抓起沙发上的裤子和夹克衫，不管不顾地扔了过去。

　　一道闪电划破长空，紧接着是一记响雷。

　　"这天怎么去，过几天陪你去，别再闹了。"陆泽无奈地摇摇头，开始慢慢腾腾地穿衣服。他有种惶惶不安的感觉，不知是谁出事了。

第十章

尹良博士躺在一个山洞里，胸脯剧烈地高低起伏着。一大群透明的人影，在闪烁着蓝光的空气中向他走来，有的在飞动。他又惊又喜地发现来的都是他的亲人，他的父亲母亲和他父亲母亲的父亲母亲，以及叔叔伯伯大爷大婶们。他们走过来把他团团围住，挤在最里面的是他的父亲母亲。母亲伸出手正要抚摸他的脸，一支石镞飞来，射中了他的眼睛。

他仰面倒了下去，接着又站了起来。又有一支箭从看不见的弓上飞来，穿透他的心房，飞进大森林中。他缓缓地跌倒在血泊中，但是没有疼痛感。不知为什么，他毫无征兆地想起自己的父亲来，父亲躺在河里，随水中的浮萍上下浮动……父亲死在外出归来的途中，为了救一个被强暴而投河自尽的妇女。父亲冰冷得像石头，河水吞噬了他的生命和每一滴血。

他从地上爬起来，掸掸身上的土，追赶着箭矢飞奔而去。刹那间，森林中响起呼啸而来的风声，满天树叶翻飞，犹如金蛇狂舞。最后，那声音凝聚在一起，在他耳边呐喊："战斗、战斗！"

不知过了多久，洞口透出一道薄雾，一个女孩正朝他走来，踏着一片金灿灿的光环。她身边奔跑着三条金毛猎犬，就像是三道流动的霞光。她是一个体形健硕的史前女孩儿，有着骑士般的身材，上翘的臀部圆滚滚的，腰间没有一点赘肉。她没有时尚华丽的外衣，纤细的腰里围了一条短裙，颈上挂着白水晶项坠和七彩石串成的项链。但是她有种原始的、野性的美，令人不可抗拒。她慢慢蹲下来，用柔软的手指触摸他的额头，犹如羽毛轻轻拂过。她向他轻轻吹了口气，他感到头脑清醒了许多。

他捉住她的手，紧张地问："你是谁，从哪里来？"他觉得自己的精神在腾飞，像涨满春风的帆。她幽灵般的现身并没有让他感到突然，而是感到极度的温暖和好奇。他机警地向四周张望，保持着高度警惕性，时刻准备面对任何威胁。

"放心，你到家了，欢迎。"她近距离地看着他，"我叫月亮，是你的女人，新新部落的女儿，我哥哥一个叫木松，一个叫木叶。我一直在等你回来，这是两万年的等待。"她一边回答，一边俯下身子用薄薄的双唇吻他的脸颊。他喘不过气来，胸部急促地膨胀，心一下提到了嗓子眼。

"我的女人？我又是谁？"他惊诧道。这时耳畔响起低语声："她就是月亮，你前世的配偶，你心爱的女人。"听那声音很像是木叶头骨的，有种嗡嗡的金属的回声。

他神情立刻清醒过来，郑重其事地说："开玩笑吧？这可不是好笑的故事！"他猛地晃晃脑袋，把那声音赶出思绪翻涌的脑海。"我是尹良，考古学家，我想用一项伟大的事业结束一生的工作，就是发掘新新遗址，它属于遥远的史前时代……"他喃喃自语道，大概没人能理解他的意思。

"你不要太悲伤，你的灵魂还在，生命还在。"月亮在他耳边极尽温柔地说，"你是我的太阳……你是太阳部落的创始人，是我孩子们的伟大父亲！"她用手托起他的头，放在自己的怀里。他感受到了她的体温和乳房的颤动。他终于又体会到了躺在女人怀里的滋味，是一种魔幻般奇特的感受。

"我不会死吗？"他看清了她的面孔，她那乌黑的大眼睛和微微上翘的鼻尖，正如木叶描述的那样。他使劲儿往她怀里钻，就像是一个被暴风雨吹成一团不停发抖的婴儿。"我想离开这死亡地！"他牙齿打战，口齿不清地说。

"你安全了。"她为他擦拭伤口，然后把藤蔓一样的双臂环绕在他的脖子上。他感到有股热流在周身蔓延，很快便恢复了精气神。

"你是月亮还是梅艳？不，你是梅艳，我们的小虎呢？……你知道，很多时候我无法抗拒这个世界……"他也不知道自己这番话的确切含义，甚至感觉莫名其妙。

"我不是梅艳，对不起，我是你前世的妻子，已有两万年之久……我们需要救助的灵魂很多，包括梅艳……它们的数目远远超过活着的人，是一个庞大的群体。"在月亮的帮助下，他站立起来。他感觉自己年轻了，如同一个激情飞扬的美少年。

"来，跟我来。"月亮步履矫健，肌肉结实，腾挪跳跃如同一头年轻的麋鹿。"我们很快会以另外一种形式再见面……音美在考验你的真诚。"她回过身来亲吻他，眼睛里含着热泪。

"音美？你知道音美送给木叶的圣甲虫项坠吗？"

"今天只谈我们的事，时间短暂，一言难尽。我们还会遇到重重阻力，或许是生死考验……"她握住他的手，走在一片鲜红色的草丛中。"这种草的气息可以让你恢复健康，对心脾有益、强筋健骨。"她解释道。他闻到一股股清淡的中草药的味道。她展颜一笑，净如新雪。

尹良博士随月亮走出山洞，眼前出现一片湛蓝的天空。一团团的白云在飞翔，太阳变得硕大，占据了半个天空。碧空下是茂盛的原始森林，植被绿得炫目，令人心情愉悦。透过几株高耸入云的杉木，有两头长颈鹿一边悠闲地咀嚼着树叶，一边暗中好奇地窥视着他们。

忽然响起一阵美妙的音乐声，似乎来自原始森林的深处。"呵，天籁之音！"尹良惊叹道。"你看那边。"月亮指着不远处的攀缘植物说。尹良顺着她修长的手指看过去，果然有一群白头叶猴在那里嬉戏。它们或许受到惊扰，开始在悬崖绝壁或树冠之间穿梭跳跃，宛如高空表演者。它们忙着采摘可口的树叶、野花、野果，边吃边玩，时不时互相亲热一阵。

"走，我带你看看去。"月亮拉起他的手，顺着一条五彩纷呈的小路走去，如同徜徉在北极光中。"这是我们的土地，尽管物质匮乏，生活简陋，但是只要遵从丛林法则生活就可以了。"

尹良的心境异常静谧，因为他看到了天堂的壮丽和大美。

"这是一条生命之路，沿着它走能看到过去，会走向未来。"月亮热情洋溢地说着，"我的父母兄弟们就是沿着这条路轮回的，他们终会回到这里来，再从这里出发！"

"你是说轮回？"他努力回想着在哪里听到过关于轮回的故事。

"是的，轮回是指灵魂的转世。人的肉体只是躯壳，灵魂才是本我，但是轮回需要时间，看自己的修炼了。"

尹良正全神贯注地思考着，一抬头看到两头大象。他起初竟然把它们当作了一堵高墙。月亮向大象招招手，它们走来跪下前腿，俯首帖耳地把高大的身躯降至最低。月亮帮助尹良坐上大象的脊背，然后自己身手矫健地爬上另一头大象。大象驮着他们走向森林深处，那里的树木更高大，一棵挨着一棵，树冠相互交错，遮天蔽日。偶尔树叶稀疏的地方，一道道阳光从树隙间照射下来，在地面上形成斑驳陆离的光点。纷纷落下的金色雾霭中，有一群孩子在嬉戏，手舞足蹈地大叫着、笑着、打闹着。他们都长着一双洁白的翅膀，随时可以飞动。

"太美了！"他赞美道，目光迷离。

"他们是我们的孩子。"月亮幸福地说。她向孩子们招招手，"过来！"孩子们听到召唤飞奔过来，把他们两人团团围住。大象重新跪下前腿，他们回到了地面上。"这是你们的父亲。"她向孩子们介绍说。他弯腰抱起一个孩子，另外几个孩子却爬到了他的背上和肩头。"父亲！"他们喊他，欢乐无比。

茂密的林木中间夹杂着枝繁叶茂的果树，上面结满果实，金灿灿的，像木瓜或杧果。尹良伸手摘下一只握在手中，清香扑鼻而来。他深深吸了一口气，沁入肺脾。他咬了一口，甘之如饴。

"我们在这里生活过？"他以大胆的目光和她对视。她的表情既温柔又困惑，仿佛在问"难道你忘了？"他边说边望着远处的一座桥。他们跑过去，桥突然变成了一艘船，然后又变成一只白色的巨鸟。他们坐上鸟背，大鸟展开翅膀飞入空中。"我们去哪里？"他问她。她说带你随便看看。他们向下俯瞰，看到一道惊艳的风景：辽阔的湖面上朵朵倒映的白云，亮得晃人眼。各种水鸟穿云破雾，把倒影留在水面上，就像是一幅浩瀚的泼墨画。

大鸟把他们送到蛙声一片的蓝色湖泊前，月亮打了一下响指，示意大鸟俯下身躯。尹良慢慢把身体从鸟背上滑落下来，踩到柔软而富有弹性的植被上，再把全身的重量都放在脚上。月亮过来搀扶他，他脚一滑倒向她的怀里，和她肌肤相亲。他抑制着快感没有喊出声来。

尹良仔细观察，发现这里其实是一座树岛，水面越来越宽，形成一个多层次的湖中湖。树岛顺着一道道盘根错节、相互缠绕的树根向湖面延伸，大约二三百米后突然下沉，与湖岸拉开宽阔的距离。树岛比湖面高出一米多，其上生长着茂盛的植物。这里是鸟类和其他野生动物的栖息场所，也是鳄鱼产卵的地方。

"我们为什么分开？我说过'我的爱至死不渝'……"记忆的暖流涌上他的心头，充满了幸福极乐。

他的思维跳转了。他记得丛林的夜晚总是很黑，星星像小钻般闪闪发光，一颗颗像是镶嵌在天幕上。他常常和月亮带着虎子，坐在树权上数星星，给那些星星组成的图案起名字，然后编织出许多催人泪下的故事。不，他带梅艳和小虎去北戴河度假，也曾坐在黑夜里数星星，一直数到小虎困得睁不开眼睛。

"哦，小虎呢？"他突然想起似的大声嚷嚷道，"虎子、小虎！"

这时一场烟雾蒙蒙的大雨从身后追来，仿佛一只大鹏鸟扇动着黑色的羽翼。他紧随月亮在起伏不平的山路上深一脚浅一脚地奔跑。大雨在后边紧追不舍，卷着刺鼻的土腥气扑过来。忽然，雨幕后面，半山腰间出现一个山洞。他们不由分说地钻了进去。他觉得这个山洞非常熟悉，似曾来过。里面有一束束闪动的白光，他在哪里也曾见过。

"据说这洞穴中有白狐，周围村子里的村民深受其害，从不敢靠近，来过就有灾难。"尹良犹犹豫豫地说。

"什么白狐呀？"月亮大笑起来，"它们都是灵魂，守护着新新所在地。当一个真诚而善良的新新人去世时，音美就会把他们的灵魂带到星星汇聚的地方，等到转世前，音美再把那些灵魂带回到孕育的地方……"月亮详解了关于转世的奥秘。

"可是，你为什么……难道让我无休止地等待？"尹良敬畏的情绪里有几分沮丧和尴尬。

"我在帮助那些更需要转世的灵魂，义不容辞。"月亮大义凛然地说，"但是，我终究会回到你身边的。"

"哦，哦，明白了。"他震撼不已，"这石壁上一个个神龛都是供奉灵魂的吗？"他发现石窟四周的拱壁上装饰有一个个相连的窟龛，全都以各种角度连锁在一起，组成一面面宛如拼图游戏的巨大画板。他想数一数，却怎么也数不清楚，它们无限延伸，无穷无尽。

"这里是灵魂的归宿，是存放灵牌的地方，因此称作灵牌坊。每一个死去的人都会有一个灵牌，除去出卖灵魂的人。"月亮用了很长时间给他讲述了灵牌堂的创建和用途，以及灵魂的划分原则。

"灵魂会夜里出行吗？"尹良不解地问，他想起自己看到的似灵魂出行的景象。

"对，它们有时候夜里出去透透气，为转世积蓄力量。它们穿越时空时，哗哗地如同雨滴穿越云层，只是心底不纯净的人看不到。灵魂是自由的，是高贵的，不可以用某种固定的形式去禁锢、束缚或捕捉到它们。"月亮忘情地说。这时，呼呼啦啦飞来一群安琪儿，把他们团团围住……他们笑而不语、栩栩如生……

"尹博士，尹博士！"尹良感觉有人在摇晃他的身体。他直挺挺地躺着，气若游丝。他毫不费力地在黑暗中越沉越深，像一块石头似的躺在生命的底层。他感觉很冷，彻骨的冷，刚才肉体的温暖已消失殆尽。

"尹博士，醒醒！"晃动他身体的力量更猛了，他想回答但说不出话来。

"不、不……"他挥挥拳头，强烈抗议道。他仍在梦境中挣扎，并不想立刻回到现实中来。他想动弹一下，却感觉不到自己身体的各个部位，一切血肉的联系和七情六欲也都化为乌有。

"你醒了？"一个声音在问。声音就在他耳边，震得他耳朵发痒。尹良博士隐约感觉有什么东西在他的鼻子前晃动。紧接着，他听到了昆虫吱吱的鸣叫。一颗微小的光亮而强烈的生命火星，点燃了他冰冷的血液。这颗火星在毫无援助的情况下，全力抵制着毁灭，挣扎着让他活下去。

他终于听到了说话声，有人在交谈。"要坚持，要活下去。"那颗顽强不灭的火星说。"当然，我坚持着。"他回答说。突然一种狂热的求生的意志，在他的心中复活了。

"尹博士！"一个非常熟悉的声音在呼唤他。"我怎么了？"尹良博士觉得呼吸系统受到了侵害，似乎被冻结了。但是他清晰地记得月亮无限温情的眼神和丰腴的肉体。"我没丧失知觉。"尹良博士慢慢睁开眼睛，"月亮！梅艳……"

"你说什么？"那声音问，一只冰凉的手拍打着他的面颊。

"我看到了，都看到了，月亮帮我疗伤……她和木叶说的一样美丽……"他唠唠叨叨地说，却听不清自己在说些什么。他面前的人影不见了，周围陷入一片死寂。一束炫目的电光射来，像是那个生命的火星突然燃烧了。光圈之外有两个长长的黑影在忙碌，像是两个飘来飘去的幽灵。

他目光呆滞，满脸是血，像是刚刚从死亡线上挣扎过来。他感觉有人掐他的人中穴，然后对他又是推胸，又是掐背，忙得不亦乐乎。

"我不需要清理创面……它们是部落标志，是圣甲虫项坠！……"他在心里断断续续地说，烦躁不安。他想翻个身，但是身上像是压着一座山动弹不得。

"尹博士，听到了吗？"这次他听清楚了，是巴山的声音。他的声音哑哑的，像是受了风寒。

"巴山！"他突然睁开眼，眼前一片漆黑。"我还活着？我还活着！"他将信将疑地问，喉管里发出含混的声音，像是被塞上了香蕉泥。他动了一下身体，浑身僵硬疼痛，因此他对自己仍活着并不心存侥幸。

"吓死我了，差点酿成大祸！"巴山心有余悸地说，"来，喝口水。"巴山托起他的头，把冰冷的矿泉水倒进他嘴里。一股清流滑进干裂的嗓子，再淌进他热锅似的胃里。

"我到了天堂，到处都是野生动物，上帝离我很近，太阳占据了半边天空……"他用微弱的声音说，也只有他自己能听得到。他试图抬抬腿，一阵撕裂的疼痛让他倒吸一口气。"我的腿断了？"他惊恐地问。

"让我看看。"老毕一边问，一边抬起他的左腿。他忍着没有作声，老毕又抬起他的右腿。尽管疼痛难忍，一只胳膊像是被卸掉一般，但是他知道自己的骨头没有大碍，而且脑神经在苏醒，电光石火般向着几个方向发射。

此刻，他想到很多事情，这辈子最对不起的是母亲。这个想法越来越强烈，占据着他的全部思想。那年离家出走后，一直等拿到大学录取通知书他才回家。他夜间溜进了村子，像一条土蛇翻过矮墙，潜入家中。家里黑漆漆的，家徒四壁，保持着父亲离世前的原貌。他点亮油灯，看到母亲蜷曲在土炕上。炕上爬上爬下的只有蟑螂和老鼠，还有一只野猫正在为亡灵做临终关怀。他随手抄起一把笤帚扔过去，它们立刻作鸟兽散。

他冷酷的情感爆发了，不停地啜泣，大声呼喊着母亲。他背起母亲就跑，一口气跑到县医院，但为时已晚。母亲弥留之际，模模糊糊地道出了他的身世。母亲说村长才是他亲爹，她被逼无奈同他苟合，不然他们家承包的鱼塘会被收回。母亲死后，有很长时间他像是活在某种精神错乱的谵妄状态中。

这种悲痛对他来说太沉重了，他几乎被打趴在地。他终于艰难地爬了起来，却不想复仇，只想赎罪。他认为自己罪孽沉重，是胎里带来的。如果这个世界不惩罚他，他就必须自行惩罚。他选择与世隔绝，潜心学习，扼杀所有的欲望，包括女人。

那一时期，是他人生的第一个低谷。然而越是艰苦他越是亢奋，越是坚强。他正在掌握学习秘诀，正在慢慢精通学习过程中错综复杂的问题。老师和同学们，见他对学习如痴如狂，确信他一定能成为一个出类拔萃的学子。果然，他不负众望，在求学的路上终于越过了常人难以逾越的天堑。博士生毕业后，他留在大学任教，有了自己孜孜追求的事业。三年后，他结婚生子，有了一个美满的家。他在经过那么多的挣扎、困惑和孤独后，终于有了生活的方向，有了一个宿命。但是一觉醒来，所有的东西都被残酷地击碎了，留下的唯有万千余痛。

"尹博士，你的骨头没大碍，别担心！"老毕大声说，"简直是奇迹，老天保佑。"

"惊心动魄的瞬间，我握住了上帝的手指尖，他说：'你寿限不到，先回吧。'"他说话时大口吸着气，仍不失幽默感。

"现在安全了，放心吧。"巴山说。他掏出手机，想向警方求助，但是信号极微弱，拨打了几次都无果。

黎明即将来临，气温开始下降。天空下起雨来，雨水冰冷冰冷，大滴大滴地打在他们的身上和脸上，落在周围的林木和草丛中，发出忽大忽小的轰响。尹良渐渐有了意识，回想起自己跌落山崖的过程。他被树枝缠住了幸免于难。他迷失在一片原始森林里，月亮救了他，给他输送神力，他活了过来。

巴山说："你被挂在了树上，你看看，这里距离山顶不是很高，因此有惊无险，但是这下面却是万丈悬崖。"巴山向他报告了险情。

"没有粉身碎骨，万幸……"尹良博士话虽这么说，却觉得值，如果不是这一失足，他怎能和月亮重逢？即便是死了，能和月亮朝夕相伴也是不错的结局，只是欲望被搁浅了——自己的学术研究中断了。还有木叶的那只项坠，一定得找到，它是和前世沟通的魔坠。

老毕坚持要背尹良博士下山，但是被他拒绝了。他勉强坐起身来，看了一眼周边的形势，果然自己落下的位置恰好是一道山褶，下面是无底深渊。挂住自己的那棵树，就像一棵不断蔓生的怪物，它的树冠并不硕大，却以万钧之力挽救了他的生命。他的身下有一片厚绒绒的苔藓，像是一块救生垫托住了他的身体。他向山顶望去，估摸自己大约跌落有七八米深。他深深缓了一口气，庆幸厄运和幸运的同时降临。

这时，突然传来一阵狼嗥，断断续续、忽高忽低、苍劲焦虑。紧接着又是一阵撕心裂肺的嗥叫，声音越来越清晰了。尹良博士猜测狼群和自己一样，正经受着致命的打击，而威胁到狼群的正是人类，诸如修铁路、环境污染和建设大型工厂等等，一系列破坏大自然的行径。

"快走吧，不宜久留，狼群越来越近了，大雨还会引发山洪……"巴山焦虑地说，一边收拾起随身物品。老毕说先到他家让他爹给瞧瞧，如果没有骨折的话就放心了。尹良博士挣扎着站起来，一只手抱着自己的挎包，里面都是他用命换来的宝贝。

第十一章

太阳缓缓释放着热量，天仍然很热，但毕竟是强弩之末了。

戴亦西跟在白浪身后，疾步走近京都东郊的一所监狱。她扫视了一眼午后阳光下森严的大铁门，鼓起勇气走了进去。白浪颇费了一番周折，仅获准对屠天龙一个小时的采访时间。高墙电网，荷枪实弹，难免让人有种大敌当前的压抑感。

戴亦西为了这次采访，事前做足了案头工作，此刻她却临时改变了思路。她不想步步紧逼，而是打算尽量留多些时间让采访对象说。她在脑海中试着演绎出各种残忍的场面，但所有这些场面的残忍程度都莫过于对一个死囚犯的采访。

哐当一声，会见室的铁门打开了，屠天龙被带进来。他动作迟缓，眼神疲惫。他慢慢地踱到会见桌前，拖着卸去脚镣的双腿，沉重地坐在椅子上。采访在两名狱警的监视下进行，整个房间里鸦雀无声。屠天龙案件仍然占据着各大媒体的重要版面，对屠氏集团的判决更成为关注的焦点。

"我们这是第二次见面，已经算是熟人了，如果算上庭审应该是第三次了。"戴亦西坐下后，尽量挑选着合适字眼说。屠天龙的身体剧烈摇晃了一下，喟然一声叹息，把身体靠向椅背。他没有回答，表情呆滞，面如死灰。在短短的几个月中，他完成了从天堂到地狱的重大转折——人格和尊严彻底被摧毁了。岁月给他残留下的只有灰和黑两种颜色：他的头发是灰白色的，眼珠是灰的，一身囚衣是黑色的，整个人就像是过火后的烟灰色。

戴亦西感觉他就像是村上春树笔下的绿兽。它从很深的地层千辛万苦爬上来寻找爱情。它都不知道扒了多少土，爪子趾甲都磨掉了，每走一步能感觉到如钉子穿透脚掌般的剧烈疼痛，但经过一番努力后，终究是一无所有，而且连命也搭上了。

"判决已经下来了，你做何感想？"戴亦西试图以最残酷的方式把绿兽绑在椅子上，用尖尖的手术钳一片接一片地拔去它的绿鳞。

　　他露出沮丧的表情，却没有恐惧感。"记得上次我告诉过你，我命中有凶险，看来这一次插翅难逃喽。"他似乎还没弄清楚怎么回事，就落到了这种如同困兽的境况。他回想着自己梦魇般的人生，耳边响起砰的一声。自他被关进监狱后，这声音时常能听到，虽然明知不是枪声，但他还是会不由自主地打个冷战。

　　"信命吗？"戴亦西问道。

　　"以前不信，现在信了。不是说生死由命嘛，不可能有偶然……"他的话其实是建立在假想基础上的，纯属安慰自己而已。

　　"有什么遗憾吗？"

　　"如果说有遗憾的话……痛苦将由我母亲来承受，这是很残忍的事！"他时断时续地说，偶尔抬起头来和她对视，眼神却总对不上焦点。大概人走到这一步，只有以命运来安慰自己了。

　　"那么，你觉得从天堂到地狱之间的距离要怎样丈量？"

　　"至于有多远并不重要，我所做的一切，都是为了完成从地狱到天堂的修炼，至于人间我只是路过，赤裸裸地来赤裸裸地走。"他的声音极为低沉，也就他自己能听得到。

　　"人生的路，其实并不只有一条，不同的道路通往不同的命运，这个应该任由我们自己选择，对吧？"戴亦西问。

　　"命运像一张无边无际的网，我们像网中幽灵，虚无缥缈，无依无靠，又找不到出路，我需要一种强有力的突破，我做到了……"他说这话时，两眼透出绝望、悲愤和无奈，或兼有泰然、笃定和倔强的神情，总之很难形容，说不清道不明，也可以说是灵魂出窍时的表情。

　　"那是一条充满血腥的路，对吗？"她将烧热的烙铁朝绿兽无花果般突起的眼珠上狠狠扎去。她告诫自己不要犹豫，一定要把它剥得体无完肤。

　　"你出生在怎样的环境中，可以谈谈吗？"戴亦西换了一个温馨的话题。因为每一个人的性格发育都离不开其生长环境，可以说环境决定性格，性格决定命运。

　　按照屠天龙的说法，他算是真正的穷苦出身。他出生在西部偏远地区的农村，由于家境贫寒，十五岁那年便离开了家。父亲是一个好逸恶劳的酒徒，常常用皮鞭抽打他，还打他母亲，这点让他最不能忍受。他爱自己的母亲，却恨他父亲。他说话时就像绿兽那样在地板上痛苦不堪地翻滚，一双像无花果似的眼睛，无声地滚出红果汁般的泪珠。

屠天龙十五岁那年，搭老乡的便车到了成都。他没有上过多少学，可读了不少书，因此他的志向始终没有泯灭。到了成都，他四处打工，漂泊不定。后来，他在一家食品公司找到了一份销售工作，并且遇到了老板的女儿林小红。那年他十八岁，小红二十三岁。小红喜欢他，而他需要借助她父亲的财力来改变命运。他俩正合计要结婚时，小红的父亲解雇了他，说他纠缠他女儿是觊觎公司的财产。

后来他在小红父亲的竞争对手那里找到了一份工作，收入颇为可观。一天，新老板让他散布中伤林父的谣言，说他制假贩假，坑蒙消费者。他毫不犹豫地按照新老板的要求做了，在网上公布了小红父亲的食品配方，为了报一箭之仇。这事很快把林家引入舆论的旋涡，他们家的产品出现退货潮，林父终因负债累累、资金链断裂而跳楼自杀了。

说到这里，屠天龙的脸上略显愧色。事后他从新老板那里得到一笔不菲的补偿，当他打算离开成都时，小红发现自己怀孕了。他表示会对她和孩子负责到底。但是小红却把孩子做掉了，她不想留下一个仇家的孩子。她诅咒说，你不会好死的，一定会受到极刑，会下地狱。

屠天龙把身体往后靠一靠，深深吸了一口气说："不料一语成谶。"一阵战栗掠过他的全身，他显得极其惊骇。痛苦变成一团烈火，白热化中夹杂着血红和橘黄色，从阵阵悸痛的脊骨向四面延伸，在整个后背蔓延开来。幸好他有着超常的忍受力，能把痛苦弱化到不那么撕心裂肺、痛不欲生的程度。

戴亦西却在他脸上看到了刀光魅影、幽幽血气，不由得一愣。她发现自己根本无法撬开他的内心世界，那里仿佛隐藏着一个多面反射镜，会把你的视角从各个方位阻挡在外。

"现在回想起来，我迈出的第一步，多少有点偏离了人生轨迹……"屠天龙空洞无力地说。他脸色灰黄，仿佛绿兽被打回了原形，鳞片的颜色像是描摹悲戚似的变为紫色，身体也缩小了一圈。

"你记忆最深，最值得骄傲的事是什么？"她看着这个曾经吞天并地、野心勃勃的巨兽，心想如果他能够走出这深牢大狱的话，会不会有重整旗鼓、东山再起的念头呢？

"我有过骄傲吗？我的骄傲早已支离破碎了……那是丧身鲨鱼之口的感受。"他看到有书中说，丧身鲨鱼之口的受害者，先会有一种麻醉般的幻觉，飘飘欲仙，感受不到任何危险，随着鲨鱼神游大海之上。当他们幸福地享受过后，才会被鲨鱼的牙齿碾磨成肉酱。"我就是葬身鲨鱼之口的受害者。"他严峻的目光变得像冰锥一样冷酷，"我没有时间自怨自艾啦，将死之人。"

"我看过关于你的各类报道，你的确是个弄潮儿，天不怕地不怕，置法律而不顾，是这样吗？"她倾过身体，盯着对方的眼睛问。

"法律，法律为谁服务？哼，有钱才是王道……自古穷不与富争，富不与官争，我输在错走一步棋，不该靠近政治旋涡。我是被政治浪潮冲下水的。"

戴亦西还想问问他两任妻子的情况，但是狱警宣布采访结束。无奈，戴亦西只好收起笔记本，站起身来。这时，屠天龙突然说："想求你帮个忙，帮我打听一下小红的下落。"他咬紧牙关，控制着那不由自主颤抖的身体。戴亦西看到了一种钱塘江潮涌过后的萧条与悲凉。

她点点头说，我会的，放心。她产生了一种悲悯，或者是怜悯的情感。她想象着他被注射药物后的反应——胸部剧烈地高低起伏，因为被捆绑在行刑车上，他无法挣扎。继而他会因肺部麻痹而引起呼吸困难，大脑缺氧。然后，他颈部猛然一软，心脏骤然停止跳动。这时，他会听到某种破裂的啪啪声，那是灵魂出窍的声音。灵魂随风慢慢飘起，逐渐进入一条黑暗的隧道，然后在天使的引导下穿越隧道，进入天堂。不对，他这种人怎么能去天堂？注定要下地狱的。

京郊枫桥乡鹤溪村呈现在拆迁的衰败中，到处荒草丛生，残砖堆积，已经是面目全非。曾经的"林梢烟似带，村外水如环"的鹤溪村，寸土寸金，早已是地产商们觊觎的一块肥肉，只看花落谁家了。

梅花惊恐万状地躺在床上，透过敞开的窗户，望着坍塌的院墙和院门楼，发出一声悲吟。她拥被斜躺着，遮住凸起的肚子，蓬乱的黑发挡在眼前。白天和黑夜、生和死已经混淆了。"起来，跟我来，离开这该死的地方。"三东向她走来，伸出一双手迎接她。她看到他的手上没有肉，只有几根白骨，但是她并不害怕。她从床上下来，扑向他的怀抱，喊着三东的名字。可是他带着淘气和宽厚的微笑避开她，飘走了，消散在空气里。

几只苍蝇嗡嗡叫着落在她的发梢，她撩开头发驱赶苍蝇，露出滚动着泪水的脸庞。她的目光越过院墙，向更远的地方望去，尽是残垣断壁、被砍伐的树木和灰蒙蒙的天空。村外的果园里仍然挺立着一棵棵杏树、苹果树，断枝败叶上布满尘埃。

以往坐在这个位置，她通常可以看到院子外面的果树、杨树和一条通往村口的红黄色土路。再往远处看，便是村外的杨树林和与之相连的济济河，以及她所熟悉的绿色田野。梅花的家建在一个高坡上，因此视野开阔，无遮无拦。水草丰盛的济济河，每到夏日的傍晚，便是洗澡嬉戏的孩子和洗衣妇女的天堂。

梅花经常坐在河边一边洗衣服，一边盼望着从外面归来的三东。三东骑着摩托车从晚霞中飞奔过来，驶向村子。她听着摩托车声渐行渐远，直至消失在青蛙的叫声里，然后匆忙收拾好衣服跑回家去。小两口新婚宴尔，如胶似漆。不久梅花怀孕了，更是对三东有了种难分难舍的依赖感。但是灾难一夜间降临了，彻底粉碎了她的家和全部幸福感。

春天的一天，鹤溪村来了一伙穿工装的人，说是来征地盖房子。他们说准备盖一座占地五百亩的天宇宫，高达两千米，直插云端，将取代迪拜哈利法塔，成为世界之最，可以俯瞰大半个中国。当你站上最高层，向下俯瞰，周围的城市就像是一块块巨大的地毯，还有成千上万的屋顶和连成片的霓虹灯。如果向上仰望，你看到的月亮无遮无挡，就像是你家的水果盘。他们还说，站在那个高度，随风飘荡可以任意登上一颗卫星或其他星球。

村长说，盖天宫是给玉皇大帝住的，与我们有什么关系？镇长来了，他理直气壮地说，我代表政府，你说了也不算，你开出条件吧，了不起把你的村长撤了。开发商循循诱导说，项目启动后，将有大批资金注入进来，起码一百亿美金，甚至更多，这是一次重大机遇，抓住了你几辈子都赚了。

村长傻了，仿佛听到了钱罐噗噗的响声——一种沸腾的声音，燃烧的声音。他在肥肉上大快朵颐，心满意足地拿到一张圆滚滚的支票，随即签订了土地出让协议。据说，他还得到一座附属建筑——天宇养猪场，饲养天宇一号种猪，以供天宇宫专用。

协议顺利签订后，穿工装的人们源源不断地群集到鹤溪村，不由分说把村子给围了起来，根本没有商量的余地。一无所获的村民们只有堵住要道，阻止施工，展开家园保卫战。结果不少村民家中被扔进爆炸物，硝烟弥漫。村民们在寻求各种解决途径无果的情况下，搬来障碍物，枯树、汽油桶、废弃的车辆等等，把道路堵个水泄不通。梅花的丈夫张三东是组织者，是为首者，是一个不谙世事的愣头青，死是必然结果。

半月前的那个夜晚，三东在村口守夜时被民警带走，和他一起被带走的还有七八个小伙伴，但第二天都陆续被放了。梅花见不到三东回来，内心里隐约有一种不祥的预兆，与暴力、肢体残害、惨死有关，而且是近在眼前、即将发生的事情。那天夜里，她辗转反侧受尽煎熬。第二天一早，她来到派出所，想见三东一面，但是她没有见到。派出所大门紧闭，她进不去。她哭喊着三东的名字，直到晕过去。

几个小时后，三东死在了派出所。派出所出具的死亡证明为跳楼，再简单不过，从三楼纵身一跳死了。梅花的公婆带亲戚和村民去派出所讨说法。儿子还年轻，是家里的独子，马上快要当爹了，好端端的为什么自杀？结果梅花的公婆被关进了精神病院。一夜之间所有幸福化为云烟，给梅花留下的唯有难以弥合的伤痛，让她陷入绝望中。

突然之间，梅花感到肚子一阵抽缩，好像有把锯在她肋骨上拉。她咬紧牙关强忍着，不让自己喊出声。这些天她哭得太多了，已经把嗓子哭哑了。不久便是一阵紧似一阵的剧烈抽搐，像有一只手在肚子里扯拽、绞拧，让她生不如死。她终于凄厉地尖叫起来。哭声中有新生命脱离母体时的阵痛，也有家破人亡的悲泣，也有人逢绝境时的呼喊。哭声惊动了邻家大娘，她拐着痛风的老腿跑来跑去，后来聚拢在一起的脚步声跑过来。有人大声提醒："快去叫阿七婆！"阿七婆是接生婆，梅花知道自己要临盆了。

梅花泣不成声，陷入意识流，一时清楚一时模糊。她喊叫的声音像小提琴的颤音一样发抖。汗水像冰冷的虫子在她身上爬行，钻进她的肌肤，直向骨缝里钻，这使她惊愕万分。她的思绪飘忽不定，飘呀飘……飘向一座大山脚下，那里有一个简陋的茅草房子。光是呼吸一口沁凉的空气就让她舒服很多。夜空星河遍布，宽阔的河面上粼光闪闪。

"噗噜噜……"一阵响动，她一下扑在了地上。她看见一头长着獠牙的野猪向她冲来，紧追不舍的是一个高高举着投掷棍的野人。她想跑开，脚下的草皮像冰块一样裂开了，她拼命抓住一把草，但它们在她的指缝中滑脱了。她在空中翻滚、哀号、旋转，最后一头栽了下去，落入漆黑的窖井里。当眼睛适应了黑暗后，她看到一张，然后是十张，接着是成百上千张脸庞，从无尽的黑暗中浮现出来。它们被斧子一下一下刻进树皮里，像森林树怪似的眨巴着眼睛，张着嘴巴在说话。

梅花看到三东的脸，他被残酷地揿在一棵老橡树上。梅花哭喊着让他下来，骂他是个冤家，不顾她和爹娘的死活，扔下他们只顾自己逍遥去了，可老爹老娘谁赡养？她爬上树伸手抚摸他的脸，一股冷气把她的手指粘住了。三东的眼神暗淡迷茫，嚅动着嘴唇说，替我报仇，让孩子记住杀父仇恨。她使劲挣脱，挣脱……她在最深沉的痛苦中醒来。她听到自己的号叫声，同时听到一声婴儿的啼哭，嘹亮的声音划破黑夜的帷幔。

第十二章

黎明的天空，细雨蒙蒙，像淡淡的黑白水墨画。山坡上的点点白光，像鬼火一样飘动，非常缓慢地游走着，越来越模糊，逐渐消失在灰蒙蒙的光线中。尹良博士在巴山和老毕的搀扶下，一瘸一拐地下了山。他觉得背部可能会裂开，一分为二露出自己的内脏来。头部的涨疼与心跳同步，一下下敲击着脑壳，似乎随时会裂成无数片，纷纷坠落在地。他咬牙坚持着，和月亮重逢成为支撑他活下去的信念。

三个人像是从战场上侥幸生还的散兵游勇，浑身都是泥水、腐叶和草籽。山口黑压压的都是人，全村几乎都被惊动了，纷纷聚集而来。毕老爹带人正准备上山营救，他显得格外焦虑和惊慌。看到他们的身影，沉寂的人群中突然爆发出嗡嗡声，像一群炸窝的黄蜂，带着惊恐与不安。

毕老爹挥挥手说，都散了吧，谢谢大家伙儿，没事就好。毕老爹是一个身材瘦小的老人，银须白发、仙风道骨，满脸纵横着褶皱。他并不像一个普通的农民，心里似乎隐藏着无数的秘密。

毕老爹家是一座破旧的四合院，房间很小墙却很厚，倒是符合防范地震的理念。院落也小，天井式的，有正房，东西厢房。毕老爹把尹良博士带到西厢房治疗室做检查，让其他人先吃饭去。治疗室里面黑黢黢的，有一张单人床，墙上贴着一张人体穴位图。毕老爹示意尹良博士脱去外衣外裤，趴在床上。毕老爹刚撩起他后背的上衣，便哎呀一声。

"怎么？"尹良博士不觉毛骨悚然，起了一身鸡皮疙瘩。

"没什么，你后背右下方有一个血红手印，像是半大孩子的。"毕老爹的声音仿佛来自地下，恐怖而绵长。

"这么说……有什么人……"尹良感觉撕裂的疼痛，正是来自那个部位。他勾过头来询问毕老爹，发现他怪模怪样的，像降妖驱鬼的钟馗。

"这个嘛，不排除有小鬼作祟。"毕老爹近似自语说。

"我惹谁了？"尹良博士怯怯地问。这个疑问给他以后的发掘工作，造成了心理上的煎熬。

"别多想了，来把药喝了。"毕老爹调制了一钵黑乎乎的、浓烈刺鼻的膏药敷在尹良博士的背上。他说是止疼药，有助于安眠，明天会减轻疼痛。他又调制一杯中草药，让尹良喝下，说是三七和丹参，可以活血化瘀、消肿止痛。尹良博士默默接过杯子，把黝黑的似烟油一样的药汁喝下去。太苦了，还有一股腥臭味，像臭鱼的味道，难喝得让人窒息。尹良博士问什么配料，毕老爹说有蝙蝠的尸体，用酒泡过的。听此言，尹良博士一下喷了出来，呕吐一地，差点连苦胆和脏器都吐出来。

"好了，好了，现在没事了。"毕老爹欣喜地说，"这一吐把体内的毒气和瘀血都带了出来，体内干净了。"他突然把微闭的眼睛睁大，像是在捕捉那仓皇出逃的妖魔鬼怪。他从橱柜中拿出一颗药丸说："这里面掺有鸦片酊，治疗任何疼痛都有效，关节疼、跌打伤和疼痛什么都行。"

"哦？啊！"尹良博士端起水杯服下药丸，重重地发出一声解脱的叹息声。他感到震惊，睁大眼睛看着老人，像是要看出些名堂来。他抬手摸了摸额头上的伤口，刀割似的疼痛。毕老爹又拿出一张黄表纸，在房间里转了一圈，然后把它点着扔在空中。

尹良博士抬眼望着飘动的黑蝴蝶碎片，飘呀飘的，额头上滚下豆大的汗珠。毕老爹阴郁地问，你到底看到了什么？他说，在鬼石窟看到很多分隔的房间，像是一个迷宫，弯弯曲曲的没有尽头。里面有神龛，它们构成一堵堵墙体，应该是灵龛坊，无以计数。

"或许我父母，我老伴和大儿子也在里面。"他迟疑不决地看着尹良博士，希望能够得到答案。他从柜子上拿起一个相框，是一张全家福，前面坐着他和老伴，三个子女站在他们身后。他犹豫不决地伸手触摸着照片中的每一个人。他的动作很轻，手指很柔和，仿佛被魔咒附身了。然后，毕老爹十分过瘾地把烟雾吞进肚子里，情绪逐渐明朗起来。他抽的是一种雁北地区生长的毛烟，据说此烟含有微量的鸦片，抽不几口便能使人飘飘然。

尹良博士惊讶地望着老人，哦、哦了半天说："所言极是。"

老毕的老婆给他们烙了菜饼，煮了绿豆面条，还炒了一盆竹笋山鸡片。此前，她一定担心得要命，现在终于可以放心了，自家的男人能平安归来比什么都好。她把饭菜端上桌就离开了，一句话没说就离开了。毕老爹用茶杯为老毕和巴山倒上白酒，为他们压惊，直喝到他们满脸通红。尹良博士却没有一点食欲，感觉酸苦的胃液直往嗓子眼里翻涌，整个后背像是要裂开了，两条腿瑟瑟地发抖。

尹良博士自嘲说，我看到了前世的自我，摔了一跤也值。毕老爹认真地说，真的吗？你前世是做什么的？尹良博士说，从猿变成人，能做什么，交配生子、狩猎糊口，闲来烧陶器，夜来酿酒罢了。巴山和老毕相视而笑，但立刻忍住了笑意。

大家正说着，彭煜步履匆匆赶来了，进门就问："尹博士，吓死人了，没事吧！"听说尹博士没有大碍，只是外伤，他放松一下心情说："我送你回去休息吧。"尹良博士从他狡黠的目光中猜测他有事要说。他伸手摸了一下左眼，眼窝针扎般疼痛，锥心刺骨。他站起身来，试着向前挪动步子说："走，困极了。"老毕和巴山要送他，却被他婉拒了。

他站起来那一刻，感觉身上轻松了许多，后背的剧痛也减轻了。这种惊人的恢复能力，让他自己也感到惊讶。

彭煜陪尹良博士慢慢朝考古驻地走去，走得很艰难。雨停了，月亮斜挂在曙光初现的空中，像一面轻薄透亮的镜子。尹良博士感觉能再次看到月亮和星星，还有它们所居住的那个覆盖地球的深湖，真是太好了。

彭煜迫不及待地告诉了尹博士出土陶瓮的事。那是一件离奇的事，那些绿叶和陶瓮里孩子的质问声，都给他极大的震撼。他隐瞒了一些情况，没提到威子，他害怕被责怪。但是事后他回想，自己当时的确身不由己，处于不自主的状态。但这不是借口，没有说服力，不能成为开脱的理由。至于那些咄咄怪事，尹良博士倒不很在意，他早已不足为怪了。

彭煜说在陶瓮下面意外发现一件青石雕刻的人头像和一把石斧。尹良博士心中一下腾起了希望。这些发现如果在稍晚的新石器文化层就没什么特殊了，但是它发现在新新地层，早了一万年，因此意义重大。

那件由夹砂红陶制成的陶瓮放在仓库幽暗的一角。彭煜伸手拉开日光灯，光线恰好落在陶瓮上，反射出一种特别的光芒。它的体型很大，外形圆润，略呈上大下小的直筒状，口上有盆状封盖。它的口部有三条裂缝，其中一条直达底部，但是它却因内部力量而形成一个团结体。

尹良博士蹲下来，呆呆地看着陶瓮，竟然红了眼圈。他有种似曾相识的感觉，是那种被淡忘的模糊印象。他用毛刷极其小心地拭去沉积在瓮体上的泥土，一幅原始陶画清晰地露出真容。他抬起沉重的眼皮，因为眉骨上有伤势，瘀血向下施压，致使他本来就不大的细眼成了一条缝。

画面左侧为一条凶猛的狼，侧身向右而立，双眸炯炯有神。狼身着白色亮彩，背部有灰色的鬃毛。其身后面两条腿着地，前爪立起抓住一条双首蛇，欲将其撕成肉泥状。狼是画中主角，彰显了胜利者的高傲姿态。青蛇却恰恰相反，身体僵直，气息奄奄，完全是败寇的凄凉姿态。画面右边为一竖立的带柄石斧。石斧为圆弧刃，斧身中间穿一圆孔，系捆扎斧身与木柄的固定孔。

"果然是件稀世杰作，内容十分丰富，深刻复杂。"尹良博士蹲在那里足足半个小时，思维仿佛被某种力量攥住了。"这线条虽然不够纯熟，但具有原始'纪事碑'的意义。"他用手指轻轻触摸画面上的石斧，"这石斧的原始意义重大，在当时的生活中必不可少，随身携带物，也是权力的象征。"他没有触碰瓮身，因此没有听到什么声音。

彭煜拿出那件泥塑小孩头像和石斧让尹良博士看。泥塑头像是一件细泥红陶制品，表情静穆而神圣，鼻梁直挺，下颌圆润，揭示着早期人类初具轮廓的五官。面部轮廓展现了古朴的技法，这在如此早期的作品中实属罕见。那柄石斧满是干了的血迹，因而发黑，或者说血渍已经改变了它的本质。

尹博士的思绪飘走了，那是一个既陌生又熟悉的地方。

他走进一个遥远的仲夏夜，新月初上，远近的山岭隐匿在银灰色的雾霭中。树叶沙沙作响，温暖的溪流潺潺流动。夜是凝滞的，周围静悄悄，细听似乎还能听到微浪拍打竹筏的声音。

太阳一手举着蘸有松脂的火把，一手牵着月亮，来到距离北部落不远的北淇河岸边。他们是来查看竹筏夜间在水中运行状况的。这里距新新部落有一百多里的水路，那里是月亮从小生长的故土，有她的兄弟姐妹和族人，有木松哥和音美嫂嫂，也就是她的娘家。

北淇河的二层阶地上生长着麦子，马上就到了收获的季节。这里是北部落的粮仓，是人们赖以生存的粮食基地。河水源于大山的深处，河面宽阔而平静。褐色的河水所经之处，植物开始发芽，谷物钻出沃土，带来生命的勃勃生机。

月亮向东遥望，视线越过一座座大山，落在生她养她的那片山坳里。太阳知道她在想什么，所以为她扎了一个新竹筏，起名"月亮舟"。他们制造的竹筏，用去几百根竹竿和藤蔓。筏长两丈，宽一丈，用横竖三层竹竿排列而成。在三层竹竿之上，铺设有碗口粗细的杉木条，整齐划一，结实耐用。

明月高悬，水杉的倒影如蓝墨水般泼洒在河里，水面上晃动着一个个硕大的鸟巢。附近小片的林子是鸟类的栖息地，白天在空中遮天蔽日飞翔的鸟类在那里过夜。

太阳叉开双腿，稳步站在竹筏上。他自小在河畔的奔流中长大，练就了一身水上功夫。他是高大骄傲的王者，漆黑的头发散落在肩头，双目炯炯有神。他体格强壮，活力四射，胸膛里奔流着一股热浪。

"来吧，到这里来。"他的声音柔美而低沉。他目光如炬，她柔情似水。他伸长手臂拉住月亮的手，月亮轻轻一跳恰好落在他的怀里，那是充满慰藉的温柔怀抱。太阳用一只手紧紧抱住她的腰，另一只手托起她的头。两人在瞬间对视后，他急不可耐地把她放在竹筏上。他用胳膊搂住她的头，用潮湿的眼睛看着她月光下那微微发亮的脸庞，然后全身心地投入到一个男人在与命运博斗时的那种令人发狂的、神荡魂摇、血脉偾张的亢奋中。他们像两条离水的鲇鱼在竹筏上扭动、探索，相互吞噬着对方的身体，然后紧紧地拥抱着一起冲上癫狂的高潮。

突然竹筏剧烈地晃动起来，被什么东西重重撞了一下，接着又是狠狠的一下。竹筏周围翻起白浪，哗啦哗啦地发出挑衅声，一条鳄鱼从水面露出血盆大嘴，怒睁着一双恶毒霸气的小眼睛。它拼命搅动水流，试图把近在嘴边的猎物拖下水去。

竹筏失去了平衡，像摇篮似的在水中来回摆动，不由自主地转着圈……太阳翻身跃起，弯弓搭箭，瞄准鳄鱼眼睛正要开弓，月亮却一个趔趄跌入湍急的水中。鳄鱼捕捉到了战机，猛扑过来挥动着爪子，准备展开一场精准的厮杀。惊魂未定的月亮一个腾跃，逃过了一劫，在水中扬起一阵杂乱浮动的泡沫。鳄鱼再次发起攻击，爪子在月亮的头边划过。

太阳见情势紧急，猛扑过去，一上一下掰住了鳄鱼的大嘴，无论如何也不能让它咬下去。千钧一发之际，太阳翻身骑上鳄鱼背，用石斧猛击鳄鱼的眼睛。鳄鱼疼痛难忍，尾巴像触电般摆来摆去，试图把征服者甩下水去。太阳就像是一头充电的猛兽，把石斧一下下砍进鳄鱼的头部。鳄鱼反抗的力气越来越小，逐渐停止了挣扎。血腥的肉搏战结束了，一切终于恢复平静。胜利者费力地把鳄鱼的尸体拖上岸来。它有两米长，二百多斤重，足够族里的老人和孩子们享用一个月。

"我的眼睛模糊了，要失明了……"月亮焦急地说。她面如土色，气喘如牛。直到这时，太阳才发现月亮的腿部受伤了，被鳄鱼撕掉一块肉，白花花的露出骨头来。鲜血从她的指缝间汩汩流下，不大一会儿，她的腿红肿起来，肿到透明发亮，似乎可以看到里面血液的急速流动。

太阳快速跑进丛林中，采来一捧止血草。他把药草放在嘴里一阵猛嚼，然后把药汁涂在月亮的伤口上，再把药渣吐出来塞进她的嘴里。这种草药果然疗效神奇，月亮立刻感到心情舒缓了，停止了呻吟。他把她抱在怀里，用手掌抚摸她的头发，无言的亲昵表达了彼此永远厮守的承诺。

"尹博士，你该去休息了。"彭煜看着闭目遐想的尹良，以为他坐着睡了。

"呃，是累了，走，把陶瓮搬到实验室去。"直到这时，他们还不知道陶瓮里隐藏着一个天大的秘密。

尽管疲惫至极，尹良博士却一次次地刚要入睡，便又醒转过来，迷迷糊糊地徘徊在睡与醒之间。直到破晓时分，他才战战兢兢地睡着了。他在一处漏雨的史前土屋里，伤痕累累坐在一堆陶器中，有红陶、彩陶，还有绘制着梅花斑点的夹砂陶。它们一直堆到了屋顶，有陶盆、陶罐和陶瓮。他认真研究着每一件陶器，发现它们代表着史前文化各个不同的时期。他想去找史书，为自己的分类找依据。结果不幸发生了——陶器堆坍塌下来，堪比一场陶片雨，把他埋在其中。

这一过程是无声的，并没有发出恐怖的轰鸣。奇怪的是那些纷纷落地的陶片瞬间变成了牙齿化石，有人类的，也有动物的，它们在五彩纷呈的光环中坠落，堆在地上像一座白色的小丘。

他信手拈起一颗仔细察看，却发现是自己的大牙，上面刻有一个"良"字。他没有惊慌，从容不迫地把它收藏在内衣口袋中。他想做个DNA和碳14测年，以证实这颗牙齿与自己前世有无关系，还有它的准确年代。

他清醒过来时，看见窗外西斜的树枝在窗户上摇动，形状阴郁得莫名其妙。回想起昨夜发生的咄咄怪事，他感到无比后怕和极度沮丧。他攥着自己空空的衣袋，一筹莫展地想着，一时间竟然糊涂了自己的前世和来生。

白浪开车出西城，上了宝山大道，朝涧西枫桥乡方向驶去。空气中洋溢着秋意，夜风驱散了雾霾。落叶追逐着小鸟在空中滑翔，几乎分辨不出哪个是鸟，哪个是树叶。路上的行人稀少，不像城市里那样黏稠，空气中散发着一丝淡淡的香味。

戴亦西摇下车窗，长长呼出一口气说："叫梅花的女人，昨天一连给我打了三个电话，她刚生过孩子，因为拆迁丈夫死了，公婆被关进了精神病院。"她看着窗外，避开白浪尖刺的目光。她简单向白浪介绍了事情经过。梅花给她打电话时泣不成声，好不容易才把事情经过说清楚。

梅花说：你要想办法把三东的爹妈救出来，让他们看看三东的孩子，他们的孙子。戴亦西答应说，明天我就去看望二老，等我消息。她预知自己又被抛入了某种复杂的事件当中，但她就是这么在被抛来抛去中学会了游泳。

"你年轻没吃过亏，能不能学着韬光养晦、深藏不露呀。"白浪趁机报复说，但是他的神情是严肃的。

"当有一个特定目标时，我往往会纵身一跳。"她有种使命在身的亢奋，"作为一名记者，我是指有良知的记者，不但要善游泳，还要游走于千山万壑之间。"她以自嘲的口吻说。

一路上他们谁也没有多说话，空气中似弥漫着铅粉，沉甸甸的。白浪驱车一路向西再向北，经过一个多小时车程，才找到了枫桥镇。快到达目的地时，白浪艰难地嚅动一下喉管说："朕欣赏你的时代感，欣赏你独立的行事风格，还有你身上的气息。"他深情地看着她的眼睛，里面涌动着骚动与激情。

车窗外吹进来的微风，静静地撩拨着他们的心。

"差四岁，两代人哪。"她以轻慢、戏谑的口吻说，为了不让对方难堪。她看着他棱角分明、近似雕刻的面孔，心想绝不能跟漂亮的小男生谈恋爱，否则那将是悲剧的开始。

她想起了小姨陆贝儿。陆贝儿是母亲最小的妹妹，嫁给了一个比自己小九岁的男人。小姨夫倾注在她身上的远非正常的爱情，而是一种激情，一种从病理学的角度才能解释的激情。小姨肯定是爱他的，爱到了骨子里，不然不会和他结婚。要是他懂得这一点，悲剧就不会发生了。他一想到妻子和自己结婚前曾经有过男友，他就深感痛苦、备受折磨。他总是无休止地逼问妻子的那些往事，认定她和前男友仍然断不了来往，还会在一起鬼混。一天，因忍受不了那种生吞活剥般的折磨，小姨割腕自杀了。小姨夫没有叫来警察，而是把妻子抱到床上，在喝下大量安眠药后，躺在妻子的尸体旁渐渐离开了人世。这件事给陆家带来悲伤和震动，戴亦西毫无例外也被这种家族阴影笼罩着无法抗拒。

"什么逻辑，别嫌弃我了，你喜欢老男人？早晚我会成为大叔级的。"他用夸张的表情打量着她说。

"我还不想谈恋爱，想必你能理解。"她内心的情感起伏跌宕，因为她还忘不了陆泽。她认为现在被人追求反而是一种痛苦，有点沉重。她沉默着，用刀尖缓缓挖开记忆中的沉积层：当初，陆泽也曾爱她爱得死去活来，爱到了骨子里。他们共同度过一年半美好难忘的时光，那是灵与肉的燃情岁月。至今每当夜深人静时，她一人孤独地躺在床上，回想起那惊心动魄的时光，仍按捺不住阵阵上涌的情潮。

公路两旁郁郁葱葱的树木把浓郁的阴影投向路面。车窗外出现一大片绿色的草坪。两只灰白相间的长尾鸟，追逐着掠过上空，倏忽间从视野中消失了。

"爱情是会伤人的，爱得越深伤得越深……"她喃喃自语道。涧西精神病治疗中心的指示牌立在三岔路口边。白浪顺着路标驱车左转，开上小道。途中茂密的高粱和草茎从两侧垂到路面上，使得原本就狭窄的道路变得愈加窄小，让驾驶者时时感到不安。

小路的尽头正是"涧西精神病治疗中心"。医院坐落在一大片树林之中，四周有高墙围绕。潮湿的墙体根部生满厚厚的绿苔，墙头草在清风中微微飘动。午后的阳光释放出一抹红黄蓝相杂糅的强光，似乎要把树梢和墙头草点燃。

这里的环境很差，建筑破旧，根本不像是一个医疗机构，而像是一座年久失修的厂房。他们与门卫一番交涉后，又等了很长时间，女院长才姗姗出现。她穿着一身皱巴巴的蓝西装，稀疏的头发露着头皮。她是一个相貌严厉、表情冷酷、满脸横肉的中年女人，让人望而生畏。

他们向院长亮明身份，说应家属要求想见病人。院长满脸不理解地看着他们，反应极为迟钝。当戴亦西说出梅花公公婆婆的名字后，院长警惕地说："没有公安部门的通知，任何人不得进入。他们是公安送来的，聚众冲击治安部门，我只是代行管理。"听她的口气，根本没有回旋的余地。

"他们究竟有没有病呢？"戴亦西逼问道。

"住院的人当然都有病，患精神分裂症和妄想症，总想着有人加害他们。"女院长因权威受到挑战而生气了。这几天，她将会接到一笔慈善捐款，她已经做了计划，其中有一部分会用作给儿子盖新房。想到这里，她以息事宁人的口吻说，"你们要见的病人情绪不稳定，万一发生了什么，我负不起责任，希望理解。"

"难道这里是公安附属机构？探视病人是家属的权利！"戴亦西冷冷地说，心里憋着一股怒气。

"今天说什么都不成，这里不是菜市场，谁想进谁进！"院长态度果决地说，"请吧，请出去！"

白浪见状，只好打电话向公安朋友求助。随后电话自上而下层层反馈到所辖派出所。经过两个多小时的等待，派出所所长张锋开着警用摩托赶来了，同来的还有一名年轻的警员。他们既然把人送进疯人院，自然不欢迎有人插手，何况来人是记者——扯淡一族。

"我来晚了。"所长一脸和气，"你们有什么诉求？"他耸耸肩，露出鬣狗一样的笑容。"你们有病人住院？"他明知故问道。

"我们来看望鹤溪村的两位老人，梅花的公婆，他们的儿子不久前刚去世。"戴亦西呈上记者证。"梅花刚生过孩子，需要有人照看，你知道吗？"她追问道。

"哦，戴亦西，哦，哦，久闻大名……"所长接过证件，比对着照片和本人，不敢相信自己的眼睛。他心想"阴魂不散"，得赶紧出去避避风头，遇上扫把星了。"哦，有什么事情，请说！"他的眼睛被一片模糊的橘红色光亮烧灼了。不知为什么，一种无可名状的恐惧攫住了他的身心，连五脏六腑都收缩了。

黄昏暗淡的光线怀着敌意袭来，它飘过那狭窄的门口，扑向站在门厅里的人们。

出事前，鹤溪村村长张大棍找到他，让帮忙平息因拆迁闹事的村民。张大棍是他亲大伯，他从小父母双亡，他等于是在大伯身边长大的。张大棍说："等事情成了，家里就是你的取款机。""成交！"他毫不犹豫地答应了，连想都没想。

半月前，他以聚众闹事为由，把鹤溪村几位阻碍拆迁的村民带回到派出所。经过教育和恐吓，大多数人表示愿意悔改，随后陆续放走了。但是叫张三东的小子，表示以死相拼决不放弃。按说他和三东是表兄弟，平时关系还算过得去，但是三东性格倔强，就是不服软。他让人教训一下，不料竟然把他打得口鼻出血，昏迷过去。为了防止家属闹事，一不做二不休，几个人干脆把他从三楼扔了下去。

想到这里，张锋闪烁其词道："话说严重了，好，咱这就去。"他的语气中满含不屑，他把烟头掐灭扔在地上，用脚狠命地踩了踩。病房走廊里昏昏欲睡的灯光，给人一种凝重、诡异的氛围。在张所长和院长的陪同下，严格地说是密切监视下，戴亦西和白浪见到了梅花的公公婆婆，两个颤颤巍巍、饱经摧残的老人。他们衣衫不整，蓬头垢面，身穿脏兮兮的条纹病号服，乍一看还真像是疯子。

听说来人是记者，他们扑通一声跪下了，歇斯底里地哭喊着："冤枉，我儿死得冤枉！他们杀了我儿……"喊叫声在整座楼房里回荡。戴亦西见此情景，眼圈一下红了，心想这世上也不知有多少不白之冤。他们的命不如草芥，他们的死不会留下比一道犁沟更深的痕迹。人们可以将他们埋葬，修起一座坟头，插一块木板刻上他们的名字，但是不等木板上的名字磨蚀，他们的一切都会被遗忘了。

"起来，起来说话，白浪来把大爷扶起来。"戴亦西和白浪一起搀扶两位老人在走廊里的条凳上坐下。

"我儿死得蹊跷，他是被你们打死的……儿啊，你死得冤呀，老天爷，为我儿申冤吧！"梅花的婆婆用后脑勺嘭嘭地直撞墙，眼珠子险些磕出来，幸好被眼眶绊住了。汗水混合着眼泪，流过她的脸颊。她用衣袖抹了抹脸，继续哭喊着，声音震颤凄厉，使所有人的神经都受不了。她呼唤着存在于人心的某种善良的力量，希望为他们解危渡厄。

"装疯卖傻，你们就该待在病院里，别想着出去！"张所长怒气冲冲地说，好像自己的身体给捅了一个窟窿似的。"三东干了违法的事，死有余辜！"他狠狠地吐出一口恶气，"我已经仁至义尽了，看在兄弟的分儿上。"他感觉似乎有一层仙人掌的小刺，或者玻璃碴子一样锐利的东西刺激着皮肤，让他怒不可遏。

"你个龟儿子，明目张胆地杀人呀，还说看兄弟分儿上……你个王八犊子！"

梅花的公公咒骂道，突然起身向张所长撞去，拿出搏命的架势。万变不离其宗，又是一桩抗拆迁酿成的悲剧，但其结果却以惊人的速度向着不可知的方向逆转，把悲剧的性质涂抹上恐怖的色彩。

"大爷，你冷静点！"戴亦西试图抱住他，却被他踉跄的脚步带倒了。他们一起摔倒在一个植物架上，几盆绿色植物相继砸了下来，幸好没砸到她的头。白浪连忙去搀扶他们，自己也险些被绊倒，身体失衡栽倒在了戴亦西身上。梅花的公公以令人惊异的速度，从植物下面挣扎着爬起来，大喊大叫着向张所长扑去。这一切如同精心设计似的，以迅雷不及掩耳之势改变着局势。

张所长忙把右手伸进夹克衫口袋里，握住手枪把柄。说时迟那时快，老人一头撞在他身上。两人扭打在一起，一时甚至看不出哪方会占上风。只听"砰"的一声，枪走火了。面对着死亡，所有的人都吓傻了。过了足足一分多钟，梅花的公公慢慢松开熊抱着的双手，一屁股跌坐在地上，犹如一摊烂泥。他猛地又站起身来，顺着走廊边跑边大吼大叫着："死了，都死了，一命偿一命！"他脚下打着滑，一下瘫倒在墙角地上。

张锋无声地倒向地面，痉挛着，抽搐着，喉咙里咕噜咕噜直响。他的眼睛和鼻子里蜿蜒流出泡沫状的红色液体……血流从黑洞洞的枪口涌出来，把他浸染在自己的血泊里。他一眨不眨地睁着眼睛，但眼神已经暗淡迷茫。一时的混乱结束了，取而代之的是一种令人心惊肉跳的沉寂——死亡的沉寂。

戴亦西被突发事件惊吓得短暂失去了行动能力。她缓过神来后，匍匐着扑进白浪的怀中。白浪揽住她的肩头，也是一脸的慌张与恐惧。他感到恶心想吐，汗水流过他的眼角，火辣辣地模糊了视线。这时来了几个病人，指指点点说："咦，疯子，疯子！哈哈……"他们发出阵阵怪笑声，让人心生寒意。

"不怕。"白浪尽量使自己镇静，扶着墙站起来。他试着把戴亦西拖起来，但是由于自己两腿发软而未能如愿。她默不作声，僵直着身体，有气无力地抓着他，抓住他的那双手也是僵硬的，几乎没有了感觉。

几个端着饭碗的病人兴高采烈地围过来，叫喊着："疯子！神经病！哈哈……"他们冷酷的声音让人毛骨悚然，头发都竖了起来。

戴亦西的脑子里又一次响起爆炸声和枪击声，还有火车的轰鸣声，她连忙捂住了耳朵。她的眼睛穿透茫茫夜色的某一处，一下看到了自己才能看到的前景：她赤身裸体在黑暗中奔跑，脚下是陡峭崎岖的小路，跑几步就是一个跟头。她怀里还抱着一个孩子，被吓得面如土色，哭不出声来。她在丛林里穿梭，一双奶子像兔子一样在胸前狂跳。身后追赶的人群近在咫尺，脚步声和呐喊声令她胆战心惊。眼看就要被抓到了，她高声喊着："太阳，一定要回来！"她纵身跳入悬崖，坠落在一片乱石林中。

她耳朵里响起迷乱的嗡嗡声，嗡嗡声之上，警车从远处呼啸而来。尖厉的警笛声震耳欲聋。戴亦西睁开眼睛，吃力地转动着眼珠。她看到一群人在奔跑，并不是梦境中追赶她的人。她渐渐明白过来，他们是警察，是医护人员。

第十三章

一场凄冷的夜雨，突然结束了黄土高原的溽热天气。光线如此金灿灿，阴影如此绵长。南地新新遗址发掘进展很快，F175已经找到了四面墙体，基本可以看出是一所半地穴式建筑，墙壁上排列着密集的柱洞。地穴部分低于原地表一米，距离外墙四米余，是一所超大房子，占地三百多平方米。

彭煜带人一点点抠出了居住面，一条斜坡式门道，由低渐高伸出户外。居住面是用细泥制成的，涂抹了大量绛红色的辰砂。接着他们又在主室东部发现一个大而圆的柱洞，口径超过半米，室内用如此粗大的柱子，也实属罕见。其建筑水平远远超乎了人们对原始人类居住环境的认知度。

解剖柱洞，发现内填土呈褐红色，柱础石被压在灰黄色夯土之下。不可思议的是，在约半米的柱洞中竟然充填着陶器的残片，这为判断房子的年代找到了可靠的依据。尹良博士看着这些缤纷的陶片，想象力自由驰骋，脑海中又浮出错综复杂的原始制陶场面。那个为制陶业牺牲的长者，才是伟大的人类先驱。

西方早期流行一种说法，认为那些古老的民族，除了制作花瓶外，再无其他事情可做了。而且在他们毁灭前不久，会把所有的成果彻底毁坏，只留下那些美丽的碎片，如同拼图游戏供后人拼复。中国考古学家却得出相反的结论，认为华夏民族是一个优秀民族，制作陶器是人类最伟大的发明之一。祖先们不仅留下了大量陶器碎片，也留下了数目可观的完整器皿作为历史的见证。当然那些陶器碎片也不妨用来当作拼图游戏玩一把，因为它也能让人们走火入魔，欲罢不能。

祖先们把自己创造的成果埋在墓里，里面还储藏有酒和粮食，或具有研究价值的种子。先知们预测到他们的成果具有极大的升值空间，因此不惜大量掩埋，算是留给后世的一笔不菲的财富。先知们也预测到后世必有不肖子孙，所以在墓主人身边放置自己的成果，让他们盗取宝物时，心存感激而不伤及尸骨。先知们处处考虑周全，顾及了人性的方方面面。

尹良博士忍着浑身的疼痛，亲自解剖了屋内的火塘。火塘呈圆形，火塘下有一暗道和门道相通，顺着暗道可以将烟排出户外。尹良博士在火塘旁清理出一些鸡骨、羊骨和碎陶片，当属那一时期的生活垃圾。在火塘附近出土一把石斧，虽然比较粗糙，但是有明显打制痕迹。他在进一步清理时，在火塘暗道中发现一枚拇指大小的绿松石饰物。它混杂在一些垃圾中，如果不是细心寻找很难发现。

尹良博士用毛刷清除其表面积土后，他的心跳和呼吸突然加快了。它就像一颗破土而出的原始生命，一下撞进他的胸怀。那是一只造型酷似甲壳虫状的饰品，栩栩如生，一双经过琢磨而凸起的眼睛，惊愕地看着随之而来的崭新时代。尹良博士在迅速转换角色，仿佛有种古老而强大的力量在他身上复活了。

太阳准备去参加一场战斗，满腔热血。他推开扑在怀里的心爱的女人，挥泪和她告别。"不，我要和你在一起！"月亮扑过来紧紧抱住他，"我不放你走……我要和你同在，你不能撇下我和儿子……"月亮哭着喊着，摘下脖子上的绿松石护身符，挂在太阳的脖子上，一只圣甲虫项坠。

"这是上天的安排，我一定会回来，等我！……"太阳跳上了竹筏，在夜色中解缆起锚。天空中星河横布，河面上波光粼粼。一艘艘竹筏乘风破浪，在水中发出吱吱嘎嘎的响声。

太阳高声唱起山歌：嗨嗨嗨，滔滔不绝的河流，月亮在穿梭，我爱你……姑娘，一定要等着我……嗨嗨嗨，延绵的大山，遍布盛开的红杜鹃，姑娘远去了，一定要等着我……歌声穿过河面，在夹河两岸的丛林间回荡。他的歌声虽然粗犷却饱含激情，像一串串繁星抖落在天地山川之间。

月亮像婴儿一样蜷缩成一团，不停地啜泣，然后跪在地上，双手合十向着东方，那里是太阳升起的地方。她听到了太阳的歌声，心脏开始颤抖，那是她熟悉的声音。她沿着岸边奔跑，追逐在歌声里……

嗨嗨嗨，清风缠绕着月光，月亮追赶着竹筏，竹筏迎着太阳，远去了姑娘，我的好姑娘……战鼓响彻云端，催人拿起战斧……

山谷里响起激烈的战鼓声，一场捍卫尊严和独立的战争在所难免。鼓声催人奋进，激发起人们高昂的士气。羊皮鼓是用羊皮和木头制成的，声音嘹亮而悦耳。月亮的哥哥木松领导了这次战斗，他把五个儿子，分别派在五座山峰最险要的隘口。他们遵从父亲的指挥，化身为野狼、棕熊、野猪、虎、豹，展开了天地争霸战。此起彼伏的狂野呐喊和犬吠声震天动地。

木松率领大儿子天和族人，沿着东部沟底前往迎战，他们挥舞着战斧、战刀和骨枪，厮杀声响彻山谷。山顶集结着蜂拥而上的南部落的蟒蛇军团，每一条大蟒都有三头六臂，血盆大嘴里吐着火舌。

无情的石斧划破空气，厉声劈向敌人的头颅。两军交锋异常激烈，一场战斗接着一场战斗。又是一阵阵刀光剑影之后，双方死伤惨重，血流成河。紧急关头太阳骑着头狼，沿着大北山的最后一个谷口攀岩而上。他听到一声巨大爆破音，然后是一声声狂野的吼叫。他毫不畏惧，带领族人飞奔而去，像海啸一样冲出一条血路。他的狼坐骑堪比一匹小马，比一般的猎犬大上两倍。他挥舞着手中的双刃石斧，与敌人展开肉搏战，血花四溅。人、蛇、狼混战在一起，战场上一片狼藉，被鬣狗和山鹰挖出的内脏挂满树枝。山鹰、乌鸦、鬣狗们都在全力以赴地享用着血腥大餐。

太阳站在一块突出的岩石上察看敌情，看到的全是被摧毁的房子和遍地死者的尸体。音美正遭受她怙恶不悛的异母哥哥蟒的凌辱和鞭打。蟒尽管是彪形大汉，嗓音却又尖又细，像鸟叫一般。音美宁死不屈、怒目相视，嘴角流着鲜血。蟒兄用手掐住她的脖子，用舌头舔舐她的嘴角和身上的斑斑血迹，像是一个嗜血魔兽。

你们下地狱吧！太阳诅咒道，发誓铲除这群恶魔。一个严峻而困难的时刻，事不宜迟，时间就是生命。太阳一声令下，带领弟兄们冲下山崖，殊死一搏。他跳上狼王的脊背，向着目标高声呐喊着冲将过去。他愿意用自己平凡的生命去换取音美的自由和尊严，总之不能苟且偷生。

"我来了，让我们较量吧！"他发出震慑人心的吼声，举起石斧，杀气腾腾。一条条闪动着光芒的生命，随着他的石斧向外脱落，勇猛地扑向凶悍的敌人。虽然他精疲力竭，双手不住地颤抖，但是他觉得自己非常顽强，血液沸腾，势不可当。他已经不再是一个软弱怯懦的少年，而是一个真正的好汉。

音美同父异母的兄长蟒，骑着三首大蟒迎面扑来，手中高举着虎骨叉和羊皮鞭子，凶神恶煞。他扬起一道狼烟，笼罩起整个山谷，噼噼啪啪如火焰燃烧。这是一场名副其实的鏖战，双方打得惊心动魄、血流成河。在这生死攸关时刻，蟒下令杀出一条血路来，突出重围。此刻倾盆大雨不期而至，豌豆大的雨滴砸向地面噼里啪啦直响，中间还夹杂着万木摇动声。这时，随着一声尖厉的哨响，新新部落和北部落联军，发起了进攻。他们挥舞着木棒，向敌人的脑袋狠狠劈去。这种木棒上开有凹槽，中间镶嵌有坚如钢铁的黑曜石刀片。

太阳轻蔑一笑，一边高喊着"圣灵"，一边向前逼近，把整整一生的时间都压缩在短短的几分钟里。他的眼中发射出一道道电光，缠住蟒的三首蛇头猛然发力，"咝、咝、咝"几声，它们便身首异处。蟒手中只剩下一把残破的胫骨，全身血光闪烁，像一个充电袋鼠那样冲将过来。太阳躲闪着，挥起双刃石斧，寻找机会对准蟒的头咔嚓一下，头不知了去向。他的身体纹丝不动地站了数秒钟，突然蹒跚几步，"扑通"倒下了。

太阳活动一下手腕，鄙夷地看着蟒兄，冷冷地说了声"对不起"。他总算是实现了月亮的愿望，为新新部落消除了后患。他想起月亮临别前楚楚可怜的样子，心里不觉一阵酸楚。这时，木松带着他幸存的三个儿子，还有两个女儿凤和凰回到音美身边。这次战争中木松失去了两个儿子——"地"和"火"。木失去了一只胳膊，水失去了一只眼睛，唯有天受了点皮外伤，不久便痊愈了。经过一场大变故，他们的身心受到重创，变得郁郁寡欢，再也不能像过去那么意气风发了。

事后传闻，真正助新新部落一臂之力的是当地山里的一种萤火虫，它们的个头非常大，犹如蜜蜂。每当夜幕降临时，它们便成群结队而来，扑向南部落入侵者，让他们闻风丧胆，误以为是天降圣火。不管怎么说，这场胜利毋庸置疑是属于新新部落的。太阳在这次交战中大显身手，声名远播。

他们打扫战场，把一具具敌人的尸体，像柴火似的投进烧制陶器的窑炉中。滚滚浓烟四下翻飞，火舌舔着黑暗的天空……大雨突然咆哮而来，裹挟着漫天的烟雾。十几分钟后，大雨消失得和来时一样快，把山间的血渍和战争遗痕冲洗得一片洁净，恢复了原有的秩序。

新新部落举行了隆重的庆典仪式，告慰祖先，祈求平安。部落中的男男女女、老老少少围着篝火，跳着敬神的舞步，手里拍着羊皮鼓。太阳的思念被淹没在了悲痛声中。他谢绝了木松和音美的挽留，决定即刻回家。月亮正期盼着他的归程，等待他的还有儿子虎子。

一阵嘈杂声，把尹良博士的思绪拽回现实中。空中几只乌鸦驱赶着一只老鹰从头顶飞过，飞向紧靠天边的山脊，消失在视野中。人们议论纷纷，表达了对乌鸦的敬意。他们说，乌鸦对生活的态度，绝对值得人类效仿。有些鸟宁愿饿死，也不肯食用不曾尝试过的东西，而乌鸦则是有什么吃什么，非常聪慧，生存能力超乎寻常地强大，从而保证了自己的战斗力。

尹良博士听此谈论，会心一笑。他也不反感乌鸦，甚至喜欢它们铺天盖地而来的气势和顺势而生的能力。"丛林法则，适者生存。"他喃喃自语道。他的脸色阴着，还没有从刚才残酷血腥的战斗中脱身出来。他感觉整个头颅仿佛被一道箍子绷紧了，左眼上方的伤口有种锐疼，眼前一片模糊。他艰难地爬出探方，一瘸一拐地向驻地走去。他需要休息，需要治疗伤势。

戴亦西早晨上班，快走到地铁口时，看见一辆白色马自达面包车停在路边。当她从车旁经过的时候，一个穿着黑夹克衫戴墨镜的家伙，突然从车里冲出，朝她扑过来。她因受到惊吓，脚底绊了一下，重重地倒在了地上。她的后脑勺先着地，牙齿咬到了舌头，鲜血从嘴里流出来。她努力想摆脱控制，挣扎着站起来。但是有一只手抱住她的腰，开始把她往车上拖。她使劲想要挣脱，有那么一下，她已经挣脱了，并大声尖叫：救命啊！

车上又跳下一个男人，他用一只大手捂住她的嘴巴，用另一只手死死掐住她的喉咙。她已经无法呼吸，就要失去意识了，只能拼命地踢腿。第一个男人，顺势抱起她的双腿，把她拖到了车门口，后退着准备上车。冷静，千万不要被拖上车。她告诫自己说。她使劲挣扎，终于挣脱了一条腿，一脚踢在绑匪的下巴上，又一脚踢到他的腹股沟。

猛然间，她的头被拳头重重一击。她感到剧烈的疼痛，血涌进了大脑，视线突然模糊了。她脑子里的时光导航开始以生死时速向前推进，再推进：有一群拿着石刀棍棒的赤裸男人在追赶她，杀声震天动地，身后血流成河。前面是壁立的哨壁，她停留片刻，喊着"太阳，太阳！"然后纵身一跳，埋身于一片岩石中。她感觉浑身疼痛，确切地说是灵魂在疼痛，是一种抽搐的疼痛。

戴亦西带着最深沉的悲哀醒来。她睁开眼睛，看见一只白色的枕头，而她家里的枕头是粉色的。她迅速坐起来，两眼一黑又躺下了。周围所有的眼睛都俯瞰着她，她看见他们的嘴在动，却听不到他们说些什么。

"大夫，醒了！"一个声音在喊，好像是白浪。"白浪！"她喊道。她没有看到白浪，内心感到一阵空虚。她想起那惊心动魄的一幕。她想抱住身边的一棵树，绝望地挣扎着。她想用手抓那张可恶的脸，但是够不着。她的眼前出现一些萤火虫，黑色的萤火虫在飞舞，令她眩目。不是那点点荧光飞在夏夜里的萤火虫，而是点点黑暗闪现在一片片光芒中。它们忽闪着翅膀把她扇晕了，她失去了记忆。

"小戴，你可醒了。"说话的是龙社长，他显得很焦急。欧阳图和樊翎羽也围在床边，小樊一直握着她的手。戴亦西看见床边挂着吊瓶，一滴滴微黄色的液体正通过输液管缓缓流进她的血管。

"这是哪里？"恐惧再次袭上身来，她全身上下都处于最高警戒状态。她想起来了，原来自己遭到绑架，现在获救了。

白浪和大夫一起来到病房，她紧张的神经松弛下来。一个念头忽然闪过：宇宙间是不是有一种邪恶的力量，举手投足之间就可以把她踩在脚下，但是另有一种正义的力量却在暗中庇护了她，而每次都能让她绝处逢生、大难不死呢？

白浪走过来捏捏她的手指问："怎么样？"

"你怎么在这里？"她看着白浪不知所以然地问，"我头疼，会不会是脑震荡？"因为尖叫，她的喉咙已经哑了，几乎说不出话来。

"问题不是很大，多处软组织挫伤，需要休息几天，观察一下。"大夫安慰说。戴亦西说想回家，但是当她移动身体时，却十分艰难，像是一只被喷了杀虫剂的软体动物。她脑子好像在旋转，眼前又飘来一些黑色的萤火虫。大家都劝她在医院多住几天，她却说不能因此躺下来，还有很多事情要做。

两名警察走进病房，对戴亦西和白浪做了笔录。戴亦西详细讲述了事发经过，以及自己与绑匪殊死搏斗的细节。她的脖子上有一圈被掐出的红印，尽管输入的药液已经发生药效，但只要动一动脖子，她还会觉得钻心地疼。白浪也做了笔录，他说绑匪有两个人，驾驶一辆白色马自达面包车。戴亦西这才知道由于白浪及时赶到，她才虎口脱险，躲过一劫。一歹徒从怀里抽出一把尖刀，被白浪一脚踢飞了，恰好扎在道旁的树干上。这把刀成为唯一的作案证据。后来在群众的合力围捕中，绑匪仓皇驾车向北逃走。

警察说，正在调查，根据监控已查到马自达面包车的下落，车牌是假的，但案情一定会水落石出。戴亦西怀疑与鹤溪村拆迁有关，她曾经收到过一只拧断脖子的雏鹰。他们说已经知道了，会顺藤摸瓜追查下去。

戴亦西问白浪，那么巧啊，你恰好路过案发现场？白浪笑而不语，脸却涨红了。在戴亦西一再追问下，他说料到会有这么一天，我收到的威胁短信，不仅仅是为了吓唬你的。"什么威胁短信？"戴亦西困惑地问。白浪解释说，因为怕她担心所以没有告诉她。戴亦西感慨地说，算我又欠你一个人情。

傍晚从医院出来，白浪开车送戴亦西回家时，戴亦西问，你在暗中保护我？白浪说，那算什么，我愿意保护你一辈子。戴亦西没有说话，被感动得眼泪汪汪。尽管陆泽已多日没有了音讯，但是她不能否认自己对他仍余情未了。她知道他在逃避，理由只有一个，就是他有了新的追求目标。

白浪把车停在戴亦西家门前，她正要下车时，白浪说不请我上去喝杯茶？嗓子里火烧火燎的。戴亦西犹豫一下说："请吧。"她和他对视的一瞬间，她情感的闸门一下被撞开了。她很想大声哭出来，自由地宣泄一番。刚才在医院时，她一直在努力控制，现在她实在是有些失控。

两人回到戴亦西租住的公寓，泡了一壶清茶，坐下来一边慢慢喝着，一边分析案情。白浪说张锋伤势严重，生命垂危，活着怕也难以站起来了。派出所的其他几名警员交代了杀害张三东的犯罪事实，手段极其残忍，令人发指。他认为绑架者不是与张锋属下有关，就是与鹤溪村村长张大棍有关。他们边喝茶边聊，有时静默着。戴亦西逐渐对白浪产生了好感，有了进一步的了解。他虽然出身官宦，含着金汤匙呱呱坠地，但却不希望靠在父母的怀里过安逸的生活。他从小就立志要取得一定的成就，来证明自己的实力。

他们正说着，陆泽突然开门进来，喊了一声："亦西，我回来了。"听声音他的心情还不错。他穿过玄关来到客厅，手里拿着一串钥匙。看到陌生的男人，他心里咯噔一下，脸唰地白了。

"咦，怎么现在回来……"戴亦西不由得一怔。陆泽的突然出现，让她深感意外，却又有几分惊喜。她目光炯炯地看着他，想听他解释原因，听他说出一个充分的理由来。

陆泽扬起眉毛说："还需要通报吗？回来拿几件厚点的衣服，事前没有计划。"他把钥匙放进包里，从容不迫地拉上拉锁。他看了一眼闯入自己领地的男人，眉宇间拧出了一个结。他的脸颊轮廓分明，鼻梁高挺，衣着得体，风度翩翩。他给人的整体形象既高雅又休闲，真不像是一个考古学者，倒更像是一个出身富贵的公子哥儿。

"祝贺你，成功在一眨眼的工夫。"陆泽嬉笑着伸出手来与她相握。

"介绍一下，陆泽，我前男友。"戴亦西尽量以一种温和、随意的方式调侃说。戴亦西的一句"前男友"，让眼前的两个男人都愣住了。"这位是白浪，《每日晨星报》记者，今天我遭遇绑架，多亏他出手相救……"她感到心里十分酸楚，禁不住落下泪来。她突然感到和陆泽有种陌生感，仿佛他们之间隔着一座桥，是精神上的距离感。

"哦，竟然有这种事情？无法无天！"陆泽惊讶道。愤怒使他的脸涨得通红，可能还有一种羞辱的成分。他伸出手与白浪握了握，"坐，坐，光天化日之下绑架？"他义愤填膺，"有线索吗？"他手里不停地拨弄着手机，像是正在与人微信互动。

"警方正在侦破，沿途监控留下了线索。"戴亦西小心地扭动一下脖子说。她不想表现出自己软弱的一面，总想使自己和男人一样坚强。"前几天发生了很多事情，打你电话为什么不接？"她用柔和却带有谴责意味的目光紧盯着陆泽。

"有原因的，"陆泽正在想怎么解释，手机响了，"回头跟你解释。"房间里弥漫着尴尬的氛围。"抱歉，我接个电话。"他心不在焉地摆摆手进了书房，一副漫不经心的样子。电话是巴荷打来的，陆泽让她在楼下茶社等着，自己回家拿几件衣服，不料刚进门她电话就来了。

"你想干吗？！"陆泽压低声音责备道，"等着，别没事找事。"他一反常态，态度生冷地说。

"我想干吗你知道，记住了不许碰她，不然我绝不放过你们。"巴荷骄纵任性地说，拿出咄咄逼人的架势。

白浪趁机起身告辞了。他感到极度沮丧和灰心，但是当想到戴亦西介绍陆泽"前男友"的话，却又看到了一些希望，甚至有些莫名的亢奋。

戴亦西送走白浪，隔着书房虚掩的门，喊了一声陆泽。她竖起耳朵，竭力捕捉电话中的只言片语，但是无济于事。陆泽又说了几句就挂断电话，从书房出来。她温柔地看着他的脸，期待投入他的怀抱，幻想着与他冰释前嫌。

"你什么意思，我是你前男友？"陆泽眉毛一扬，耿耿于怀地说，"有什么想法？"

"如果分手了，不就是前男友嘛。"戴亦西没有看他，把视线移向窗外。

"为了刚才那小子？"陆泽没有拥抱她的企图，也没有刻不容缓地抱她上床的冲动。她在他身上闻到了一股陌生香水味，或洗发香波的味道。

"不想跟我说些什么？"她矜持地问，微笑着。她想跟他聊聊最近发生的事，但是出于自尊心她没有向他倾诉。

"你想听什么？"

"我想搬回我那间陋室，我想听你的意思。"她感觉内心深处的某一个声音，已经选择放弃了。

"你这是干吗？请你理解我好吗？！"他瞪着一双无辜的受害者的眼睛，"为什么想和我分手？"为了掩饰内心的歉疚，他伸手撩起她额前的碎发。"对不起，考古工地最近出了些状况，太忙，忽略了你的感受……尹博士，你认识的，他发现人头骨化石……我们正在筹建国际化的实验室，需要筹建经费，需要购买先进的设备和技术……"他搜肠刮肚找寻着合适的理由，却难以自圆其说。

戴亦西拿开他的手，咬紧牙关说："撒谎，昨夜你在哪里？我想听到真实的话。"她顿时感到胸口闷得透不过气来。她大学毕业时，父亲希望她到美国读博士。他说女孩子不一定非要做多大学问，到更大一些的学校去，可以一边念书，一边物色对象。她问父亲为什么。父亲说，如今学业优秀的男孩不都出国了吗？她却不以为然，她想找到一份满意的工作，而且想做一名记者。她天生就是做一名记者的材料，甚至在小学时，她就开始写短篇小说和采访笔记了。她也曾有过出国深造的打算，但是自认识陆泽后，便彻底放弃了这种念头。她认为国内也不乏优秀的男人，陆泽便是其中之一。

一阵响亮的门铃声，打断了他们的谈话。戴亦西跑去开门，一个朝气勃勃的女孩子站在门外。她甜甜地一笑，自我介绍说："我叫巴荷，找陆泽老师……"戴亦西以女人的本能嗅觉，已经觉察到潜在的威胁就在眼前。她感到天旋地转，转身冲进了卧室。她靠在门上，闭上眼睛不让泪水流下来。她一直担心的这一时刻终于来临了。她咬牙克制着，欺辱和愤怒如溶解在水中的墨汁，四散开来将她浸入其中。

第十四章

时近黄昏，一座座山峰被浓密的灰云遮住，一丝风也没有。下起了毛毛雨，小到不易觉察的地步，不必担心濡湿了衣服。它唯一的作用是让所有的颜色变得鲜活，使土地深沉，使树叶更绿更鲜亮。

尹良博士在出土木叶头骨的探方东部地层中，又找到十二块头骨化石标本，基本确认它们来自同一个个体。发掘到新头骨，不仅为遗址增加了新的人科成员，而且在研究中可以互相印证和参照，最大限度地修正了现有的认识。

当尹良博士用手捧起头骨碎片时，浑身瑟瑟发抖，一步踏入了生动的史前时期。一个远古时代的影像逐渐清晰起来，最终形成一幅完整的画卷，甚至每一处细节都被勾勒得清清楚楚……迎面而来的一群战士，他们簇拥着一个男青年——太阳。

太阳完成了史诗般的战斗，带领劫后余生的弟兄们凯旋。他急迫地想见到月亮和儿子虎子，心中有种隐隐的不安。但是意想不到的事还是发生了，让他痛彻心扉，终生未能走出那盘踞在心头的阴霾。他们看到的北部落已是满目疮痍和遍地尸骨。鬣狗正在啃噬尸体，成群的乌鸦在寻找内脏里的汁液。部落里仅剩下的一名生还者，竟是太阳六岁的侄儿玛瑙。

玛瑙躺在怀有身孕正待分娩的母亲身下，躲过一劫。母亲临死的时候，把体内的热气一点点输入他的身体，给了他生存的力量。母亲祈求说："你要活下来，等太阳叔叔回来……拯救我们的部族……"后来他失去了知觉，并被一棵倒下的小树所遮挡。

玛瑙告诉太阳叔叔，南部落的一个小分队乘虚而入，来势凶猛。他们见人就砍，连妇孺儿童也不放过，见到女人是先奸淫后杀戮。山坡上的青草都被鲜血染红了。他们拿走了部落里所有能吃能用的，如兽皮、干肉和果子，以及石刀石斧等等。砾叔试图组织妇孺老弱阻止杀戮，却被他们无情地杀死，并带走他的头颅。月亮在被俘前的一瞬间跳下了山崖，怀里抱着虎子。她喊了一声"太阳，等我……等我……"山里传来回音，经久不息。以后每到起风的时候，山间仍然会传来"等我，等我……"的呼喊声，凄厉而动人心魄。

太阳感到天旋地转，仿佛被人卡住脖子似的无法呼吸，他已经被推到了绝望的边缘。玛瑙说月亮跳崖的一瞬间，有一簇光芒冉冉升起，天空和大地一片光明，黑夜变成了白昼。太阳知道那是月亮和族人的灵魂一起在飞升，他们回到了星星汇聚的地方，定居在了天上。

太阳问玛瑙，还看到了什么？他说南部落的男人都骑着蟒蛇，手里拿着胫骨一样的东西，只要他们举手投掷，必定夺取我们中的一个生命。当时刮起一阵黑色的飓风，自己突然化身为一只乌鸦，拍打着翅膀去追赶月亮婶婶，却被月亮婶婶一挥手推进了母亲怀里，后来他失去了知觉。

太阳和玛瑙在山里寻找了三天三夜，却没有发现月亮和虎子的尸骨。他大声呼喊月亮，喊声在山坳间凄惨地回荡，但是他的爱人已经永世长眠了。三天后，太阳和弟兄们用石铲挖了一个大坑，掩埋了所有亲人的尸体，并把仅存的几件陶盆、陶罐和一些破碎的陶器残片葬在墓穴中。他抑制住悲愤和思念的痛苦，带着玛瑙踏上了流浪的路。

"我们走……各位兄弟多保重！请记住我们的圣甲虫族徽，无论什么时候相见，只要佩戴族徽，我们就是一家人。今生我们分别，来世我们还是兄弟。记住了，两万年后的第一个秋天，我们无论如何都要回来团聚！"他作别了和自己并肩作战的弟兄们，踏上了一条未知的路。

他来到月亮长眠的山谷，用砾石为她垒砌了一座墓葬，然后挥泪告别。爱是一场苦战，总让人播种了心血后再收获残忍。他这一走，没有准备再回来，因为这里让他伤透了心。他想找一块净土，慢慢来疗伤。当他们走出山口时，音美和她的两个女儿正等在那里，满脸挂着忧伤。音美让太阳带走她的两个女儿凤和凰，作为对他的报答。她们近在咫尺，触手可及，鲜嫩如花，但是太阳婉言拒绝了。对月亮的内疚折磨着他的心智，他不能亵渎她的情义。

从此，太阳带着玛瑙开始了漂泊流浪的岁月。他专门在荒无人烟的山地走，如果是春秋季节物资丰富，他们可以一住就是数月，甚至一年两年。为了纪念在战斗中失去的亲人，或者为了庆贺狩猎成功和某重大发明，太阳发明了一种刻画记事的技能，把他所经历的历史大事件刻在岩壁上，留给了后世子孙。

尹良博士面色阴沉，眼眶中溢出一颗颗泪珠，沿着消瘦的脸颊滚落下来。巴荷不知道是什么时候来的，出神地看着尹良博士。尹博士！她轻声喊道。他仍然处于冥想中，眼睛红肿像是被腌过似的。但是他确定那不是幻想，而是贯穿于他两万年生命河流中的事实存在。

"我知道你在想什么，是你爱人吗？"巴荷善解人意地问。但话一出口，她自觉有点冒昧，于是改口说："是因为伤痛吗？"她久久地凝视着他，仿佛要把他的一切看穿。这眼神既单纯又复杂，饱含着善意。

"哦、哦……"尹良博士不知如何回答好，月亮当然是他的爱人，但是她在哪里呢？他回避了她的凝视，把目光投向别处。

岸边一棵高龄老枫树，依稀露出零星的红叶。一只鹰掠过惊起一群鸟，整齐划一地从树上飞出，在空中保持着它们停落在枫树上的形态，然后叽叽喳喳地叫着飞散了。巴荷看着飞鸟愣住了，随即抽出纸巾递给尹良博士。

尹良博士揉揉干涩的眼睛说："唉，生活太残酷。"他沉默很久又说，"她是我唯一能信任的人。"

巴荷茫然地坐着，身上透出一种异常魅惑奇特的气息。尹良博士说："爱情只是这部历史剧的索引……我们正在揭开人类早期历史的奥秘，涉及人类起源，追溯到人类的始祖……但是要想解开它的全部意义，还需要时间。"

尹良博士陷入沉默，用纸巾一遍遍擦拭着记忆……如果那次，自己没有参加新新部落的战争，而是守护着月亮和自己族人的话，一定会有一个幸福的结局。他想起自己的梦，梦里他总会看到月亮，那个史前女孩，并且和她做爱。醒来之后，虽然不能清晰地回想起她的面容，但那种震撼人心的美却一直在心头缠绕。

假如月亮活着，他们会尽情享受原始的性开放，养育男男女女一大群的孩子，让自己的族人兴旺发达，子子孙孙繁衍无尽。他会开办一所学校，教授捕猎、烧陶和种植等等，让每一个孩子都受教育。但是这个幸福的结局是不可能的，因为箭在弦上，势在必行，他必须义无反顾，为正义而战！除此，还能有更好的选择吗？他想不出来，灵魂像是被石化了一般。

这天晚上，尹良博士早早上了床，九点不到就睡着了。梦境中一条蛇爬上树冠，惊飞一群鸟，扑扑棱棱的响声把他带回洒满月光的屋子。他有一阵子记不得自己是谁，身在何处。"太阳，太阳！"黑色的深渊里传来一个声音，让他记起了所发生的事情。窗户上呈现出破晓前夜空的景色。他摸到床头的烟盒抽出一支烟来，然后将打火机打出火焰点上烟。

他深深吸了一口，感觉尼古丁充满他的肺叶，膨胀起他的自信心。烟头上的灰烬停止了与地心引力的抗争，缓缓飘落在枕头上。再也睡不着了，他干脆掐灭烟头，起床离开沉闷的房间。他想跟木叶聊聊，帮助他走出乱局。由于伤势没有痊愈，再加上发掘任务紧迫，所以他一直没能去看望木叶。

他从保险柜中取出木叶头骨，小心翼翼地放在工作台上。他反复调整着 LD 蓝光仪的分辨率，将其调到最佳程度。

如其所愿，黎明时木叶头骨的眼窝中渐渐泛起一道红光，由微弱而渐强。那光看起来如此奇异，甚至让尹博士怀疑它并非来自头骨，而是自己的脑子产生的幻觉。霎时红光的中心燃起一点亮晶晶的黄光，它像钻石一样钻进他记忆的隧道中潜行。

尹良博士的双眼被笑意点亮，像是看到久别重逢的老友一样。他把从鬼石窟捡到的两块黑曜石画像摆放在仪器上，静静地等待着奇迹的发生。渐渐地黑曜石上的画面凸显在显示屏上，是一组完整的画面：

一个赤裸全身的女人，大汗淋漓地躺在铺有兽皮的产床上，正在经历着分娩的痛苦。她分娩的过程艰难而漫长，脸上却显出疲惫而欣慰的笑容。她的右边躺着四个新生婴儿，另有一个孩子正待出生，头已经露出母亲的体外。孩子闪动着好奇的目光，是睁着眼睛出世的。每个婴儿的额头上都有一个粉红色的胎记，像一只只展翅欲飞的蜂鸟。产妇的身边有三个忙碌的女人，一个正为产妇接生，另一个在为婴儿擦拭身体，还有一个端着盛满热水的陶盆。她们梳着辫子，仅围着一条鳄鱼皮短裙，头上插着羽毛饰物。

尹良博士感觉心脏怦怦直跳，每跳一下身上就会脱落一条鲜活的生命。他们是他的儿女，是他的兄弟姐妹，他的族人……是的，他看到了自己的前世景观。他的目光锁定那个正在擦洗婴儿的女孩，认定她就是月亮。她身体颀长而匀称，圆滚的乳房和臀部让人耳热心跳、脉搏加快……

"木叶，请允许我这样称呼你。"尹良毕恭毕敬地说，"你能否告诉我，正在生产的女人是谁？"他不断地调整着仪器，画面越来越清晰了。转瞬间，一个刚出生的婴儿占据整个画面，而且传来一声啼哭，仿佛身历其境似的。从画面上可以看到一双漂亮的手小心翼翼地抱着婴儿，然后把他搂在怀里。

尹良博士定定地看着，双手不由自主地做出搂抱婴儿的动作……刹那间，婴儿的啼哭声仿佛从他体内传出。他顿时大吃一惊，赶紧调整了音量。但在那一瞬间，他竟然有一种温热羊水的触感，还有小婴儿的重量。他将双手凑近鼻子，上面似有一股淡淡的血腥味。正在接生的女人，熟练地拿起一把石叶刀片割断孩子的脐带。尹良博士看着她手中的刀片，有种似曾相识的感觉。这种石刀片发掘时也曾见到过，他还以为是切割肉片用的，可见用途有多种。

尹良博士将视线移回画面，婴儿虽然在哭，但是表情相当安详，身体的震动传到两股之间，那小小的"东西"也跟着晃动着。太真实了，根本没有距离感和时代感。这让他唏嘘不已，心头震荡。

"这正是音美生育的画面，她一次诞下五个孩子，分别叫天、地、水、火、木。他们个个健康活泼，有狼一样的组织能力和灵敏度，并有着驯鹿一般的善良和仁慈。一年后，音美再诞下一对双胞胎姐妹，一个叫凤，一个叫凰。音美教他们七兄妹相亲相爱，像天上的彩虹一样相依，像五个手指一样团结。木松教会他们训练狼王当坐骑，音美教他们射箭和捕鱼。音美说，给你们一条鱼，只够吃一天，如果教会你们捕猎，够你们享用一辈子。"

"这黑曜石是哪里来的？"尹良博士的思维随着木叶的目光，一直向着遥远的过去陷落……雨过天晴，草地上闪烁着一颗颗雨珠，黄色的牛、白色的羊徜徉其间。音美带着孩子们穿过一道狭窄的地缝，冒着飞溅的浪花，去水潭边捕捞和狩猎，教孩子们如何下网，如何挖陷阱捕捉野猪和狐狸。她十分热爱小动物，然而狩猎行动是不得已而为之。在求生存的名义下开杀戒算不得残酷。

"黑曜石有什么用途？上面的画是刻上的？"尹良博士没等木叶说话，又接连问道。

"黑曜石片是陨石，从天上落下来，也叫音美石，用它装饰新新宫殿的墙壁。

宫殿废墟中还有很多，上面刻有不同的画面。如果能找到其中的五块，把它们拼接起来，你就能看到当时的宫殿原型，而且能够找到地宫的门……"

"是吗？可是到哪里去找，指点一下方向。"尹良博士话没说完，天放亮了，木叶又逐渐恢复了常态。

"等等，告诉我到哪里去找？"木叶眼窝中的光线一下暗淡了，犹如一块冰冷的石头。

溢满秋阳的窗台上，落着几只麻雀，温柔得好像家雀似的。空中的落叶在风中舞动着，像飞鸟追逐着飞鸟四处翻飞。戴亦西坐在电脑前，双手敲着键盘，正忙着赶写长篇调查报告，题为《净化环境，为了孩子们》。她试图冲破某种禁忌，打开潘多拉的盒子，在释放出希望的同时也把魔鬼暴露在光天化日之下。

昨天，她熬了大半夜写稿子，整个人觉得非常疲劳，但是完稿时，内心的兴奋形成一种适度的刺激，使她的脑细胞依然活跃。

她讲述的是一个惊天动地的真实的故事。

她言之凿凿，以大数据揭示了中国北部区域，土壤与河流因重金属污染而造成的触目惊心的死亡与逃离，同时呼吁关爱自然，保护山川河流。她不能再沉默，因为沉默恰恰是对邪恶犯罪的纵容。她手里有一份关于 D 县 SB-B 建设项目的检举材料，举报人说其设计存在致命的缺陷，而该建设项目正在审批中。一旦批文下来，SB-B 项目投入生产，其危害将不可估量。只有揭穿它，将其公之于世才是避免灾难的有效途径，但是举报人却不肯露面，担心遭到打击报复。

近中午时，龙社长打来电话，让戴亦西到他办公室一趟。龙社长办公室的门虚掩着，戴亦西推开门，看到龙社长在房间里踱步，脸上阴云密布。看到她进来，他敲着手里的一沓稿纸说，这些都是关于 D 县的举报材料，问题相当严重，隐瞒、腐败、人命关天。戴亦西接过材料，思绪也随之飘向了远方。

半年前，她和龙社长曾经去 D 县调查过，却因为行踪暴露，最终一无所获。他们去之前，接到大量举报信和电话：河流污染、土壤污染、空气污染，到了触目惊心的地步，村民流离失所。但是他们刚到 D 县便遭遇埋伏，被两个便衣带到了县政府。究竟是怎么走漏风声的，至今是一个谜团。戴亦西一直怀疑内部有人通风报信，这是唯一解释得通的理由。李县长亲自接待了他们，热情似火，却让戴亦西感觉到有一种被绑架的屈辱和无奈。

李县长三句不离本行，如数家珍般抖搂着自己的业绩，像沾沾自喜的癞蛤蟆一样鼓胀着情绪。他的女秘书也竭力证明他是一位焦裕禄式的好干部，是一位不可多得的人民的父母官。他们在以后的调查过程中，始终有环保部门的官员陪同，丝毫没有新闻调查的自由可言。如果说一无所获实属冤枉，正是那一次，让他们深层领略了源远流长、誉满全球的舌尖上的中国饮食文化。

宴会厅设在县委后院，是一个八角形状的三层楼阁，雕龙刻凤的窗户上挂着轻盈的红色纱幔。盛宴名为"活杀"。随着声声垂死的驴叫和鸡鸭鹅的哀鸣，人们在餐桌上演绎了生吃活剥的饕餮文化。当时在座者非官即商，非富即贵，县长和部长们，以及县公安局长悉数出席了宴请。

厨师当众表演了生抠鹅肠的绝活。他持刀对准北京白鹅的肛门猛一阵割划后，将食指和中指伸入其中，然后用力旋转扯出鹅肠，就像是扯着一把麻线团。令所有人震惊的是，那即将气绝身亡的白鹅，突然开口骂道："靠，人类末日！"片刻惊愕后，一阵癫狂的笑声撞出墙外，冲向发怒的暴风雨夜。

"来来，品尝品尝，一只会骂人的鹅……粗鲁，低俗！"觥筹交错间，短暂的惊愕化作了狂欢，大家不分彼此地热闹起来。"什么末日，今朝有酒今朝醉，一只傻鹅！"

龙子吟夹起一块放进嘴里，慢慢咀嚼着，后脊梁渗出了冷汗。他没有把它吐出来，可吃到嘴里还是有些罪恶的味道。戴亦西更是惊得发抖，有种灵魂出窍时的短暂脑失忆。她呆呆地望着窗外的一道道亮光，心里来回撞击着北京白鹅的临终遗言，胃里涌起阵阵酸楚。她什么也没有吃，只想赶快离开这令人作呕的名利场。

"改革开放的春风吹遍大江南北，正值一个经济发展的新时代，处处都是黄金……说实话，人人都吵着环保，谁敢当真把经济停下来，那简直是罪人！"李县长颇有感慨地说，"民以食为天呀，不敢怠慢，我们做官就是为民服务，人民已经饿怕了，不作为会被骂娘的！"他滔滔不绝、语重心长地说，却释放出血腥气。

"听说你家人都出去了，你儿子在美国读书，夫人陪读是吗？"戴亦西看着静静地趴在调料锅里的甲鱼，慢悠悠地说。她只想撕下他们的画皮，让他们现出原形，一群伪君子，地道的流氓。

"环境污染，土地长不出庄稼，贻害万年，还谈什么民生？"龙子吟怒气冲冲地质疑道，"孟子说，民为贵，社稷次之……不能让百姓流泪又流血！"

"不流泪不流血能打下江山？"李县长打断了他，音调陡然升高了，"如果缩手缩脚，哪里还有经济的崛起？"他面子上依旧热情洋溢，继续高谈阔论发表着真知灼见。

"领导说得对，应该大刀阔斧。"李县长的属下说。女秘书游走在饭桌之间，为大家添酒倒茶，脸上挂着招牌式微笑。

"只怕有毒的土壤，贻害万年，子子孙孙不得其乐。"戴亦西争辩道。她毫不客气地顶撞了李县长，迎来一屋诧异的目光和唏嘘声。

"你们都是文化人，不懂经济，经济上不去，还谈什么文化？任何事情都不绝对，等科技发达了，一定有治理的办法！"李县长脸色一沉，霸气腾腾地说，"我们只有两大口号：'动作和速度'！"

"是呀，'动作和速度'，经济基础决定上层建筑，上层建筑反映经济基础嘛，没有速度谈何飞速发展？"周围的小官僚们迎合道，"没有改革开放，哪有今天的经济繁荣？来来，干！"在座所有野心勃勃的政客都加入到这场"表忠心"大会中来。李县长压抑住激动的情绪，与曲意逢迎者频频碰杯，把酒言欢。

"这个嘛，这个真是一个棘手的难题，一个矛盾体，代价太沉重……"龙社长吞吞吐吐地说。他没有把话说完，因为他意识到自己的分量微乎其微，不如不说的好。

"没那回事，只要有钱，什么事都可以办到。"李县长瞟了一眼丰盛的餐桌，"等有钱了，我从美国进口土壤，从澳洲进口空气，从英国进口水，把有毒垃圾运到日本去填海造田！"他挥挥拳头，大有千山万水皆在脚下的豪情壮志。

"喝酒，来、来，两个小蜜蜂呀，飞到花丛中呀！"行酒令此起彼伏，气氛不仅紧张而且怪诞。

"来，干杯，感情深一口闷！"鼓舞人心的吆喝声压倒一切。餐桌上尽情纵酒欢笑的追随者，就像是一群土狼捍卫着头狼的尊严，自认倒霉地在它的阴影下号叫。然而坐在戴亦西身边的宣传部副部长魏翔辉，却始终没有说一句话。事后，戴亦西接到他匿名寄来的举报材料，但是他却不肯出面做证。五天前，他还和戴亦西通过电话，说有很多事情想说出来，不然很憋屈，但是说出来怕也没用。她安慰他说，难受就说出来，我安排时间见个面。后来，她一直没接到他的电话。

"我想再去一趟 D 县，看看他们制造的'丰功伟绩'。"戴亦西抖擞精神，拿出媒体人的铮铮铁骨说。她知道单枪匹马前去调查，的确给自己带来了一股强大的不安和恐惧。但是她再告诉自己，绝对不能在这时候放弃，新闻记者追寻真相的特殊本能，正在她体内欲罢不休、蠢蠢欲动。

"代价是……"龙子吟用手扼在自己脖子，"但我不主张迎刃而上，生命诚可贵，懂吗？"他关爱有加地说，像一个长辈或兄长那样。

"我知道，"戴亦西一掌拍在手中的资料上，压低声音说，"我跟魏翔辉联系，看能否找到一个突破口。"她不禁打了一个寒战，而当和他的目光相遇的一瞬间，她感到一股正义的力量。

"你去吧，那个地方邪气重，行动要保密。"龙社长警惕地说，"D 县有不成文的规定，禁止任何人私下与媒体联系，懂吗？！"他露出深沉而长久的担忧的表情。

"我懂，叫白浪一起去，他有背景，办法多，放心！"戴亦西感觉有种说不出的隐痛。她已经挨了太多的明枪暗箭，因此再不敢大意了。如果白浪能一起去，她会感到安全指数更高。她心里清楚，既然开了这个头就必须有个了结，不能半途而废，社会需要真相。

第十五章

　　早晨的天空阴沉沉，一缕缕白色的雾气从空中飘过，在远处的山坡上的秋叶间丝丝缠绕。尹良博士在颤抖中醒来。他清晰地记得自己的梦，梦里他又看到了月亮，那个史前女孩。醒来之后，虽然不能清晰地回想起她的面容，但那种震撼人心的美却一直在心头萦绕。

　　他挪动着步履来到户外，他腿部和背部的伤还没有痊愈，行走起来仍会疼痛。由于村里有人下葬，全村的劳力都去送葬了，因此发掘暂停一天。他伸长脖子望着冷清的考古工地，好久没回过神来。山坡上的白雾正被一股气流托起，迅速上升，变幻着形态。一阵狂风吹来，兔子一样的云朵变成了短尾鳄，在空中狂躁地翻滚，把到手的猎物撕成肉酱，搅和得满天都是。

　　他回到房间打开电脑，想把近日来的经历写下来，留待以后写考古笔记时用。他已经拟好题目——《太阳部落两万年》。总之，讲述两万年前，生活在南地的人类传奇故事和考古收获。不过这绝非虚构，而是自己夜以继日、孜孜不倦的考古收获和实地探测的真实结果。他静下心来搜肠刮肚，却苦于无从下笔。

　　远处此起彼伏的唢呐声和鞭炮声，一再打断他的思路，让他顺着哀伤的轨迹滑行。他的脑海中萦绕着一幅奇特的景象：一支羽毛箭飞来飞去，突然从一个兽面人身的怪物鼻孔中穿进去，然后从它的脑际钻出来，一下把明媚的早晨打入了恐怖世界。

　　他正在从地面上消失，化作虚无缥缈的一片纱、一阵雾、一朵云，融入天地之间。那个史前女孩向他跑来，踏着云朵，身披薄纱，像是一团流动的云雾。他迎上前去，牵起她的手，把她拥入怀里，和她合二为一。她在他的身体里进出，柔情缠绵，似水似火，他们像藤蔓缠绕在一起。他们忽而分开，像两匹野马并驾齐驱，无限延伸，直到宇宙的尽头。

　　他苏醒时，发现自己躺在潮湿的地上，孤独得像一只受伤的流浪狗。他悲哀地想，这也许是自己生命的最后一天了。他挣扎着想站起来，却发现两条腿没有任何感觉，下半身像是被拦腰锯掉了。他鼓足力气用手攀着桌子腿站起来，慢慢坐在椅子上，端起桌子上的一杯剩茶喝了几口。他坐了一会儿感觉力气在一点点增长，腿也逐渐有了知觉。他给陆泽打了电话，让他过来一趟，说自己感觉不好。

他从来没有这般绝望过，即便是跌下悬崖时，他也没有想到自己会死。他始终活在一个无声的内心天地中，心平气和，超然物外，却内心强大，并无时无刻不在同外部世界进行着抗争。

陆泽正在做《光翼头骨9-17》项目书，这是一项与瑞典国家博物馆的合作项目。他把工作室设在县宾馆，因此平时不怎么来发掘工地。陆泽接到电话，不敢怠慢，立刻开车赶了过来。

"尹博士！"陆泽推门进来，轻声唤道。他戴着一顶棒球帽，眼睛上架着宽边墨镜，像是一个名不见经传的二流影星。尹良博士阴郁地看了他一眼，算是打了招呼。陆泽非常理解他的冷漠态度。他平时就这样，何况现在正被病痛所折磨。

"你怎么了？接到你的电话，把我吓得够呛。"陆泽上下打量着尹博士，发现他的白发一夜间长出了许多，脸色苍白而虚弱。"早让你回去看病，非要坚持。"他顿了顿，以强化效果。他把桌子上的凉茶倒掉，换上半杯热水递给尹博士。

尹良博士喝了几口热水，感觉稍微缓过点劲儿来。"突然就晕倒了，在地上躺了半个多小时，差点壮烈了。"尹良博士嘟囔着说，"毫无征兆呀。"他把一只手按在太阳穴上，用以平息自己燃烧着的痛苦。

"别吓唬我，我的心脏很脆弱，经不起你这么折腾。"陆泽以调侃的口吻说，眼圈却红了，鼻子发酸。自和尹良博士到南地工作后，尹博士深厚的学识和宽厚、真诚的品格，让他备受感染。

"走，这就回京都，彻底检查一下。"陆泽催促说。

"到县医院看吧，不耽误时间了，工地不能停工。"尹良博士拒绝了，态度不容置疑。自来到考古工地后，他几乎没有回过家。家，对他来说已经毫无意义，那里会让他伤心到四分五裂、精神失控。

"你听我的，一定要回去检查，头晕怕不是什么好事，别是那次摔到了脑子。"陆泽坦言道。他站在那里，等着尹博士最后决定。他感觉尹博士不单纯是身体的原因，也有精神方面的原因，但究竟是什么却不得而知。

"你的意思是……我摔坏了脑子？那你就错了，跌落山崖时，我遇到一个姑娘，她说我能活很久。"尹良博士苦笑道，说着说着呼吸变得浊重了。

他想了片刻，突然间讲述了那天发生的事："我坠落悬崖的时候，灵魂瞬间出窍了，做了一次穿越旅行，看到了两万年前的同胞，她是我前世的女人，新新部落酋长的女儿，叫月亮，我的前世是太阳，北部落酋长……"他的声音里透出不容置疑。他必须把这些说出来，否则太痛苦了。

陆泽真的被吓到了，呆呆地盯着尹博士，仿佛出现了短暂的失忆。"不相信是吧？"他狠狠地看着陆泽，像是要把自己的话压进陆泽的意识里。

"天哪，听上去有点像《星际迷航》里面的情节。"陆泽笑着，"你前世女人叫月亮，生活在两万年前，你叫太阳，是北部落的酋长……哈哈，逗我玩呢？"过了很久，陆泽勉强挤出一丝疑惑的笑容，意思是："你就瞎编吧，不信，绝不信。"他下意识地摇摇头，让自己从一种虚无的遐想中缓过神来。

"难道你没听懂？"尹良博士反问道，带有明显的不快，"两万年前，月亮在强敌压境时，跳崖自尽了，她抱着不满周岁的儿子……我不要求别人都能理解我，这个认知过程有时会用一个世纪，或者更久……你知道，关于世界上还有很多秘密，我们只探索到了其中的百分之一，或千万分之一……"他用手揪着自己的头发，以此发泄心中的惆怅。

"此话果然当真？"陆泽的笑容凝结在脸上，一副哭笑不得的表情。他用手揉揉自己面部僵硬的肌肉，让它恢复自然状态。他觉得一夜间，尹博士发生了截然不同的变化。以前，尹博士从不跟人谈女人，好像他的情感埋藏在一片荒漠里。

"后来呢？"陆泽追问道。

"后来？死期不到呗，灵魂又退回到我的躯壳里。我的灵魂极为挑剔……喜欢洁净和纯洁的环境，所以想死都不容易，下辈子不做官，不做女人，不做考古……"说罢这番话他有些后悔，觉得这个玩笑太没水准，是对自己精神探索的一种亵渎。

"你的意思是因为灵魂挑剔，找不到栖身之处，所以死不了？"陆泽梳理着自己的思维，考虑着故事的真实性。"不，不是真的。"他挥了挥手，表示不可信。他虽这么说，感情却完全沉浸其中了，无法自拔。

车窗外，极目所见是一片空旷辽阔的庄稼地。远处的山峰被低垂的乌云遮蔽了。云层的颜色越来越淡，太阳穿破乌云射出瑰丽的光芒。尹良博士看着车窗外的景致，陷入沉默中。陆泽双手紧握方向盘，沿着狭窄的、坑坑洼洼的公路奔驰。他侧脸看着尹良博士，他左眉骨上的伤疤还没有好，露出粉粉的肉色。他的眼珠在眼皮下定格了，一动不动，像是那种智慧的空白。

"月亮跳崖时，你在哪里？"陆泽又扯到刚才的话题上，"哦，你的前世——太阳在哪里？"他脸上一副凝重的神情。他认为尹良博士的话并不可信，但是又禁不住去想，太有诱惑力了。他万没想到一个学富五车、思维严谨的文化史学者，竟然深谙伪科学，并且变得如此之荒谬。

"我带领部族的兄弟们在参加一场战斗，为了保卫新新部落而战，与南部落开战……死伤惨重，血流成河……"他陷入沉思状，就像亲眼看见了那场代价惨重、最终胜负难分的鏖战。他停顿一下解释说："月亮是新新部落的女儿，北部落的媳妇，敌人乘虚而入，北部落遭遇灭顶之灾。"这个可怕的故事仿佛憋在心里很久了，他渴望一吐为快。

"我们如约而来，为了两万年前的约定，所有新新人将在这里会合，这是一次具有血亲关系的亲友会。"尹良博士说这番话时，密切观察着陆泽的反应。

"如果我是新新一员，我感到骄傲，大家都是亲属嘛。"陆泽自语道，精神沿着无极漫游，"那么，我会是谁呢？"他真诚地看着尹良博士，希望得到答案，"我们两万年前或许是父子，或许是兄弟，或者是祖孙，对吧？"没等尹良博士答复，他毫无征兆地喊了一声："伟大的族长，亲人啊！"

尹良博士被他逗乐了，忍俊不禁，笑出了声。"你呀，枉费了聪明才智，进展如何？"尹良博士换了一种温和的口气问。他所说的是南地项目组和瑞典共同建立实验室的意向书。

"已经完成了三百页的流程图、计算书和参考证据。我已经提交给瑞典科考队，如果合作成功，我们将得到一笔数目可观的研究经费。"陆泽略带抑制不住的兴奋说。

地平线不断扩展，太阳在改变位置。车子不知不觉中开进了县城。尹良博士问，为什么不直接上高速？陆泽说去接巴荷，她在县宾馆等着。陆泽的突然决定，让尹良博士不知如何是好。陆泽解释说："我以为你病很重，让巴荷来照顾你。"他咧嘴一笑，不良意图昭然若揭。

"你草率行事，脚踩两只船！"尹良博士用温和却带有谴责意味的目光看着陆泽，"你怎么面对戴亦西？"他突然觉得戴亦西和那个史前女孩月亮，某种程度上有相像之处，不觉心中一颤。她们究竟有什么共同之处呢？戴亦西的影像重新回到他的脑海中，是一种历久弥新的记忆。

陆泽故作轻描淡写地说："干吗大惊小怪，我们分手了，她先提出的，我遵从她的意愿。"从他脸上看不到一丝刚了断一段情的痛苦神情。"她有独立的思想，总想驾驭我，一辈子这样对我不公平，我也是有血性的男人……"他有些沮丧，话说到一半止住了。

巴荷出现在视野中，她靠在路边的栏杆上，正朝他们招手示意。她穿着一件带毛领的鲜红色的毛外套，戴着墨镜，只露出一个尖尖的鼻尖和肉嘟嘟的嘴唇。她像阳光灿烂的朝霞，闪烁着迷人的微笑。头顶的树影在她的脸上轻微地摇曳，给她增添了一种神秘感。

陆泽停下车，示意巴荷上车。她身边一个高大威猛的型男，冲他们咧嘴一笑，招招手。陆泽跳下车，快步走过去。巴荷介绍说，这位是我高中同学威子，秦虎威。这位是考古学家陆泽，我现任领导，呵呵……

当陆泽寒暄时，才发现威子的面部有明显缺陷——两只眼睛略显分散，眼睛下方是一个雄性狮鼻，一双青黑色的眼珠深嵌在眼窝里。他皮肤很黑，漂染过的头发呈啤酒色，浓密且像钢丝一样硬。他就像是一头类人猿，浑身洋溢着力量，给人的感觉是一个想得到就能干得出的人，且不计后果。

威子毫无热情地微微一笑说："哪天去你们工地，看能不能捡个史前好玩的东西。"陆泽暗自哆嗦一下，厌恶感陡生。"走，上车，赶紧的。"陆泽拉开车门，催促巴荷上车。

巴荷刚上车时，有些不大自然。她对尹博士从来都怀着敬畏的态度，并且有些畏惧。尹良博士权当她是个局外人，碰到他情绪好的时候，也会主动跟她点头打个招呼，仅止于此。一开始巴荷感觉有点不习惯，但是随着时间的推移，当她了解了他的性情后，也就不当回事了。

"巴荷，巴山知道你跟我们去京都吗？"尹良博士问。她和陆泽的关系让他颇感头疼，在他看来这种畸形的不良关系，迟早会惹出麻烦。

"我不要跟谁请示，他管不着我。"巴荷轻笑道，脸颊上显出两个浅浅的酒窝。尹良博士心想，也不能全怪陆泽轻浮，这孩子有她的可爱之处。当初，巴山把巴荷领来时，告诉他说，我这个妹妹最不省心，该说一定要说，该吵就吵，主要是教她懂规矩。尹良博士认为他是客气，是表达爱护的一种方式。但是现在看来，她真是不让人省心的主。

车子驶出县城时，已经是日上竿头。这是一个正在扩建中的小县城，到处都是混凝土的大楼和脚手架，坑坑洼洼的泥水中污迹斑斑。一个化工厂的巨大烟囱正把滚滚浓烟适时搅入天空，神奇地改变着洁净湛蓝的空中色彩。

秋天开始往南走了，被冷空气驱赶着。

"尹博士，新新人的发现材料一旦公布，会成为震惊世界的轰动吗？"巴荷调整一下座椅后背，回过身来饶有兴致地和尹博士探讨起来。

"新新头骨的出现，无疑对'非洲起源说'构成了不可回避的冲击。新新人发现之前，我们脚下的这块土地上，从未发现过距今五万年至十万年的重要人类化石。新新遗址考古成果证明了，亚洲人起源于本土……必须考虑到新新文化没有任何先例可循，它是星移斗转……"一旦谈起学问，尹良博士便会有一种亢奋式的放松。

"但是资料的发掘还十分有限和凌乱，回溯历史越久远，对时间的确定也就越困难。如果想将各种猜测与传说转为真切坚实的基础，将其他更古老的文化从岁月的长河中整理出来，我们还需要做出更多的努力，或许要经过两代人，甚至几代人的努力……"谈起学术问题，他完全忘记了自己的病痛和处境。

第十六章

戴亦西在遭遇绑架袭击后，决定搬家，搬回自己的家。虽然绑架她的歹徒已经落网，但案件仍在进一步审理中。她的住处已遭曝光，每天她都会被小报记者围堵，或者被不明身份的人跟踪。她回想起这些天的经历，好似一部好莱坞惊悚、悬疑大片。然而这仅是个序幕，更恐怖的情节还有待她出演女主角呢。

昨天，她一个人在教堂坐了一会儿。不是去祈祷，她不信教，只是安静地坐一会儿。教堂是一座老建筑，有种史诗般的味道，是一种历尽沧桑依然挺立的感觉。她突然发现自己很喜欢那里的彩色拼图玻璃，它就像人生一样绚烂而万变，并且神秘莫测。

决定搬家，其实是想和陆泽做一个决断。戴亦西拿起行李包，在客厅里静静地站了几分钟，有种说不出的伤感情绪。她礼貌性地打电话给陆泽说，我搬走了，只拿走我的东西，其他物品随你处理。属于她的个人物品，就一箱衣物和两大纸箱书籍，以及一台手提电脑。他们两人的共属物品，她一概不要，包括卧室的大床和客厅里的一对红色沙发。她想抹去脑海中对以往的记忆。那个泡沫般的梦，一下被击碎了，碎得片甲不留。

陆泽在电话那头静默片刻后，极不情愿地说，你非要这么做？有那么一两秒钟，她在犹豫，为了他的一句挽留的话。她想起他们在一起时，他的种种好处来。他很风趣，对生活充满热情，有时说话妙语连珠。他做早饭时，如果能成功地将一个鸡蛋翻过来，他就会兴奋得手舞足蹈。她想起了雷声在窗外飞奔，他们坐在窗下喝茶聊天的情景。

"保重！"她挂断了电话。她想扎紧这段感情，把它死死密封在心底一角。她乘电梯下楼时，陆泽再次把电话打来，被她掐断了，然后干脆关机。白浪等在门口，上前一步接过她的手提包，放进汽车后备厢里。他们先到一家西餐厅喝咖啡，商量去 D 县采访的事。餐厅里正播放一首爱情歌曲，非常缠绵优美，戴亦西沉浸其中几乎要掉泪了。

白浪看她眼圈发红，以为她钻进了情感的死角，温柔地说，不开心吗？

戴亦西忍住眼泪，把咖啡杯举到嘴边说："谢谢你能陪我去 D 县，每次采访都是一次生命泅渡……"她不禁想起自己那被子弹射穿的雪佛兰、黑洞洞的枪口和那只被拧断脖子的雏鹰，以及在遭遇绑架时的那辆白色面包车。

"朕，欣赏你的勇气！但是新闻调查有时也需要下三烂的手段，你堂而皇之地举着照妖镜，让人家现出原形，谁会愿意束手就擒？"白浪以调侃的口吻说，眼睛里却射出热辣辣的目光。

"不需要谁欣赏，"戴亦西撇撇嘴倔强地说，"我虽头破血流，但一息尚存就要去博弈，凭借新闻从业者的良心。"她的眼睛里蓄满泪水。

白浪说大学同学夏末，是 D 县人，巨额资产的继承人。其父亲是有名的企业家，名副其实的土豪。同学们私下传说其父靠制造卡巴吉津营养液起家，是一种具有起死回生功效的营养品，也可作为春药用。他和夏末同窗四年，住在一个寝室。夏末是一个纨绔子弟，对于经商毫无兴趣，却痴迷写诗，孜孜不倦，梦想成就诗名。提起夏末，提起大学生活，白浪有说不完的话题，那是一段铭刻着青春记忆的时光。

戴亦西听着听着，思绪一下就飘走了，被一股黑色的波浪推动着，在一团乱麻似的透明管道中飞行，四通八达，没有尽头。飞越黄河，飞越太行山脉，飞入雄伟壮丽的群山之间。广袤原野人烟稀少，但是地势变化万千，美景层出不穷，那是一种旷世之大美，原始之绝唱。她感到冷，浑身不住地发抖，呼出的气体像白雾在眼前缭绕，模糊了视线。

"冷，你刚才说什么？"戴亦西牙齿打战说，不解地看着白浪。一个念头在她心中挣扎，终于清楚了，她看到自己深爱的男人，正从茂密的森林中奔跑过来。他赤身裸体，腰间围着一块兽皮，手中高高举着一杆标枪。他们越来越近，他与她擦肩而过时，她心中猛烈地颤抖一下。她只觉得一股寒冰注入血管，透进骨髓。

"你怎么了？"白浪隔着桌子伸过手去与她相握，她的手指像冰棍一样凉。"你生病了？"他轻轻捏着她的手指，把她拉回到现实中，回到音乐绵绵的咖啡厅中。她喝了一口热咖啡，感觉热气逐渐回到体内，情绪也恢复了正常。

"突然有点冷。"她抽回手苦笑道，牙齿仍咯咯直响，"给夏未打个电话，让他邀请我们过去玩两天，小心些好，以免'壮志未酬身先死'。"她感到有一层薄冰落到她本不平静的心境边缘上，溅起一阵浑浊的涟漪。

"呵呵，当然可以，我这就打电话。"电话接通了，两个人热情地寒暄了一会儿，然后白浪说明意图。白浪挂断电话后，告诉戴亦西，夏未在外地，下周一回D县，他答应全程陪同，开车做向导。

"好，不要告诉他实情，对他相对保密。"戴亦西严肃地说。

"没关系，夏未绝对可以信任，久经考验的铁哥们，放心好了。"他停顿一下又说，"他问你是不是我女朋友，我没有回答，让他自己领悟好了。"白浪在她的眼睛中仔细寻求着答案。他看到一汪深不可测的湖水，那里永远是清澈的。

"答案明确呀，用得着费心思吗？"戴亦西语带讥诮说，回避了他的试探。她忌讳年龄的差距，更喜欢成熟男人的稳健和智谋。

"呵呵，不一定，走着瞧！"他看着她，万般柔情涌上心头。

她笑而不语，想象着和他手拉手在残阳夕照中散步时的情景，不觉笑出了声。

陆泽开车被堵在京都拥挤的大街上，一寸一寸向前挪动。这是一座古老而年轻的城市，它从未停止过改写自身，以鲸吞的速度向四周大规模扩张。三十年前，这里的土地还相当宽松，城郊甚至还有些荒凉，但是现在正发生着翻天覆地的变化。目之所及，各类商贸中心、耸入云天的房地产大楼和五星级大酒店，雨后春笋般拔地而起，张牙舞爪地侵入了每一寸土地，给人们带来紧迫感、压抑感和羞愧感。

尹良博士回到阔别已久的家中。家中的摆设仍保留着梅艳去世前的样子，只是上面落满厚厚的灰尘。一张全家福摆放在柜子里，三张笑脸永远绽放出光彩。照片是尹虎三岁生日时拍的，离车祸发生只有半个月。梅艳的面部算不上精致，而皮肤却非常细腻嫩滑，一尘不染。她的眼睛黑黝黝的，闪烁着一丝婉约而淡定的聪慧。小虎的眼睛和母亲极为相似，却更圆更大，犹如《火影忍者》中鸣人的眼睛。柜子旁边的墙壁上都是小虎的照片，从刚出生到三岁生日，各个年龄段的都有。尹良博士忍不住泪水夺眶而出，赶紧移开了视线。

这房子是他们结婚后不久买的，是一套下沉式复式楼。房子面积不算大，但是决没有让人有身陷牢笼的尴尬。他把楼上最大的一间作为书房，里面两面墙都是书架，即便如此还不够使用，墙角也堆满了书。多年来，他呕心沥血、秉烛达旦，本该到了光风霁月的时候，却等来了这么一出惨剧。

他拿出酒瓶，倒上一杯白酒，然后在转椅上坐下来。不料他刚一落座，椅子旋转起来，速度飞快，嗖嗖地带起一阵风来。他感到头晕恶心，忙从椅子上跳下来，在黑暗的房间里来回踱步。四周仿佛有一双双眼睛围绕着他，让他有种如芒在背的慌乱。时隔六年后，他不再像事发时那么痛心了，不过一旦回到这所房子里，他仍然有怀抱三岁儿子的感觉。他渴望孩子的笑脸，那张笑脸永远定格在了三岁。

他换上睡衣，脱掉袜子。突然电话响了，他像是被高压电击中了，身体不由自主地一激灵。他朝柜子上的时钟瞟去，正巧是十二点。令他奇怪的是，来电显示为空白，而且这么晚了。梅艳出事那天夜里，他也是十二点接到的噩讯，他一下就昏厥了。在赶往事发地的途中，他觉得自己像是被施了魔咒，灵魂出窍了。这种感觉此后一直都有，但是时间毕竟是一剂良药，即使不能治愈，也能减缓症状。

他战战兢兢地拿起电话："喂，哪位？"电话里却是长时间的沉默，然后嗒的一声挂断了。他赤脚站在冰冷的地上，两腿直抖，双膝软分分的只想跪下。有那么一瞬间，他想逃离，随便去哪里都行。他放下电话，刚坐在客厅沙发上，电视机自动开机了，呼呼啦啦地闪着雪花屏。他拿起遥控器把电视关上。窗户无端开启一道缝，一股冷风迎面吹来。一只大黑猫一个箭步跳上了窗台，又轻轻落在地板上，交换着四肢向他走来。

他真的有些发怵，掌心汗津津的有些刺痛。他拿起一只靠垫扔过去，"喵……"黑衣武士倏的一声不见了。他知道是梅艳开玩笑，但是他并不觉得好玩，甚至有点恼怒。"梅艳，别闹了，求你了！"他大声说道，"嘻嘻……"他听到了女人的笑声，"哈哈……"接着又是一阵孩子的笑声。他觉得自己有些残忍，于是温柔地说："对不起，艳，我失态了，陪我坐会儿好吗？来，把孩子给我。"他抱着孩子的毛绒玩具，坐在沙发里，房间这才归于宁静。

他洗了一个热水澡，把洗澡水弄得滚烫炙热、蒸汽四溢。孩子出生后，他每天给儿子洗热水澡，念念有词地跟儿子说话，背唐诗，或者在地板上嬉闹……只是幸福太短暂了，瞬间即逝。最后，当他昏昏欲睡时，却没敢回卧室去，而是抱来被子在客厅沙发上躺下。

听着冷雨敲窗，他感到五味杂陈。唉，命运是无法摆脱的。他心头只剩下一大片隐蔽的伤痛，像包扎了的伤口渗着血污，其他就什么也没有了。

第二天早晨，雨停了。尹良博士来到医院时，医生还没上班，挂号排在了第二名。一个身材修长的戴眼镜的女医生给他开了一沓化验单，有排癌、排艾、核磁、脑核磁、经颅彩超、心电图等等，估计最短也得三天后能有结果。尹良博士决绝地说，不，不做。女医生愣住了，一股怀疑的浪潮差点掀掉她的眼镜。尹良博士最关心的是自己有无脑震荡，其他的均不可能。

他先拍了骨片，包括胸骨、胯骨和四肢，均没有发现问题，只是肌肉损伤和外伤，证实了毕老爹的诊断。这让尹博士打内心佩服毕老爹，骨科大夫和考古者一样凭借的就是经验，经验是法宝。

连续三天，尹良博士拖着疲惫的肢体，在医院楼道里上上下下奔波，倍觉煎熬。好在有巴荷一直陪在身边，为他跑前跑后，排队缴费、取结果，省了他不少的事。他重新审视巴荷，认为她是一个挺好的女孩，且健康、美艳、乖巧，看来以前对她的看法有失公允。对一个女孩子来说，学术研究不是最重要的，有个好的归宿才重要。但是他预感到，她和陆泽在一起不会超过一年，或有一劫。

一周后，尹良博士终于拿到了疑似脑瘤的诊断证明。脑核磁显示他头部有一块阴影，如小拇指大小。巴荷打电话告诉了陆泽，半小时后，陆泽和考古所李曾廓所长，以及办公室主任一行人匆匆赶来。尹良博士觉察到了那些质疑的目光，意思是看看，大脑真的摔出问题了吧？

显然，他们已经知道了月亮和灵牌坊的事，这让尹博士非常不悦。他认为这都是坠落山崖惹的祸，否则哪有后续那么多事。这时，有一个声音说，这是科学研究的必经之路，任何成功都要承担风险，任何一个强力且具有思想的人都要坚持和面对。科学家的神经都有某种程度的问题，思维逆向，不循常规，不要被几张 CT 片所束缚。

从小父亲就告诉他："你是个有头脑的孩子，专注、敏捷、坚韧……"他又想起父亲来，可惜父亲走得太早了。当时他只有五六岁，已经显示出执着的天性。他会一连几个小时在小路上踢瓦块和石子，同时不厌其烦地数着路上的羊粪蛋，再把它们换算成加减乘除法。以前他是彻底的唯物主义者，但是这些天的经历，颠覆了他的信仰，他正试着换一种角度去思考，利用逆向思维法，就像是汽车挡风玻璃上的雨刷那样来回摆荡。法拉第成功发现电磁感应定律，就是运用逆向思维的一次重大胜利。

戴眼镜的女医生极富同情地说，你的情况不太好，需要开颅做活体检查。尹良博士正犹豫着，突然听到一个声音说，千万别开颅，不要听他们胡扯。声音柔和极了，若有若无。他仔细回味着，却想不起来是谁了。他忙说，不，不，我不想在头上打洞，弄不好会伤及神经。女医生说，救死扶伤是我们的责任，我可以保证在不破坏到神经功能的前提下……切除肿瘤。她寻找着合适的字眼，怕刺激到患者的神经系统。她的眼珠冒着古怪的、恶意的黄光，这更增加了他的疑虑和不安。

李曾廓所长意味深长地说，身体是本钱，尤其是做田野考古，没有健康的大脑怎么行？对于尹博士的病情，李曾廓所长有种说不出的感觉，可以说是喜忧参半，而这个结果是他想要的。为什么会有这种感觉，他自己也说不清道不明。总之，那陌生的光环和陌生的亮度，以及陌生的高度，一切都让他很不习惯。

尹良博士只能接受，因为大家都说他是病人。大夫给他开了住院单，让他住进了颅内科，事不宜迟。尹良博士彻底糊涂了，不知自己最新的研究方向，究竟是不是病态。他哀伤地想，为什么事情会如此糟糕，非要中断我的事业不可？而头部的阴影究竟为何物？他不能想象一个人待在病房里，头发因化疗而掉光的事实。他只觉得周围的人在议论他，但是一句也听不明白。他愤怒至极，用拳头狠狠地朝着假想敌——桌子砸去，茶杯跳了起来，"咣、咣"几声摔在了地上。他曾经的自信和自尊已经支离破碎了。

"别紧张，只是在头部开个洞，取出病变组织而已。"女医生轻描淡写、不以为然地说。陆泽上来紧紧抱住他，像抱着一个极具反抗力的罪犯一样。尹良博士挣脱了控制，用黑石深渊一般的目光看着李曾廓问，都是你的设计？不，是对你负责任。李曾廓辩解道。"你实话说，我还剩下多少时间？"尹良博士转而问女医生。他期待自己能剩下更多的时间，用来完成自己的梦想，起码要等到和月亮重逢后。

"不治疗的话，不好说……可是你为什么拒绝治疗？"女医生严重质疑道。她低头继续写病历，不再理会任何人的问话。

"我没病！"尹良博士声音坚定，却透出绝望。他冲出一群聚拢来的围观者，来到走廊上。身后跟过来一群人，他快步走向隐蔽的拐弯处。身后的人群在奔跑，在迅速聚拢。他随人群乘电梯下到地下车库，然后又返回医院大厅。四面跑动着全副武装的保安，他们头戴钢盔，手持警棍，如临大敌。尹良博士这才明白骚乱并不是自己引起的。

他来到医院门外，拨通了李曾廓的电话，告知自己回家取换洗衣服和洗漱用品，谢谢他们的关心。李曾廓警告说，千万不要失去理性，有病抓紧治疗。尹良博士嘲弄说："放心吧，我是具备理性精神的人，一个精神健全的人，从来没有这么清醒过。"他很没有礼貌地挂断了电话。

他确实心如明镜，如同一只正待冲向猎物的狼，目标十分明确。

尹良博士健步走在长安大道上，目不斜视地沿着人行道走。气温开始升高，加上一路奔逃，他气喘吁吁，出了一身大汗。他想赶快回家收拾一下，乘夜车赶回发掘工地。他必须退缩到一个陌生而与世隔绝的地方去生活。他夹在人群中走着，感觉自己就像是一个影子。他穿过王府步行街，然后沿着繁华的大街向右拐，其实向左也可以，两边都有公交车站台。但是他毫不犹豫地向右拐了，有些鬼使神差、走火入魔。

这时有人撞了他一下，那人与他擦肩而过时碰到了他。当他转过身子去看是谁时，发现竟然是戴亦西。她正吃惊地回头看着他，手中拿着一款乳白色苹果手机，像是正在拨打电话。她身穿一条长及小腿的亚麻米色长裙，外搭一件驼色皮夹克，恰到好处地勾出她柔美的腰肢。她扬了一下手机说："嗨，尹博士，什么时候回来的？"他后悔不迭，早知道不该回头的。"你这是去哪里？"她撩起滑落下的一缕头发，将它顺在耳后。

"哦，小戴呀……我回来看病。"他结结巴巴、含糊不清地说。

"你受伤了？"她发现了他脸上的伤痕，大吃一惊。他眉骨上的伤虽然已经结疤，但是仍然醒目，像是趴着一只断尾的壁虎。

"考察的时候，不小心摔了一下，受了些皮外伤，不碍事。"他想快点离开，怕她问及陆泽。

"去喝杯咖啡吧，我想和你聊聊……"戴亦西的眼圈一下红了，哽咽着说不出话来。她想倾诉，突然碰到了可以倾诉的对象。他本想推托说有事，但这对一个女孩子来说有失礼貌。他犹豫一下，点头答应了。他们并排走着，他与她稍稍错后半步，保持一定的距离，以免给人造成关系上的错觉。

她那绾在脑后的蓬松的发髻跳动着，把她白皙的脸颊和脖子衬托得越发清丽了。尹良博士拿她和巴荷做了一个比较：前者成熟稳重、风姿绰约、怡然自得，并充满豁达和自信的内在气质。后者虽然同属聪慧美艳、机巧动人的范畴，但是毕竟成长环境有局限，因此缺乏内在的气质和深度。

在三百米处的街角，果然有一家店面朴实、婉约，但是内部装饰却舒适的咖啡厅。咖啡厅内颇具温馨的氛围，三三两两坐着消磨时光的人们。尹良博士很少光顾这种地方。一是在他的时间切割体系中，原本就没有这一块。坐在这里消磨时光，对他来说就是一种奢侈和浪费。他独来独往惯了，常年奔波在城市与考古工地之间，根本没有这种闲情逸致。追溯过去，他和梅艳谈恋爱时一起进过咖啡厅，但那是很久以前的事，也是为了应付梅艳。

尹良博士跟在戴亦西身后上到二楼，挑选了靠窗子的座位坐下。这里很安静，可以俯瞰热闹的街景。一只白色的花瓶隔在他们中间，里面插着一束红色康乃馨。之前，他与戴亦西虽见过几次面，却很少交谈，只是礼貌性地打个招呼而已。他们先聊了一些无关紧要的事，便开始谈起考古工地上的事。她表现出对出土人头骨的极大兴趣。现在近距离和她独处，他才发现她不仅是一个知性女人，并有着一种现代、时尚和古典相混合的气质。

"陆泽还好吗？"她用忧郁的目光盯着他的眼睛问。

尹良博士犹豫一下嗫嚅道："很好……哦，我们最近很忙，工地上不断有新发现，重要发现……"他在她的眼睛里捕捉到一种深深的痛苦，其中还夹杂着别的什么东西。他拖长说话的节奏，每一个字都经过深思熟虑。他既要为她负责，又要考虑到巴荷的处境。她是否知道巴荷的存在？他暗自思忖着，也许还不知道，但是凭借女性的敏感她应该有所警觉。他知道巴荷骨子里充满野性，对此并不忌讳，但是如果发生交集，恐怕受伤害的会是戴亦西。

窗外是树叶繁茂的街道，往来车辆川流不息，如同滚动的万花筒。先后出场的人物和街景没有任何联系，街景不变，人物却来去匆匆、更迭不穷，各自演绎着自己不同的故事。

戴亦西皱了下眉说："我和陆泽分了。"她撩了一下头发，眼神里闪动着一丝敏感和智慧，让他不禁想起梅艳来。这种突然嵌入的意识，并不以意志为转移。这时那个史前女孩月亮跑过来，站在戴亦西身边，似一个透明的影子。尹良博士并无恐惧感，只是有些紧张。他尽量使自己镇静下来，起身想捉住她，把她拉到自己身边来。她却将全身缩起来和戴亦西重叠在了一起，嘴里发出极其微弱的细语声。一瞬间，他既不能动也不能说话，仿佛被人点了穴，但是思维却十分活跃。

他伸出去的手碰到戴亦西的肩膀，戴亦西莫名其妙地一闪身，像一个受到猛烈一击的人，浑身肌肉不自觉地痉挛了一下。她一脸警惕，以疑惑不解的神情盯着尹良博士。她在他黑色眸子后面看到一股橘红色的磷光。她下意识地抬手挡了一下，脸不觉红了，像一个熟透的李子。她感觉心脏怦怦直跳，每跳一下，五脏六腑就会收紧一下，仿佛正在完成她最后一次的转世化身。

"蜜蜂，一只蜜蜂，哦，是苍蝇……"尹良博士惊讶道，像是遇到一只猛兽那样惊慌。他撒了一个谎，掩盖起自己的尴尬。怎么会这样呢？他陷入纠结中，但是他知道那不是幻想。

"哦，苍蝇？"她轻声回应道，分明充满了疑问。他们面对面地坐着，一时间不知该说些什么，氛围有些异样和不自然。"你们很忙吗？"她问"你们"，显然包括陆泽，她还在关心他。

"是啊，很忙，忙于发掘……地下传出的巨大的历史信息，需要持续研究，得到正确的解读。"尹良博士讲述了一些发掘中有趣的事情。戴亦西突然对尹博士有了新的认识：他是一位严谨的文化史学者，博学而教养深厚，是那种沉默而强大的男人，又十分传统。

尹良博士思考一下说："陆泽在撰写实验室建设合作项目书，是与一个国际组织的合作项目，需要全力投入。"有一刻，尹良博士很想站起来走掉，这个沉重的问题不该把他牵扯进来。再说了，他不过是一个情感白丁罢了。梅艳的绝世，对他伤得太惨烈，他拒绝再谈感情。

"不提他吧！"她把声音拉高，一下又没了，仿佛有一头野兽突然扑过来卡住了她的脖子。"提他干什么？"她重复道，口气温和下来。她端起精致的咖啡杯啜饮着，用以掩饰自己的情绪。她以前不怎么喝黑咖啡，自从决定和陆泽分手后，她改喝了黑咖啡。

尹良博士拿小勺默默地搅动咖啡杯，却一口也没品尝。他不爱喝这东西，因为他总感觉喝咖啡就如同自食苦果，现在却把它当道具了。"陆泽，他……"他犹豫着是否说出实情，让她蒙在鼓里很残忍，也不公平，但是由他说出来却不大合适。

"不，不留恋，那个女孩儿上门示威了，或许他们更合适，我一旦决定绝不悔改！"她用手攥住餐桌台布的一角，把它揉成一团。她深深地挣扎在矛盾和爱所交织的深渊中。她相信自己很快能渡过这一关，这只是人生经历的一支小插曲。

尹良博士的手机响起一串铃声，打断了戴亦西的话。是陆泽打来的，问尹博士在哪儿。尹良博士说，我在路上碰到了小戴，我们在陌生人咖啡厅，你过来吧。他话没说完，陆泽挂了电话。

"是陆泽？"戴亦西问，目光跳跃了一下，这使她自己也吃了一惊。"对不起，我不是一个脆弱的人。"她莞尔一笑，又恢复了那种惯有的豁达、果敢的表情。她低下头去关照自己的咖啡杯，血液又平静地流动起来。

她那个性突出的颧骨，线条优雅的下巴，尤其她眼睛中流露出的那种独立自主、沉思简洁的眼神，都很招人喜欢。当发现自己失态时，他便匆忙移开了视线。

"我不是为了他找你，我想了解新新遗址的事，神秘的人头骨一定很诱惑……"她带着一点点苦涩说。听她的口气，想必是知道些什么内情。

"哦，是吗？"尹良博士心里一沉，原来陆泽已经把消息传播了出去。"你还知道些什么？"他担心地问。他想如果走漏了月亮的事，形势会骤然严峻，木叶头骨的研究也会被迫中断。

"具体不知道，听陆泽说过那颗战争亡魂——人头骨化石，还有两万年前的猎人脚印和人头骨眼窝中的小蛇等等，无不吸引着读者的眼球。读者有需求，我们杂志有义务满足读者的好奇心。"她说出了自己的真实目的。本来她可以从陆泽那里得到消息，近水楼台先得月，而现在她不想和他再有任何联系了。

"两万年前那场战争，规模虽然不如现代战争宏大，但是也造成很大伤亡，根据发掘到的大量遗骨看，是具有毁灭性的。而那些战争亡魂中应该包含着无数不为人知的感人故事，我们所要做的正是提取更真实和有价值的信息，这个需要时间和运气，而运气掌握在自己手中。譬如说当巨大的丰富的地下信息迎面扑来时，你是否会感受到，是否会为之着迷。"尹良博士侃侃而谈，进入忘我的境界。

　　戴亦西听得出神，苦涩的表情中绽放出一缕阳光，仿佛她就是故事中的女主角。他们从咖啡厅出来时，尹良博士想立刻回到发掘工地去，他这才发现，眼前这灯红酒绿的世界似乎离自己很远，他很难从中找到与自己相关联的东西。

第十七章

月亮升起来了，空气中弥漫着秋的寒气。在列车车厢的摇晃中，尹良博士感受到一种安乐和谐、明快流畅的节奏。一曲童年的儿歌随着隆隆的节奏即兴演奏着："哎嗨嗨……轰隆隆，我家住在……"他感觉月亮一路陪同他前行，时刻在他身边。她的手臂从车窗外伸进来，像是透明的幻影。月亮很体贴温柔，用奇妙的手法为他抚平伤痛。他很久没有触碰过女人了，哪怕仅带一点柔情的触摸，他已经接受了这种命运的安排。

月亮穿过车窗，在他身边躺下，是女人的感觉。窗外留下一抹轻柔的月光，悄悄地落到群山的怀抱之中。他触摸到一种既熟悉又陌生的柔嫩肌肤，因此感到全身轻松温暖。梅艳吗？月亮？他忙把手缩了回来，像是被一股寒气冰到了。时间拉开了她们的距离，然后又把她们重叠在一起，让两人难解难分，犹如一个难解的复杂方程式。

是过去、现在，还是未来？或者过去、现在和未来同时存在？尹良博士糊涂了，脑子里一团糟，像钻进了牛角尖。

"我是月亮。"她把头抵在他的头上，呼吸缓慢而平静，她呼出的气流使他充满安适感。黑夜里，他们身子底下的大地似乎都随着那不断的、从容的、温和的呼吸在起落。他对月亮说，必须尽快找到木叶和太阳的项坠，刻不容缓，因为自己所剩的时间不多了。

月亮却说，你很健康，有大把的时间，无须那么急迫。你脑子里是原始芯片，不是肿瘤。植入它，能够使你的精神快速回到过去，获取你想得到的原始信息。你会如愿以偿，任何事情只要发生就会有个结局。

"那就太好了，是谁帮我植入的？"尹良博士兴奋地问。月亮笑语盈盈地说，你从悬崖跌落时，被地极光射中了，无损健康，只是一个原始光圈而已。地极光？

简直太奇妙了！他竖起拇指，为自己加油。"能和你重逢真的太幸运了。"他对月亮表白说。"我也是。"月亮把脸依偎在他的胸口上。他用手指似触非触、似碰非碰地沿着她的脊背上下探索……女人扭动着身躯，瞬间化作一股冲天的火柱，几乎要把他融化了。拂晓时，月亮飘然而去，留下一片冷漠的青光。他伸手要拽住她，她说马上会重逢的，到时候我把虎子还给你。

尹良博士猛然坐起来，像是被谁按到水下呛了水。他大口喘着气，仿佛快要被淹死了。他拉过温暖的毯子盖到胸口上，默默地看着窗外的青光。一双美丽的眼睛在车窗上闪动，就像是在暮色余晖中勾魂摄魄的火光虫。这双眼睛他曾经看到过，是月亮的，或者说与月亮像极了。再定睛一看，又像是飘浮在夜色中的极光眼。

他不得不起身去上厕所，膀胱一直在施加压力，令他焦急万分。当他晃晃悠悠地从车厢一头回来时，一个身材火辣的女孩正从车厢另一头走来。

"嗨，尹博士！"她跟他打招呼，让他有些不知所措。他从恍惚中清醒过来，原来是戴亦西。她扬起眉毛问："这么巧啊，你去哪里？"车厢过道里昏暗的灯光在她脸上投下一层阴影。她身穿一件浅灰色长款羊毛衫，下穿一条紧身牛仔裤，恰到好处地勾勒出她那近似完美的体形。

"哦，我回 A 县考古工地。"他不由得一惊，仿佛有什么东西擦着心尖掠过了。他抬起眼睑望她，她闪烁发光的眼神正好和他对视，倍感亲切。

"我去 D 县调查，那里重金属污染，是癌症高发区。"她简单地说，优雅地抬手把杂乱的碎发拢在耳后。她脸上瞬间的变化，明显地给尹良博士带来清爽而明晰的喜悦。他松了一口气，竟然搞不懂自己为什么会有如此反应，想必是错把她当成月亮了。

"哦，地方上最讨厌曝光，拿着一面照妖镜，破坏人家的政绩，他们能高兴吗？"他一动不动地站着，有种说不出的担忧和顾忌。他想难道自己凭幻觉而记住的史前女孩，与她有什么关联？他想起出现在咖啡厅里的月亮，怎么就和戴亦西合体了？这疑问一直在他脑海深处挣扎。

"是呀，真相谁都不愿意让看到，你举着一面镜子，有人厌恶看到自己的原形，所以痛恨镜子。"戴亦西意味深长地看着他说。

戴亦西在车窗边坐下，坦率地说："陪我说说话可以吗？"他们随意聊了几句，尹良博士知道戴亦西还有一位同行，摄影记者，他正在熟睡中。尹良博士正要坐下，戴亦西忽然站起来说："对不起，马上来。"她跑回自己的铺位，拿回一只装有汁液的玻璃杯。"睡不着，喝点酒解乏……这个是百利威，给你倒一杯？"她举举杯子，征询他的意见。

"不、不，谢谢！"尹良博士摇摇手谢绝了。他从不喝甜酒，要喝也是烈酒，但是由于不胜酒力一喝即醉。他在她对面坐下来，说实话他也想找人一起聊聊天，借以消愁解闷。他想抽一支烟，因为在车厢内只好忍了。他掏出烟盒抽出一支闻了闻，然后又插入烟盒放进口袋里。

"你知道百利威的故事吗？"戴亦西轻柔地坐下来，把头扭向车窗。尹良博士摇摇头，表示一无所知。

"没有东西能比得上这酒的甜美。"她品尝了一小口，然后让酒汁慢慢滑入喉管。她闪烁的眼睛映在了车窗上。"百利威产于英国，发明者是一位著名调酒师。调酒师和他的太太彼此深爱着对方，但是调酒师的太太和儿子却死于一次车祸中。调酒师从此悲伤低落，过着孤单的生活。"她把目光从车窗外收回，望着他的眼睛。"天快亮了。"她说着抬起双手，把披在肩头的长发绾在脑后，露出白皙的脖颈。

当听到调酒师的妻子和儿子死于车祸时，尹良博士一下从肺部喷出一口水来，正是刚才呛在肺里的。他想问戴亦西，在那次高铁车祸中，她是不是害怕，但是他没问，痛苦忘得越彻底越好。沉默笼罩在车厢里，随着呼呼隆隆的列车前行。

漆黑的夜空下面，隐约浮现出一道微光，是黎明前的第一缕曙光。

尹良博士隐约中在她锁骨以下的部位，看到一片类似胎记的印痕。他好奇地研究着那若隐若现似蝴蝶翅膀的胎记，心中充满复杂的情感。月亮也有蝴蝶样的胎记，难道是巧合？哐哐当当的车轮声碾过他的心头，又一次，他听到了迷失的心灵的呐喊声。

"很多年后，调酒师在一次出行时，在飞机上遇到了一位极像自己前妻的空姐。他生命中的希望再一次被点燃了，开始疯狂地追求她。空姐说你把对前妻的思念转化成了对我的爱，这就像是奶和威士忌无法相融是一个道理。调酒师随后用了整整一年时间，终于将奶和威士忌调和在一起。这就是如今的百利威。结果可想而知，空姐被他的真诚感动了，征服了。她把百利威带上飞机，对每一位喜欢百利威的人说，

'这杯酒，我等了一年。'"她的声音里充满轻柔的禅意。显然故事深深触动了她的情感世界。

"一年不算长久，我耗费了两万年，还没有……"一句不经意的话，从他嘴里滑脱出来。

"两万年？"她睁着溜圆一双大眼睛问，神情温柔而恍惚。

尹良博士自知失言，立刻改口说，"没有，我是说'爱情'两个字说起来轻松，其实要沉重深刻得多，一年不算长。"他忍不住干笑了一声，有点尴尬。

戴亦西摇摇头，莫名一笑。她认为自己和他的邂逅事出有因，他们的活动竟然被搁置在了一个有限的范围内。"两万年？"她想起泥塑青蛇的话，它说过"历史原因""两万年"什么的，这些难道纯属巧合？

天色逐渐放亮，太阳就要喷薄而出了。从车窗外投进一抹红光，在戴亦西脸上跳跃着，一双浅浅的酒窝里溢满初阳。火车钻进一道幽谷，在她脸上投下灰暗的阴影。"我想回来时，绕道去 A 县看看考古工地，算是我和你之间的约定，可以吗？"她以试探的口吻说，像是怕他为难似的。

"没问题，你到县城后打电话，我派车去接你。"他爽快地答应了，然后不由自主地说，"欢迎回到新新地层……"他立刻感到失言，便截住了话头。莫非她也是新新一员？是月亮？不！不能。他否决了自己的猜测，认为一点可能性都没有。他和她是属于不同世界观和生活方式的人。

太阳出来了，明亮而硕大，红彤彤地燃烧了半边天。两个不期而遇的人，与日出的同时，也到了该分手的时刻。火车停下来，车门一扇扇打开。乘客们鱼贯而出，匆匆忙忙各奔前程。戴亦西和她年轻英俊的男同事，站在车窗外招手与尹良博士告别。尹良博士感到一阵疲累，不禁用手指揉了揉眼睛，当他的手指离开眼睛时，戴亦西已经消失在月台上了。就在这时，一种不可思议的感觉，伴随着让人鼻头发酸的情绪漫过他的心头。他突然在她身上找到了某种熟悉的东西，那是一种让他无法弃之不顾的、血脉相连的东西。

戴亦西和白浪一下火车，差点被一阵劲风裹挟来的气味熏晕了。小城的上空，像一口烧糊的锅一样，一眼望去灰不灰，黄不黄，确切地说是一种焦黄色。幸好他们事前有准备，连忙戴上了口罩。事实证明戴口罩的意义并不明显，那种特殊的臭味像是在鼻腔里生成的，直插肺部。

"我感到气短，闷气。"戴亦西说着，连连咳嗽起来。

"怎么办，把我的肺借给你？"白浪以玩世不恭的语气调侃说。他因为能和戴亦西结伴出行而感到满足。"人类进化途中，如果遇上这种险恶的环境，准能长出四个肺和多根气管来，像煤矿巷道四通八达。"他揉了揉被灰尘眯住的眼睛，开玩笑说。

"呵呵，进化成鲸的肺，最好是水陆两用。"戴亦西深深喘了一口气，感觉肺部像一只瘪瘪的破皮囊。她通过与白浪的一段接触后，发现他生性聪颖，博闻强记，而且风趣幽默，是一个难得的工作伙伴。

忽然一只怪异的钴蓝色鸟，伴着尖厉的嘶鸣，扑扑棱棱掉在他们脚下死了。戴亦西惊魂未定，一下退到了白浪身后。她眼前又一次闪过那只被拧断脖子的雏鹰。"哇，怎么回事呀？"

"一只鸟，死翘翘了。"白浪无比震惊地说。他抓起鸟的尸体，伸展它的双翅放在自己的胸前。"来，拍张照发网上，'大鹏飞兮振八裔'。"他调皮地把头歪向一边，形成一个不可思议的角度，与死鸟保持着一致。

戴亦西走近泣血而死的蓝鸟，发现它嘴里在吐血，确切说是一种黑色的胶状液体。她端起照相机咔嗒咔嗒按下快门。有人过来说，这鸟的肺被毒气呛爆了，看这嘴里吐的都是焦油，肝硬化。他们不由得抬头仰望，空中有无数个大烟囱，滚滚浓烟中蹿出赤红的火苗，像是一个个火山口。

"到夜里看，风一刮火焰呼呼流窜，东一股西一股，像'天灯'一样，很壮观的，你们外地人肯定没见到过，呵呵……"路人一边嘲讽，一边向前走去。

"为什么不远离居住区建厂？"戴亦西跨前一步，撵上那人问。

"离村庄越近就离路和电越近，省时省力省费用嘛，人算什么！"路人说着，嘀嘀咕咕地走远了。

他们出了车站，却没见到夏末。"夏末父亲做什么生意？"戴亦西问。白浪正想说什么，夏末的电话来了，说被堵在路上，周围的村民围堵化工厂大门，阻碍了道路。他说会绕道过来，要他们耐心等待。他们在车站等了十几分钟，仍不见夏末来，便顺着车站前面的主路走去。他们走过一个路口，果然看到有群众在示威，他们在围堵一座工厂的大门，局面开始失控。他们拉起的横幅上写着："还我土地，还我河流！""请不要在我们的尸体上建立癌症工厂！"

警察和协警组成的人墙挡住了去路，有两个穿便服的警察朝他们走来，手里掂着警棍。他们只得反身顺原路回去，但是那两个拿警棍的人一直尾随其后，虎视眈眈地盯着他们。戴亦西陷入进退两难的地步，非常担心自身的安全。她考虑着放在白浪身上的担子是否太沉重了，不知道自己当初的考虑是否正确，会带来怎样的后果。

他们在车站附近找到一家粥屋，边吃早餐边等夏未。看着碗里泛黄的米粥和发黑的油条，戴亦西彻底没了胃口。又等了半个多小时，夏未驾驶着崭新的鱼子酱色的捷豹车，缓缓停在了粥屋前，格外醒目。白浪听到鸣笛，兴奋地跑出粥屋，与夏未来了一个热烈的熊抱，把对方的肩膀擂得咚咚响。夏未戴着一副无框眼镜，中等身材，却很有男人气魄，腰板挺直像是行伍出身。

看到戴亦西从餐馆出来，白浪介绍说："我女朋友，京都名记。"他看着戴亦西的眼睛等待她的反应，然后扑哧一声笑了。

"名妓还是名记，说清楚。"戴亦西嗔怪道。她已经习惯了白浪风趣调侃的说话方式，称他为"浪式"幽默。

"这位是我大学同窗夏未。"

夏未忙上前握住戴亦西的手说："戴姐，久闻大名，你写的调查报道深刻、犀利，有思想见地，能亲耳听听你惊险的故事，三生有幸。"他说话时，青春的脸颊上泛起红光。

"夏未志在当作家、诗人，畅销小说作家，我心中的偶像。"白浪说笑道。

"嘲笑是吗？作家是高端职业，需要灵感和文化积淀，我的灵感似大海扬澜势不可当，哈哈……"夏未的笑声似浪涛哗哗地向耳鼓推进，"你呢，还行吧？记者职业高端，又有家庭背景，仰慕。"他屈身做了一个仰慕的手势。

"我父亲不喜欢我写书，他认为不合时宜。他说我应该去找一份像样点的工作，或者继承父业去管理家族企业。"夏未大大咧咧地说笑着。戴亦西一眼就看穿了他毫无设防、爽朗热情的性格。

"但是……换一辆车吧，能开就行，"戴亦西指了指路边的捷豹车，"这也太张扬了。"她实在是怕引起不必要的麻烦。在这么个漫天尘埃、寸草不生的破地方，开这么扎眼的车，显得太招摇了。

夏未恍然大悟说："是欠思考了，低调些好，最近发生很多事……"他习惯性地拍拍自己的额头说。然后他打电话给堂哥夏风，让他开一辆旧车来和自己调换。"戴姐的顾虑是对的，小城是非多，前天，县委宣传部副部长魏翔辉死在了办公室，割腕自杀了，身中数刀，听说流了很多血，办公室的一面墙壁上都是血迹。"夏未的声音里有种寒冷的阴气。

"啊！怎么……"一惊之下，戴亦西喊出了声。她两腿一软，忙扶住白浪才站稳脚步。"自杀了？不可能！"她觉得双手冰凉，像是有一股寒冰注入血管，透进了脊髓。

"你怎么了？"白浪握住她的手，惊讶地望着她的眼睛问，意思是"反应如此强烈"。

"恐怖，谎言，谋杀！"她摇摇头松开白浪的手，莫名其妙地说，"下三烂的手段，卑鄙无耻！"她想说自己前来的目的，就是想见魏翔辉一面，他答应给出一份具有真实数据的举报材料。但是她不能说，否则可能会吓到夏未的，而且大家都会陷入惊慌失措中。

"他是一个好人，至少他做官有良心。"戴亦西尽力恢复了平静，她清楚这是一场精心策划的谋杀。

这时，夏未的堂兄开来一辆风尘仆仆的福特越野车，停靠在夏未的捷豹车旁。夏未介绍说，堂兄夏风是中国农业大学生物基因学博士，毕业后一直在父亲的养殖基地工作，父亲的得力助手。

他们闲聊了几句后，白浪随口问："你父亲从事哪方面的产业和研究？"他这是第一次听夏未提起他父亲的产业，所以充满好奇心。

"养殖场，不过是牛马羊之类牲畜，我从来不关心，对牲畜气味过敏。"夏未解释说，"我也试着去满足父亲的愿望，将来接管农场，但是一闻那种臊臭的味道，全身起毒疙瘩。"他皱皱眉头，做了一个厌恶的表情。

"夏未对养殖业不感兴趣，叔年岁大了，不想太操劳了。"夏风冷淡的语气，像是刻意在隐瞒着什么。此后他保持缄默，一句话也没说。他是一个少言寡语、性格阴沉的人。

戴亦西不由得愣了一下，敏感地想起"克隆基地"来。她认真打量夏风，发现那是一张五官错位的脸，左边脸明显低于右边脸，连两只眼睛的大小都有差别，而且透出一股冷光。

夏风开走了那辆崭新的捷豹车。车子启动前透过车窗玻璃，他往外瞟了一眼，虽出于无意，却让人感受到了一股阴险的恶意。"有事打电话。"他向车窗外招招手说，露出粉红色的舌头，像蜥蜴似的舔了舔他脱皮的嘴唇。

"这位堂哥身上有故事，和你的性格不一样。"白浪不假思索道。

"他是那种活在自我世界里的人，离过两次婚，曾育有三个儿子和一个女儿，都没能成活。生活不如意，心情郁闷，除工作之外什么兴趣都没有。"说实话，夏未对他这位堂哥的了解也不深刻，只知道他在为父亲做事情，而且做得风生水起，如鱼得水。

"真是不幸，什么原因造成的？"戴亦西不禁产生了同情感，"这种打击对谁都是致命的。"他们三个人说着上了车，夏未坐上了驾驶位，白浪坐上了副驾驶位。

"遗传基因问题，孩子出生肺叶就缺失，是一种罕见的基因病。"夏未边发动车边说，"堂哥很痛苦，说即便是坐牢也要克隆出自己的小孩，克隆男男女女一大群，呵呵……我将成为克隆娃娃们的叔叔。"他做出了一个搞怪的表情，意思是"无稽之谈"。

"这想法太疯狂了。"白浪诧异道，"他的克隆孩子，经过基因选择和改造后，可能堪比机器人，将成为人类的克星，引发第三次世界大战。"他发挥了充分的想象力，这些都是他从电影里看到的情节，"不过呢，克隆人最终会有一种致命的弱点被人类掌握，从而战胜他们，人类是战无不胜的物种。"他臆想中自己就是《阿凡达》的导演詹姆斯·卡梅隆。

"克隆人登上历史舞台，从而改写人类史，这或许是不可预测的未来。"夏未接过白浪的话，像是在和他讨论电影脚本。

戴亦西始终没有插话，魏翔辉的死冰冷地压在她心头，堵塞着她的呼吸，她想说话却说不出来。

夏未说自己从小在马孙河边长大，一切了然于胸，包括三县交界的偏远山区，想去看看都可以，那里污染相对轻一些。白浪说，方向盘在你手中，顺着马孙河随便走吧。

"那就去马孙河中游，周围的几个村子癌症频发，年轻人都外出务工了，只剩下些老人和孩子，因此村子里常常闹鬼。"夏未显然对周边的情况了然于胸，"前面有个村子叫樟树屯，我还在那里住过两夜，住在远房亲戚李伯家里，他老伴、儿子和儿媳都死了，只剩下他和一个小孙女。"

"结果呢，遇到鬼了吗？"戴亦西问。她被夏未的话吸引了，心情稍稍轻松一些。

"碰上也是女鬼，披头散发向你扑来！"白浪侧目看着夏未，露出幸灾乐祸的笑容。

"猜错了，这里的鬼和它们生前一样，看不出来的，没有恐惧感，可村里人认得哪个是鬼魂。"夏未不无夸张地说，"我的第六感以清晰灵敏见长，大多数人之所以没有这种直觉，是因为他们认为这种超自然的现象是荒谬而不合逻辑的……"

"今天干脆住樟树屯吧，我想看看有没有缘分和鬼神见一面。"白浪突发奇想说，扭过头来询问戴亦西。戴亦西沉重地点头说："那就住呗，不过，万一遇到了呢？"

这时，汽车前面猛然飞蹿出一个亡命徒似的东西，撞在汽车挡风玻璃上，然后从他们头顶上翻转过去。夏未猛踩刹车，车身斜着冲向路的一侧，轮胎发出尖叫声，随即如愿以偿地停下来。他们三个人跳下车往后跑，只见一只公野鸡拍打着折断的翅膀，叫声不绝，它胸部团花状的羽毛上布满了血迹。

他们上车后，白浪说："不祥之兆，血光之灾。"戴亦西感觉那叫声直冲太阳穴，全身汗毛都竖起来了。他们一路开车向着目的地，目之所及是一片破败荒芜的土地。

第十八章

尹良博士带领考古队，将要对自己苦思冥想中那个闪光的点，进行时间和空间上的定位。成败在此一举，如果失败了，他再去住院开颅也不迟——由此证明自己真的疯癫了，脑子被肿瘤残害得一塌糊涂。

他率领考古队爬上陡峭的山坡，穿越一片杂草丛生、遍布荆棘的缓坡，高处赫然耸立着一块大如房屋的蘑菇状巨石。尹良博士异常冷静和清醒，一遍遍复述着响尾蛇的话："那里有一块蘑菇形的岩石，岩石外面有个洞穴，里面有陶片，在陶片下面找找看。"

尹良博士站在披满天光的巨石上，冷静的外表下是一颗悸动的心。从天而降的机遇，即将完美地见证他们的大发现。耸立的巨石拔地而起，像是天外飞石嵌在了深厚的黄土塬中。周围的大自然出尘般宁静。蓝鸟不失时机地出现在空中，扇动着透明的巨翅飞过。

老毕正要说什么，响尾蛇王竟出现在巨石下，探出头来吐吐芯子，算是招呼了。嗨，一对冤家！老毕说。

"请问，是这里吗？"尹良博士问蛇王。他像看到老朋友那般欣喜。蛇王吐吐芯子仿佛说，你要保证我的安全。我保证你的安全！尹良博士做出承诺，它才游动着身躯，从岩石下爬出来。它在巨石前的一片缓坡地带绕行了一圈。你确定？尹良博士问。但眨眼间蛇王不见了，空中一片霞光正闪耀在它的尾部。

尹良博士如痴如醉地盯着那团亮光，灵魂一下活跃起来，并开始解缆起锚……他像是注射了兴奋剂一样，感官忽然高度敏锐起来。每一滴水珠都看得清清楚楚，冰凉，透明，摇摇欲坠……一分钟过去了，两分钟过去了……眼前出现了一片辽阔的水域，随着风起浪涌，一组触目惊心的画面浮现眼前：

太阳和玛瑙一路来到遥远的北方。那里的雪下得很大，鹅毛大雪铺天盖地而来。

雪越积越厚，像是大地盖上了一层白色毛毯。北风冷得跟冰一样，但更要命的是持续的低温。积雪深达两米，它会无声无息地让你陷入其中，再也站不起来。起先你会被冻得发抖，牙齿打战，两腿一伸，马上会梦见烫过的酒，温暖的篝火。但只消一会儿，它就会钻进你的体内，占有你的身体，你便会无条件地放弃挣扎和抵抗。

雪暴已至，他们连滚带爬地钻进了山石的一道缝隙中。扬起的雪尘呛得他们不住地咳嗽，差点就背过气去。这时，一块巨大的雪球滚来，封堵了山缝口，里面漆黑一团，伸手不见五指。头顶上轰隆隆轰隆隆，如千军万马奔腾而过，很久很久才平静下来。

"玛瑙！"太阳喊道。狭窄的石洞中静得出奇。"玛瑙，你活着吗？"太阳一边大声喊着，一边用手在四周摸索。他不知道自己身在何处，也不知道洞中的岩石构造。不知过了多久，太阳听到哼哼的声音，模模糊糊像是玛瑙。玛瑙，玛瑙，你怎么了？太阳东摸西摸，摸到了躺在地上的玛瑙。

"我受伤了，腿断了，疼死了。"玛瑙抽泣着说。他刚才大概是昏厥了，现在又在冰雪的刺激中苏醒过来。太阳想：必须尽快打通洞口，活着出去。他们是北部落的命脉，有活下去的责任和义务。在巨大的信念支撑下，太阳奋力挖开封堵洞口的巨大雪球，双手都淌着鲜血。或许过了一天，或许过了三两天……终于，眼前出现了一个光点，只有拇指大小。他眯着眼睛向洞口望去，看到的不仅仅是一片蓝天，而且还有一个个立体的，散发着金色、绿色、蓝色、红色以及黑灰色光晕的影子。在光晕的中间，有一个小孩的脸——他的儿子虎子。

太阳惊喜交集，大声喊："玛瑙，看到天空了，你要坚持住！"他不顾浑身的疼痛，一鼓作气挖开了一条通道。他感觉双目一阵刺痛，天地都旋转起来。"我们得救了，得救了！"他对着天空大喊一声。

太阳把玛瑙背出山洞，发现他的小腿骨摔断了，白生生的半截骨头露在外面，血淋淋的，惨不忍睹。太阳扒开雪层，找到药草，给玛瑙接骨疗伤，就像当年给月亮包扎伤口一样精心。玛瑙开始苏醒过来。这生命的迹象，让太阳倍感欣慰。"你这小子，命真硬，我算服你了。"他哭着笑着，难以释怀。

太阳已经升起，碧空如洗，大雪初霁。太阳艰难地挣扎着，终于把玛瑙背到一个避风的洞穴里，放在一块光滑的岩板上，再用熊皮将他裹紧。第二天，他们的口鼻已被一层冰封堵了，呼吸出现困难。太阳把嘴里的冰层掰开，深深地、畅快地吸了一口气。因为睡得太久，他醒来后完全失去了方向感。他伸了个懒腰，驱赶着浑身的僵硬和麻木，然后帮助玛瑙从冰冻中清醒过来。叔侄俩相互对着傻傻地笑，没有任何抱怨，反而觉得这是天意。天意难违，总有苦尽甘来的一天。

一只在上空觅食的秃鹰，信心满满地盘旋着，黑色巨翅在雪地上投下一抹暗影。太阳努力活动着冻僵的双手，抓起一块石头抛向空中。秃鹰发现猎物还有动静，是活物，便振翅顺着山谷而下，去找其他的食物了。

早餐是烤薯和剩肉汤。玛瑙帮助叔叔笼上一堆火，把薯类根块埋在火里烧，不一会儿就散发出了诱人的香味。他们填饱肚子开始往南走，在雪地上蹒跚前行。他们随着攀爬的节奏唱着儿歌，那是太阳小时候哼唱的歌，又教会了玛瑙。

太阳用低沉的嗓音唱道："河水吔，流过我的家……小鱼吔，游来游去找不到家……我家住在大山里吔，门前有一道坡，坡上有大树，一棵又一棵……"玛瑙用稚嫩的嗓音唱和道："小河流过我的家……小鱼回不了家……"歌声越过树林，掠过雪山，在整个森林里回荡，宛如交响乐的旋律。

太阳带着玛瑙在雪地里踯躅前行，希望找到一些可以充饥的食物。他们希望能够猎到更多的鸟，或者幸运的话，能够打到一只鹿。他们走上山去，穿过茂密的树林到了向阳的山脊上。然后顺山而下，进入潮湿、充满腐草味道的沼泽地。

一头野猪在啃食泥淖中的腐食。他们和野猪有不到十米远的距离。太阳蹲下身子，张弓搭箭瞄准那黑乎乎的一团……一阵雪雾扬起，箭头偏离了方向，与目标擦肩而过，射入一棵正在生长期的胡杨树上。野猪受到惊吓，哼哼哧哧地逃走了，消失在视野中。

一天傍晚，他们外出寻找食物回来，远远看到有一团暗黝黝的东西，半掩在血渍斑驳的雪堆里。他们莫可名状地走近一看，原来是一头受伤的待产母狼，它蓬松的灰色绒毛已经结冰。母狼看见太阳，拖着伤肢一瘸一拐地跳动着，等着他的救助。它的脖子上有一个深深的洞，露出白花花的骨头和鲜红的肉。它的一条后腿被撕得血肉模糊，那是一场恶战后的创伤。太阳心里顿时有股酸酸、麻麻的感觉，他想起了月亮被鳄鱼撕伤的腿，不知是否已经痊愈。

他急忙从随身携带的囊中，取出调制好的药膏，敷在狼的伤口上，再用香叶替它包扎好。母狼的个头堪比他曾经的坐骑狼王，只是一身浅灰色毛皮被污血所浸染，惨不忍睹。这天夜里，母狼产下六只小狼，恰好三公三母。它们只有手掌大小，毛色纯净，像一个个灰白色的毛绒球。它们的小脑袋一个挨着一个，双目炯炯有神，眼瞳红如鲜血，充满水分，好像是为它们的母亲而哭泣。

母狼终因伤势过重，生完崽子便死了。原来它是"临终托孤"来的，希望有人能够抚育它的孩子。太阳抚养小狼的事，在大森林里不胫而走，迅速传播开来。一时间太阳的名声威震八方，传遍每座山头、森林和河滨，他成了动物界的救星和朋友。

"尹博士，尹博士！"老毕测量完探方，站在坡地上大声喊道。尹良博士听到喊声抬起头，泪水顺着他的脸颊流下来。"残酷的人类成长历程……血和泪铸就了人类史！"他仰天慨叹一声。他摸了摸脸仍然有种刺痛感，就像被棘刺扎着。

"尹博士，恰好五十米长，分成两个探方挖吧？"老毕把探铲扎进土里，冲着尹良博士喊道，"谁知道真假呢，如今人话都不可信，何况一条毒蛇……"

"挖吧，不挖怎么知道真假，看地表散落的陶片，这里地下应该埋藏丰富。"尹良博士掏出手绢擦干眼泪，亲自指挥开挖了两个探方，T-a 和 T-b，然后分别向周围扩展。挖开地表层，果然文化地层深厚，相互叠压的遗迹十分密集。各种深浅不一的灰、黄、绿、褐色的土层，以错综复杂的面貌展现出来。

最上层即距今四千年左右的龙山文化地层，埋藏丰富，表现出较强的态势。考古队在龙山文化层发掘到一座残破的陶窑，出土有薄如蛋壳的黑陶片，表面光亮如漆，晶莹剔透。第二层是仰韶文化层，距今约六七千年。这一时期是彩陶最丰盛繁华的时期。该层出土有房基——一座残破不堪的房基址。房子的四周，远古的土层随处可见，其中应该有更为丰富的埋藏。人类过渡到仰韶文化时期，已经走出了最初的原始蒙昧状态，锄耕农业是当时氏族社会的经济基础，并处于上升和发展阶段。

仰韶房址的局部，向下打破了裴李岗时期的一座窑址。其时代距今七八千年，时代早于仰韶文化。裴李岗文化是中原先民独自创造的伟大文明，并且在人类发展史上极为重要。这一时期的人类，已经建立起古老的氏族聚居村落，原始锄耕农业已出现，并且有了饲养业。

这次在新新地层中发现了一座夫妻合葬墓，其中有两具完整的骨架化石。尹良博士告诉大家：这是一万多年前生活在爱恨情仇中的先人的遗骨，要小心安置它们。关于他们的故事，留待我们慢慢去破解，一定包含着热烈的、凄凉伤感的故事。

他相信这些先人的遗骨，应该和自己有某种内在联系。

夏未开着福特越野车，沿着一条满是矿渣的公路行驶。一辆辆重型运输车咆哮着冲过来碾过去，尖叫的轮胎扬起漫天烟尘。马孙河在公路左侧流淌，夹河两岸遍布大大小小无数个工业区。这几年，降雨量一直不是太多，因此河水很浅，如同茶汁的颜色。路边树上的每一片叶子都卷曲着，显得十分阴郁，地面上一簇一丛的蒿草上散满闪光的黑焦油。

夏未开车碾过一只狗的尸体，从虚无中进入一块单调乏味、风起尘卷的土地。啪的一声，一样东西扑在挡风玻璃上，然后滚落在车头上。是一只麻雀，它的眼睛里含着热泪，两只脚在不住地颤抖。

"被焦油呛死的？"白浪已经不再好奇了，经验丰富了他的判断力。

一辆重型运输车从后面超过去，车轮碾过一个水坑，甩起一大片水雾，几乎把他们的福特车给吞没了。夏未猛打方向盘，车子猛地一颠，蹦着向前冲去，发出刺耳的尖叫声。失控的车头向右一拐，车轮落在水坑里，车尾向左边甩了过去。戴亦西胃里难受得似翻江倒海。好歹车没翻下路基，但右侧后车门猛地撞开了，戴亦西一下被甩出了车门。幸好安全带拽住了她，没有被整个弹出车外，而上半身悬在了车门外。她被甩得东摇西晃，一只手牢牢抓住安全带，一只手蹭到了地面。

一惊之下，夏未的脚松开了油门踏板，车骤然减速了。车身歪歪扭扭地向左驶去，迎面一辆重型车驶来。夏未连忙往右急打方向盘，致使戴亦西的头"咚咚"两声撞上了地面。她的呼吸停止了，心脏像是被谁一把攥住。眼前出现一团火星，美丽地撒向天空，像一把巨大的扇子那样迎风展开。

夏未一脚把油门踩到底，把车停靠在路边。足足过了两三分钟，他握着方向盘的双手突然垂了下来，陷入高度紧张后的瘫软中。为了实现作家梦，他常常设想将脑海里的场景转换成文字，再转换成镜头，这次却直接转换成了现实，步伐大得惊人。

白浪从震惊中回过神来，松开安全带推开车门。他几乎是摔在了车门外，然后不顾一切地爬起来，把困在车里的戴亦西解救出来。"亦西，戴亦西！"他焦急地喊道，五脏六腑都急切地揪在了一起。戴亦西从一阵模糊的战栗中缓过神来，身体前倾瘫软地靠在白浪的手臂上。

"不要怕，你的脑子里被植入了原始芯片，你就要和你的爱人相认，这是两万年的承诺。"一个声音在她的耳边回响。她万分惊讶地问："爱人？原始芯片？两万年的承诺？"突然一个沉寂的意念在她脑海中复活了。

树林在欢唱，喊叫，一群孩子跑过来。他们赤身裸体，在紧张地追赶野兔。肥硕的野兔一会儿往西窜，一会儿又往东跑，左冲右突荡起阵阵土雾。野兔终于被生擒活剥，做成了一罐浓浓的肉汤。

手机响了，她用颤抖的手从口袋里摸出手机，接通了电话。原来是尹良博士打来的。他焦急地问："小戴，走到哪里了？"他的声音酷似那粒执着的火种，她立刻平静下来。

"尹博士，刚才差点出事了。"她情不自禁，差点哭出来。似乎有一道深埋在她潜意识里的指令，一下激活了脑子里的某个程序密码。

"出事，什么事？"尹良博士有些慌神。

戴亦西自知失言，立刻改口说："车子出了故障，没事了，现在已经没事了。"回想起自己和尹良博士的两次偶遇，她忽然意识到他们之间似乎有某种神秘的、超乎寻常的联系。这也许不是巧遇而是必然，是天意，是命中注定。她记得因果定律说，世界上没有一件事是偶然发生的，每一件事的发生必有其原因。那么她和尹博士的相遇必定也有其原因。

"究竟出了什么事？"他大声追问道，连呼吸都困难了。

"车胎爆了，已经换过了，好在有惊无险！"她轻声笑着，以掩饰她的谎言。

"那就好。"他重新找回了呼吸，平静下来。

"要谨慎行事，注意安全，不在乎一时一事，不能为了报道新闻而不计后果，知道吗？"他叮咛道。他好像知道了刚刚发生的事情，才打来了电话。他的话里仿佛蕴含着某种教谕，让她在极度不安中冷静下来。

"我们一路向西走，往上游去，我会随时跟你保持联系，放心吧。"她的眼睛里尽是泪水，一片模糊。

夏禾发动引擎，他们又上路了。他们的心沉甸甸的，车轮也沉甸甸的。噩梦成真的惊骇把他们搞得头重脚轻、晕头转向。为了调节气氛，夏未说为了体验生活，他曾经在樟树屯李伯家住过两夜，李伯的儿子和儿媳都患癌死了。

李伯告诉他，一天夜里，他听到院子里有喧闹声，便隔着窗户向外看，结果看到院子里有一张大桌子，桌上有光亮，是从天上洒下来的光柱。桌上摆着碗筷盘碟和酒瓶酒盅，周围坐着一二十人，男男女女老老少少，都是这些年死去的乡亲们。香草娘也在，穿着她入殡时的花棉袄，倒是她生病前的模样，白生生的一脸喜色。她从灶火间往外端饭，有大米饭和大碗扣肉。他忙把香草的爹叫醒，让他紧紧抱着香草，怕她跟着她娘走了。这些人随便进出不必走门，可以穿墙而过。也没人打扰他们，都不容易，怪可怜的。

"前面就是樟树屯，要不去李伯家看看，不然住一夜？"夏未征求他们的意见。

白浪说，随便，去看看也行。几分钟后，夏未把车靠河边停下，说去看看吧，这里是大型生产基地，污染最严重的地带。那离河边四十米的山坡上，是一个年产百万吨的焦化厂，对面一百米的地方是两个化工厂，中间还有一个雄黄矿场，那边还有一个洗煤厂。

他们往前走不远，看到河边有一个村庄，一座座土房盖在河岸上。通往村里的路也全是煤渣，黑黢黢的河水沿着遍布石头的河床流去，河里的石头上生着绿苔，活像史前的蛋化石。河道在这里变宽了，中间有一块块汀洲，上面的沙子泛着黑绿色的光。

河滩上有一个老人和一个穿红衣绿裤的小姑娘。他们在专心寻找着什么，在只有焦黑的世界上，小姑娘的衣服是唯一的调色剂，显得格外扎眼。"看，那就是李伯。"夏未说着率先跑下河滩地，踏着河卵石来到李伯身边。戴亦西和白浪紧跟其后走了过去，小心挑选着脚下的路面。

老人看见生人略有点拘谨，接着是一阵剧烈的咳嗽。他伸手抓紧小女孩，把她揽在怀里，用失神的眼睛望着他们。飞虫黑压压的一片，在他们头顶盘旋不散，像电扇一样嗡嗡响着。

"李伯，还好吧？"夏未上前寒暄道。

"唉，好啥！"李伯含混不清地嘟囔道。见李伯不想说，夏未拉起小姑娘的手问："香草，找啥呢？"

"捡河蚌。"小姑娘的脸色发灰，表情里透出她这个年纪不该有的阴郁。她手里提着一只小桶，里面有一些表面发黑的河蚌。李伯解释说，喂鸭子吃。然后他就没有话了。

"几岁了？"戴亦西蹲下身体去，拉着孩子的手问。"八岁。"孩子声音很低，有种发自内心的不安情绪。她挣脱戴亦西的手，害羞地躲在了爷爷身后，露出好奇的一双大眼睛。她是一个与世隔绝、没见过世面的孩子，从外表看也只有五六岁的样子。

"李伯，你们村子为什么叫樟树屯？"白浪问。

"是呀，我们村叫樟树屯，河对岸是柳树屯，往前河湾处是槐树屯，三个屯子呈三足状，当年可是树木遮天，飞鸟成群结队……"李伯因为耳聋，说话声很大，"以前这河水清着呢，一眼望到底都是鱼虾螃蟹……唉！"老人叹了口气，"以前这里兔子很多，经常会连蹦带跳地从路上跑过，眼疾手快了，抓起石头就能砸到一只。"李伯回想着种种往事，嘴角不禁露出一丝笑容。如果在城里，李伯的年龄应该算是壮年期，但是他看起来起码有八十岁。他说着眼睛红了，香草紧紧抱着爷爷的腿，好像一松手爷爷就没了。

"香草上学了吗？"戴亦西又问。她很可怜这孩子，动念想资助香草上学。

"香草娘年前因肺癌死了，她爹年后发病也走了，嗨，我们这里的孩子命苦，顾不上到学校去。"老人红红的眼角满是眼屎。老人弯下腰在河滩里捡起一块黄色的矿渣说："这个就是没炼净的雄黄，烧熟后白色的就是砒霜。"

一只吱吱叫着的双头鼠，冲过来从戴亦西的脚上跑过，她大叫一声，声音都嘶哑了。"这老鼠会咬人，都成精了。"老人抓起一块河石砸去，却失之千里。他的手臂软弱无力，像螺丝松动的机械臂。

干燥的秋风卷起尘雾，像是下着蒙蒙细雨。"以前村后的山坡上，开满兰草花和野菊花，绿莹莹的草地美着呢，蛇也多，一不小心就会踩到一条。"

"李伯，最近表嫂回来过吗？"夏未话中有话地说，他说的表嫂是香草娘，已经死两年了。

李伯说香草娘常回来，来看香草。他夜里躺在床上，常常可以听到走动声、低声说话声，是香草娘和她爹。他们不甘心，撇下孩子心有不忍。老人描述了一个恐怖而又神奇的世界，也许只有迷信才能宽慰他失去亲人的痛苦。

一阵风刮过，带来浓烈的硫黄味。李伯连忙将香草揽在怀里。"闻到硫黄味了吗？说明附近有鬼魂！"李伯解释说，"这些鬼魂不会伤害孩子，就怕孩子迷失跟着走了。他们在另一个世界孤寂，留恋世上的亲人，经常走动走动也是常情。"老人的话让人毛骨悚然、不寒而栗。

河对岸有两个人正向这边眺望，他们嗅到了更大的危险。为了安全起见，他们放弃了在樟树屯住宿的打算，决定顺着马孙河上游西行，翻过两座大山便是 A、D 两县的交界了。

第十九章

尹良博士率领考古队，发掘了那座早于裴李岗、略晚于新新时期的夫妻合葬墓。两具尸骨虽然已经埋葬近两万年之久，但却保持了下葬时的状态。这是一座竖穴土坑墓，石化的骨架保存完整。男性仰身直肢略微右侧身，左臂平放在腹部上。女性同为仰身直肢略微向左侧身，放置在男性颈骨下方，其右手向左和男性左手相握。它们灰白的肋骨紧贴在一起，做相拥而眠状。它们就这样你望着我，我望着你，患难与共、生死相依，演绎了一场亘古不变的爱情神话。

墓葬中埋藏有少量陶器、石器和玉器。一件玉凰龙是新新文化的典型器物，被认为是龙的最早雏形。一把石斧放置在男性左侧。石斧完好无损，格外醒目。它和此前彭煜发掘的陶瓮上的石斧如出一辙。它无疑是墓主人身份的象征——一个氏族部落的首领。

站在墓葬旁，尹良博士望着它们空洞的眼窝，不禁想起太阳和月亮的故事。这是一对相爱极深的情侣，他们或因战争、疾病，或因自然灾害，或其他不可知的原因而阴阳相隔，而活着的一方不堪忍受分离的痛苦，自愿陪葬，与其同穴共眠，实现了"天地合，乃敢与君绝"的铮铮誓言。

尹良博士亲自起取了墓中遗骨，发现男性遗骨残缺不全，右胸骨断裂塌陷了，相连的三根肋骨已经断掉，散落在腹腔内，髋骨有明显的裂痕。他认为男性墓主生前一定遇到了灾难性的打击，而且瞬间毙命了。男性墓主下葬时，女性墓主被殉葬，应该是出于自愿，因为它并无狰狞扭曲的姿态，而是呈现出一种恬静的幸福感。

这种葬制在中国早期墓葬中，尚属首次发现，难免会引起争论。而争论点焦点，无非是殉情或是殉葬。因为根据墓主人的权力，他有力量让自己心爱的女人为其殉葬。这个涉及当时社会性质和埋葬制度问题。

尹良博士认为：它们或许是木松和音美的遗骨。传说中音美活了很久，几百年或者更久远些，已经完成了人神之间的转变。或许是他们的子孙，或许是他们的后裔。他边想边伸手拿起墓中那把磨制精美的石斧，擦去沉积在上面的泥土，并轻轻擦拭着斧刃……面对全新的事物，他精神高涨，东突西撞寻找着灵魂的突破口，直到它破壁而出，一下回到了两万年前……

太阳带着玛瑙进入一片大森林中，这里树高林茂，古木参天，犹如绿色海洋将他们一举吞没。林中道路险阻，障碍重重，一不小心便会误入沼泽。天气闷热得像个蒸笼，令他们体乏无力，脸上和手上也会被植物的荆棘划得血痕累累。林中的低洼之处，弥漫出腐臭之气，一群群蚊子飞扑而来，叮得他们发起高烧。冷松、桦木、冷杉、云杉和一些不知名的树木连成一片，就像一把把巨伞遮蔽了天空。

然而对于太阳来说，这些都不算什么，他的追求远远高于生存本身，一种信念支撑着他活下去。因此，纵使环境再艰苦，他也能体味到一种别样的魅力。

又是一个冬天。为了驱除寒冷，太阳尝试着酿酒，一种能够给人热量的汁液。他用山中的果子或者地上的种子发酵后，酿出能够使人飘飘欲仙的琼浆玉液。寒风肆虐时，他豪饮陶钵中的佳酿，然后醉得肆无忌惮，便忘记了心中所有的痛。

太阳正在西沉，他提着一个陶壶，跟跟跄跄地来到一个水池边打水。水池不是很大，周围的石头上长满苔藓，变成了绿色。池底布满了腐烂的树叶，泉水呈琥珀色，宛若淡淡的一池茶水。他蹲在池边的一块石头上，往陶壶中灌水。水壶灌满了，他正准备返回驻地时，突然听到灌木丛中有动静。他循着声音追踪过去，一只棕色母熊正从草丛中伸出头来。

棕熊听到声音，警觉地直立起身来，把脖子伸得很长，仰起深褐色的口鼻，在微风中嗅着危险的方向。它身后一棵粗大的树干上，有一只如獾大小的熊崽在往上爬。母熊显然不喜欢它所嗅到的气味。它拖着脚步烦躁地向前移动，喉咙里咕噜咕噜作响，发出愤怒的回响。

太阳放下陶罐，从腰间摸出石斧准备迎战。他知道，单凭母熊那微弱的视力，在这样昏暗的光线里，根本看不到他，只能闻到他的气味。他离它很近，以至于可以闻到它身上的气味，如淋雨的湿狗味道，或者是牲畜粪便的味道。母熊口鼻排气的速度急促了，小心地向前移动着步伐，耳朵竖了起来。它为刚降生的幼崽的安全而紧张不安。

太阳因受到强刺激而兴奋，在酒精的作用下一步步走上前去。母熊做出攻击的姿态，伸着前爪扑过来，一边向空中喷鼻警告。它的目的是想吓走他，并不想伤害他。但是他非要一试高低，不依不饶、步步紧逼。母熊愤怒了，它把身体的重心在两条腿上不停地倒换着，做好进攻的准备。原始的兽性的生命力支配着它，生存需要激起兽性的母性。母熊显得更加烦躁和凶暴，它会奋力击退侵犯者，保护自己的孩子，鼓足勇气向着险恶进攻。

太阳无所畏惧，又向前逼近一步，高举起手中的石斧。他和母熊之间只有两三米的距离，激战在所难免，因而他渴望战斗，渴望发泄内心的积郁。母熊吼叫着扑过来，势头极大，如泰山压顶。他闻到它身上的气味，让他作呕。他深深呼吸着每一口空气，从而不断增长着生命的潮水。他抢起石斧，狠狠劈下去，想一斧子凿穿它的胸脯，再一斧子砍断它的喉管。但是他不幸被母熊扑倒在地，完全丧失了抵抗能力。

哺乳中的母熊凶猛异常，势不可当。他差点被熊撕开喉咙，扯开腹腔。他像面团一样滚落在熊掌之间，母熊尽情享受着杀死猎物的快感，呼哧呼哧地喘息着。他感觉魂飞魄散，大限将至。他听到了月亮的呼喊声，他的意识有些模糊了，眼前出现无数的孔洞和裂缝，里面闪动着类似亡灵的白光。而人一旦进入某个孔洞或到达裂缝的另一边，生命就自我解脱了。

他极其镇静、极其狂热地准备去领受那一瞬间，上天所赐予他的解脱。就在他将要到达孔洞的另一边时，玛瑙带着六条小狼赶来，他一箭射中了母熊眼窝，又一箭穿进它咆哮的喉管。狼群立刻展开攻势，斗志昂扬地把棕熊团团围住，在它的身上蹿上蹿下，尽情释放着野性的旺盛精力。母熊终于被狼群分尸，只留下一张熊皮和四只熊掌，还有弥漫在空气中的血腥气息。

小熊崽连滚带爬地从树上掉下来，痛苦地咆哮着，张开嘴巴哇哇大叫，像婴儿一样哭泣。它还没有断奶，没有了母亲，它会哀嚎数日，直到饿死，或者被其他野兽吃掉。玛瑙伸手抓住熊崽的后颈，把它带回家中。他用狼奶将小熊崽养大，一年后放归山林，也算是对这次不幸事件的一种补偿。

由于玛瑙及时赶到，太阳保全了性命，但是肩膀被棕熊撕下一块肉，脚踝也受了重伤。他这才发现自己老了，远不比年轻时候了。当年他曾经和黑熊对掌搏击，面无惧色，竟然将黑熊吓得直尿尿。回想以往，他痛心疾首，止不住大哭大叫起来，咸乎乎、臭乎乎的眼泪鼻涕流了一身。

他不断地抱怨玛瑙，骂他不该救自己，应该让自己去死，自己的灵魂负债累累。不幸虽然已经过去多年，时间却切不断他痛苦的记忆，无法使他从撕心裂肺的往事中解脱出来。玛瑙搂着他哭作一团，哀求他不要把自己留在这茫茫无际的大森林里，不然他们就一起去死。玛瑙说，自己从小就失去了父爱和母爱，叔父是他唯一的亲人，如果叔父抛弃他，他还活着干吗。他们哭了一整夜，宣泄着内心的苦痛，最后在麻木中停止了哭泣，沉沉地睡去。

酒醒以后，太阳发誓戒酒，重整旗鼓，带着玛瑙再大干一番。他已经变得无比虚弱，就像一个老人那样孱弱。他的伤势整整一个冬天都没有痊愈，半边身子像被电击一样疼痛。玛瑙哪都不让他去，把饭端进窝棚里喂给他吃，对他无微不至地照顾着。玛瑙过早承担起了生活重担，打猎、采摘、捕捞，全部重任都压在了他的肩上。磨难能使人迅速成长，玛瑙终于成长为一个真正的猎人，一个能够征服大森林的彪悍的男人。

太阳稍微好一些，便支撑起身子，拖着伤腿到不远处的崖下晒太阳，一躺就是大半天。他听到了远方的召唤，召唤他到广袤无垠的虚无中去战斗。他却动弹不了，觉得整个身子像掉在了冰洞里，轻飘飘、软绵绵的，但头上却滚烫得像个火炉。他想死了或许更好，死了便可以见到月亮，也不必这么痛苦了。但是造物主就是不肯收留他，因为他一走一了百了，可玛瑙怎么办？玛瑙是族里唯一的血脉，他有责任把他养育成人，传宗接代，创建一个新的部落。他已经想好了，他们的新部落就叫太阳部落。他坚信自己和玛瑙一定会建立起一个强大美丽的家园。

他经常忍着疼痛向坡下的潭边挪动，越过白雪覆盖的岩石、半结冰的小溪，艰难前行。天渐渐暖和起来，风变得如同丝绸般光滑和柔软。这个冬天特别长，但最终走到了尽头。太阳来到泉边，脱下裹在身上的兽皮，当他准备在泉水里洗澡时，差点被自己的外表吓坏。他的四肢细得像牙签，脚显得特别大，脚掌像两只鸭蹼。他的脸上长满胡须，上面沾满灰尘。他在泉水里洗完澡，感到身上已有些力气，眼睛也清亮了许多。

以后，太阳常到潭边来取水，或者洗澡。为了解闷，他用纯净的泥土捏了一个泥球，再用拇指戳入泥球中挖出气腔，然后把中空的泥球做成扁圆状，并且给它捏出吹嘴，最后挖出音孔来。不出所料，这个可爱的小泥球晒干后，竟能吹出古朴醇厚、低沉悲壮的声音，久久回荡，不绝于耳。以后，他把制成的泥球放在窑炉里烧制，其声音更加完美和醇厚。它就是两万年后，被考古工作者发掘出来，命名为"陶埙"的东西。

太阳又发明了一种可以吹出一个小三度音程的骨笛，它是用丹顶鹤的腿骨制作的，现代考古工作者称它为"五孔骨笛"。他经常在夜晚坐在一棵大树下，吹着自制的陶埙或骨笛，看着天上的月亮在云中穿梭。一夜又一夜。月亮挂在星河闪烁的天幕上，像个透明的圆球，有时嫦娥会从月亮的缝隙中飞下来逗他开心。他不知疲倦地吹着，嘴角流出了鲜血，滴滴都化作了鲜花。

杜鹃啼血，说的就是太阳的故事。声声凄厉的呼叫，使他口中流出的鲜血化为满山遍野的杜鹃花。正所谓"情到深处人孤独"。毫不夸张地说，他就是一个地道的"音乐达人"，是中国音乐的创始人。

玛瑙去采摘果子或者狩猎时，太阳常常痴痴地坐在湖边，视线跟随着空中的雄鹰飞翔。如果站在岗地上向南眺望，似乎有一片汪洋大海，幽然浮现在蒙蒙的光晕中，显得格外辽远，意味无穷。"我们走吧，去看看山那边什么样。"太阳对玛瑙说。他认为不停地四处游逛，指不定哪一天就能碰到月亮。

为了走得更远，太阳发明了轮子。在人类历史演变的进程中，曾有过无数次的重大发明，而没有几项都无法与轮子的发明相提并论。正是轮子使得原始社会发生了变革，为以后伟大的历史演绎搭建起了舞台。太阳的人生坐标永远在风雨中挺立，即便是燃成灰烬，也总能死灰复燃。

一个月后，他们推着自己发明的简易独轮车出发了，上面装有生活必需品。他们沿着遍布森林和河流的黄土地，一走就是三年，无依无靠，未曾在一处落脚很久，像是被谁召唤着。寻找月亮的行踪已成为支撑太阳活下去的信念。

玛瑙终于长成了强壮的青年，如夏日的青松般鹤立鸡群。太阳开始衰老了，只不过四十岁的他，却已经被生活改变了容颜。他锐利瘦削的容貌有如嶙峋的危岩，凹陷的眼睛里永远含着深邃的微笑。一团粗黑如钢丝的胡子遮在他尖刻的下巴上，生活把他打磨得更加深沉和睿智了。

马孙河上游小盆地浅流密布，源自秦岭旺盛的水势，呈叶脉状喷射散发，匆匆流向马孙河盆地，然后左冲右突一路向北。道路两旁是一丛丛松树，其中最高的一棵被闪电击中了。闪电不仅给它留下一道道伤疤，还改变了它的生长势头，变得蟠屈螭盘、疙疙瘩瘩、丑陋狰狞。

夏未开车沿着马孙河颠簸的公路向西南飞驰，终点是 A 县南地村。戴亦西决定尽快离开 D 县，以确保自身的安全，避免殃及无辜。马孙河中上游的水质较为清澈，水面漂浮有水生植物，夹河两岸蒿草丛生。他们到达两县交界的山口时，天色已晚，于是决定找一个地方住下来，汽车也该加油了。他们下了公路，几十分钟后来到一个名叫丽阳的小镇。他们先给汽车加满油，然后到一家火锅店用餐。白浪咧嘴笑道："终于可以吃顿像样的饭了，还真饿。"他这一生还从未经历过如此的颠沛流离。谁也没料想到，更大的灾难潜伏在后，就像躲在阴暗处的一头怪兽，正伺机猛然跳出来扼住他们的去路，置其于死地。

出于安全考虑，他们住进了镇子较繁华地段的一家宾馆。他们要了一个里外套房，戴亦西睡在套房的里间，两个男人驻守外间。尽管如此她还是睡不着，刚一合眼便会惊醒过来。那雪崩般接二连三的打击，让她的神经高度紧张。空气中提心吊胆的气氛，好像遇到明火就会爆炸似的。

白浪和夏未在外面聊天，尽管声音很低，她也能听到只言片语。他们聊大学时代一些往事，有说不完的话题。她干脆开门出来，坐在一边听他们聊，思绪随之飘回到了少女时代。

那时候，她天真烂漫，梦想成为影视歌唱双栖明星，或者电影导演，拍出一两部震撼世界的大片。但是母亲的不辞而别，彻底击碎了她的梦，让她明白了生存的残酷和无情。大一那年寒假过后，父亲送她到火车站。火车晚点了，原本晚八点多的火车，让他们一直等到深夜。大雪骤然而至，寒风呼啸着，冷得人寸步难行。她催促父亲先走，父亲却执意不肯，一直等到她进站才离去。她独自一人在寒风中发抖，想着日渐衰老的父亲，泪水止不住涌上来，很快泪水结成冰粘住了睫毛，让她睁不开眼睛。

待车进站停稳，车上的人流往下拥，车下的人往上挤，她就随着人流来回摆荡，眼看离车门越来越远了。这时，突然车上有人大声招呼她，原来是同班男生范均已。

她趁机扒住车窗，在他的帮助下翻身钻了进去。上车后她发现，车厢里人挨人，连下脚的地方都没有。在人流不断推搡中，他们被挤到了车厢门口，紧贴着一侧的车厢壁才稳定下来。就这样闻着厕所里熏人的臭味，他们度过了痛苦难耐的一夜。但是和现在的经历相比，简直是小巫见大巫，不足为道。

"戴记者，戴姐！"听到夏未喊她，戴亦西回过神来。他说，明天到 D 县路程不远，我带你们去附近的鳄鱼养殖场吃野味，那边的风景不错，水面很大。戴亦西征求白浪意见，白浪说当然好，来一次不容易，而且有夏未做向导。见白浪兴致勃勃，戴亦西也同意了。不料三个人的临时起意，却酿成大祸，残酷地改变了他们各自的命运。如果当时他们直接奔 A 县的话……而现实中没有如果，一失足便是千古恨。

早饭期间，夏未和饭店老板闲聊时，知道山谷里有一个北杨村，是一处世外桃源，与世隔绝，风景绝佳。夏未研究了一下地图，说再往西几十公里就到了马孙河的源头，由此进山，穿过两座山就是 D 县地界，北杨村恰好坐落在两山之间的山坳里。山路不远但有一段盘山路，怕是不太好走。他又说，自己不惧怕山路，有足够的走山路经验。

早饭后，他们去参观了鳄鱼养殖基地。参观期间，他们无意间听养殖场小伙计说，就在烟霞山里隐藏着一个神秘的养殖基地，从不与外界往来，很可能是克隆基地。这便引起了他们极大的好奇心，他们决心去一探究竟。中午享用过鳄鱼宴，稍作休息后，他们继续上路。目的地是北杨村，然后是那个神秘的养殖基地。北杨村依偎在秦岭余脉烟霞山脚下，必须先翻过一座山再盘旋下行到山坳中。

他们从公路的尽头拐入一条阴森、僻静的山路。一抹余晖燃烧在远处森林的上空，仿佛一只金色的大鹏渐去渐远的羽翼。夏未开车一直在山里绕行，山泉汩汩一路与他们同行。近黄昏时，他们沿着之字形的山路上行，小道一路抬升，进入了大山。路况很糟糕，没有指示牌。半小时后，他们来到岔道上，岔道一条往左，一条往右。白浪问夏未熟不熟悉路况，他说真不熟悉，第一次来。夏未把车停下来，不知道该怎么走了。他们想找人问问，可一个人影也没有。白浪说不会通向你父亲的养殖基地吧？夏未说不会，那怎么可能，他们干吗建在深山老林中，又不是见不得人的营生。

"往哪边走？"夏未揉揉疲惫的眼睛。戴亦西说，随便走，说不定是殊途同归。她话音刚落，夏未果断地把车启动并向左急打方向盘。"左为上，是我的幸运指数。"他解释说，"能发生些奇迹最好，构成小说情节，免得我苦思冥想，绞尽脑汁……

譬如盗墓幽灵、克隆人客栈、人鬼情未了……"他的想象力在外界的刺激下，被充分调动起来。

三个年轻人，怀着亢奋的心情，开车进入迷雾笼罩的密林中。路越来越窄，只够一辆车单向行驶，而且坑洼不平。车子开过那段山路，下行进入一片小盆地，在那穿越一片银白色茅草地的小路上行驶。天色暗淡下来后，陡峭的山路终于走到了终点。一座壁立的石山挡住了去路。从岩缝里长出的云杉和幼小的杂木，装点着暗淡灰色的悬崖和峭壁。

"绝路！"白浪说。

"应该有入口。"夏未推测说。

"车也许过不去。"白浪担心地说。

"那就把车停在这里好了。"戴亦西说。

他们说着下车查看地形，山峰、悬崖和峭壁，在大朵大朵乌云的推动下，向他们重叠着压过来。近处的山脊向右大坡度地滑落，一直坠入山谷，如同汇入地下一个巨大的地缝中一般。纵观四周的远景，竟然没有一片屋顶、一柱炊烟或者一块耕耘过的土地，一切迹象表明这里是无人居住区。而那个传说中的桃花源，很可能就隐藏在这大山之中。

他们在岩壁外侧、靠近峡谷的地方发现了一条隧道口，隐蔽在藤蔓和幼小的树丛之中。"这一带天然洞穴很多，听说日本人修筑了一些秘密要塞，隐藏生化毒气弹。抗战时期，这里到处是屠杀和被付之一炬的村庄……小日本投降后，土匪占领了山洞。解放初期，解放军剿匪时，土匪以这些洞穴作掩护，坚守了很多年。"夏未左右扭动着头，感觉僵硬的脖子轻松了许多。

山洞口果然不大，但是足够一辆车单向行驶。他们本想徒步穿过隧道，但是里面漆黑一团，让人望而却步，只得开车进入隧道。隧道是天然形成的，经过了人工开凿和加固，稍不留神车便会撞上岩壁蹭出一道火花。夏未把车灯打开，全神贯注地盯着路面，不敢有丝毫闪失。隧道出口连接着满是落叶的一座小型广场，广场靠山一面寨墙高筑，看不到里面的状况。它依山傍水而建，建在一处坡地上。周围树木掩映，山涧沿着外墙哗哗流下，隐蔽在一片红叶中。

"果然是世外桃源，"戴亦西惊喜道，"不像是一个村庄。"她仔细观察地形，随即做出了判断。

"说不定是克隆基地，误打误撞撞上了。如果真那样的话，便不虚此行。"白浪双手紧握跷起拇指，故作神勇之态。

"你们说的不太现实，让我去看看。"夏未说着，跑向那扇油漆剥落的灰色铁门。他举起苍白的拳头，奋力敲打，咔嚓咔嚓的声响似树木断裂的声音，显得格外刺耳不协调。

"像是一处秘密军事基地。"夏未望着周围连绵不绝的群山说。

"不大可能，倒像是毒品集散地。"白浪断言说。

"走，回去吧，别耗时间了。"戴亦西心怀不安地说，"别惹麻烦了。"她想起"折翼综合征"一词来，可能自己真的是被吓怕了。因为她对这次行动负有责任，所以不想让大家拿生命去冒险。

山风急来，阵阵松涛如大海扬澜。戴亦西不禁打了一个寒战，白浪脱下外套披在她的肩头。她转过头，注视着他年轻而漂亮的眼睛，一笑说："不用。"她扯下身上的外套递给白浪。

"穿上！"白浪有点急了，推了她一把。不料经白浪这一推，戴亦西身体一晃悠，竟然凭空升了起来。那次高铁事故中，她也曾有过类似的感觉。当时她还以为是剧烈撞击形成的浮力，或者是某种物理现象。但是这一次，显然是意念操纵下的腾飞，她没有借助任何外力。

"嗨，嗨，戴亦西！"白浪大声喊道。他在原地蹦了几蹦，跳了又跳，却未能离开原地。戴亦西消失在一团雾气中。

"我的天啊，可真是个神人！"夏未望着那团消失的雾气惊叹道。

"这可怎么办？"白浪急得原地直打转，心脏几秒钟内至少搏动了三十次。他跑向一棵参天的白杨树，但挺拔光溜的树干无枝无丫，他空有一身气力却使不上劲。他渴望自己能生出翅膀，立刻冲天而起，去追赶他心爱的女人。

夏未回过神来，像热锅上的蚂蚁东跑西跑，想找到一个可攀登的缺口，但是壁垒森严令他无计可施。当天时发生变化，一个事件进入转折点，当命运的骰子还在滚动的时候，你已经不能控制其突变的方向了，因为命运的种子已经埋在地下。

第二十章

　　清风在树头戏谑，树叶在枝头相互碰触发出哗哗的响声。尹良博士想，如果他听得足够仔细的话，或许它们会告诉他这里曾经发生的一切。

　　尹良博士根据响尾蛇的指示，在那块大如房屋的蘑菇状巨石下，起出两具遗骨化石，清理完墓底，却一直没见到生土层。这是一个好兆头，说明下面还有其他埋藏。此后，连续几天在墓底寻找，结果发现一块嵌在地上的扁平石头。深灰色的嵌石有碗口大小，圆润光滑像是经过了打磨。石面上隐约刻有标识或者符号，刀法有些生硬和突兀，就像是一只紧张不安的蜘蛛从上面爬过。它们或许是人类早期的刻画符号——表明人类已经有了记事意识。也可以说，这些符号本身就已经蕴含了很多思想和信念，只看考古学家们怎么去破解其中的秘密了。

　　当尹良博士把嵌石取出来后，地下现出一个洞穴，如鼹鼠的巢穴。这让围观者看得瞠目结舌，眼珠子都快瞪出来了。挖开洞穴里面露出一堆陶器碎片。尹良博士亲自起取了这些陶片，它们属于同一只陶罐。

　　这些残破不堪的陶片超过六十块。大多数陶片有烧焦的痕迹，因此可以推测，人类的祖先曾用这只陶罐做过饭，他们吃过用这只陶罐炖煮的滚热的菜汤、肉汤或者米粥。正是有了热量，它的主人们才有幸熬过了饥寒交迫的冰河时期。

　　尹良博士信心百倍，完全忘记了脑子里压迫自己神经的那块阴影。在场的人都感叹不已，如果上面的墓葬再稍稍向下挖几十厘米，这巨大秘密便不复存在了。

　　当尹良博士做完这一切，一只泛金黄色的甲虫状的项坠映入眼帘，它精美绝伦、自然亮丽，和那枚蛇蛋中的一模一样。它那刺眼的黄色在阳光下熠熠生辉，就像是一颗海上明珠。他手捧项坠，兴奋至极，仿佛有股力量在周身运转、在血液里沸腾。如果有一位动物学家将恐龙骨架化石还原成恐龙模型后，恐龙竟然复活了，将他置身于白垩纪地层中，置身于恐龙世界中，他会是什么心情？尹良博士感同身受，他一下回到了两万年前的太阳部落……

　　那年春天，小河解冻，百草吐芽，太阳向大地播洒着柔光。冬雪从银色的白桦树上一滴滴地融化，然后汩汩流淌着汇聚成一片湖泊。太阳和玛瑙在湖边停下脚步，忽然看到一群天鹅从东南飞来，排成整齐的队列飞向湖对岸的青山，消失在缥缈的雾霭中。

　　太阳和玛瑙从震撼当中清醒过来，走下堤岸正要喝水，天鹅呼呼啦啦又出现在眼前，绕着湖面低低地飞行，然后落在不远处的沙滩上。它们抖落身上的羽翼，全都变成了光彩夺目的姑娘。她们都有洁白发亮的肌肤和乌黑的头发，还有完美妖娆的胴体。姑娘们在水里嬉戏，捕捉鱼虾和河蚌。

　　夕阳西下，波光粼粼，湖水被染成了橘红色。姑娘们尽兴后，回到岸边穿上自己的羽翼，马上变成了白天鹅。它们拍打着翅膀，轰的一声飞入天空，但是有两个女孩儿留在了原地，她们没有跟随姐妹们振翅高飞。她们穿着短短的羽毛裙，一头黑发如闪亮的瀑布，颈部戴着花籽穿成的项圈。她们款款袅袅，冰清玉洁，似片片白云飘来。

　　叔侄两人看得如痴如醉、脸红耳热，难免一阵心慌意乱。玛瑙迎向前，唐突地问："你们为啥……不飞走？"他突然变得有些结巴。其中一个女孩儿说："我叫云雀，"她指着自己的姐妹说，"她叫杜鹃，我们是音美姑姑派来的，她嘱咐我们来照顾哥哥的生活，为你们繁育后代……她在北方等待消息。"

　　玛瑙糊涂了，像是在睡梦中。他也曾经做过同样的梦，但是每次醒来后的失望情绪，都会影响他很多久。他掐了一下自己的脸，疼痛感非常真实，说明并非在梦境中。

　　"北方？我们呢，我们在哪里？"太阳从震惊中缓过神来，不由得一阵狂喜。他来回奔波，竟然迷失了方向。他屈指一算，他们从中部到了北部，再从北部回到中西部，行程有上万里。

　　"我们从南方飞回来……这里属于中西部。"云雀的嗓音清脆婉转如鸟鸣。

　　"木松和音美还好吗？凤与凰呢？"太阳迫不及待地问，两行泪珠挂在他布满褶皱的眼角。他一直惦念着他们，昼思夜想，年复一年。掐指一算，他们已经离开故土十八个春秋了。

"他们都很好，凤和凰已经为人母，养育了一大群孩子，个个身体健康，容貌漂亮。她们住在大山西部的平原上，属于另外一个聚落。她们和自己的母亲一样，到处传播'音美之光'。"杜鹃含着泪水说。

"欢迎你们……但是生活饱受创伤。"太阳鼓起勇气如实说。事态发展太突然，他们还没有做好准备。

"我们的家族会发展壮大，任何困难都不怕！"这是一个真实的声音，真实到让人心碎。

玛瑙站在原地一动不动，目光炙热而纠结。他就像是一个局外人，一个不谙男女之事的小男孩。这是一种最美好的感觉，是一次最为慷慨的赠予。他笑了，笑得像一匹原野狼，像一头猎豹。生活铸就了他，让他变得强硬而胆大、冷酷而感伤。

云雀和杜鹃就像天使的化身，给太阳叔侄俩带来了久违的女人的气息。他们孤独的世界就此戛然而止，眼前迎来生活的新纪元。她们跟随叔侄俩回到营地，那不过是一间半地窖式房屋，虽简陋却可以避风寒。房子里生有火塘，可以煮饭吃，可以把生冷食物加工成热食。尤其在冬天里，能喝上一碗热乎乎的菜汤或米粥，那将是一件无比幸福快乐的事。

太阳却至死不忘心爱的女人，因此拒绝和其他女人接近。他被困在一架机器中，开关就在他自己手中，但是他不想打开门走出那架机器。那天夜里，他备受煎熬，梦到月亮和他做爱，她用柔软的手指抚摸他的下体。虽然这种感受是短暂的，但力量无穷，从没有任何一件事能那么栩栩如生、出神入化。夜将消失的那一刻，他的情绪突然发生了变化，消极的情绪里注入了乐观的意识，他知道自己一生中最难熬的时刻过去了。

两个女孩同时爱上了忠厚、勤劳、英俊的玛瑙。不久，云雀和杜鹃同时怀了身孕，他们的小屋里出现神秘喜悦的氛围，总能传出压抑不住的欢笑声。玛瑙就要做父亲了，他喜极而泣，时哭时笑，像是被幸福击中了神经。这也难怪，他自母亲死后，十八年过去了，还是第一次看到女人，而且她们对他无微不至，并且怀了他的孩子。

几乎每天，两个女人手不离针线，为两个男人和未来的孩子们缝制衣物和鞋子。她们从山林里采集羽毛和藤蔓，将它们纺成线，再制成保暖耐穿的鞋子，把狩猎获得的兽皮制成衣物，再把羊毛编织成毯子。有了女人才有家的感觉，更何况是仙女下凡。两个孤独流浪的男人，沉浸在全然满足、永恒安详的氛围里，再也不愿意四处漂泊和流浪了。

玛瑙对太阳虔诚地说："叔父，让我们盖一所大一些的房子吧，好为即将出生的孩子遮蔽风寒，他们是部落希望，是未来。"他郑重其事地给叔父磕了三个头，"我的孩子们会永远孝敬你，你人性的光辉使我们的血脉得以延续。"他虽然年轻，却带着一种生命历练出来的沉稳。

"建立族地是我的心愿，也是我的责任。"太阳凝视着绚丽的落日，脸上露出一抹哀伤的笑容。

"如果有来生，两万年以后——这个时间不算很久，我们无论转世在哪里，全都要回到这里来，那时我们的土地一定会更加美丽。"太阳陷入沉思状，黝黑的眼睛里闪动着天国的幸福。

初夏的一天，太阳和玛瑙的营建工程正式启动了。他们用刮削过的木棍、石锄和石杵，在地上费力地戳动、挖掘。云雀和杜鹃将松动的黄土层面清理干净，垫出一个宽敞的院子。整个营地的四周有高高的栅栏围着，为了防止野兽入侵和风暴侵袭。

按照地形，大门留在房屋的西南面，以躲避时来侵扰的北风，而且即使是在窝棚里，也能得到充足的阳光。他们耗时一个多月，终于打好了两处地基，是两个五六十平方米的圆形大坑。他们在大坑周围竖起坚固的墙壁，那是用手腕粗细的树干建造的。木与木之间由树枝、竹子连接，然后在内外壁上抹上厚厚的草拌泥。

这天夜里，云雀和杜鹃轻轻走出房子，没有惊动正在酣睡的玛瑙。她们穿上自己的白色羽毛衣，变成两只高贵的天鹅，扑扑棱棱地飞上了天空。忽听万鸟齐鸣，叽叽喳喳地盘旋着朝营地飞来。其中有天鹅、白鹭，有鹰和长嘴鸟，领头的正是天鹅姑娘云雀和杜鹃。它们振翅飞翔，率领众鸟从四面八方集结而来，在丛林密布的山坡上寻找合适的树枝和柔软的干草，再用喙或翅膀搬起它们，飞越瞬息万变的森林和湍急的河流，来到建筑工地上。它们用力拍打着翅膀，一丝不苟，一遍遍地修整屋顶的檩条和茅草。最终两座令人啧啧称奇的建筑落成了，它们代表着当时建筑的最高水平。

虽然房子与潭水有一定的距离，但是，傍晚，人坐在家门前就能清晰地观察到水潭里腾起的烟雾，早晨，坐在家门口便可以看到成片的枫树林、柳树林，还有飞上飞下的野鸭和野鹅。每逢白雾升起时，太阳就会隐隐地长吸一口气，因为那里就是他洗涤生命的地方。他已经不再那么伤感了，似乎摆脱了死亡笼罩在心头的阴影，但是偶尔想起月亮来，他还会有一种锥刺般的心绞痛。

"尹博士，这是月亮的项坠，是两万年前的定情物。"尹博士听到有个声音在说，像是木叶头骨的声音。他如获至宝，匆忙赶回实验室。他打开实验室的门，从里面扣上锁。那两具白骨躺在一个特制的木箱里，保持着它们原有的姿态——相拥而眠，很像人类博物馆中的解剖标本。

尹良博士打开保险柜，从中拿出木叶头骨，把它放在工作台上，然后拿出梅林法可磁谱仪，接上电源。他一边调频，一边注视着木叶头骨深邃的眼窝，心中泛起强烈的寻找真相的冲动。

一阵嗞嗞的电流的声响，使整个房间充满了磁极的引力。尹良博士精力高度集中起来，心脏怦怦直响……

戴亦西像天使扑棱着翅膀飞向空中，轻轻落在了高墙内的花坛里。院子建造在一道浅山褶上，地势较为平坦，中间有一大片绿草地，四周有林木和一座座砖木结构的排房。空地和甬道用红砖铺砌，清扫得十分洁净。

她失去了方向感，眼前漆黑一团，如同掉进一口深井里。她判断这里很可能是一座秘密工厂，至于什么性质不好界定，但至少不是军事基地，也不是什么毒品集散地。

夜色微雨中，大山静得出奇。她蹑手蹑脚地向前走，像是在一片黑雾中穿行。雨滴打在树叶上，像冰雹洒落在她脸上，令她全身的感官高度敏锐起来。她顺着甬道走，转过一个弯，远远望去那里有忽明忽暗的灯光。

突然，一架直升机出现在低空，盘旋着、轰鸣着，吹打着树枝慢慢降落到地面。飞机停稳放下舷梯，从飞机上下来一个男人，手里拎着一只小皮箱。他快步走向最后面的一座排房，推开大铁门消失在黑暗中。戴亦西尾随他的脚步，走进虚掩的大门。她感觉心脏就要迸裂了，血液汹涌在头部，涌向眼睛。

铁门内有一条漆黑的走廊，走廊外侧是一道花墙，高一米余。院子里随意生长着一丛丛竹子和几棵老槐树。男人进了走廊中部的一扇门，房间内传来说话声，夹杂着孩子的啼哭声。戴亦西想弄清屋内的状况，因为这里并不像是普通的住家户。窗子很高，离地面至少有三米。戴亦西跳上走廊外侧的花墙，抓住了墙外的槐树枝翻身上去。遗憾的是百叶窗被拉严了，看不到房间内的情况。

她正束手无策时，百叶窗突然拉开了一道缝隙，从里面散发出一道烟雾和一股化学制剂的味道。烟雾散去，她看到房间很大，如同高配置的实验室，实验台上一个大型托盘里装有各类手术器械。房间里一排放置有五张儿童床，每个床上都睡着一个孩子。他们年龄相仿，有两三岁的样子，手腕上都戴有电子腕带。他们每个人身上都连接着三四根纠结在一起的输液管，以及生命维持装置。

那个男人正为一个啼哭的孩子检查身体，手里拿着一把激光刀。孩子在抵抗，四肢不停地挥舞，哇哇大哭着。一个穿护士服的年轻女孩，坐在显微镜前，聚精会神地在检测数据。另有一个穿护士服的中年女人，把一支支药水混合在一个输液瓶里，再插入输液管。

当那个男人为孩子做完检查，抬起头来时，戴亦西一下惊呆了。她从惊吓中缓过神来，确定那人正是夏未的堂哥夏风。虽然他戴着口罩，但他那不对称的眼睛和慑人的目光已烙在她的脑海里。她记得书上说过，人过四十岁以后，如果每天需要紧张控制表情，很可能会造成一只眼大一只眼小、一边嘴角上翘一边嘴角往下拉的凶险面相。此刻他的眼睛里充满哀怜与沉痛，与他特有的漠然和冷酷截然不同。

那中年女人将针头扎进孩子的手臂，孩子非常惊恐，扭动着身躯试图挣脱。药液一滴滴流进孩子的身体，哭闹的孩子安静下来，几十秒后头一歪死了。夏风用激光刀在孩子的背部切开一道小口，取出一样东西扔在消毒液里。夏风又给另一个孩子做检查，那孩子呜咽着，哭声变成了哀求。抚摸着孩子的男人，因为痛苦而脸色苍白。

"心脏萎缩，肺叶纤维化！"夏风挥刀在空中一阵乱砍，绝望像一股黑烟袭来吞没了他的理智。"我的孩子，我的孩子！"他大声吆喝着，身体里涌起一股前所未有的力量，想要荡平这不平等的世界。沮丧酿成怒火，怒火引起暴力。暴力过后或许能让他平静下来。

"冷静，要冷静！"那中年女人不顾一切地上前制止他，不料被刀尖刺中了颈部，血溅在墙壁上，像一片火红的玫瑰。夏风像吸毒似的疯狂，抽刀刺向自己的腹部，像是一头受惊的猛兽。千钧一发之际，那受伤的女人奋力握住了刀刃，制止了男人的自残行为。血从她的指缝间流出，顺着她举起的手臂流淌下来，染红了地面。他们扭打在一起，女人尖叫道："住手，住手！"

那个坐在显微镜前的女孩儿，夺路而逃，就像一道黑色的影子，沿着走廊飞奔而去。一切发生得太突然，令戴亦西猝不及防。她飞身跳下树，跟在那女孩身后遁入隐蔽的门道。她沿着昏暗、狭窄的通道追过去，来到一间厂房入口。一扇拱形门上挂着标识牌，刻着"克隆培育中心"字样。她推开虚掩的房门，里面到处是长长的阴影。厂房内被整齐划一地分割成一个个区域，每个区域里面都放着一个透明的箱子，每个箱子里面都射出一团红光。

戴亦西屏住呼吸，透过培育箱的观察窗看到，若隐若现中有一张孩子的脸，其头颅钙化已趋完善，五官清晰可见，嘟着一张小嘴。每个培育箱中的孩子几乎长得一样，眼睛都不是十分对称，他们应该来自同一个基因组单元。在黏稠的培育液里，有小孩的四肢、内脏和噗噗跳动的心脏。他们的器官还没有完全发育成型，粘连在一起像一锅熬制精良的糯米粥。

戴亦西在观察时，突然几百个复制品一起睁开了眼睛，嘟着小嘴说："还给属于我们的生活。"它们说罢又闭上了眼睛，沉入黏糊糊的糯米粥中。

戴亦西感觉到震惊和恐惧，看来以前关于克隆基地的传闻并非虚构。她粗略估算，这座厂房里至少孕育着上百个孩子，但是共有多少这等规模的培育厂房，她不得而知。她有种预感，夏风所领导的正是一个规模空前的克隆人实验基地。她为自己的重大发现激动不已，紧张得气喘吁吁。但是怎样才能掌握核心资料呢？她取出相机刚要拍照，不料却被一粒石子击中了手腕。

顺着石子抛来的方向看去，她发现一堵隐蔽墙后露出一双眼睛——像猫眼一般在黑暗中放着光，正是刚才那逃跑的女孩。女孩招招手，示意她过去。女孩把她带到一个S形甬道出口，告诉她自己叫喜娃-36，是基地生产的第一批克隆人之一。戴亦西怔住了，这怎么可能？真相来得太突然，让她猝不及防。

"怎样证明你的话属实？"戴亦西尽量使自己保持着冷静，上下打量着喜娃-36，却看不出她有什么与众不同的地方，只是皮肤雪白，显得有些发青。

"你看到的培育箱里的人类胚胎干细胞克隆，正是我曾经的发育过程，我是第36号产品，夏伯是我们的教父，具有生杀予夺的权力，我的全名叫夏喜娃－36。"喜娃幽幽地说，"我将终身为基地服务，照顾克隆娃娃们的衣食住行，执行夏伯的每一项行动计划……"她说话时，竭力克制着自己的情绪。

"你们的母亲呢？"戴亦西问。喜娃的坦率让她瞠目结舌。"我们没有父母，只是研究成果，是彻底的孤儿。你知道克隆人是无性繁殖，是人类对基因改造的实验品。"她的表情如平静的湖面，可能是经过基因设定的原因。

"你多大了？"戴亦西近距离地观察她，发现她长得很甜蜜，眼睛像钻石一样明亮，说起话来不胜娇羞。

"我刚过十三岁生日，相当于自然人十八岁。在培育过程中，他们通过人体生长素，辅助电刺激训练促进肌肉生长，缩短了我们的成长周期。就跟激素催生那些家畜、鱼类和蔬菜一样。克隆人从来到世界上起就是一个牺牲品，一个实验品，是供研究用的。"喜娃－36出乎意料地爆出一连串鲜为人知的秘密。

"我能为你做些什么？"戴亦西沉浸于眼前的现实，这对她的想象力是一种考验和挑战。

"带我出去，我整日生活在恐惧中。"喜娃－36央求道。她的眼睛里涌出眼泪，一颗颗像珍珠一样滚落下来。

"好吧，我带你出去。"戴亦西动了恻隐之心，毫不犹豫地做出一个大胆的决定。"我也有个要求，能不能带上一份有价值的资料，或者你的身份证明？"她害怕中了圈套，总之需要自我保护。最起码能够证明喜娃的出走是出于自愿，而不是被她绑架了。

"我掌握一份核心资料，是关于克隆基地发展规模的重要资料，包括一些克隆人的数据和基地成员的资料，都存在这个U盘里，密码是xiwa99126，我的出生日。"喜娃－36从上衣口袋中摸出一个U盘递给戴亦西，看来她有备在先，并非一时兴起做出的决定。

戴亦西把扣形U盘放进贴身口袋里，默默记住了密码。她觉得自己在扮演电影里的角色，是一个英雄人物——施瓦辛格式的英雄，让自己的人生充满传奇色彩。

喜娃–36让戴亦西等着，不大一会儿她拿来一把手术刀，交给戴亦西说："取下我背部的灵魂码，不然我会被全球定位追踪。"

戴亦西有些无所适从，如果带走喜娃，自己会被认定为绑架了一个克隆人。她想象不出绑架克隆人的罪名，不过一定会有麻烦。但是看着喜娃渴望的眼神，她别无选择。她在喜娃的左肩胛骨下方摸到一个蚕豆大小的硬块，它透过皮肤射出微弱的红光。"是这里吗？"她用手指按着硬块问。

"是，把它挖出来！"喜娃催促道，"不要让刀子触碰到它，不然它会报警。"她近乎耳语说。戴亦西用刀尖刺破她背部的皮肤，鲜血一下涌流出来，模糊了她的视线。喜娃像被电击一样，哆嗦了一下。奇怪的是血滴鲜红发亮，像是含有银粉似的。她擦干血迹，一鼓作气挖出了金属扣似的灵魂码，然后用特制药膏和止血棉纱为喜娃做了包扎。喜娃转过身来给戴亦西深深鞠了一躬，说了声谢谢，我们走。她眼神平静、沉着，如某座山上的一尊菩萨。

第二十一章

夜色沉沉，天地湿漉漉地浸泡在雨水中。雨被寒风吹送，似冰雹打在窗外残留的树叶上，发出唰唰的响声。夜孤寂而冷清，却神秘诱人。尹良博士把身体向后仰在椅子上，就这么简单的一个姿态调整，让他享受到了舒适的倦怠感。

随着一阵嗞嗞的电流声，实验室各个角落里顿时充满了磁极的引力。木叶头骨眼窝里射出一束微弱的红光。尹良博士把挖掘出的那枚项坠，摆放在木叶头骨的面前，奇迹就发生了。

盛放两具白骨的木箱里，同时亮起一道红光，似乎在和木叶头骨相呼应。那光由暗及明，如同被点燃的热气球，充满升腾的热量。尹良博士惊讶地睁大眼睛，那两具石化白骨竟然重新生出皮肉来，慢慢地躯体成活了，空洞的眼窝里长出了转动的眼珠。他们坐起身来，疑惑地左右环视，打量着周围的环境。那红光映在他们的脸上，把他们的脸染成了金色。他们恢复了原形，肌肉发达而且体魄健硕，皮肤黝黑发亮，自然而然，像自然之子。你并不会为他们的裸体而难为情，因为人体之美压倒了一切杂念。

一阵恐慌给予了尹良博士力量——探索真理的力量。他的情绪在兴奋刺激和精疲力竭之间大起大落。他没有丝毫畏惧感，他们是他的实验品，是他的考古研究成果，是他此生的重大成就。

"你们想干什么？我能帮助你们吗？"尹良博士平静地问。

"我们也想活着，想轮回到人世间，我们还年轻。"女子说着笑了起来，声音像银铃一般悦耳。

"轮回是早晚的事。"男子说着也笑了，声音低沉而苍劲。他们的笑声混合在一起，像是天然音乐喷泉欢快而明晰。

"你们是谁？"尹良博士问，目光须臾不离地盯着他们。她美丽非凡，他刚健有力，充满英雄气概。他们站在一起，就像牛郎和织女一样般配。

"我叫百合，太阳部落的女儿，母亲是天鹅姑娘。他叫红柳，他是我男人。"百合说着拉起红柳的手，用充满爱意的眼神看着他，"红柳是黄土部落的继承人。"

"说说你们的经历，生活时代，为什么……"尹良博士和蔼可亲的态度，就像是老师在考问学生。他想问你们为什么葬在一个墓穴中，但是这有关个人隐私，因此止住了话头。

"我们生活在两万年前，靠狩猎和种植生活，也经常在野兽口中夺食。"红柳的声音像那个时代一样厚重，一样辽远。他们跨出了木箱子——那张为他们定制的带有边框的大床，步态轻盈、洒脱奔放。

"我们永不分开，生生世世在一起，哈哈……"他们说着飘了起来，像是被一股气流托着。他们变成了两股白雾，在房屋里飘忽不定，姿态变幻莫测。他们围绕着尹良博士迂回盘旋着，然后从墙缝隙中飞了出去，飞向辽阔原野的夜空。

"喂，喂！"尹良博士拉开房门，冲着空寂的野外喊道。他仿佛沉溺在梦魇中回不过神来。

"放心。"木叶头骨说话了，"跟你闹着玩呢，让他们去看看，两万年的沧桑巨变，看还能不能找回一些记忆。"木叶以调侃的口吻说，"我们深埋地下并不希望被侵犯，但是地下快被翻遍了。"

"确实，换作我也不希望，你应该理解。"尹良博士发自肺腑地说。

"算啦，看看你的最新成果。"木叶头骨淡淡地说，下颌发出轻微的咔咔声，和房间里的氛围极不协调。

"这是月亮的圣甲虫项坠吗？"灯光下的那枚原始项坠，似玛瑙一样光滑亮洁，泛着幽蓝幽蓝的光。

"它是象征身份的项坠，新新时期每个人都有，可以对号入座，它的确属于月亮。"木叶头骨肯定地说。

"你的意思是……拿着它就可以和转世的月亮相认了？"尹良博士急切地问。还没等木叶头骨说话，他又客气地说："对了，我会抓紧联系相关部门，以最新技术修复你的下颌，你知道最近发生了很多事，医院怀疑我是脑瘤。"

"那是经过设计的陷落，但那是捷径……见到月亮了？"木叶的声音里有种阴谋得逞的兴奋。

"哦，是你做的局，我可摔得不轻，差点送命！"尹良博士摇摇头苦笑道，"见到月亮了，她的确像你形容的那样，美艳无比。"

"可记得百合和湖？他们是玛瑙和天鹅姑娘的孩子。"

一道白光在尹良博士的记忆里穿行，他实现了角色转换，他就是太阳，那个建立起太阳部落的太阳爷爷。他和棕熊搏斗腿部受了伤，落下残疾，走路一瘸一拐像个老海龟。他却在极度恶劣的环境中顽强地活下来，不屈不挠地建立起了太阳部落，并且创造了人类文明。

那年秋天，一个霞光满天的早晨，玛瑙和云雀、杜鹃的孩子们出生了，四对双胞胎，四男四女。孩子们出生时，太阳做了一件很奇怪的事，他孤独地坐在房前不远的潭水边，整整等待了一昼夜。枫树在风中婆娑，凋零。自月亮死后，他还是第一次发出笑声，而且笑容灿烂。

潭水清澈见底，水波由潭心向四周传送，触碰潭壁又向内折，像是在相互传递着喜讯。透过层层雾波，太阳看到水里的鱼在游动，开始是几条，接着是数十条，继而成群结队。它们都是些肥大的鲢鱼。

太阳正看得出神，突如其来的一场暴雨，让他长了见识。他以前听说过飞鱼的事，但百闻莫如一见。他看到有许多沸腾的小黑点，在潭水上空浮动着，搏动着。开始它们仅在水潭上空，继而开始在更大的范围里移动。不大一会儿，他发现原来是水潭中的鲢鱼在飞，千真万确！它们穿梭于风雨和雹子之间，乘着雨柱，划着水波，像一群欢快的蜻蜓在低空飞舞。

太阳不停地嘟哝说："谢谢！谢谢！"雨水把他淋得透湿，让他感到冷飕飕的。鱼们撞在他的脸上和身上，散落在他的脚边。他帮助受惊的鱼回到潭水里，把气息奄奄、即将毙命的大鱼用草绳穿起来，拿回家中给杜鹃和云雀煮汤喝。

太阳回到家，把火塘里的火烧旺了，迫不及待地把陶罐架在火塘上。他熟练地操刀杀鱼、去鳞，取出内脏，再把大鱼切成块放进陶罐中，最后抓上一把去腥膻的草叶和催奶的药草。房子里飘散着鱼汤的香味，他捞出一块尝了尝，天呀，美味佳肴，口感既细腻又柔软。他疲惫而快乐地笑着，那感情的深度纯粹而无瑕，广度无边而厚重。

另一个窝棚里，炉火温暖。为孩子们接生的是孩子们的祖母——月亮。她为孩子们割断脐带，为他们抠去嘴里的污物，让他们发出嘹亮的啼哭声。月亮仍然年轻，脸颊红润清纯，她的美貌像是定格在了二十岁。她把陶罐中的热水倒入陶盆，用毛皮为孩子们擦拭带血的身体。一个个幼小的生命，在脱离他们母亲的身体时，对自己人生的重大转折发出了兴奋的哭喊。

夜里，玛瑙来到太阳叔叔的房子里，跟他商量给新生儿起名字的事。幸运之神终于眷顾了他们，孩子们的降临如"星星之火"。他们把能想到的好名字都想到了，最后男孩分别叫"潭""泊""淙""湖"，全部和水有关。女孩叫"梅""兰""菊""百合"，全部和花草有关。他们是日后这个家族的生力军和部落的荣耀。太阳给自己的部族取名"太阳部落"。

寂静的林子里传来相思鸟的领唱，音色优美而激昂，片刻引来众鸟的回应，"咕咕咕、咕咕咕"，共同组成了黎明前奏曲。太阳爷爷弯腰走出窝棚，周围的树叶发出哗哗的声音，宛如滚过一阵细碎的波浪。他伸出双臂迎黎明，仿佛要把美丽的景致揽入怀中。

这年冬天来得异常早，入冬不久，突然下了一场罕见的冻雨。刚出生不久的新生命，经历了新的考验。严寒终于过去了。忽然间，春天悄悄走近了山口，已经近在咫尺。由于上天的眷顾，玛瑙的孩子都存活了下来，而且个个健康漂亮，长着圆圆的脑袋和蓬松的头发，跟他们父母的一样。孩子们中只有湖瘦弱一些，发育不是很好。

几年以后，孩子们长大了，跟在太阳爷爷身后，像彗星的尾巴一样。他们轮流牵着他的手，叽叽喳喳的，像树上的鸟。有儿孙绕膝，他深感心旷神怡。他从没有呵斥过他们，甚至没有高声和他们说过话。他太爱他们了，尤其爱湖。因为湖身患疾病，比其他孩子更需要关爱和照顾。

湖长到两岁时，冬天里受了风寒，高烧持续不退，后来开始出现经常性的抽搐，之后他再也没能康复。太阳知道他患上了羊角风，心里很悲伤。他经常到山里寻找一些珍稀的药草，回家后为湖熬药或者擦洗，以减轻湖的痛苦。太阳爷爷是湖的守护者，常常把他抱在膝头，帮他掰一掰小胳膊，按一按腿和脚。也常常背着他去撵兔子，或者去捉山鸡。

一个不明飞行物飞来，发出耀眼的光芒，直接撞向尹良博士的头部。"哦，哦！"他歪了一下头，不明物体与他擦肩而过，他一下清醒过来。原来是红柳和百合飞了回来，他们又变成了两具白骨，冰冷地、安静地躺在木箱里，保持着相拥而眠状。

"你看，他们回来了。"木叶说话了，把尹良博士的思维拽回到现实中来。房屋里一片沉寂——死亡的沉寂。尹良博士感觉空间特别狭小，四壁正在向他挤压过来。

"好，太好了。"尹良博士忙不迭地说，思维在电光石火之间穿行。沉默一会儿他又说："他们是幸福的，生命已抵达无限。"

戴亦西跟在喜娃-36身后，悄无声息地溜出了克隆培育中心。门外是一道环形走廊，没有门窗。她们贴着墙板，穿过长长的走廊，转过一个九十度的弯道，前面有一个通风口。喜娃-36悄声说："我们从这里出去，墙外是一片原始森林，顺着墙走可以上大路。"

"好的，我有朋友等在外面。"戴亦西觉得压力很大，不知道接下来会发生什么。

"如果被抓到，我们会被丢进化学分解池。"喜娃-36警告说。她显得有些激动，身体不住地颤抖。

"什么，化学分解池？"戴亦西惊呼道。她感觉心脏像在蹦极，从胸腔跌到了腹腔，七上八下找不到安身之处。

喜娃-36示意她不要出声，动手把通往外面的通风机卸下来，露出桶口大小的一个洞。她示意戴亦西先钻出去。"不行，我想去看看化学分解池。"戴亦西固执地说。

"赶快离开！"喜娃坚持道。她趴在洞口试了试，然后缩回身子说："好吧，你可要有思想准备。"她沿着通道的另一头走去，转过一个弯道，顺着坡道走入地下。

喜娃在黑暗中说："化学分解池可以自动处理那些不被需要的、触犯基地戒律的人，或者人体废料，然后制成卡巴吉津营养液，销往全国各地。"喜娃-36往前试探着脚下的路，"跟着我。"她拉住戴亦西的手。

"哦？！卡巴吉津营养液？"戴亦西惊诧得说不出话来，这是她听到过的最疯狂的话。"很难想象，屠杀克隆人以获取巨额经济回报。"她愤怒地说。

喜娃-36拉开一道舱门似的闸门，下面挂着一道旋梯。她们摸索着走下旋梯，来到一个漆黑的地洞里。喜娃-36推开一块滑板,里面传来隆隆的声音。她们进入分解池的内部,温度急剧降低,机器的轰鸣声震耳欲聋。化学分解池建在地穴般幽深的地下,像是一座带盖子的玻璃水立方,里面发出紫色的荧光。液压机不分昼夜地工作着,为分解池中输送动力。

站在悬挂通道上,透过薄薄的雾气,戴亦西只看了一眼,哇的一声,一口胆汁喷在了墙上。仅此一眼,足以让她感受到死亡的震撼力。

输送带突然启动了,发出震耳欲聋的轰鸣声。一批新鲜的躯体被输送入分解池中,有完整的,有些被挖去了内脏,大多是未成年的孩子。他们垂死挣扎着把四肢伸出水面,如同但丁笔下的地狱。如果不是盖子罩着,戴亦西相信自己一定会被拖入池中的。这是人世间最没有尊严的死亡,是最恐怖的杀戮。

"这堵水泥墙的后面,隐藏着克隆屠宰场的一条生产线,每天都会有发育不成熟的克隆孩子被送到这里来。他们在培育箱里的时候,就已经注定会以这种方式死去。"

"快离开,不要久留!"戴亦西听到一个声音在耳边催促说。她觉得这个声音像尹博士,又有点像陆泽。不,不是陆泽,是尹博士。她跌跌撞撞地从地下爬出来,脚下被某样东西绊了一下,趴在了地上。她一个劲儿地呕吐,内脏翻涌着,撕扯着,拧绞着,如同被活杀的白鹅。"世界末日!"她在心里重复着白鹅的临终遗言。她的愤怒彻底压倒了恐惧,堵塞在她胸中。

喜娃-36把戴亦西搀扶起来:"你缺乏心理准备,不该来的。"她的声音缺乏变化,冷静、轻柔而镇定。"这大概是基因设定的原因。"戴亦西心里想。

她们两个连滚带爬地顺着原路回来,爬着钻出了通风口。风裹着雨珠打在她们脸上,凉意渗进了骨髓。两个巡夜人走过来,手电光在黑暗中晃动着。她们连忙隐蔽到一棵大树后,屏住呼吸。太幸运了,那两个家伙只顾说话,根本没有往这边看。

"到那堆盒子后面去,然后翻过墙去。"喜娃-36查看了地形后,冷静地做出决断。但她说话时牙齿在打战,口齿已不太清楚。

戴亦西顺着喜娃-36手指的方向看去,斜对面靠墙处堆放着大大小小的包装箱,踏上去轻而易举就能翻上墙头。喜娃-36蹑手蹑脚地向高墙下移动,弯着腰像猫一样轻盈。她轻轻跃起躲在了箱堆里,不料却弄出一阵响声。戴亦西跟在她身后,越过小路向对面的掩体跑去。"站住!"两个黑影大声喝道。他们出现在不远处。

"快！"喜娃－36话音刚落，一发子弹呼啸而来，擦着戴亦西的头发飞过。空气里充满头发被烤煳的味道。

"站住！"身后一片嘈杂，声如厉鬼。天哪，如果被抓住，只能尝试分解池的滋味了。戴亦西不敢往下想，一个箭步穿越纸箱堆，顺势推了喜娃一把。她踩过一个浅浅的水洼，却溅起巨大的水花把她托了起来。她和喜娃－36竟然一起离开了地面，跟她进来时一样突兀。一阵爆炸把她们甩出墙外。戴亦西感觉头部被击中了，耳朵嗡嗡作响，鲜红的液体顺着耳边流下来，染红了衬衣的领子。

"喜娃，你没事吧？"戴亦西在惊吓中喊道。喜娃没有回应，只有受惊的野鸟呼呼啦啦的响声。高墙外的地形变得极为复杂，喜娃不知被气浪推向了哪里。戴亦西掏出手帕擦去脸上的血迹，一股腥臭味，原来是野鸟粪。"可恶，雪上加霜！"她在心里咒骂道。

夜晚的山林呈油黑色，像是一座巨大的隐形航母，甲板上魅影重重似待命的战机。惊恐减弱后，戴亦西慢慢从地上爬起来，她确定自己毫发无损。喜娃，喜娃，她压抑着声音呼唤道，但是没有任何回应。她在枯枝满地、磕磕绊绊的山地上边喊边摸索。

"哦，我……我……"一块黑黢黢的石头后面，传来喜娃－36暗哑的声音。她蜷缩在地上，头发蓬乱，脸色苍白，眼睛空洞。她像是森林精灵被残酷的女巫施了魔法，冻僵在那里动弹不得。

"你受伤了？"戴亦西用手指探索到她的身体，摸到她冰冷的脸颊。

"我落地时肋骨撞在一棵树上，可能骨折了。"喜娃呻吟着，含混不清地说。戴亦西感觉自己的脑细血管在破裂，发出静电刺刺啦啦的声音。

"基地靠一个国际黑社会大人物支持，他是夏伯的幕后老板。"喜娃－36再爆出猛料说。

"天哪，太复杂了。"戴亦西惊叹道，"很抱歉，我把你卷进了这场冒险旅途中。"

"不，我别无选择，只能这样！"喜娃－36警惕着周围的动静，一只手紧紧和戴亦西相握。

一阵冷风吹来，夹杂着动物的嚎叫和呼哧呼哧的抽鼻声。"我的基因设计适合室内温度，冷空气会伤到我的肺部。"喜娃－36断断续续的声音里有种无法忍受的痛苦。她恍惚中身子一歪，倒在了戴亦西怀中。她很轻柔，就像是一张纸片人，或者是羽毛人。

"我们克隆人逃跑，会带来多米诺骨牌效应，成功的概率几乎为零。"她绝望地闭上了眼睛说，"但我只想一搏，虽然我们的出生违背了自然规律，但那不是我们的选择。"

"放心吧，我们的故事刚刚开始，我会带你走的。"戴亦西安慰她说。戴亦西想既然把她带了出来，就一定要负责到底，让她活下去。她曾经非常渴望有个妹妹，也许喜娃-36就是上天送她的礼物。她紧紧把喜娃抱入怀里，她感觉喜娃都快要窒息了。她一下想到白浪，想到他们刚刚萌芽的友谊，心里扬起一股暖意。

雨下大了，气温急剧下降。从树叶上滴落的雨点打在厚厚的落叶上，啪嗒啪嗒地响着。时间在施了魔法的黑暗中流失，而每一分钟都是对喜娃-36生命的威胁。戴亦西脱下风衣，披在喜娃-36的身上。

一只受惊的猫头鹰，哭泣着从一棵树飞上了另一棵树。一条蛇在树叶间索索爬行。远处一只求偶的山鸡在唱歌，对身边发生的事毫不留意。

第二十二章

黎明时分，山里起了一层浓重的雾霭，是雨后黏稠的湿空气。

一早起来，尹良博士喝了一杯热开水，狼吞虎咽地吃了一碗红薯稀饭和两个煮鸡蛋。因为要长途跋涉，所以必须保证体力。他部署力量让彭煜带队继续发掘，自己带着老毕和两名发掘工，准备前往凤凰沟去寻找新新部落的重要线索。

他们带了缆绳和攀缘用的抓钩，准备顺着他曾经跌落山崖的那道梁子，下到凤凰谷底进行实地勘察。尽管危险重重，但是探索求实精神让他勇往直前。此次的目的，就是为了证实自己近些日子里，一系列的奇遇有无根据。

尹良博士正准备随身物品时，忽然心里一阵慌乱。他想到了戴亦西，并且有了一种不祥的预感。他拨打她的电话，但语音提示机主不在服务区。他有些怅然失神，陡生几分哀伤和孤独感。

临出发时，毕老爹告诉他们另有一条路，是一条盘山小路，像蛇一样盘曲在山腰间，路虽远一些，但上上下下没那么陡峭。尹良博士采纳了毕老爹的建议，而且又多带上了两个人，让他们背上干粮和帐篷。他只是探探路，并不打算逗留太久，计划三两天的时间。

但是刚进入山口就迷路了，一条条小道宛若迷宫，他们转悠了一个多小时后又回到了原点。尹良博士只好让老毕回去请毕老爹出山。有毕老爹带路，他们轻松很多。他们一路向东南走，穿越浓密的树丛，爬上低缓的斜坡，然后开始长途跋涉。小路从一座废弃的寺院后绕过，然后猛然升高，往上一直攀登到视线敞亮的山顶。

尹良博士脱掉夹克衫，搭在臂弯上，脖子里挂着两部照相机。他尽管会时时留意眼前惊心动魄的景色，但绝不会让老爹的身影离开视线。有了上次失足的教训，他再不敢怠慢脚下的步伐了。连续一昼夜的暴雨过后，极富个性的山路像是发酵一般，踩在上面滑溜溜、黏唧唧的，随时有摞倒的可能。

　　背着行囊行走在山道上，老毕步伐稳健，如履平地。尹良博士紧紧靠着石壁，踏着前面人的脚步小心跟进。下面就是悬崖，他实在没办法让自己不紧张。毕老爹虽然上了岁数，却也健步如飞，让尹良博士紧赶慢赶甚觉吃力。

　　经过艰难的攀爬后，他们来到一个山石嶙峋的悬崖边上，小路到此为止。周围是杂草丛生的荒地，一些不知名的灌木直接长在山脊的裸石上，有齐腰那么深。毕老爹找到一块垂直的玄武岩巨石，在上面固定上绳索，决定从这里降落到谷底。尹良博士在一块突起的石头上坐下，抓紧休息片刻。

　　"这下面就是凤凰谷？"尹良博士大声问正在固定绳索的毕老爹。毕老爹说这条峡谷就是"凤凰谷"，因为离鬼石窟不远，所以原始生态基本没遭到破坏。毕老爹边说边忙碌着，全神贯注在手中的绳索上。

　　"老爹，你听说过音美吗？"尹良博士问。

　　"你说啥呢？"毕老爹头也没抬一边回答，一边注意着正往下滑落的老毕。离地两米多高时，老毕一松手轻快地跳了下去。

　　这时，临近尹良博士的一块泛着褐色苔藓的石头，抖动着身躯，翘翘尾巴，变成了一条响尾蛇。咦，蛇王！尹良博士忙与它打招呼。蛇王嘤嘤叫着，吐出芯子，把一块透明的绿宝石吐到他面前。这是什么？尹良博士甚感惊讶。"带上它，包你会有意外惊喜。"说完它又遁回了原形，变成带有褐色苔藓的石头。尹良博士捡起豌豆大小的宝石，仔细检验，并未发现异常，便装进内衣口袋里。

　　毕老爹已经把老毕他们送到了谷底，只剩下尹良博士了。毕老爹一直全神贯注地注意着手中的绳索，因此对刚才发生的事毫无察觉。尹良博士看了一下表，下午四点二十分。阳光很明亮，天空呈现出由白渐蓝、渐黄、渐红、渐紫的条带，像彩虹在风中随意飘舞，极像俄罗斯油画中的景色。

　　"尹博士，下吧。"毕老爹喊道。尹良博士探身往下看了一眼，这是一条与世界一样古老的峡谷。"不要往下看，手抓紧，脚踏实了，手不要碰到岩石上，那石刺比刀刃还利。"毕老爹再三叮咛说。

　　尹良博士紧紧拽着那根脐带似的绳索，脚踏在石壁上，小心翼翼地往地球深处滑落。石壁上有道道黑色刀刃般的石刺，一不留神碰到上面，手上就会血流如注。在距离谷底两三米的地方，他发现绝壁上有一道神秘裂纹，沿着山体无限伸展开来。

　　谷底有一条小河，河水在鹅卵石间奔流，发出悦耳的汩汩声。一群迁徙的大雁飞过，要去遥远的南方过冬。它们飞过时，有一瞬间遮蔽了太阳。尹良博士想，这种流淌和飞翔，还有太阳的东升西落和四季轮转，都是亘古不变的，然而很多事情都在发生着变迁，甚至是巨大的变迁。正是人们对变化的企盼和追求，才是推动社会发展的原动力。

　　尹良博士用满是虔诚的目光，在阒寂的山谷中搜寻，希望能找到一些历史的印痕。他沿着溪流搜寻，看到一棵歪斜的胡杨树，横亘在一条顺谷而下的小溪上。他低头想要从胡杨树下钻过时，猛然看到树干上有一结疤，但很快他发现了端倪。那是留在树身上的一枚箭头——石质箭头，也称石镞。用作箭杆的木头已经化作了腐殖质，但碳化物仍然连在箭头上。箭头埋入树干有三厘米深，在树木受伤后的生长过程中，箭头周围形成了一圈褶皱疤痕。但从箭镞出露在外的部分，可以看出它的强悍足以射杀鹿、野猪和人。

　　尹良博士用一个指头在箭头锋利的边缘，露在外面的部分刮了一下，认为它足够锋利，还能够切肉。这种石质箭镞，以前在发掘时为常见器物，而像现在这么逼真地插在树上，还是第一次见到。

　　尹良博士推测：这支射失的箭有这么几种可能，因为技术欠佳，或光线不足，或风力使然。他掏出一把弹簧刀，将刀尖插入胡杨树干，用力挖出一小块木头。他把石镞从小木块中剥离出来，放在手心中仔细端详着。灰色的燧石被磨出尖锐的镞尖，镞尖两侧磨出利刃，镞尾呈燕尾状带倒钩刺，长约五厘米，宽约两厘米。其完美的对称形状，只有手工才能打造出来。

　　暮色渐沉，逼近草木葱茏、幽深沉寂的大峡谷。月亮升起来了，星河灿烂，照亮了与世隔绝、蒿草丛生的峡谷。这时，视觉的余光会让人产生一种错觉，两侧的山峰仿佛两只巨翅，伸向天空接住了月亮。

　　他们选择在河边安营扎寨，支起了帐篷。老毕和两名发掘工铺垫出一块空地，点燃起篝火驱赶寒气。篝火在熊熊燃烧，当火堆烧平时，就会有人将柴火聚拢并向高处堆一堆。也有人随时去把附近的枯枝捡来，投进火堆中。老毕在沟里采集到一些新鲜的苏子叶，将两大块腌制好的猪肉包起来埋在灰烬中。

　　"昨天就用作料腌好了，下酒菜。"老毕又从背包里拿出一瓶自酿的老白干说：

"来，喝。"他把一瓶酒分倒在几个人的水杯里。尹良博士原以为是很难喝的劣酒，谁知味道还不错，甘醇、香甜，别有一种异样的滋味。

肉还在烧烤着，他们用烧开的矿泉水泡方便面吃。空气中弥漫着香料和辣椒的气味。尹良博士往毕老爹身边靠了靠，把一块火腿切成片放进他的碗里。"老爹，有什么传说故事讲给我听听，说说你的人生经历也行。"他把剩余的火腿跟大家分了，因为有酒有肉，营地气氛活跃起来，朴实的农民就这么容易满足。他们相互善意地开着玩笑，一边闲聊，一边相互揭短，时不时爆发出阵阵笑声，回荡在寂静的大山里。

"毕老爹，讲讲凤凰传说吧。"尹良博士对毕老爹说，"神话传说中，有时包含着强大的文化脉络和真实的故事。"

"凤和凰是这山谷里的神，传说有人看见过她们，是拄着拐杖的老太婆，也有人说是光彩照人的年轻女孩。她们会帮助贫病交加的人，改变他们的命运。"毕老爹说话时，被火光映红的面庞，平静但也尽显诡异。"口耳相传，她们已经深入到了千家万户。"他停了很久，喝干了杯中的酒。

"毕老爹，听说过月亮的故事吗？"尹良博士追问道。

"月亮呀，从这里往西走十几里地，有座叫月亮窝的山脉，月亮落山时正好悬浮在山口里面，就像是月亮的巢穴，也有传说故事……"

篝火烧成一堆木炭时，里面飘来诱人的香味。老毕用木棍把烤肉从火堆里扒出来，用刀将其切成块，里面露出粉红色的肉丝。大家用手抓着吃了起来，然后将手在带露水的草叶上擦擦了事。

"哥俩好呀，哥俩亲呀！"

"感情深呀，一口闷呀！"大家闹闹嚷嚷，把杯子碰得当当作响。

尹良博士凝望夜色中的山岭，挂在天上的银河与他回望。"我从来都没见过这么多的星星。"他喃喃自语道。他想起灵魂聚集在星河里，等待转世的说法。

"老爹，说说你身上的故事。"尹良博士轻声说，眼睛看着熊熊燃烧的篝火。

"嗨，一言难尽……"毕老爹表情僵直、如鲠在喉。他的内心涌起一阵波澜，记忆一下跳回到五十多年前。那时，他乳臭未干，是一个懵懵懂懂的愣头青，被认为是胆量超群的初生牛犊，对什么事都跃跃欲试以争高低。但是残酷的生活教训了他，让他一夜间成熟了，早熟了几十年。

他父亲是一名国民党小军官，参加过抗日战争，打过日本人，并且受过伤。父亲退伍后回到家乡南地村，守着几亩薄田过日子。突然一天，父亲被带走镇压了，罪名是国民党隐藏特务。这件事影响到他的一生，从而噩梦连连没有间断过。

"你祖辈世代居住在南地村？"尹良博士看着面前燃烧的火苗，火光冲淡了周围的黑暗。

"是呀，我家祖祖辈辈都在南地村……我父亲当过国民党的兵，一个下级军官。"他含混不清地说，提及往事他心如刀绞，"他十几岁就当兵了，只可惜穿错了军服，怎么就不去算一卦呢！"他打了一哈欠，眼睛里流出泪来。

山风把树木刮得吱嘎作响，一个像橙子一样的果子，啪的一声落在尹良博士脚边。他捡起来问毕老爹能不能吃。毕老爹说，你尝尝，这叫火圣果。尹良博士把熟透的果子剥去皮，掰下一瓣放在嘴里，清香四溢。他让蜜样的汁液滑进喉咙，淌进胃里。

"夜里风一刮，明天沟里会有很多果子，都被山猫和野猪吃了。这里的鸟可有口福，吃不完的果子。"毕老爹低声说，"我年少时经常来，一待就两三个月，有时艳阳高照，有时大雨倾盆，山洪滚滚，嗨，什么都经历过……可是我没死，命大嘛，现在都不敢想……在野外觅食什么都吃过，挖掘草根，吃毒蛇，结网捕鱼，用类似的手法捕鸟，就像是一个狼孩。后来，死亡对我来说已经不再是一件阴森可怕的事情了。"他连打了几个喷嚏，还是那么响亮，"老了，一转眼这辈子就完了，磕磕绊绊、受尽苦难，没享过一天福，命呀，天生就这命！"

他从腰带上摸出一个烟斗，填上烟叶点上火。他抽的是一种本地的生叶子，散发出刺鼻的干草和干牛粪的味道。他猛抽了几口，然后磕去烟斗中的烟灰，再装上烟丝。老毕和两个技工酒足饭饱后，爬进帐篷先睡了，不久帐篷里传出舒畅的鼾声。篝火旁只剩下尹良博士和毕老爹两人。

"老爹，你父亲跑台湾了？"尹良博士从行囊中抽出一条薄毛毯，披在毕老爹身上。他对老人表现出特殊的关爱，他想走进老人家的心里。

"没有，他内心是拥护新中国的，故土难舍嘛。抗战时期，他参加过武汉会战……不都是打日本吗，同命不同价。"他犹豫一下，咬紧牙关说，"打土豪时，他被处决了，当时很多人围观。我跑到这沟里一待两三个月，有什么吃什么，生病不能动了，就找块石崖在下面躺两三天。"他说话时一直看着篝火，声调有如在梦幻中，时断时续。

"他的牙齿被枪托打成了碎片，下颌也脱臼了。"毕老爹把烟斗使劲在石头上磕了几下，五官线条鲜明得像是从峡谷壁上刻出来的。

尹良博士的心哆嗦一下，有针扎似的隐痛。他干坐在篝火旁，陷入遐想中。他十分担心戴亦西，不知道发生了什么，但是一定是出了事。但是他不想往坏处想，却又控制不住感情。

夜越来越寒冷了，像是有霜降。尹良博士在篝火里添了些树枝，让火烧旺了，释放出足够的热量。银河呈现出来，一条神秘的光河横贯天际。繁星密密麻麻，如同路上扬起的一条镶钻的灰带。他伸手到口袋里摸了一下蛇王送他的绿宝石，安好，感觉很实在。把它握在手中，他感觉一股生命力在沸腾。

三块巨石垒在一起，天然形成一座石棚。石棚下面的空间，虽不比狗舍大多少，却足够戴亦西和喜娃-36避雨了。它使戴亦西想到了圆周率的符号。石棚下厚厚的干燥的落叶，坐上去让她们感觉舒服多了。戴亦西让喜娃-36靠在自己怀里，尽量给她一些温暖和安慰。她掏出手机仍没信号，于是懊恼地放回到衣袋里。

"喜娃，对不起。"戴亦西一再赔不是说，"或许有更好的办法，而不是强行带你出来。"她闯进一个天大的秘密里面，但秘密就像魔术弹，在炸响的同时也把她推下了深谷。

"不，应该道歉的是我，是我连累了你。"喜娃-36固执地说。她轻轻蠕动身体，让自己坐得更舒服一些，"我早想离开了，我想上学……想交男朋友。"她忍住疼痛深吸一口气，"如果我死了，那就把遗体捐于克隆研究，会有医学价值。"在克隆人基地，她没有感受过家庭温暖，并且被抑制了对母爱的需求。在她看来，这个属于自然人的美丽女孩儿就是上天派来的爱的使者，是母爱的化身。

"相信我，一切都会好的。"戴亦西安慰喜娃说。她嘴上虽这么说，却实在是不敢保证什么。她现在唯一的希望是尽快联系上白浪。雨落在外面的林子里，越来越急促的响声让她愈加不安。

"你先走吧，等找到你的人再来接我。"喜娃-36哀求说。

"不行！"戴亦西坚持道，"再等一会儿，天亮了，他们会找来的。"她坚信白浪和夏禾正在找她，"放心，回去我帮你联系大学，想学什么专业？"戴亦西和喜娃-36闲聊着，为了分散她的注意力。

"不知道，只是想想而已。"喜娃－36 沮丧地说。

戴亦西紧紧抱住喜娃，感觉她的身体在燃烧，像是一个滚烫的水袋，手却很凉。"如果直接上大学，你可以吗？"

"我们的好奇心在基因重组时已被抹杀了，所以学习特别专注，可吸纳百川。"她露出一丝得意的微笑，似乎忘记了眼前的处境，"我们的语言以及数学能力，都是在成长过程中通过潜意识输入法形成的。"

至此，喜娃－36 倒是没有悔恨自己出逃的选择，尽管前景凶险叵测。道理很简单，与其死在克隆基地，还不如拼死一搏逃出去。她想的最多的是上学，将来能自食其力，再找一个男人结婚生子，当然他也要爱她爱得发狂。

"你是第一次离开基地？"戴亦西问。她的眼前不断浮出那一箱箱黏稠的、像糯米粥的液体和一双双目光分散的眼睛。

"我五岁时，和一群克隆孩子被寄养在北杨村，在那里生活过三年。我们是第一批培育成活的孩子，被分散在村民家中抚养，我在村长胡伯家生活。我是那批孩子中唯一成活的，也是幸运者。"

"以前想过离开这里吗？"

"如果没有外界接应，那是不可能的事，我们的基因被设置了障碍，出逃就等于死亡，寸步难行。"她的眼睛里有种难逃宿命的凄苦。"有相应的措施，才有存活的可能，譬如医疗条件，给克隆人看病的医院。"

"夏风为什么克隆那么多孩子？"

"用于医学，可以为需要的病人捐献器官，那将是一笔巨额收入。"喜娃－36 牙齿颤抖着，伤感地说。

一只硕鼠向戴亦西悄悄靠近，迈着骄傲的步伐。它那两颗白色的门牙露于唇外，机警地抖动着胡须。它的体积像一只幼猫，腿上长着黄色的鳞片。它的皮毛已经湿透了，油光黑亮打着小卷。黑暗中，喜娃－36 看到了两只绿色的眼睛，"鼠王，你干吗？"她四下张望着，从身边摸起一块石头挥了挥，"去，走开！"鼠王像是听懂了她的话，掉头跑进黑暗中，发出索索的声响。

"一只克隆鼠，夏伯为它装了探测器，它可以嗅到一百米以外的微弱气息。夏伯已经知道了我们所在的位置，你快走吧。"喜娃推着让戴亦西走，"保存好我的

U 盘，里面是全部数据。"

"我不会放弃你，一定把你带出去。"

"克隆人属于人类吗？"喜娃突然睁大眼睛问，"我们没有父母亲，没人会为我的死而难过。"她的眼睛里滚落出眼泪，在戴亦西的手背上如蚁爬行。

"这个，这个，目前还没有出台克隆人权益法。"戴亦西支支吾吾地说。她突然意识到自己彻底迷失了方向。

"事到如今，你说该怎么办？"喜娃 -36 对自己严峻的处境充满担忧。她此刻想到的只有村长胡伯。胡伯是喜娃记忆中唯一抱过她的人。想到这一点，她就感到惆怅和难过。

林子里时不时传来哇哇的鸟鸣，阴森森的让人很不舒服。

"村长胡伯没有记忆，是一个失忆者。为了控制北杨村的村民，夏伯给他们服用了一种记忆清洗剂。"喜娃 -36 气若游丝地说，"我这里有解药，可以让他们回到现实中来。"喜娃从怀里掏出一个小瓶子，"把它掺在水里喝，一点点就可以了，是夏伯特制的。"

一束炫目的亮光照在戴亦西的眼睛上，打断了她们的谈话。随后传来男人的说话声，声音越来越近。"戴亦西！"她听到白浪的声音。经过漫长的等待后，她们终于等来了救援。

"白浪，我在这里！"戴亦西大声回应道。一声熟悉的呼唤，犹如一剂特效镇静剂注入她的血管，引起一阵情感骚乱——紧张与放松、激动与温情在体内互相冲撞，乱作一团。

"白浪来了，我同事。"戴亦西对喜娃解释说。此时的她，真希望白浪能够时刻陪在自己身边。莫名其妙的是，尹良博士也同时出现在她脑海中，以别样的情感在她的内心深处延伸，没有边界没有尽头。她也纳闷自己究竟是怎么了，仿佛感情触角发生了裂变。

山雨咆哮，地面阴冷而湿滑。"戴亦西吗？"声音来到近处，从一棵树后传来。同时，相反的方向传来另一个踩在枯叶上的脚步声。戴亦西爬出藏身的石棚，回身把喜娃 -36 连拖带抱地弄出来。

"白浪，我在这里……"戴亦西冲白浪呼喊的方向回应道。这时，不知从哪里蹿出一个黑影，抢过喜娃迅速消失在树林里，比夜幕中的气流还要快。

第二十三章

凤凰谷的篝火边只剩下尹良博士一个人，他感觉脑子被掏空了，毫无睡意。他手握那枚石镞，眼泪就要涌上来了，有种旧梦重温的感动。这枚石镞或许是太阳留下的，或许是音美留下的，抑或是玛瑙以及他们的后裔留下的。它就像镶嵌在历史深处的一颗明珠，发人深思，扣人心弦。

两万年前的一枚镶嵌在胡杨树干中的石镞，竟然被他一眼识别出来，这是何等的缘分，是天赐良机，还是机缘巧合？他坐在那里望着火堆，闻着松木燃烧的香味，听着它发出的噼啪声和咝咝声，心中百感交集。火堆渐渐低落了，它的余烬轰然塌落下来。他看到了一个风雪漫卷的黄昏，两个身影从雪地深处走来，一边寻找着射猎的目标。一阵强劲的风暴吹来，呼啸而去的箭矢失去了目标，射中一棵胡杨树干。

"唉，"尹良博士叹口气说，"天不作美，他们可都是优秀的猎手。"

这时一个年轻的女子径直走来，在火堆边坐下。她肤色苍白，如瀑布般的黑发微带棕色，就像现代女性漂染过的色彩。她无忧无虑，神色舒缓而优雅。她穿得很少，只有一件短草裙遮在臀部，一圈圈的彩色项链遮在她橄榄形丰满的胸部。

月光洒落在空地上，照出篝火的余烬。她非常安静，他仿佛能听到她的心跳声。

"月亮吗？"尹良博士惊喜地问，目不转睛地看着她。他一点也不诧异，一切尽在情理之中。她点点头，把一只手放在他的手上。她的手指冰冷冰冷的，只有手心有些许温度。"你冷吗？"他把她揽在自己怀里，她软弱无力地靠在他胸前。"不，我们不知道热和冷，但是知道人类的想法和心理活动。"

"你什么时候回到我身边？"他看着她水汪汪的眼睛，轻轻抚摸着她的头发说，"我好孤独，没人能理解我！"他们就像身处一座山洞里，里面的光束千变万化，流动着迷幻的琴声。似乎有千百个未曾说出的故事，交织成他的梦。

"这个需要时机，我也在为这一天努力，如果还没准备好，我的灵魂将会四分五裂。"她眼睛里的泪水一颗颗滚落下来，变成一颗颗绛紫色的碧玺，附加在她的项链上。眼睛是多么奇妙的器官，可以传递出无限的情感和思想。

"有那么严重？"他伸手擦去她的眼泪。"我能等待，有大把的时间，但是我怕自己太老了……我想和你生一群孩子，含饴弄孙，颐享天年……"他语无伦次地说。他做一个深呼吸，凝视着她两万岁的炯炯目光，心里被重重一击。

"这个，用不着那么搏命吧，你很强壮……有机会……"她的眼圈有些发青，声音发出咔咔的石质音色。"这是磨砺意志品质的时候，我们共同努力吧。"她投来质疑的目光，"你是说生一群孩子？"

"你是我花费几生等待的女人，我想破戒……不过你不要有压力，顺其自然吧。"他把脸贴在她的脸颊上，尽情感受着女人的气息，一种久违的气息，令他心旌摇曳。她把头枕在他的肩膀上，他却没有感受到重量和温度。

"我活得很累，你知道吗？"他苦闷地说，和她诉说衷肠。他将手放在她的腰间，用指尖触摸着她的后腰窝。他的指尖不由自主地向上移去，一节一节地触碰着她的脊椎骨。她将头抵在他胸前，把一只手伸向他的后颈，使他更紧地贴在自己的身上。他抚摸她的胳膊内侧，将手沿着她的身体向下滑，直到她平滑而充满张力的臀部。她伸出手臂环抱着他，久久不肯分开。

"我不想放你走。"他亲吻着她的颈窝，然后把脸埋在她柔软的双乳间，似乎直到永远。"你让我等得好苦、好累。"他抬起头看着她的眼睛说。

"迟早会重逢的，未来是光辉灿烂的。"她说话时不安地四处张望，显然时候已经到了。月亮在云中移动，透出一片片灰蒙蒙的亮光。山坡上有鬼火在飘动，光芒时明时暗，最后非常缓慢地消失在黑暗中。

"我不喜欢火，天亮了。"她的眼珠出现了一个石化点，像死鱼的眼球。眼看着这个石化点慢慢延伸开来，眼皮变成了焦黄的树叶状。

"哦，哦，你怕光？"尹良博士不由得一惊，心脏几乎停跳了，"你，你认识木叶吗？"他低沉的嗓音流露出温情。

她给了他一个吻说："当然认识，他是我小哥哥，身首分离死得很惨，死在战斗中，死的时候不到十八岁，为捍卫族群利益而献身。"她的声音咔咔的，像是石头的撞击声。

"你不要走，留在我身边。"尹良博士拉住她那骨感的手指，感觉并不舒服。他在她的锁骨下方看到一片绛紫色胎记，犹如展开翅膀的金斑喙凤蝶。这种胎记他似曾见过，但是想不起来在哪里见过。哦，想起来了，戴亦西，是的，她在同样的位置也有同样一块胎记。他感觉自己的身体正在融化，变成一摊血肉模糊的浆液。

她的眼珠变成了两颗灰白色的小鹅卵石，额头上也呈现出石化斑块，并且向额头和颧骨延展。她起身走了，踏着一片云，有如一道烟雾。一弯残月挂在西天，星星全部悬在空中，一颗颗又冷又亮。一座座灰蒙蒙的山峰耸立在远处的空中，它们的身后闪出一道微弱的光亮。尹良博士试着将矗立在身边的群峰，从黎明的灰暗中分辨出来，却迷迷糊糊地袭来睡意。

他仍然坐在篝火边，确切说那只是一堆灰烬。晨风吹来，刺骨难挨。毕老爹睡醒了，爬出帐篷，给快要熄灭的篝火添加木柴和树叶。浓烟四起，轰的一声火堆旺盛了，发出噼噼啪啪的响声。当尹良博士端起不锈钢饭盒去烧水时，却发现里面有两颗像豌豆大小的绛红色碧玺。他一下惊呆了，本以为和梦见牙齿的事如出一辙，但是两颗碧玺却实实在在地摆在眼前。他用手紧紧攥着，然后拿给毕老爹看。毕老爹说是火圣果的籽，每一瓣里都有一颗籽，是一种药材，可以治腹泻和胀气。

"不可能！"紧张令尹良博士气短，感觉空气更加稀薄了。他深深地吸了两口气，却力不从心，肺部像是一个破皮囊。他知道在这种地方，有太多的事情让他理解不了。这正是他此行的目的，他需要有足够的心理准备。

天空拉起一道银色的幕布，抖落一地的繁星，寒夜即将过去。

住在附近岩缝中的数以万计的蝙蝠，外出觅食归来，成群结队，遮天蔽日，如潮水涌动。它们就躲在山石裂缝的最高处，活像一支规模庞大、组织严密的黑超军。

"老爹，你制药的蝙蝠就是在这里抓的？"尹良博士问毕老爹。毕老爹说是蝙蝠幼崽，一般一剂药里放一只。听此言，尹良难免一阵恶心，好像有一只蝙蝠卡在了喉管里，吐不出也咽不下。"蝙蝠到底有什么用途？"他紧锁眉心问。

毕老爹说，蝙蝠能驱除体内的邪恶，蝙蝠的粪便被中医称作夜明砂，具有去翳明目的作用。有一种蜘蛛精，能潜入人体，蝙蝠是它的克星。

他并不相信毕老爹的话，只是闲谈解闷而已。一只战死的蝙蝠从天空落下来，掉在尹良博士的脚边。毕老爹突然指着空中说："快看，老鹰！"尹良博士顺着毕老爹手指的方向，看到一只鹰，不，是三只……不，是五只鹰在捕捉蝙蝠，形势相当激烈壮观。战场就在蝙蝠洞口，鹰随着蝙蝠在石缝中飞进飞出，犹如鱼鹰在水中捕鱼。蝙蝠狭缝求生，与狩猎者的竞赛愈演愈烈……

戴亦西的突然消失，把白浪心中的某种平衡瞬间打破了。他感觉大脑嗡嗡作响，身不由己地被推动着向前走去。他和夏未沿着高墙往森林里走，眼前漆黑如同一口大锅。两个人谁也看不见谁，而且是荆棘丛生无路可走。他们仿佛进入鬼片的场景中，在黑洞洞的神出鬼没的森林里摸索。

白浪伸手在黑暗中去触碰前面的障碍物，试图撬开黑暗中的秘密。他看着自己的手腕被黑暗吸进去，像是做了切除手术似的突然不见了，难免一阵紧张。夏未战战兢兢地说："我与生俱来的超能力，驱使我去探索发现！"他话音未落，脚下踩到了一只软体动物，惊愕地发出"啊"的一声，差点把白浪的魂魄吓飞了。

出于谨慎，他们只好暂且放弃寻找，退回到停车场上。他们拉开车门钻了进去，半响没说话。白浪用手背擦掉眼睛里流出的泪水，有种痛失至爱的感觉。但这仅仅是开始，他们正面临着生与死的考验。

风裹着雨滴打在车窗上，滋长着焦虑的情绪。"这件事很古怪，什么力量让她飞了起来？"白浪追溯着当时的情景。这种压抑的感觉愈演愈烈，最终变成了近似恐慌的紧张感。

"太荒诞了，美国大片的情节，我越来越相信特异功能了。"夏未说。一连串的电影情节闪过脑海，"她是神人，我敢打赌。"他学着希区柯克电影里吉米·史都华犹豫而诚恳的声调说。与柯南道尔的《福尔摩斯》相比，他更喜欢希区柯克的悬念故事。他想经过这一番折腾后，一定会激发出自己的创作灵感，写出一部惊悚、玄幻、悬疑加爱情的故事来。

雨越下越大，雨滴敲打着车顶，顺着车窗源源不断地流下来。夏未想着想着迷迷糊糊地睡着了。白浪却一直警醒着，不敢放松自己的脑神经。天空在阴雨中微微泛白时，山林里突然传来嘭的一声爆炸声。白浪的第一反应是出大事了。他推开车门冲进雨里，循着响声不顾一切地奋力跑去。夏未跟在他身后，跌跌撞撞地向前跑。白浪的脚步越来越快，大脑几乎停止了运转，只是一心想找到戴亦西。树林里很静，只有淅淅沥沥的雨声。他有预感，危险就在前面。

晨曦出现了，天还很暗。白浪看到一个瘦长的黑影从面前蹿过，同时听到戴亦西的呼救声。"亦西，我来了！"白浪大喊一声飞奔过去。他每迈进一步，颈椎的肌肉都会绷紧一分，到最后简直成了一条被拉紧的皮筋。

他突然看到右前方，有一个男人正举起拳头向戴亦西砸去。他以迅雷不及掩耳之势，一拳击中了那个男人的脸。一只眼珠挂在他的手背上，像一只缓缓爬行的蜗牛。啊！那人发出惨绝人寰的吼声。只听咔嚓一声，白浪一脚端在绑架者的腰间，那人倒在了身下的水坑里。

"快追！一个克隆女孩……"戴亦西顾不上细说，率先冲向前去。白浪追上来拉住她的手问："你说什么，克隆女孩？"他大呼小叫道，以为她在胡言乱语。

"这里是克隆基地，夏风，夏末的堂哥是基地领导者，他在成批量地克隆孩子。"戴亦西难掩激动的情绪。她闭了一下眼睛，阻止泪水流出来。

"我不懂你说什么。"白浪伸手拉住戴亦西的手腕，梳理着自己的思路，逐渐明白了她的意思。他倒吸一口冷气："都是真的？"他把她拉近自己的身边，近距离地看着她的眼睛。

戴亦西回想起惨不忍睹的化学分解池，胃部又是一阵痉挛，胆汁差点再次喷出来。她想只要自己不忘记那一幕，以后怕是再也难与一个和谐的世界相容了。

三个人一路追踪，在山林里四处游荡了一会儿，并没有发现目标。正当他们为难时，只听草丛里发出窸窸窣窣的声音，动静闹得很大。戴亦西低头一看竟然是那只克隆鼠王。"是你呀？"她诧异地问。鼠王抽搐着暗绿色的胡须，头也不回地向前跑去。他们跟在它身后飞跑。

这是怎样的一夜？怎么会走到了这一步？几个人稀里糊涂地陷落到了不可控的局面中。再强调一句，这仅是开始，更大的灾难还在后面。

"我在这里！"不远处的地下传来喜娃模糊的声音。戴亦西跟着鼠王，找到了一座陷阱，那是猎人为野猪设计的。

"快救人！"戴亦西催促白浪道。她探身往坑下望去，阴森不见底。她无法确定它的深度，应该不仅是为野猪设计的。"喜娃，你在里面吗？"戴亦西焦急地问。

"我在。"喜娃-36原本已经放弃了逃生，命该如此，她属于基地产品。但是此刻希望又重新燃起，她想活着出去，想摆脱牢狱生活。

"我来，我来！"夏未推开白浪，一个箭步纵身一跳进入坑中，躬身把喜娃－36挽扶起来。至此，他对目前的复杂局势还一无所知，更没想到会与自己的家族利益有关联。尽管他对父亲的事业不感兴趣，也没有涉足，但是父亲一直是他心目中的英雄，或者是一个枭雄。父亲十八岁那年，作为对赤贫的最后抵抗，他单枪匹马从一贫如洗的家境中脱颖而出，迅速完成了资本的原始积累。从此，父亲的社会地位突然飙升，扶摇直上，彻底改变了他卑微如蝼蚁般的人生。

他常听父亲说：伟大的商人要有深藏不露的野心，也要有心若止水的耐心，还要有猎犬一般的敏锐和嗅觉。他还说：生意是一张网，商人就是织网的人，一针一线都不容疏忽，否则总有网破的时候。夏未正在经历考验，人生的重大考验。

夏未伸手托起喜娃，觉得她很轻柔，就像是一片云附着在自己身上。他把她递给白浪的那一刻，感觉有股微电流通遍全身，发出噼噼啪啪的触电声。白浪伸手一把将夏未从陷阱里拽上来：走，快走。白浪有意模糊了实质性的问题。关键是夏未不能倒戈，否则他们将陷入寡不敌众的危险中。

"来，让我来背……"夏未不由分说地背起喜娃－36，一路小跑向山下冲去。喜娃把头搭在他的颈窝边，始终没有说话。她不是一个柔弱的小姑娘，只是基因设置不利于她出逃。

"嗨，休息一下。"夏未把背上的重负卸下来。他抑制不住好奇心，只想看一眼女孩的容貌，权当是猎奇吧。白浪接过喜娃，背在身上。夏未急速瞥了她一眼，竟留下"举世无双"的强烈感触。她百合般的皮肤清澈明净，一双眼睛大而沉静，眉宇间散发出纯真和英气。

"这女孩是谁？"夏未痴痴地看着女孩的背影，细细品味着。他昏头昏脑根本找不到北，更别说理解这错综复杂的事物了。

天空泛白了，漫漫雨夜结束了。

他们的脚步在满地浸透雨水的落叶中咚咚作响。"她到底是谁？"夏未质问戴亦西，停下了脚步。

"我告诉你，"戴亦西看着他的眼睛说，"喜娃－36，她是一个克隆产品，没有亲生父母……你懂吗？"她瞪大眼睛等着他的反应，给他时间让他思考，因为这是考验人脑思维的艰难时刻。

"哦、哦……"这个答案的确有冲击力，夏未愣了一下神说，"见鬼去！"

戴亦西看他受到惊吓，干脆把自己的遭遇一五一十告诉了他，包括克隆人培育箱、化学分解池等等。最后她说："我从喜娃－36的背部挖出一颗灵魂码，以免被跟踪……这段奇异的经历足够你写小说吧？"戴亦西语带嘲讽地说。她没有说出克隆基地的主权者，因为无法判断夏未的态度，怕他一时无法接受。

"杜撰！"夏未咯咯一笑，但笑声戛然而止，"你说的都是真的？"他的表情告诉她，他正在经历激烈的思想斗争。她严肃地点点头。一阵长长的沉默后，她又说："无论遇到什么情况都要冷静，我们在一起。"

他欣喜若狂地大笑起来。跑上前追上白浪说："来，来，让我来背喜娃，你休息会儿。"他强行把喜娃－36接过来，背在自己背上。他想帮助这个陌生女孩，无法解释为什么，也许是一时冲动，但是愿望很强烈。

他们一行千辛万苦回到停车场。当他们要上车时，突然鼠王像上了发条似的冲上前来，挡住了他们的去路，焦急地原地直打转。"后退，有危险！"喜娃－36喊道，她懂得鼠王的意图。他们向后刚刚退了几步，随着一道爆炸的火光，两只轮胎飞了起来。伴随着震耳的响声，一只车轮心惊肉跳地擦着夏未的耳边飞去，另一只擦着戴亦西的脚边飞下悬崖。所有的人都吓呆了，半天没有缓过神来。空气中散发着刺鼻的味道——毁灭的气味。

鼠王再次出现在他们面前，抽动着长长的胡须，意思是"解除警报！"它的眼睛由夜晚的绿色变成了鲜红色，似两颗璀璨的红宝石。喜娃－36的脸上露出明亮的笑容。她的笑容具有放射性，是那么让人怜惜，感觉那么温柔。

鼠王立起后腿，冲喜娃－36吱吱叫着。喜娃解释说，鼠王让带它一起走，它不想流落山林，成为一只丧家鼠。"一起走，你是我的宠物鼠。"戴亦西打开后备厢盖，鼠王轻松跳了进去。它随即用尖利的趾爪把植入脚心的探测器挖出来，扔向车外。本来情况很凶险，结果变成了嘻嘻哈哈的游戏。但是这种轻松愉快的氛围并没有持久，随之而来的是对他们生命的更大考验。

天放亮了，雨还在下，淅淅沥沥地挣扎在晨光中。白浪和夏未一起动手取下汽车备胎，换在左后轮上。然后就近找了一根粗粗的圆木，用钢丝绳将它和右后轮中轴绑在一起。干完这一切，已经半晌午了。

　　"我来试试，虽然没开过三轮汽车，但我的平衡能力绝非常人可比。"白浪用肩膀碰碰夏末，表示自己必胜的信心，"我本来要考飞行员的，被我爸扼杀了，他说我没那种胆量和意志力。"他拉开车门坐进驾驶室，转动一下钥匙，可是什么反应也没有。他屏住呼吸，念念有词说，启动吧，拜托了……他又转动钥匙，还是没有反应。

　　他把头靠在座椅上，深呼吸让自己冷静下来，然后下车把发动机盖打开。他利用自己平时积累的汽车常识，开始重新装配引擎，检修电路和油路。然后他再次坐进驾驶室，又试着打了一次火。汽车轰的一声启动了，发出巨大的轰鸣声。

　　"神啊，快上车，哇！"白浪打出胜利的手势。夏末抱起喜娃－36把她安放在后排座上。他看清了她苍白的脸庞，心底一阵战栗，仿佛被闪电击中了。戴亦西上车坐在喜娃－36旁边，让她依靠在自己怀里，一只手搂住她的肩膀。夏末说，越过两座山，就是县界了，到 A 县我有个公安的朋友，可以帮上忙。

　　夏末钻进副驾驶座，白浪关上车窗，将车子顺利地开出狭窄的隧道，然后冒险和死亡"约会"去了。

第二十四章

一阵晨风吹来，吐出一片神奇和狂野的色彩。尹良博士这辈子都没见过这么壮丽的景色，五脏六腑都被颠覆了位置，眼泪瞬间涌入眼眶。他站起身，沿着这条古老的沟底小河，孤独地走去。涓涓细流不时在他的脚边汇聚，时紧时慢，时聚时断。羽毛鲜艳的各种鸟类，在周围的树梢上飞掠，给寂静的林间带来欢快的喧闹声。

沿着河水前行，在河流转弯处，突然出现一道壁立的石岩，像是赫赫威严的一道标识，刺破苍穹挡住了去路。被阻挡了去路的河水，分成两股绕道而行，汨汨地消失在茂密的丛林中。

尹良博士仔细审视面前的石灰岩石岩，越发激动起来。他从裤袋中摸出一把瑞士军刀，亲自上阵，把覆盖在石岩上的藤蔓和杂草清理干净。随之一尊高大的石柱呈现在面前，确切地说，是一座他以前从未见过的石雕品。石柱呈四方形，高度达四五米，宽约两米，四面从上到下都刻满了浮雕和花纹，以及形态各异的符号，在石柱正面最醒目的位置上刻着一尊浮凸雕刻的神像。它被一组几何图形所包围，其外延是几何图案、波纹、火焰纹、古老的眼睛等等，布局诡秘，如同棋盘上的一颗颗棋子，只可惜随着星移斗转已面目全非了。

尹良博士循着河水消失的地面，进行了地毯式搜寻，结果发现了一座狭小的石洞。洞口已经被乱石填塞，几乎被溪水所淹没。经过反复验证，他断定里面有一个岩穴。他找来一根木棍，顺着一条石缝用力撬动，石块居然有所松动，继而塌陷出一个大洞口。他掏出填塞洞口的石头，勉强能够爬进去。溪水淹没了他的双腿，脚下有一尺多长的大鱼在游动，拍打着他的小腿。

这里像是一座幽深的地牢，潮湿阴森，更像一个沉睡万年之久的冷血巨兽的腹腔。尹良博士冷静下来，掏出手电照了照，发现洞口南侧有一道自然形成的旋梯，可以通往高处的一座平台。他提心吊胆地爬去，进入一团黑暗中。有一段狭窄滑腻的通道，他俯身趴在地上匍匐前行，一不小心污水便进入他的口鼻中。

手电光照不到黑暗的尽头，周围蓝光幽幽，似一张猛兽的大嘴。他毫无畏惧，爬上旋梯，挨着墙壁采取蟹行的方法，一步一步地往上爬。他忽闻人语声，像苍蝇在耳边嗡嗡。再向上走，人声越来越清晰，可以分辨出有男人的声音，也有女人的声音。他屏住呼吸挪动脚步，伸长脖子向上望去。盘旋梯挡住了他的部分视线，不过他看到了最后一级台阶。台阶前是一片平整的地面，是由青石砌成的，光滑而且平整。

尹良博士再往上攀登一步，眼前的一幕让他大为震惊，差点把他吓趴下。他背靠冰冷的石壁，屏住呼吸，等眼睛渐渐适应了黑暗。这里是一座用石柱支撑起的拱形厅堂，内部结构类似埃及金字塔。他推测这里实际上是一个洞穴，是掏空了山体岩石而修筑成的。他爬上最后一级台阶，眼前豁然开朗，同时那场景也永远留在了他的记忆中。

他看到眼前的石灰岩地板上，到处散落着石化的骨骸，有成人和儿童的，也有哺乳动物和爬行动物的。其中有完整的个体，也有凌乱不堪的骨块，以及破损的头颅。这里像是一座巨大的死亡坟墓，更像是一座还没来得及布展的自然博物馆。其中有一条完整的蛇骨化石，长约三米，它缠绕着一个狼头骨化石，周围散落着零碎的骨块。

他用力抠住墙上凸起的石块，才站稳脚跟。这是一个征服与探索的过程。但是正当他把"发现"的旗帜插在尸骨遍地的废墟上以彰显自己的胜利时，意外发生了，把他打得措手不及。

他在一眼看不到边的骨骼化石中，看到了一件具有现代人符号的物品。那是一只烂了鞋帮的军用球鞋，上面沾满灰尘和泥垢。它就像是一摊鞋形的块状泥，如果不是具有特殊的洞察力，是很容易被忽略的。他战战兢兢地捡起鞋子，仔细验证，判断它是抗战时期的英式军用靴。他以此判断，之前应该有人来过，并在仓促中遗失了靴子。他还认为，这只靴子的主人到达这里的时间，应该在五六十年前。

尹良博士摄制了影像资料，又在随身携带的记事本上记下测量数据，并做了绘图和标识。他想提取这些罕见的标本资料，但是由于没携带发掘工具，只能等到下一次了。他分析它们可能是在死后迅速沉积，并被掩埋形成化石后，因水位下降而暴露在了地面上。还有一种可能，这里不是它们死亡的第一现场，它们是被大水冲到了这里。这里是第二，或者第三现场，总之一时不好确定。

大厅中部突然出现一团亮光，仿佛有人划着了一根火柴。火光渐渐扩大，半明半暗、闪闪烁烁。尹良博士仔细辨认，在洞壁上看到了一些描绘狩猎场景的原始绘画，其中有公牛、羚羊、鳄鱼、蛇、飞鸟、太阳、月亮和猎人等，可见狩猎在当时具有何等重要的意义。突然，几乎是一瞬间，画面涌动起来，飞禽走兽都复活了，在他身边跑动起来。青的山，绿的水，红的花，所有的色块都有了联系，所有的生物都有了生命。

又是一阵嘈杂的说话声，画面归于平静，就像是被寒流冻结一般。他向前挪动着脚步，一切尽在眼前。在大厅中央的火光中有一棵神树，席地而坐的人群正在祈祷，大约有几十人，上百人，或者更多，里三层外三层。大厅的中央悬挂着精美的图腾，由狼头骨、枝条和羽毛编织而成，深重阴影把它凸显出来，造成一种奇异美妙的效果。

恍若隔世的火光把他们的面部映成了粉红色，是那种健康的红润。人群中有一个少女模样的女孩，格外引人注目，她圆润的脸庞上含羞带怯，瀑布般的头发上插着鲜花。她的气质中包含着成熟、丰润和艳丽。她正巧和他对视，从天真无邪的明眸中射出热切的目光。他不知所措地望了她一眼，体内"噗"地燃烧起来。但是他很快冷静了，恢复了常态。

少女挥挥手，扬起下巴对着空中吹了一口气，一片片青绿色的树叶飘落在他的面前。他发现其中有一张远古地图，上面标出了新新部落时期，各部落间的地理位置与方位布局。这一惊人发现，让他激动不已。他屏住呼吸，悄悄把摄像机对准画面，视线几乎无法抽离片刻。

老年族长居于营地中间，他是一个瘦骨嶙峋、面容慈祥的老人，留着一撮杂了几许白色的山羊胡。他目光锐利，眸子里映着篝火的光芒，像灵魂在深井里燃烧。他身披豹皮，头插羽毛饰物，手里拿着一个白色石臼。岁月在他的脸上凿出了痕迹，却并未减损他的骄傲。他在研磨一种白色的药粉，说是转世前喝下它，可以改变将来的转世投胎，或自主选择宿主。所以这种药粉的纯度要求极高，不能有丝毫的杂质。换言之，老族长可以掌控灵魂的来世。

老族长问大家都有什么希望，大家七嘴八舌地议论着，多数人表示首选权贵家庭，最好处于金字塔顶端，阶层越高越好。譬如红三代、富二代什么的，最好有世袭的财富，譬如当个岛主什么的，或在发达国家有房地产和良田。而大多数人表示随缘，不苛求，最好顺其自然。老年族长劝慰说，没有远虑必有近忧，必须保持开阔、开放的思想，托生哪里不重要，大智慧和高智商更重要。

他们说着一种古老的语言，但是尹良博士仔细辨别，断断续续可以听懂大意。他觉得这种古老的语言十分熟悉，言简意赅，是他前世使用过的语言。

老族长问那女孩儿有什么希望。她说自己很早就为理想祈祷了，希望投胎在太阳所在的聚居地，只要拥有爱，别无遗憾。少女说着向尹良博士走来，如一片白云飘来。他连忙起身，和她面对面地站着，相互凝视着对方的眼睛。

人群中间，有一个中年男人默默无语，正在钻木取火。他叫桦，正在操作一种远古的打火技术。桦将篝火点燃后，人们将半风干的鹿肉、马肉、野猪肉等等，用小石英刀切成小片穿在竹片上，就像现代烤羊肉串那样，边烤边吃起来，人人都吃得满嘴噬噬冒血水。

桦说，现代科学家发现了三颗"新地球"，是宜居星球，相距有几光年远。他说自己愿意身先士卒到新地球去考察，如果真的适合居住，他会带领大家去那里居住，为大家创造更好的生存环境。

尹良博士暗自思忖，他们也许在预言现在的世界和未来。未来移居外星球，也许会是常态。移居外星球的话题让他十分感兴趣，如果可能的话，他会带月亮去。那里一定没有污染，是一块净土，太阳更明亮。

桦又说，但有一个条件，我必须拿到灵魂药，对部族具有掌控大权，意思是让老族长交出灵魂药。人群中突然站起来一个男子，年龄大约和桦相仿，长着一嘴龅牙。他大声说："权力不能交给桦，一个阴谋家，夸夸其谈的家伙！"

桦忍无可忍说："你是个无知的笨蛋，自摆乌龙？"他收敛起谦恭的态度，微笑也变得狡诈起来。

尹良博士向石壁一步步退去，怕被认出来自己的冒牌身份。月亮走过来，温柔地看着他说："它们看不到你，你的脑子里植入了芯片，拥有第六感，能够看见灵魂。"她的笑容，永远刻在了他的记忆里。

月亮把头靠在他肩头，柔声说："桦一向有野心，是一个异端分子、权力狂人，他的心里有一窝冬眠的毒蛇，正在等待着苏醒的机会。"他拉起她的手，冰冷没有一丝温度。

这时，榉忽地投出一把碎石，稳准狠地打击了对手。啪、啪、啪，从十米开外飞来三颗牙齿，恰好落在尹良博士面前的水洼里。他忙捡起牙齿揣在口袋里，暗自思忖，回去好做个证据，再测一下DNA。他们这一群，也许和太阳部落有关系，或者是旁系分支也不一定。他相信太阳部落不会出现这种争权夺利的状况，那是一个充满勃勃生机的、具有战斗力的集团军。

双方混战开始了，陷入胶着状，喊叫声震耳欲聋。一只断臂飞来，落在尹良的脚下，把他吓得连连后退，险些从石梯上滚落下去。他刚站稳脚跟，一只眼珠飞来贴在他的额头上，犹如马王爷的第三只眼。这真是一个戏剧性的场景，恐怖的半小时。他想尽快退出这个沾满鲜血的舞台，但是却被一股强大的力量吸引而不能抽身。

"权力怎能交给阴谋家？"周围掀起一片怀疑的声浪。一时间整个大厅人声鼎沸。突然一声巨响，洞顶炸开了一个窟窿。一个散发着强光、折射出恐怖的火球慢慢扩大，直到充满整个岩洞大厅。火球中飞出一条神秘的长龙，却长着榉的脸。它吐着火舌，绕着大厅游动。所有的人受到惊叫，四下逃窜。

尹良博士顿时失去了平衡感，只觉得被谁拽了一把，便扑通一声落在了没顶的水中。透过一波波涟漪，他隐隐约约看见了月亮的脸。不，是戴亦西。她嘴唇纹路缜密柔和，眼睛宛如新月，皮肤白如凝脂。他喊了一声月亮，又喊了一声戴亦西。他咕咚咕咚连喝了两口水，差点呛到肺部，脸憋得通红。

火球渐渐熄灭了，山洞里一片幽深的黑暗，一切都不复存在。他在黑暗中摸索，碰到了大鱼的肚子，它用尾巴甩了他一下，他飞了起来。

倾盆大雨又下起来，打在挡风玻璃上，雨刷已经开到最高速度仍然难以应付。大水漫过田野，漫过河沟，冲向路面。白浪开车冲过一个又一个水洼，或者河滩地，溅起一圈圈白色的水浪，发出哗哗的响声。在朦胧阴暗的大雨中，车灯就像在海沟里探索的潜水器探照灯一样向前游动着。

白浪驾驶着那辆三只轮的汽车，顺着马孙河支流绿鸭河北行，一路留下右后方圆木拖行的印痕。"生平第一次体验开三轮汽车……先生们，小姐们，请各位坐好！"白浪摇摇头，把眼睛里的水分甩出去，以免影响视觉。

此后谁都没有说话，感受着极度紧张和亢奋所带来的精神折磨。半个多小时后，突然车身轰隆一声侧向了一旁。戴亦西感觉血脉偾张直冲脑际，紧紧把喜娃抱在怀里。生死仅一步之遥。白浪握着方向盘的双手不停地颤抖，浑身的细胞都处于紧绷状态。他驾驶着失控的车子东奔西拐，摇摆颠簸着冲出去数十米后才停下来，侥幸没有翻下路基。一阵冷汗溢出，白浪的心脏仿佛被剧烈的撞击卡住了，手脚也失去了自由活动的能力。

这时天空中忽然传来轰隆一声巨响，接着一道刺眼的白光划过夜空。从山那边过来一道雷暴的前锋，一道闪电舔着舌头融入风暴的入口。白浪驾驶的汽车，转着圈打着旋，迷失在水天一色的幻象中。一条滋润着母亲河的湍急河水，引领他们穿过布满沼泽的草地和山丘，来到了北杨村口。幸好汽车换上了一根圆木，漂浮起来，仿佛一只憋足气的羊皮筏子，或者是一艘水陆两栖的摩托艇。车身歪斜着，车底板被波浪推着前行。白浪竭尽全力控制着方向盘，不敢有半点疏忽。

他的记忆拼凑出生命的最后一瞬，每道微弱的闪光都被擦亮了……

他看到一只忍者神龟朝他们游来，他避让了一下，它冲了过去。它滑动着像船桨一样的脚蹼，蹭着车身游过去。接着是一个人头骨化石，脸上刻着种族祖先的徽记。他问它是哪个部落的，它好像说是新新部落、两万年什么的。一条巨蟒向他扑来，张着血盆大口，搅得河水浊浪滔天。他顺手扔去一把钢叉，扎进蟒的喉管里。它狂躁地扭动着身躯隐没在黑暗中，留下恐怖的背影。他看到一枚飞来的项坠，他跃起身子想抓住它，却与其失之交臂。项坠飞过的那一刻，他看到了一轮明月正从海中升起。光明过后是一片漆黑，他的视觉线如流体般被抽走了。

"戴亦西！亦西，我们走！"白浪亲切地喊道。他轻轻握住她的手，和她十指相扣。他感到一种振奋人心的鼓舞，一种感人肺腑的温暖。空气变得潮湿，黏滑，厚重，贴在他的喉头处。

这是白浪短暂人生中最值得炫耀的一次奇遇。在一道又一道雨墙的驱动下，车子被冲到一处地势凶险的瀑布之上，突然汽车插上翅膀，像一架直升机一样飞离了水面，直接落入午时的隧道中。又一次死里逃生，化险为夷了。只要能活过今天，他就有了吹牛的资本，可以向人们胡侃驾车技术。他驾驶着三轮汽车行驶在下坡道上，像潜艇一样在水中自由沉浮，也可以像飞机一样凌空而起，穿越高山和峡谷。

他紧握方向盘，他向右猛一拐弯，驶进前方积水很深的窄道上。为了避免车轮打滑，他尽量放慢速度。这种状况下，似乎替换在右后轮上的那截圆木，更能起到稳定重心的作用。这又是一个创举，是他急中生智创造的科技新成果。

"亦西，我们生死在一起，我的情感是真挚的、纯洁的……"他想表白，张张嘴喝下一口冰冷的河水。他想转动一下身体，双腿却被什么东西卡住了。他必须控制住方向盘，不要发生车毁人亡的事故。这是具有决定性的时刻，正是这种紧要关头，才能区分出谁是真正的英雄。

戴亦西让喜娃－36靠在自己怀里，充满爱怜地握着她冰冷的手指。她不知道怎么来开导喜娃，也不想让喜娃知道现在的处境有多危险。她感觉自己的身体已经散架了，没有知觉了，疼痛正一丝丝被抽走。她一直默默地祈祷，希望克隆女孩能活下来。她怀疑过去非凡的十多个小时，是不是由于自己的渴望而产生的幻觉。可身边的女孩证实了其真实性，这绝非一个轻松的玩笑。

大雨仍然在狂泻，像泡沫飞溅的瀑布，发出震耳欲聋的响声。

喜娃－36的脸颊上挂着一滴眼泪，就像一颗越来越大的琥珀。她静静地躺着，希望变成一只鸟，或者一条鱼，或者一棵树，只要能自由呼吸就行。她好羡慕高高在上的树，长得跟山一般高，它们的树冠是鸟的天堂。

坐在副驾驶位置上的夏末，拧着身子勾着头，目光片刻不离地看着喜娃－36。她那么年轻的一张脸，如一缕青烟，如一汪止水。她的眼睛恍如梦境，他在里面看到了某种别样的东西，成为鼓舞的力量。他想立刻告诉父亲，自己找到了可心的女孩儿，是上帝的赐予。只可惜通信信号没有覆盖到这里，他无法与家人取得联系。他知道父亲正带人四处寻找他的下落，马上就会找来的。

越野车跳跃着，车顶撞到了他们的头，有点晕。车子仍然在加速，飞奔，然后失重。最后跌落的一瞬间，开启了一段关于浑浊、惯性和重创的记忆——被困在了一辆越野车中的黑暗记忆。

车进水了，戴亦西喝了一口……她挣扎着唱起摇篮曲，歌曲里讲到妈妈、河流、小船和月亮……她意识模糊了，听到喜娃－36急促的喘息声，像是被水呛到了。她想拉喜娃一把，但是手指无力地滑落下来。她顺着一条明亮、静谧、布满人体垃圾的隧道，来到一座芬芳四溢的水上花园。在一座镶嵌着宝石和设计复杂的木质九孔桥上，莲花和海棠轻轻摇曳，镀金的黄鹂在柳树上鸣叫，一行白鹭绕行在天边。

蓦然，她遇到了自己——一个和自己相貌完全相同的女子，只是时代上有较大差距。她胸脯健硕、坚挺，曲线优美的脖颈上佩戴着宝石饰品，腰间围着一条羽毛裙子。她在奔跑，步履轻快，手中拿着一把弓箭，身后跟着三条金毛猎犬。她们擦肩而过时，双方都愣住了，相互深深地打量着对方。她们一样年轻，脸上放出异彩。她们离得那么近，相互可以感受到对方的呼吸，可以闻到对方身上散发出的馨香。

戴亦西正疑虑重重时，女孩走上前说："我叫月亮，欢迎回到新新地层……"她用手在空中画了一个月亮的形态。"我是你的前世，生活在两万年前，我死于一场部族之间的征伐……"她露出豁达、果敢的表情。这表情分明是戴亦西惯有的，不曾被第二个人所拥有。

"你是我的前世？生活在新新地层？"戴亦西皱着眉头迷茫地问，"你是说……我是你的灵魂投胎……"她语无伦次，浑身热血沸腾。

"是的，我是你前世的灵魂，你是我转世后的宿主，我们共同构成了一个鲜活的生命，能听懂吗？"她抓起自己的辫子绕在肩头，举手投足有少许鹰隼般的粗蛮气质。

清晰的彩虹桥，迷蒙的水蒸气。空中飞动着带洞的骨头和石头，还有破碎的彩陶片。陶片上有嘴巴、鼻子和一双双眼睛，有古老的也有现代的，古老的严肃、拙朴、坚毅，现代的智慧、时尚、放任。

戴亦西突然严肃地问："太阳是谁，白浪吗？"

"哈哈，不是，你好糊涂。"月亮笑着说。

"我为什么相信你？"戴亦西故意挑衅道。

"你会相信的，有足够的证据让你相信。"月亮走过来和戴亦西拥抱。她仿佛被火烧成的一张薄片，没有一点分量和温度。"你不应该怀疑自己，我们不可分割。"她倏地钻入戴亦西的身体，两人合二为一，忽地又分体成为两个人。"手纹密码，具有唯一性。"月亮伸出右手和戴亦西比对，竟然毫无二致，真的具有唯一性。

"啊！哦……"戴亦西脑子里的时光导航，以生死时速向前推进：有一群拿着石刀棍棒的男人在追赶她，杀声震天动地，身后血流成河。她怀抱着儿子虎子，沿着布满荆棘的悬崖小径狂奔。前面是悬崖峭壁，她停留片刻纵身一跳，以胎儿的蜷缩姿态埋身于一片岩石中。

月亮转身走了，把戴亦西留在散落满地黄叶的小桥边。桥那边有羚羊飞奔，成群结队地向南、向北，然后再向西，如大海中的鱼群。在林海云雾缭绕中，在几棵硕大无朋的枫树掩映中，错落有致地坐落着一排排半地穴式的茅草屋。房子不是很宽敞，原始而低矮，显示出了久远的时代。远处的景色美极了，一座巨峰耸立在原始村落的上方，直插苍穹，雄姿勃发。

现在，她明白自己为什么喜爱月亮了，甚至有时能连续几个小时坐在窗前凝望月亮。尤其钟爱在深秋的大山里，月光照在脸上的那种若有若无的感觉。

第二十五章

猛然间，尹良博士回到了凤凰谷，跟进入洞穴时一样突兀。天空昏黑一片，但仍可以清楚地看见四周的景象，因为天空里有东西在移动，并且发出光芒。他朝天空望去，天空却突然放亮了，像是暗夜中有人开了一盏白炽灯。他忙闭上眼睛，本能地用手臂挡住眼睛，因为吃不消那强光。

紧接着，他的脑袋里噼里啪啦响起一阵鞭炮声，曾经的往事戛然而止，只留下一股浓烈的火药味。他感到寒冷，衣服全湿透了，上面都是泥浆，鞋也湿透了，一踩发出咕叽咕叽的响声。他静默了一会儿，才弄清楚是怎么一回事，原来自己已经被送回到来时的路上。他看了一眼腕表，停摆了。他掏出手机，手机没电关机了。他看着黑屏的手机，悲从中来，眼圈一下红了。

山谷里吹来一阵风，推着他前行，一瘸一拐的像个落败的逃兵。周围响起怪叫声，嘈杂声，呼哧呼哧的抽鼻子声。两条搜救犬跑过来，兴奋地围着他打喷嚏，飞沫溅了他一身。他顺手捡起一根棍子握在手中，作为防身武器。

陆泽迎面跑来，身后跟着彭煜、巴荷、老毕和大批的搜救人员。陆泽的脸上透出如释重负的表情。"尹博士！可算是找到你了。"他兴奋地喊了一声。尹良博士卷起的裤脚上满是泥水，手里握着一根木棍，像是参加械斗后惨败而归。

"喂，你们……你们去哪儿了？"尹良博士不知所措地问。

陆泽拉着他的胳膊说："天哪，尹博士，这两天你去哪儿了？"他上下打量着尹良博士，有种失而复得的快感。"你落水了？"他脱下身上的防寒服，披在尹良博士的身上。

"两天？昨天夜里我和毕老爹他们边烤火边聊天来着，一宿没睡，你说两天？"他努力寻找着记忆，一瞬间系在记忆上的绳结断了。

"第二天一早，你就失踪了，今天是第三天了。"老毕证实说。

　　经过短时间的挣扎后，尹良博士重新找回了语言功能。"哦，你们吃过火圣果吗？它的籽像碧玺。"他转头看着远处河水绕过山脚的地方，他就是在那里进入山洞的。他突然想起似的问："陆泽，你说我失踪两天？"

　　"是啊。"陆泽用绝对质疑的目光看着他，想弄清楚他的病因是否与脑瘤有关。陆泽现在越来越认为他是一个病人了。

　　"你们胡闹什么？乱弹琴！"尹良博士受到数落，脸一黑生气了。他疲惫不堪，需要休息，根本没时间应付这些乱七八糟的质疑。

　　"怎么胡闹？"陆泽讶异地问，十分不解。

　　"来，来，你想知道是吧？"他把陆泽拉到一边，贴近他的耳边说，"我脑子里不是肿瘤，是植入的原始芯片。"陆泽呆呆地看着他，终没能理解他的话。

　　"我相信你，可是别人能信吗？李所长他们信吗？"陆泽阴郁地说。接着是一阵双方都不知所措的踌躇和尴尬。

　　"尹博士，真的找了你两天两夜。"巴荷证实说。她语速极快，显然很着急。"你看我这头发，沾满了泥水、草籽，夜里就住沟里了。"

　　"两天两夜？"尹良博士大惊失色道。他半信半疑，但是态度缓和了下来。"我去了一个地方，一天而已，两天我吃了什么？"他同样被疑问所困扰，吃力地转动着脑筋。他摸了一下额头上的第三只眼睛，不见了。他又摸了摸口袋中的三颗牙齿，也不知所踪。但是那枚石镞和月亮留下的碧玺还在。

　　"今天是九月二十五号，你二十三号离开的驻地，恰好两天嘛。"巴荷把手机递给尹良博士让他自己看。他接过手机掐指一算，哑口无言了。"你瘦了，你的肚子缩水了。"巴荷呵呵笑着，竭力求证说。

　　一阵寒风吹来，冰冷的刺激让尹良博士清醒了。他抚摸着肚子说："是呀，确实损失了不少皮下脂肪。我只记得一天，在一个山洞里，看到了史前人类，一个原始部落群，他们正商议移居新星球……"剧烈的咳嗽打断了他的话，他平息下来后说，"这是一次史前穿越，很有史学研究价值。"

　　"移居新星球？哈哈……惊人发现，但愿能经得起检验！"陆泽大笑起来。"你这话最好跟我说说算啦，这也太惹争议了。"他提醒说。言外之意就是，你这不是胡说八道吗？

"信不信由你们，有时很多事情的发生只不过是一个自动传递过程，不需要太过刻意。"尹良博士挺挺腰杆，但是他头一晕差点栽倒，幸好被陆泽扶住了。"对了，你们吃早饭了吗？我饿得头晕，怕要犯低血糖。"他感到饥肠辘辘、头重脚轻，已经坚持不住了。

"我这有巧克力和火腿肠，你先吃点垫垫肚子。"巴荷从随身挎包里拿出一块巧克力，撕开包装纸递到他手里。"我父亲也来了，陪同李曾廓所长他们。"巴荷说。

尹良博士顾不上她的话，大口咀嚼着，却吞咽不下去。"有水吗？你的巧克力简直像烤白薯。"他冲巴荷不满地嘟囔说。

陆泽拧开矿泉水瓶盖递过去，"别着急，悠着点，别噎着。"

尹良博士一口气喝了一瓶，然后开始吃火腿肠，一副两天未进食的狼狈相。

李曾廓所长和巴县长、县公安局秦局长一行人，正从远处集结过来。尹良博士恨不能找个地缝钻进去，他不想再给任何人做解释了，如果非要那样，还不如罚他去搬砖。记得小时候，一旦犯了错误，就会被老师罚搬砖，再围着学校围墙跑几圈。后来回想起来，班上的男生个子集体偏矮，都是超负荷搬砖造成的。

"尹博士，你哪里去了？"李曾廓老远就心急火燎地大声问。一张张满怀狐疑的脸看着他，交头接耳地议论着。"凑什么热闹！"尹良博士在内心狂喊道，尖厉的声音竟把自己吓了一跳。他平和一下心情说，没事的，有事我能在这里吗？就在那一刻，他脑海里忽然闪过一个念头："很可能见不到木叶了。"

"你一定要先回去看病，其他事情以后再说，不要太固执了。"李曾廓冷冷地说，脸上有明显的反感。"媒体如果知道了，一定会穷追猛打，把地球翻过个来的，你让我们如何解释？"

李曾廓的话让尹良博士的心脏一下错位了，似错挂了一个挡位。他感到一种强烈的"领域嫉妒"和遭排挤的愤懑。"抱歉，我困极了。拜托，请让大家先回吧。"他绵里藏针道。

"我怎能置若罔闻？"李曾廓怒睁着眼睛，一副好意被曲解的不快表情。说实话，他并不看好这位土博士，也不希望其取得瞩目的成就。他正处在仕途的关键时刻，刚刚进入政治生命的高峰，所以特别担心因一时的不慎而功亏一篑。

"你是在关心我的安全，还是在批评我的职业道德？"尹良博士冷不丁地问。

他同样看不起这位所长，其对专业一窍不通，却非要占据考古界大佬的地位。

"两方面都有，我怕你误入歧途。"李曾廓所长直言不讳地说，看眼神明显被冒犯了，"到时候会弄得身败名裂，认为我们在怂恿……"他本来想说"怂恿一个病人的胡思乱想"，但是碍于面子，他没有把更难听的话说出来。

"好吧，谢谢忠告。现在说什么你们也不相信，不过我有录像，可以证明我的行踪。我看到了史前人类，他们钻木取火，商议移居外星球。老族长教大家克服困难，改变将来的转世投胎……结果为了权力发生内讧，为争夺一种白色的灵魂转世药……"尹良硬邦邦地说。

"有幸见证一下更好，穿越两万年、权力交接、原始人类、血腥杀戮、灵魂转世，很棒的大片素材，还有什么？没有刻骨铭心的爱情？"李曾廓所长以嘲讽的口吻挖苦道，"爱情元素少不了，具有画龙点睛的作用。"

"对，爱情元素是经久不衰的创作题材，怎么？这个我们有时间慢慢讨论，先去看现场，等回到驻地让你看录像。"尹良博士的精神快要崩溃了，一股力不从心的无奈向他袭来。嘈杂声被押送着走远了，他缓缓透过一口气来。

大雨下啊，下啊，天空撕裂，暴雨如注。马孙河漫过河堤变成一片汪洋，河水很快冲向河岸附近的一片片果树林，奔向附近的村子。果树上丰硕的果实已经被采摘了，枝头只剩下稀疏的残叶。远处是烟雨朦胧的山林和盘旋在水面的白鹭。

当地老一辈人还记得，上世纪五十年代，一群伐木工人来到这里，用了不到两个月的时间，就把山上的树全伐光了，留下满山荒石。寺庙也被拆了，拆下来的破砖烂瓦被拉去盖炼铁炉，村民家中上缴的破铜烂铁也被熔成一砣砣铁水渣。光秃秃的山被称为"跃进山""不毛山""钢铁山"等等。此后，山上经常发生泥石流，河流和湖泊也干涸了，酿成一池子泥浆。现在山上的树木都是八〇后、九〇后、〇〇后的产物，虽然没有长成参天大树，却也葱葱郁郁，时常有虫鸣鸟唱，或野兽出没。

雨势减弱了，天空乌云密布。云朵呈现出幽暗的金色。

胡伯的儿子胡哨，划着舢板在河道里打捞浮物和翻肚的大鱼。在微光闪动的河水里，他看到一辆沉没的越野车，很像是夏伯的那辆。它一动不动，像是一只巨大的甲壳虫。这里几乎与外界相阻隔，只有两条偏僻的小路与之相连，因而很少有陌生人光顾这里。

"夏伯出事了，出大事了！"胡哨心里一惊，划着舢板靠过去。他一眼就认出了夏伯的宠物鼠王，它端坐在车顶，毛皮已经湿透了。它竖直前腿，昂着头，两颗闪亮的门牙向外龇着。胡伯曾多次带它到村子来，还和村里的孩子们一起玩躲猫猫的游戏。可是谁能找到它呀，鬼精灵，即便是掘地三尺也找不到，但是它却能准确地找到每一个目标。

"喂，鼠王，"胡哨大声喊道，"夏伯在车里吗？"他的第一反应是夏伯被大水淹了。他划着舢板向汽车靠过去。大水几乎淹没了车窗，仅露出黑色的车顶，好似一座坟墓。一切迹象表明凶多吉少。

"吱吱、吱吱！"大鼠王发出尖厉的叫声，胡哨一阵惊慌，心脏像是被重锤猛击了一下。不等胡哨做出反应，鼠王纵身一跳跃入水中，拖着一条血肉模糊的伤腿游了过来。它就像是一艘马力强劲的微型潜艇，几分钟就上了胡哨的舢板。它的瞳孔很大，眼珠子发红，两颗标志性的门牙盖住了下唇。

"出什么事了？"胡哨蹲下身子，"你的腿受伤了？都谁在车上？"他一连串地追问道。"吱吱……"鼠王拱起背一抖，体毛上的水溅了胡哨一身。

"好吧，我这就去喊人来。"胡哨听懂了它的话，不顾一切地蹚着深一脚浅一脚的泥水，跑回灰蒙蒙的小村子。他家住在村南边，地势较低，出门便是辽阔的马孙河。平时站在屋顶露天晒场，便可以看到奔腾的马孙河和两岸丰盈而生机勃勃的庄稼地。

胡哨跑回家时，父亲正在猪舍清理积水，浑身上下都沾满猪粪和污泥。昨夜雨水凶猛，灌进了猪舍，排水道却被污泥堵上了。大雨落向猪舍的屋顶，从檐槽涌出，汩汩作响地拍向场院。百年一遇的大暴雨，在天空和大地间拉开战场。幸好经过基因设置的克隆猪习水性，因此没有造成灾难性损失。

"爹，不好了，出事了！"胡哨一路喊着，跑进了养殖场。胡伯没理他，继续手中的活儿。胡伯了解儿子的禀性，凡事喜欢恶作剧，一惊一乍的，意在博取大人的眼球。胡伯把铁锹靠在墙角，从口袋里掏出烟盒，摸出打火机。

低矮的天花板，灰色的混凝土墙壁和地板，充满冰冷和不祥的气氛。望着猪圈外面的滚滚积水，胡伯感觉自己就像是处于一座水底古墓中，陪葬他的只有这些和他相依为命的克隆猪。不过能有这些猪陪伴也不错，它们都是他的命数，今生注定的。

通常，他都是早晨五点起床，便开始了一天忙碌的工作。第一件事就是清理猪舍和羊圈，然后给它们喂食、喂料。老伴是他最得力的帮手，负责熬猪食和准备一家人的饭菜。胡伯每天工作超出十五个小时，除去吃饭时间，仅睡五六个小时。他们家共饲养了五十头克隆猪和一百只羊，每年可净赚百万元。除此之外，他们与世界其余部分的接触几乎是零。

像这等规模的饲养场，村子里家家户户都有，因此说全村人都在忙于克隆猪的事。每个月的最后一天，夏伯就会带人来收购，用卡车把出栏的生猪送往加工厂。这也是村民们最紧张和高兴的时刻，因为他们的劳动有了真金白银的回报。

胡伯是村子里唯一进过学堂的人，高小毕业，也算是高学历了。村长职务是他从本家叔伯手中接过的，一干就是二十几年。他是一个胸襟宽厚、性情腼腆、忘我工作的人。他自任村长那年，开始对毫无规划的北杨村进行扩建和整治，并且引进了獭兔养殖，村民也逐渐摆脱了贫困。

八年前，一个晴朗的早晨，克隆基地的夏风来到村子里，带来令人瞠目结舌的合作项目。而此前的数百年间，村子里从未发生过任何戏剧性事件。夏风请村民喝一种自酿青啤，结果全村的人都失去了记忆，只能记得眼前的事情。以往的岁月，仿佛瞬间从眼前溜走了，成为记忆中的盲点。

夏风向他们描绘了一幅辉煌蓝图，并且阐述了"光荣致富""白猫黑猫"的经济理论，最后提出了克隆合作意向。胡伯全盘接受了他的思想，把他视为北杨村的救星。这对于前途茫茫的农民来说，无疑是一种鼓舞的力量。

这里的自然条件得天独厚，即使找遍全世界，哪里还能找到这般优胜的自然环境。此后，胡伯带领全村人改造环境，治理河道，修建房舍猪舍和羊圈，高效率地把事情做到了极致。协议签署后，夏伯就像是一个恪守诚信的商人那样，公平合理地返还利益，从来没有拖欠过。这让胡伯感到满意，因为合作伙伴之间务必讲究诚信。

在此之前，荒僻的小村庄很少与外界接触。四五十户村民满足现状、墨守成规，毫无怨言地坚守在贫瘠的土地上，维持着温饱生活，并无任何奢华的欲望。半年后，五岁的喜娃-36和几个小伙伴被送到了北杨村，共四个克隆娃娃。半年后，又送来了两男两女，四个克隆娃娃。以后，被送来的克隆娃娃便以这般速度和数量递增。喜娃－36在胡伯家中生活了三年。这是她记忆中人生最快乐的时光。但是这些孩子均没能长大成人，他们相继患病后，一个个被夏伯接去了，以后再没了音信。

喜娃－36被接走时，心肌也出现了问题，呼吸困难，脸时常憋得通红。这让胡伯深感不安，每想到这些没妈的孩子，他就会阴虚火旺，眼冒金星。夏伯说喜娃－36的病不严重，比起其他孩子来还有治愈的可能。喜娃－36走后，胡伯食不甘味，夜不能眠。后来经过多方打听，得知喜娃－36经过升级，病情得到了控制。再以后，他什么都忘记了，只知道眼前没完没了的猪事。偶尔能抽出点时间，和家人或村民们坐在一起喝杯小酒，是他最大的享乐。

"爹，快点，夏伯的车被淹了，落在河道里……怕来不及了。"胡哨跑进猪舍，上气不接下气地说。他脱下湿透的长裤，赤身穿着一条花裤衩，显出他壮实的身材。

"别那么邪乎！"胡伯露出讽刺的微笑，"慢慢说，别紧张。"胡伯吐出一口浓重的烟圈，模糊了自己的视线。

"夏伯的车在河道里……里面的人也不知死活，可能死了，不，不知道呢……"胡哨越想简练表达意图，越是词不达意，"夏伯的鼠王在车顶上，不会错的，夏伯可能在车里。"他强调说。

"肯定是……是夏伯的车？"胡伯正在点烟的手指颤抖了。他一眼看到了鼠王，浑身一激灵，把烟使劲捏在手心里。"快！"他们大步流星地跑出养殖场，向村口跑去。胡哨一边跑，一边大声喊："救人，救人喽！"

村口响起警钟。听到钟声，村民们跑出家门来到村口。他们操着关中平原味浓重的乡音，边跑边打听，犹如战事在即。胡伯紧急调集村里的青壮年，开着拖拉机奔向事发地点。他交代他们带上铁锤，砸车窗救人。这是一场生死营救，场面惊心动魄。时隔很多年以后，村民们每谈起这件事，仍激动不已。

"哐"的一声，车窗被铁锤砸碎了。白浪感到一股来势汹汹的黑色浪潮吞没了他，同时将他吸入到另一个人的意识里。那个能够吸入他意识的人，具有一股奇异的力量，想摆也摆不脱。他们的意念相触的一刹那，他感觉自己模糊的视线清晰起来，戴亦西的面庞浮起在眼前。她冲他挥手笑着。他伸手去拉住她的手，她却把手缩了回去。他望着波光闪动的水面，有种到家的欣喜。

戴亦西听见一阵嘈杂声，她从裂缝中伸出手。有人触碰她的身体，她推了一把，唯恐他们打扰她内心的平静。有人掰开了她紧握着喜娃的手，她极不情愿地松开了。她和喜娃相继被抬出汽车，放在舢板上。她突然睁开了眼睛，强烈的光线刺痛她的眼睛，不得不眯起布满血丝的双眼。她终于恢复了意识。"白浪！"她喊道，吐出肺部郁积之气。她没有听到回应，感觉一阵恐慌，仿佛时间就此打住了。

夏末被抬出汽车，他的意识基本清楚，重重发出一声解脱的叹息。他叫了一声喜娃，没有回应。他又问：喜娃呢？仍没人回应。他忽地跳下河，不顾一切地向岸边游去，却连喝了两口水，后被众人救起送回村子。

白浪被卡在了座位和方向盘之间，众人颇费了一番周折，等把座椅拆了才把他抬出来。他不知什么时候受了伤，额头流着血，脸上粘着一片落叶和草芥。他听到静电嗞嗞的声响，然后是波涛汹涌的声音。他坠入无边的深渊中，眼前一片漆黑，有一种地底水潭般的宁静。他挣扎着从水中浮起，呼出一口气来。他感觉有人在拽他，让他的骨头发出吱吱嘎嘎的声响。

越野车果真是夏伯的，但胡伯却从没见过这几张陌生的年轻面孔。显然，喜娃－36已经淡出了他的记忆。他把白浪平放在舢板上，帮白浪做了心肺复苏术，然后掏出几粒药丸放在白浪嘴里。白浪逐渐恢复了自主呼吸，但是很微弱，似有若无。

胡伯是自学的医术，因为协议要求村子里必须有懂医学的人，能够及时处理突发疫情。经过十年刻苦钻研，胡伯已经是一名称职的医生了，基本掌握了外科、内科和医学护理等方面的知识，甚至能够实施外科手术，主刀切除动物患病的脏器。

戴亦西带着最深沉的悲哀醒来。"白浪！"她喊道，"你在哪儿？"她没有看到白浪，内心感到一阵空虚。"喜娃！"她又喊，仍没有听到回应。她忽地从地上坐起来，这是哪里？她惊慌地问。她看见人们的嘴在动，却听不到他们说些什么。她焦虑万分，悔恨莫及，恨不能找条地缝回到三天以前。

第二十六章

凤凰谷一下空寂了，该撤退的都撤了，唯有一股淡淡的烟草味。尹良博士被人群簇拥着，就像是被押解着去指认现场。他和李曾廓所长、巴县长走在队伍的前列，公安局秦局长以及陪同人员走在后面，毕老爹父子等人跟随其后。尹良博士尽量跟上李曾廓的步伐，生怕自己僵硬的腿在这个关键时刻抽筋失控了。

尹良博士攥了一下口袋，那枚石镞和月亮留下的碧玺还真实存在。可凭此又能说明什么问题呢。他沿着来路寻找，找了两个小时仍无结果。他每走一步都是在做着机械性的重复动作，像是一个被操纵的机器人。按说事发现场就在附近，不过二十分钟的路程，可就是找不到那座标志性的石碑。他的脑海中依然保留着那段离奇的记忆，还有那火辣辣的少女目光。他坚信自己没有错，只是某一根未知的神经因子搭错了界，但迟早它会找到修正的方法。

尹良博士尴尬地问毕老爹，是否见过一座石碑一样的巨石，上面还有古老的图形。毕老爹摇摇头说，没有，这沟里根本没有巨大的山石，都是些被山洪冲刷下来的卵石，大不过磨盘。这时，他想到了戴亦西，精神有些分散。他颤抖着拿出手机，想给戴亦西打电话，但是无奈电话关机了。他的意识放松了，结果看到了那块阻断山谷的石碑，但是并没有当初看到的那么雄伟，甚至根本不起眼。石碑上刻的图案也模糊不清，辨别不出是人为的还是自然形成的。

"应该是这里，但是……没有……"他说不出话来，直冒冷汗。他沿着石碑附近进行了搜索，却没有发现任何可疑的洞口，只有一个不很大的水潭，倒是和数小时前一模一样。水潭边生长着灌木丛，最低的枝干紧贴着水面，投下一片倒影。他并不怀疑自己过去两天的经历，相信那个原始石洞是真实存在的。

大家终于丧失了信心，围坐在幽深的水潭边小憩。尹良博士不无遗憾地说："对不起，我也不知道问题出在哪里，回去研究一下影像资料再说，我亲眼所见，应该没错的。"他全神贯注地看着水潭，连个鱼影也没发现，更别说大鱼了。他懊悔极了，当初为什么没有记下洞口的坐标？时间在分分秒秒地流逝，这让他十分难堪和不安。

毕老爹突然想起似的说："我小时候，有一次在这沟里漫无目的地闲逛，也曾误进过一个山洞，并且看到过火光和人群，他们都没穿衣服，只围着草裙，戴着头饰……他们围着火堆烤肉吃，说的话我听不怎么懂，叽叽喳喳的像鸟语。"他撕搓着自己的头发，把记忆一点点拽出来，"他们吃的肉半生不熟，流着血水，虽然我也很饿却引不起我的食欲。后来，我不知道自己是怎么回家的，只记得有人在我的屁股上拍了一下，我就飞出了山洞……"他记得事情发生在冬天，从洞里出来他很冷，外面飘着雪花，他湿透的衣服结了冰。他躲在一块石崖后，生起一堆篝火取暖。

"你在山洞里待了多久？我们进入的应该是同一个山洞。"尹良博士感到眼前幽暗的幕布中透出一道光线。

"我母亲说我离家一个多月，走的时候是秋天，回家时已经入冬，天寒地冻的……我被冻得半死，像是一具僵尸。我母亲烧了一锅热水帮我擦洗身子，我很想喝一碗热面汤，但是没有。"记忆的种子破土而出，犹如一杯烈酒刺激着老人家的脑神经。所有的人都陷入啧啧的感叹中，唏嘘不已。

"你家人没有找你？"陆泽同情地问。他们这种年纪，很难理解上世纪中期之前发生的那些扭曲的社会万象，总会不自主地问个"为什么"。

"找了，去哪找？怎么可能找得着？嗨、嗨！"一声长长的沉重的叹息声。"我母亲见我回家，抱着我哭得一塌糊涂，一把鼻涕一把眼泪。我大病一场，高烧持续多日，身上长满红疹子，一层一层地结痂，像个癞蛤蟆。我母亲说我净说些转世、投胎什么的胡话。"毕老爹断断续续地回忆说，目光里有种隔世的恍惚。

"我活过来以后，村子里的人都说我不是原来的我了，并警告自家的孩子都不要接近我，他们说我是蛤蟆精附体，精气神被掏走了，人整个傻了……我母亲说慢慢煎熬吧，能活着就不错了。从此，我记住了煎熬两个字，它的意思是在黑暗中承受苦难的折磨。"

"后来呢？你去找过那个山洞吗？你落下了东西吗？"尹良博士突然想起了那只军用鞋。他有种预感，那个去过史前山洞的人就是毕老爹。

"后来，我连续三年去找过，但是没有找到那个山洞，那是我一生中遇到的最糊涂、蹊跷的事情，至今也闹不明白。我记得那次回家时，我只穿着一只鞋，不知什么时候丢了一只，竟然没感觉，你们说奇不奇怪？"毕老爹毫无表情的面孔上充满疑惑，好像在讲述一个传奇故事，一个不属于自己的故事。

"你当时穿什么鞋？"希望突然灵光一现，尹良博士引导着毕老爹的思维前行。他的脑海中清晰地浮出那只沾满污泥的军用鞋，属于国民党时期的军需品。

"我穿着一双高帮靴，军用的，是我父亲穿过的旧鞋，因为鞋子不合脚，鞋带断了，所以跑丢了一只。不过已经被我穿坏了，露着脚指头。"毕老爹的话，印证了尹良博士的推测。

尹良博士屏住呼吸，情绪上升到了某种临界点，攥紧的手心里都是黏津津的汗液。"那个山洞里有没有旋梯？山洞里有鱼吗？"他把身上的那种紧张感释放出来，定睛看着毕老爹，仿佛只有毕老爹才能证明自己的话不是妄言。

"记不清了，那时我还小，几十年前的事了……不记得是怎么进去，又怎么出来的，很蹊跷，但是……"毕老爹努力回想着往事。

"但是什么？！"尹良博士追问道。

"我看到了白骨，累累白骨！"毕老爹目露恐慌的神情，"对了，有一条阴森森的蛇骨，有两三米长，我印象深刻……"沉默使氛围变得凝重，弥漫着一触即发的紧张气氛。

"毕老爹的话一定有真实性。"尹良博士肯定说。

"你这是妄想症，强迫虚拟的事物为自己的需要服务！"李曾廓断言说，"科学是需要证据的，不是异想天开。"他的态度充满绝对的权威性。尹良博士瞪眼看着缓缓的溪流，什么也没有说。

西沉的太阳没入周围锯齿般的山峰，最后释放出一种燃烧的火焰。

"让我们看看影像资料，可以吗？"李曾廓疑惑地皱皱眉问。其复杂而怀疑的目光中，却包含着另一种意思：你在捉弄人吧？

尹良博士小心翼翼地调试机器，他看到了一段模糊不清的视频，是老族长研磨灵魂药的画面，而后是月亮和他交谈时的画面。而当他定睛看时，画面消失了。漆黑的画面上出现针头般大小、闪闪烁烁的光点，接着慢慢膨胀起来不断地往四周飞窜，然后变成了一片闪动的光斑。

"希望你能保持沉默，让这件事神不知鬼不觉地过去。对这个令人遗憾的插曲，我不希望有任何负面消息在社会上流传！"李所长说罢，带着前呼后拥的一群人走了。尹良博士看着摄像机里的白噪声图像，脑子里是空白的，仿佛被人为清空了记忆。他再调试，摄像机里的镜头像是被涂鸦了，上面扑腾着蝙蝠翅膀，上拍拍下拍拍，又像是在播放一部老电影模糊的胶片。

夕阳残照的傍晚，A县新月酒楼的包间里，坐着三个神色诡秘的人。为首的是县公安局秦局长的儿子秦虎威。他们边吃喝边严密筹划着一件大事——惊天文物盗窃案。他们决定盗取南地村出土的人头骨化石。他在网上看到一则消息，简单几句话，说A县出土人头骨化石，像计算机一样贮存着大量过往信息。价值最低二百万，最高可达五百万，甚至千万，如果能卖到国外可达亿元。

这简直是太刺激了，让威子脑细胞沸腾，难以自持。他另有一层更恶毒的用意，为了陷害巴荷，想设套把她牵扯进来。他们从小就认识，同住在县委大院里。从他记事时起，她就那么漂亮，那么惹人喜爱。他们第一次约会是在初三。当时班里大多数男孩都喜欢她，所以当她说愿意和他在一起时，他非常吃惊，有点沾沾自喜。但是巴荷考上大学后，对他的态度来了一个急转弯，有时甚至连电话都不接。威子心里暗暗憋着一股劲，当听巴荷说到人头骨时，他怦然心动，立刻有了一个报复计划。

威子从网上找来两个职业惯犯，协助他去盗那颗人头骨。这两个人都有过前科。一个自称河南长垣人，叫张勇。一个自称开封人，叫王景三。三十五岁的张勇，看起来很强壮，而且仪表堂堂，有几分明星相，只是有一条腿微跛。他是一个惯贼，曾坐过牢，从偷车到入室盗窃，无所不干。他曾尝试过多种职业，洗车工、泥瓦匠、机修工和小偷。最后一项工作使他银铛入狱，被判入狱八年半，因入户抢劫致人伤残。但是出狱以后，他本性难改，重操旧业，以盗窃为生。因为他掌握了高科技作案工具——他自行设计的"铁蜘蛛"，靠它可以瞬间拔出锁芯，而且是无坚不摧，所以开门撬锁屡屡得手。四十岁的王景三是一个丑陋矮小的家伙，满脸麻子，却心狠手辣，诡计多端，是一个背负着三条人命的在逃犯。因宅基地之争，他一怒之下杀了邻居全家后逃逸，逍遥法外十年仍没有归案。逃亡路上，他如惊弓之鸟，每到一个地方都不敢久留，最多一两个月必换住处。他做梦都想弄来一笔大钱，出国去谋生，今天就是千载难逢的好时机。

威子召集两个怙恶不悛的歹徒进行了多次密谋，决定来一个浑水摸鱼。他们成为志同道合的人，因为他们都是仇视社会的变态狂。威子送给他们每人两万元算是预付金，事成之后每人再给五万。他轻蔑地说，考古队赤手空拳，都是些书呆子，怕死的货。我们有枪有刀，胆气足，不怕死。谁敢反抗，就让他们血溅墙头，让他们不得好死。他只花了区区两万元和三言两语，就把一件阴谋的黑斗篷披在了他们身上。

"说干就干，只要是我想干，没人能拦得住！"威子眼神闪烁，边说边摸着右眼下一个蓝色刺青。这是一个标志，凭借这个，很多人一眼便可认出他来。他常常随心所欲地驾驶着警车，疾驰在通往山区的小路上，兴奋得像一只捕获猎物的土狼。他知道没人能制约其行为，若是惹祸上身也会有父亲给罩着，绝不会有哪位警察敢说他的事。

"这次行动不同于以往，绝不能留下任何线索，懂吗？"威子强调说。张勇冷笑道，小菜一碟，手到擒来。王景三咬牙切齿地说，他妈的，见点血更刺激，我喜欢。三个人跃跃欲试，根本没料到事态发展并非那么简单。厄运从此降临了，同时他们受到了灾难般的威胁。

威子从巴荷那里得知，尹良博士去凤凰谷了，陆泽平时耗在县城工作室，经常会忙到拂晓。因此，今夜是千载难逢的大好时机。三个人已经有些醉意蒙眬，在缭绕的烟雾中越说越投机，声音也越来越亢奋。入夜，三个盗贼酒足饭饱后，开着一辆捷达上路了。车是张勇从邻县偷来的，为了扰乱警方视野，切断侦破线索。张勇驾车急匆匆地穿越乡村小路，悄悄地驶进了南地村。

威子腰里别着一把六四式手枪，是从网上购买的。张勇和王景三也怀揣利器，大有破釜沉舟、志在必得之决心。为了防备万一，他们把作案工具隐藏在汽车底盘两侧，车上都是一些食物，如面包、矿泉水、方便面之类。他们计划事成之后，逃往内蒙古暂避风头。

"就是这里，从这条小路上去，见路口往西拐。"威子兴高采烈地指挥着路线。张勇关掉大灯，将车速放慢下来，停住。王景三紧紧握着手里的尖刀。直到张勇的眼睛适应了月夜下的路况，车才开始向前蠕动。他们到达目的地时，恰好午夜十二点。

秋风吹来，树木发出哗哗的响声。在明亮的月光下，隐约可以看到一片广寒的山坳，三面环山，形同一把交椅。新新遗址坐落在椅背和椅座的分界线上。其正面朝南，前方是东西流向的西柳河。

三个亡命徒把车停在考古遗址下方，一路小跑向考古队驻地奔去。四周的一切都呈现出了诡异的死寂气氛。他们已经踩过点，对地形了如指掌。一阵狂怒的狗吠，惊醒了守夜人。亮着灯的那间房门，吱呀一声开了，出来两个男人，每人拿着一根电警棍。"谁？"他们用手电向远处晃了晃，不料突然蹿上来几个蒙面人，将尖刀架在了他们的脖子上。威子掏出枪，朝天砰砰砰连发三枪，接着是一阵暴力相向的嘈杂声。

那是一种粉碎性的悲哀，结果可想而知，没有经过搏斗，手无寸铁的守夜人被制服了，轻而易举束手就擒。他们被捆绑上手脚，嘴上贴了封条，扔进断了电的漆黑的房间里。

咔嗒一声，实验室的门开了。三个歹徒用手电在房间里扫射一周，一眼看到的是挂在架子上的真人大小的骨骼模型。它像一个提线木偶，在空中摆来摆去，还不时秀秀拳脚，发出嘎吱嘎吱的声响。四壁靠墙摆放着木架，上面堆放着各种各样的人体器官，有残胳膊断腿，还有完整的和破碎的人头颅。那些手和脚好像刚从人体上肢解下来的一样，血淋淋的，上面还有一些正在腐烂分解的碎块。

"妈呀，鬼！"王景三大喊一声，落荒而逃。一向杀人不眨眼、头脑冷静的他，这会儿突然怯场了。张勇顺势往后退一步，站在了大门口。他认为自己身怀绝技，譬如撬门别锁之类，因此在危险面前不该去冲锋陷阵。

威子把枪握在手中，故作镇静地说："假的，高仿真……快，打开保险柜，不许临阵脱逃，谁跑打死谁！"他必须稳住军心，借助一分力量实现自己的阴谋。在手枪的威逼下，张勇颤颤巍巍地走向保险柜。伴着咯咯的响声，保险柜很快被撬开了。威子看看手表，时间显示为深夜十二点半。

这时，靠西墙的一个大木箱里，突然放射出缕缕的红光，同时两具人骨长出肉来，竟然慢慢复活了。他们站起来，跨出睡卧的木箱，飞了起来。一阵恐慌中，威子朝他们连开数枪。他感觉目标被击中了，血花四溅，像牛毛雨落在他脸上和身上，像针扎似的疼痛。他意识到，事态在发生逆转，并不像他想象的那样简单可行。

不料这边，张勇刚拉开保险柜门，突然飞出一团火球，整个房间都被火光映成了蓝色。那火球有鼻子和眼睛，还有嘴巴和耳朵。火焰似从五官里生成的，越燃越猛，有篮球大小。火球在房间里飞来飞去，忽高忽低，与三个偷窃者擦肩而过时，一下点燃了他们的头发，再一下燃着了他们的衣服。

威子抱头鼠窜，从房间里冲了出来。张勇和王景三跟随其后，一路向东跑进幽暗的山谷里。那火球并没有因此而罢休，一路追赶着向他们扑去。一阵恐慌给了威子力量，他拔出手枪对准火球一阵连发，不料那火球却爆裂开来，如雨点般的智能炸弹落下，将他们团团包围起来。威子本能地向前飞奔，以喷气飞机的姿态腾身跃起，不断变换着方向。

但是他跑向哪里，哪里都会有网球雨一般的火团向他砸下来。他率先跳进没膝的溪水中，以避火患。结果溪水也被点燃了，像燃烧的汽油火光冲天。奇怪的是火团并没有热度，反而觉得寒气逼人，人在其中似三九天掉进了冰窟里。

威子悄无声息地爬上岸，试图退回原路去，但是并没有路。三个人在大山里攀爬、摸索，活像一个个被医学解剖后的丢弃物，伤痕累累、气息奄奄。最后威子脚下忽然踩空了，跌入了一条深沟里。张勇和王景三见状试图躲避，却像是被人推了一把，相继落入沟中，扑扑通通似两个沉重的面袋。他们呜咽着，尖叫着，发出临死前的哀鸣。

威子落入沟底时，用手电筒一照，发现自己的脚被一根尖锐的白骨刺中，血流如注。他把手电光向远处照了照，目之所及全是白骨，有牛马羊之类，间或有人类带洞的骸骨。他一下子蒙了，简直搞不清自己身处何处。

第二十七章

　　木叶头骨失窃的消息传来，犹如一道晴天霹雳落在尹良博士的身上，他一下就崩溃了，有种失语的疼痛。他知道自己会再一次陷入到舆论的旋涡中。他本想无声无息地做研究，过一种半隐退的生活，而现在自己却像是被当众钉在了十字架上。

　　更让人头疼的是，事情已经过去三天，案件调查仍毫无进展。他言辞激烈地责骂了陆泽，认为是他走漏了风声。他一拳重重地捶在操作台上，台灯被震得跳了起来。他用力以肩膀撞墙壁，一阵阵痛苦随即传遍全身。"我一定要查个水落石出，不管他是谁！"他的双唇颤抖着，目光如鹰隼一般。

　　"我怎么会做出那种事情，我和你一样也是新新部落的一员，怎么会出卖？"陆泽竭尽全力为自己开脱，不过他知道尹博士只是拿自己出气而已，并没有把自己真正当"嫌犯"。尹良博士的确没有怀疑陆泽，但是认为一定是他把信息告诉了巴荷，是巴荷传出去的，才引来了不法分子。

　　尹良博士在似睡非睡中冥想。风起起落落，玻璃咯咯作响。房间寂静无声，没有亮灯。墙上的挂钟显示为凌晨一点。窗户上映着一个悲伤的影子——那是月亮的影子。

　　他无比内疚和自责，好像一切都源于自己。如果不是自己迷失在凤凰谷，而是提早一天回来的话，可能就不会发生这种事。他这种容易自责的性格自幼就有，他总是会把各种过错都归罪于自己，譬如父亲的死、母亲的死、梅艳和虎子的死等等，他都会觉得自己要负上一部分责任。

　　他睡着了，做了一个真切如白天的梦。月亮在树林中出现，缓缓向他飘来，烟雾般轻柔缥缈。他迎上前去，伸出双臂想把她拥入怀中。月亮却变成了另一个人，她像极了戴亦西。连续三次，她从他的怀里逸出，烟雾般飘去了，顽皮地嘻嘻笑着。

　　他沮丧地说："我不能让你走了，不然等待我的只有孤独到死。"月亮怅然若失地说："别太难过了，再等等。"她正说着面孔变成了戴亦西，接着又变成了梅艳，三者忽而分离，忽而合一，亦真亦幻不分彼此。她们满满地占据着他的心头，令他苦不堪言。

月亮飘起来。他跑了几步，想追赶上她，却被一群孩子挡住去路。

"一群野孩子，竟敢挡住我的路！"他佯装生气地说。"我们的母亲是天鹅姑娘，父亲是玛瑙，不是野孩子！"他们七嘴八舌地反驳说。

"哦，哦……天鹅姑娘……"他想起来了，他们的母亲是云雀和杜鹃。"你们好，知道我是谁吗？"他弯下腰和他们说话，态度极温和。"知道，你是太阳爷爷，是太阳爷爷。"他们忽然生出一双双透明的翅膀，叫喊着、打闹着，像大鸟一样飞了起来。也难怪，他们都是神鸟的后裔，而且到了神憎鬼厌的年纪。

他热爱孩子们，孩子们也热爱他，仿佛孩子们是他的生命起点。他们已经成长为出色的少年，非常健康漂亮。而对于一个部族来说，新生代才是无与伦比的福祉，因此必须实现和外部族之间的通婚。如果想和外界通婚就必须架起一座桥梁，以便各部族间自由往来。他看到了群婚滥媾给部族带来的危害性，那些因乱伦而出生的孩子多半成活不了，即便是成活了，不是傻子就是患有遗传疾病。

太阳曾经多次带孩子们站在可以俯瞰河谷的平台上，向远处的未知世界瞭望。那里有把他们的生命引向彼岸的渡船。因此他们需要架起一座桥梁，连接山南山北的道路。

这是一个开天辟地的大工程，他们仅仅开辟通道就耗费了两年时光。但是假如能够造起一座桥，就可能会给这个与世隔绝的村落带来巨大的福祉。造桥工程始于第二年秋季，这是名副其实的一场鏖战。他们找到最窄的河道，准备在此建造桥基。大家一起把扁平的石片卡在一起作为路基，以防脆弱的道路被山洪冲坏。背着石板走在只有脚掌宽的山路上，孩子们如履平地。为了脚下不打滑，他们把毛皮缠在脚上，有的穿着毛绒编织的鞋。

一块又一块的青石板像变魔术一样被镶嵌起来，两座三层石基的桥柱，终于耸立在了河两岸。他们再将鹿皮制成的绳索固定在两岸的桥柱上。终于有一天，浮桥完工了。太阳爷爷将最后一块木板高举过头，感谢全能的上天，然后跪下来仔细把木板镶嵌上去。在河岸高处观看的男孩和女孩们齐声欢呼，然后兴奋地在桥上跑来跑去，轻松地跨过了将他们和宽广世界隔离的天堑。就在缆绳把南北两座桥柱连在一起的日子里，更奇妙的缘分也连接起来。

第二年春天，刚开春那天，从桥南走来三个男孩，他们说自己叫红柳、红麻、红靖。太阳部落的一大群孩子围了上去。他们相互打量着，充满好奇心。那个叫红柳的男孩说，他们来自黄土部落，以捕鱼和种植为主要生活来源。他们听说太阳爷爷是烧制陶器的能手，因此想来学习制陶手艺。他瘦高挺立，卓尔不群。

百合慢慢地抬起头来和红柳对视。这个年轻男孩子已是在完全解剖学意义上的现代人，他那呈古铜色的肤色应该是日晒夜露的结果。从他那两只溅满泥浆、穿着草鞋的大脚和汗毛浓密的小腿判断，他一定是个勇猛的猎人，应该身手不凡。

"跟我们来吧，"孩子们招呼道。"山路好走吗？"他们问。

"我们从西南方向来，攀越岩石和山丘，再穿过浓密的树林，进入陡峭的绝壁隘口，穿过新建的木吊桥便到了这里。"瘦个子红麻抢着说。他就像是一个弱小的逗号。

"我们发现那座桥，就想过来看看。"红靖补充说。他是一个胖男孩，就像是一个强有力的感叹号，张力四射。

"相隔好远呀，怎么会听说太阳爷爷？"孩子们问。

"听南来北往的天鹅说的，我们的父亲派我们来学习，他说我们可以结为友邦，共同协作，传授文明之光。"红柳说。由于激动，他脸上的每个痘包都充满了血色。

黄土部落的孩子们带来了两只天鹅，足有五六十斤，算是见面礼。他们说，黄土部落附近有一片辽阔的湖泊，叫天鹅湖，周围长满茂密的芦苇，里面栖息有很多水鸟，有黑白天鹅，有大雁、鸿雁、绿头鸭、野鸭和鸳鸯，它们如云雾一样盘绕在湖面上，取之不尽用之不竭。天鹅在湖中筑起巨大的巢穴，有一人多高，两个人兴许能围抱过来。孩子们抬着天鹅，簇拥着红柳去见太阳爷爷。从此太阳部落由北向南打开了一条部落间的通婚和以物易物的贸易往来的通道。

当天，太阳部落正式为三个孩子举办了接风洗尘的欢迎晚宴。梅、菊和百合三姐妹，一边帮助母亲杀鹅和烧饭，一边津津乐道地议论着远道而来的客人。一大群半大孩子，闻到香味跑了过来，围着大锅又喊又叫，不停地伸头往锅里看。十一二岁的男孩楂，从地上捡起一根树棍在锅里搅了搅，然后把沾有鸡汤的棍子放在鼻子前闻了又闻。这时，另一个稍大些的男孩给他脑袋上重重两下，说馋猫，下作。战斗瞬间爆发，两个人相互撕拽着打作一团。往往是两个孩子打起来，一群孩子助战，吵吵闹闹，打得尘土飞扬。正在干活的玛瑙丢下手里的活，怒气冲冲地跑过来，所有的孩子顿时作鸟兽散。

大家围坐在院子里的篝火旁，吃着天鹅肉，喝着鹅汤，其乐融融。三个男孩手艺学成回家时，把太阳部落的姑娘们带回到自己的部落，然后把自己部落的姐妹们送到太阳部落来。太阳爷爷也完成了自己的历史使命，从而长长缓过一口气来。

曙光涌现在辽阔的暴雨过后的水面上。一行白鹭在天上飞翔，带来天堂的气息。风暴虽然已经消停了，但是大水仍没有退去，处处散发着浓重的猪粪味和酸酸的羊饲料味。北杨村成为一座被大水围困的孤岛，如同一架与地面失联后的大型客机。

喜娃-36挣扎着坐起来，她熟悉这里的味道——是童年的气息。她的腿在发抖，肋骨疼痛令她汗如雨下。她咬紧薄薄的嘴唇，侧卧下来。他们被安置在胡伯家的二层楼上。她非常熟悉屋内的摆设，仍保持着原有的面貌，充满温馨和孤独的回忆。虽然现在蓝色的天花板和粉色的墙壁已开始剥落，但是床和小柜子的位置并无变动。粉白相间的床上堆放着蓝色的枕头，一旁放着一只落满尘土的毛绒泰迪熊。以前她睡觉时经常搂着它，这是她唯一的玩具，陪她度过了童年时光。

喜娃-36把游弋的目光落在夏末脸上。他躺在摇椅上，天亮时才睡着，一夜无微不至地守护在她身边。她想象着胡伯接到夏风的通报后，会采取怎样的行动，也许他们正在赶来的途中，或者正埋伏在出村的路口。"亦西姐！"她使劲喊了一声，但是声音极微弱。她欠身想下床，胸腔里疼痛难忍只好又躺下了。

她惊醒了夏末。他探过身子不知所措地问："你醒了？感觉好些吗？"此刻他的心乱了节奏，一个劲地扑通扑通直跳。

朦胧中他正和喜娃手牵手从民政局出来，一人手中拿着一个红本本。"我们结婚了！"他站在马路上大声公布喜讯。她眼神清澈活泼，充满喜色。

"夏末哥，去喊亦西姐来，我有话说。"喜娃-36话说了一半，因气短而卡住了。她想告诉戴亦西应该尽快逃生。"好的，别着急，我这就去。"夏末握住她的手，怜悯地看着她，眼睛里布满鲜红的血丝。

"快去呀!"夏末急忙站起身来,脚下有些蹒跚。至此,很多问题他都来不及细想,但是他知道喜娃－36 的身份并不受保护。

自 1996 年英国的"多莉"绵羊诞生以来,越来越多的人担忧克隆技术应用在人类身上,那将会挑战社会伦理关系。在"多莉"诞生不久,时任美国总统克林顿签署了禁止用联邦经费资助克隆人研究的总统令。中国政府也曾明确表示不赞成、不接受任何克隆人的实验。也就是说,喜娃－36 的身份一旦暴露,随时都会有被消灭的危险。

他看过一个美国大片,其中有一个克隆女孩出逃了,警方动用了大量警力天上地下进行围捕,如临大敌。克隆女孩最终被捉回处死。他万万没有料想到,电影里的情节竟然让他遇到了,而且来得那么突然。夏末正想着,喜娃－36 突然用双臂紧紧搂住他大哭起来,好像猜透了他的心思似的。

胡伯推门进来,端着一碗汤药。喜娃－36 看着胡伯因劳作被风吹皱的红彤彤的脸,很久没有说出话来。他花白的头发仍然浓密,上面粘着草籽和猪饲料。她想起小时候胡伯带她到河边水潭钓鱼的事。马孙河流经村子时,在村西弯道中段形成一个深潭,叫白毛潭。因为到了秋季刮风时,水面常常会溢出一团白雾,就像是一大块白绒毯,有时连续几天都散不去。

"胡伯,真的不记得我了?"喜娃－36 含着眼泪问。她很想站起来抱一抱他,但是从他的目光中,她看到的只有陌生和冷淡。

为了让喜娃的肋骨尽快愈合,胡伯给她服用了秘制汤药。胡伯几乎两天两夜未合眼了,精心守护着白浪,他肺部积水排不出来,影响到呼吸。他一直高烧不退,并伴有心脏骤停,情况非常危险。胡伯眼睁着他生命的迹象在一点点流失,却回天乏力。

"你们从克隆基地来?"胡伯用审问的口气问喜娃－36。

"胡伯,你不记得喜娃了?"喜娃－36 接过胡伯手中的药碗,喝不进去。她想呕吐,看着药碗胃液一阵阵向上翻涌。她看着这位眼窝深陷、相貌粗犷的男人,希望他能想起自己来。喜娃－36 扭头对夏末说,快去叫亦西姐呀。她支开夏末,因为怕他知道这当中的秘密。

"我是夏伯送来的第一批克隆女孩喜娃,你的女儿,跟你们生活了三年……真不记得了？"她抱着一线希望，热切地追问道。

"我需要验证灵魂码，别说是克隆人，即便是克隆猪、羊也有编码。"胡伯显然丝毫记忆也没有了。

"我的灵魂码被挖去了，但是背部留有伤口，你可以查看。"喜娃－36自证清白道。

"克隆人的区别就在于灵魂码，否则寸步难行，你为什么挖去？"他把手指捏得啪啪直响，"我必须证实你的身份，才能给你用药。"因为克隆人的药品自然人禁忌使用，而自然人的药品克隆人使用之后虽然无大碍，但疗效不佳。

"我，我也想到外面看看……所以挖去了灵魂码。"喜娃－36嗫嚅道，"天天面对死亡众生相，精神极度萎靡。"她自我倾诉说，因为没人能够理解她的苦衷。胡伯检查了她的伤口，更换了伤口上被血染红的纱布。

胡哨推开一道门缝，探头说："爹，不好了，快去看看白浪，情况不好。"那是一张略显秀气的脸庞，带着几分聪敏、几分敏捷。喜娃－36立刻认出了胡哨，他变化不大，只是长高了，变瘦了。他还是那个单纯的大男孩，眼睛圆亮而真挚。

胡伯撇下喜娃走了，胡哨跟在父亲身后正要出门时，喜娃喊他："胡哨哥，等等。"房间里只剩下他们两个人，相互端详着。他以为她认错了人，呆呆地问：什么事？

"还记得那次钓鱼吗？鲇鱼王差点把你拖进水中，还是我把胡爹喊来的。"喜娃打破僵局说，并引导他找回失去的记忆。

"嗯，钓鱼？"胡哨莫名其妙地看着她，一时被弄糊涂了。看来他真的不记得了，脑子被残害得像个弱智。

喜娃回想起那年秋天，一个大雨过后的下午。她躺在潭边温暖的岩石上，听着波浪在鹅卵石间嬉戏。胡伯在潭边手把手地教胡哨在鱼钩上放鱼食。牧羊犬哈密尔跑过去神经质地嗅了一下，不停地摇着尾巴。"一边待着！"胡哨挥挥手，哈密尔识趣地耷拉着耳朵走了。胡伯把鱼饵甩进潭水里，把鱼竿递到儿子的手中。这是一个耐心等待的过程，心急不得。

喜娃－36等烦了，侧身从岩石上滑落下来，蹑手蹑脚走到胡哨身边问：鱼上钩了吗？胡哨把手指放在嘴唇上："嘘！一边去！"他的眼神沉甸甸地盯在鱼线上，暗示着大鱼就要上钩。她无趣地走开了，回到属于自己的岩石上，孤零零地坐在那里听波浪在卵石间的呜咽声。没有亲生父母，寄人篱下，造就了她忧郁、爱幻想和敏感的个性。她曾幻想着自己能有一位实力雄厚的爸爸，把她从这里带走。但是具体想要怎样的生活，她也说不清道不明。毕竟她还小，虽然她却比同龄的孩子成熟很多。

胡哨手握鱼竿，被太阳晒得昏昏欲睡，活像一只午睡的蜥蜴。他手里的鱼竿突然被什么东西拽紧了。他激动地站起来，大喊大叫："爹，我钓到大鱼了！"大鱼一下跃出水面，拖着他跟跟跄跄往水里走。"爹，快来，我钓到大鱼了！"胡哨大声喊道。挣扎的大鱼溅起水花，呛了他一口水，他猛咳起来，却舍不得放弃手中的战利品。

"胡爹，胡爹，来人呀！"喜娃爬上岩石，挥动着双手，发出刺破耳鼓的惊叫声。胡伯从很远的地方听到了呼救声，飞快地跑过来，身后跟着一大群人。胡哨已经坚持不住了，滚落在水中，咕咕嘟嘟灌下几口。幸好他自幼在水边长大，善于戏水搏浪，才没有被水浪吞没。

胡伯一个箭步跳进水中，抱起儿子，将他头朝下扛在肩上，让他倒出胃里的积水。另有几个壮小伙，游出几十米追赶拖着竿的大鱼。他们终于抓住了鱼竿，却控制不住局势。又有四五个壮小伙跳进水中，参与到激烈的战事中。势单力薄的大鱼却毫不示弱，勇作困兽斗，像鳄鱼进食般狂野。经过近两个小时的搏斗，大鱼终于疲惫了，停止了挣扎。

人们这才一鼓作气把它拉上岸来。最先露出水面的是一张大嘴，里面长满一排排砂纸样牙齿，多达几百颗。它浑身无鳞，上下颌上各长着一套像钢筋样的触须。原来是一条头部宽扁、长达三米的六须鲇鱼。更为奇怪的是，它的背部竟然长着两排翅膀一样的鳍。鲇鱼王躺在河滩上假死，胡伯刚收起渔网取下鱼钩，鲇鱼王却就地打了几个滚，嗖的一声飞走了，随后潜入那绿色幽暗的深渊中。从此，人们再也不敢到潭边钓鱼和洗衣服了，怕遭到鲇鱼王的报复。

"还记得鲇鱼王的事吗？它差一点把你拖到水里。"喜娃一步步提示胡哨的记忆。这种事情太刺激了，一生难得遇到，一般人对这种经历终生不会遗忘。

"鲇鱼王？"胡哨端起床头的空药碗，极力搜索着记忆。他不知所措，仿佛她来自另一个世界，来自克隆世界之外的未知世界。

喜娃从怀里掏出一只白色的药瓶，"我这里有一种清醒剂，你取出一点用水冲喝了，马上会记起很多事情来。"她睁着大大的眼睛，湿润而透明。胡哨接过药瓶，按照喜娃－36说的，把药水调制成白色液体喝下去。

他立刻恢复了记忆，惊喜地说："你真的是喜娃妹妹？你怎么一走就没有了消息？"他接连不断地问，泪水不禁濡湿了双眼。"你们这是到哪里去？"胡哨用手背擦着眼睛问。他喜极而泣，紧紧抓着喜娃的手不肯松开。

"你吃了洗脑剂，失忆了，夏伯为了简化你们的思维……不想让你们知道更多的事情。"喜娃－36向他讲述了自己在克隆基地的遭遇。她说是自己央求亦西姐，让她帮自己挖出灵魂码并一起出逃的，自己不想就这样死在克隆基地。

"哦，是这样呀？我说为什么再远的记忆就一片模糊了，他这样做违背了道德底线。"胡哨愧疚地拍着脑袋，露出害羞的神情，"竟然连喜娃妹妹都不记得了，真该死。"他轻啐了一口，仿佛要吐掉沾在舌尖上的一点灰尘。

"失忆不是你的错，记忆不应该被他人所剥夺。"喜娃的眼神透着悲伤，却骄傲而坚强。

第二十八章

秋天舔舐着伸向天空的枝枝杈杈，鲜艳的绿色正从泛黄的枝头一点点溜走。

渐寒的天气和不断的降雨，给野外考古发掘带来了意想不到的困难。为了在冬季发掘结束前获取更多的考古线索，尹良博士决定加快发掘进度。考古队选在一处信息含量丰富的遗址，布下探方开始发掘，不久便有了惊人的发现。

这处遗址距离先前发掘的那些古老的足迹有两公里余，是去年考古调查所发现。这里的地表被一片果树林覆盖着，当时正值果实成熟期，因此暂时没有发掘。当时为了全面掌握新新地层的埋藏情况，考古队以五米一个探孔为间距，对整个遗址进行了有目的、有计划、精确缜密的拉网式普查。钻探结果令人震撼，表明该遗址存在复杂而多形态的地层关系。

为了尽快了解地层叠压关系，考古队选择在遗址东北部开挖了一条探沟。最先出露的是一座新新时期的灰坑，出土有少量的骨器、石镞、陶片等"战利品"。据此判断，灰坑年代为更新世晚期，可向上追溯到两万年左右。于是大家经过商议，决定乘胜追击，扩大发掘面积。

这天傍晚，探方中发现了更多的石器制品，接着有一具人骨化石出露。它是一具残骸，缺失小腿骨，而且部分骨骼直接裸露于新新地层之上，显然没有经过埋葬。此后发现它的胸骨和头颈部受到过弓箭类抛射物的穿刺，而且死亡姿态也很诡异，脸朝下趴在泥土上。它应该死于非命，生前受到过猛烈的外部打击和弓箭类的射击。接下来更多的尸骨遗骸被发掘出来，共发现了二十二具。多数的人骨遗骸埋藏都非常浅，部分骨骼甚至直接裸露于地表之上。它们死亡时的姿势也十分诡异，一些尸骨俯身贴地，蜷曲四肢，而另一些尸骨则手腕交叉，双手被捆绑的可能性很大。

通过古病理学分析，发现其中九具尸骨上都有暴力创伤的痕迹，而其余死者身上的创伤可能因未触及骨骼，而没有保留至今。这些骨骼创伤可以分为两大类，其一为锐器伤，其二为钝器伤。从后者看来，攻击者以钝器猛烈砸击对方头部和膝盖，造成了塌陷性骨折等致命性伤害，但凶器难以推究。

这些现象让尹良博士意识到，眼前的这处遗址很可能是一处石器时代的古战场——一次两万年前的湖边杀戮。从地层中出土的大量贝壳等沉积物来看，遗址所在地带原先应该是新新湖绵延的湖岸。已被确认的出土遗骸中包括十五名成年人和六名靠在女性怀里的儿童，以及一个尚未出世的胎儿。碳14与光释光等测定结果显示，遗存年代距今可达两万年，处于更新世晚期。

以往人类学研究成果显示，在狩猎采集作为唯一生存方式的年代，人与人之间没有争夺，只是友好协作关系。而摆在面前的一具具人骨遗骸，瞬间打破了人们的美好幻想，它们为探寻人类战争的起源，提供了坚实可靠的依据。

尹良博士把那个尚未出世的胎儿，连同他的母体一起取出来，放进事前准备好的一只大纸箱里。他想这也许是天意，蜷缩在母亲身体里的孩子，实现了和母亲永不分离的愿望。他不禁想到了儿子尹虎，儿子和梅艳也达到了永恒状态，只是那种状态很残忍，让他陷入了黑暗的旋涡中不能脱身。

当那具遗骨被起取出来后，小小的墓穴瞬间晃动起来，仿佛变成了时空转换器。尹良博士被某种不能左右的力量推动着，一如被风浪吞没的一叶扁舟。风浪过后，两个他自己从叠影中分离出来。一个是现代考古学家，一个是远古猎人。两个灵魂面对面，彼此对视，互致友谊。此刻，两个时代、两个世界在这里不期而遇。他们竟然相互攀谈起来，且没有语言障碍。考古学家试着触摸对方的头发时，感觉是真实的，又粗又硬的头发已经板结了。远古猎人介绍了他们的捕猎工具，说它们在当时具有先进性，因此被广泛使用。

西沉的落日，将宽阔的河面镀上一层柠檬黄色。尹良博士想用复制的鱼叉再去试试运气。为什么原始人可以做到，自己就不可以呢。他已经试验多次了，每次都无功而终。这也是争论不休的话题，最终大家一致认为现代人不具备野外生存能力，而且缺乏敏捷度和超强的体能。平时连个兔子都撵不上，更别说豺狼虎豹等大型动物了。总之，生活优裕的现代人在面对险恶的大自然时必定会丧失强烈的生存渴望，而这种渴望却能让史前人类冲破天空，踏遍群山，顽固地孕育着火种，并燃起熊熊烈焰。

其实，尹博士并没有全神贯注于手中的鱼叉，只是想静静地捋捋思路而已。他在河湾近水的一块扁石上坐下，把鱼钩装上鱼饵放进一米深的水里。尽管他未曾钓到过鱼，一条鱼也没有，但是他却非常冷静。他一边钓鱼，一边把玩月亮的圣甲虫项坠，想从中看出些什么。

渐渐地，杂乱的思想如抽丝剥茧般一点点走进记忆中，并在他的脑海中疯狂地转悠着……

湖，玛瑙的儿子，不幸染上了疟疾。他高烧持续，呼吸不畅，生命已经与他渐行渐远。他的小脸蜡黄蜡黄的，似冬天干枯的草地。太阳爷爷把他抱在怀里，呼唤着他的名字。他的皮肤烫得吓人，像烧红的炉膛。成群的血蝇围绕着他嗡嗡地打转，令他满怀恐惧。它们大如牛虻，呈紫蓝色，发出湿黏而幽暗的蓝光。

"爷爷，我冷，冷……"湖喘着气说，"赶走它们！"太阳爷爷挥开湖身上的苍蝇，让他的哥哥们生起一堆篝火。"还冷吗？"太阳爷爷问湖。他一直没有说话，嘴边露出一丝不易觉察的微笑。他走的时候很平静，紧紧握着太阳爷爷的手，眼角挂着一滴泪水。

他终于解脱了，回到了他来的地方——星星聚集的地方。太阳爷爷把他裹在柔软的羊皮里，然后装进一只陶瓮，埋在房后的朝阳坡地上。太阳爷爷带着其他的孩子们，在湖的坟头上种满了茂密的野草和野花。

埋葬湖的陶瓮上面有一幅画，讲的是太阳部落的历史故事。太阳爷爷几乎每天都会在湖的身边待一会儿，有时不说一句话，有时叨叨个没完，告诉他族里发生的所有事，以及兄弟姐妹间的一些琐事。其他孩子也常来戏耍，欢乐的气氛给湖以安慰。

后来，太阳爷爷用黏土捏了一个个湖的雕像，再把它们放在窑炉里烧制成陶塑。它们带着原始人类的生命体征，其结构比例在解剖学上惊人地精准。这些陶塑粗率稚拙，却面目生动传神，栩栩如生，嘴角都有一丝永恒的笑意。它们呈现出来的是怪诞和质朴的特征，表现形式却又卓尔不凡，好像并非一夜之功，而是在广阔的土地上慢慢孕育发展起来的。两万年后，这些作品得以重见天日，令人们惊讶不已，被誉为中国雕塑史上的开山之作。

巴荷不知道是什么时候来的。她坐在一堆鹅卵石中，出神地看着面色阴沉的尹良博士。尹博士！巴荷轻声喊道。他仍然处于冥想中。到处找你，你在钓鱼呀？巴荷试探着问。尹良博士说，嗨，想用古老的方法试试身手，却一无所获，看来不那么容易。他哑着嗓子，音调是那么凄凉。他仿佛还没有走出痛失亲人的阴霾。

"我知道你在想什么，想月亮是吗？"巴荷问。

"你都知道了？"

"知道一点点，月亮和太阳的故事太感人了。"

她听说木叶头骨被盗后，同样被惊得目瞪口呆。她几乎无法相信，但是她有充分的理由相信，而且还知道是威子盗走了头骨。威子曾以玩笑的口气说，想把木叶头骨偷出来玩几天。她根本不相信他的话，认为他吹牛而已，没想到事情果真发生了。几天中，她不停地给威子打电话，想听他怎么解释，但是手机始终无法接通。

"有事吗？"尹博士漫不经心地问，态度很温和。巴荷摇摇头没有说话。她害怕说出实情，害怕陷入舆论的旋涡，害怕威子将来会加害于她。

尹良博士揉揉干涩的眼睛说："嗨，生活太残酷。"

"我能理解。"巴荷抽出纸巾递给尹良博士，"任何人都渴望一份永久的爱情，但是那从来都是陷阱。"她说话时轻快的旋律，像刀锋战士践踏着她的神经走过。

尹良博士很久没有说话，用纸巾一遍遍擦拭着记忆……

威子在齐腰深的暗河里挣扎，眼看张勇和王景三就要爬上岸了，像两条黑鲇鱼。他发现这是一处峡谷深潭，像一张大嘴深深嵌入大地腹中。"不能让他们跑了，免得留下活口，日后出庭做证自己是主谋。"威子恶狠狠地想。他一个堂堂公安局长的儿子，怎么会成为盗窃人头骨的首要嫌犯！他举起手枪一阵扫射，把他们两个打得血肉模糊，滑落在河水里。

威子一个重心不稳倒在地上。他发现地上的水已经淹到脚踝的位置，因此非离开这里不可。他只好依靠听音辨方向，匍匐前进，尽量往水量少的地方移动。就在这时，他听到岩石纷纷掉落的声音。他慢慢地扭动身体，就像在泥水中翻滚的蚯蚓一般，然而身体却不得控制，顺着地面不断往水中滑去。

响声惊动了河里的水兽，引起水底一阵波动，发出雪崩似的声响。旋涡中露出一个磨盘大小的黑脊，上面长满绿色藻类。它吐出一口水，差点把威子卷入水底。一股死亡感觉马上以惊人的气势压迫过来。他一时间竟搞不明白袭击自己的家伙是什么物种。他举枪朝怪兽射击，不料子弹却像回飞棒一样弹了回来。他一头钻进水里，子弹啪啪嵌在了身后的洞壁上。

威子从水里露出头时，恰好与巨型水怪面对面，它如同一辆奥拓车大小，鲜红的大嘴里长满错综复杂的利齿。他看到两只狰狞的眼睛，像是一只巨鳖，又像是巨型蟾蜍，或者是一只蜥蜴。它的背上长着半米高的水藻，脚上有厚厚的蹼，游动起来却身手敏捷。他认为它应该是一只基因变异的绿毛鳖。他举枪对准它的头，准备再开一枪时，腿却被咬住了，整个人一下失去了控制。

"妈呀，救我！"威子抓狂地喊道。绝望中他已经丧失了判断力，只有求救的呼喊。怪兽拖着他游向洞穴，速度之快令人瞠目。洞穴口隐蔽在一种罕见的暗绿色植被中，幽深不见底。他像一只懊悔的杂种狗，在流着鲜血的鳖嘴里挣扎。再加上地下水阴冷异常，他几乎失去了知觉。

洞穴实际上是一条暗河的入口，或者是一条地下隧道。进入洞穴后，随着一道瀑布，威子一下滚入了河底，大约有二三十米深。他经这一摔反而清醒了，本能地用枪把使劲砸巨兽的眼睛，做垂死挣扎，却无济于事。他尖叫着，咒骂着，马上就要崩溃了。他把枪口戳进了怪兽的眼睛，怪兽恼羞成怒，用力一甩，他落在了暗河边的一块巨石旁。靠近巨石有一条腐朽的木船，以此判断很久很久以前，这里曾经有人来过，船或者是盗墓贼留下的作案工具。

威子借机观察一下地形：河道布局犹如迷宫，里面没有路，尽是些大石块，仔细观察上面似有岩画，时代应该在上古时期。暗河中有小岛和洲渚，还有河滩地。河水绕道而行，呈发散状分流，水中到处都是奇怪的珊瑚状柱子，发出幽幽的磷光，因此洞中并不黑暗。

威子推测这里曾经是原始森林，可能在火山喷发后，在地壳运动中沉入了地下。他害怕极了，仿佛置身于几万年的噩梦中。他想自己也许会变成一块化石，永远待在这洞里了。

这时张勇和王景三被打成蜂窝状的尸体，打着旋儿来到他身边。两具僵尸突然还魂似的跳起来，威风八面地喊道："杀人偿命，娘的，休想逃命，死路一条！"两具僵尸活动着手关节走来，死鱼一样的眼睛直勾勾地看着他。顺便想象一下，一头正在流血的角马在满是鳄鱼的浅滩里拼命挣扎的情景，它能做什么呢？从水里脱身，还是试图阻止鳄鱼的血盆大嘴？

威子既无法从水里脱身，也无法阻止鳄鱼的大嘴，唯一能做的是欺骗和求饶。

"我也是一时糊涂，饶了我吧，咱们应该精诚团结，同仇敌忾，共同逃出这死亡地……"他拼命挤出一个笑容，就像一只生命短暂的蜉蝣。他的哀求无济于事，一具僵尸抓住了发起沉重打击的机会，飞起一条肿胀的腿……更为可怕的噩梦诞生了。

"哈哈……精诚团结？去你妈的，同仇敌忾？去你娘的，该死的混蛋，还在骗，骗谁呢？"威子还没反应过来，便被一阵拳脚打得口鼻出血，鼻子也塌了。他的一颗牙齿飞出十米开外，"咔嚓"一声手腕也折了。一股绝望的龙卷风把威子推上岸边一块人头骨形状的巨石。他庆幸自己命不该绝，宽慰地想：活人干吗跟死人斗？傻呀！

他站在巨石上向下俯瞰，发现附近的一片凹地中，尽是一些石人、石马、石碑和金银铜铁器什么的，还有成堆的白骨。他克制住惊惧，从巨石上滚落下来。以仅有的那点考古知识，他确定这里是一处陷落的三国时期的墓葬，而且没有被盗挖过。他发出一声傻笑，笑得前仰后合。

他尽量避免去想最坏的情况，脑中浮起母亲的脸孔，借此激发自己的勇气。忽然间，他感觉到附近有人类存在，但却不像是现实中的气味。他无法分辨来者是男是女，只听到有种意义不明的细微声音在互相交谈着，来者应该有两个人以上。

"喂，谁啊？"威子为了壮胆，刻意粗声大气地问道。

那些影子并没有退回去，反而是三个、四个、五个慢慢在聚拢，将附近团团围住。他完全不了解他们的语言以及谈话内容，从现场气氛来看，他们好像并不同情他的处境，其中也掺杂着嘲笑声，好像在为他举行欢迎仪式。

"你们不是人吗？"他大喝一声。

"你才不是人！"黑暗中有人回应道。接着那些影子逐渐现出原形，竟然是一些透明人，走路时像踏在月球上，感受不到地心的引力。

"鬼！"威子紧张地大喊一声，不料刚一抬脚，轰的一声跌进一个下陷的地坑中。里面有很多闪亮的东西，还有刻着原始图形的陶片。借着一团团的磷光，能看到一具具尸骨，那些磷光都是它们发出的。每具尸体都只剩下骸骨，但几乎全身披满金银珠宝，甚至武装到手指脚趾和牙齿。他断定自己所在位置是一座陵墓地宫群，因为埋藏在河道下方，所以保存完整，没有被盗扰过。

威子在珠宝堆里翻检，发现一块熠熠生辉的鎏金铜盘，直径有三十多厘米，分天盘地盘两部分，很像三国术士管辂的金匮六壬盘。他估摸这件东西有两公斤重，上面镶嵌有成串的小金珠，呈现出星体和月亮的模样。威子心中一阵窃喜，竟然忘了身处何地和肉体上的剧痛。他疯狂地转动着闪闪发光的六壬盘，然后借助它的光线，仔细辨认出前行的方向。

汉代六壬术盛行，六壬盘应运而生。施术者转动天盘，视其所占天干、地支、时辰的位置，以判断吉凶。文献记载，汉代六壬盘的功能和用途，有可能被用于农耕，也是用于传播天文知识的教具，因此它也被认为是最古老的天空图像。威子在网上关注过金匮六壬盘的各种传闻，没想到它竟落到了自己手中。

地下墓穴一个挨着一个，有的相互叠压，或者有打破关系，被搅成了一锅粥，可能是因为地壳运动，或者地下水冲刷的缘故。当他在穿过一道坍塌的墓门时，轰隆一声响，一具白骨向他扑来，威风凛凛……威子定睛一看，极像是曹操。他正在腐烂，还没有完全腐烂，脸上挂着一嘟噜鲜肉。他浑身是洞眼和破衣片，指甲像鹰嘴似的尖利。威子急忙从怀里摸出一瓶还魂药，倒入曹操的洞眼和眼窝。稍停片刻，曹操竟然坐了起来，完全复原了，和书中的画像一样。他手握倚天剑，霸气十足地坐在棺木之上。他身穿玄色冕服，头戴九旒冠，通身绘有日、月、星辰、祥龙、锦鸡等纹饰。

一根羽毛箭头，穿梭似的飞来飞去，擦着威子的头皮飞过。他连忙跪下，以头抢地说："曹丞相息怒！"周围恐惧的"砰砰啪啪""呼呼隆隆""吱吱嘎嘎"声，让他欲死不能。

"平身，孤欣赏你的胆气，你和操是同一种人，不达目的誓不罢休。你是第一个入侵操地盘的人，管辂的那个六壬盘赐予你，它可以引导你逃出炼狱。操的宝剑也赏给你，用它可除妖斩魔为你开道。"曹操把手中的倚天剑哐当一声扔在了威子脚边，差点把他的灵魂砸出窍。

"是、是……"威子唯唯诺诺地抬起头，紧张地浑身抽搐脊背发凉，"不胜感激！"

"但孤要警告你，不要打扰木叶头骨了，懂吗？"曹操挥挥手，宽大的衣袖荡起一阵飞沙走石，打在威子的脸上似小刀割划一样疼痛。

"是、是，小的知罪，不敢了。"威子趴在地上像一摊烂泥。当他从惊吓中苏醒过来时，他看到一个窥视者正盯着他看，像是传说中的白毛粽子——僵尸。他挥剑刺去，却捅破了眼前的一堵墙。他正要钻出洞口，突然伸来五六条章鱼触角，试图把他拥入怀抱。他举起宝剑一阵猛砍，章鱼变成了一只猫，嗷嗷叫着逃跑了。

墙外是一道青石砌成的、长满厚厚绿苔的阶梯，很多植物根茎垂在头顶。一根根石柱子从洞顶垂下，上面挂满不计其数的大嘴蝙蝠，散发出刺鼻的氨水的味道。蜿蜒的地下暗河，经过不断分流，到此已经变窄变浅，呈现出茶水的颜色。威子小心翼翼地顺着黏滑的石阶爬上去，一手握着宝剑，一手拿着金匣六壬盘。

第二十九章

这场大雨让村子里潜伏的青蛙忍不住放声高歌。此起彼伏的蛙声平时听着让人舒心，此刻却显得特别诡异，隐隐带着威胁。一只只硕大的蜗牛被大雨引诱着，从潮湿阴暗的角落爬出来，把黏糊糊的苍白身躯半露在壳外，粗粗的触角像雷达似的探向前方。

戴亦西看着窗台上的蜗牛，赶紧把视线挪开了。凉意渗进了骨髓，她有一种不祥的预感。她必须控制住自己的情绪，要不然眼泪又要夺眶而出了。回想发生的一切，过程太复杂了，一切都像是天意，并不以人的意志为转移。她在白浪身边坐下，把脸埋在双手中。悲伤、教训、怀念只能是以后的事，如果他们能活下来的话。

白浪的情况在进一步恶化，意识徘徊在清晰与模糊之间。他听见直升机的声音，不，是死神振动羽翼的声音，或者是地狱门开启的声音。他想说话，和戴亦西唠唠嗑，却好像有千斤巨石压在胸口上。他终于缓过一口气来，似有若无，似无若有。

"亦西，救我，我……"他像一个新生儿那样身不由己，无能为力。各种声音在他的脑袋中嗡嗡作响，其中一个在不断地询问："天堂在哪？"他大汗淋漓，软弱无力，挣扎着回答说："鸟，有鸟的地方是天堂。"那个声音又问："想去吗？"他铿锵有力地回答说："想去！""那好吧，跟我来……"

"好的。"他想马上解脱，回到平静的生活中去。

他经常幻想着在舞台上演奏"交响乐"——这一刻出现在他的梦境里。地点在金色大厅，观众都是亲朋好友，他不想烦扰更多的人。他从小喜爱音乐，只是父母不同意他从艺，非要他考北大。但是北大梦落空了，不过他从没有放弃对音乐的梦想。

他穿着白色晚礼服，庄严地走到聚光灯下。他向观众——自己的父母和亲朋好友鞠躬致意。他指挥自己的乐队演奏了《大地情歌》和《悲怆交响曲》。突然间，宽敞而华丽的大厅里挤满了观众。奇怪的是，他们并不属于同一个时代，装扮从古至今都有，就像是参加中国服饰盛会。他们井然有序，鸦雀无声，对演奏者没有报以掌声。他汗流浃背地盯着他们，突然意识到他们都是幽灵，有一点鬼气森森的。他同时意识到自己将加入他们的队列，成为他们的一员。他感觉到自己生理的衰竭已到达了极限。

"白浪，要坚强，等我们回去……你所有的要求我都答应！"戴亦西紧紧握着他的手哀求说。她感到撕心裂肺，眼睁睁地看着一个鲜活的生命在眼前凋零却束手无策。他们之间的友谊，或者是一份来不及细细品味的情感，竟然会这么脆弱，不堪一击。

"戏剧，是虚构的，而我不是……看我的演出了？带你去金色大厅……一条鳗鱼游过来，一个头骨化石，还会说话……"他开始说呓语，断断续续，让人摸不着边际。他的眼皮微微抽搐了几下，"谢谢你，陪我度过世界末日。"他的最后一句话非常清晰，让人毛骨悚然，耳膜生疼。

"白浪，不是虚构，你要坚持住！"她用手拍打他的脸，"你说，我在听，我全听你的。"她不禁失声道。白浪听到她的话，强睁了一下眼睛，刺眼的光线扎进眼睛里。一张熟悉的女人脸，含泪看着他，充满怜悯和悲伤。他只抬了一下眼皮，因为眼皮根本不听使唤，像是被墓碑压着。

"亦西，你哭了？"白浪感到浑身只有手是温暖的。他想起发生的事情，他们在逃难，开着一辆三轮汽车。路面崎岖，路边陡峭的岩壁上不断有大块落石砸向地面。举目所见，一切都是冰冷冷的，寒气像是被高压泵硬生生地压进车内。寒气渐渐渗进他们的身体，臀部和关节开始隐隐作痛。

引擎狂啸，一心求死似的。车子凌空飞起，引擎失灵了，向下坡路冲去，像是一发射向目标的炮弹。剧烈的撞击震动了他全身的每一块骨头，咔吧咔吧直响。安全带把他向后狠狠一拽，他猛地喷出一口气来，像是要把五脏六腑都吐出似的。结果五脏六腑又回到了腹腔，却吐出一口血来。

他睁开眼睛，前挡风玻璃居然没碎，而是整块向内凹进来。他向右猛打方向盘，避开冲下悬崖的危险，然后踩死刹车。后座上发出女生的尖叫声，压住了发动机暴躁的吼声。车身有点前倾，可能爆胎了。他松开安全带，推开车门想下去查看，不料头上的帽子突然飞了起来。他跳起来去追赶，结果一下进入了上一世……

他曾经是一个美国人，叫史蒂文。他二十岁那一年，和女友琳娜一同到中国传教，曾去过安阳殷墟，对那里出土的甲骨文产生了浓厚的兴趣。他常骑着一匹老白马，在小屯村神出鬼没、四处游荡，收集到很多甲骨文片，都是完整的骨片。他和琳娜一同乘船回美国，因为日本已经占领了中国，到处制造血案。他们的很多中国朋友死于日本人的刺刀下。有一位十二岁的女孩，受到一群日本士兵的奸污。他们把她打倒在地，剥光她的衣服轮奸了她。

最后的一幕，日本军舰出现了，挂着一面血污的破裤衩似的膏药旗。日本军人当着他们的面，强奸了所有难民妇女，豪情满怀地喊叫着，狂欢着，脸上挂着冷血的笑容。

他，史蒂文，眼看着日本兵强奸了琳娜，再把她杀死抛尸海中。他悲愤地叫喊，却毫无能力反抗，日本兵把所有男人都缚住，让他们目睹禽兽奸杀自己的妻女。那天晚上，有人挣脱了绳索，解救了所有的俘虏。他们逃到甲板上，恰好碰到了奸杀琳娜的那个日本兵。他扑上去扼住日本兵的喉咙，然后割下日本兵软塌塌的、前一刻还在肆意勃起的生殖器，扔给了一条军犬。他夺得一挺机关枪，并向日本人猛一阵扫射，就像消灭蝗虫那样毫不留情。最后，他肩上一阵冰寒麻痹——他中弹了，倒在血泊中。

"亦西，我……爱你！"他想表白，却发不出声音。他忽然想吃饺子，母亲正在厨房给他包，腰上围着那条色彩鲜艳的围裙。看着她的一举一动，他不由得胸口一阵剧疼，差点背过气去。他感觉自己的手被紧紧握着，因此世界不再癫狂了。

夏禾推开虚掩的门，小心翼翼地进来。戴亦西看着白浪磷光一样惨白的脸，焦急地对他说："必须尽快把白浪送出去，如果出了问题，怎么面对他的父母？"她说不下去了，背过脸去抽泣。如果白浪死了，她这辈子恐怕也活不轻松了，将会背上沉重的十字架。

"估计明后天，大水才能退去。"夏禾站在窗前，望着围困村庄的大水说，"我们与外界隔绝了，想要出去得依靠胡伯，但是他傻乎乎的像是没有记忆的人。"

"他们都是失忆的人，全村都是，喜娃有解药，可以让他们恢复记忆。我们不能在这里等死。"戴亦西勉强转动着思维，竭力驱赶着内心的恐惧与痛苦。

"我这就去拿药，让他们先恢复记忆。"

他们正商量着，胡伯和儿子胡哨推门进来。胡伯说，有一条山路通往A县，有三十多里地，中间要过一个山洞，水很深需要坐船，过去山洞就是A县地界了，路虽难走一些，但没有太大危险，如果现在出发天黑之前能到A县。胡哨说他熟悉路况，可以做向导送他们去。

"我们现在就走，钱都不是问题。"戴亦西果断决定说。她必须尽全力把白浪活着带回去，摆脱眼前的厄运。

夏未拿出一张银行卡递给胡伯说，这里面有两万元，等我们安全出去后再给三万。他出价很大方，他知道要想顺利成交就得拼命砸钱。而对于生命来说，钱算什么！

不料胡伯却摇摇头说："不要钱，可以让胡哨送你们走，但是喜娃得留下，得送她回基地去。"胡伯已经喝下了醒脑剂，想起了发生的一切，也想起了喜娃，不禁感慨万千。但是他不怨恨夏伯，认为夏伯之所以这么做，完全是为了他们蒸蒸日上的事业，只有这样才能做到统一思想、统一目标和统一行动。

"喜娃跟我们走，那是她的选择。"夏未态度强硬地说。他说着从口袋中另外摸出一张银行卡，对胡伯说，"这里有三万，你们都拿去，不够的话等我们出去后再给补上。"

"说什么都不行，喜娃是夏伯的科研成果，第36号产品，唯一的一件产品，我不能放她走。"胡伯决绝地说，毫无商量的余地。

"喜娃-36不是外人，也是咱家的孩子，她愿意就让她走吧。"胡哨争辩道，脸憋得通红发紫。

"你记住了，小子，凡事不能感情用事。"胡伯一巴掌打在胡哨的脑袋上，"还没轮到你说话！"胡伯因为儿子的顶撞，气得浑身直哆嗦。

"你们不要吵了，有话好好商量。"夏未急得直跺脚，用身体挡在他们父子之间。

"你们会吓到病人的，都出去说吧。"戴亦西压低声音说，把胡哨向门外推去。

"我说爹呀，没那么严重，不能见死不救。"胡哨反身来把父亲也拉了出去。走廊里传来他们父子的争吵声，随后声音远去了。不大一会儿，胡哨回来了，拦住正要出门去的夏未，神秘兮兮地说："别理我爹，他就是这种脾气。喜娃跟我们家生活了三年，像亲妹妹一样，不能扣留她。"他伸手接过夏未递来的银行卡，喜不自胜地说，"需要一辆水路两用的车船，我这就去准备，半小时后出发。"说着他出门去了。

胡哨果不食言，半个小时后，他备好了车辆，带来了两个表弟大强和小强，他说他们俩的水性极好，又熟悉山路，有他们保驾护航一定能行。一行七人就这样"驾驶"两辆两栖车船出发了，一辆载着喜娃，一辆载着白浪。胡哨说，他把父亲锁在了饲料库里，让父亲暂时委屈一下，不然很麻烦。胡哨的水路两栖车，实际上是一辆个体稍大些的独轮车，拆下轮子可以当舢板。换言之，走水路时把轮子卸掉，走陆地时装上轮子即可。

胡哨在前面带路，一只手拿着一柄短刀，虽是自制的却十分锋利。他像是十八世纪欧洲的一位骑士，充满战斗的豪情。他的两个表弟负责驾车，夏未断后。不知为什么，夏未感到后背有些发凉，于是从路边捡起一根木棍攥在手里。迫切的需要和极度的沮丧，这两种极端的情绪吞没了他。

福溪山是一座东西走向的山陵，主要为石灰岩结构。石灰岩是生产水泥的主要原料。渐渐地，前方的山左侧浮现出一个呈坐姿的巨人轮廓，它盘腿而坐，一只手臂做出慈悲的手势。胡哨说，你们看，那是一个老神仙，已经在那里两万年了，普度众生。他又说，前些年这里到处是采石场，大规模的开采损毁和撕裂了它的面貌。但是你要是会看，就可以分辨出它的轮廓。

戴亦西仔细看了很久，不知为什么，她觉得它像是骑在青牛背上的老子，是一位正在冥想中的巨人。山腰间有一座石质宝塔，被采石炮给炸歪了，它依靠爬在塔身上的藤蔓才屹立不倒。胡哨说，被割裂的山体，时常会在夜晚发出一阵阵沉重的叹息，像是狮子的吼声，听起来很可怕。

云卷云舒，清风徐徐。路途坎坷，世事难料。

戴亦西徒步跟着车走，一路上都没有说话，心情极为沉重。独轮车发出嘎吱嘎吱的响声，附和着山岚波涛，奏出大音量的旋律，在天地山川间回荡。白浪半躺在独轮车上，身上裹着一条厚毛毯。他原有的那份自信和骄傲已被撕得粉碎。如果能活下去，这将是他人生中最难忘、最重要的一次经历。

"勇敢点，白浪。"戴亦西寸步不离地跟在车边。她不敢正视他，心脏被残害得一塌糊涂。

胡哨带领着他们穿过一道狭窄的石缝，来到一条山谷口。路面崎岖，大块大块的岩石不时突出地表，因年代久远而显得光滑平整。曾经基因改造过的飞虫，在他们的头顶转着圈，像电子一样发出嗡嗡的声音。他们发现有一条大些的木船停在洞口，像是不久前有人才使用过。他们先把两辆独轮车摘下车轮拖在船尾，再把白浪和喜娃－36送到船上，随后七人全部坐上了船。

一道瀑布飞流直下，在谷底化为碎末，发出震耳欲聋的响声。大强、小强把船划进幽暗潮湿的山涧，它的一半隐蔽在悬浮着巨大藤蔓的山口中。他们划着船缓缓地穿过浓重的水雾，进入漆黑的洞口，憧憧暗影不断从山洞里泛起。

他们义无反顾地消失在雾霭、冷锋、逆流和危机四伏中……

傍晚时，县公安局秦局长带着一名属下来到考古工地，叩响了尹良博士的房门。他们来通报木叶头骨的调查情况，同来的还有巴山。秦局长自我肯定说，过去几天，他们一直集中精力调查的方向，看来思路是正确的。警方已经掌握了重要线索，锁定了偷车嫌疑人。他的声音中有种压抑不住的兴奋，像沸腾的水一样咕嘟咕嘟冒着泡。

接着，由刑侦队长王赫然通报了具体情况。王赫然就像一个大腹便便的巨型地瓜，随时可能砰的一声爆开，把体液溅别人一身。他故意迟缓一下说，盗车贼叫张勇，河南长垣人，曾经做过厨师，他父亲是名厨师。因为偷车现场留下了监控录像。尽管他戴着口罩和墨镜，但是他一条腿微跛，走路特征很明显。警方的罪犯档案显示，张勇系职业惯犯，因入室盗窃致人伤残，入狱八年。出狱至今不过六个月零九天。警方正在抓捕张勇，一旦张勇到案便会水落石出了。

尹良博士上下打量着他们，严重质疑道："这个叫张勇的长垣人，怎么会知道木叶头骨？"他努力保持平静，却感觉胸口憋得发痛。

"什么意思？"秦局长感到被冒犯了。

"我认为不如从内部查起，从考古队查起，包括我和陆泽。"

秦局长顿时警惕起来。因为在考古队失盗同时，威子像是人间蒸发了，怎么也联系不上。威子时隔几日杳无音信的事，以前时有发生，但是这次他有种模模糊糊的不祥预感。他并不愿意做这种假设，因为这太荒唐了，自己的儿子怎能为了一个人头骨不惜去犯罪？但是知子莫如父，威子做事从不计后果，血液一冒泡什么事情都干得出来。尤其最近一段日子，他总是跟一些不三不四的人来往。

想到这里，秦局长毫不客气地说，目前没有证据表明有内应。他想不就一个死人头骨嘛，地下埋藏肯定不止这一个，有什么好大惊小怪的。他也决不允许有人伤害到威子，他手里握有权力之剑，如果连自己的儿子都保护不了，还他妈的干什么公安局长？

他想到了二十年前的那次意外，他竟毫发无损。那时他还是一个愣头愣脑的新兵蛋，正在一千多米的高空准备人生的第一次跳伞。他坐在那架小型训练机的舱门旁，脚下是一望无际的绚丽风光。就是那一次，他和自己跳伞的战友在高空相遇，险些撞在一起。他猛推了那人一把，自己最终安全落地了。但是他的战友却摔成了重伤，险些丧命。命运就是这样，它能够让你安全着陆，也能让你头朝下闷声栽倒，再也站不起来。从此，他坚信没有谁能成为自己的克星。

尹良博士低着头，冰冷的脸上毫无表情。他突然抬起眼睛，目光仿佛可以穿透对方的灵魂，"真遗憾事情闹到这种地步，希望你们尽快抓到张勇。"他的声音里有种深切的沉痛。

"会的，会给你们一个交代，不过这人头骨嘛，"秦局长的音调陡然升高了，"恐怕地下不会少了！"他冷眼看着尹良博士，意思是为了一个头骨犯得着吗？

"各有各的研究价值，它们是破解人类起源的关键，各自包含着不同信息。"尹良博士语重心长地说。

"秦局长，除了张勇，其他两个嫌疑人的身份确定了吗？"陆泽打破尴尬的氛围问道。

"呃……哦，还没有，我真不理解，他们费尽周折盗取一个人头骨，究竟为了什么？"秦局长的声音里满是疑惑和不屑，"太不值当了！"他已经布置亲信暗中寻找威子的下落，但至今没有消息。如果现在能见到威子，他非好好教训威子一顿不可。

他想起了那两座被盗的商代墓葬，确定与威子有关。他在别墅地下室里曾发现一些青铜器碎片和小件玉器残品，还有盗墓工具。但是他没敢去向威子证实，这种猜测一旦被证实了，他不知道该如何处置，干脆睁一只眼闭一只眼权当不知道罢了。然而正是他无尺度的溺爱，才招来更大的祸端。想到这里，秦局长感觉有股火舌舔着背部，并且向上延伸点着了他的头发。

"一定追查到底，无论他是谁！"秦局长底气十足地说，陡然站了起来。秦局长走后，尹良博士那种留给人深刻印象的镇定渐渐消失了，一种梦魇般的恶劣情绪紧紧包围着他。他拿出一瓶白酒和一只酒杯，慢慢把酒杯斟满，仰起脖子一饮而尽。然后又倒上一杯……

窗外满是白色云雾，像是一锅煮沸的牛奶。他伤心地想：月亮和梅艳，及所有亲人的灵魂也许就在这雾里，和他近在咫尺却不能相见。他很想到雾中走一走，但是浑身的骨骼仿佛散架了，根本不听他的支配。

第三十章

暮色在窗子上短暂逗留，天色很快暗下来。尹良博士和修复专家华克辉正在实验室修复红柳和百合的残骨，他们已经连续工作了十个小时。两具白骨在木叶头骨失盗时，受损严重，已经面目全非。百合的头部有一个弹孔，致使颅骨碎成了十多块，它的小腿也被子弹击中，造成了粉碎性骨折。有一颗子弹击中了红柳的盆骨，使它的左腿脱落。骨骼化石修复就像玩拼图游戏，关键是让每一个小裂缝都能够咬合紧密。为了将缺失的部位复原，他们需要对骨块裂纹进行分析、判断、取样，再按照裂纹一块块拼接起来。这是考验耐心和极为耗时的工作，因为稍不留意，都可能使接口移动或错位。有时为了黏结一道接缝，或者一块骨片，甚至耗费数小时之久。

就在修复百合的肋骨时，尹良博士在它的胸部发现了拇指大小的一个褐色石块。以前尹良博士并没有注意到它，它很可能是受到外力震动后，从骨架内的某个隐蔽的部位跳了出来。尹良博士去除它外在的杂质，发现它是一枚绿松石项坠，一枚精美的圣甲虫项坠。因为在地下埋藏太久，它微微泛黄，但总的来说还清澈纯洁。它那绿豆般经过琢磨的双眼，流露出悠悠岁月所赋予的神秘目光。

尹良博士与它对视时，感觉有道清辉一闪，射入他灵魂的最深处。

这时门外响起说话声，继而有人叩门。尹良博士去开门时，顺手把绿松石项坠放在了工作台上。陆泽和巴荷在门外，巴荷说突然想来实验室看看，感觉无形中有股力量牵着她。她一眼看到案台上的绿松石项坠，不由得激动不已，顺手拿了起来。她专注地看着它，眼前出现一道炫目的金光。

"尹博士，"巴荷突然想起来似的说，"昨天夜里，我做了一个噩梦，被一群男孩追杀，他们手里拿着石斧和弓箭。我纵身一跳坠入悬崖，我落入一个山洞，有人喊我达令，我却看不到他的真实面目，里面有发光的鳞片，一束束在飞动……"她说话时脸色绯红，语速飞快。"那人说'欢迎你回来'……我问'我是谁？'他说'你是百合！'我问'你是谁'，他说他是红柳……百合和红柳是一对配偶。"她歪头看着尹博士问，"这梦是不是太离奇了？"

"百合跳崖了？"尹良博士惊得浑身一颤，但自知失言，瞬间冷静下来。

巴荷迷惑地摇摇头说："不知道，我被吓醒了，但是梦境很清晰真实，又不像是梦。"她感觉自己正在走进一出戏里，她告诫自己一定要演好这个角色，万万不能出错。

"我的前世是百合？"她困惑地眯起眼睛，似乎在回忆着什么，"这项坠真漂亮，让我戴两天吧？"她在自己胸前比画着，表情有些痴迷。"试试能否完成一次穿越，找回前世的我……"她把圣甲虫项坠放在灯光前仔细观察。它似玛瑙一样光滑亮洁，泛着幽幽的绿光。她本以为它简单得不能再简单了，却怎么也想不到它竟然如此美丽。

她又想起那个梦：她在奔跑，为她引路的是一群有翅的原始生物，它们鼓动着柔软的纤羽，晶莹剔透，羽绒般轻盈，发出紫色、黄色和蓝色的光。"百合，百合……"那个叫红柳的男孩在后面喊她，他害怕至极。她在一条漆黑的通道上奔跑，通道的另一头有光线射入。身后有杂沓的脚步声，一群人在追赶她，越来越近了。那道光是她的救星，是奇幻屋的出口，她向着光明冲刺。

她跟跟跄跄地跑着，头晕目眩，一不留神脚下绊了一下。一个矫健的身影大步奔来，就在她扑向地面的同时，恰好被他抱住。两个人一起滚向落满厚厚落叶的凹地，一直滚下去。她泪流满面地抱紧他坚实的臂膀，随着他的身体翻滚，感受着他的气息和心跳。他们被一团团像章鱼触角一样错综复杂的大树根挡住去路，头上是一片天篷似的树冠，遮天蔽日、硕大无比。

她羞于启齿，肌肤像是被火点着了，本能地把脸颊贴在他的颈窝里。她这是第一次与男人近距离接触，既期待又害怕，把手紧紧遮在自己的胸部。他温柔地拿开她的双手，迫不及待地把头埋进去，用舌尖触碰她粉红色的乳头。她紧张极了，兴奋极了，眼泪直流。

"不，不……"她轻声唤道，感觉灵魂仿佛出窍了。"百合正和黄土部落的男孩拍拖，他叫红柳，是人中翘楚。他来太阳部落学习制陶技术，他还是一名精良的射手。"

这时，房间里毫无征兆地发出"当"的一声响，尹良博士和陆泽对视片刻，当他们目光落在那件陶瓮上时，陆泽的脸色更加紧张起来。最近他常听到一个声音说：我不想待在阴暗的房子里，我想回到埋我的山坡上。他仔细听的时候，感觉那不是一种真的声音，而是一种心灵感应。但是他刚刚平静下来，那个声音又开始缠着他，说想回到向阳坡地上去。刚开始，他心灵感应还不经常出现，还能摆脱。但这两天却多了起来，一天好几次，多数是他在做课题研究报告的时候，让他不得安宁。他知道那是一种暗示的力量，但不知道来自何方。

陆泽开始怀疑自己的神经出问题了，感觉非常焦虑，或者是抑郁症，因为他也会常常想到戴亦西。他狠狠地回击道：快离开我，和我没关系，不要再来打扰我！但是那声音非常固执，一直黏着他。无奈之中，他妥协了，承诺说："我尽力帮助你，告诉我你是谁。"那个声音说：我叫湖，太阳部落成员，五岁时死于疾病，被爷爷装进陶瓮埋在了后山，现在被你们挖出来，就在实验室里。

屋子角落里又是一声响，更加瘆人，陆泽危言耸听地说："这陶瓮里有东西在撞击，那孩子不想待在这里，想回到向阳坡地上。"

"你胡说什么！"巴荷咄咄逼人地说，浑身一颤。她嘴上这么说，却感到喉咙紧缩，连口水都咽不下去。冷，她感觉身体在发抖。

突然一声什么东西爆裂的声响，把巴荷吓坏了。她憋得通红的脸颊，仿佛被日光灯镀上了一层油彩。"平静下来。"陆泽拉过巴荷的手，安慰她说。

"我敢确定这是湖的瓮棺，他裹着羊皮垫子，门牙掉了还没长出来……他脑袋里的智慧太多了，把脖颈都压弯了。"尹良博士的记忆沿着幽深的隧道前行，"湖是玛瑙的儿子，患有癫痫，这是当时的一种常见病，死亡率很高。"

湖死后被埋在一个永久而不可考的秋天里，他的灵魂变成了一只鸟。尹良博士的记忆在时光隧道中穿梭，眼角泛起潮雾。"湖死了，让太阳爷爷很孤独……没想到时隔万年还能重逢！"

陆泽望着那个陶瓮，突然因无法确定自己的身份而躁动起来。他好像就是那个孩子——五岁的湖。他被病痛折磨而死，死在爷爷的怀抱里。当灵魂离开他的躯壳时，他转生为一只鸟，一只相思鸟。"我是湖，我舍不得我的父母兄弟和太阳爷爷……我转生为一只鸟，一只小小鸟。我不只经过一次转生，我最先选择做鸟，因为鸟可以自由飞翔，可以和爷爷终日相伴。"陆泽绘声绘色地说，说出一堆莫名其妙的话，有点让人摸不着头脑。

"你这是哪跟哪啊？不是发病了吧？"巴荷发出一连串的质疑，遂伸手摸摸他的头，一边"陆泽，陆泽"地喊着。她是认真的，另有一丝不易觉察的顽皮微笑。

"我的头发已经白了，变成了蛇窝，不信你们自己看……我满嘴都是沙土，简直无法呼吸，我藏身的陶罐很早就碎了，可恶的蛇出没其中。"他松开她的手，轻轻推着她走向瓮棺。"有毒蛇，盘踞在我的瓮棺里，信不信？"

"不，不信！"巴荷脸上的面部表情像被焚烧的纸，瞬间萎缩掉了。她的耳膜在尖叫，似乎每一下脉搏都重重地撞击在耳膜上。

"你当真是……湖？"尹良博士双眉紧蹙，思维从时间的隧道中被拉了回来。如果能在现实中找到自己两万年前的亲属，岂不是天大的奇迹？这个比率可能是亿万分之一，或者更为罕见。莫非当初的一切以及它们经历的所有信息都被编入了程序？头骨程序，或者是圣甲虫项坠程序，抑或有其他程序也说不定。

"那就打开盖子，验证一下！"巴荷催促陆泽说，一边把工具刀递在他手里。此刻最迫切希望看到结果的人反而是她。她无法想象一个脱落门牙、满头白发的幼儿的尸骨会是怎样一个状态。

"让我亲手开启我自己的瓮棺？太过残忍了！"陆泽自语道。此刻，他对自己前世的记忆在复苏，但那些复苏的记忆已经不再具有任何意义，仿佛是他新生命之外的寄生体。

"来，让我来。"华克辉接过陆泽手中的刀子，轻轻旋开经胶泥密封的瓮口。所有的眼睛盯在华克辉的手上，时间凝固成为一个光点。华克辉充满警惕和敬畏，一点点划动着刀子。空气变得浓厚、黏稠和诡异。

"听，里面真的有动静。"巴荷一惊一乍地说。她感觉心脏悬在了嗓子眼，卡在那里一动不能动。陆泽侧耳在瓮壁上细听，先是听到一种翅膀拍打的声音，继而是撞击瓮壁的声音。

"你来听，声音很奇怪。"华克辉让出位置让尹博士听。尹良博士示意他继续，表现出少有的冷静。他轻轻撬动一下盖子，只见一道白光腾起，像是一颗彗星拖着尾翼绕几圈后，从门隙中嗖的一声消失了。

哇！四个人倒吸了一口冷气，瞠目结舌，陷入失语状。随着一阵咝咝声，一条三寸长的青蛇蹿了出来。它和陶瓮上的画像毫无二致。它出乎意料地嚣张，并没有虎落平川的那种萎靡。

华克辉一下从地上蹦了起来，手里的刀失落在地，碰在陶瓮上发出叮当一声响。"小心点！"尹良博士提醒说。他的心里也真有点怵，接下来不知还会发生些什么离谱的事情。

"它是怎么进去的？"陆泽疑惑不解地说，"我回来了，到了祖孙相认的伟大时刻！"陆泽拍拍胸脯，自豪地竖起大拇指。"为了共同的目标，我是来和大家团聚的。"他陶醉地张开双臂，做了一个拥抱的姿势。

"让臭蛇滚，这家伙太折磨人。"瓮中传出一个稚嫩的声音，虽小却清晰。

"我也很受折磨，臭僵尸！"青蛇还击道，咝咝、咝咝地叫着。

"别理它，让它走……"随着一声呼喊，传来啜泣声，声音哗哗的像是微浪的碰撞声。

胡哨将船划进山洞，里面一池子静水幽暗且浑浊，颜色时而由褐色转化为翠绿，时而变成血红色。站在船上俯视水面，似乎能看到水下有很多山丘和沟壑，其实它们不过是岩洞顶壁凸凹的岩石映在水中的倒影。如仔细观察，则会发现红色血水，是由大片的红色根须造成的。而水中呈现出的绿色，是一种小到用显微镜才看得到的水藻造成的。水中的褐色，则是由水底枯萎的树叶造成的。

戴亦西将目光流连于水面上，诸如长着角的蛇头、狰狞的鬼面、咆哮的母熊和无数凸起的眼睛等等，不断从水底升起，让她感到一阵阵眩晕。"今天拜托你们了，注意安全啊！"她交代胡哨道。此行，实在让她隐隐感到不安和惶惑。

"没事，这船可比泰坦尼克安全多了。"胡哨调皮地眨巴眼睛，"放心，绝不会发生沉船事故。"他信心十足地说，鼓舞着士气。

大强和小强负责撑篙，配合得天衣无缝。船往斜下方走十几米，浅水一下变深了，大概有七八米深。再往深处走，水面豁然开阔，色彩更是多变，狭窄的山洞变成了一个天然岩洞，能容下一艘舰艇在此航行。尽管胡哨担保不会有问题，但是戴亦西仍感困惑和不安，如坠云里雾里一般。

胡哨说，平时水没这么深，因为连日大雨汇聚到了这里。水路虽有些危险，却是通往 A 县的捷径，出了洞是一道峡谷，翻过一座山就是南地村。山那边有一位神医，远近闻名，能妙手回春。

"那就太好了，你说的神医住在哪个村？"戴亦西喜出望外地问。

"住在南地村，那里是我妈娘家，都管他叫毕老爹。"胡哨说。

"毕老爹？可真巧。"戴亦西一惊，"我也听说过，听考古队的人说的。"她的确从尹博士那里听说过毕老爹，说毕老爹医术精湛，能妙手回春，有华佗之誉。

"对呀，我娘喊他叔，不出五服，他也是受过大苦大难的人。"胡哨说。

"这水里很安静，连鱼也没有吗？"夏末问。

"传说这洞里有大蛇和鳄鱼，还有水鬼什么的，不过我没遇到过鬼，倒是遇到过大蛇，它像一段腐烂的树干在水边扭动，看着心里直发毛，背都是凉的。"大强一边撑篙一边说。

"我爹说这洞与村西的白毛潭相通，白毛潭看似不大却凶险得很，我小时候差点被一条鲇鱼王给拖下水，这事喜娃还记得，还是喜娃把我爹喊来的，不然我早就成水鬼了。"胡哨话音刚落，岩洞里突然传来叽叽喳喳的声音，像是幽灵一样空灵。

"哇，幽灵洞。"夏末倒吸了一口冷气，把木棍双手横握在手中。戴亦西用手指紧紧抠住船帮，呼吸被压缩为零。船桨溅起的水花冰冷刺骨，她忙把手缩了回来。

"哥，今天水比往常深得多，感觉不太对劲儿？"小强撑着篙，阴森森地说。在他们闭塞的小村庄，没有什么见闻，大人们讲得最多的莫过于神鬼、大仙和妖怪，所以他们对此异类十分敏感。

"闭嘴，下了几天雨，水能不深？"胡哨狠狠瞪了他一眼，"碰到鬼自认倒霉！"他壮壮胆大喊一声"嘿嘿嘿……"以壮声威。洞里传来"嘿嘿嘿……嘿嘿嘿……"的回音，一颤一颤的像花腔女高音。

船往前划行，刚才叽叽喳喳的声音更明晰了，变成了呼呼啦啦的拍打声。胡哨用手举起马灯，聚焦目光，警惕地盯着水面。昏暗的光线中，雾气时厚时薄，岩壁时红时黑。突然他感觉有一个庞然大物正悄无声息地、滑动着迎头撞了过来。"停船！"胡哨当机立断发出指令，"他妈的，真遇上鬼了。"他嘟嘟囔囔地说，还没有完全意识到它的危险性。

水面瞬间掀起一道波澜，发出一片绿色荧光。"稳住！"胡哨叮嘱他的两个表弟，但话音未落船帮即被什么东西狠狠撞了一下。船身剧烈地颠簸着，好在没有翻沉。一个黑色背脊露出水面，翻腾着水浪，再次冲了过来。它张着面盆一样的大嘴，里面是数百颗密集的牙齿，像是要连船带人一起吞掉。它的背部长有两排鳍，滑动水面如大鹏展翅，转眼就到了眼前。

"鲇鱼王！"胡哨惊叫道，"稳住了，看我的！"真是冤家路窄，他万万想不到会在此地遭遇鲇鱼王。他举起短刀向空中一跃，不顾一切地猛刺下去。一股鲜血喷在他脸上，然后落在船底。"我刺中了！"他兴奋得手舞足蹈。自古英雄出少年，他为自己树立了一个硬汉形象。

喜娃-36发出尖厉的叫声，闭上眼睛趴在夏末的怀里。夏末顺势搂紧她，任凭心脏在胸腔里蹦极，弹回来缩回去，缩回去又弹回来。刚才还平静的水面，一时间变得汹涌狂躁，把人激愤的感情抽打得发狂。

胡哨的两个表弟举篙一阵猛打，毫不示弱。这是让人惊心动魄的戏剧场景，所有人都被震慑了。千钧一发之际，无暇多想，只能是玩命一搏。鲇鱼王抖动双鳍再次横扫过来，以迅雷不及掩耳之势。戴亦西吓得用身体遮住白浪，怕他再次受到伤害。白浪躺在船底板上，裹在毯子里，陷入了类似昏迷的漠然状态中。

胡哨只觉被一股力量撞击一下，手中的刀嗖地飞了出去。船在噩梦中打着旋儿，眼看就要被撞得分崩离析了。"看刀！"空中传来一个声音。胡哨猛一抬头，自己的那把尖刀正朝他的头顶直插下来。他把头一歪，刀刃贴着他的鼻尖落下，深深扎在船帮上。"哎哟，你妈的，大鲇鱼！"他粗鲁地破口大骂道。

"冷静！"戴亦西提醒他。她已无法动弹了，虚弱的心脏哪能承受如此的惊吓？一周前，她和父亲通电话说，等他们从新西兰旅游回来，她会休假陪陪他们，看来那份承诺将要落空了。

"避开它，不能硬拼！"夏末大喊道。此时，稍有不慎便会酿成大祸。他压低身体艰难地移动了一下。他觉得口渴，嗓子眼里正在沸腾着岩浆。他不是没有斗志，而是因为晕船，双腿乏力使不上劲儿。

胡哨弯腰正要去拔刀，鲇鱼王像老虎一样发出怒吼声，甩出一根胡须缠住他的小腿。他扑通一声滚落水中，咕咕嘟嘟灌了一肚子水。生死一战，势在必胜。胡哨的表弟大强拔起短刀掷向鲇鱼王，恰好扎入它的眼睛里。受到致命一击，鲇鱼王松开了擒获的猎物——那个伤害过它的人。他曾经用鱼钩撕裂了它的上唇，至今没有愈合。胡哨纵身一跃跳到了鱼背上，握住它唇边的胡须。容不得多想，他举刀对准鲇鱼头部一下，又是一下。鼻子和嘴里全是血腥气，呛得他翻肠倒胃，差点背过气去。

由于凶猛的打斗和水流的涌动，洞壁上不断有大石块脱离原位，在幽暗的四周嬉戏般向他们袭来。一时间，大家几乎对生命不再抱希望了。喜娃那写满恐惧的眼神和压抑的啜泣声，使她如同一只濒临死亡的动物。她不是为自己哭泣，而是有一种负罪感。她本来想着只要能逃离基地，迎接她的一定是美好的明天，万没想到逃离虎口又陷狼窝。

胡哨的两个表弟相继跳进水里，抡起斧子对准鲇鱼王一阵猛砍。胡哨急忙从鱼背上滚落在水中，生怕他俩慌乱中砍伤了自己。鲇鱼王被砍得血肉模糊，但是没有致命刀伤。三兄弟一次又一次地浮出水面，急促地大口喘息。胡哨努力消除内心涌起的恐惧感，颤抖着声音催促两个表弟赶快上船。水中作战太危险，还消耗体力，毕竟人不是两栖动物。他们爬上船拼命地划，一鼓作气向前冲去。鲇鱼王腾云驾雾般冲出水面，不依不饶地撞向船身。第一下船身抖了起来，像是发生了大地震。再来一下，船身转了三百六十度，最终斜着冲出水面撞向岩壁。

鲇鱼王的身后是黑压压的一群鲇鱼娃，呈包抄的态势而来。死神降临了，让他们精神崩溃，欲死不能。第三下，船身飞了起来，像一发两吨重的炮弹射向目标。好一曲壮美的碰撞交响乐：石壁坍塌，木船崩裂，血肉模糊……连船带人被搣进了岩壁。

第三十一章

一道道白光穿梭在夜空里，仿佛穿越来世的灵魂，在无边无际的黑暗中寻觅。尹良博士捡起华克辉掉落的工具刀，把陶瓮的盖子撬开。最先映入眼帘的是一块沾满泥土的羊毛垫子，确切地说是一团羊毛和泥土的混合物。他深深喘过一口气来，一屁股跌坐在地上。这就是湖的瓮棺，他确信无疑，记忆永远抹不去的。他在华克辉的帮助下爬起来，单腿跪在陶瓮边，用瑟瑟发抖的双手剥开遮在孩子脸上的羊毛垫子。一个圆圆的小脑壳露出来。它正在换牙，乳牙脱落，恒牙还未全部长出，年龄在四五岁的样子。再看他的头发，果然全白了，像白毛草一样乱糟糟的，上面似有蛇窝的痕迹。

"乖孩子，真是你吗？"尹良博士止不住哭出了声，心里抖得厉害，陷入半痴半惊状。所发生的一切事，都和他梦里看到的一模一样，而且来得太过突然。不，那不是梦，也不是幻觉，是一场记忆的穿梭与回顾。

"真的是我？！"陆泽蠕动一下喉管，感觉里面像是结了一层硬皮。"悲催呀，我心如刀绞……仅活了五岁，还与虫蛇为伍……"他抚摸着羊毛垫子中的白绒绒的乱发说。说话间，拴住他头脑的那根红丝带突然断开了。他随着记忆扬帆远去，引爆了记忆隧道中的每一道火花，噼噼啪啪发出电光……

记得有一年夏季，天又旱又干。没膝深的草全干了，被炙烤得打了卷儿，发着银白的光。那天，当一场大风暴平地而起的时候，突然漫天蓝光闪动，明亮耀眼，灼疼人们的眼睛。大地就像是对天空挑战的回应，一棵参天的大树猛然向天吐出长长的蹿动的火焰。围绕着这个中心，大火在旋风中向外席卷而去，如汹涌的波涛强势扩展着自己的势力范围。

"起火了，起火了！"孩子们喊叫着，奔逃着，像一群受惊的野兽。太阳爷爷丢下手里的活儿，引导着孩子们向火场外突围，大声呼唤着每一个孩子。大火在向两侧蔓延，百合和一群孩子一边奔跑，一边呼喊着他们的母亲。随风扑来的燃烧的气味越来越浓烈，呛得他们直咳嗽。天色渐暗，成群结队的野兽从西边逃窜过来，有狼、野猪、羚羊、鬣狗以及成百上千的兔子和鼠类。它们发出惊叫声，跳来跳去，就像是地狱中那些痛苦战栗的灵魂。

燃烧的大火有一种超乎世间万物之美的壮观，因为它是来自天上的神秘莫测的神火。在这场范围难测的大燔烧的前缘所过之处，什么东西都别想逃过一劫，必死无疑。原先五彩缤纷、姹紫嫣红的大千世界，全都搅成了一团脏兮兮的黑色——一片宽阔的黑色焦土。夜幕已经降临，西边的天空被可怕的大火照得通亮，呈现出无比壮丽的景色。

大火肆虐了五六天，终被一场及时雨浇灭了。在这场大火中，太阳部落所有的房屋被毁于一旦，只剩下一堆堆湿透的黑色的灰炭，下了一天雨后仍在冒着热蒸汽。每一棵树上的叶子都变成了柔软而卷曲的纤维，地上到处是一堆堆黑色的东西，那都是些被烧死的动物尸体。

雨依然在下，看雨势至少还得下三四天。在太阳爷爷的率领下，大家排成长长的队列，走进凄冷的雨水中，一直向东走，沿着起火分界区，去寻找适合重建家园的地方。太阳爷爷终于停下脚步，大声说：“就在这里开始吧，重建我们的家园！”

“好，好啊！”巴荷回应道，不禁说出了声音，眼睛里蓄满泪水。“土地恢复的速度很快，一个多星期，绿色的小草便钻出黏糊糊的黄褐色土壤。两个月后，那些被炙烤过火的树木便逐渐长出了新叶。如果说那里的人们坚忍不拔、恢复力强的话，是因为在那个特殊年代，人类不那样的话就别无出路。”巴荷目光炯炯地说。

听巴荷那么说，陆泽并不觉得奇怪，思绪随着飘向了久远的过去——一个不可考的春天里。几年以后，那些过火的残骸碎骨就像易失的露珠一样，随着时间的流逝而消亡了，逐渐被掩盖在泥土和过往的蹄印下面。

“天灾时常会发生，人们唯一能做的就是重新开始，去寻找更大的生机。”陆泽说。

“但是森林要想恢复原貌，尚需数年的时间。疮痍斑驳的树木必须重新长出繁茂的枝叶，才能呈现出鲜活的生命力。”尹良博士接过话头说。他和陆泽、巴荷的思维发生了重叠和碰撞，共同回忆起了那场毁灭性的大火。

"你还能记得三生之事？"尹良博士问陆泽。他不禁为陆泽担忧起来，怕陆泽接受不了眼前的现实。

"我还行，毕竟是过去的事了。"陆泽叹口气苦笑道，却有种解脱感，因为自己前世的身份确定了。他看着尹良博士严肃的面孔，压抑着自己的情绪问："怎么安置这孩子？"

尹良博士的眉宇间充满沮丧和烦恼，沉默一会儿说："你问那孩子吧，让湖自己做主。"

陆泽便问湖愿不愿去博物馆，说那里设备一流、四季恒温、监控严密，享受省部级待遇。湖说不去，享受国级待遇都不稀罕，整日供川流不息的人群瞻仰，乱糟糟的毫无隐私可言。尹良博士问他愿不愿意和自己的父母、和太阳爷爷团聚？他说不必了，愿所有的灵魂安宁，不要被打扰。

"好、好，要是我也一样，宁可与山川河流同在，何乐不为？"陆泽安慰湖说。说实在话，他真怕湖和它的陶瓮被曝光之后成为追名逐利的造星运动的新目标。

"那就好，把我埋得更远一些，永不被打扰。"湖，那陶瓮中的孩子显得有些任性，但嗓音没有先前那么颤抖了。"我只想听听鸟鸣、晒晒太阳，别无他求。"湖平静地说。房间里出现了长时间的沉默，是一种地底水潭般的宁静。

"你知道太阳爷爷最后死在哪里吗？"尹良博士推心置腹地问，他想知道太阳终老在哪里。如果能知道太阳最终的结局，这个演绎了两万年的传奇故事也当落幕了。在场的人都凝重地盯着陶瓮中的孩子，等待它的回答，它却说了一句："永恒的秘密。"

胡哨清醒后，发现自己躺在黢黑的石板上，四周什么也看不见，他摸索着爬起来。他不知自己为什么到了这里，像是得了失忆症。这种感觉很像打了一个小盹，醒来后一时恍惚，但身体接触地面的背部，却疼痛难忍，表明他刚才遭到了狠狠的撞击，被撞进了这座阴暗的"房子"里。

"是鲇鱼王，与它搏斗来着。"他想起来了，险些被鲇鱼舰队杀得片甲不留。鲇鱼王跃出水面时，他看到了它的兔唇嘴，那道伤痕是他当年与它遭遇时，鱼钩给它留下的永久纪念。他看到岩壁上有一个窟窿，船身一半卡在洞内，一半露在洞外。

"快，进洞里躲一躲。"胡哨大喊一声，忙去照看躺在船底的白浪。情况还好，船头撞击的巨大冲力使垮塌的洞壁倒向洞内，因此船上的人并没有受伤。在胡哨的喊声中，大家几乎同时苏醒过来。真是绝处逢生，命不该死。

顾不得多想，胡哨把洞外的人一一拽进来，然后颇费周折地把两辆独轮车拆分后搬进洞里，可惜只剩下了一只车轮，另一只不知去向。"委屈喜娃妹了，我背你。"他对喜娃－36 愧疚地说。

"我来，我来背。"夏未争先恐后道，好像喜娃是他的专属。他舔舔干裂的嘴唇，舌头麻麻的、干干的，但心里却充盈着幸福感。

"亦西！"白浪再次醒来时，身上不再出虚汗了，呼吸也顺畅了许多。"亦西，这是在哪里？不要离开我……"他想要在失去知觉前表达出自己的强烈意愿。

"我在呢，放心吧。"戴亦西紧握住白浪的手，协助胡哨把他放上独轮车，然后用毛毯裹在他身上。借助洞口微弱的光线，戴亦西感觉洞里面很宽敞，这应该是经过人工开凿的山洞。当他们正犹豫不决、进退两难时，身后的洞口轰隆一声坍塌了。已经没有了退路，大家只能硬着头皮往前走。胡哨就地取材，找来一些木棍和麻绳自制了火把。这是山里人常用的照明手段。胡哨走在最前面，高举着火把。他的两个表弟大强和小强，一人推着白浪，走在队伍的中间，一人打着火把断后。喜娃－36由夏未背着，他说这次经历是他的小说素材，太刺激了。

戴亦西这才发现他们身处一座大型墓道内，是一座大型石崖墓，可以穿山而过。她弯腰捡起脚边的一个木俑，像汉代木俑，是个服侍俑，做工精致而轻巧，最初应该穿有衣服的。可以确定这里早已有盗墓者光顾过，而且不止一次。

"戴记者，快走！"胡哨催促道。他不明白都死到临头了，她怎么还有这种闲情逸致。根据大墓的建制推测，此墓当属西汉前期的诸侯墓，是一个尊贵的、握有巨大权力的死者永远的安息地。

他们沿着盗墓贼走过的路前行，越过他们曾面临过的所有障碍。再向前走，甬道中塞满大块石料，他们非常艰难地通过了。与之相连的是一处宽敞的大厅，有一百多平方米，可能是墓主的起居室。大厅正前方有一堵照壁墙，或者叫蛇墙。在微弱的光线下，那些触目惊心、五彩斑斓的一条条长蛇重重叠叠盘绕纠结在墙上。但每一条蛇都长着人头骨，每一个人头骨都张着大嘴，似乎咬住或者吞掉了前面那条蛇的尾巴。

墙中央为一条长须飘逸、凌空而起的巨龙。龙体通身施以青灰色，遍布珍珠似的鳞片，反射出晶莹的光泽。该画寓意深刻，充满神秘诡异的氛围。室内四壁和壁顶曾经绘有幅面宽阔的连壁巨作。只可惜壁画由于含水量过高，已经开始自行脱落了，留下一片片不成形的朱砂痕迹。

戴亦西看得入神，神经紧绷，竟然忘记了身在何处。直到后面人不断催促，她才加快了脚步。向前不远，甬道两侧各有一间巨大的耳室，一间堆放车马具，一间存放铠甲武器。墓主人下葬之时，这里应该塞满了数以千计的奇珍异宝，现在已空空如也，唯有一地狼藉。车马库内凌乱不堪，被破坏严重，只剩下一堆堆马骨和残破的车马器。车内有驭手的残骸，应该是被杀死葬入的。这些车马都是当初为亡魂出行准备的。武器库内仅残存一把铜钺和一把铁锤，可能是潜入者仓皇中遗失的。胡哨的两个表弟大强小强，一人一把将其握在手中。

墓道里随处可见殉葬的尸骨，令人毛骨悚然、心生恶寒。戴亦西明白，这里的人祭是有意为之，只为了替王者缔造一个神灵的国度。从这些尸骸的姿势可以判断出，这些宫女、侍卫和乐师，绝非自愿为他们的主子殉葬，而是被屠杀的祭品。

戴亦西正想着，突然墓道中灯火通明，照亮了墓道中的每一道石缝，每一滴水。一支浩浩荡荡的送葬队列，正肃穆庄严地为墓主举行安葬仪式，乐队奏响安魂曲。戴亦西压抑得难受，心脏都要爆裂了。身穿葬服的文武百官塞满了墓室，宫女和侍者排列在墓道两侧恭候吩咐。仪式进行中灯光唰地灭了，墓室中漆黑一团，四周传来歇斯底里的尖叫声。血腥的屠杀开始了，一场恐怖的人生血祭正在进行中。地上一时间血流成河，宛如倾盆大雨瓢泼而过。几分钟后，恐怖的叫喊声蓦地消失了，墓道里又恢复了平静。

戴亦西小心移动脚步，担心踩到血迹上。"我们怕是出不去了。"戴亦西悄声对胡哨说。她嗅到了更大危险，或者是灾难——灭顶之灾。其实他们每个人都有此顾虑，只是不敢说破罢了。

胡哨摇摇头说："不知道，早知道的话，宁可和臭鲇鱼拼死到底，也不走这里。"

"出口大概在前方，这里是墓室后庭，前面就是墓主室了。"夏末给大家鼓劲说。他留意过这类汉代大墓的结构，譬如芒砀山汉墓和满城汉墓，都是这种"以山为陵，穿石为藏"的大型崖洞墓，一个人占据了整座山头。

"墓主室是停放尸骨的地方吗？"胡哨胆战心惊地问，不觉放慢了脚步。他自小天不怕地不怕，初生牛犊不怕虎，无论是进山打猎，还是和村子里的孩子打架，就数他下得去手。但今天他算是知道怕了。他不是担心会失去什么，而是怕被恶魔缠身。

"走吧，不会有事的，这墓葬早已被盗空了……"夏末话没说完，"啊"的一声倒在了地上，好在他是向前扑倒的，因而没有砸到喜娃－36。他倒地的一瞬间，似乎听见自己体内发出的撕裂笑声，声声如厉鬼。

"哈哈……"墓道里响起轰鸣声，如百鬼哀号。"鬼，鬼……"胡哨舞动着火把，头发一根根都竖了起来，眼瞅着就要脱离发囊了。一时间大块的石头、瓦片和灰尘纷纷砸下，飘落，最后静止了。伴着一种不祥的安静，戴亦西借着即将熄灭的火光，清晰地看到墓室中央，汉白玉石桌上盘腿坐着一男子。他面如蜡纸，下巴脱臼了，嘴角流着血，指甲像钩子，过肩的白发遮在半边脸上。岁月已经让他的面部萎缩和变形，但是他身上的白色长袍仍完好无损。

恍惚之中，戴亦西感觉有人抓住她的手腕。当她转过脸时，发现有两个，不，有五六个纸片人，分散在石桌周围。它们分不出男女，飘飘似仙，轻若鸿毛，就那么在空气中荡来荡去，忽左忽右，发出风过林木的沙沙声。

胡哨扭头就跑，不料被一具人骨架绊倒在地，他趴在了一堆白骨上。接着哐当一声，他手中的尖刀飞落在地。"大仙……我们是被可恶的……鲇鱼逼的，是它把我们的船撞进了墓中……"胡哨跪倒在地掩面而泣，口齿不清地说。

"……我们误入歧途，请指条路吧。"戴亦西深深一鞠躬说。她的意志逐渐清醒过来。胡哨趴在地上用手探索着，却摸到一个鼓鼓囊囊的布袋子。他顺手把袋子里的东西倒了出来，竟然都是些玉器和珍珠之类。他正想是不是带走这些东西，白衣老者"哼"了一声，盘坐的身体竟然慢慢升了起来。所有的人都看傻了，大气不敢出一声。白衣老者在墓室上空飘了一圈，才缓缓落到地上。

"我不是大仙，是冤魂……"他转过身体去，语调是那么凄凉。从背后看，他和常人毫无二致，甚至给人以友善和亲切感。

"天呀，你是冤死鬼？"大强壮起胆量问。

"枪杀，被乱枪射杀……不，是法西斯暴行的牺牲品……"一个声音在墓道内回荡，久久不绝于耳，"法西斯……法西斯……"声音变得越来越尖厉了。

所有的人都警惕地倾听着，等待着。喜娃 –36 被吓坏了，趴在夏末的怀里发出沉闷的哭声，身体轻微地抖动着。现在如果让重新选择的话，她大概不会贸然行事了，因为"情怀顶破天，现实深似海"。

"谁干的？"夏末惊慌失措地问。

"你们还年轻，不懂的……让你们受惊了！"白衣老人欲言又止。"往事不堪回首……向我开枪的那个长官，后来位高权重，足以呼风唤雨，却因为作风和腐败被捕，罪名是革命队伍中的变节分子，败类……"他的声音轻如鸿毛，却振聋发聩，让人膨毛胀体，心惊肉跳。

"您老请给一条出路，我们是无辜者。"戴亦西说。

"你们要去哪里？"白衣老者问，显然他已经息怒了。他挥了一下衣袖，纸片人瞬间没了踪迹，回到了壁画上。

"我们慕名去南地村求医，请问此路可通？"戴亦西毕恭毕敬地问。

"去吧，你们请，一直往北走，再向左拐顺着盗墓贼的路，可以出去……让它给你们带路。"他再挥一下衣袖，一只白鸟扑扑棱棱地沿着墓道顶飞去了。

第三十二章

夜悄然离去，黎明汇成一池子溶溶洩洩的青黛色。不远处的树林悄悄吐露出暗绿色，泛着雾气。一颗流星掠过天空，拖着长长的尾巴。

尹良博士回房躺在床上，盖上厚厚的棉被，但他的思绪让他毫无睡意。湖，终于回到他的生活中，却变成了一把朽骨，他该如何安排它和它的葬器呢？这个确实棘手，他必须考虑清楚再说。他意识到，再也不需要独自去面对所发生的一切了，他的思想观点终于获得了陆泽和巴荷的认同。他们如同从一副叫历史背景的牌里随机抽取几张，竟然全部配对成功了。说来也巧，太阳部落的众多孩子中，他偏偏喜欢湖和百合。他们像是他身上脱落的生命，和他有着共同的呼吸和心跳。更加出乎意料的是，他们现在就在自己身边，真是千载难逢，让人喜出望外。

窗外飞来一只相思鸟，落在窗台上，发出咕咕咕的鸣啼声。这种声音带有原始的节奏，明朗而勤奋。太阳爷爷听起来，它的鸣叫是如此深情，又如此激昂，片刻引来众雀鸟咕咕咕的回应声，它们共同组成了黎明前的前奏曲。太阳爷爷出门拾柴去，相思鸟便在他的肩头飞上飞下，或者落在他的掌心里。它每天衔来一根嫩枝条，插在爷爷房前屋后的空地上。不久又飞来一只雌鸟，和它朝夕相伴，共同劳作。太阳爷爷认为相思鸟是湖的化身，于是叫来孩子们帮助一起植树。每人每天栽一棵，几年后围绕着他们的部落驻地，长成了一片茂密的树林。这里也成了相思鸟的家园，满林啁啾，羽翼飞动，煞是热闹。

太阳爷爷活到二百多岁，或许三百多岁。他建立的太阳部落已发展逾万人，派生出大大小小太阳部落数百个，散播在新新湖周围的平原或小高地上，或者向北向南更远的地区。考古调查证明，围绕在西柳湖周围的岗地和河湾处，分布着细石器文化遗存上百处。它们从旧石器时代晚期，到中石器时代和新石器时代的各个时期都有。它们相距之密集，面积之巨大，包含物之丰富，无不令人惊异。

太阳爷爷去世的时候是秋天，在果实累累的季节里。他带着几个孩子——他的一群嫡系子孙在小树林里追赶兔子。兔子和野鸡比往年更多了。兔子连蹦带跳地从路上跑开，脚下蹬起一团白土烟。乌鸦从头顶飞过，凄凉地、令人焦虑地聒噪着，预示着不祥的气氛。

这时，太阳爷爷已经很老了。可他当时仍有非凡的力气，虽不能和野熊较量了，但仍能够带着孩子们追兔子，捕捉野鸡。他是伟大的人类始祖，尽管他瘸着一条腿，眼瞎耳聋，但是他毕竟从人类遇到的各种瘟疫和灾难中活了下来。

这里年复一年，只有像灿烂的星空一样缓慢转动的老套生活。太阳爷爷的脊背越来越弯了，他不得不拄着拐棍走路，却透出大地般的权威和厚重。爷爷感觉有点疲惫，活力和朝气都不见了，眼睛也模糊不清了。他靠着一棵大槐树坐下小憩。他对孩子们说：都去吧，终将要回到来时的地方去，星体聚集的地方，那是我们每一个人的最终归宿。但是我们还会回来的……孩子们听得似懂非懂，四散开来，撵着兔子跑进了树林子。

他回想起年轻时的往事：鼓声幽咽，庄严而肃穆，随着人们步伐的调整而变换出节奏。一个少女跳起轻快俊逸的舞步，手中十分拉风地晃动着一面羊皮鼓。她容光焕发，脖子上挂满各色宝石。她身材火辣，舞姿曼妙似仙鹤起舞，脚步轻盈似踏水无痕。

祭祀仪式结束后，少女牵着他的手，一路送他到了山口。他那时只有十七八岁，有着鹰隼般的目光和刀锋似的笑容。他们来到小河边，少女俯下身子把脸上的妆彩冲进河水里，露出一双深邃而湛蓝的双眸。他们溅着水花跨过小河，尽管水花如雨落在身上，但他们仍然很快乐。她长脖颈，下巴有点儿往上翘，一头深棕色的头发松垂在腰部。猝不及防时，他抱起女孩子奔跑起来，向一片朝阳坡地奔去，上面生长着柔若的茅草。她柔若无骨地用双臂揽着他的臂膀，凝视着他，仿佛是一轮令人愉快的朝阳。他们翻滚在鲜花铺就的大床上，发自肺腑的性呐喊，敦促他们竭尽全力、纵情宣泄……

太阳爷爷笑着睡着了，一直睡到傍晚。林中潮气起来的时候，孩子们在大森林中跑啊，追啊，一直到尽兴了才想起太阳爷爷。他们回来时，瞧见太阳爷爷斜歪在地上，嘴巴微微张着。孩子们想：兴许爷爷在梦中呢，正在打呼噜。他们走到他身边时，发现他的眼睛是睁着的，却不再和他们说话了。几个孩子大哭着，想把爷爷搀扶起来，但是爷爷身体僵硬，肌肤已经没有了温度。等附近干活的大人赶来时，确定爷爷已经死了。这个不幸的消息让天地同悲，山河动容，百兽齐哀。

天空拉起一道朦胧的帷幕，仿佛天地鸿蒙，宇宙初生。一轮超级月亮挂在天空，占据其一半的位置，一片美丽而宁静的星海围绕着它。月亮像个轻薄透亮的圆球，里面隐隐约约有人影在晃动，是一幅完整的神秘画面。一个体形健硕的史前女孩儿，在月亮中飞奔。她跑出了月亮，冷艳地微笑着，熠熠生辉，就像一个幽灵女孩。她踏着一片云彩降落在地面，周围银光闪闪，如同一道道滚动的水雾。

月亮带着太阳爷爷，腾云驾雾而去。从四面八方奔涌而来的子孙们，纷纷跪下来送别太阳爷爷。他们仰望苍天，漆黑的夜空下起了流星雨，像礼花一样绽放，光芒四射、金光万道。太阳爷爷终于完成了历史使命，回到了天上，和朝思暮想的月亮姑娘约会去了。他们将一起等待轮回的岁月，相约在来世共度缠绵。此后，太阳爷爷长眠的地方，隆起一道雄伟壮阔的山峰——太阳峰，绵延二百多里。山上溪流纵横、林木翁郁、百兽腾跃、万物灵动，成为后世子孙们理想的生活家园。

结束一夜的忙碌，巴荷随陆泽溜回考古驻地的小屋。他们手忙脚乱地纠缠在一起，翻云覆雨一番后，男人满头大汗地躺在女人的大腿间，享受着性欲带来的快感。他们好久没有这么亲热了，因木叶头骨的失盗而在他们的心头蒙上了挥之不去的阴影。

"你对那个孩子，两万年前的湖确信不疑？"巴荷趴在陆泽耳边问道。不由自主中她的意识游走到了别处。她的灵魂冲出一团蛋清似的黏稠浑浊的障碍物，步入一条透明的通道中，四处寻找红柳——她前世的配偶。红柳居住的部落叫黄土部落，他们营地附近有一片辽阔的湖泊，叫天鹅湖，周围长满茂密的芦苇，里面栖息有很多水鸟。它们如云雾一样盘绕在湖面上，取之不尽用之不竭。

陆泽打破沉寂说："我确信那孩子就是我的前世，他和我有内在的联系，心心相通……找到他的葬器实属不易……痛心呀，悲情呀。"他并不知道巴荷正沉浸在别样的温情之中，自说自话道，"你知道，人在轮回中的每一段记忆都有一个密码，如同现在的二维码，只要时间、地点、人物组合正确，无论尘封多久都会在遗忘中被扯出来。"

巴荷的思想已经神游天外，跟着红柳去了。红柳带她到森林周边去打猎，手里握弓箭，腰间挂着箭囊。因为以前，太阳爷爷不允许女孩子到森林中去，怕她们迷路回不来。山口和河边湿地属于小型动物的活动范围，虽然也有大型动物去喝水，但那都是些食草动物，不会对人类造成伤害。

他们沿着山口不知不觉走入了森林腹地，顺着一座浅山慢慢往上攀爬。渐渐地雾气散去，太阳东升，穿透了湿润的空气。他们看见阳光普照的山那边，有一只雄鹿在满含露水的山坡上吃草。他们躲在一丛低矮的灌木后面，静候时机。雄鹿高高地仰着头，嗅着清晨的空气。它有着交叉重叠的美丽鹿角，像遒劲的树枝坚不可摧。它有着斑驳花纹的侧腹上留有一道鲜红的伤疤，说明它可能为了争夺交配权与另一头雄鹿打过架，而且失败了，因此显得有些沮丧。

红柳把她按倒在灌木丛中，示意她不要大声说话。雄鹿没有发现他们，再靠近一些，继续吃草，栗色的皮毛在晨光下闪闪发亮，短短的尾巴不断抽搐着。红柳悄悄站了起来，张弓搭箭……

"你在想什么？"陆泽的问话，把她从思驰神骛中拉回来。"你走神了，想什么呢？"陆泽追问道。

"想我前世的男人，叫红柳，长得特别帅气，壮得像牛，而且身手不凡，能百步穿杨，百发百中……"巴荷试图从他的怀抱里挣脱出来，像一条扭动着身体的蜥蜴，脑海中还晃动着红柳的面庞。

"躺在我的床上，你却想着另一个男人！"陆泽半开玩笑地说，紧紧抱住她的后腰不放。"不可以吗？"她翻转身体，凝视着他的眼睛。她将陆泽与红柳做个比较：一个粗犷豪放、身形矫健、神勇威武、体贴入微，一个英俊潇洒、风流倜傥、知识渊博、心猿意马。她深思熟虑了一会儿，认为陆泽更适合自己，红柳却更适合百合。毕竟时代发展了，人种也得到进化，如果现在跟红柳躺在一张床上，她恐怕难以接受。

"我俩谁棒？"陆泽淫荡的笑意，似艳火烧在她身上，"一个赤身裸体戴着兜布的家伙，哼！"他用鼻子哼了一声，"虚幻的背叛！"

"你说，我会是百合吗？"她避开他的眼神，认真地问，"如果前世我们是兄妹，会是乱伦吗？"她在他的眼睛里探索着真理，遂笑出了声，笑容天真烂漫。

"我想体验那种感受，刺激……"陆泽感觉胆气上涌，不依不饶地再次和她纠缠在一起。房间里响起男人沉重的呼吸声和女人咯咯的笑声。

戴亦西一行跟随忽隐忽现的白鸟，沿着幽深的墓道，由西向东来到主墓室。胡哨走在队伍的前面，吩咐表弟胡强断后。大家精诚团结，从萍水相逢到生死之交。他们机警地摸索着脚下的道路，因为甬道里总是不断出现障碍物，随时有被绊倒的可能。墓内有些地方淤土达半米多厚，置身这样的环境中，难免会让人全身上下都处于最高警戒状态，尤其视觉和听觉都比以前更加敏锐。

墓主室是必经之地，无处绕行，只能硬着头皮往前闯。主室内设有巨大的汉白玉棺床，棺椁已不知去向，棺床上空空如也。主室为长方形，大约有一百多平方米，两侧还凿有八间石室。这八间石室应该有不同的用途，主要是墓主人的起居室、议政厅、贴身侍卫使用的下房和珍藏财宝的库房。主室中部安装有一道巨大的石质墓门，把墓室分为前后两部分。后室是安放墓主人棺椁的地方，前室是祭奠的享堂。

当他们穿过墓室时，胡哨的火把毫无缘由地突然灭了。一阵被电流袭击的紧张感，让每个人明白死亡将至。墓室中漆黑一团，谁也看不到谁，只听到呜呜的风哨声。戴亦西想这样死去很公平，她愿意和白浪死在一起。不过她相信他们不会死去很久，她会和白浪一同轮回到人世间，无论做母子，做兄妹，做情人，她都无怨无悔。

一道白光升起来，在眼前的黑暗中盘旋。戴亦西！有个声音在呼唤，来呀，来呀！是一个奇异的像鸟发出的高八度音。谁？戴亦西平复一下情绪，盯着那团白光疑惑地问。

"不要！……不要去！"白浪咬紧牙关说。痉挛使他剧烈颤抖着，牙关咬得咯吱作响，并且开始虚弱地呕吐。每过一分钟，他的新陈代谢都变得更加微弱。戴亦西的脸庞又飘入他的视线。"亦西！"他想大声喊叫，但是他的肺部根本吸不进气来。他的一大半灵魂已经漂浮在寂静的上升的涌流中。

"白浪，挺住呀。"戴亦西顾不得害怕了，从空洞的肺部发出尖叫。她陷入无尽的懊悔中，都是自己的轻率导致的恶果。"白浪，白浪，你听到我的声音了吗？"

"能，我能……"白浪喉咙嚅动着发出含混的声音，似有若无。

白鸟出现了，落在白浪的额头，像蜂鸟一样快速扇动着翅膀。白浪渐渐平息下来，缓过一口气来。母亲的脸庞浮现在他眼前。她的脸庞略微丰满，几乎没有皱纹，和蔼可亲。他自己的五官跟她像是从一个模子铸出来似的。"儿子！"母亲在叫他，随即绽开温暖的微笑，朝他张开双臂。他跨过门槛投入母亲的怀抱，紧紧搂着她，仿佛一松手自己就会像雾气一样散去。

胡哨的火把自动燃着了，火光熊熊，墓室里重见光明。"快走！"胡哨冷静地指挥大家撤退。一堆散落的玉衣片，引起戴亦西的注意。那道白光正是从这里飞出的，原来是墓主人的灵魂。夏末也看到了玉衣片，顺手抓起一把说："玉衣片，墓主人的金缕玉衣片！"他说着把玉衣片放进口袋里，解释说："回去研究研究。"大强和小强见状，各自也抓起一把放进口袋中。

大强问：什么是玉米片？小强说：玉做的呗。其他人没有说话，气氛异常紧张，仿佛被固化了。这时，火把又一次噗地熄灭了，四周弥漫起红色的雾气。黑暗中传来哈哈、哈哈的冷笑声。闷热的、潮湿的空气像是在燃烧，热得让人浑身起泡，快要融化了。

"快，都拿出来！"戴亦西厉声说。她的声音更响亮，更持久。她一生中最疯狂的噩梦也不如眼前的场景可怕，包括遭遇高铁车祸和庭审途中的枪击事件。因为那是她个人的灾难，而这次却连带了更多的人。

大家按照戴亦西说的办了，果然火把忽地燃着了，火光照亮了墓道。

"我们走，快！"胡哨睁大了眼睛，走在队列之前。在一连串的生死搏斗失利后，曾经的年少轻狂，已得到血的教训。白鸟在前面引路，扑扇着蜂鸟一样轻巧的翅膀。他们在墓道里绕来绕去，终于找到了墓门。当初墓门内外塞满巨大的封石，如今已经被盗墓者掏出了一个可供出入的洞。

"我们可算活着出来了。"胡哨看着墓门外微弱的光亮慨叹道。墓门与一座竖井连接，深十米余，底部有十多平方米。看情形盗洞是被炸开的，呈不规则形状，如倒扣的漏斗。观察盗洞，发现出口设在一道隐蔽的石缝间，洞口上悬浮着藤蔓。阳光透过藤蔓和杂草照射进来，让人看到生存的希望。

直上直下的盗洞壁上，虽凿有脚窝，但是对于没有攀岩技术的人来说，这无疑是一个严峻的考验。大家商议后，决定搭起人墙，让胡哨和大强先爬出去求救。戴亦西千嘱咐万叮咛，说如果和警方取得联系，请他们叫救护车到最近的位置等候。

胡哨点点头，踩着人梯徒手攀爬上去。他像蜘蛛侠那样抠住突起的石壁和裸露的树根，脚蹬手攀爬上了洞口。当他向外探出头时，正巧与一条急吼吼找食物的肥老鼠撞个正着。肥鼠把鼻尖转向他的脸，恶狠狠地瞪着他，一口差点咬穿他的鼻孔。他头一偏，不料帽子被蹭掉了，砸到了身后的表弟大强。不幸瞬间发生了，大强双手一滑跌落下来。他失去控制的身体，出其不意地把身下的小强和夏末一并扑倒在地……

从大墓中爬出来，胡哨钻入遮住洞口的藤蔓中，如同一个返阳的幽魂，迷离恍惚、痴痴傻傻的。他在风中飘飘荡荡，仿佛一个纸片人，好一阵子才稳住脚跟。阳光使他的血液回暖，帮助他重返人间。有一刻钟，他都不知道自己从哪里来，要到哪里去，就像一个失忆者。他先想起喜娃－36，又想到奄奄一息的白浪，脑电波刺啦一下接通了。他想起自己的使命，于是慌不择路，跌跌撞撞，一路跌落到山脚下。翻过前面的一道岭就是北地村，他选择到北地去求救，因为它相对近一些。

第三十三章

胡哨的表弟大强，站在小强的肩上把胡哨推出盗洞外，却被胡哨滚落的帽子砸翻在地。他重重地跌落下来，腰部顿时涌起一股热流。他的后背似被钢针刺中了，阴冷而麻木，与此同时身下发出吱吱嘎嘎的断裂声。

"妈呀，疼死了！"大强不知是自己的骨头断裂了，还是砸到了什么东西上面。"坏事，操，骨头断了！"他惶惶不安地说。

"啊，谁的骨头断了？"小强扑过来涕泗横流地问，"哥，你可不能有事呀，我怎么向娘交代？"

大强推了小强一把，不耐烦地说："去，别碰我。"他真后悔参加这次冒险行动，本来他准备去河里捞鱼的，大水把鱼都冲晕了，轻而易举就能抓到很多。但是胡哨一定要让他走一趟，说有大钱挣。可万没想到，这是一次要命的经历，生死难料。

小强睁着一双无辜的眼睛，惊叫道："不是我，是鬼！"他一屁股跌坐在地上，伸手拿起从墓中带出的那把铁锤。几乎同时，大强触摸到了另一只手——像魔爪一样尖尖的带钩的指甲。他慢慢转过头来，脖子一下僵硬了。原来身下有一具陈年古尸，被他给砸中了，损毁了一只胳膊。见此情景，几个人都连滚带爬地退到了墓口，准备背水一战。

"应该是盗墓贼的尸骨！"夏末的第一反应死者是个盗墓贼，"你看他身上的迷彩裤，99 式夏服，部队从换发至今也不过十几年。"

小强捡起一块碎石抛向断臂白骨，不料那石块像回飞棒一样飞了回来。他机警地把头一偏，石块打在岩壁上冒出一片火花。所有的人都吓傻了眼，过了很久才回过神来。

"哈哈，死家伙还吓唬人！"小强飞起一脚踢在白骨架上，不料借助他的脚力，那堆白骨竟然复活了。它倏地弹起来，像布偶一样被绳子提着。它只穿一条绿军裤，赤裸上半身，一根根肋骨挂在弯曲的脊椎骨上。

"混迹于死人地盘，还耍酷！"白骨伸出带钩的指甲，试图挖出他们的眼珠子，或者撕开他们的嘴巴。它说话时散发出一股股臭鱼一样的气味。

"吓唬谁！"大强哪里肯示弱，飞起一脚踢在白骨的胸口上。只听咔嚓一声，头骨掉了，滚落在一旁，只剩下了残缺不全的躯干。谁知大家刚缓过一口气，狡猾的碎骨块却自动拼接起来，扭动着腰肢挂在了头骨上。经过休整后，白骨卷土重来，一脚击中了大强的天灵盖。它再飞起一脚，踢在小强的胸口上，杀气腾腾，险些要了他们的小命。

"来呀，我都死过一回了，还怕你们！"白骨狰狞地说着，飞起一脚踢在大强脸上。"好啊！"大强、小强一起扑了上去，瞬间人鬼扭打在一起，像得了狂犬病的野狗那样撕扯着，快速旋转着，打得难舍难分、不分胜负。嘭嘭的响声，震得盗洞壁发颤，带着一种令人心惊肉跳的恐惧。

在一旁急不可耐的夏末，找准机会一锤砸中了白骨的头盖骨，然后像捣蒜一样把头骨碾成了粉末。为了防止白骨再次复活，大家一致决定凿开石壁底部的一条裂缝，把砸碎的骨头埋进去。他们正猛烈地砸着，突然一道绿光射出，晃得人眼睛发花。那是绿莹莹的宝石一样的绿光，具有极强的穿透力。

"哇，看！"夏末惊呼道。一块墨绿色的、像潭水一样深沉的绿宝石静静地嵌在石壁缝中，像婴儿头一般大小，呈椭圆形，上面留有五个指印和模糊的记号。绿宝石嵌得很深，而且重得出奇，看来想把它拿出来并不容易。

"奇怪了，"戴亦西不安地说，"像一块楔石，这下面很可能有东西，那或许是一间密室，或许是另一座墓葬什么的。"其实，经过这番磨难后，再遇到什么事情，他们都不会觉得新奇和突然了。她伸手触摸绿松石巨蛋的表面，试着把手放在指印上，不料一阵头昏脑涨，身体微微颤抖起来。"有磁场，强大的磁场！"她猛地收回手来。夏末完全不理会她的话，他用力凿开石缝，试图取出绿松石。但是绿松石岿然不动，像是亘古不变的大自然的团结体。"嗨，年轻真不容易，毫无经验而言。"他无可奈何地抱怨说。

大强把铜钺楔入绿松石和石壁之间的缝隙中，用铁锤猛砸几下，震得他虎口直发麻。不料绿松石竟然说话了："想活命就一边待着，不要心怀叵测！"它的声音震耳欲聋，带着千年万年的苍凉和愤怒。

"来，让我来，少啰唆。"小强一把夺过铁锤，对准绿松石猛砸下去。一石激起千层浪，平静的大山出现剧烈的震动，呼啸如雷的巨响隆隆滚来，带着电闪火光。嵌在石壁中的绿松石以摧枯拉朽之势，一下陷落在远古之中。洞口中冒出一股白色气体，发出咝咝的声音，将他们几个紧紧吸住，动弹不得。

气流从遥远的地方带来说话声："年轻人，太冒失了……"当他们竖起耳朵倾听时，声音又消失了。"快，趴下！"从墓室内传来一个声音。大家明白是白衣老者，"他"在暗中保护着他们。所有的人都抱头趴在石壁上。戴亦西扯起白浪身上的毯子，紧紧地护住他的头部。她感到了他冰冷冷的皮肤，比绸缎还要细腻。她想哭，在这致命的重负下，她对生存下去的愿望已经渐渐减弱了。

十几分钟后，白色气体散去了。他们顾不得那么多，轮流趴在下陷的洞口往里面窥望。一股酸臭味和阴冷的湿气冲上来，味道重得好像只要他们一松手就会被吸入洞中似的。突然间，一块小石子掉进了弥漫着妖气的洞穴中，洞下发出"哎呀"一声惊叫，吓得他们几个心脏几乎停跳了。当眼睛适应了黑暗后，他们看到了一幅令人更加恐惧的景象——一双带血的眼睛，更像是一个滴血的火兽，正在从它腐烂的洞穴中现身。它的瞳孔很大，眼皮浸着血汁，鼻梁骨歪斜在一边，像脸部的一个附件。这次惊吓来得更猛烈，他们几个急于逃离险境。但是说起来容易，做起来难，往哪里逃？

"救我，救我出去！"一阵咳嗽带出地层下模糊沉闷的恳求声，好像入土已久的棺材里钻出的一缕陈腐的空气。

"你是谁？是人是鬼？"夏末盯着洞口，壮起胆子问。他看到一双邪恶的眼睛。太考验作家的想象力了，为什么说作家需要深入生活，因为即便是想象力再丰富的作家写出来的故事，也跟不上如今这个年代的荒谬现实。

"我不是鬼，是人……救我出去！"滴血火兽期期艾艾的声音，反倒使他们镇定下来。"帮帮我，我会重谢的。"

"你是在地狱吗？"夏末盘问道。地洞里的脸忽远忽近，时而清晰，时而模糊。

"不、不，这里是地宫，皇帝的陵寝，到处是珍宝，可以随便拿，只要能拿走……"火兽不遗余力地诱骗说，想尽快引他们上钩，救自己出地狱。

"你怎么进去的？"夏末追问道。他知道这一切并不符合逻辑，但是孙悟空和猪八戒、白娘子和许仙，以及那些会飞的箱子、会飞的毯子等家喻户晓的故事，听起来也不像是真的，但事实就是如此，每个人都信以为真。而且科学家还为孙悟空找到了祖籍，找到了传世的金箍棒，证明确有此人，千真万确。

"不知道，鬼使神差被大水冲进来的。"威子虽说是撒谎，但也是实情，他真说不清自己怎么到了这一步。

"鬼才相信你的话，你肯定是鬼，要不就是盗墓贼！"大强推开夏末，冲着洞口一阵吼叫。这一路上，他们遇到太多奇奇怪怪的事，以至于人鬼难辨、禽兽不分了，同时也练就了一身胆魄。

"我爸是公安秦局长，秦刚……救我出去……"声音从洞口飘出来，气若游丝般。又是一场狗血剧，比诈尸还魂还可怕。威子想张勇和王景三已经死了，盗头骨的事只要自己不说，就不会有人知道。人说"大难不死必有后福"，他一定会重整旗鼓大干一番。

"那好，我救你的命，算你爸欠我一个人情，不能白他妈救你。"大强粗鲁地对洞下的求助者说。

"条件随你提！"威子满口答应道。前路凶险，生死未卜，他根本没有讨价还价的资本和条件。

"你把带出来的珠宝给大家伙分了，可以吗？"小强的态度略微舒缓些。

"我不介意，扔一个袋子下来。"威子大方坦然地说，却在心里恶毒地骂道：该死的，可恶的家伙，竟然在老子的地盘上跟老子做交易，看我出去怎么整治你们！

"好的，你等等，等着。"大强在盗洞中东找西找，找不到合适的袋子，最后只得把那条99式军裤扎住裤腿扔了下去。大强、小强两兄弟，拿起家伙一阵猛砸，原本小儿头颅大小的洞，逐渐扩大成桶口状。这是一个漫长的过程，几乎耗费了小半天时间。最终，天色暗淡时，威子爬上了湿漉漉、黏糊糊、冷冰冰的岩洞，头顶着一个破军裤打成的包裹。他陷入极度的恐慌中，好像有上千只手从地底下伸出来将他往下拉，石壁也从四面压迫过来，鄙夷地嘲讽道："死去吧，你无路可逃了！"

正当他们企图分享胜利成果时，随着一声巨响，几个人被重力推出了盗洞，来到一片密林中。似乎有什么野兽，远远地朝他们奔来，其中还夹杂着几声犬吠。原来是胡哨带搜救队前来营救了。

薄薄的云层四下散开，月亮冷冷的脸庞俯瞰着人间。微曦照亮了窗帘，透入了房间。蓦然，电话铃声响了，在寂静大山里的夜晚显得格外刺耳。尹良博士看了一眼手机，是巴山。他倒是没有介意，因工作需要巴山会随时与他联系。而巴山带来了惊人的消息，让他血管里的肾上腺素逐渐升高，以至于血脉偾张，压抑不住。巴山说，刚刚接到县公安的电话，有个叫戴亦西的女记者，处境严峻，在凤凰谷被救下的。

"你说什么？"尹良博士一骨碌从床上爬起来，"谁，戴亦西？"他的大脑在传递信息时瞬间短路了。巴山说，他们一行人遇到了暴雨山洪，被大水围困了，可能有伤亡。情况尚不明确，人都送到了县医院。

"伤亡？谁？"尹良博士紧张地问，心脏又一次卡壳了。他发现自己陷入了越来越糟糕的境地，甚至没有多少出路可供选择。

"我什么也不知道，这就去县医院。"巴山阴郁地回答道。

"好、好，你快去，我和陆泽马上过去。"挂了巴山的电话，尹良博士拨通了陆泽的电话，问戴亦西出什么事了。陆泽说刚接到巴山的电话，这就准备去县里，听巴山说戴亦西伤势最轻。

"我和你一起去。"尹良博士倒抽一口冷气，把心脏送回原处。他惶惶不安地穿好衣服跑出门去，鞋带都没顾上系。他在楼前等了三四分钟，没看见陆泽出来，猜想巴荷在那里。他试着拨打了戴亦西的电话，语音提示无法接通。他想干脆直接问秦局长吧，不料秦局长关机了。这让他更加惴惴不安了，恐怖的图像一幕幕在他头脑的屏幕上闪过，充满了血腥。

陆泽挂断尹博士的电话，开始穿衣服。"你非要去吗？"巴荷在他身后尖叫了一声，声音像是从她头顶的呼吸孔里发出的，洒满黎明前的房间。

"尹博士在外面呢！"陆泽说着，一边伸手去拉房门，一边扣着衣扣。

巴荷上前一步堵住门："不让去！"她有一种厌恶的感觉：所有倒霉事仿佛都是冲她来的。

"我必须去，别胡闹！"陆泽不知轻重地推开她，脸上现出浅浅的狰狞的笑意。

"就是不让去！"巴荷像一头愤怒的猫，斗志满满地扑了过来。"你很在乎她对吧，那我呢，我是谁？"她的字字句句就像是激光弹，在空中螺旋上升爆炸。

"你自愿的！"陆泽劈头盖脸地说，一下撕去了往日温柔的面纱。他冲出门外，留下惊诧万分、一脸委屈泪水的女孩。随后，他又折回来安慰她说："我们是友情，普通朋友而已。"他伸手抚平她变了形的脸蛋，"别太敏感了。"他想说几句甜蜜的话，但是喉咙发干说不出来。

"可别干后悔的事，不信自杀给你看！"巴荷紧紧抓住他的一只手，仿佛一松手他就会化成水滴蒸发了。

"可别犯傻，不值！"陆泽用手指捏捏她的脸颊，然后挣脱她的手逃走了。此刻，他想变成一只大鸟，一只乌鸦也行。那是一条可以让他摆脱两难境地，恢复自由身的途径。他不想变成地鼠一类的东西，虽然来去无影，但太猥琐太不光明了。

尹良博士看到陆泽，老远就问，什么情况？风吹翻他敞开的风衣，脸因为风吹或紧张而变得绯红。他的两鬓又添了几缕白发，眼窝有些凹陷。陆泽摇摇头说，还不清楚，走吧。他不想表现过激，怕被误认为脚踏两只船。他们疾步向坡下的南地村走去，汽车停在村子里。

太阳照常升起，仍然是一个晴朗的早晨。天边浮现出一抹温暖的红云，驱散了寒夜的冷寂和雾气。陆泽开车疾驶在乡村公路上，伴随着奔腾的马孙河前行。一场三天的大雨使河水丰盈，水面辽阔无边。天空乌鸦蔽日，叫声震耳欲聋，交织成一张自行延伸的活体网络。时不时有几只绵羊在车前缓缓而行。陆泽只好放慢车速碾轧着泥泞小心行驶，绕开地面上一个连一个的水坑。

此刻，戴亦西的形象一下凸显出来，十分强烈地控制着他的情绪。他的潜意识里，她身上从来都竖着自己的番号，她是自己的女人，绝不容他人染指。他按着喇叭，小心翼翼地超过羊群，然后猛踩油门，风驰电掣而去，在路面上留下两道触目惊心的轮胎印，犹如两道深深的伤痕。

尹良博士一直在刻意控制着自己的情绪。突然之间，戴亦西的影子对准他的心房破门而入，似一团燃烧的火球。他被一种巨大的困扰慢慢地蚕食着：为什么他多次得到暗示说，月亮将以女记者的身份与他相遇？戴亦西的锁骨下怎么会有和月亮一样的印记？这一切到底是偶然还是必然？他虽然已经找到了一些蛛丝马迹，但还是寻不到这当中的关联。

记忆是温热的，总是让他不由自主地回到那不期而遇的列车上。她从车厢另一头走来，身穿一件浅灰色紧身毛衫，勾勒出她完美的体形。她说话时眼神顽皮，嘴角微微上翘，一副娴静动人的神态。突然间爆发的情感在他的内心蠢蠢欲动，这是自梅艳离世后，他第一次为女人而苦恼。

"究竟发生了什么？"尹良博士凝视着波浪滚滚的河面，唐突地问。河对岸是连绵不断的青山，顺着河水向前延伸，与河流相始终。

"巴山也说不清楚，奇怪的是秦局长的公子也在这一伙人中，威子受了重伤，死者叫白浪，奇奇怪怪的事情都凑一起了。"陆泽打开了话匣子，喋喋不休道，"悲催啊，白浪我见过，俨然一个高富帅。"他也想不明白，白浪为什么会遭此不幸，威子怎么会和他们同行——原本是八竿子打不着的一伙人。这两个男人却从某种程度上讲，都与他有着内在的联系。他们一个是戴亦西的追求者，一个是巴荷的前男友。

"白浪？"尹良博士听到白浪的名字，大吃一惊。那天，戴亦西下车后，他和白浪有过一面之交，而且是隔车窗相望。晨光染红了他的半边脸。记忆深刻而清晰：他年轻帅气，棱角分明，有点傲气，显然是名利场的优胜者。

太阳露出云层，地面上腾起蜿蜒的雾气，湿淋淋的收割后的田地闪着亮光。不远处的河滩上，灌木丛生，杂草起伏。河流蜿蜒像条巨蛇，湍急的浪峰拍打着浪峰，一路扑向遥远的目的地。

尹良博士陷入冥思，目光追随着一只飞鸟掠过了河面，然后猛然落到了河滩地上的草丛里。在水雾飞溅的地方有一个球形发光体，像充电袋鼠一样弹跳着追赶他们的车。它慌不择路，一会儿水里一会儿陆地，身后激起一道道流星雨。

"快看，那是什么？像木叶！"他感觉大脑轰鸣，仿佛被对面射来的一发子弹击中了。

"不会吧！会吗？"陆泽猛踩下刹车，伴随着一阵刺耳的尖叫声，车子颠簸着停下来。还没等车停稳，尹良博士便推开车门跳了下去。"天哪，噩梦！"他三步并作两步跑下河滩，磕磕绊绊地冲向前去。

十一月的寒风，翻卷着地面上的残叶，肆无忌惮地在他的两腿之间游荡。不过五六十米的距离，他却走得十分艰难，像是被谁死命拽着。他挣扎着奋力扑过去，果然是木叶头骨，那个给他带来生死震撼的家伙。他俯下身躯把木叶头骨捧在手中，鼻子一酸，情绪差点失控。遗憾的是木叶的下颌骨再次断裂了，藕断丝连粘在腮帮上，面貌惨不忍睹。

"抱歉，让你受委屈了！"尹良博士用手托住木叶的下颌，像是抱着自己失去生命的孩子。他仔细审视着，发现木叶的眼窝周围有一圈黑色，似火焰纹，或者火星文、烟熏妆。

"是谁干的？"尹良博士愤怒至极。木叶那洞察一切的眼窝里充盈着的泪水，一颗颗滚落下来。"我会重新修补你的下颌，放心……你还能开口……"他言语哽咽，无法连贯表达自己的意思。

陆泽拿着一条毯子过来，看着面目全非的头骨问："你确定是木叶？感觉哪儿不太对劲儿。"他直视着它的眼窝，像是要看出点破绽似的。"它的眼窝像有火烧的痕迹。"他终于看出了它微妙的细节。

尹良博士一句话不说，泪眼蒙眬中接过毯子，包起头骨抱在怀里。"走，回去。"他动情地对木叶说。木叶的归来同它的失踪来得一样突然，让人措手不及。在寒风中，他的脸上挂着一层密密的汗珠，也许是不知不觉中流下的眼泪。

陆泽在车子后备厢里找出一个小木箱，把木叶头骨安置好后，又重新上路了。他们讨论了木叶头骨眼窝中的火焰纹，逐渐将一些残缺的碎片拼接了起来。因为听守夜人讲，那天夜里，他们被歹徒关进房间后，曾看到冲天的火光，并听到声嘶力竭的呼喊声。以此推断，大火很可能是木叶头骨燃起的，呼喊声则是偷盗者发出的。然而当时究竟发生了什么，只有抓到嫌犯听他们解释了。

第三十四章

陆泽开车快到县城时，巴山打来电话，催他快点，京都的直升机已经到了。陆泽说路上出了些状况，马上就到。他没有告诉巴山找到木叶头骨的事，怕节外生枝招来祸端。陆泽正要挂电话，巴山说等等，戴记者跟你说话。

戴亦西的声音非常虚弱，她压抑着不让自己哭出来。她说在 D 县遇到了很大的麻烦，白浪遇难了。希望他一同回去处理一些棘手的事，警方已介入调查，自己怕是支撑不住了。再多问，她说见面说，一两句话难说清楚。挂上电话，陆泽看了一眼腕表，差一刻钟八点。他猛踩一脚油门，车颠簸着向前冲去，车速极快，把尹良博士甩得东摇西晃。

陆泽告诉尹良博士，戴亦西让他回京都帮忙处理一些事情，可能是白浪的后事，警方已经介入了。他不知道还有更棘手的麻烦——喜娃 -36 的身份需要澄清。一个叛逃的克隆体，没有合法地位，被处死也是可能的。戴亦西决心不遗余力去保护她，帮助她获得自然人的权利。她毕竟是一条鲜活的生命，千错万错她没有错。尹良博士听了陆泽的话，心情复杂，沮丧地叹口气说：去吧，能帮尽量帮。他感到一筹莫展，似乎有种难以言说的落寞和孤寂。

八点十分，他们驶进县城中心广场时，一架警用直升机转动着旋翼正待起飞，发出阴郁的呼啸声，像狼群奔腾而来。陆泽用力踩住刹车，两人同时推门跳下车。戴亦西一瘸一拐地跑来，一只胳膊打着绷带。她身后跟着一名年轻的女警官 F1，流露出毋庸置疑的权威。

"亦西，你伤在哪里了？"陆泽迎上前正要搀扶她，她却闪开他的手，冷不防地扑在了尹博士的怀抱中。她用一只手臂搂住他的脖子，紧紧地搂着，仿佛一松手她就会坠落万丈深渊似的。她浑身瑟瑟发抖，痛苦地饮泣着："白浪……死了，死了！"她说话时牙齿打战，"我需要帮助。"她近似耳语含混地说。她浑身湿漉漉的，溅满了泥浆，一条裤腿烂着。

"慢慢说，发生了什么事？"刺眼的光线照进眼睛里，尹博士忍不住流泪了。他明白在这致命的重负之下，仅凭一己之力不能改变什么，但是他想替她化解危难。

"白浪死了……都是我的错！"她不禁失声，"我该怎么办？"她像是越来越深地淹没在水中，却毫无挣脱之力。

"我能做什么？"他拘谨地说，然后拍拍她的肩头，把她冷冰冰的手紧紧握在自己手中。这是一种复杂的冲动，非同一般的神秘感觉。他感觉有一条蛇紧紧地缠住了他的意志，使他的意志窒息了。她的感官突然之间好像决口的洪水，肆意汪洋地冲出了河堤，漫向了无边的旷野。

"替我保存一份资料，我怕是说不清楚了……一个克隆女孩……"她用手抓住他的胳膊，就像是一个溺水的人抱住了一根残桅断桁似的。由于她身体的重量向下沉，他不得不俯身紧紧抱住她，他低下去的头贴着她的头发。她忍不住缩了一下说，我的后背受伤了，很疼。她的后背擦伤一大片，尽管经过包扎，但还是感到一阵阵隐隐作痛。他把手放松一些，托在她的胳膊下面将她抱起来。

"喜娃是从克隆基地带出来的，我对她的生存负有责任。"戴亦西挣扎着站起来。她生平第一次看清了游戏命运的残酷，因为结果不是在游戏的过程中决定的，而是游戏还没开始，甚至在突发奇想时就决定了。

"我懂，放心。"他在她耳边轻柔地说，"现实很残酷，有些事情暂时不理解，但不能放弃希望，懂吗？"他的嘴唇碰到了冷冰冰的皮肤，比绸缎还要光滑。她的一只胳膊悄悄从他的臂弯中抽出来，把一样东西塞进他的外套口袋里。她抽回手抚摸他的脸，然后快速吻了他低垂的前额。他吃惊地望着她，坚定的脸庞抽动了一下，眼神中流露出了复杂的内心冲突。

她睁大了一双眼睛，那双眼睛在朝阳中熠熠生辉，没有泪水，却有着某种阴冷、令人寒心的东西在里面。当他和她对视的一瞬间，他看到了两颗鹅卵石样绛紫色的碧玺——被石化的那种。于是他明白了，她就是那天在山谷的夜晚看见的女人——月亮灵魂的宿主，是自己苦苦寻找的女人。

乌云遮住了太阳，太阳在厚厚的云层中穿梭游动，像钻石一样折射出了七彩霞光。西边的云层中一轮圆月笼罩在氤氲的雾气中，像个轻薄透亮的圆球，一颗美丽而宁静的星星靠在它身边。一幅远古的画面，仿佛天地鸿蒙，宇宙初生。月亮在云层中时隐时现，像跳着求爱的舞蹈呼啸着靠近太阳。太阳射出万道霞光去迎接月亮，和它炫目的光芒相交融，变幻出绚丽无比的异彩。

人们仰望天空，被这千年不遇的奇观所吸引。"奇观！"尹良博士满脸惊讶和喜悦，两眼闪闪发光。他的双眼被笑意点亮了，深深地看了一眼身边的女孩儿，接着又变得严肃起来。他的心开始融化，似波涛滚滚，向四面八方奔涌……戴亦西激动无比，紧紧握着尹良博士的手，和他并肩而站，忘记了所有的痛苦。

两三分钟后，天空趋于平静，一团灰白色的云朵遮住了月亮，但依旧隐约可见。太阳钻进了云层，霞光已经消失。在这子宫深处一般的宁静中，他们甚至能听到对方的心跳。她望着他的眼睛，那双眼睛里有内在的深邃的光芒，这光芒使一个男人充满信任感和依赖感。

"戴记者，飞机要起飞了！"女警官F1好似从奇异的天象中回过神来，催促道。

"走吧，亦西……"陆泽有一种被侵犯的感觉涌上心头。他不明白戴亦西为什么会那么做，在他的记忆中，她和尹博士原本并不熟悉，甚至没有过接触。戴亦西松开尹良博士的手转身走了。她迈出的步子虽不稳定却坚毅，她想告诉身后的人，她一定能挺过这一关。

"小戴！"尹良博士喊道，"来电话……"他拼命说出几个字来。他的心口猛然抽搐一下，有种油然而生的离别的痛苦。戴亦西回过头挥挥手，露出一丝严肃的笑容说："放心，请保重！"她最后几个字说得异常沉重，在尹博士看来胜过千言万语。他怀着复杂的情愫，紧紧攥着口袋中的那枚纽扣，默默看着他们一起登上了直升机。他知道那是一枚扣式U盘，里面一个隐形的USB接口，弹出后可以自动形成一个接口，但是从外表看它就是一枚纽扣。

飞机引擎声若轰雷一般，伴着巨大的气流开始升空。在飞机掠过头顶的那一刻，尹博士的头发一根根竖了起来。他举目仰望空中迅速远去的飞机，内心深处不禁生出一些刺骨的寒意和深深的恐惧。

戴亦西端坐在前舱，机舱里陌生的寂静让她更加恐惧。她孤独地望着窗外的云层，眼中闪出哀痛之光。她并没有因为大难不死、重返阳间而高兴，除了疼和麻木，她没有任何感觉。但是在危急时刻，能把喜娃－36的克隆数据转交给尹博士，她感到庆幸。他眼神中那淡漠的沉静，让她错乱的情绪镇静下来。他的眼神中还有一种深深的、显而易见的疲倦，那不完全是身体的疲倦，更多的是灵魂的疲倦。

想着想着迷糊了，她已经几天几夜没怎么合眼了。她快忘记了睡眠的滋味，到底是一种暂歇还是死亡的模拟呢？管它呢，不管它是什么，反正抵挡不住睡着了。但是刚刚合了下眼睛，她立刻惊醒了。后来这种恐怖睡眠，一直不离不弃地伴随着她，直到很久。

她是向死而生的，为什么"死的不是自己"？她质疑道。有的人生命非常脆弱，有人的却异常顽强，而生命在她身上竟然像钢缆一样顽强而又富于韧性。她回想着这几天发生的一系列怪事，一件比一件糟糕。昨晚正当威子头顶包裹从洞下钻出来时，突然电闪雷鸣，天地大变。轰隆一声，当惊雷炸响的时候，地动山摇，像是要狂怒地把世界炸碎似的。又是一声轰鸣，洞口塌陷了。爆炸把戴亦西掀翻，并甩出洞外，碎石、泥块、残枝败叶纷纷砸下，最后停了。

她大声喊白浪，喊喜娃，喊夏未，就是发不出声来。一种不祥的安静，只有雨水的唰唰声，仿佛躺在大雨中的只是她的躯体，而她的灵魂已经远去了。雨水从她的脸上流下来，一缕缕的头发贴在她的脸和脖子上，就像是一股股涓涓细流。透过暗夜的大雨，听到凄惨的呼救声，好像是喜娃－36，她的意志完全清醒过来。借助雷电耀眼的白光，她看到白浪躺在不远处的石板上，一只手举起像是要抓住什么的姿态，却又抓了一个空。她扑过去，呼唤着白浪的名字，脸上的泪水和雨水搅和在一起，顺着她的腮帮往下流。那静止、等待的身体剧烈地震颤了一下，归于平静了。他试图微笑着，但是笑容凝固了，瞳孔扩散了，他眼中的一切色彩都消失了。在最后一刻，他忘掉了戴亦西，忘掉了自己的父母。

"为什么不让我死？"戴亦西不断质疑道。传说中有一种荆棘鸟，一生只唱一次歌，歌声却比任何一种鸟都更加优美动听。它从离开巢窝的那一刻起，就在寻找荆棘树，直到如愿以偿。然后它把自己的身体扎进最长、最尖的刺上，在那荒蛮的枝条之间放声高歌，直到生命耗尽，曲终而命竭。此刻，她宁可变成一只荆棘鸟，客死在这荒山野岭中，也不愿意去面对白浪的父母。

戴亦西想到这里，望了坐在机舱后部的夏未一眼。他脖子上挂着绷带，一脸的呆滞和木讷。喜娃－36依偎在一旁，身上盖着一条毯子，似睡非睡地闭着眼，脸颊上挂着泪水。夏未伸出一只手握着喜娃的手腕，他全部的希望就是试图把一种温暖和慰藉注入她的心中，让她垮掉的精神重新建立起来。

白浪的音乐家母亲，坐在机舱中部，泪水滔滔，头垂在胸前，双肩不住地发抖。深夜两点时，白浪父亲的手机响了。白母翻了一个身，睁开睡眼惺忪的眼睛，突然心里一阵不祥的预感。手机铃声在响着，响着，响着，一声比一声急促。会是白浪吗？她推了推背对她的丈夫，让他接电话。

"喂？"电话接通了，空气瞬间凝固了。手机啪地掉在了地上，房间里回荡起"死了，死……死……"的咒语声，好像是来自地下的回音。天地万物都停止了运转，一道深邃的地缝在身下裂开。下沉，下沉。夫妇俩身下的大床，顺势滑进了深渊，洞口正在他们头顶合拢。他们陷入一种绝望中，一种空荡的绝望中。

一阵失声恸哭，是一个灵魂穿过地狱门时发出的嘶喊声："儿啊，让我们怎么活呀？"天崩地陷、撕心裂肺，白母一下就昏死了过去。苏醒后，她只是一个劲地哭，哭得心灰意冷，大脑皮层都麻木了。不久，痛苦飞到了九霄云外，思维飞到了九霄云外……幻觉中，她依然能够感到儿子那热乎乎、沉甸甸的头靠在她怀里，不过那是很久以前的事情了。当明白他再也不会回到她身边时，她一头撞向了桌角，额头立刻洇出一片血迹。她被强行注射了一针镇静剂，然后沉沉地睡着了。她仍能听到自己的哭叫声，这哭声与她生产时的哭声一模一样。一个是极度悲伤的哭声，一个是极度喜悦的哭声。

白浪临走时，在家吃了最后一顿晚餐。他穿着新买的那身蓝色西服，内套一件浅灰色的羊毛衫。他把外套脱下来，挂在衣架上，显得很愉快。他对母亲说："妈，等我回来，告诉你一件事，好事哟。"他的眼睛笑成了一条哗哗的小河，河水里鱼虾成群，影影绰绰，煞是喜人。

白母看着英俊多情的儿子，惊喜地问："是不是有女朋友了？"她向儿子走来，近距离地看着他的眼睛，"配得上我儿子的女孩儿，该会是什么样子？"她仍然清澈的眼睛里放出异彩，就像当年站在舞台上一样。

"等回来告诉你。"白浪喜形于色，情不自禁地想起戴亦西。他把一只手搭在母亲的肩头，"会比你想象的还要好！"曾几何时，她的面容已经深深刻进了他的脑海中，看她无处不在，总是出现在他那纠缠不清的、毫无关联的一团臆想中，不肯轻易消隐。

"女孩子在哪里工作？"白母看着儿子的眼睛里满是绵绵爱意。儿子是上天的赐予，是寥若晨星的天之骄子，她因此而感到满足。

"你会知道的，你儿子对女人很挑剔的。"他看着母亲调皮地眨眨眼睛，笑容里有种难以抑制的得意劲儿。他倒了一杯啤酒，咕咕咚咚一饮而尽，像是要压下心中那喷薄欲出的火焰似的。

晚风掀动着餐桌旁窗户上的窗帘。渐渐暗淡下来的光线，随着窗帘的飘动在房间里晃动。

"当然，我儿子那么优秀……什么女孩子都配不上！"她正说着背过身去哭了。这变化骤然而至，是随着内心情感不可遏制的突变。

"妈，你这是怎么了？"白浪绕过餐桌，脚步落在厚厚的地毯上，走过去面对母亲诧异地问。白母用餐巾纸擦去脸上的泪水，难为情地说："这不是高兴嘛，还不是为了你，否则的话……"她止住了话头，眼睛里充满酸楚的神情。"能看出来，你很爱她吧？不过呀，天长地久才是福报……"

"妈，你有事瞒着我，是因为爸？"白浪直截了当地问。他知道母亲近一时期一直不愉快，猜想应该与父亲有关。前不久，他带戴亦西去北名湖山庄用餐，那是一座依山而起的雄伟建筑，高低错落，连绵起伏，山庄有一半隐藏在斜坡上的山林里。当他们步入气势恢宏的中央大厅时，一个花白头发、踌躇满志的男人出现在面前。他身边依偎着一位妙龄少女，不过二十出头。她轻狂地笑着，身穿新潮的大红色套装，妆化得无可挑剔。

"这边走。"白浪拉起戴亦西走向楼梯口。至此，戴亦西已心知肚明，他们碰到了白浪的父亲，市委白秘书长。吃饭的时候，白浪一直提不起精神，来时的兴致一落千丈。过了好久，他才灰心丧气说："我为我母亲难过！"戴亦西无法安慰他，因为任何一个儿子，当看到自己的父亲左拥右抱时，都会羞愧得无地自容。

这件事白浪并没有告诉母亲，怕她悲伤难过，但是他清楚母亲知道是迟早的事。母亲把全部精力都投在了这个家上，家里的两个男人是她生活的全部，如果她知道了实情，恐怕精神会垮掉的。

"和他没关系，你爸对你很好，只是……"她转过身来时已擦干了眼泪，眼睛里却还带着一种难以解脱的悲伤，是一种在劫难逃的神态。

父亲出现在餐厅门口。白浪扭头走了，连个招呼也没打。白母追到门外问他，需要钱吗？他说，妈，以后多照顾好自己，其他事情就别操心了，你儿子已经长大了。

白母在廊庑下站了很久，看着儿子的身影消失在迅速暗下来的暮色中。她心里泛起一种复杂的情绪，既幸福又酸楚，还夹杂一些哀怨和不安在里面。不料孩子刚一长大就没了，像是变魔术一样。

此刻，白浪的父亲坐在离白母稍远些的位置上，一夜间头发全白了。他看起来非常孤独和疲惫，脸上血色尽褪，皮肤像他的皓首一样苍白。他的眼睛里流露出可怕的阴郁和冰冷，另有一种令人震惊的怨恨。他抑制住情绪，起身坐在妻子身边，让她把头靠在自己胸前。白母突然放声痛哭起来，扑通一声瘫倒在机舱里，引起随行大夫、护士和警务人员的一阵慌乱。

戴亦西不忍心看下去，双手合拢支在自己的脸前，这样就不会被人发现她在哭，被人看到她因痛苦而扭曲的面孔。一个男警官走来，和那位始终陪伴着戴亦西的女警官F1并排坐下。女警官F1拿出纸和笔，停顿一下说："请你还原一下事情经过，到底发生了什么事？"戴亦西闭上眼睛，摇晃着头，泪水如同决堤的江河奔腾而下。

夏末坐在机舱偏后的位置，头垂在胸口。两名男警官走过来，对他做了询问笔录。他嗫嚅说："我不明白发生了什么，感觉是在故事中，结局也许在洗牌时已成定局。"事到如今，他还没有弄明白究竟发生了什么。"为了避开水路，胡哨和他的两个表弟大强、小强，带我们走后山，结果误入一座大型汉墓……沿着盗洞从大墓中出来，看到从地下墓穴中出来的威子，县公安局秦局长的儿子，我们砸开洞穴口，把他救了出来……"说着说着，他一阵眩晕，差点失去意识。"我想休息一下。"谈话暂时结束了。

第三十五章

送别戴亦西后，巴山开车把尹良博士送回考古工地。尹良博士小心翼翼地把头骨从后备厢里抱出来，抱回实验室，摆放在工作台上。他对巴山说："木叶的下颌骨断裂严重，情况非常糟糕，稍不留神便会碎成粉末。"他摸了一下贴身口袋中的微型 U 盘，猜测里面一定有重要资料，它可能关乎戴亦西的身家性命。他万没想到里面竟然存储着一个庞大的克隆基地的重要信息。

"唉，最终必须黏在一起的不是你的碎片，而是我那被割裂的整体。"尹良博士怅然若失地盯着木叶头骨说。他脑海中不时闪过戴亦西的面孔，内心就像是有一团熔化的金属一样滚烫。这次见面，和几天前在列车上的相遇，她有明显变化。她的美丽和高贵气质，仍然引人注目，但是变得严峻了——一种犀利尖锐的神态中混合着殉难者的庄严。

"尹博士，人头骨真的会说话？"巴山望着尹良博士冷淡而沉静的眼睛问，在里面探索着答案。

"听谁说的？"尹良博士阴郁地问，"还嫌麻烦小？"他把前倾的身子挺直，从阴影中出来，一缕阳光照在他身上，使他的面孔明朗了许多。"即便会说话，现在也说不了喽。"他在工作台前坐下，抬起头看着巴山说。他想到戴亦西，心里有一丝丝甜蜜的希望，仿佛自己那幽闭的感情闸门突然敞开了。

"听传说，难道子虚乌有？"巴山质疑道，"那也太传奇了，不过……有这种可能。"突然之间，他认为任何事情都是可能的，现实与虚幻之间不过一步之遥。

"都传了些什么？"尹良博士凝重地看着木叶头骨的眼窝问。时间停滞了，停在了错综复杂的矛盾中。

木叶头骨的传闻，巴山早有耳闻，曾听威子说过。他根本不信，威子一向口无遮拦，他的话从来就不靠谱。巴山从来都把威子视为畸形或残障儿。可今天早晨，他接到巴荷的电话，巴荷在电话中问他陆泽哪去了。他说京都一个叫戴亦西的女记者，出了事故，一死六伤，陆泽陪她回去做善后处理。

这下可激怒了巴荷，她发飙说："臭僵尸，脚踏两只船，看我把他的陶瓮给砸了！"

"你哪跟哪啊？什么臭僵尸？"巴山被搞糊涂了，一连串地追问道。

"彭煜挖出来的那个陶瓮，你知道吧？里面那孩子是陆泽的前世，叫湖，是两万年前太阳部落的成员。那孩子会说话，我亲眼所见！"巴荷说出了昨天夜里，在实验室启封陶瓮时所经历的一切。

"啊、啊，呵呵……别胡闹了！"巴山差点失声笑出来。"不过，我警告你，今后不许再和陆泽交往，否则我还揍你！"他对自己的妹妹是了解的，从小喜欢撒娇邀宠，有恃无恐、随心所欲，而且缺乏道义上的顾虑，明知干得不对也还是去干。但她也聪敏可爱，性情率真，甚至有些诡计多端、不择手段。他平时宠爱自己的妹妹，但是也动手打过她，因为她和威子的交往。

"威胁我，我不怕，那是我的自由！"

"这个先不说，见面再说，陆泽那家伙在学校的绰号'大种马''管子工'，你不是我妹妹我才懒得管你！警告你，再跟他往来看我怎么收拾你！"

"好吧，臭僵尸，我非亲手砸了他的陶瓮不可，让他的灵魂无处藏身！"巴荷愤怒地说。

"无稽之谈，女孩子非学什么考古，你一定是鬼魂上身了。"巴山呵呵笑了两声。但笑声戛然而止，"你的话当真？"他清了清嗓子，好似一声含混的雷鸣。

"不信拉倒！去问尹博士，他是故事中的主人公太阳爷爷，活了几百年，贯穿人类史前文明的早期阶段。"巴荷肃然起敬地说。

"还有什么？"巴山倒抽一口冷气，开始信以为真了。

"最让人吃惊的是尹良博士的身份之谜，他的前世竟然是两万年前的部落首领，他还有一位貌美如仙的女人叫月亮，在外族入侵时，她抱着儿子小虎跳崖了。"她说话时感到激动不已，好像有电流贯穿全身。巴山听得毛骨悚然，真难想象尹博士手握标枪、追捕猎物时裸奔的模样。

"那个陶瓮里的孩子叫湖，这个属实吗？"巴山鼓足勇气，面对面地问尹良博士。

而此刻他的内心翻江倒海，隐约感到一种刺激和危险。

"嘘，"尹良博士指了指窗户，示意巴山小声一些，"答案很长，科研的路也很长，但是会有结论的。"

尹良博士回避了巴山的问话，指着身边的一把椅子让他坐下。"有些事情暂时无法用科学手段来证实，但是迟早会得到论证。可以说两万年前，这里至少已经建立了族类，传递出的信息量很大，就看我们怎么去接受了。当你的身心全部回归这片土地时，你就可以得到全新的启示。"说完他沉默下来，有时沉默胜过千言万语。

木叶头骨失窃后，本来默默无闻、不受关注的小村庄一下炸了锅，轰动了周围的几个县，并且消息以一种诡异、惊悚的神秘态势向外扩散。围绕着考古工地的小路上，到处可以看到三五成群的陌生人，谁都想一睹木叶头骨的风采。出于安全考虑，巴山建议把木叶头骨送到文管会保管，那里库房的安全设施相对好些，二十四小时有保安和警卫把守。尹良博士没有接受巴山的建议，他说已进入冬季，考古工地将全面停工，木叶头骨留在实验室更便于研究和修复。再说了，一个支离破碎的人头骨化石，已经没有了盗取的价值，一块石头而已。

一般来说到了冬季，发掘工地停工后，发掘人员都会回到京都考古所整理发掘遗物，这也是回家团聚的时刻。而尹良博士因为独身，所以总喜欢一个人在山里待着，潜心搞学术研究，尽量多看些资料。何况现在有木叶头骨为伴，他有了一种精神上的依靠和支柱，这也许是一种生物的内在联系吧。

"巴荷说，她的前世是百合，湖的姐姐，他们的母亲是天鹅姑娘……"正说着，巴山的手机响了。他接听电话时的表情非常严峻，眉心紧蹙。电话那头的声音也极弱，这让尹良博士感到了更沉重的压力。

挂上电话，巴山对尹博士说，走，出去抽根烟。他和尹博士交换了一个眼神，便开门出去了。显然有要事相告。他们上到顶层的平台上，空中飘起了雪花，无声无息地向地面压下来。这年冬天的第一场雪，比往年来得要早些。

"刚才县公安局的朋友来电话说，威子出现在地下河中，被从大墓中出来的那伙人给救了，地下河在大墓下方二十多米深处，是不是太离奇了？"巴山不禁打了个寒战，连忙把衣领竖了起来遮挡风雪。

"威子，他现在怎么样？"尹良博士听了巴山的话，感到惊悚不安。

他的视线越过考古工地，向下看是南地村一片低矮模糊的房屋，向上看是一座座风雪弥漫的山峦。雪花纷纷扬扬，洁白晶莹，仿佛每一片雪花内部都蕴藏着柔和的光芒。他来到这里，为了揭开人类的身世之谜，不，是前世之谜，他走过了一条多么漫长艰辛的路啊。

"威子伤得不轻，颅脑出血，盆骨粉碎性骨折，已送往省医院救治，能不能脱离危险不好说。"巴山顺着尹良博士的视线向远处看去，眼前变幻莫测的雪景深深触动了他的心灵。

"是北杨村的三个小子凿开地缝，把威子救出来的，据说他带出了珍贵文物。"

"威子会不会和头骨有关？"

"局里人都这么认为，碍于秦局长的面子，讳莫如深不说罢了。他这人从来不靠谱，他失踪的日期和头骨丢失为同日。"巴山的话让尹良博士汗毛直竖，有一阵子谁也没说话。

"还有什么消息？"尹良博士吐出积压在肺中的一团烟气，这口气立刻化成了一片雪雾。

"戴亦西从克隆基地带出一个实验用的克隆女孩，也受伤了。事态很严重，不那么简单。"巴山小心斟酌自己的话。

"克隆女孩……受伤了？白浪死了，威子爬出地下河！"尹良博士一时竟然没弄明白三者之间的关系。事情显得越来越不真实了，像是在幻觉中，原本风马牛不相及的事情竟缠搅在了一起。

"你父亲什么态度？"

"我父亲表态说彻查，不管什么背景……但是社会关系复杂，恐怕很难查出什么。"他没把话说完，彻查的话他父亲根本没说过，只是说等调查小组的结论，要他和巴荷闭上眼睛视而不见。

"哦？案件越来越扑朔迷离了。"

谈话回到现实中，但是现实和过去及未来一样虚幻莫测、是非难辨，像是被一张朦胧的蛛网罩着。尹良博士不免为戴亦西的处境感到担忧，仿佛有颗毁灭的种子在内心吱吱作响地燃烧着。

巴荷进入了他们的视野。她一边打电话，一边走上工地前的缓坡。雪花片片在她头顶飘落，快活地飞舞，染白了天空，照亮了大地。

"巴荷，来，上来！"巴山大声喊她。巴荷向他们招手示意，仍然在听电话。过了一会儿，她挂断电话，一阵风似的跑上楼顶，喘息着说："陆泽说他在京都处理克隆女孩的事，暂时回不来，这事和他有关系吗？"她冷冷地说，脸上浮起轻蔑的笑容。

"我不是说了吗，你不要瞎掺和，还嫌不乱？"巴山呵斥道。

"不作不死，戴亦西这是死到临头了。"巴荷恶毒地咒骂道，脖颈涨得通红，"陆泽是我的男朋友，怎么能视若无睹！"她毫不示弱地说。

"你再说一遍！"巴山愤怒地嚅动着喉咙。在学校时，他就对陆泽轻浮地追逐女孩子非常厌烦，没想到如今竟打起自己妹妹的主意来。"我警告你，不许再提他，赶快回学校去！"他攥紧拳头，努力克制着情绪。他恨不能一拳打在陆泽的脸上，让其口鼻出血，"一个道貌岸然的家伙，卑劣，真是太卑劣了！"他大吼了一声，把巴荷吓得倒退一步。

"干吗那么凶？"巴荷哭了，泪水吧嗒吧嗒地往下落，"我不用你管我的事。"

"必须管，是对你负责！"巴山的喉结上有一条蓝色血管在跳动，恨不能挣破皮肤钻出来。

听着他们兄妹因为戴亦西而争吵，尹良博士转身下楼去了，心情无比暗淡。此刻他想得最多的是戴亦西，她已经进入到他心脏中那隔音的心室里。

走到楼梯口，尹良博士的手机突然响了，一个陌生的号码。"喂，尹博士吗？我是亦西，戴亦西……我放在你口袋中 U 盘，还在吗？"电话那头传来戴亦西惴惴不安的声音。

"哦？是啊！"尹良博士讷讷地说，等她进一步说明意图。

戴亦西说公安部门已经派人找你拿 U 盘，里面是克隆基地的重要资料，可以证明喜娃－36 的身份，喜娃需要升级，各类数据都在 U 盘里。文件密码是 xiwa99126，喜娃的出生日期。你复制一份保存，其他按警方要求去做。他听到她抑制不住的抽咽声，心里难免阵阵发慌。

"好的，你怎么样？"尹良博士紧张地问。这是他最挂心的一件事，他觉得他和她是那么贴近，似呼吸挨着呼吸。

"我还好，在接受调查，白浪的死我很伤心，我有责任，但我是无辜的。"她正要挂断电话，突然说，"请不要回电话。"她的情绪像鹰的影子笼罩下的雏鸟，"你多保重！"她匆忙挂断了电话。

尹良博士盯着已经变黑的手机屏幕，不知道自己还能做些什么。

汽车的声音从坡下传来。尹良博士站在楼梯拐角处，他看到几名穿公安制服的人从车里下来，其中有一个女的，正是清晨送戴亦西上飞机的女警官 F1。他进入房间反身锁上门，然后用颤抖的手从内衣口袋中摸出那枚扣式 U 盘，熟练地弹出隐形 USB 接口，插入电脑中开始下载。这一系列动作让他心跳加速，像中了枪一样。

他听到了来人的谈话声，像是通过扩音器传来的，在他的脑海中炸响。"没什么好害怕的。"他告诫自己说，眼睛紧盯着电脑屏幕上移动的邮包。"快，再快些！"他心急如焚，不停地在心里催促道。

脚步声声，狗吠被喝住了。门上传来谨而慎之的叩门声。尹博士压制着自己的心跳，紧盯着电脑屏幕问：谁呀？邮包还在电脑屏幕上不紧不慢地飞动……他在心里默念道，木叶兄弟，请帮帮忙！说话间邮包戛然而止，结束了触目惊心的一刻。他为之一惊，连忙拔下 U 盘装进衬衫袋里，打开房门请两位来访者进来。

另有两位警官守候在门外，包括那名女警 F1。他多看了她一眼，发现她和戴亦西有着同样的眼神和极度相似的丰满的嘴唇，却有着一副权力被剥夺了的表情，这表情和戴亦西截然不同。

田警官彬彬有礼地出示了警官证，带着招牌式的微笑，把一切都隐藏在了礼仪之中。从外表看，他更像是一位学者或是教师，而不是警察，但是他猎犬一样的目光却暴露出他的身份。同来的夏警官却截然相反，是一个外表粗犷、不苟言笑、其貌不扬的男人。田警官介绍说，夏警官是计算机专家，在信息安全部门工作。田警官进门后，环视简陋的房间，有些吃惊地说，生活在这荒山野岭一定有诸多不便，但考古是神圣的工作，需要献身精神。他态度温和，睿智的前额下有一双通达世故的眼睛。

尹良博士说习惯了，我的工作在这里，考古原本就是一项艰苦的与世隔绝的工作。虽然包含艰辛和磨难，但是也有曙光和诱惑力。田警官说自己是考古爱好者，孩提时代就常常与小伙伴们在家乡周围的墓地中探秘寻宝，还一起扒出埋在墓冢里的坛坛罐罐，而且乐此不疲，兴奋不已。他说自己本打算报北大考古系的，但是高考成绩不佳，最后报考了警校。田警官的话让尹良博士紧张的情绪得以缓解。

田警官又问到新新遗址的考古发掘成果，问什么时候会结束这里的发掘。尹良博士说，我们正从一副叫史前背景的牌里随意抽牌，抽到的仅是千万分之一，或亿万分之一，如果能凑成有价值的一手牌，便可以暂且休息一下，但是现在还需要不懈地从中抽取，所以我可能会在这里工作到事业的终结。其实能住在这么一个世外桃源里也很幸运，这里是我灵魂的栖息地。

谈话终于切入正题，田警官言简意赅地表明了来意，正是为了那只 U 盘。"认识戴亦西吗？"田警官笑问道。他自见到尹良博士起，便不由得肃然起敬，认为尹良博士是一个感情不形于色、富于自制力、有学识见地的科学家，并且与现实社会有些格格不入。

"认识！"尹良博士简明扼要地说，"我从京都回来时，和戴亦西乘坐一趟火车，之前并不熟悉。我们东拉西扯天很快亮了，一个人坐夜车很无聊。"他如实说，并没有想隐瞒什么。

"平时没有往来吗？"田警官不经意地问，其用意明了。

"认识而已并无交往……我妻子梅艳死后，我和女人就没什么关系了。"他用审慎的声音自嘲道。他暗自思忖着如果是前世的关系，属不属于你们调查的范围？

"她给你一只 U 盘？"田警官的态度仍然很温和，仿佛在唤醒他的记忆。

"哦！U 盘？"尹良努力思索着，脸上凝聚着云雨。

"戴亦西说喜娃－36 是一个克隆女孩，但是她有证据吗？也可以说是一个外星人嘛……如果不能有效证明，就会受到调查，也许会拖很久。"田警官边说边观察着尹良博士的反应。

"无稽之谈！"尹良博士的内心腾起一股难以控制的情绪，"哦，等等！"他突然想起来似的摸出那枚纽扣，"我发现它时已经在我衣袋里了，是这个吗？"他把 U 盘递给田警官，田警官直接给了夏警官。

夏警官把 U 盘拿在手中稍稍揣摸后，弹出隐蔽接口插在电脑上。他应该是一个电脑方面的专家。尹良感觉心灰意冷，做好了最坏的打算。他复制的文件可能会暴露，还会给戴亦西和自己招致麻烦。

但是奇迹发生了，无论夏警官怎么折腾，电脑就是没反应。夏警官重新启动机器，再试一次，没反应。又试一次，无果。尹良博士如释重负地叹口气，脸上的表情松弛下来。他知道是木叶暗中保护了他，因此不胜感激。

"这电脑能用吗？"夏警官转过身来，傲慢地问。尹良博士说，这台机器很久没用了，他一般都在实验室用电脑。"走，去实验室看看。"夏警官果断地拔出 U 盘，装进随身包里，"这份材料很重要，不能外泄，你能理解吧？"

"理解，请吧，实验室在隔壁。"尹良博士略带几分忧郁地说，却感到欣喜万分。

实验室里的骨骼模型和人体器官，着实把两位警官吓了一跳，感到汗毛直竖。"呦，你这里更像是血腥的人体解剖馆，叫人毛骨悚然！"田警官露出警觉的神情，"不过在这种环境中待久了……"他想说恐怕精神会出问题，但是碍于面子，话说到一半止住了。

"都是些高仿真模型，有那么可怕吗？"尹良博士说着走近工作台，把覆盖在木叶头骨上的丝绒揭去。"这颗头骨失而复得，出土在新新地层，包含着丰富的史前信息，我们为它取名叫'木叶'，死时年仅十八岁，它出土时保存很完美，简直令人叹为观止。"尹良博士不动声色地说。

田警官凑近木叶头骨，"与其他头骨相比，它有什么与众不同之处吗？"说话间有道蓝光一闪，他好似被击中了，倒退一步说："我仿佛与它有感应。"他有种怅然若失，说不出的滋味。

"它只是一颗普通的人头骨化石，或许与你有着某种内在联系，它是人类祖先的头颅。"尹良博士有意模糊了一些概念。他猜测田警官的前世应该与新新部落或者太阳部落有着密不可分的关系，或许是新新部落的一员。

"当时的战争使用什么武器？"一阵持续的沉默后，田警官小声地问。他无法否认自己对这些有好奇心，他感觉自己就是故事中的一分子，非常亲切和熟悉。

"那个时期不过使用一些钝器，如刮削的棍棒，或者投掷器，不会有什么直截了当的武器，但足以让人毙命了。出土头骨一带就像是一个埋藏两万年的坟场，挖到不少人骨化石，可能是一次战斗中死伤的，但是完整的头骨只有木叶一颗，现在却因为失盗遭到损毁。"

谈话十分融洽，田警官认为尹良博士不失为一名严谨的科学家。夏警官集中精力在实验室的三台电脑上，并未关注他们的谈话，他必须确保 U 盘里的内容没有被复制。

"田警官，戴亦西有无麻烦？她的伤势怎么样？"尹良博士忍不住问。田警官不置可否地摇摇头，表情松弛而含笑。尹良博士感到了一股无可名状的压力，以及这股压力背后那摧毁一切的强大压力。他想尽快结束谈话，单独待一会儿，或者去飘雪的山林里走走，透透新鲜空气也好。

第三十六章

漫天的雪花斜斜地打在原野上，空气紧绷得像一面鼓皮，仿佛在酝酿着什么。尹良博士独自漫步穿过田野，走进落叶厚重的树林里，脚下到处是冻土和冰洼。一阵风吹来，吹得树上的残叶沙沙作响。在新雪的反衬下，黄色的土地显得尤为深暗厚重。

尹良博士不知自己走的是哪条路，在风雪中他已经辨别不出方向了。除了周围的树木，他什么也看不清楚。这条小路在树林和石崖间绕着圈，把他带到未知的地方。雪渐渐小了，如同粉尘。雪停了，浓雾聚拢在周围，唯一清楚的是天在逐渐变暗变黑。

林中传来雪压树枝的吱吱声，声音质朴，像地壳微微开裂的声音，非常熟悉，给人一丝怀旧的喜悦……他弯腰拾起一根树棍握在手里。他沿着白雪覆盖的陡峭的小路小心翼翼地走着，实在是累了，便拂去一块石头上的积雪坐下来。他可以感觉到自己在一个山包上，周围开阔幽深，眼前一览无余。

两只游隼穿破大雾飞来，翅膀急促地扇动着以便在空气中获得平衡。它们飞得很近，在他眼前飞过，他几乎能听到风穿过羽毛时的咝咝声。他抬起头来目送它们远行，直到它们消失在雾中。周围非常寂静，鸟叫声特别清亮。坐久了，他感到寒冷，便抖抖索索地站起来，沿着下坡路走进了河谷地。

雾气渐稀，像薄薄一层蛋清涂抹在周围的空气中。在昏暗的光线中行走，眼前的一切都变得虚幻起来，像是大写意中的画面。他也变成了另外一个人，说来也好笑，他竟然变成了自己的前世——太阳。他手握一把弓弩，腰围一块兽皮，像一个未开化的野蛮人。他正在追逐一头野兽，突然认出巨人石旁的那块空地——正是两万年前月亮怀抱小虎跳崖的地方。现在那里杂草丛生，唯空地中间的石头垒砌的一个碗状坟茔非常醒目。他忍不住走过去，确认那石堆下埋着的正是月亮和小虎石化的尸骨。他从挎包里掏出一把手铲，蹲下身体去刮探。他想找到一些确凿证据，一两块石化的骨头，或者月亮生前戴过的饰品。

这时，他发现身后有一双饥渴的眼睛——像燃烧着的烛光般发亮的眼睛。他焦虑不安地望着眼前的灰色荒野，很快发现了第二双、第三双及群狼发光的眼睛。它们在矮树丛中，贴着地面向前移动，虎视眈眈地盯着自己的猎物。它们是一群饿狼，亟待补给食物的凶残的狼。他可以清楚地看到那匹头狼，它高大的身形突显出它在狼群中的地位。它的毛是纯净的灰色，十分纯净，却点缀着斑斓的、若隐若现的金点，闪着变幻莫测的、难以言说的光彩。

头狼在逐步靠近，蹲在离他三四米的地方，满怀信心地贪婪地舔着嘴。他瞥了一眼群狼正在缩小的包围圈，有种残酷的预感，自己就要成为这群饥肠辘辘的饿狼的腹中物了。他将被生吞活剥，化作它们体内的养分。一阵恐慌使得他的身体抽缩了一下。他本能地摸出打火机，再从挎包里掏出一沓纸，点燃了埋在雪下的一堆干枯的树叶，然后把那团火抛向身后的狼群。

他就近拾起一根树棍握在手中，准备殊死一搏。头狼咆哮着冲来，它行动轻松自如，强健的肌肉似乎蕴藏着无穷的力量。呼啸而来的群狼把他团团围住，他本能地挥起树棍……他感觉自己的腿被锋利的狼牙割破了，另一只狼扑向他的胸脯……

突然，狼群停止了咆哮，发出一阵顺从的呜咽，然后像被施了魔法一样，它们放慢动作静止不动了。这时，天空中出现一些发亮的长线，如一道挂在空中的金色瀑布，跌落下悬崖，流向地面。狼群散去了，消失得无影无踪。月亮，那个史前女孩突然出现了，她生气勃勃，踏着金色的地毯跑来。一道淡淡的紫光笼罩着她，就像在舞台的聚光灯下。她一下子到了他身边，他快走几步迎上去，泪水溢出了眼窝。因为明知道这是不真实的，他还是舍不得放弃他痛苦的愿望所制造出的幻觉。她过于美丽了，以至于让他感到面颊发烧，喉结发紧说不出话来。那是一种大自然赋予的美艳，不是手术刀制造出来的美。

她裸露着上半身，脖颈上环绕着一圈圈宝石饰物。她大而明亮深邃的眼睛呈海蓝色，流露出无比忧郁的神情。她跑过来投向他的怀抱，他用双臂紧紧搂着她，泪水洒落在她的发际和额头上。他有种幸福感，那感情的纯粹和强度令人震颤。

"月亮吗？一个迷失的灵魂？"他看着她羞涩的眼睛鼓足勇气问。周围光线暗淡，静悄悄的，严寒彻骨。

"是啊，就要重逢了……"她的双唇微微翕动，黑色的长睫毛和那双深邃明亮的眸子里闪动着哀伤。周围斑驳的微光闪闪烁烁，弥漫着一种自然生成、难舍难分的浓情蜜意。

"哦，哦！"他试着触摸她时隐时现、轻柔飘逸的长发，那种感觉再真实不过了。他的手指从中穿过，来来回回地摩擦着，让他感到心灵的痛楚，那是一种遭利爪和流血的爱，以及一种他再也不希望回首的撕心裂肺的痛苦。

她把脸贴在他的脖颈上，默不作声。他没有感到她的温度，如同一块冰冷的石头，以至于他突然意识到她是一个无法安息的灵魂。等待就像是一幅令人苦恼的画卷，它在源源不断地向前展开，直到把人折磨得精疲力竭为止。当然，这只是从人类的角度看，如果从宇宙角度来看，时间也许是永不枯竭的资源之一。

"请把我的项坠转交给那个女孩……戴亦西，我时时刻刻在你身边。"她轻轻叹息说，嗓音有一丝颤抖。

"你是小戴的灵魂？你们都具备完美的气质……"尹良博士感叹道。

她随即推开他的手臂飘然而去，踏着来时那条金色的地毯。金光慢慢卷起，就像卷起一幅卷轴，上升、盘旋、上升、上升，把她带向那个覆盖在地球之上的深湖之中。他愣在原地远远眺望着，心仍然在狂跳。那条金带逐渐远逝，变为一个幽暗的金点浮在云层中，渐渐消失在太空深处。

冰冷的雾气从山坳里飘过来，让人肺部发冷，血管发硬。他饿了，饿得两腿发软，头发晕。他在路边的石头上坐下，弯腰检查自己被狼咬破的小腿肚，一块撕裂的咬痕中淌着血。原来一切都是真实的，并非虚妄。他掏出毛巾把伤口包扎了，一跛一跛地向山口走去，把脚步放得很慢。狼群没有尾随他，只是远远地凄厉地嗥叫着。

这时，他突然听到了呼喊声，接着听到了杂沓的脚步声和犬吠声。彭煜和老毕带人赶来了。他们一天没见到他，打他的电话也接不通，这难免让人深感不安，便集合村民兵分几路上山寻找。老毕带彭煜从后山谷口直插进来，这里是唯一的出山口，没想到还真给碰上了。

"尹博士！"彭煜喊道，不觉加快了脚步。"你哪去了？急死人了！"他上前接过尹博士肩上的挎包，"出那么多事，所以遇事难免不往坏处想。"

"来得好，刚才遇到狼群，我的小腿被头狼咬破了一道口子。"尹良博士的眼睛里闪过狂怒的色彩，"能活着见到你们真好。"一阵滞后的恐惧使他的身体抽搐了一下。

"狼群被你击退了？"老毕极度质疑道，"来，你坐下，让我看看你的伤。"他搀扶尹良博士坐在一块石头上，然后俯身去检查尹良博士腿上的伤口，发现血已经渗透了包扎的毛巾，像油脂一样浓厚而黏稠。他伸手刚碰了一下，尹良博士发出一声尖叫，"哦，轻点！"他感觉眼睛像万花筒一样旋转起来。

"我还没碰到你呢。"老毕小声嘟囔说，"畜生的牙齿有毒，不及时处理会要命的。"他把浸透血的毛巾解开，在伤口上涂上一层浓稠的药膏，"幸运，伤口不深，只是咬破了皮。"他安慰说。

"我拿棍子击中了头狼，它惨叫着跑了，群狼一哄而散。"尹良博士说时，脑海中形成的画面却与他轻松的口吻相悖：头狼咆哮着向他扑来，群狼把他团团围住，狼牙撕挂在他的小腿上。要说他还真的谢谢那群狼，否则月亮是不会违背天条跟他会面的。

"傍晚时，我去实验室找你，发现实验室里有动静，我趴在窗户上看，隔着窗帘看到有红光溢出，我敲敲门，喊尹博士，尹博士！里面一下安静了。"彭煜贴近尹良博士的耳边说。

那笑声很真切，并非空穴来风。他全身紧绷地待在原地不动，确切地说是动不了。他不由得发出一声悲鸣，高声喊道："尹博士，尹博士！"这时，他又感到背后仿佛有无数只蜘蛛在爬动，使他全身的汗毛顿时竖立起来。他足足站了五分钟，那股强大的引力才渐渐松弛了。他使出全身的力气挪出一步，然后跟跟跄跄地离开了原地，以梦游者的摇晃姿态逃跑了。

尹良博士"哦、哦"两声没说什么，保持着沉默。他知道是"红柳"和"百合"在嬉闹。但是到底发生了什么？不得而知。他不由得加快了脚步，竟然把彭煜甩在了身后。

此刻，戴亦西正在审讯室接受警方询问。她自己也不知身处何地。她在努力回忆着事情的每一个细节，然后一点点复述出来。坐在她对面的女警官F1一言不发，全神贯注听她讲述，有不清楚的地方也会打断她，提出疑惑让她解答。速记员坐在一边记录，脸色凝重，一丝不苟。这种场面，戴亦西以前只在电视节目中看到过。当她把亲身经历的事情复述一遍时，心中的恐惧不但没有减弱，反而愈加严重了，她甚至感到体内被某种可怕的影子依附着。

"咣当"一声，随着沉重的门响，田警官进来了，悄无声息地坐在了戴亦西的斜对面。他一脸疲劳，显然是长途奔波所致。他从公文包中拿出那枚U盘放在手心里让戴亦西看，"是这个U盘吗？"他目光锐利地看了她一眼，皱了皱眉问。

"是。"戴亦西看着他手心里的小小U盘肯定地说。

"知道内容吗？"

"不知道！"她脸色难堪地说，"喜娃说里面存放着克隆基地的重要数据，也有她自身的基因数据，譬如大脑的容积和血液的浓度、头发的浓密度，以及智商的指数等等。她让我妥善保管，在当时不明真相的情况下，我把它放进尹博士衣袋里，也是为了保护证据。"她回想当时，感觉像是受到神的启示似的，急中生智把U盘交到了尹良博士的手中。

"听起来并不很真实，带着科幻的味道。"田警官努力露出一丝微笑说，"因此需要调查取证，你能谅解吧？"他的言外之意是：对不起，事件没调查清楚之前，你暂无人身自由。

"软禁我？"她被禁锢在这令人窒息的房间里，已经超过三天了。她彻底尝到了失去人身自由的懊丧和痛苦。

"这件事非同一般，一旦传播出去，会在国际上造成原子弹爆炸般的效应。"女警官F1说。她的眼底浮现一抹轻蔑的神色。戴亦西非常厌恶这眼神，认为她有一种职业优越感。

"这也是对你的保护措施。"田警官解释说。听他的口气并无恶意，但是仍然让戴亦西感觉惴惴不安。她喃喃自语道："喜娃有危险吗？"

"喜娃-36在做基因测定和升级，因此你带出来的资料至关重要，是一份原始数据。"田警官看着她的脸说。他看到的是一张不寻常的脸，光滑、漂亮、在日光灯下犹如凝脂。此刻，他非常希望能够帮助她，帮助她渡过难关。

"基因工程使喜娃-36具备了许多与众不同的能力，甚至非人类的本事，但是基因设定者为了掌控她，也有意识地抹去了一些个体特质，造成基因变异，如果不及时修正设定，她很可能会死亡，或者残疾，这正是制造者的初衷。"田警官说话的声调变得柔和起来，却依然严肃。她凝视着他，他有着一张英俊的脸，天庭饱满，鼻梁如柱，一副忠厚仁义之貌相。

戴亦西在他眸子里，看到一股黄色磷光在闪烁，不觉五脏六腑都收紧了。这种光她似曾见到过，却想不起来在哪里见过了。

"喜娃危在旦夕，是吗？"戴亦西有种不祥的预感，脸上流露出痛苦幻灭的神情。她想起了克隆基地的人体分解池，口中不觉涌出一股胃液来，一口喷在了地上。"对不起，我胃里很难受。"她端起桌子上的水杯喝了两口，把痉挛的胃部压下去。她眼前浮现出一排排克隆人培育箱，透过观察窗可以看到，在黏稠的培育液里，有小孩的四肢、内脏和噗噗跳动的心脏。她干呕了一声，差点再次吐出来。

"我们都不是决策人，甚至没有资格讨论这些事。"女警官F1冷酷无情地回答说。

"你希望她死吗？"戴亦西愤怒地追问道。她的思绪一下飘走了，飘到了那个古老遥远的地方。又是那些奇怪的片段和残破的场面：一棵棵树东倒西歪，沼泽地里水在缓缓流动，远处是丛林——一个充满死亡的危险之地。场景忽然跳转了，她面前站着尹良博士。她感觉压力蓦地消失了，世界重新恢复了正常。她闭上眼睛，呼吸缓慢平静下来。

"没事了，"尹良博士温柔地伸出手来说，"这是你的项坠，月亮让转给你的。"说罢这话，他转身隐去了身影。一枚金蛋从黑色的背景中浮现出来，她伸出双手接住它。金蛋忽然飘浮起来，成为一颗折射出宁静之光的火球体，最后形成一个光点。光点的中心渐渐幻化出一枚项坠——一枚血金色的甲虫项坠映入眼帘。它在空中慢慢旋转，呈现出祖母绿和紫宝石的斑点，焕发出迷幻的色彩。

"我的项坠！"她惊奇地站了起来，伸出手去接。当她就要接住时，突然金光缩回到金蛋中，项坠不见了。"还不是时候，等你拿到项坠，故事就该结束了。"她清晰地听到一个声音说，仿佛来自幽深的空中。

"怎么了？"女警官F1警惕地站起来，比她的神情更加惊慌。戴亦西一下恢复了常态，哀求说："救救喜娃好吗？"她颓然坐下，久久难以恢复平静，双手一直在颤抖。她无法相信刚才看到的只是一种幻觉，却又无法给出任何合理的解释。

第三十七章

初冬的阳光照射在中国医科大学某附属医院的白色大厦上，反射出强烈的光芒。就在两个月前，这座代表着国内医学最高殿堂的新建筑才刚刚投入使用。这里正在进行中国第一例克隆人体再造修复术。异常紧张的氛围弥漫在手术室，这是一场前所未有的医学界遗传基因的攻坚战。如果这场手术对外宣布的话，将会引起万众瞩目。

室温保持恒温的手术室里，有五六名身穿手术衣的大夫和护士，仿佛白色魅影一般在无声地移动着。让无影灯照得彻亮的手术台上，身覆盖布、正在接受手术的喜娃－36仰卧着。麻醉师通过静脉点滴，将麻药输入喜娃－36的臂弯血管中。喜娃－36害怕得浑身僵硬，牙齿咯咯打战。李若乾博士为了缓和她的紧张与不安，不时轻声和她聊上几句。他问她感觉哪里不舒服，她说浑身都不舒服，腹痛还伴随着背痛，身体就像是要解体了。她咬牙强忍着，冷缩在自己的龟壳里。她问亦西姐在哪里，夏未哥在哪里，但是所有的人都漠然地摇头表示不知。

她感觉天塌了，自己正在向着人体分解池陷落。她挣扎着试图回避、逃脱。蓦地，她看到了夏未。那一刻，她感到一种冲动，渴望获得他的爱情，因为和他在一起有安全感，心里踏实。她上前几步，喊了一声：夏未哥！但是他似乎没听见。他被人抓住胳膊推上一辆警车，押送他的人穿着黑色警服。她冲上前去，想救下夏未哥。但是车开动了，然后提速冲向前去。她也加快步伐，拼命奔跑，紧紧追随着夏未哥乘坐的警车。但她还是慢了，车开走了。她大喊了一声："夏未哥，救我！"

"安静一下，不要紧张。"护士在一旁安慰她说。喜娃听声音极像戴亦西，便又喊了一声"亦西姐！"她多么希望此时此地，亦西姐能守在身边。

"你很快会恢复，我只是把伤口清理一下，不然会引起麻烦。"李若乾博士温和地说，语气中带有父爱般的宠溺。喜娃－36倏地扭曲了脸部，泪水顺着脸颊淌了下来。

"请相信我，很快就好。"李博士拿起一块纱布，为她擦干了泪水。

李若乾博士虽刚过不惑之年，却已华发丛生，坚毅的面孔中透出率真的表情。喜娃－36的胸脯均匀地起伏着，她已经失去了意识，进入半麻醉状态。她感觉自己的灵魂在飞翔，穿过沸腾的人体分解池，飞越克隆基地进入太空——那个两万年之遥的古老国度。一切移动得如此缓慢，几乎停滞了。空气变得浓厚、坚硬，像是固体的。周围每一道微弱的闪光都被擦亮了，像礼花一样绽放。

医疗组由国内基因学的权威人士组成，卫生部副部长乔黄华担任医疗组长。李若乾博士是一名国际著名的遗传学博士，但是像这种病例却是第一次接触。经过检测，初步确认喜娃的伤势已大面积恶化，黄疸症状更为严重，正在发生基因癌变。如果不及时进行基因改造和升级，她将面临死亡。但是怎样进行基因改造和升级，他并没有十分把握。

在喜娃－36的医学论证会上，曾出现几种不同的声音，众说纷纭，争论声一浪高过一浪。有人认为科学家创造克隆人的行为，具有故意杀人罪和故意伤害罪的犯罪特征。对于研究克隆人的科学家来讲，正是因为明知故犯而导致了新生儿的死亡或伤残夭折，因此其应当承担相同于故意杀人和故意伤害罪的刑事责任。

也有学者认为，克隆人属非法存在，由于会带来复杂的不可设想的后果，因此克隆人的权益并不受法律保护，而那些制造克隆人的人甚至有反人类的嫌疑。一些生物技术发达的国家，现在大都对此采取明令禁止的态度。当然，喜娃－36作为医学研究案例难得一见，是一项现代科学研究项目，并且可以在此基础上展开众多的研究项目，譬如人体脏器的捐献移植。

另一种意见则认为，喜娃－36虽然是克隆人，但她是在人为操纵下制造出来的生命，而不是充气娃娃或机器人。当前，克隆人已经不是科幻小说里的梦想，喜娃－36仅是一个序曲，克隆人将呼之欲出。他们具有完备的大脑和敏锐的思维、丰富的情感和超常的智慧，甚至有着优于常人的美貌。他们也可以服务于社会，或被赋予特殊使命，因此应该尊重他们的生命，保护他们的生命。

李若乾博士在医学研讨会上，一直沉默不语，并没有明确表达意见，但是他有成熟的想法。他决意挽救喜娃－36的生命，同时预测到机遇就摆在面前，现在只是看能否抓住它一同启程了。他认为人类的未来或许就在克隆人的试验中，因为在通过基因改造后，人类可以更好地适应越来越严酷的生存环境。也就是说，人无远虑必有近忧，只有勇敢地去探索那些与人类认识还有距离感的新事物，才能够保证人类的健康发展。

他在受命主刀喜娃－36的手术后，又接到一个来自高层的密令，让他根据另一个自然人的遗体脏器细胞，研究和制造出与喜娃－36相同的遗传因子，然后将这个遗传因子克隆出的脏器移植给喜娃－36。如果能够实现这一计划，康复后喜娃－36的基因将由两部分组成：一部分属于她自身，另有一部分属于编号为京医2013BAIL的遗体捐赠者。2013BAIL的信息显示，性别为男，1989年出生。

李若乾博士以这个编号作为推理根据，联想到捐赠者很可能是市委白岩峰秘书长刚去世的公子白浪。据说他为了把喜娃－36从克隆基地解救出来而遇难，年仅二十三岁。而根据编号前三个字母"BAI"，也可以判断捐赠者为"白"姓男子。这个新发现令他激动不已，他现在只能将全部精力寄托在手术上，只有这样他才能暂时从烦乱的情绪中跳脱出来。

他很清楚自己肩头的分量。因为这显然是一个具有现代科技前沿意义的医学科研项目，一旦掌握了其中的关键性数据和技术，你就是这个领域中的王者，世界将被你开启一道金色的大门。

李若乾博士无比谨慎地、坚定地拿起手术刀，目光中散发出医学家的神圣与庄严。他抬头看了一眼夹层楼面用玻璃围起的观摩室，再做一次深呼吸，努力平复自己的情绪。

喜娃紧闭的眼皮上清晰地暴露出粉色血丝，这是克隆人的显著标志之一。她暴露在无影灯下的肌肤雪白，微微泛着青光，犹如凝脂。她轮廓柔美的脸部，以及性感丰满的嘴唇，无不让人怜悯和心疼。李博士精悍的双眼绽出异样的光彩，紧绷的两颊肌肉凸起，像含着两颗坚硬的杏子。熟悉他的助手知道，通常这种现象出现时，表示他虽累到了极点，情绪却无比亢奋。

他站在喜娃－36左侧的中央，也就是操刀者的位置，低头审视着患者麻醉作用下放松的腹部，表情比往常显得更小心谨慎。"开始手术，手术刀！"他向一旁负责递器械的护士发出了命令。雪白的无影灯下，李若乾博士专用的特制手术刀发出凌厉的光芒。他接过手术刀，怀着一种接受前所未有的挑战的心情，把手伸向躺在手术台上的喜娃－36胸部，将手术刀划向剑状突起的下方。

喜娃－36的胸腔和腹腔已经被打开，里面有一颗拳头大小的心脏，在两片粉红色肺部的伴随下不停地跳动着。在人工呼吸器的辅助下，肝脏和胃正平静地起伏着。在胃的后面横亘着被断裂的肋骨刺破的胰脏。受伤的胰脏正在发生病变，它不再柔软和滑腻，而是布满黑色的硬化斑。这些正在发生病变的细胞壁很像人类的脸，有无数张脸聚集在一起，成为一坨一坨的块状，形成一种丑陋的斑纹。李博士的心沉了又沉，表情好似僵化了，但马上又恢复了平静。因为他正面临着一场硬仗，绝非纸上谈兵。

他伸出右手指，伸向手术区内的肝脏、贲门、胃部、十二指肠等腹部器官，确认病变的癌细胞有无转移。然后将手移向腹膜后部仔细触摸着，再将手指往胰脏按去。他忽然摸到了多颗蚕豆大小的肿瘤，像一串刚刚结出的葡萄粒。它们正不可一世地四处扩张着领地。显然肝脏和其他脏器也受到牵连，正在向着不可逆转的危险地步发展。

李博士感觉喉头冒火，汗流浃背。他告诉身边的助手说："这是罕见的胰脏癌变，正在以火山喷发的态势向周围脏器侵入，必须马上施行切除术。"他弓起背，操着无比锋利的手术刀的手，穿过无数血管组成的"丛林"，将血管周围的组织剥离开。他的额头渗出豆大的汗珠，锐利的目光似在寻找猎物。

"尖头刀！"他向身边的护士命令道。"周围分布有大动脉和大静脉，大家要特别慎重！"说罢，在助手的协助下，他一口气将胰脏和肝脏切下来。"迅速切片，进行基因检测。"李若乾博士对助手说。他低沉阴森的声音，使手术室内弥漫着令人窒息的刺激感和紧张感。切除术结束后，他用细头尖刀把淋巴结扩散的癌细胞一刀一刀仔细地刮除掉。然后把胃摆回原来的位置，让腹腔的其他脏器也回归原位。最后一步就是腹腔缝合，但因为还需要移植克隆胰脏和肝脏，所以只是进行了临时性缝合。

医疗小组曾制订出一套完备的方案，以确保万无一失。手术实施分三个步骤，首先确认病变部位和扩散程度，再进行切片化验和血型配对。然后根据配型获得的数据克隆出新器官。这前两步如果获得成功，第三步才是实施克隆新器官的更换手术。

李若乾完成手术后，让护士帮忙脱下手术衣和橡胶手套。他用消毒药水洗完手，马上走出手术室，来到二楼观摩室，专家组成员正等候在那里。这是一个由最高级别专家组成的医疗专家组，包括遗传学、心血管、外科、泌尿科和神经内科专家。

李博士脸色凝重地推门进去，所有的人紧张地看着他。他感觉一阵恍惚，忙在门口的空位上坐下。他看着观摩室中央的吊灯，仿佛自己被某种光环罩着，却看不到它的边缘。他在那无边的光幕上，看到清晨和日暮的光影。太阳在高大的树头沉落，月亮从远古的小村落上升起。紫红色夹杂着灰蓝色的天空中云层快速流转，像瀑布一样在崇山峻岭间倾斜。他迎着瀑布似的光芒奔跑，向着光明冲刺，冲刺。近了，近了，目标越来越近了，他放慢了脚步……

"李博士，请介绍手术情况。"中华医学会田大西会长叫了他一声，把他从一个虚幻世界拉回到现实中。

"哦，哦！"李博士环顾周围，发现所有的目光看着自己，希望听到惊人的消息。"喜娃-36的手术顺利，切去了正在癌变的胰脏和肝脏，已经去做干细胞胚胎克隆了。"他边说边打开投影仪，播放的是喜娃-36的手术过程。他走近投影仪，指着喜娃-36被剖开的腹腔说："癌变速度超乎想象，已经出现肝腹水，机体在恶化坏死，也就是常说的癌晚期……也可以说是相当于白血病一类造血干细胞恶性疾病。因此使用喜娃-36自身的胚胎干细胞克隆几乎不可能，所以必须找到与其有血脉关系的细胞核，也就是常说的移植有血缘关系的亲人的骨髓进行治疗。哪怕是百分之一的概率也好，可以从中提取出细胞核并且进行复制克隆。我们能找到吗？"目前所面临的严酷局面令他感到惶惶然，他向在座各位发出求救的呼声。

"我来说几句，介绍一下案情，这是公安部督办案件，一旦公之于众定会造成重大影响，甚至是国际范围的。"公安部特派员姚裕接过话头说。他负责这起案件的侦破工作，临时参加了这次医学论证会。"夏风是这起案件的始作俑者，他因为自身的基因缺陷，自己所生的三个孩子都夭折在三岁之内。为了克隆出自己的亲生孩子，他建立了这个克隆基地。他是克隆基地的创始人和领导人，他将自己的体细胞核用于实验，喜娃-36便是他的科研成果之一，也是他唯一成活下来的孩子。"他像是在讲述一个骇人听闻的传奇故事。房间里鸦雀无声，所有的人都被这个故事震慑了。

他继续讲："克隆基地隐藏在秦岭余脉烟霞山，A、B、C 三县交界的深山密林中，已长达十年之久。刚刚接到的信息说，克隆基地已经被摧毁了，成了一片废墟，这应该是夏风的自毁行为。警方动用大批警力，在克隆基地进行了地毯式搜索，却没有发现夏风的踪影。目前正在大规模搜山，夏风和他的女助手很有可能已经死了，即便是死了也必须找到尸体，不过现在还没有。"

"诡异，太不可思议了！"有人忍不住插嘴道。房间里发出嗡嗡的议论声。这对他们的想象力是一种终极考验和挑战。

"也就是说，即使找不到夏风，也必须找到一个与其有共同基因的代替者，利用他的遗传基因来完成胚胎干细胞克隆，对吗？"田大西会长问李博士。他提高了嗓门，把房间里的杂音压了下去。

"是的，如果想让喜娃－36 活下去，必须找到合适的基因配型。"李若乾回答说。

"但是根据目前情况看，还有一线希望。"姚警官抛出一个悬念，调动起在座各位的神经细胞。"唯一的希望是夏未，他是夏风的堂兄，也是案件的当事人之一。夏未的父亲是克隆基地的投资方，但是他们父子并不知详情，或者说不完全知情。我的意思是说夏未和喜娃－36 应该存在某种基因关系，就是说夏未也带有与其相同基因。"姚警官不急不缓，娓娓道来。

"好消息，请尽快做基因配型！"李若乾博士为之一振，有点轻微的兴奋感，"如果配型成功，首先做骨髓移植，等控制住基因癌细胞的发展，然后做克隆器官移植。"先前的沉重感已经化解，他的脑海中浮出整个医疗计划的细枝末节，尽管这个计划充满困难和风险，但是他有信念和决心。

第三十八章

雪花飘飘，天色渐渐放亮了。

经过修复后的红柳和百合的遗骨，躺在为它们特制的木箱子里，保持着原来的姿态，生死相依。百合向左侧身把细长的森森指骨搭在红柳的腹部。突然间，随着一阵咝咝的电流声，实验室各个角落里顿时充满了磁极的引力。同时盛放白骨的木箱里亮起一道红光。

那光由暗及明渐渐放大，两具白骨重新生出皮肉来，躯体慢慢成活了，空洞的眼窝里长出了眼珠。他们坐起身来，坐在了木箱边沿，恢复了原形。他们肌肉发达，皮肤黝黑发亮，像是涂抹了橄榄油。他们携手跨出木箱，百合坐在尹良博士常坐的那把靠背椅上，红柳坐在她脚边的地上，伸出冰冷的手去与她的手相握。她从椅子里滑下来，慢慢地倒在他的怀中，头枕在他的胸脯上。

"冷吗？"他低低地说，将脸颊贴近她的发际。尽管他们历尽磨难，但是结局却令人满意，疼痛已经飞到了九霄云外。他的嘴唇如饥似渴地印在她的嘴上，张狂地迫使它张大。她紧紧拥着他，他们的身体慵懒地交织在一起。

"目中无人，太过分了！"一个稚嫩的声音说，"这里是公共场所，儿童不宜。"说着一个门牙缺失的小男孩从身边的陶瓮中探出头来，像一棵刚刚发芽的幼苗。他的头发黝黑发亮，一双大眼睛清澈透底。他使劲往外拱拱身体，让自己的视线更开阔一些。"这位是……是百合姐姐吗？"他喜出望外地说，疑窦丛生地看着他们。

"是啊，我是百合，小家伙你呢？"百合很快站起身来，不好意思地低头看着他问道。

"我是你胞弟湖啊，不是小家伙，我们同岁，我们的母亲是天鹅姑娘。"湖从陶瓮中钻了出来，坐在瓮口边沿上。

"果真是湖？你还认识我？"百合深感惊讶地问。她单腿跪在瓮罐前，拉着弟弟的小手，在他的脸上搜索着熟悉的记忆，"还记得太阳爷爷吗？"

"当然，不但记得太阳爷爷，还记得我们所有的亲人。百合姐姐对我最好，无微不至，喂我吃饭喝水，帮我驱赶蚊蝇……我有过某种预感，能和姐姐或更多的亲人重逢，没想到竟然在这里啊。"湖显得十分兴奋，仿佛感官中充满了烈酒的味道。

"湖，记得你身体不好，一直很悲观，现在话真多。"百合也有种抑制不住的兴奋。她看着身边的男人说，"他是你姐夫，叫红柳，是黄土部落的继承人，他为我而死，死得很惨……"她流下泪来，然后讲述了发生在两万年前的那个惨烈的故事。

黄土部落有数百人之多，他们善于以人海战术进行集体狩猎，所以生活相当富足。他们常常把野牛等大型食草动物围赶到崖上，然后突然杀声四起，火光映天，逼迫那些走投无路的动物纷纷落崖。一匹野马有五百多斤，当它从悬崖坠落时，发出惨烈的叫声。人们欢呼着冲向猎物，割破它的喉咙，喝干它汩汩流出的带泡沫的血水。最后，猎人们割下微微颤动着的鲜活马肉，带血一起吃下去。

黄昏是狩猎的最佳时机，许多动物前往潭边或河里喝水，这是多年来动物们的习惯，由于往年少有天敌的袭扰，很多动物喝足水后便在水边过夜，待到第二天再重返草场饱餐一顿。但是自从天鹅部落迁到此地后，动物们悠闲自得的生活结束了，人类成为它们的最大天敌。埋伏在河岸附近的猎人常常会突然举着火把长矛向毫无防备的动物发动袭击，并迅速堵住它们的去路。动物们情急之中纷纷向深水遁去，不少体弱的动物死在穷追不舍的猎人矛下，有些则被河水冲走或淹死。狩猎的兴奋和疲劳使人们的味蕾极度活跃，他们吃出了如狼似虎、茹毛饮血的畅快和享乐。诱人的香气伴着哔哔冒油的响声，随着篝火炊烟飘向河边四野。

百合经常跟着红柳一同狩猎，尽情享受激烈的追捕、奔跑和惊吓呼喊的刺激。但好景不长，两年后百合的小腹仍然平平，没有怀孕的迹象。又过了一个又一个年头，仍然看不到她怀孕的迹象。族人开始议论纷纷，惊慌失措，因为百合的母亲是天鹅女，或者说是巫女，因此他们怀疑她必定有巫女的基因。冬日将尽的那些天，风暴肆虐，而且天气奇寒。接踵而来的是春雨，绵绵不绝一下就是月余。

春夏之交，青黄不接，大饥荒爆发了。部落营地上早已断了炊烟，一些老人和孩子走着走着，倒地就成了饿殍。这使得族人更加迁怒于百合，认为都是她带来的灾难。一天，老族长把红柳叫去，冷言道："你是长子，应该懂得女人不生孩子的后果吧，你以什么服众？百合是巫女，你为什不去找其他的女人？"他在难以平静的愤懑中挣扎着，直直愣愣地看着儿子。他需要儿孙满堂、家丁兴旺，需要部落兴旺发达。

"百合是我的女人，她不是巫女！"红柳抖动着双唇，牙齿嘚嘚直响。

"你再选一个姑娘，部落里的女人任你挑选，不生孩子的女人就是巫女。"红柳的老祖母在一旁说话了，声音阴森得像从地狱里传来。她活了一百多岁，是部落里通神的人，她可以用龟甲和兽骨占卜吉凶、预测祸福。时光把她的皮肤织成了皱纹编就的网，眼皮耷拉着，覆盖在眼眶上。但是她能看到常人看不到的东西，因此族人都对她的话深信不疑、言听计从，不敢有丝毫违拗。

"不，你不要多嘴，任何女人我都不要！"红柳出言不敬道，"我和百合会有孩子的，会有一大群孩子。"他决绝地说，怒目圆睁。

"我的孩子，这是天意，用不着意气用事！"老祖母耷拉着眼皮，冷酷的声调让人不寒而栗。

"狗日的天意，去他娘的天意，我才不信！"红柳骂骂咧咧，猛击一拳砸在了房中央的顶梁柱上，整座房子都在颤动。他又一脚踢塌陷了一堵墙。"我不许你们污蔑百合，她是我的女人，我哪个女人都不要！"他像一头猛兽似的号叫道。在他看来，百合就是神灵的化身，有种近乎透明的美，神圣不容侵犯。

"混蛋东西，你这是想让我死！"老族长怒不可遏地骂道，狠狠撂下一句话。

"都死吧，死了好！"老祖母不动声色地说，然后颤颤巍巍地起身走了。

果然不久，老族长去世了，他睡下再也没有醒来，死得可怕而血腥。当人们发现他时，他的脑浆和血液正从他的耳朵里蜿蜒流出来。这可怕的消息在部落间迅速传开，像大火漫过一样令人恐慌。所有的人都用憎恨和厌恶的目光看百合，把她看成了妖孽和恶魔。父亲死后，红柳本该继承部落族长的位置，但是老祖母说必须按照族规处置百合，把她装进笼子喂兀鹰。

"不！除非我死了！否则决不允许你们碰她一指头！"红柳被人缚住了手脚，动弹不得。"看谁敢碰一碰她！"一个挣扎在地狱门庭的灵魂大声喝道。

百合温柔地笑道："红柳哥，我生生世世是你的人，来世我们还做夫妻，永生永世做夫妻。"她说着挣脱人们的束缚，变成了一只白天鹅。随着一阵翅膀的猛烈拍打，天鹅飞上了天空。红柳在绝望中喊道："老婆，回来呀，不要丢下我！"他伏地长跪不起，呼唤着百合的名字，"百合，不要丢下我一个人！"

"红柳哥，我会一直爱你，现在我必须走了，但有一天我会回到你身边，和你永不分离！"天鹅扑扇着翅膀，在营地上空盘旋三圈，祝福所有住在这里的人们，然后义无反顾地朝向南方温暖的国度飞去。

红柳痛不欲生，那一夜，他像一只受伤的狼狗一样号叫着，直等他疲倦到叫不出声来。第二天，他跌跌撞撞地离开了家，走出了营地，手握弓箭，腰中别着一把石斧。他沿着百合飞走的方向，一直向南走。他穿过一条条大江大河，来到一片人迹罕至的原始森林。尽管那里险象环生、惊心动魄，而且隐藏着一些凶猛的大型动物，如虎、豹、熊、野牛、野猪等等，但是他没有动摇过决心。从某种意义上说，这是一场战争——一场爱情保卫战。

夜幕降临，天上下着雨。在夜雨中，茂密的山林显得十分阴郁，不时传来飞禽走兽凄厉的叫声。他找到一块巨石，在石崖下笼起一堆篝火，把随手打到的小动物剖开肚子，掏出内脏，架在火上烤着。他想如果找到百合，他们就开辟出一块平原，生一大群孩子，建立起一个部落，就叫天鹅部落，作为对他们母亲的纪念。但是他又担心百合已经死了，怕是再也见不着面了。他痛苦不堪地躺在篝火边，恐惧越来越深，直抵他的脑际。

黎明将至，他又上路了，沿着河边一条荒僻的小路走，突然听到远处的树林里有兀鹰在扑腾，发出瘆人的叫声。他忙把石斧握在手中，赶过去察看，发现一个女人被囚在一个木笼子里，置于一棵大树下，树上黑压压地栖满了兀鹰，笼子上也落满了兀鹰。它们不停地啄里面的女人，已经啄瞎了她的双眼，撕去了她胳膊和后背上的皮肉。当笼子中的女人听到动静时，就尖叫道："快打死我，求你了！"

红柳突然生出一种恐惧，怕这女人就是百合。他举起石斧一阵猛砍，兀鹰纷纷落地，其余的迅速飞走了。他用石斧砸开笼子，把那气息奄奄的女人拉出来。她不是百合，这让他缓过一口气，泪水汹涌而出，一下就失控了。他痛心至极，害怕百合也会遭受这种残害。一连多年，他找遍了自己双脚能达到的地方，但是百合仍然杳无踪迹。他从未想过要回到家乡去，那里是他魂销肠断的地方，他也不想见到伤害过自己的亲人们。

他就那么一个人漂泊，循着有山有水的地方寻找。这年秋天，天色越来越清朗，候鸟们要提前迁到南方过冬。天上飞过成排的各种队形的飞鸟，有黑色和白色的大雁，有嘹亮鸣叫的天鹅，有云雀、夜莺和鹰。红柳仰望天空，渴望发现天鹅队列中百合的化身。通过细心观察所有的鸟群，他已经掌握了各种鸟类的习性。

初秋的一天，红柳在黎明前醒来。微光扑朔的草地发出低语似的窸窣声，就像是亿万张嘴唇吸吮着甘甜的乳汁。星空恰似一张巨大的蛛网，上面挂满了明亮的珠宝，一闪一灭，一灭一闪，就像是他心中的哀痛之光。

突然间，树丛中钻出一头硕大的野猪。它体大如牛，笨重的躯干像一个石碌。当它低头拱着潮湿的地皮走来时，那短而有力的腿在颤抖着。它受了伤，它不久前应该经历了一场殊死搏斗。它身体一侧有一道很深的伤口，露出鲜红的肉。正在向前移动的野猪发现人后，停下了脚步，一动不动地站在那里，放低姿态准备进攻。它发红的小眼睛由于疼痛而近乎发狂，黄色的獠牙呈半圆形向上翘起，发出死亡威胁的信号。

红柳张弓搭箭，瞄准野猪快速射出一箭，不偏不斜恰好射中它的眼睛。几乎同时，那野猪霸气十足地冲过来，就要扑到他身上了。他急忙从腰间拔出石斧，迎上去对准猪头狠狠砍去，一下、两下……但为时已晚，那对锋利的獠牙一下撞进他的胸腔。他跌倒在地上，血就像喷泉一样涌出，染红了他身边的草地。野猪的头被石斧击穿一个洞，花红的脑浆流了出来。它踉跄着，垂死挣扎般地冲上来，将它那沉重的身体压在他身上，把他的脸压进了松软的泥土中。

他狂乱而徒劳地挣扎着，试图挣脱出来。但是他没能逃过厄运，他甚至听到了自己心脏爆裂的声音。在失去意识前，他一直在呼喊百合的名字，希望和她见最后一面。百合果然来了，扇动着翅膀从远方飞来，他幸福地闭上眼睛说："百合，我就要和你重逢了，你让我找得好苦！"他再也没有睁开眼睛，刹那间扑向了百合温柔的怀抱中。

这天中午，附近部落的人打猎时发现这骇人的场景，一头被刀砍斧劈的死野猪压在一个男人的身上，把他压进了一个泥坑里，到处都是污染的血迹。他们七手八脚把野猪移开，发现死者的一半身体被压扁了，面相惨不忍睹。他们就近挖了墓穴，准备把他埋葬。然而当人们封填墓穴时，天空一声霹雳，刹那间从撕裂的天缝中飞出一只白天鹅，呼呼啦啦扑落在墓穴中。

当人们从错愕中回过神来时，看到的却是一个美丽、丰润的年轻女人。她和逝者并卧在墓穴中，侧身把一只手搭在他的腹部，最后看了一眼这个残酷、冷漠的世界，决绝地闭上了眼睛。这个震撼人心的爱情故事，在当地久久传颂，以至于家喻户晓，影响深远。

两万年后，墓穴里的宁静终于被打破了，墓主双双重返人世，但残酷的现实一如既往，它抗拒着阳光和真理，坚持着阴暗和虚伪的一面。

"我们将永无宁日。"红柳意味深长地说。

"只要和你在一起，我什么都可以面对。"百合闭上眼睛幽幽地说，两人紧紧抱在了一起。他的怀抱就是她的归宿，让她感到安全可靠。

"还有我呢，我们是一家人。"湖调侃说，"人生如戏，我们边看边演，边走边散边聚合……"

"你是我弟弟，无论什么结局，我们一起面对！"百合把湖拥入怀里，泪水哗哗直流。

尹良博士把钥匙插进门锁里，尽可能缓慢地转动。然而在最后一转时，还是发出咔嗒一声响。他小心翼翼地推开门，恍惚中看到红光一闪，还听到窸窣的声响，但瞬间归于平静。他仔细审视房间，总觉得有些异样。再仔细看，发现木箱中女主的手并不在原位，而是稍稍有些错位。如果不仔细观察，很难发现这细微的变化。他知道是两具白骨复活了，却没想到湖也参与其中，更没料到的是他们已经姐弟相认了。

夏末被隔离在公安局另一间讯问室。他喋喋不休地讲述着他们的遭遇，没有遗忘任何情节，时间地点非常精准。他说自己和白浪是大学同学，青春小伙伴，在学校时关系良好，交往密切。这次应白浪要求，他答应陪同他们去采访，尽地主之谊。结果发生了一系列恐怖事件，这是他万万没有想到的，否则他会慎重考虑的。但是他也收获了爱情，自见到克隆女孩喜娃－36那一刻起，他就像树上中弹的小鸟一头栽入爱情的深渊。该说不该说的他都说了，仿佛有一群食脑虫紧紧抵着他的大脑，舔舐着大脑的沟回，从中寻找被落下的细枝末节。

连日来，他因无法与喜娃－36取得联系而焦虑，他甚至不知她的死活。他问正和自己谈话的警察张曙："你知道喜娃在哪里吗？她会死吗？"张曙冷冷地说："那不是你关心的事，你要确保自己的证言属实才是。"他收拢了面前的笔和记录本，准备结束谈话。

"我可没胡编乱造，喜娃和我有割不断的联系，从某种意义上说她是我侄女。"夏未绝望地在自己的证言上签名，按上血红的手印后，他们走了，把他一个人留在冷寂的房间里。

雪花飞舞在夜空中，仿佛人生的碎片，在无边的黑暗中散落。

"为什么关押我？我犯了王法吗？"夏未大吼大叫道，却完全无能为力。接下来的时间成为他人生最难熬的时刻。他关上灯，心神不宁地瘫坐在椅子上，脑海中将这件事的来龙去脉想了一遍又一遍，追杀和逃亡的图像一幕幕闪过。"喜娃或许死了，什么也来不及了！"想到这里他的心脏咚咚咚地狂跳起来。

他从没有过这么痛苦的经历，胸膛里怒火燃烧，血管内熔岩奔腾。迷迷糊糊中他做了一个噩梦，醒来非常清晰，以至于多年以后，他还记得其中那些恐怖的细节。

他出生在大山深处一个漏雨的土屋里，又恰逢阴雨连绵。他的降生犹如晴天霹雳，先是引起家人的一阵惊讶，然后是使家人十分尴尬和沮丧。雨滴打在他的小脸上，好像是母亲的眼泪，一滴滴冰冷冰冷的，让他不堪忍受。他有种不安的情绪。全家人围着刚出生的他，愁眉苦脸地说，天杀的，这孩子怎么没屁眼？又没做缺德事！他的心跳加速，仿佛有种负罪感，因为他给家人带来了耻辱。

门外都是人，乡亲邻里都来看热闹，叽叽喳喳地议论，说什么近亲结婚，播下的种子腐烂了，带有罪恶基因。他挣扎着直蹬腿，而每过一秒钟，他虚弱的身体就会更加虚弱。爹拿来一把镰刀，在他的两腿中间像切奶油蛋糕似的挖出一个洞。他紧张地说："爹，你杀死我吗？"爹惭愧地说："孩子，你活着也受罪，下次一定要托生到大户人家！"

不知过了多久，突然灯亮了。夏未被自己的梦惊呆了。他眯起眼睛，看清来人正是张曙，他身后跟着女警小黄。他们端来了快餐盒，散发出饭菜的香味。"来、来，吃点夜宵。"张曙满脸堆笑说，和他原先傲慢、责难的态度判若两人，竟让夏未不知所措。他忍着头晕目眩，起身狼吞虎咽一通，然后把饭盒推向一边，等待着剧情的进一步发展。

突然之间，形势发生了逆转，同时把他推到了历史性的关口。

"上级领导请你去谈话。"张曙笑眯眯地说，有某种故弄玄虚的意味，"喜娃的确还活着，但是伤势严重，必须移植有血缘关系的亲人的骨髓进行治疗，你懂我的意思吗？"

"懂，你的意思是喜娃－36需要我提供骨髓配型，是吗？"他郑重地说，脑海中再次涌起那个念头：等这一切结束后，这段可怕的经历所提供的素材，足够让他写一部传奇小说，而且是一部世界畅销书。因为即便是最富想象力的作家，也很难理解如今这个年代的荒谬现实。

"对，希望你能够与喜娃－36做基因配型，你愿意吗？"张曙虽然已知答案，但仍略显担忧地问。

"只要能救活喜娃，我什么都愿意做！"夏未果断地说。他满怀激动地想：即使付出生命也在所不惜，怎么会吝惜一点骨髓？他想："我必须尽快见到父亲，这样有些问题就明朗了。"他太虚弱了，一下跌坐到椅子上。

第三十九章

　　飞舞的大雪翻卷着淹没了太阳。这场风暴已经持续了两天两夜。

　　晨曦初现时，夏末就起身了。他准备去给喜娃 −36 做骨髓移植手术。当得知自己和喜娃的骨髓配型成功时，他简直要发狂。下雪的日子，周围一片死寂。只要稍微集中些意识，他就能听见胸腔里面传出的执拗的胸痛声。这种疼痛似乎已经根植于心里了，只要一想到自己的遭遇，那痛便不由自主在心里剜戳几下。

　　坐在警车里，夏末望着白茫茫的街道自语说："喜娃，挺住啊！"他想象着自己的骨髓移植在她的病体里，促使她的细胞重新绽放出活力的样子，不觉咧嘴笑了。警车发动了，收音机里播放着《下雨的时候》，他被这异常伤感、凄美、舒缓的音乐震撼了，泪水不禁夺眶而出。他终于体会到了爱的意义和价值，而且希望就在眼前。他真不明白以前没有爱的时候，日子是怎么过的。

　　一个多小时后，夏末乘坐的警车停在医院大厦门前。他从车上下来，步入医院宽敞明亮的走廊里。四周散发出一种庄重沉稳的气息，在无形之中让人感到震慑。一周前，他在这里做了身体各项检查，在确定适合接受手术的状况下，他在移植自体输血同意书上签了字。办完手续，夏末见到了基因学家李若乾博士。他那张浓眉大眼、充满男子气概的脸给人信任感。他身穿崭新的白大褂，内穿一套深色西装，蛋白石领带夹在胸口若隐若现，一副少壮派精英的模样。

　　李若乾博士和夏末进行了一个小时的沟通，告知他一些注意事项和基因学方面的常识，并让他保持轻松的心情，不必紧张和担忧。夏末问及喜娃的病情，以及对术后恢复的把握。李博士说喜娃 −36 的伤势严重，导致基因癌变，各脏器都有病变转移，所以必须尽快做骨髓移植。

　　夏末说想和喜娃见一面，想亲口告诉她配型成功了，她很快就能够恢复健康。李博士拒绝他说，骨髓移植之前患者处于完全无菌的环境里，因为她的免疫功能水平极低，此时若发生感染将回天乏力。而且患者需要保持平静的心态，不能受到外界情绪的影响。

夏未终于躺在手术台上，无影灯照得手术室明晃晃的。"喜娃加油！"夏未挥一下拳头，做出自我激励的动作，竟然把身边的护士吓了一跳。他并没觉得害怕，反而微微有些激动，像是期盼着情人的到来。他身体上横七竖八被插上各种管子，麻醉剂渐渐产生了作用。他感觉自己乘上一艘白色的航母，正在海面上航行。海风拂动他的鬓发，他在微笑，像个傻瓜似的使劲笑。

一个声音在他的脑海中深扎，他终于听清楚了，是喜娃呼唤他："夏未哥，带我走吧，随便到哪里去！"他大声回答说："喜娃，等你身体好了，我带你去任何你想去的地方！"他慢悠悠地呼吸，昏沉沉地睡着了。手术器械的碰撞声，在半空中相互激荡，叮叮当当响成一片。两个小时后，手术终于结束。夏未被送回病房，麻药效力渐渐过去，后背钻孔抽取骨髓的部位开始剧烈地疼痛和酸胀。但是他无怨无悔，心脏总是莫名地怦怦直跳，只有喜娃可以令他如此疯狂。

三天后，夏未与喜娃进行了视频探视。喜娃身着白色病号服，安静地躺在无菌室的病床上。她那双清澈、忧郁的眼睛里放射出幽幽的光。她用那样的眼神看着他说："谢谢夏未哥，你拯救了我……的生命。"由于激动她把声音拖得很长。她悲痛的情绪慢慢平复下来，记忆成为心中的一种隐痛。

他看着她的眼睛，禁不住心旌摇曳起来。"你的生命……胜过我的生命，我愿意为你做任何事情。"他表白道。这是喜娃听到的最疯狂的话，也是第一次获得爱的表白。

"是的，你让我，让我感到了……期待的美好……"喜娃忽地睁大杏核般的眼睛，"我感到幸福，非常幸福。"她的嘴唇不受控制地哆嗦着。她感觉腹部一阵烈火烧灼似的疼痛，同时鼻孔里散发出腐烂的臭气。她腹部的刀口只做了临时性缝合，像是安装上了一道拉链，随时可以根据需要而进行脏器更换，她将会被换去一半以上的脏器。

"怎么了？"夏未惊慌地问，"她怎么了？"他一脸愕然地问李若乾博士。李若乾没有答话，觉得他有些痴，或者是痴心妄想。

"没什么，只是刀口疼。"喜娃的眼睛红红的，里面闪出一道水光。

"你狠狠搏斗了一场，正在战胜病魔，一切都会好的。"李若乾博士鼓舞喜娃说，"你会完全复原，而且会更加生气勃勃。"

她抬起头看着夏末，泪水从眼角溢出，揉碎了他的心结。

夏末回到病房，意外地发现父亲等在那里。他仿佛变了一个人似的。他显得很疲惫，原来的花白头发全白了，那双标志性的浓眉也灰白了一半。他的双颊完全塌陷进去，倒是把嘴巴突显出来。

"爸，你怎么会来？你差点见不到你儿子了！"所有的酸甜苦辣一起冲到鼻子、眼睛和嘴巴里，他像个孩子那样扑向父亲的怀抱，"我们从地狱死里逃生！"他毫无顾忌地哭泣，抒发出内心强烈的压抑感。

"事前怎么不告诉我一声？你知道你惹了多大的祸吗？"夏父稍带不悦之色说，"但是无论遇到什么，爸爸都会支持你，帮助你走出困境。"他原先责难的语气消失得无影无踪，透着如海似山般的父爱深情。

夏末简单地把自己的可怕遭遇讲给父亲听，那简直挫伤活人的勇气，让他想起来后背就发寒。但是他收获了克隆女孩喜娃，他疯狂地爱上了她，想跟她结婚。夏父默默无语地听着，让他尽情述说。他问父亲，为什么不告诉我克隆基地的事，如果我事先知道了，也许就不会遭此厄运。夏父说，自己对克隆人基地并不知情。他出资让夏风建立克隆基地，实际上是做克隆动物研究，没想到他竟然制造出克隆人，实在是太可怕了。他说一定会帮助喜娃恢复健康，还她一个美满的生活。父亲的话如强心剂，抹平了他心中的疑虑和担心。他和父亲谈了很久，一直到傍晚。父亲冒着大雪走了，看着父亲的背影，他真正体会到了父爱的含义。

大雪初晴，天空一碧如洗。树上有雪，屋顶有雪，路上的积雪很厚，四周纯白一片。戴亦西怔怔地站在窗前，已经一个小时了。她身着合体的浅灰色羊毛套装，将头发在脑后绾了个蓬松的髻。她目光沉静、高傲、睿智而冷漠——一双看穿生死离合的眼睛。

她很久没见到这么大的雪了，她恨不能躺在这既柔软又洁白的地毯上打几个滚，用心体会那种脱离尘世的感觉。为配合事件调查，她在这里已经被软禁了两周。寂静无声的空间，孤独绝望的两周。昨天田警官告诉她，调查基本结束，她可以回家了，但外出前必须通报警方。

有那么一瞬间，她的脑海中闪过一个问号，这可能吗？她在第一时间把消息告知了尹良博士，他喜出望外地说："我去接你，明天见。"

昨天下午，田警官和她做了推心置腹的谈话。提起白浪，戴亦西就觉得内疚和心痛，也有一些别的感受。白浪的灵魂总在她眼前回旋不去。她不知道那份悲伤附着在体内的哪个地方，否则她将亲手将那无尽的悔恨给挖出来。

经过这么多事，她真的已经麻木了，当初那种雄心勃勃寻求真知的欲望也被荡平了。噩梦如影随形，却无处诉说和排解。一旦夜幕降临，她仍然会觉得不安，任何响动都会破坏她平静的心态。

田警官说："这个案子很特殊，背景极其复杂，单凭夏风一个人很难做到，背后一定有外国势力介入。据说有一个遍布世界的黑社会性质组织，为了建设一个所谓全新的世界，他们展开了众多的研究项目。对克隆人的培育是其中一项，目的在于发展一支在他们掌控中的、绝对服从指挥的警察和军队，服务于新社会的需要和对法律秩序的维护。"他看她的目光灼灼的，她读懂了其中的含义。眼睛是多么奇妙的器官，千万种感觉汇聚在里面。她忙避开了，不想跟调查自己的警察产生除工作之外的情感，免得以后被诟病。

"太可怕了，简直是一个病态的动物园。"她感到鼻尖发冷，苦笑道。

她在他眸子后面又看到那股闪烁的黄色磷光，她想起来了，她曾经在尹良博士的眸子里看到过。那么，它究竟代表什么意思呢？他接着说："有些问题，我尝试以科学的观点来思考，但是解释不通！"

"不管人类累积多少科学知识，仍无法以科学法则来解释所有事物，你说对吗？"

"是啊！你胆气十足，让我佩服得五体投地！"他很难把眼前这个美丽端庄的女孩子和那骇人听闻的故事女主角对上号。这种事情光想想就让人发狂，更别说去经历了。"唉，我也很害怕呢，但向前走就有希望，这是铁定的规律。我小时候，父亲常对我说，不管前面发生了什么，总是要一步一个脚印地朝你的目标前进。"

她又放低声音说："不要以为人生是可以不战而胜的，需要勇敢战斗。"两人在时断时续的沉默中交谈，相互并无法猜测到彼此心里的想法。

"夏末的父亲和案件有关吗？"这个问题困扰着她，让她忧心忡忡。她害怕牵扯到夏未，他是那么单纯善良，又深爱着喜娃。还不知道这场磨难会给喜娃带来怎样的心理伤害，也不知道她今后将要面临怎样的困难和精神创伤，因此能有夏未终生相伴，自是喜娃的福报。

"一些问题正在调查中，克隆基地焚毁严重，已经面目全非。至今没找到夏风的踪影，也没有发现人体分解池，唯一的证据就是喜娃-36的U盘。夏未已经给她提供了骨髓移植，目前看来是成功的。下一步就是移植被切除部位的脏器，明天进行第三次手术。"

"那就太好了，喜娃承载着我的生命。"她顿时感受到一股难以言喻的解放感。

"我想啊，不如让白浪的父母收养喜娃，让她做他们的女儿，这样的结局是不是比较有创意？"田警官似乎有意在宽慰她，哄她高兴。

"能吗？"她突然睁大眼睛，惊喜地问道。他从她脸上的表情变化，猜出她心中的期盼。"我想白浪也会满意这种结局。"她补充道，"白浪父母一定会喜欢喜娃的，她漂亮美丽、温润如玉，做他们的女儿也算合格，也是最好的结局。"

"不过呢，喜娃应该是一种由基因突变而产生的新物种，我们亲眼看见了她进化的过程。如果社会上出现大量的克隆人，怎么都让人不舒服，那将是对大自然法则的冲击，也是对人类特质的考验和批判。"田警官"扑哧"笑了一声，忧虑重重地说。

"不、不，无论从哪种意义上看她都符合人类的所有特征，不能算新物种。"这个让人震惊的说法使她的脑袋嗡的一下炸开了，"这也许是人类未来发展的趋势，说不定会成为新的世界战略方向。"她的眼睛里闪过一丝充满野性的神情。

"对呀，此话有道理，也许将来自然人消失后由克隆人主宰世界，有些东西难以想象。"田警官说。谈话在饶有兴致的气氛中进行，晚饭前结束了谈话。田警官临走时，戴亦西露出一副欲言又止的表情。田警官问她：有什么事吗？

她以恳请的口吻说："喜娃如果有一个家，她一定会开心，这也许是白浪的遗愿。"她迫切想实现这个计划，她不仅仅为了喜娃，也是为白浪父母考虑。白母在飞机上撕裂心肺的喊声，给她留下黯淡、悲怆的记忆，白浪的死让白母面临崩溃的命运。

这时田警官接到一个电话，挂上电话他说，威子死了，死前什么也没有说。他从地下带出的一包东西，经鉴定是一批三国时期的珍贵文物，已被文物部门收缴。

"那么说，威子带着秘密走了？"

"是，如果找不到知情者，将无法揭开他的谜底。"

"这样也好，一切戛然而止，天机不可泄露！"

"是，这也许是冒险的代价。"他以锐利的眼神看着她，好像要看透她的心思似的。戴亦西不知所以然，露出一种令人无法理解的表情。

夜里十一点钟，戴亦西接到了尹良博士的电话，说已经坐上了火车。她一听到尹博士的声音，各种情感马上有如海浪般袭来，所有的记忆都哽在喉头，令她无法控制的眼泪一串串掉下来。

他们聊了好一会儿，却有意回避了那令人痛苦的话题。他很理解她的心情，委婉亲和地陪她说话，并讲述了压在他内心深处的太阳和月亮的故事。尹良博士塑造出一个美丽温柔、坚忍不拔的远古女性的光辉形象。戴亦西被感染了，似乎身在其中，自己就是月亮。平时不善言辞的尹博士此刻宛如一位技艺娴熟的琴师，轻轻弹奏着她绷紧的感情，引领她一步步走出痛苦的深渊。

挂上电话，她感觉到胸口传来一阵激烈的躁动，久久无法停止，内心的孤独感更为深刻。她脱去衣服躺进浴盆里，让自己丰腴洁白的胴体浸泡在温水中，慢慢地将精神镇定下来。她已经分不出哪里是自己的肉身，哪里是水了，肉体仿佛和水融为一体，自己变成无数的泡泡溶化在水中。她感觉自己渐渐丧失意识，并尝试做最后的抵抗，拼命在脑海中回想着自己和尹博士的谈话。

她发现自己现在的模样，竟然和胎儿在母体子宫中的情形具有异曲同工之妙。她仿佛正浸泡在子宫的羊水中，远处传来母体的心跳声，咚咚、咚咚……她不知道母体中的胎儿是否有思考能力，但是她有思考能力。她一边蜷缩在羊水里，一边想着出生后的计划和未来的方向。

她的脑海中突然插入一个画面：有一群拿着石刀棍棒的赤裸男人在追赶她，杀声震天动地，身后血流成河。她怀抱着儿子小虎，沿着布满荆棘的悬崖小径狂奔。以往脑海中出现这种画面时，她纵身一跳往往被摔得粉身碎骨，但这次她眼前瞬间闪过一道亮光。她犹如落进宇宙无重力空间一样，进入一个光圈里面。她感到这并不是幻觉，她用力将自己的身体推出去。脱离了母体，迎面而来的是一道刺眼的光线。她还看到自己和母体之间连着一条奇怪的线，那应该是脐带。她挥手想切断脐带，接着便像刚出生的婴儿那样"哇"的一声，发出婴儿以这种残暴的形式脱离母体，从而降临人间的啼哭声。

她获得了重生……成为月亮灵魂的新宿主。

第四十章

尹良博士乘出租车经过长安大道向前驶去，戴亦西的面庞不断在他的脑海中闪动。路上积雪很厚，车辆排成了长龙，几乎是寸步难行。一路上，他贴着车窗向外焦急地张望，沿街建筑散发着现代气息。钢化玻璃和不锈钢搭建的大厦竞相媲美，一栋高过一栋。各种现代建筑物组成的水泥丛林迎面扑来，令人目不暇接。

昨天下午，他接到戴亦西的电话，说自己可以回家了，获得暂时的自由。突然间，他听到胸腔内传出激烈的心脏跳动声。他立即像猫一样拱起背来，等待心悸的感觉过去。"我明天去接你！"他不假思索脱口而出，仿佛自己正等着她的呼唤。

为了一声承诺，他连夜赶往县城，乘火车赶回了京都。他不停地看表，时间像流水一样哗哗而过，但是他仍滞留在原地无法前行。近午时，尹良博士终于到了戴亦西下榻的宾馆，他正要举手叩响房门，门却自动开了。一刹那，戴亦西已经扑进他的怀里。她的脸上洋溢着微笑，微笑之中又露出悲哀之情，然后她哭了。他瘦削、黧黑、憔悴的脸上百感交集，目光依然深沉而平和。

"危险已经过去了，但人生不是用来赌博的。"他触摸她轻柔飘逸的长发，责怪道。

"我不会再纵身一跳了。"她抬起头温柔地看着他说，然后又解释说，"我是说我不再冒险了。"此刻，他是她情感的港湾，是她最亲爱的人。

他从内衣口袋中掏出那枚圣甲虫项坠，放在她的手心里说："它是你的，看喜欢吗？"她的手心里腾起一道光，她伸出双手接住它。光点的中心渐渐幻化出一枚项坠——一枚金色的圣甲虫项坠。它在空中慢慢旋转，呈现出祖母绿和紫宝石的斑点。

"我的项坠！……我认得这个项坠！"她惊奇地睁大眼睛，伸出双手接住它。她对于这枚项坠真不陌生，像是从自己的身体里幻化出来的。"果然是我的。"她激动得手指发抖。她用手抚摸着项坠的表面，它正发出温暖的热量。

"请你保存它。"他满含热泪地望着她，她是一道惊艳的风景。她那灵动靓丽的面孔渐渐与月亮的影像重叠一起，她们两个长得十分相像，只有发型和装束不一样，尤其是那双充满诱惑的大眼睛和那有点上挑的眼尾特别相似。

"哦，"她的眼泪泉涌般夺眶而出，"太意外了，为什么会这样？"她感觉心头有股强烈的渴望，那是长久以来囤积在身体深处的一种渴望。

突然窗外闪过一道蓝光，一下击中了戴亦西手中的圣甲虫项坠，同时有无数斑斓的光点散落在房间里，发出啪啪啪的响声。耀眼的光芒使他们头晕目眩，眼睛像失明了一般。

"我的眼睛，看不清楚了！"戴亦西神情惶惑地说，手指抖得更厉害了。十几秒钟后，她平静下来说，"这光束足够闪瞎眼睛的！"她用两个手指捏着项坠，对着窗前的光亮仔细查看，却没有看出光源来自哪里。它是一个极普通的甲虫状玉石坠，只是年代久远，有地下水渍泛黄的痕迹。

"那是在验证身份，它是你两万年前的护身符，这个确凿无疑。"尹良博士把压在胸腔深处的气息吐出来，难掩内心的激动。

"不可思议，我竟然有那么古老的护身符！"

"这个世界上，一些看似无关紧要的事情，却有着紧密的内在联系。当一块块支离破碎的拼图组合在一起时，究竟会发生什么，谁也无法预见，很可能会导致一个新时代的进程，也可能会改变我们的命运。"

"我的前世是月亮，你是太阳……"戴亦西喃喃自语道，根本无法相信这个事实。

"走吧，回家……回家去！"突然间尹良博士说话结巴了，感觉身体内有一股强烈的冲动即将爆发。他给她一种深沉有力、山雨欲来的感受。她发现他的脸憋得通红，紧咬的嘴唇都渗出血来。

"好，我们走！"她欣然接受了邀请。她不想再孤单地四处漂泊了，很想有一个温暖的家，一个有力的怀抱。

尹良博士的家仿佛是一处静谧的庇护所。她把身后的房门关上，充满敬畏地看着他，似乎他身上有股强大的魔力。她的心灵奋发，全身战栗。他脸色苍白，双眸中火一样的爱意灼痛了她的眼睛。

他紧张而笨拙地解开她的衣扣，好奇地研究着她锁骨下的胎记。它的形状像金斑喙凤蝶，翅上闪烁着幽幽绿光，美丽耀目，和月亮锁骨下的胎记一模一样。他伸手触摸她的脖颈，好像在梦幻中一样。

"你果然是月亮，是太阳的女人——月亮的化身！"他以一种缓急相间的声调说，却充满自信。

"我是月亮？！"她望向他眼睛的同时，自己的视线模糊了，她的精神和他一同飞上云霄。她并不渴望从他那里得到世俗的情欲，但精神上的快感异常敏锐。

最终，她以一种无法形容的快感倒向沙发中，倒在他的怀里。他紧紧地拥抱着她，默无一言，以至于忘记了时间和空间，忘记了快乐和痛苦。

经过了这种爆裂和毁灭，经过血雨腥风的洗礼，经过浴火重生之后，便是一种抵达心灵深处的安静平和。他们聊天到黎明，讲述了各自的人生经历，以及这些天来发生的恐怖事件。他们也谈到太阳和月亮的故事，那就像是一道环绕在他们头上的神圣光环。

第二天早晨，戴亦西接到田警官的电话，说白浪的父亲白岩峰于凌晨跳楼自杀了，现场很惨烈。这消息令她无比震惊，唏嘘不已。"白妈妈呢？"她木讷地问，感觉内心的伤口再一次被撕开。田警官说，没有接到相关的消息。"为什么自杀？"她追问道。田警官说，可能与白浪的死有关，极度伤心导致抑郁症。而后，她在微信圈看到，白岩峰在中纪委约谈后跳楼身亡的消息。

戴亦西打电话，把不幸的消息告诉夏末，约他一同去京都怡园墓地看望白浪。夏末开车来接戴亦西时，尹良博士坚持要一同去，但是被戴亦西劝阻了。她说外面很冷，而且他刚经过一天的长途奔波，应该在家里休息。她不让他去的另一个原因，是怕自己情绪失控，出现难以意料的尴尬局面。

夏末把车开上郊外寂静无人的山路，车的后座上放着一束白菊花。车沉默地行驶着，他们静默地坐着，一语不发。戴亦西打破僵滞的气氛，问及喜娃－36的情况。之前她听田警官说喜娃的手术成功了，正准备第三次手术。

夏末告诉她喜娃已经恢复健康，马上就可以出院了。他打算跟她结婚，为她的一生负起责任。他说经过基因改造和升级后，喜娃比原先更美丽健康了，而令他疑惑不解的是，一看到她就会想起白浪。他们在细微的表情和举止动作上酷似，尤其是不可复制的眼神。因为和白浪同窗四年，他对白浪的一些习惯和举动非常熟悉。

戴亦西说，白母太可怜了，突然之间失去了两位至亲，成了孤苦伶仃的人，如果能让她认下喜娃做女儿，应该是最好的结局。夏末对她的想法非常认同，表示如果有可能的话，他愿意负责白母的后半生。

墓园处于荒凉的松树林深处，四周是肃穆高耸的院墙。白雪皑皑，苍青翠柏，宁静死寂。戴亦西走到墓前，献上闪亮的白菊花。墓前另有几束醒目的鲜花，显然有人刚刚来过。鲜花和墓碑安静冷漠，石碑上只刻有白浪的名字，并没有多余的字样。

戴亦西闭上眼睛，低头默哀，然后轻声说："白浪，我们来看你了，你让人锥心刺骨，知道吗？"泪水禁不住滚下她的脸庞，在脸颊上冻成了冰珠，"一场噩梦，我很难过……对不起！"

刺骨的寒冷，加上压抑的寂静，使人如同置身于一个星际空间站。如果他去世的情景不那么可怕，她也许会很快恢复过来的，可是那几天发生的事却像梦魇一样清晰地印在她脑海中。

"也许他是幸运的，这么快就从令人疲惫的生活中逃遁了。"夏末宽慰她说。他的手抓到她的手，与她并肩而立。寒风吹起松枝上的新雪，纷纷扬扬撒落在他们的脸上，像针扎一般刺痛。戴亦西抬手抹去脸上的雪，睁开眼远远望去，一个个排列整齐的墓碑，勾勒出死者安息的居地。

这时，不远处白母羸弱的身影悄然出现，他们急忙跑了过去。白母穿着一件黑大衣，戴着一顶黑色绒线帽。她精神恍惚、万念俱灰，眼神变得无情又冷漠。她也曾想用一种方法就此了结生命，永远随儿子去了，却犹豫着不知采用什么方式好，又怕见到儿子受埋怨。

她每天都把自己关在房间里，拉上厚厚的窗帘，在黑暗中平躺在床上，渴望着在死亡中毁灭。白浪就是在这张床上度过了婴幼儿时期。儿子每天早晨醒来，都会又叫又闹地折腾一阵子。他们笑声不断，其乐融融。白浪四五岁时非常顽皮，总是推倒椅子或打碎碗碟来取乐，他也会快乐地尖叫起来。但是她从来没有打过他，也没有严惩过他。长到七八岁时，白浪突然安静下来，性格发生了逆转。这突如其来的变化让做母亲的非常担心，不过她渐渐放心了。儿子其实是长大了，懂事了，心智开始成熟了。

现在儿子没了，生活从此变得空虚和黑暗，在无助的绝望中她只能用余生等待儿子的归来。回想起来，她早已有了不祥的预感，因为出事之前那段时间，她总是不断地感到心头有一种奇怪的压抑感，却又不知这种感觉是来自何方的心理暗示。事后，她常常自问：为什么那些心理暗示没有清晰的指向，好让她能够防止即将发生的悲剧。

她从此陷入一片灰暗沉郁的世界里，唯一的愿望就是到儿子的墓前坐一坐，等待他灵魂的出现。一天傍晚，苍茫夜色中忽然飘来一团雾气，里面隐隐显出儿子的脸庞。他没有悲伤和遗恨，也没有温暖和笑意。她尖厉地喊道："儿啊，你不要离开，可怜可怜妈妈吧！"儿子的脸一下消失在雾气中。

"儿子！"她大声叫喊着，但是那团雾气越飘越远，从中传来儿子的声音："妈妈，你要坚强，儿子不孝！"声音远去了，留下一团变幻莫测的气团，里面透出一双黑黑的大眼睛和满头闪着亮光的黑发。那分明是儿子白浪的。

"儿子，你怎么舍得，舍得抛下妈妈一个人走啊？"她哽咽着说，好像祈祷一般。她几乎每天都来，每当墓碑上方那团云雾出现时，她便追赶着和它交谈，就像两个不幸的幽灵。

"儿啊，回家去吧，妈妈今后的日子该怎么过？"她的声调和表情都充满刻骨铭心的悲哀和谴责。在深深的绝望中，她跌倒在地，失声地痛哭起来。这时有一双手臂紧紧抱住她，并在她耳边喊了一声："妈妈！"那是发自心灵深处的温热的声音。听到有人喊她，她抬起头来惊讶地问："喊我妈妈？"戴亦西回答说："我们爱你，妈妈！"她把白母搀扶起来，紧紧搂在怀里说，"妈妈，是白浪让我们来的，让带你回家去。"她用衣袖擦去冻结在白母脸上的泪水。

当听到有人喊她妈妈时，白母便"啊"的一声哭了出来，那是受伤母亲悲惨的哭声——一种奇怪的、撕心裂肺的尖声长叫。自从白浪去世后，她的眼睛就像是被大水冲刷过的草地，湿漉漉的再也没干过。她就像是被困在了一张痛苦死亡的网里，无人能够拯救她。

"妈妈，看到你这样白浪会很伤心。"夏未搀扶住白母的胳膊说，"请跟我们走，不会失望的。"

"白浪叫你们来的？"白母露出惊讶的表情，凝结的眉宇舒展了，"白浪在哪里？"她脸上露出幸福的笑容，但稍纵即逝，并用一种充满哀伤的眼神看着他们。她脸色苍白得没有一点血色，那双抓住戴亦西的手冰冷冰冷。

"我们走吧，白浪在等待消息。"夏未善意地哄骗她说。白母小声问道："白浪活着？"一丝惊异的表情爬上她的眼角。

"去看看就知道了。"夏未把白母带上汽车。白母上车不久就睡着了，她实在是过于忧苦过于困乏了。她靠在戴亦西的肩头沉沉睡去，面容安详，好像一系列的灾难都过去了，而未来肯定是幸福的。

夏未打电话与李若乾医生商量，告诉他白母的现状和自己的想法。他说白母已经到了精神崩溃的边缘，急需有亲情的照顾，而喜娃从封闭的克隆基地回归社会，也需要一个安稳的家。李博士非常仁慈地说，从人性方面讲，喜娃的确需要一个母亲，而从伦理方面讲，她也算是白家的女儿……能回到白家当然好。他含糊不清的暗示，令夏未更加疑惑了，但是追究其原因，李若乾却转换话题说："如果实现这一计划，那将达到一个真正伟大的境界。"

夏未思考着他的话，感觉其中必有隐情。他越来越意识到自己就在一出大戏里，戏剧制作者从一开始就把他设计了进来，而且让他一步步深入戏里，成为一名殉道者。他完全被动，浑然不知，只能按照设计者的思想去刻骨铭心地诠释角色。这或许是一场惊天的阴谋，或许是一场恶作剧，或许是行侠仗义、替天行道之举，但是无论什么意图，他都没有选择余地，只能忠实于自己的角色。

医院宽阔明亮的走廊里温暖如春，喜娃站在病房门口迎接他们。她非常漂亮、健康，一双眼睛大而传神，从外表看起来她还稚气未脱，却浑身洋溢着一种坚毅和时尚的气息。透过玻璃窗照射进来的阳光，在她的头上映出一个火红的光环。

喜娃出神地盯着他们，然后扑进白妈妈的怀抱："妈妈，女儿不孝，让你受苦了。"喜娃一只手臂揽着白妈妈的腰，另一只手搂着她的肩头，然后把嘴唇贴在她的前额深情一吻。喜娃温柔的吻，使白母想起小时候的白浪，他为了要零花钱，常常会顽皮地搂着她吻她的前额，然后伸出手来要钱。

"我的女儿？"白母脸上波澜不惊，似乎一切都在她意料之中。当她的身体被温暖的手臂拥着时，她感到自己正在从痛苦的死亡中被拯救出来，被带回到光明之中。"是幻觉?"她喃喃自语道,感觉搂着她的人就是儿子白浪。一样的声音,一样的脸庞,一样的气质,只是儿子像变戏法一样变成了女儿。"儿子,你哪里去了?"喜娃与白浪的面庞不断重合分开,再重合再分开,变幻莫测、飘忽不定,最终定格成喜娃现在的模样。

看到这情景,众人禁不住潸然泪下。戴亦西上前和她们拥抱,激动得一句话也说不出来。"妈妈。"喜娃充满伤情地喊道。"哎,我们回家去。"白妈拉起喜娃的手,声调变成恳求的语气,热泪扑簌簌滚下脸颊。所有的悲伤、哀痛和眼泪都被一阵巨大的喜悦替代。假如真有上帝的话,那他一定是一个极其伟大的剧作家兼导演——他在为你关上一道门的同时,又为你打开一扇窗。

戴亦西走后,尹良博士接到新任京都考古所万千军所长的约见电话,说想听听他关于南地村的发掘进程和下一年的发掘计划。直到这时,尹良博士才得知李曾廓所长已经调任,原因不明,当然坊间各种传闻都有,主要是学历造假和著作剽窃等,当然也不乏生活腐败问题。正是因为造假和剽窃,他才平步青云坐上了考古界的第一把交椅。

万所长是考古界的新锐,专攻旧石器考古和艺术史,并且著有《黄帝时代》《华夏城邦》和《史前文明划时代史:岩画艺术》等著作。他的著作已成为研究史前文明的经典书籍,具有超常的洞察力和智慧,是揭开史前文明神秘面纱的实证材料。对于尹良博士的考古成就,万所长给予高度评价,说他是不畏艰难、勇往直前的考古学家。

"我想通过自己的发掘,弄清楚我们的祖先是谁。我在南地村遗址发掘到一个人头骨化石,它是一个年轻男子的头骨,是新新部落族长的弟弟,有两万年的历史。该男子死于一次部族间的械斗,他的妹妹叫月亮。"尹良博士的陈述让万所长听得入迷。与其说是汇报学术成果,不如说是在讲着一个考古传奇故事。万所长被尹良博士彻底征服了,恨不得立即放弃自己的工作,成为他团队中的一员,跟随他一起去挖掘那片文化埋葬丰厚的土地。

他们的谈话非常融洽,细致入微,对于一些神秘的超自然现象,他们认为目前不被科学认知并不等于伪科学,也许不久的未来能够破解。对于人头骨的看法,万所长认为在特定环境中，在各种条件因素聚合的情况下，一切皆有可能发生。一个惊人的发现，往往会引发人们对历史以及今日世界的重新思考。

万所长承诺在今后南地村的发掘和研究中，将尽力提供资金和科学技术帮助。尹良博士提出到伦敦大英博物馆修复木叶头骨的想法，因为那里有世界先进的修复技术，也有对头盖骨的重要研究成果。万所长表示尽快举行专家听证会，如果有可行性，他会派人与大英博物馆取得联系。因为有志同道合的领导，尹良博士感觉信心十足。万所长说开春后，着手发掘鬼石窟，沿着木叶提供的线索，进一步破解太阳部落之谜。尹良博士说，他建议暂缓发掘鬼石窟，给那些孤苦的灵魂一个栖息处，让它们在那里等待轮回的岁月。万所长默默点头，表示赞同。

傍晚，尹良博士先戴亦西一步回到家中，因为心情愉快，他亲自动手做了几个小菜，熬了一锅粥。音乐《天使》正缓慢地、悠扬地响起。这是他非常喜欢的一首歌曲，讲述的是一个精灵忧伤凄凉地坐着，一个光明天使来到了它身旁，带它飞翔的故事。尹良博士感觉在凄风苦雨的黑暗中，他的身边终于来了一位可爱的天使。

戴亦西进门时，尹良博士看着她的双眸闪闪发亮。她回望他那坚毅、儒雅、沉郁的面孔，以及他那宽阔的肩膀和逐渐灰白的鬓角，内心忽地腾起一道热浪。她把双臂搭在他的肩上，用双手勾住他的脖子，把他的头拉向自己，然后吻了他。就在这一刻，他的思想防线完全崩溃了，被压抑的情欲喷薄而出。他把她抱到床上，然后疯狂地亲吻她，简直让她无法喘息。

在他的爱抚下，一阵阵快感迅速传递到她的每一根神经，肉感的花瓣肆意向外延伸，围住他、缠裹着他旋转不止。爱一个人，通过接触她和他诱人的躯体去发现相互的灵魂之美，确实非常奇妙——那就是爱情。

她那洁白柔软、光滑圆润的躯体，让他感到头晕目眩，好似在强气流的庇护下，飞腾在云雾之中。他们一起回溯到了五千年，一万年，两万年前的远古时代——就像一部结局大团圆的伟大著作。

故事差不多就这样了，生活再坎坷，步履再艰辛，活着就要往前走。人生的关键不是岁月而是态度，看你怎样去对待。

尾声

三月的马尔代夫，蓝天绿树，椰林碧影，水清沙白，被誉为"上帝抛撒人间的项链"，是印度洋上最后的人间天堂。踏上这个由诸多岛屿组成的岛国，似乎真的走进了天堂的后花园，让人无比感动。这里拥有清澈的海水和葱郁的树林，躺在房间里，如同浮游在蓝宝石般闪耀的海洋里。

这里遗世独立，却美得那么自然，美得震撼心灵，美得无法用语言表述。戴亦西穿着一袭白色纱裙，挽着尹良的手臂漫步在海滩上，放眼望去尽是令人惊艳的白沙滩和碧蓝的海水。落日余晖在他们的头上映射出一个火红的光环，就像是一道佛光。

戴亦西转过身来望着尹良博士，哽咽着说："我终于等来了幸福的归宿。"她气度不凡，周身洋溢着一种时尚、温婉、高贵的气质。

这是尹良博士发掘南地村三年来第一次休假。在南地村考古发掘论证会上，他以出土实物为例，侃侃而谈，以自己的亲身经历讲述了发生在南地村遗址的所有故事。他的故事吸引了与会的每一位专家学者，并引起他们的共鸣和热烈的讨论。会后，万所长告诉尹良博士可以休息几日，等与大英博物馆取得联系后，他便可以带上木叶头骨前往英国，并且成立头骨研究小组。

尹良博士告诉戴亦西，他们可以去度假，有五天的时间。去马尔代夫旅游是出于戴亦西的临时起意，她想尽情享受两个人的时光，不被任何人打扰。他也希望能有一段静美、恬适的时光，用来修复他们受伤害的心灵。

躺在水屋的床上，或者在海边沙滩上看日出日落，是绝对奢华的享受。他们有时一整天都待在房间里。他用胳膊搂着她的头，充满泪水的眼睛望着平静的海水。她躺在他怀里，把胳膊和腿绕在他身上，和他缚成一条不离不弃的生命绳索。时间不再以转动的时针来计算，而是随着潮涨潮落，从他们身边漂走了。天地间只剩下他们两人，以比时空更为深沉的尺度向着未知延伸。

她感到极度幸福，尽管这一刻来之不易，但迟来的幸福更甜蜜。西沉的落日将海水染成一片血红，岸边的珊瑚沙被蒙上一派迷离的金黄色。随之月亮渐渐升起，把银辉洒在了海面上。他们仍不肯睡觉，便租来一艘船彻夜在海上泛舟。夜风也一样充满温暖的爱抚。他沉沉地睡着了，却还用胳膊紧紧搂着她，就像在海中溺水的人拼命抱住一根残桅断桁似的。她也疲倦了，但是她不愿意让自己睡着。她觉得自己一旦放松了意识控制，他马上便会从自己的生命中消失。

凌晨的阳光亮得晃眼，阳光普照下的景色比夜色朦胧中的现实世界更加莫测。吹个不停的海风十分凉爽，丰富的鱼类正在清澈的海水里游来游去。尹良博士把目光停留在戴亦西的脸上，感叹说："心情不一样的时候，世界也显得不一样。"她偏着头，看着他那富于男子气的脸和略带哀婉的眼神说："这才是咱们的世界，我希望永远这样。"

"还有机会，等把木叶头骨送到大英博物馆后，我们再来尽情玩几天。"

日夜更迭，假日飞逝而过。三月十日凌晨，尹良博士和戴亦西在松安达国际机场登上了 FFH861 航班，准备返回北京。他们手挽着手登上舷梯，站在机舱口回望了这世界最后一眼——一个灯火绚丽、芸芸众生的大千世界。他们在机舱前部找到自己的位置，两人坐下后扣上安全带。戴亦西把脸贴在舷窗玻璃上，盯着机场航站楼的灯光出神。她想父亲了，心头一酸。她已经很久没见到他了。

飞机起飞了，头部向上抬起，机舱成为斜面。它载着这些疲惫的旅人，向着目的地飞去。飞机钻入浓黑的云层后面，周围是一片漆黑。戴亦西把头靠近舷窗，让眼睛适应这种心惊肉跳的黑暗。

飞机进入云层后，似乎进入了一个云朵组成的世界——洁白如羽的云海变幻莫测，恍惚是雪山、田野、湖泊和森林。与此同时，他们发现那云海中的雾气，其实是由无数发光的微粒组成的。飞机继续靠近飞行，那些微粒竟然都变成了闪亮的星星。他们仿佛置身于银河系中，密密麻麻的星星几乎占据了整个夜空。

飞机沿着预定航线以北偏东的方向朝北京飞行。

戴亦西感觉有点冷，她把毛毯拥在胸部，又撩起一角盖在尹博士的身上。"冷吗？"她问他。他说："有点。"她与他靠得更紧些，他报以微笑，带着温暖的笑影。

微明的灯光下，她看到他眼角撒出去的鱼尾纹及下眼袋。她将头埋进他的臂弯里，用手握住他放在腿上的手。她感到无比幸福。如果时间能够停止，她希望永远停留在这一刻。

这时，航班正从松安达空管区飞入沙南志明空管区的管制范围。松安达空管区的管制员对 FFH861 航班说："已把你们交接给沙南志明空管区。"FFH861 航班回应："好的，收到。"沙南志明空管区的管制员在确认了航班后说："迎接。"此时飞机正飞行在三点五万英尺的高空，飞行状况一切正常。

突然飞机一阵剧烈颠簸，在空中划了一个弧度，从北偏东转为北偏西方向飞行，同时飞机猛烈下沉二百米，然后发生了断崖似的降落。在大幅度的颠簸中，强大的惯力把戴亦西狠狠甩向机窗边，如果不是系着安全带，她可能会被弹飞起来。一种不可逆转的力量把尹良博士的身体砸在她身上，几乎把她的骨头压碎了。

机舱里发出阵阵惊悚的尖叫声，像是沸腾的热油漫过机舱。只见邻座那年轻母亲怀中的幼儿一下飞了起来，撞到机舱顶部，又重重坠落下来，摔在地板上。孩子毫无声息，没有发出哭声，已经没有了生命迹象。孩子母亲绝望地扑向孩子，却被惯力甩到了机舱尾部，发出一声惨叫，像一只受伤的野兽在嚎叫，恐怖得让人心惊肉跳。情态急迫，戴亦西感觉头皮发麻，急忙抱住尹良的胳臂，身体才不再震颤。

此刻，航班突然从监控雷达屏幕上消失了。雷达跟踪数据显示，航班最后一次报告自己的位置是一时四十一分，正是松安达至沙南志明空管区的交接"空当"处。此时距离飞机起飞五十分钟。

戴亦西的胃里翻滚成一团，她忙取下晕机呕吐袋。有人顾不上拿呕吐袋，便哗哗地吐在了机舱里。也有人破口大骂，像受伤的野兽那样哀号着。尹良把戴亦西揽在怀里，轻叩她的背部。她吐吐歇歇，胃里一直闹腾个没完。机舱里的味道非常难闻，充满腐败的恶臭味。这让戴亦西再次回想起克隆基地的人体分解池。她终于安静下来，却感觉头疼欲裂，像是有一把勺子在挖取她的脑浆。

尹良想要一杯水，或是一杯果汁给她喝，但是机舱内并无空乘人员。他想喊人，却发不出声音，似有一只手扼住了他的喉管。他眼前出现璀璨的光点，仿佛有一撮火药撒在了火焰上，火光瞬息万变。

凌晨两点左右，哥打巴鲁，马来西亚西北部，泰国湾边的城市，不少在岸边作业的渔民，不约而同地看到了一架飞机低空掠过海面。尽管是在夜间，航行灯还是暴露了它的身形，目击者甚至可以看到机舱门的轮廓。

飞机以一千米左右高度低飞。因为是山区，雷达网跟踪并不连续。凌晨两点半左右，飞机低空横穿了马来半岛，显然是在刻意躲避雷达的追踪。

机舱沉浸在一片黑暗中，戴亦西把脸贴在舷窗上，因为有了豁出去的心理准备，反倒平静下来。她预感到了生命的倒计时，大概想利用生命中最后一次机会，再多看几眼窗外的世界。

一道闪电划破夜空，海面银光闪闪仿佛沸腾了一般。沸腾的海面渐渐平静下来，像是一片片四溢的繁星，或者是上帝撒落的碎银。戴亦西惊讶不已，不禁想起了那次高铁事故，不过这次更恐怖骇人。她手握那枚圣甲虫项坠，心情慢慢平静下来。她并不担忧，和前几次灾难相比，身边多了一位陪伴者。

飞机在马来半岛上空突然拉升，急速上仰，爬升。在强烈的颠簸中，旅客痛苦难耐，大声叫骂和呕吐。刹那间，所有的尖叫声和哭号声一同响起，把宇宙间所有的尘埃都震落下来。所有声音都汇合在一起，像是震耳欲聋的暴风雨，又像是子弹呼啸而来的声音。

凌晨两点四十三分，有雷达网在马六甲海峡再度追踪到这架飞机。雷达稳定地跟踪到了这架低空向西的飞机，一直追踪到霹雳岛，位置靠近马六甲海峡北部。飞机经过几个点位的飞行，划出一个一百三十五度的急转大回旋，向着未知的、神秘的印度洋飞了过去。此刻飞机已经关掉应答器，与外界断绝了一切联系，不再通报自己的位置，处于半隐身的状态。

机舱陷入缺氧状态，氧气面罩自动脱落下来，供乘客应急呼吸。他们已经消失的潜意识又恢复了，是寒冷的感觉——一种恶寒从体内向外发出。戴亦西紧紧趴在尹良的胸口，感受着从他胸腔里散发出的稍纵即逝的温暖。"我们会化为两颗星星……"她在心里念叨说。寒冷不断加剧，她和他几乎冻结在一起。

尹良的意识清晰一些，喘过气说："我看到了一片雪原，一望无际……"白茫茫的无边无际的雪野在不断延伸，像闪耀的光芒一泻千里，冻结了整个世界。不久，白色的世界中出现了一个黑点，像纽扣般大小。渐渐地，那黑点幻化成一个熟悉的身影，是梅艳，她怀抱着儿子小虎，在空旷的雪野中走来。她穿着那件红色连衣裙，孩子的小脸冻得通红，趴在妈妈怀里像一个布娃娃。他们走的时候是夏天，现在仍然穿着走时的单衣。他追过去想拉住他们，但是就在他伸出手的一瞬间，人影不见了，像是融在了光芒中。

在雷达追踪的最后位置，飞机已经爬升到高空飞行，高度稳定到两万九千五百英尺，也就是九千一百米左右的高度。飞机并没有在规定的标准高度层飞行，而是飞出一个高度层的中间值。从地理位置看，往霹雳岛方向与原定的航线恰好是相反路线。而这个时间，距离飞机从航线路标点消失已过去一小时三十五分钟。

凌晨三点二十分，目标超出雷达探测范围，渐行渐远，彻底消失了。

尹良听到喊声，是梅艳的声音，但是听不清说的什么，最后两个字好像是"轮回""投胎"什么的。他想也许他们正在轮回的路上，不希望受到打扰。不久，一切都消失了，只剩下亦西孤单地陪着他。他把她紧紧搂在胸前，生怕她被吸入白茫茫的雾气中。

来自数百英里外印度洋的激流，就像是直通快车似的冲击着海岸，声若轰雷、震耳欲聋。同时那团白色雾气被一股强气流所搅动，像河流奔涌，像旋涡激荡，像横扫一切的潮汐淹没了天和地。渐渐地，在黑暗势力的挤压下，白雾缩成一条光纤——那是全部意识的残存。尹良和亦西透明的灵魂就穿越在这线上，以恒定的姿态滑向不可知的未来。

飞机在印度洋上空飞行，高度达到万米之上。尹良看到了宽无止境的水面，像冻结的一层冰。这冰层向四周无限延伸。他感觉一切静止下来，星空笼罩了他。星空全息图像展现在他眼前，图像在放大，呈现出每颗星星的结构。其中有一颗不寻常的星体，它突然爆发，亮度急剧增加，昭示着它不容忽视的存在。它像是在执行某一特殊使命的核聚变反应堆。

哗啦一声，尹良脚下的冰面破碎了，他的身体毫无防备地跌入水中。就在冰水淹没他头部的一瞬间，他看到静止的星空破碎了，散化成一片动荡的银色波浪。他拼尽力气在海水中摸索戴亦西的手，他之前一直握着的手。他感觉到有一只手撩过脚边，又滑过他的脸。他马上伸出手去寻找，但只有指尖碰到她的头发。他已经濒临崩溃边缘，一边猛力划水，一边四处睃巡。他明明感到她就在附近，但就是无法抓住她。

他再度沉入海中，动荡的星空在头顶上幻化为冰面破口一般模糊的光晕，四周只有寒冷和墨汁般的黑暗。他们感觉自己不是沉入冰水，而是跃入了太空。一束地球发出的强力电波，穿透对流层射向太阳，飞向太空，飞出太阳系。在死寂的冷黑之间，他握到了她的手。

"亲爱的，我们该走了。"他失而复得似的说，长长缓过一口气来。

"去未知星球吗？"她气若游丝地问，"就我们两个人？"

"是的，那不是毁灭而是重生，我们到外星球去，那里有我们死去的亲人，他们正等待着重生！"

"要走多远？"

"很远，亦西，我们再也回不到地球了……"

"跟着你，无怨无悔！"

"'新地球'会像一只强力的手臂，将那些腐朽的污秽一扫而光，让大地恢复它光明无瑕的状态。"此后，他再没有出声，进入到永恒状态。一位人类先驱者，一个外星球的信使。

忽然响起一阵美妙的、盛大的音乐声——一种灵界的音乐。旋律飘浮在空气中，好像溶化在了紫色的霞光里，把海水都映着了。他们的目光相遇了，闪烁着炙热的火焰，就像是鲜红的落日。

"进入时空隧道了……"有一个声音传过来。风呼呼地吹着，云的间隙也变大了。这时天空呈现出一道口子，看起来好像开了一扇天窗。他抓紧她的手，冲着那扇天窗飞去，沿途擦起道道火光。他们的心境异常静谧，因为看到了天堂的壮丽和大美。

一簇光芒冉冉升起，天空和大地一片光明，黑夜变成了白昼。盛大的灵界音乐，如同一股神圣的力量，把两人的心灵合为一种高贵的爱，凭此他们进入了另一个世界。通过音乐和爱情，通过爱情和音乐，他们的灵魂在快乐的高峰中找到了栖息地。

后 记

我出身于书香世家。父亲苏金伞是我国五四新文学以来最杰出、最具代表性的诗人之一，曾任河南省首届文联主席。他是一位铁骨铮铮、敢于抗争的人民诗人。他的诗作素朴，具有极高的艺术价值和强大的文学力量，在中国文坛产生了深远影响。

我是家中第六个女儿，也是最小的孩子。我记事的时候，正值父亲被划为"右派"、受到不公正待遇时期。当时父亲已五十多岁，刹那间的坍塌压得他喘不过气来，使他的精神羽翼受到极大的伤害，再也无法腾飞了。那年秋天，雨连绵不断地下着，一家人随父亲来到信阳大别山劳动改造。苦难的记忆伴随着童年岁月，深深刻在了我幼小的心灵中，但也是我成长的基石。

从大别山回到郑州时，我已经该上小学四年级了。两年后我考上郑州八中，也算是一个不小的惊喜。但是一年以后"文革"开始，我又沦为失学少年。正处于丑小鸭变天鹅的年纪，我和姐姐一起来到南阳一个偏僻的小村庄接受再教育。我随身带着一只书箱，里面全是父亲的书籍。读书成为我最大的乐趣，自此，世界名著一一走进我的视野，我也从书中体会到无穷的乐趣。

父亲说："书是无声的力量，能够助你攀登上一个又一个的高峰。把时间放在读书上，价值回报远高于一切。"满怀希望的阅读，是一种幸福的享受，是无形的人生财富。父亲从来没有刻意要求过我们，但是身教胜于言传，那是一种潜移默化的影响。

二十世纪七八十年代，中国文化在经历了沉痛的历史挫伤后，开始挣脱束缚，跨入发展复兴的道路。我是那一时期文化繁荣和时代变革的受益者。沉浸在书本中，周围的人消失了，周围的禁锢消失了，周围的一切都在软化，变成了液体在我的血脉中流动。读书也成为我最纯粹、最持久的信仰。

1997年7月，河南省博物馆搬迁新馆后，升格为河南博物院，院里提出"科研兴院"的建院理念，我萌生了撰写《中原考古大发现》系列丛书的想法，并被院里批准为重点科研项目。然而，一个从来没有接触过考古的外行，却想插手复杂深奥的考古学，这让我备受质疑和嘲讽。当你不小心被推向潮流而不想被淹死的话，那只有奋力搏击，被征服的潮流就会助你到达成功的彼岸。

2001年至2005年，我度过了一生中最辛苦，却有着重大收获的五年。五年中，春风秋雨、夏花冬雪都消失了，只有成堆的考古报告和发掘资料陪伴着我。时间变得很浅，变成了一股清流，一个恍惚日落月升，一个恍惚冬去春来又一年。这个漫长的过程充满艰辛，有许多辛酸的回忆，但是与成书后的喜悦相比，一切都变得微不足道。

2005年，大型考古纪实报告《中原考古大发现》（一至四册），即《叩醒商城》《殷墟之谜》《楚墓疑云》《龙门佛光》，由河南人民出版社出版，共一百二十万字。该书由原北京大学考古文博学院院长、"夏商周断代工程"首席科学家李伯谦教授作序，并给予了高度评价。他认为这是一部难得的好书，具有极高的科学价值和文学价值。李伯谦教授曾在中国国家图书馆为高级干部讲课时推荐此书。这套书出版后，引起中央电视台及多家媒体的关注，纷纷抛出橄榄枝，希望以该书为蓝本拍摄大型电视纪录片。2007年，中央电视台《探索·发现》栏目根据《中原考古大发现》拍摄了三十集大型电视纪录片《中原大发现》，播出后引起巨大反响。

2007年6月，我在清华大学出版社出版《黄帝时代——探索中华文明起源之谜》和《华夏城邦——追踪夏商文化探索者的足迹》两部书，共计六十万字。该书仍由李伯谦教授作序。他在序言中说："2004年10月，我曾应邀为苏湲女士的四册一套《中原考古大发现》作序。至今不到两年，她的两本续集《黄帝时代》《华夏城邦》又摆在了我的案头。如果说当年阅读《中原考古大发现》时，给我带来的是心灵的巨大震撼，好像不会饮酒的人猛然喝下一口二锅头，顿时热血上涌、激动不已的话，那么，现时读续集书稿，则更多的是感到亲切、自然和感怀，如同盛夏时节啜饮着冰镇啤酒，滋润着燥热的心田……因为书中所描写的人和事离现实太近，我实在是太熟悉了。"

太感谢李伯谦老师了，知遇之恩当涌泉相报。以后每年他都会问我的创作情况，问写了什么，何时完稿。说实话，我都不敢面对他，总觉得心里有愧。《太阳部落两万年》出版之时，我会第一时间把书送上，让他为我高兴。借此机会，再次感谢李伯谦老师。

2008年年初，中央电视台《探索·发现》栏目在河南拍摄了六集电视纪录片《商之都》，仍由我担任总撰稿。该片播出后，引起多家媒体关注，好评如潮。但是在势头正劲时，我猛踩刹车退隐江湖近十年。有人认为我已江郎才尽，写不出来了。其实不然，写作是一种沸腾在血液里的渴望，我怎甘心罢手。我渴望创作出一部题材宏大、思想深刻的作品，用以表现自己的创作实力和超凡的想象力。尽管这个过程是漫长的，但希望始终贯穿于我的信念。

三毛说："如果有来生，要做一棵树，站成永恒。"我也想在来生做一棵树，做一棵思想之树，一棵希望之树，把写作带入永恒。父亲说："天生我这个人，却不给我做人的待遇；让我酷爱诗，却不给我天才。"父亲带着遗憾走了，没能把要说的话说完，没能把要写的诗写完。我要替他说替他写，去完成他未竟的事业。

美国作家爱默生说："没有任何一项伟大的事业不是因为热忱而成功的。"守住自己的内心，绝不轻言放弃，并以一生去下注，相信这样一场豪赌，虽然没有绝对胜算的把握，但是命运也赢不了你。

愿天堂里的父亲母亲能看到《太阳部落两万年》的出版，愿他们喜欢这部书，愿他们在天之灵为我骄傲吧！

苏湲

2017 年 7 月 3 日

图书在版编目（CIP）数据

太阳部落两万年 / 苏湲著 . -- 北京：作家出版社，
2017. 8 （2018.7重印）

ISBN 978-7-5063-9676-9

Ⅰ. ①太… Ⅱ. ①苏… Ⅲ. ①科学幻想小说 – 中国 – 当代
Ⅳ. ①I247.5

中国版本图书馆CIP数据核字（2017）第224226号

太阳部落两万年

作　　者：苏　湲
责任编辑：张　平
书籍设计：刘东宝
出版发行：作家出版社
社　　址：北京农展馆南里10号　　　邮　　编：100125
电话传真：86-10-65930756（出版发行部）
　　　　　86-10-65004079（总编室）
　　　　　86-10-65015116（邮购部）
E-mail:zuojia@zuojia.net.cn
http://www.haozuojia.com（作家在线）
印　　刷：河北画中画印刷科技有限公司
成品尺寸：170×240
字　　数：350千
印　　张：22
版　　次：2018年5月第1版
印　　次：2018年7月第2次印刷
ISBN 978-7-5063-9676-9
定　　价：98.00元